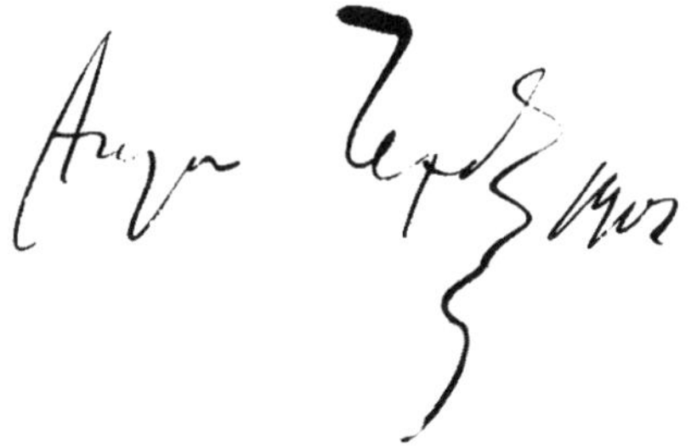
Антон Чехов

Антон Павлович Чехов

СОБРАНИЕ СОЧИНЕНИЙ

刘若 裴家勤——译

契诃夫中短篇小说全集 III

上海译文出版社

目 录

1884—1885

1884—1885

在痼疾病患者与老人收容所里

中学女生萨霞·叶尼亚金娜，一个矮小、瘦弱，穿双破鞋的女孩，每逢星期六晚上就和妈妈到“痼疾病患者与老人收容所”去，那里住着她的亲爷爷，退伍近卫军中尉巴尔费尼·萨维奇。爷爷的屋子散发出劣等橄榄油的气味。墙上挂着些不怎么好的画片，是从《田地》杂志上剪下来的，有洗澡的女人；有晒太阳的仙女；有帽子戴在后脑勺，隔着门缝偷看裸体女人的男子等等。墙角挂着蜘蛛网，桌子上是面包渣和鱼鳞……爷爷本人的模样也不中看。他年老、驼背、邋邋遢遢地闻鼻烟。他的眼睛泪汪汪的，没牙的嘴老张着。萨霞和妈妈进来时，爷爷脸上露出笑容，这微笑往往像个大皱褶。

“哦，怎么样？”爷爷问走到他跟前吻他手的萨霞，“你父亲怎么样？”

萨霞不回答。妈妈却默默地哭起来。

“还是到各酒馆去弹琴吗？是啊，是啊……就因为他不听话，又傲气……一娶了你的母亲就……成了个蠢材……是啊……他本人是贵族，是一位高贵父亲的儿子，但娶的女人一文不值，娶了个女戏子，谢廖什卡的女儿……谢廖什卡当初给我吹黑管，扫马厩……哭吧，哭吧，亲爱的！我说的是实话！……你从前是个贱人，现在还是个贱人！……”

萨霞看着妈妈，这个谢廖什卡的女儿和女戏子，也哭了起来。跟着是一阵沉重，难堪的沉默……一个小老头拖着一条木头假腿送进来一把小小的红铜茶炊。巴尔费尼·萨维奇往茶壶里放了一把大叶子的灰色怪茶，沏好了。

“喝吧，”他说，倒了三大杯，“喝呀，女戏子！”

客人们拿起茶杯……茶叶太糟糕，发出一股霉味，但不喝不行，爷爷会生气的……喝完茶，巴尔费尼·萨维奇把孙女抱坐在膝上，带着泪眼模糊的柔情望着她，爱抚她。……

“你呀，小孙女，可别忘了自己出身名门……咱们家的血统与戏子无关……你别看我现在穷，你爸爸又到酒馆去给人家弹弄钢琴。你父亲弄成这样是因为荒唐、狂傲，而我则是因为穷。可我们是大人物……你打听打听我当初是什么样子！”

于是爷爷用瘦骨嶙峋的手摸着萨霞的小脑袋，谈起了往事。

“在咱们整个省里只有三位大人物，他们是叶戈尔·格里戈里伊奇伯爵，省长和我。我们是天字第一号，最最显要的人物……小孙女，我没有发大财……我总共才有五千俄亩上下的薄田和六百个农奴，此外就什么也没有了。我和军队的统帅们没什么关系，也没有显贵的亲戚。我不是作家，不是什么画家，也不是哲学家。一句话，我是个普通人……可是孙女，你听着！我不论见了谁都不用脱帽行礼。看见省长我叫他瓦夏①，我跟大主教握手，我是叶戈尔·格里戈里伊奇天字第一号的朋友。这完全由于我会过文明的生活，会用欧洲的思维方式。”

说完了冗长的开场白，爷爷讲起自己过去的生活……他讲了很久，讲得津津有味。

“我常叫农妇们跪在干豌豆上，为的是让她们皱眉头，”他喃喃自语，“农妇一皱眉，农夫就觉得快乐……农夫们大笑，我也就笑了，这一来你会挺快活……对于识字的人我有另外的惩治方法，比较温和一点。或者逼他背诵账本，或是命令他爬到屋顶上去，在那儿大声念《尤里·米洛夫斯拉夫斯基》②，声音要大得我在屋里都听

---

① 瓦西里的昵称。

② 俄国作家扎果斯金在1829年出版的长篇历史小说。——原注

得见，要是精神惩罚不起作用，那就用体罚……”

照他的话说，“没有纪律就如同一个人只有理论没有实践”，讲完了纪律，他又指出，惩罚和奖励要相辅相成。

“对于非常勇敢的行动，例如捉拿盗贼，我给以重赏：给年老的娶个年轻的媳妇，让年轻的免服兵役，如此等等。”

“那年头爷爷玩得开心，如今没有人能那么玩了。”

“尽管我财力单薄，但还是养了六十名乐师和歌手。有一个犹太人管音乐，歌手则归一个被革除教职的助祭管……那个犹太人是个大音乐家……这个该死的家伙演奏起来连鬼都比不了……这个坏蛋，拉起低音提琴来妙不可言，比什么鲁宾斯坦，或者贝多芬拉小提琴都棒……他在国外学过音乐，各种乐器都拿得起来，还是个抡胳膊的行家①。他只有一个缺点：身上老带着一股臭鱼味，再加上长得难看，挺不体面。就为这个缘故，每逢过节只好把他放在屏风后面……那个被革除教职的也不是傻瓜。他又懂音乐，又会管人。他立的规矩连我都吃惊。什么事他都办得到，他手下的男低音能唱童声最高音，粗嗓门的娘们抵得上男低音……他可真行，这个强盗……他相貌堂堂，威风凛凛……就是酒喝得太凶……不过这件事，孙女，也要看是什么人，什么情况……对某些人有害，而对某些人还有好处呢。歌手就得喝酒，因为伏特加能壮嗓子。我给犹太人年薪一百卢布，而那个被革除教职的家伙我一个钱也不给……我只供他吃饭，至于薪金，都折合成了实物：粮呀、肉呀、盐呀、姑娘呀、木柴呀，等等。在我家里他过得像猫那么舒服，不过我常把他吊起来用鞭子抽……记得有一回我一块儿打了他和谢廖什卡，就是她的父亲，你的姥爷，而且……”

萨霞突然跳到地上，偎到母亲怀里，她母亲脸色像亚麻布那么惨白，轻轻战栗……

“妈妈，咱们回家吧，我害怕……”

---

① 意为：乐队指挥。

“你怕什么，孙女？”

爷爷走到孙女跟前，可是她转过脸去，越发贴紧她的母亲，身体微微发抖。

“她大概是头疼，”母亲用抱歉的声调说，“她该睡觉了……再见……”

辞别之前，萨霞的母亲走到爷爷面前，红着脸在他耳边低声说了几句话。

“我不给！”爷爷皱起眉头，口齿不清地翕动嘴唇，“一个钱也不给！让她爸爸在酒馆挣钱给她买鞋吧，我一个钱不给……不能再惯着你们了！我给你们恩惠，可从你们那里我什么也没得到，只看见一封信，出言狂妄的信。大概你也知道，你那丈夫前两天给我寄来一封什么样的信吧……上面写道，我宁可在这些小酒馆里逛荡，捡面包渣吃，也不在泼留希金[①]面前低三下四……啊，这就是对亲爹说的话！”

“可是请您宽恕他吧，”萨霞的妈妈哀求，“他太不幸了，心情不好，太烦躁……”

她哀求了半天。最后爷爷恼怒地啐唾沫，开柜子，用身子遮着不让别人看见，从里面拿出一张黄颜色，揉得皱巴巴的纸片……那女人伸出两个指头捏着钞票，怕弄脏手似的赶紧塞进口袋里……一分钟后她和女儿急急忙忙走出收容所的大门。

“妈妈，别带我上爷爷这儿来了！”萨霞浑身哆嗦着，“他叫人害怕。”

“不行啊，萨霞……非来不可……要是不来，咱们就没饭吃了……你爸爸没处挣钱去，他有病又……喝酒。”

“他干吗喝酒呀，妈妈？”

“他不幸，因为这个才喝酒……你要小心，别告诉他我们来找过爷爷……他会大发脾气，那就会咳得更厉害……他是个高傲的人，不喜欢我们去求人……你不会说吧？”

---

① 俄国作家果戈理的长篇小说《死魂灵》中一个吝啬的地主。

招 牌

在罗斯托夫市花园街，一个卖墓碑的店铺上挂着这样一个招牌：

《丧事专家》

通讯员　安·契

谈 戏

小 品

两位朋友，民事法官波卢耶赫托夫和总参谋部上校芬契弗列耶夫，友好地喝酒吃菜，谈论艺术。

“我读过泰纳[①]、莱辛[②]……我读的东西还少吗？”波卢耶赫托夫说道，一面请自己的朋友品尝卡赫齐亚[③]葡萄酒。“我的青年时代是在演员圈子中度过的，我自己也常写点东西、知道得很不少……你知道，我不是艺术家，不是演员，可我有种嗅觉，感觉！如果有什么地方虚假、不自然，老兄，我一下子就会辨别出来，谁也蒙不了我，就算你是萨拉·贝尔娜[④]或是夏利维尼[⑤]也办不到！如果有什么不对头，有什么花招，我一下子就能识破。你干吗不吃呀？我可没别的菜啦！”

“我吃饱了，老兄，谢谢。至于咱们的戏剧，像你说的，在走下坡路，那是一点也不错……大大地退步了！”

“当然，你想想，菲里亚[⑥]！如今的剧作家和演员都极力想要……怎么对你说得明白呢……都极力想要生活化、现实化……你在舞台上看到的，也就是生活中看到的……但是，难道我们需要的就是这个吗？我们需要的是表现力，是效果！生活本身早已叫你感到厌倦，你已经看腻了，已经习以为常，你需要的是那样一种东西……它能把你身上的神经一根根都拔出来！让你的五脏六腑都翻个个儿！早先的演员说话用不自然的、坟墓里的腔调，举起大拳头捶自己的胸膛，大叫大嚷，恨不得钻到地里去。但是他有表现力，他的语言也有表现力！他谈的是责任、人道、自由……你在每一幕都会看到自我牺牲，博爱的英勇行动，受苦受难，狂热的激情！可现在呢？你瞧，现在我们需要的是生活化！你朝舞台上一瞧，看见的是……呸！你看见一个下流坯……骗子手……穿着破裤子的蛆虫，说的是无聊的废话……什巴仁斯基⑦以及涅维仁之流把这种讨厌鬼奉为英雄，而我呢，说真的，十分懊丧！他要是落到我手里，不瞒你说，我立即按第一百一十九条，本着我内心的信念，把这个混蛋关上三四个月……"

门铃响了……波卢耶赫托夫已经站起来，激动地想在屋里走一走，这时又坐下来……走进来的是个矮小的，脸蛋红扑扑的中学生，穿着大衣，背着书包……他怯怯地走到桌子前面，立正敬礼，把一封信递给了波卢耶赫托夫。

"舅舅，我妈妈问您好，她要我把这封信交给您。"

波卢耶赫托夫拆开来信，戴上眼镜，鼻子呼哧呼哧地响着看起信来。

"马上就办，亲爱的！"他看完信说道，一面站起身来，"来吧。菲里亚，请原谅，请你一个人坐一会儿。"

波卢耶赫托夫拉着中学生的手，提起长衣下摆，把孩子领到另一间屋子。一分钟后上校听到一种奇怪的声音。一个童声不知因为什么开口央求……央求很快变成尖叫，尖叫过后是撕心般的长嚎。

"舅舅，我再也不了！"上校听到，"亲爱的，我再也不了！哎哟——哟！亲舅舅，再也不了！"

奇怪的声音响了两分钟……然后声息全无。门一开，波卢耶赫托夫走进屋来。跟着他走进来的中学生，满面泪痕，强忍着呜咽，

---

① 泰纳（1828—1893），法国文艺批评家。——原注
② 莱辛（1729—1781），德国文艺理论家，剧作家。——原注
③ 地名，在格鲁吉亚共和国。
④ 萨拉·贝尔娜（1844—1923），法国著名女演员。
⑤ 夏利维尼（1829—1919），意大利著名演员。
⑥ 芬契弗列耶夫的昵称。
⑦ 此人和下面涅维仁都是 18 世纪 80 年代的剧作家。

扣着大衣上的扣子。那孩子扣好大衣，立正敬礼，用袖子擦干眼泪，走了出去。响起关门声……

“刚才你干什么了？”芬契弗列耶夫问。

“是这么回事。妹妹来信请我把这孩子抽一顿……他的希腊文考不及格……”

“你用什么抽他？”

“用皮带……这东西最好……哦，这个……刚才我说到哪儿了？从前常有这样的情形，你坐在圈椅上，看着舞台就动了感情！你的心动了，心血沸腾！你听见宣扬人道的台词，看见宣扬人道的行动……一句话，你看见了美好的东西，而且……你信不信，我哭了！常有这种情形，我坐在那里像傻瓜似的痛哭流涕。我太太常问我，彼佳，你哭什么？而我自己也不知道为什么哭……一般说来，舞台对我起教育作用……是的，坦率地说，谁不受艺术的感动呢？谁不受艺术的感化净化呢？我们之所以具有野蛮人和祖先不理解的崇高情感，不归功于艺术又归功于谁呢？我现在泪水盈眶……这是美好的泪，我不因它而害羞！干杯，老兄，祝艺术和人道主义欣欣向荣！”

“干杯……愿上帝保佑，让我们的子女也像我们一样……善于动情。”

两个朋友干了一杯，又谈起了莎士比亚。

惟利是图的婚姻

共分两卷的长篇小说

上　卷

住在五狗胡同的寡妇梅穆林娜家中正在举行婚礼晚宴。出席者共二十三人，其中八位不吃不喝，坐在那里打盹儿，还抱怨说“感到恶心”。蜡烛、灯，还有从酒馆租来的瘸腿灯架都点得亮亮堂堂，惹得一位客人，坐在席前的电报员俏皮地眯着眼睛，时不时谈起电灯来——真是文不对题。他预言，电灯，以及笼而统之的电力前途远大，但席上的人却带着几分轻视听他议论。

“电力嘛……”那个在婚礼上权充新郎之父的老头子死盯着眼下的盘子嘟哝道，“我看哪，电灯不过是个骗人的玩意儿。不过是往那里头塞进去一块煤，拿这个就想蒙人！不行呀，老弟，你要是给我灯亮，那就别用一小块煤，而要来点实实在在的东西，那种能点得亮，摸得着的！你得给我火，明白吗，真正的火，而不是什么想出来的东西。”

“要是您看见过制造电力的电池，”电报员卖弄道，“您就不这么说了。”

“我也不想看，骗人的玩意儿……蒙骗普通老百姓……搜刮最后那点民脂民膏。这些人哪，我们认得他们。而您这位年轻的先生，我还没请教您的尊姓大名呢，您与其为那种骗局撑腰，还不如喝您的酒，或给别人斟酒更好。”

“爸爸，我完全同意您的话，”新郎阿普洛姆博夫扯着沙哑的尖嗓门说，他是个年轻人，挺长的脖子，头发又粗又硬，“何必谈这些学问上的事呢？我不反对谈这个，我自己也能谈论各种科学发明，不过谈这些问题自有别的时间嘛！你说对不对，*亲爱的*[①]？”新郎转脸问坐在身旁的新娘。

新娘的脸面表明她具有一切美德，只缺一样——思维能力。她脸一红，说道：

“他们就想显耀自己受过教育，老说那些让人听不懂的话。”

“谢天谢地，我们没受教育也过了一辈子，如今呢，感谢上帝，又把第三个女儿嫁给了好人家，”达绅卡的母亲在餐桌的另一头说道，一面叹气一面朝电报员转过脸去，“既然您认为我们没受过教育，那您干吗还上我们这儿来呢？您该到受过教育的人那儿去嘛！”

一阵沉默。电报员被说得挺难为情。他万万没料到，关于电力的话题竟会转得这么出奇。这种沉默带着敌意，他觉得这表达了普遍的不满，因此认为需要辩解一下。

“塔吉雅娜·彼得罗芙娜。我从来尊敬您的家庭，”他说道，“就算我谈电灯，那也并不表示我骄傲。现在我就可以干一杯……我一直满心希望达莉娅·伊万诺芙娜[②]嫁个好丈夫。塔吉雅娜·彼得罗芙娜，这年头嫁给一个好人可不容易。如今每个人结婚不是图利，就是贪财……”

“你这话里有话！”新郎说道，满脸通红，直眨巴眼睛。

“我一点没有别的意思，”电报员说，心里有点发虚，“我说的不是在座的各位。我是泛泛而谈。求上帝可怜我！大家都知道，你们是出于爱情而结婚……陪嫁不值一提……”

“不对，绝不是不值一提！”达绅卡的妈妈恼了，“先生，您爱

---

① 原文中的外文，除特殊情况外，本书中均以楷体排印，此处为法语，以后法语不再注明，若遇法语外的其他文种，则一一注明。

② 这是达绅卡的尊称。

说就说，可别胡说八道！我们除了一千卢布，还给了三件女大衣，全副铺的盖的，还有全套家具。这样的陪嫁你到别处哪儿找去！”

“我完全不是……家具的确不错……我的意思是，他们各位都生气了，仿佛我话里带刺……”

“您说话可别带刺儿，”新娘的妈妈说，“我们是看在您父母的分上才尊敬您，请您参加婚礼。可您说话不三不四……既然您知道叶戈尔·费多雷奇是因为有利可图才结婚，您干吗不早说呢？您就该到这儿来，像亲戚那样对我们说，如此这般，他图的是私利……而你呢，先生，真是罪过！”新娘的母亲猛地转过脸来冲着新郎说道，眼泪汪汪地眨巴着眼睛，“我，可以说，喂她吃，喂她喝……心疼我的女儿，把她看得比钻石玛瑙都贵重，而你……你只为图利……”

“您相信这种诽谤吗？”阿普洛姆博夫说，从桌子后面站起来，烦躁地揪自己鬃毛似的头发，“我太谢谢您啦！谢谢您居然这么看我！而您，布林契科夫先生，”他转脸冲电报员说，“您虽然是我的朋友，但我不允许您在别人家里干这种不要脸的勾当！请您滚出去！”

“这是怎么回事？”

“请您滚出去！我希望您是个正经人，像我一样！一句话，请您滚出去！”

“算了，你别再说了，”新郎的朋友们劝解道，“得了，值得这样吗？你坐下，算了！”

“不行，我要让他明白，他没有丝毫权利这么干！我是因为爱情才缔结合法婚姻的。您干吗还坐着，我不明白，请您滚出去！”

“我完全不是……我本来……”惊呆了的电报员说，从桌子后面站起来，“我简直不明白……那好，我走……但有一样，您得先还我三个卢布，这是您借去买凸纹布背心的钱。我再喝一杯……就走，但您得还债。”

新郎和自己的朋友们嘀咕了半天。那些人掏出零钱，凑足三个卢布，交给了他。他气冲冲地把钱丢给电报员。电报员找了半天他的制帽，然后点点头，走掉了。

有时，好端端一番电力的谈话竟会闹出这样的结果！晚宴结束……夜晚来临。于是，具有良好教养的本文作者也就紧紧收住幻想的缰绳，给随后的事件蒙上神秘的黑色面纱。

当粉红色的阿芙乐拉[①]光照五狗胡同时，她还在那里碰上了喜曼[②]，于是，灰色的早晨来临，它给予本文作者丰富的材料写出下卷。

下卷，即最后一卷

一个秋天灰蒙蒙的早晨。时间还不到八点，但五狗胡同里却发生了不同寻常的骚动。惊慌的警察和仆人在人行道上跑来跑去。冻得浑身冰冷的厨娘们聚集在大门口，脸上带着极其困惑的表情。所有的窗口都有人向外张望。洗衣房的一个窗口大开，从里面伸出来几个女人的脑袋，互相挤得鬓角贴着鬓角，下巴挨着下巴。

“不像雪，也不像——搞不清是什么东西，”听到说话的声音。

空中，从地面到房顶，到处飘着白色的东西，它很像雪，马路上一片白，街灯，房顶，大门口仆人的长椅，行人的肩头和帽子——到处都是白的。

“出什么事了？”洗衣妇问奔跑的仆人。

仆人们摆摆手算是回答，继续向前跑……他们自己也不知道是怎么回事。最后有一个仆人慢慢地走过来，打着手势自言自语。显然，他到过出事现场，因而事情的底细都知道。

“亲爱的，出了什么事呀？”洗衣妇们从窗口问道。

“不高兴呗，”他回答道，“事儿出在梅穆林娜家，就是昨天办

---

① 希腊神话中的曙光女神。
② 希腊神话中的婚姻之神。

喜事的那家。少给了新郎钱，本该给一千，只给了九百。”

“哦，那他怎么样？”

“他发火了。他说，那什么，说……他把羽毛褥子大开膛，把羽绒往窗外乱扔……你瞧，这么多毛，跟下雪似的！”

“把人带过来了，带过来了！”听到说话的声音，“带过来了！”

一行人从寡妇梅穆林娜家走出来。前头走的是两个警察，神情专注……跟在后头的是身穿花呢大衣，头戴礼帽的阿普洛姆博夫。他那脸上的表情仿佛说：“我是正经人，不许蒙骗我！”

“法庭审判会告诉你们，我是什么人！”他嘟嘟囔囔，时不时扭头朝后看。

跟在他后头的是哭哭啼啼的塔吉雅娜·彼得罗芙娜和达绅卡。队尾是一名手持账本的仆人和一群男孩。

“你哭什么，小媳妇？”洗衣妇对达绅卡说。

“舍不得羽毛褥子啊！”母亲替她回答，“足有三普特①重，我的亲人！多好的毛啊！毛挨着毛，没一片整片的羽毛。我这么大年纪反而受到上帝的惩罚！”

一行人拐过街角，五狗胡同又安静下来。羽毛一直到晚上还在飘。

① 俄国重量单位，1 普特等于 16.38 千克。

庸人先生们

两幕剧

第一幕　市参议会。会议

市长（吧嗒着嘴，慢慢地掏着耳朵）：先生们，这一次你们要不要听取消防队长谢苗·瓦维雷奇的意见？他是这方面的专家。让他先作说明，然后我们讨论！

消防队长：我是这么理解的……（掏出方格手帕擤鼻子）。给消防方面拨款一万卢布。也许这是一大笔钱，但是（擦秃头顶……）这不过是作个样子罢了。这不是钱，是幻想，是空气。当然，用一万卢布可以办个消防队，但那是什么样的消防队呀？那是个笑话！诸位知道吗？人类生活最重要的东西是消防瞭望台。每个科学家都会对您这么说。而我们的瞭望台，干脆一句话，完全不中用，因为它太小。房屋很高（把手高高举起），把瞭望台团团围住了。别说发生火灾看不见，求上帝保佑，能看见天空就不错。我总是严厉惩罚消防队员，但是难道能怪他们看不见吗？其次，关于马料、水桶（解开背心扣子，呼口气，接着还是用这样的口气讲下去）。

议员们（异口同声）：给这项预算追加两千！

（市长宣布休息一分钟，以便新闻记者退出会场）

消防队长：好。那么现在，诸位要讨论把瞭望台增高两英尺的问题……好的。但是，如果从这个观点来看，如果考虑到事关社会利益，即所谓国家利益，那我应当指出，诸位议员先生，如果包工头承办这件事，那我应当提醒诸位，这会使本城多花一倍的钱，因为包工头追求的是自己的利益，而不是社会的利益。如果精打细算，不急于求成，那么假定一千砖十五卢布，运输用消防队的马车，再加上（抬头望天花板，仿佛在心算），五十根原木，十二俄尺长，五俄寸厚……（计算）

议员们（绝大多数）：把瞭望台的工程交谢苗·瓦维雷奇承办。为此第一次拨款一千五百二十三卢布四十戈比！

消防队长太太（坐在旁听席上，小声对身旁的女人说）：我不明白，我的谢尼亚干吗找这么多的麻烦！就凭他的身体还要干建筑？再说，干这活有什么好处——成天价打工人耳光！搞修缮没多大油水，也就赚点小钱，五百来卢布吧。可是弄坏了身体，倒得花一千。他这傻瓜就是被好心眼给毁了！

消防队长：好吧，现在谈谈人事方面。当然，我可以说是当事人（忸怩），我只能说，我……我一切都无所谓……我这个人已经不年轻了，又有病，有今天没明天。医生说，我的内脏都硬了。如果我不爱护身体，我身体里的血管就会断裂，来不及忏悔就会死掉……

旁听席上有人低语：恶人不得好死。

消防队长：但是我并不关心自己。感谢上帝，我这辈子已经活下来了。我什么都不需要……我只是感到惊奇……甚至愤慨……（绝望地摆手）你埋头苦干，只靠那点薪水过日子，老实本分，没有过失……不管白天黑夜地干，不顾自己的健康……可你却不知道，这到底图个什么？为什么这么操劳？有什么好处？我不是说我自己我是泛泛而谈……换了别人，靠这点钱根本维持不了生活……只有酒鬼才来干这个差事，一个精明可靠的人是宁肯饿死也不会为这点薪水去照看那些马和消防队员的……（耸耸肩）有什么好处？假如外国人看到我们的情况，那我想，咱们在所有的外国报纸上都会当众出丑。在西欧，就拿巴黎说吧，每条街上都有消防瞭望台，而消防队长每年的补助金相当于他的年薪。在那里才好工作呢！

议员们：鉴于谢苗·瓦维雷奇服务多年，发给他一次性补助二百卢布！

消防队长太太（小声对身旁的女人说）：他求得了这笔钱可不错……是个聪明人。前两天我们到大司祭家去，打牌输了一百卢布。如今想起来，不瞒您说，挺心疼的（打个呵欠），唉，真叫人心疼！到时候了，该回家去喝茶啦。

第二幕　瞭望台。守卫

瞭望台上的岗哨（朝下面喊）：喂，锯木厂起火了，敲警钟！

瞭望台下的岗哨：你才看见？老百姓已经奔跑了半个钟头啦。你这怪人，现在才清醒过来吗？（深思）只要是个蠢货，搁在上面下面都一样。（敲警钟）

（三分钟后，消防队长出现在自家窗口，身穿便服，睡眼惺忪。）

消防队长：哪儿着火了，丹尼斯？

下面的岗哨（立正，行举手礼）：锯木厂，长官！

消防队长（摇头）：上帝保佑我们！有风，又这么干燥……（摆手）天不作美！这些倒霉的事烦死人了！……（揉揉脸）这么办，丹尼斯……告诉他们，老兄，让他们套上车先去，我跟着就……待会儿就到……我得穿衣服，还有这个那个的……

下面的岗哨：可是没人去啊，长官！所有的人一个个全都出去了，只剩下安德烈一人在家。

消防队长（吓了一跳）：他们上哪去了，这帮坏蛋？

下面的岗哨：马卡尔钉了新鞋掌，现在把靴子拿到镇上助祭家去了。米哈伊尔，长官，是您派他买燕麦去了……叶戈尔赶着消防队的马车送班长的姨妹到河对岸去了。尼基达喝醉了。

消防队长：那阿列克赛呢？

下面的岗哨：阿列克赛下河摸虾去了，因为你老人家事先命令过他，说是明天有客人来吃午饭。

消防队长（不屑地摇摇头）：你说，和这些人在一起怎么工作？！无知，没受过教育……酗酒……要是被外国人看见，我们又要在国外的杂志上出丑！在国外，就拿巴黎说吧，消防队在任何时候都赶着车在马路上跑，轧死人也没事，不管有没有火灾，你就跑吧！而在我们这儿，锯木厂起火了，出了危险，可他们全都不在家，就好像……全叫鬼吃了！不行，我们跟欧洲比还差得远哪！（转脸朝屋子里温柔地说）玛宪卡，给我把制服准备好！

将军光临的婚礼

有一天，退役海军少将烈伏诺夫-卡拉乌洛夫，一个矮小，仿佛生了锈似的不起眼的老头儿，抠着一条活梭鱼的鳃从市场走出来，后面跟着厨娘乌里扬娜，胳肢窝下夹一包胡萝卜和一捆烟叶，那是可敬的将军用来“驱除臭虫、蚜虫（即蛀虫）、蟑螂以及其他寄生于人体上和居处的纤毛虫的”。

“舅舅，菲立普·叶尔米雷奇！”他正拐进住家的胡同时，忽听见有人向自己打招呼，“我刚从您那儿来，敲门足足敲了一个小时。幸好咱们没有错过！”

少将抬头一看，站在面前的是自己的外甥安德烈·纽宁，这个年轻人在“德良”保险公司工作。

“我有件事求您，”外甥接着说道，一面和舅舅握手，闹了个满手鱼腥，“咱们就在这张长椅上坐一会吧，舅舅……好了……喏，是这么回事……我有个好朋友，姓留宾斯基，他今天举行婚礼。不瞒您说，他这个人好得不得了……我说舅舅，您把鱼放下好不好！弄脏您的大衣那可不得了！”

“没什么……鱼是讨人嫌，又不值什么钱，可是那鱼子却妙不可言！剖开它的肚子，把鱼子掏出来，知道吗，拌上面包渣、葱、胡椒，然后——您就来享用吧！”

“那个人好得不得了……在当铺当估价员，不过您可别把人家当作丑八怪或什么浪荡子……如今连高贵的女士们都在当铺上班……他的家庭，您可以放心……父亲母亲人品高尚，热情好客，信仰宗教……一句话，俄罗斯的老式家庭，准保您非常喜欢……留宾斯基娶的是一个孤女，两个人相爱而结亲……真是好人哪！所以说，亲爱的舅舅，您能不能赏这家人点面子，今天到他们家参加婚礼的晚宴？”

“可是，要知道，我……那个……不认识他们，怎么好去呢？”

“这没什么关系！又不是去什么男爵家、伯爵家！他们是普通百姓，不拘礼数……俄国人的脾气，认识不认识一概欢迎！还有一件……我老实告诉您……那是个旧式家庭，有各种偏见和古怪的想法……甚至挺可笑……这家人特别希望有位将军出席婚礼！成千的卢布他们都不要，只要有位将军坐在宴席前！我同意，这是无聊的虚荣心，是偏见，但是……但是干吗不给他们这份没什么害处的快乐呢？再者说，您在那里是不会感到无聊的……特意为您准备了齐姆良斯克酒和龙虾罐头……老实说，您也能出出风头。如今您的官衔等于白费，就像埋在土里一样，谁也感觉不到您有那么高的地位，但您到了那儿大家就全都知道了！真的！”

“但是，这对我合适吗？安德留沙[①]？”少将问道，沉思地望着一辆出租马车，“你知道，我得想想……”

“真奇怪，这有什么可考虑的？您去就是了！要说合适不合适，那甚至叫人生气……就好像我会把自己的嫡亲舅舅带到不合适的地方去似的！”

“也好……就照你说的办吧……”

“那我晚上坐车来接您……十一点左右，晚一点，这样正好赶上晚宴……这才是贵族的派头……”

十一点纽宁坐车来接舅舅。烈伏诺夫-卡拉乌洛夫穿上镶金丝绦的制服和裤子，佩戴上勋章，然后他们就出发了。到场时婚礼已经开始，从饭馆雇来的侍者给将军脱下带风帽的大衣，新郎的母亲留宾斯卡娅太太在前厅迎接，眯着眼睛打量他。

“是将军吗？”她叹口气，疑问地望着正脱大衣的安德留沙，一

① 安德烈的昵称。

面鞠躬致敬，“非常愉快，大人……可是一点气派没有，窝窝囊囊，嗐……一点都不厉害，连肩章都没有……嗯……反正都一样，上帝既然赐给一个这样的，总不能退回去……就这样吧，大人，您请！谢天谢地，勋章还挺多的……”

海军少将抬起新刮的下巴，神气地咳嗽一声，走进了大厅……在他眼前呈现出好一派景象，其热烈的程度甚至能把顽石软化，直至化为齑粉。大厅当中摆着一张大桌子，上面摆满酒菜和酒瓶，在最显眼的地方坐着新郎，穿着大礼服，戴着白手套。他那冒汗的脸上荡漾着微笑。显然，叫他快活的，与其说是眼前的珍馐美味，不如说是对新婚之乐的预感。他身边的新娘脸上带着泪痕，流露出极其纯洁的样子。海军少将一眼就看出了她的贤淑。其余位置上坐满男女客人。

“海军少将烈伏诺夫-卡拉乌洛夫到！”安德留沙高声喊道。

客人们翻起眼睛瞧瞧走进来的人，恭敬地擦干净嘴唇，欠起身子。

“请允许我来介绍，大人！这位是新郎艾巴米农德·萨维奇·留宾斯基和新娘……这位是伊万·伊万内奇·亚契，在电报局任职……这位是希腊籍外侨哈尔兰皮·斯皮利多内奇·丁巴，做糖果生意……这位是费奥多尔·亚科甫列维奇·纳波里奥洛夫，还有其他各位……请坐，大人！”

海军少将身子晃了一晃，坐下来，立刻取过一块咸鲱鱼。

“您刚才是怎么称呼他来着？”女主人悄声问安德留沙，怀疑而又不放心地打量着贵客，“我请的是将军，不是这个……叫什么来着……害……海……”

“海军少将……不过您不懂，娜斯塔霞·季莫非耶芙娜。文官品级表上四品文官相当于少将，所以海军少将就相当于四品文官……区别只在于衙门不同，实际上是同样的货，价码一样。”

“是这样，是这样……”纳波里奥洛夫肯定上述说法，“是这么回事……”

女主人这才放了心，把一瓶齐姆良斯克酒放到海军少将面前。

“请用，大人！只是请多包涵……您在家里讲究惯了……我们这儿太简陋啦！”

“是的……”海军少将半天不吭声，最后开了口，“古时候人们生活简朴但自得其乐……我虽是个有品级的人，但生活简朴……”

“您早就退役了吗，大人？”

“1865 年退役……古时候一切都很简单……但是……”

海军将官说完“但是”，喘了口气，这时他一眼看见坐在对面的是个年轻的海军军校应届毕业生。

“您那个……想必是在舰队吧？”他问。

“正是，大人！……”

“啊，是这样……也许，现在一切都换了新样子，跟我们那时候不同了……一个个都白白净净的，软软和和的……说起来呢，过去在舰队服役是很苦的，比不得什么步兵，或比如什么骑兵……当步兵一点不动脑筋，就是庄稼汉也知道该干什么，怎么干……可是年轻人，你我就不同了！那可不是闹着玩的！好多事咱们都得动脑筋琢磨琢磨……任何一个无关紧要的字都有所谓神秘的……呃呃……难解之处……比方说，桅楼兵到桅缆去，到中帆和前风帆去！这个命令是什么意思呢？这意思是说，那些派去系紧高帆的水兵，必须同时站在桅楼上。不然就得另下命令：桅楼底框兵到桅缆去！这又另有一层意思。……嘻嘻。……这就跟你的数学一样准确！还有，比方说，船走顺风……求上帝保佑我的记性，哦，想起来了……到高帆和顶帆去！这时桅楼兵，凡奉命解开上帆和顶帆的，就得使足劲从桅楼跑到桅顶横桁，然后，求上帝保佑我的记性……他们分散在横桁上，拆开上面说的那些帆，这要同时干，您明白，同一时间！下面的人就在高帆和顶帆缭绳，张帆索和转桁索旁边停住……”

“为可敬的客人们干杯！”新郎提议。

“对，”海军少将打断他的话，站起来，碰杯，“各种口令真不少……就说这个吧……求上帝保佑我的记性……拉高帆和顶帆缭绳，升起张帆索！好……不过这指的是什么呢？这是什么意思呢？很简单！您知道，他们就拉高帆和顶帆缭绳，升起张帆索……这些事一齐做！同时他们把顶帆缭绳和升起的顶帆索拉平，在这个时候根据需要，再放松这些帆的转桁索，结果，等缭绳拉紧，张帆索都升到规定的位置，那么高帆和顶帆缭绳就拉直，横桁就顺着风向转过去……”

“舅舅！”安德留沙悄声说，“女主人请您谈点别的。这些客人们不懂而且……没意思。”

“等一下，我遇到这个年轻人很高兴……年轻人！我素来喜欢年轻人……现在仍然喜欢……打心里喜欢！求上帝……我很愉快……是啊……如果军舰迎着前侧风航行，右舷受风，而且除主帆以外所有的帆都张着，那么该下什么口令呢？很简单……求上帝保佑我的记性……大家都到上边去，转到顺风方向！不对吗？嘻嘻……”

“够了，舅舅！”安德留沙小声说。

可是舅舅不肯罢休。他一个接一个地喊出口令，每个沙哑的口令声都伴随着冗长的说明。晚宴快结束了，可是沾他老人家的光既不曾有长篇大论的祝酒演说，也不曾有一个人致词。伊万·伊万内奇·亚契心中那篇花团锦簇的致词早已到了舌尖，他急得在椅子上坐不住，皱着眉头和邻座喁喁私语。有一次，用过甜食以后，海军将官被齐姆良斯克酒呛得咳嗽起来，他抓住这个空子跳起来开口说道：

“在今天的所谓日子……嗯……在这一天我们聚在一起来庆祝我们亲爱的……”

“是的……”海军将官打断他的话，“要知道，这全都得记住！比方说，求上帝保佑我的记性……解开下桁索和顶索，然后从右边送到桅楼后部！”

“我们都是粗人，大人，”女主人说，“我们一点也不懂，您最好跟我们谈谈关于……”

“您不懂，因为……这都是术语！当然！可这位年轻人懂……我跟他怀旧……可是我很愉快，年轻人，漂洋过海，无忧无虑，而且……”海军将官流出眼泪，声音颤抖地说：

“比方说，求上帝保佑我的记性……升起船头三角帆，放开转桁索，系上前桅帆主帆前角索！”

海军将官擦干眼泪，呜咽一声接着说道：

“于是水兵们立刻升起船头三角帆的前角索，转动中桅的上帆以及那上面其他的东西，让它们迎着前侧风，然后把前桅帆和主帆的前角索拉到规定的位置，拉紧缭绳，抽出帆前索……我哭了……我高兴……”

“您还是个将军呢，却这么不像样子！”女主人火了，“您这么大年纪，应该知道害臊！我们给您钱，可不是让您在这儿出丑的！”

“什么钱？”海军少将瞪大眼睛。

“明摆着什么钱……大概您从安德烈·伊里奇手里拿到二十五卢布！安德烈·伊里奇，您可真不应该，我们没请您雇这样一个……”

老头子看了一眼满脸通红的安德留沙，又看看女主人——他全明白了。安德留沙对他讲的旧家庭的“偏见”这时在他眼前呈现出全部的丑恶……他的酒立刻醒了……他从桌旁站起来，迈着碎步走进前厅，穿好衣服，走了出去……

从此他再不参加婚礼。

民族特征

摘自一位天真的俄罗斯地理协会会员的笔记

法国人。以思想轻浮而著称。他们读没廉耻的小说，不经父母允许就结婚，不听从扫院子仆人的话，不尊敬上司，甚至不阅读《莫斯科新闻》。他们极不道德，以致所有的法国宗教事务所内堆满离婚案子的材料。例如，萨拉·贝尔娜曾和那么多丈夫离婚，以致宗教事务所的一位秘书深受其惠，挣到两所房产。女人们去做轻歌剧团的女演员，在涅瓦大街上闲逛，男人则烤制法式面包，高唱《马赛曲》。很多人叫阿利芬斯[①]：阿利芬斯·多德，阿利芬斯·拉列……

瑞典人。他们与彼得大帝打仗，把瑞典火柴的想法传给了我们的同胞拉普申，但没有教会他如何使火柴易燃，好使。他们骑瑞典种马，在餐厅里听瑞典女人唱歌，用挪威的煤焦油涂抹车轮。他们住在遥远的地方。

希腊人。希腊人主要从事商业。卖海绵、金鱼、桑托林果露酒[②]和希腊肥皂。没有商业执照的则耍猴子或教古代语言。闲暇时在敖德萨或塔干罗德海关附近钓鱼。吃的是希腊小饭馆做的粗劣食物，因此一命呜呼。有时在他们当中也有高个子的人，例如，莫斯科鞑靼餐厅的老板乌拉多斯就是个又高又胖的汉子。

西班牙人。不分日夜地弹吉他，在窗下决斗，和地主康斯坦丁·舍洛夫斯基通信，后者写出了《塔格林卡》和《我想做个西班牙人》[③]。他们谋不到政府的职务，因为留长发而且披着厚毛围巾。他们都是恋爱结婚，但结了婚立刻就由于吃醋而杀死自己的老婆，甚至不听西班牙警察分局长的劝解，而警察分局长在西班牙是受到尊敬的。他们从事制造西班牙俏皮膏。

切尔克斯人。每人都有“大人”的头衔，无一例外。吃羊肉串，喝卡赫齐亚葡萄酒，在编辑部里打架斗殴。从事制造古式高加索武器，任何时候任何事情也不想，长着长鼻子，以便十分容易地从他们闹事时的地方把他们带出去。

波斯人。和俄国的臭虫、跳蚤、蟑螂打仗，为此目的他们造出了波斯杀虫粉。仗已经打了很长时期，但只要看看商人们的羽毛褥子和官员们床上的缝隙，就知道波斯人仍未打胜，而且近期怕是打不赢的。有钱的波斯人坐在波斯地毯上，没钱的坐在木头橛子上，而前者比后者可舒服多了。他们戴“太阳和狮子”勋章。拥有这种勋章的还有尤里·施列耶尔④，他赢得波斯人的好感，还有雷科夫，他为俄罗斯提供波斯的服务，还有许多莫斯科商人，他们不懈地支持这场对害虫的战争。

英国人。非常珍惜时间。他们说：“时间就是金钱”，因而不付给裁缝钱，而付给时间。他们永远忙碌： 在会上发言，乘战舰远航，用鸦片毒害中国人。他们没有闲空……没时间吃午饭，参加舞会，去幽会，在澡堂子洗蒸汽浴。他们派代理人替自己去幽会，并赋予他全权。代理人给生的孩子承认其合法性。这个事业型的民族生活在英国俱乐部里，在英国的海岸上和在英国的商店里。吃的是英国盐，死于英国病。

---

① “阿利芬斯”一词，作为普通名词有“面首”之意。

② 产于希腊桑托林岛的一种酒。

③ 这两首歌是当时流行的抒情歌曲。

④ 此人和下面的雷科夫在当时被怀疑非法获得波斯勋章。

难　题

请读者解答一道难题。

我，我的妻子和丈母娘三个人参加一位远亲的结婚喜宴，夜间两点从那人家里出来。当然，婚宴席上我们又吃又喝。

“我这个身子可走不了路。”妻子声明，“吉留沙，雇辆马车吧。”

“天晓得你又出什么点子，达莎！”丈母娘表示反对，“如今东西这么贵，连吃茶点的钱都没有……木柴都没了，你却要雇车！我的小爷，别听她的！”

但是我既怜惜妻子的身体又珍视可怜的她那爱情的结晶（读者当然猜到，我的妻子已经身怀有孕），同时我已醉得陶然怡然，走路飘飘然，最宜于体会伽利略的地球转动理论，我没听丈母娘的话而呼唤马车。马车赶过来了……于是这道难题也就提出来了。

你们都清楚出租马车的座位。我是文学家，因此显然可知，我的身体又瘦又轻。我的妻子本来也瘦，但她毕竟比我宽，因为她的腰围在命运的支配下增大了。丈母娘是个大块头，横竖一个样，体重七普特二十四磅。

“咱们三个一辆车是坐不下的，”我说，“还得再雇一辆。”

“你呀我的小爷，是疯了还是怎的？”丈母娘上来了犟脾气。“连付房租的钱都没有，却要雇两辆车！我不允许！决不赞成，我要咒你！”

“可是您要明白，妈妈，”我尽可能恭敬地说，“咱们三个人无论如何是坐不下的。要是您坐，那么谢天谢地，你老人家长得胖，得占四分之三的座位。我嘛，是个瘦子，大概还能坐在您旁边；至于达莎，她怀了孕，是不能坐在您旁边的。叫她往哪儿坐呢？”

“随你们怎么办，我的魔难星！”丈母娘挥舞着双手，“可是再雇一辆车我是绝不赞成！”

“好吧……”我小声地琢磨起来，“我，作为瘦子，坐在您旁边，但这一来达莎就没地方坐了；要是我和达莎坐——您就没地方了……好吧……等一下……如果，假设，我和您坐，让达莎坐在咱们的腿上，但是……根本不行，该死的座位太窄……对了，如果，假设，我和妈妈坐，而你，达莎，和马车夫一起坐到车夫座上……达莎，你愿意和车夫坐在一起吗？”

“我是贵族的遗孀，”丈母娘大怒，“我不允许自己的亲骨肉和庄稼汉坐在一起！再说哪儿见过太太坐在车夫座上的？”

“这样的话，咱们这么办，”我那机灵的妻子说道，“妈妈该怎么坐就怎么坐，而我坐在妈妈的腿旁边，把身体缩起来佝偻着，抓住她旁边的空座位……你嘛，吉留沙，坐到车夫座上……你不是贵族，可以坐车夫座……”

“这倒也可以，”我搔搔后脑勺，“可我已经醉了，会从车夫座上摔下去的……”

“喝得醉么咕咚！”丈母娘唠叨一句，“好吧，你要是怕从车夫座上摔下来，那就站在马车后脚蹬上，两手抓紧靠背……咱们慢慢走，你摔不下来……”

甭管我醉成什么样子，我还是轻蔑地拒绝了这个方案：一个俄罗斯作家，可忽然之间——上了仆人站的马车后蹬？！就差这一手啦！……我没法解决给我出的这个难题，酒醉和头疼弄得我筋疲力尽，我差点就要啐口唾沫走回家去了，可马车夫突然回过身来冲我们说道：

“您这么办……”

他提出了一个被我们所接受的方案。

这是个什么方案呢？

附言。对猜不出马车夫方案者的一次性启发：我和丈母娘并排而坐，妻子离我特别近，她甚至能对着我的耳朵小声说：“吉留沙，你的胳膊肘碰着我啦，往后一点！”马车夫坐在自己的座位上。这么一说就不难猜了。

解　题

我坐在丈母娘旁边，背对马车夫，把两条腿从车座靠背下边伸到车外。妻子站立，就站在我们平常坐车时放脚的地方。她抓住我的双肩。

审判前夜

被告的故事

“咱们要倒霉，老爷！”马车夫转身冲我说道，用鞭子指着横穿道路跑过去的一只兔子。

就算没这只兔子，我也知道前途无望。我现在是到某城地方法院去，在那里我将坐在被告席上为重婚罪而受审。天气坏透了，黄昏时来到驿站，当时我那副模样活像个被雪水淋湿，又挨了顿痛打的人——又冷，又湿，一路颠簸得晕头转向。驿站长在站前迎接我，他个子挺高，穿一条蓝条衬裤，秃顶，睡眼蒙眬，胡子仿佛是从鼻孔里长出来，妨碍他闻气味。

而这里的气味真够难闻的。驿站长嘴里嘟嘟囔囔，鼻子呼哧呼哧，不停地用手挠着领子里的脖子，打开了驿站的“客房”，用胳膊肘默默地指了指我的安歇之地。这时一股浓烈的酸臭味、火漆味和被捻死的臭虫味扑鼻而来，呛得我透不过气。一盏铁皮油灯放在桌子上，照亮未上过油的木墙，那灯像松明似的冒着黑烟。

“你们这儿太臭了，先生！”我说道，一面走进来，把箱子放到桌上。

驿站长闻闻空气，不相信地摇摇头。

“气味和平常一样，”他说道，用手挠挠身上，“这是因为您刚从冷处进来。马车夫和马一块儿睡大觉，但先生们身上是没有气味的。”

我打发走驿站长，开始端详自己这暂时的栖身地。我将要躺上去的长沙发十分宽大，像张双人床，上面蒙着漆布，其冷如冰。除沙发外，屋子里还有一个大铁火炉，一张桌子和上文提到的灯，还有不知是谁的毡靴，不知是谁的手提包，一架遮住墙角的屏风，屏风后面有人安静地睡觉。我端详完了，就在长沙发上铺好被褥，开始脱衣服。我的鼻子很快就习惯了屋里的臭味。我脱掉上衣、裤子、靴子，然后一个劲地伸懒腰，微笑，瑟缩地围着铁炉子蹦跳，把自己的光脚抬得高高的……这么一蹦我觉得暖和一些。这以后就剩下躺倒在长沙发上摊开手脚睡觉了。但就在这时发生了一个小小的意外。我的目光不经意地落到屏风上……请您想想当时我有多害怕，一个女人的小脑袋瓜儿从屏风后面探了出来，脑袋上头发蓬松，还有一对乌黑的眼睛和展露的牙齿。她那两道黑眉一动不动，小脸蛋上漾出好看的小酒窝——这就是说，她正在笑呢。我不好意思了。小脑瓜儿发现我看见了她，也不好意思了，躲到了屏风后面。我仿佛自觉有罪似的垂下眼睛，斯文地走到沙发前躺下，盖上了皮大衣。

“真想不到！”我心中暗想，“这就是说，她看见我蹦来着！不好……”

我回味那张俊俏的小脸，不禁想入非非，我想象中的画面层出不穷，一个比一个美丽，一个比一个诱人……就像有意惩罚这种种罪恶的念头，我突然感到右脸上一阵火辣辣的剧痛。我伸手抓脸，什么也没抓住，但我已猜到其中缘故：我闻到被捻死的臭虫的气味。

“鬼知道这叫什么事！”与此同时我听见一个女人的声音。“该死的臭虫，准是想把我吃了！”

噢！……我想起来自己有个好习惯，出门总带着波斯除虫粉。这回出来也没改变这个习惯，立刻把装波斯粉的铁盒子从箱子里拿了出来。现在只需对那俊俏的小脸蛋推荐这驱除“百科全书”①的药，我们就会彼此相识。但如何推荐呢？

---

① 指臭虫。

“真要命！”

“女士，”我拿出尽可能甜蜜的声调说道，“刚才您喊了一声，根据我的理解，您受到臭虫的叮咬。我有波斯除虫粉。如果您愿意，那么……”

“啊，劳驾！”

“既然这样我马上……穿上皮大衣，”我心中大喜，“就送过来。”

“不用，不用，请您隔着屏风递过来，不要走过来！”

“我也知道隔着屏风。您别害怕，我不是坏人……”

“谁知道您是什么人！您是个过路的……”

“噢！……隔着屏风也行……这没什么特别的……再说，我是个医生。”我扯了个谎，“而医生、地方警察和做女式头发的理发师有权干预私生活。”

“您是医生？这是老实话？真的？”

“是实话，那么您允许我给您送去吗？”

“哦，既然您是医生，那就劳驾……只是何必劳动您呢？我可以叫丈夫到您那儿去拿……费佳！”黑发女人压低声音说道，“费佳，醒醒呀！蠢货！起来！到屏风外头去！医生好心好意，要送给咱们波斯除虫粉。”

屏风后头有个费佳，这对我来说是个令人震惊的新闻。我仿佛当头挨了一棒……当时充塞在我心中的感情十分像开枪时子弹卡壳的感受：又羞，又恼，又遗憾……我的心情坏透了，而当费佳从屏风后走出来时，我觉得他是个十足的坏蛋，甚至差点没高呼救命。这费佳有五十来岁，高身量，体格坚实，留着花白络腮胡子，抿着他那张官僚的嘴巴，鼻子和两鬓上青筋虬结，身穿睡衣，趿着拖鞋。

“您太客气了，医生……”他说道，从我手中接过波斯粉，转身向屏风后走去，“谢谢。您遇上暴风雪了吗？”

“是的！”我嘟囔了一句，往沙发上一躺，猛地拉过皮大衣盖在身上，“是的！”

“哟……齐诺琪卡，有个臭虫在你的小鼻子上爬呢！让我拿掉它！”

“行啊，”齐诺琪卡笑起来，“你没抓住！五品文官，谁见了你都害怕，可却治不了一个臭虫！”

“齐诺琪卡，当着外人的面……（叹气）你老是这样……真是的……”

“猪猡，觉也不让人睡！”我嘟囔道，自己也不知道为什么事赌气。

但这对夫妇很快就安静下来了。我闭上眼，什么也不想，以便入睡。但半小时过去了，一小时过去了，我仍然未睡着。最后我的两位邻居嘟囔起来，开始小声地咒骂。

“奇怪，连波斯除虫粉也一点不起作用！”费佳嘟囔道，“臭虫太多了！——医生，齐诺琪卡要我问问您，为什么臭虫这么臭？”

我们聊起天来。谈臭虫，谈天气，谈俄罗斯的冬天，还谈医学。我对这门学问就像对天文学那样一窍不通，还谈到爱迪生[①]……

“你呀，齐诺琪卡，别不好意思嘛！……要知道他是医生呀！”谈完爱迪生后我听见说悄悄话的声音，“你别拘礼，问一问……没什么好怕的。谢尔维佐夫没治好病，这个人没准会治好的。”

“你自己去问！”齐诺琪卡小声说。

“医生，”费佳对我说，“为什么我的妻子胸口常常感到气闷？不瞒您说，她咳嗽，胸口发紧，就像有个凝成硬块的东西……”

“这个说起来话就长了，一句两句说不清楚……”我想滑过去。

“得了，话长有什么关系，有时间嘛……反正不睡觉……朋友，请您看看她的病！应当告诉您，给她治病的谢尔维佐夫，人倒是好人，不过……谁了解他呢？我就是不信他！不信！我看出来，

---

① 爱迪生（1847—1931），美国科学家和发明家。

您不大愿意，但是，请多费心吧！您就给看看吧！我趁这个空儿去找驿站长，吩咐他端茶炊来。”

费佳趿拉着拖鞋，脚步沙沙地走出去了。我走到屏风后面。齐诺琪卡坐在宽大的长沙发上，靠着许多枕头，抓着她的花边领口。

“让我看看舌头！”我开口说道，皱着眉坐在她身边。

她伸出舌头给我看，然后又笑起来。舌头正常，红颜色。我开始诊脉。

“嗯！……”我哼了一声，没找到脉。

我已不记得还问了些什么问题。看着她那微笑的小脸儿，我只记得诊断快结束时，我已经变成呆子和白痴，根本顾不上问话了。

最后，在费佳和齐诺琪卡的陪同下，我坐在茶炊旁边，必须把药方开出来，我就按照医学的全部规则编写道：

就这样过去 0.05①
尘世的荣华 1.0
蒸馏水　0.1
每隔两小时服一汤勺
谢洛娃太太

医师扎依采夫

早晨我作好一切动身的准备，手拎皮箱，和新结识的朋友费佳作相见无期的道别。费佳揪着我的衣服扣子，拿出一张十卢布的钞票来，他说服我：

“不行，您一定要收下！对一切诚实的劳动我惯于付给报酬！您上了学！干了活！您的知识是用血汗得来的！这个我懂！”

毫无办法，只好把这张十卢布钞票收下。

① 原为拉丁文格言“尘世的荣华就这样过去”，这里扎依采夫把它当作两味药开到药方上了。

我的审判前夜大体上就是这么度过的。至于法庭的门在我面前打开，民事法警向我指示被告席的座位时我的感受就不细说了，只说一点，当时我面色灰白，心中羞愧，回头一望，只见有上千只眼睛瞧着我。再看一眼那些陪审员庄重威严的面孔，我只感到大限临头……

但我无法描写，而您也无法想象我当时的恐惧，因为我抬眼朝铺着红呢子的桌子望去时，您猜我看见谁了？我看见坐在检察官席上的竟是费佳，他在那里正写些什么。看着他，我想起了臭虫，齐诺琪卡，我的药方，于是吓得我背上流出来的不是冷汗，而是整个北冰洋……他写完了，抬眼朝我望过来。开头他没认出我来，但跟着他的瞳孔放大，下巴无力地下垂，手也哆嗦起来。他慢慢站起，用呆滞的目光盯着我。我自己不知为什么也站起来，盯着他……

“被告，请对法庭说出自己的姓名等等。”审判长开口说。

检察官坐下，喝了一杯水。他的额头冒出冷汗。

“得，要倒霉！”我心中暗想。

从一切迹象看来，检察官决心要狠狠地惩治我。他怒气不息，搜寻证词，大发脾气，喋喋不休……

不过，现在到了结束这篇作品的时候了，我是趁午餐时间在法院里写的……检察官马上要发言了。

结局会怎么样呢？

最新尺牍

何谓书信？书信乃是交流思想和感情的一种方法，但是因为许多写信的人既无思想又无感情，所以这个定义并不十分准确。不得已而用一位有文化的邮政官员订下的定义："书信乃是这样一个名词，没有它邮政官员会被裁掉，而邮票也就卖不出去了。"书信有的不用信封有的用信封，后一种应该极其小心地拆开而在看完以后再仔细封好，使收信人不致起疑。别人的信一般以不看为宜，不过，话说回来，为了亲人的利益还是要看的。父母双亲，老婆上司都关心咱们的道德品质，思维方式，信念纯正，他们应该看别人的信。信应该写得清楚而通顺。措辞的礼貌、恭敬、谦虚会给任何信件增光添彩。除此以外，在致上司的信中要按其品级在收信人名字前面写上他的全部爵位品级，例如："大人，慈父和恩人，伊万·伊万诺维奇！明鉴云云……"

文学家、演员和画家没有官位品级。因此在致这些人的信开头很简单：尊敬的先生！

书信范例

致长官。大人，慈父和恩人！斗胆向大人恭禀，会计助理彼列赛金昨天在切尔诺保洛托夫的洗礼宴上不止一次地表露出必须油漆衙门地板和购买呢料铺桌子的思想。虽说这种思想无甚害处，但不能不察觉其中含有对现状的某些不满。遗憾的是在我们当中还有一些人，他们思想轻浮，竟不知对大人感恩，他们还想怎么样，他们还要什么？！我深感困惑而又悲痛……大人，您不辞劳累，赐给我们无数的恩惠，但是，大人，请求您行善到底，把那些一害自己二害他人的败类从我们当中驱逐出去……请大人明察……沐恩谢苗·格奴斯诺夫。

附言，斗胆提醒大人关于会计助理一职。此职您答应给我侄子加皮冬。此人虽无文化，但恭谨且不酗酒。

致下属。三天前你把套鞋拿给我和我妻子时受了邪风，并且据说患了感冒，出于这个原因你未来上班。对于自己的健康如此掉以轻心我给予你严重警告的处分……

情书。仁慈的玛利亚·叶列梅耶芙娜女士！本人手头极其拮据，因而向您求婚。为防有任何疑问特附上警方的品行证书一份。爱您的木·特普鲁诺夫。

致友人。亲爱的瓦夏！你能不能，朋友，借给我五个卢布，明天还？你的伊波宏得利科夫。（应当这么回答：不能。）

公函。公爵夫人米丽特丽萨·吉尔毕其耶芙娜阁下。斗胆最恭敬地提醒阁下牌局欠债一卢布十二戈比一事……三年前在别洛耶多夫家我有幸赢了您这笔钱，但至今仍无幸得到。敬候佳音……节列诺普波夫。

伤害感情的信。阁下！昨天我偶然得知，我所获得的新年奖赏并非由于我个人的劳绩，而是由于我的妻子。当然，我在您手下当差已不可能，因此请求调职。此致对您的鄙视。某某。

辱骂性的信。尊敬的先生！您是评论家！

致文学家的信。尊敬的先生！虽然我不认识您，但出于对亲人的爱和对您真心的可怜（非常明显，您是个有本事的人），不能不对您提个友好的劝告：丢掉您那有害的行当吧！一个关心您的人。（为不致名誉受损，应当避免署名）

在病榻旁

医师波波夫和米列尔站在病人床前争论不休。

波波夫：老实说，我不太信服保守方法。

米列尔：同事，我根本不是和您谈保守主义……信不信，承认不承认都是您的事……我说的是实际上①应该改变的制度……

病人：哎哟！（吃力地从床上起来，走到门口，胆怯地看看隔壁的房间）。如今连墙壁都听人说话②！

波波夫：他诉苦，说胸口发紧，有压迫感……呼吸困难……您不用强刺激怕是不行……

（病人呻吟，胆怯地望着窗外）

米列尔：可是在服用刺激药以前，我请您注意他的体质③。

病人（脸色发白）：啊，先生们，说话别这么大声！我是有家小的人……又有职务在身。窗下人来人往……我手下还有听差的，唉！（绝望地摆手）

---

① 原文为拉丁语。

② 暗示隔墙有耳。

③ “体质”一词在俄语中的另一意义为“宪法”。

不久前的景象

公立银行的行长办公室内，面对精美的酒菜，坐着行长雷科夫和另一位先生。这位先生留着银白的连鬓胡子，脖子上挂着安娜勋章，散发着浓烈的香水味。他那刮得光光的脸上荡漾着宽和的微笑，举止柔和……

“是啊，”这位先生说道，一面弹掉雪茄的烟灰，“这么多事情！妻子生产，然后去法国尼斯，参加妹妹的婚礼……忙得不可开交！好不容易才来到您这儿。我一直要来，这回总算来了，我的好朋友……喂，我的期票情况如何？大概想我了吧？嘻——嘻……它们八月就到期了，可现在已是十二月。这么遵守时间您可喜欢吗？嘻——嘻……别人倒也罢了，在金融界服务的总还是应该更加遵守时间……很对不起，请原谅！”

“您这是怎么了，看您说的！我们也忘了！……嘻——嘻……”

“我的期票总数大概是三十万再加利息……如果我没说错，利息要付两万挂零。是吧？期票嘛，当然，咱们改签，亲爱的伊万·加夫里雷奇，可这利息怎么办——我就不知道了……现在把这笔钱付给您我办不到，可就这么拖着也不合适。亲爱的，您的簿记学比我强，您精于此道……怎么办呢？”

“很简单！我们把期票换成新的，至于利息，大人，咱们把它补进资产借贷……”

“您真伟大，先生！那么，现在是第二个请求……我的妻子买下一个小小的别墅……就那么个农场，您知道吗……分三年付款。明天，我的朋友，请想一想，就是付款日期。急需四万四千！我知道，您是不会拒绝的，我的亲爱的，但有一事不便……在斯科平这个地方除了您我再没有熟人！谁能在我的票据上背书呢？”

“这没什么要紧，大人……我们给您找个在票据上写背书的。伊万，到这儿来！”

门房伊万进来。

“上茶。”雷科夫对他说，“还有，给这位大人在票据上写个背书！”

票据上签了背书，心满意足的先生赏了伊万一枚二十戈比的硬币。

* * *

斯科平市议会。审议银行年度报告。雷科夫坐在议长旁边。

“先生们，我们需要选出一位银行出纳员，”议长说，“我推荐奇赤金。此人正派诚实……”

“不在场的人员是不能被选的。”雷科夫说道，他怀疑奇赤金这个人“有害”。

“奇赤金上哪儿去了，弟兄们？”议员们你看我，我看你，小声嘀咕，“难道他没了？”

“没了……这是他安排的，奇赤金必须出城巡视铁轨，在他上了车后才把议事日程交给他……”

“真狡猾，这个骗子！他把阿芳纳索夫灌醉了，把伊万收买了，把叶戈尔制服了……比方说审查这份年度报告……可瞧它又有什么用？不过是一场笑话！这是欺诈！”

“您哪，先生，别说了！”一个穿厚呢大衣的红鼻头发出嘘声，他脚蹬一双带褶的靴子，从整个模样看来乃是雷科夫的走狗。“您自己欠着债，却说这种话！”

“不是我一个欠债，所有的人都欠他的债！”

“那就都别作声。”

“先生们，我看批准这份报告，不必辩论，”议长说，“银行诸事顺利，就算有报纸提出批评，但你们自己也知道，报纸本来就是魔鬼想出来的玩艺，目的在于惑乱人心……我认为一切都实实在在，有根有据。没有人表示反对吧？”

谢苗、彼得和伊昂本想反对，但他们每人都欠债三万。

“既然这样，那我提议，”议长接着说，“由于雷科夫管理银行成绩卓著，我们对他给予表扬！”

“表扬！表扬！”

雷科夫点点头，飘然而去。

* * *

邮政所。所长彼罗夫每月从雷科夫手里拿五十七卢布，这时正和一位求见者谈话（在斯科平市邮政所长也是一级长官）。

“您有什么要求？”

“两月以前我给《新时代》编辑部寄过一封信，但这封信没有收到。我能不能知道这封信命运如何？此外，我没收到《消息》报第四十一期，那上面有一篇斯科平的报道。俱乐部也没收到这一期。”

“请别把胳膊放在桌子上！”

“三天以前我的朋友没收到《新闻报》，那里也有斯科平的报道。此外，您能否说明一下，我在七月份寄往莫斯科《信使报》的信究竟在哪里。这封信也没收到！”

“现在已经三点钟，停止接收任何邮件！明天再来吧！”

牡蛎

我不用太费劲就能清清楚楚地想起那个秋雨连绵的黄昏，当时我和父亲站在莫斯科一条拥挤的街道上，我感到有一种奇怪的病渐渐袭上身来。我哪儿都不疼，只是两条腿站不直，话卡在嗓子眼，脑袋无力地朝一边歪……看来我马上就要摔倒而失去知觉。

这时候如果我到医院诊治，医生们会在我的病历牌上写道："饥饿[1]"，这是医学教科书中没有的一种病。

在人行道上站在我身旁的是我的父亲，穿着破旧的夏季大衣，戴着旧呢帽，从帽胎里露出一小块棉花，脚上穿着又大又重的套鞋。这个好面子的人生怕别人看出他光着脚穿套鞋，因而在腿肚子上包上一副旧靴腰。

这个又可怜又有点傻的怪人，他那讲究的大衣越破越脏，而我爱他反而越深。五个月以前他来到首都谋求文书的职位。五个月来他到处奔走，求人谋事，直到今天他才下了决心上街乞讨……

我们对面是一座三层大楼，挂着"饭馆"的蓝色招牌。我的头无力地朝后一仰，往旁边一歪，不由自主地朝那些灯光明亮的窗口望去。窗口里人影闪动。我看见一架自动风琴的右侧面，两张彩色画片，几盏挂灯……再仔细往一个窗口里头瞧，看见一块白色的东西。那东西方方正正，一动不动，在周围深棕色的背景中特别显眼。我凝神细看，认出这块东西是个招贴，上面写着字，但究竟是什么字却看不清楚……

足足半个钟头我不错眼珠地看那招贴。它的白颜色吸引我的目光，仿佛对我的脑子施了催眠术。我竭力想认出上面的字，但这努力等于白费。

最后我的怪病起了作用。

我开始觉得马车的辘辘声如同打雷，从街上的臭气里我闻出了上千种气味，我的眼睛在饭馆的灯光和街灯里看到耀眼的闪电。我的五种感官一齐紧张起来，敏锐异常。我看见了先前看不到的东西。

“牡蛎……”我认出了招贴上的字。

这字很奇怪！我在世上已活了八年零三个月，可从未听人说过这个字。它是什么意思？是不是饭馆老板的姓呢？可是姓氏的招牌都是挂在门外的②，并不挂在屋中墙上。

“爸爸，牡蛎是什么意思？”我声音沙哑地问父亲，吃力地把脸扭到他那一边。

我的父亲没听见我的问话。他注视着人群的活动，目送着每个行人……从他的眼色中我看出来，他想对行人说点什么，然而那句要命的话却像沉甸甸的砝码似的挂在他颤抖的唇上，无论如何也说不出口。他甚至朝一个行人迈了一步，碰到他的袖子，可是当那个人回头看时，他却说一声“对不起”，不好意思地退了回来。

“爸爸，牡蛎是什么意思？”我又问了一遍。

“这是一种动物，生活在海洋里……”

我立刻想象出这个未曾见过的海洋动物是什么模样。它应当是介乎鱼虾之间的某种东西。它既然是海味，人们当然把它做成鲜美滚烫的汤菜。加上香喷喷的胡椒面和月桂叶，或者做成酸溜溜的杂拌汤，再不做成虾酱油，或是拌辣根的冻子……我生动地想象如何把这种动物从市场上买回来，赶紧收拾干净，赶快下锅，快，快！因为大家都想吃，特别想！从厨房传来炸鱼和虾汤的气味。

我感到这股香味刺得我的上颚和鼻孔发痒，渐渐传到我的全

---

① 原词为拉丁语。

② 俄国饭馆的招牌上常有老板的姓。

身……饭馆、父亲、白招贴、我的袖子——一切都冒出这种气味，又香又浓，我不禁咀嚼起来。我又嚼又咽，仿佛手里真拿着一块海鲜……

我感到一阵快感，美得我两腿打弯。我怕跌倒，就一把抓住父亲的袖子，偎在他那潮湿的夏季大衣上面。父亲打着哆嗦，缩起身子。他冷……

“爸爸，牡蛎是素菜还是荤菜？”我问。

“它们是生吃的……”父亲说，“它们有壳，就像乌龟那样，不过……是两片壳。”

霎时香味不再让我的身上刺痒，幻景消失……现在我全明白了！

“多么恶心！”我小声说，“多么恶心！”

原来牡蛎是这么回事！我想象这动物样子像青蛙，藏在贝壳里，瞪着两只闪亮的眼睛，翕动它那令人讨厌的下颚。我想象这东西包在贝壳里，伸出几只螯，闪着亮晶晶的眼睛，表皮黏糊糊的，从市场上买回来……孩子们吓得都藏起来，厨娘厌恶地皱着眉，抓起它的螯子，放到盘子里，端到餐桌上，大人们拿起来就吃……生吞下去，连眼睛带牙齿、爪子一起下肚！它吱吱地叫，极力想咬人的嘴唇……

我皱起了眉，但是……但是，为什么我的牙嚼起来了？这动物可恶、讨厌、吓人，可我还是把它吃了，贪婪地吃了，只怕品出它的滋味和气味。吃完一只，我又盯上第二只，第三只，那亮晶晶的眼睛……我把它们也吃了。最后我吃起了餐巾、盘子、父亲的套鞋、白色的招贴……看见什么我吃什么，因为我觉得，只有吃才能治我的病。牡蛎用眼睛可怕地看着我，样子十分讨厌，一想起它，我就哆嗦，可我要吃！吃！

“给我牡蛎！给我牡蛎！”这呼声发自我的胸膛，我伸出双手。

“帮帮我们吧，先生们！”这时候我听见父亲低沉压抑的声音，“我不好意思求人，可是，上帝呀，我挺不住了！”

“给我牡蛎！”我大喊，揪住父亲的大衣后襟。

“难道你也吃牡蛎，这么小的孩子！”我听见身旁有人笑。

在我们面前站着两位戴礼帽的先生，一边笑一边看着我的脸。

“你这娃娃也吃牡蛎？真的？这倒有趣！你怎么吃？”

我记得，一只有力的手把我拉进灯光明亮的饭馆。过了一会周围聚起一群人，好奇地笑着朝我看。我坐在桌前，吃一种黏糊糊的东西，有腌过的味道，冒着潮气和霉味。我贪婪地吃着，不嚼，不看，也不打听吃的是什么。我觉得，只要一睁眼，准会看见那亮晶晶的眼睛、螯子和尖锐的牙齿……

我忽然开始嚼一种挺硬的东西，发出喀嚓嚓的声音。

“哈——哈！他连壳也吃！”人群大笑，“小傻瓜，难道这也能吃吗？”

后来我觉得渴得要命。我躺在床上却睡不着，我的胃疼，发烫的嘴里有股怪味。我的父亲在屋里走来走去，用手比划着。

“我好像是感冒了，”他喃喃地说，“脑袋里有那么一种感觉……仿佛有个人呆在里头……也许这是因为我没……那个……今天没吃东西……我真有点古怪，挺傻……干吗我不走上前向他们求几个……借几个钱呢？我明明看见他们买牡蛎花了十个卢布，大概他们会给的。”

天快亮时我睡着了，我梦见带螯子的青蛙藏在贝壳里，耍着眼神。中午我渴醒了，睁开眼找爸爸，他还在那里走来走去，用手比划着……

可爱的自由派

每年圣诞期间切尔诺普鲁省的女士们和省府官员们都举办一场慈善性质的业余演出。去年的演出不成功，因为指挥大权落到高级顾问楚什金这个“大老粗”手里。他把剧本砍掉了一半，不许说书人自由发挥。今年，业余演员们纷纷抗议。女士们把选剧本的事抓到自己手中，至于对外交涉、挑选说书人、歌手和舞会主持人等事项，一概交给特任官卡斯卡多夫掌管，他年轻，大学毕业，又是个自由派。

“选谁呢，先生们！”十二月一天的早晨，卡斯卡多夫站在办公室中央，两手叉着腰讲起来：“舞会主持人由宪兵中尉波德里加依洛夫担任，喏……当然，还有我。男歌手呢……有我，大概还有宪兵中尉波德里加依洛夫……他那男中音美极了，不过，这话只在咱们当中说，他唱得粗野……幕间休息的说书人挑谁呢？”

“您派特列特沃尔斯基吧……”科长基斯里亚耶夫用火柴梗剔着指甲缝说道，“这坏小子去年讲得蛮精彩……就凭他那张丑脸儿就值多了！这坏蛋好喝……但是，天才都好喝！据说连拉斐尔都好喝！”

“特列特沃尔斯基？啊，是的，想起来了……他说得不错，不过风度嘛……风度啊？尼基弗尔，把特列特沃尔斯基叫来！”

进来一个黑发男子，高高的个子，有点驼背，一头乱蓬蓬的长发，一双通红的大手，穿一条棕色裤子。

“请坐，特列特沃尔斯基！”卡斯卡多夫向他打招呼，一面用洒了香水的手帕擤鼻子，“您知道吗，咱们又要筹划演出了……您倒是坐下呀！别来这套中国式的官派，咱们都是人！好啦……幕间休息和戏完了以后，按照去年的先例，要有朗诵……可是在我们这个切尔诺普鲁省根本没有说书人和朗诵演员……我大概还能朗诵几篇，嗯，宪兵中尉波德里加依洛夫朗诵也不坏，但我们俩一点时间都没有！只好又来找您……您不来一个吗，朋友？”

“行吧，”特列特沃尔斯基垂下眼睛，“不过，伊万·马特维伊奇，要是还像去年那样限制我，那只会闹笑话！”

“绝不，绝不……给您充分的自由！是充分的自由！老兄，您爱念什么就念什么，爱怎么念就怎么念！我之所以承担指挥，就是为给您自由！不然的话我就不干了……在选材上请不要有顾虑，别的方面也一样，就这一句话！您可以朗诵作品，也可以说笑话……来首诗，总而言之……”

“这办得到，可以讲个犹太人的生活故事……”

“犹太人？好极啦！太好了，我的亲爱的！只是，这合适吗？老兄，问题是梅德赫尔要带着女儿们出席晚会……他已改信正教了，不过还是不大合适，他会生气的……您还是来个别的吧……”

“关于德国人的故事，你说得蛮好的！”基斯里亚耶夫咕噜了一句。

“也好，”卡斯卡多夫表示同意，“您来个德国生活方面的故事……只是，那个……这也未必妥当……省长夫人就是日耳曼人，在娘家时叫冯·利特卡尔特男爵小姐……不行啊！最亲爱的！限制自己当然不应该，但还是不妨慎重一点。这话只在咱们之间说，如今谁都喜欢把一切往自己身上套……就说去年吧，您顺带着讲了一个亚美尼亚人的生活故事，您应该记得，在那个故事里讲道：纳希切万城的居民说：‘把您那条水龙带给我们吧，求上帝保佑，要是将来您那儿着了火，我们给您两条。’这话有什么得罪人的地方呢？可是，真就有人生了气！”

“而且气得不得了。”基斯里亚耶夫证实道。

“他们说，他讲的这个纳希切万城暗指的是什么，我们心里有数！而小姐们一听‘水龙带’这字脸都红了。您倒分析分析，什么叫礼貌，什么叫不礼貌！要慎之又慎哪！比如，就说俄罗斯的生活故事吧……比如戈尔布诺夫[1]写的一个什么故事……真是了不起的作品，准得满堂彩儿！可是不行：省长大人认为，这是‘对人民的嘲弄’。他的话有一定道理，不过——这年头真可怕，这是当着咱们自己说！鬼知道这叫什么年头！”

“您知道，可以朗诵涅克拉索夫的作品……‘她的额头上刻着不祥的字句：在市场上出卖肉体！’[2]棒极了！”

“不，不……不！”卡斯卡多夫摊开双手，“晚会是家庭性质的……有太太，姑娘，而您却来个‘不祥的字句’，您这是怎么啦，老兄！想都不要想！可以不走极端嘛！您弄点什么不带倾向性的，中性的……那种轻轻松松的……”

“什么作品才算轻松呢？托尔斯泰的《女罪人》行吗？”

“有点沉重，老兄！”卡斯卡多夫皱皱眉，“《女罪人》啦，《聪明误》那段最后独白啦，都是陈词滥调，老一套，而且多少有些争论……您随便选吧，随便选！不要有顾虑！随便选……随便！”

特列特沃尔斯基两眼望天，沉思默想。基斯里亚耶夫看看他，叹口气，不屑地摇摇头。

“这样看来，您是个不讲道德的人，”他嘟囔道，“所以想不出什么讲道德的作品！”

“问题不在道德方面，扎哈尔·伊里奇！”卡斯卡多夫出来打圆场，“特列特沃尔斯基有片面性，这倒是真的！”

特列特沃尔斯基脸一红，挠挠自己的眼皮。

“既然我又片面又不讲道德，您叫我来干什么？”他站起来朝门口走去，“我又不是自己要干。”

---

① 戈尔布诺夫（1831—1895），俄国作家和演员，善写滑稽民间故事。——俄文原注

② 引自涅克拉索夫的诗《衣服华丽的穷女人》。——俄文原注

特列特沃尔斯基一走，卡斯卡多夫就踱起步子。

“我真弄不懂这些人，扎哈尔·伊里奇！”他说道，把头发挠得乱蓬蓬，“我对天发誓，就是弄不懂！我自己不是守旧派，并不落后……甚至是自由派。就因为自己的思维方式，一直受苦受难。可我不懂这些极端分子，如同这位先生！我，哦，还有宪兵中尉波德里加依洛夫都是以思想自由而著名的……各界人士对我们侧目而视……省长大人怀疑我同情危险思想……而我并不放弃自己的信念！我是自由派！但是……像特列特沃尔斯基这种人我却弄不懂！这是走极端，而我这个罪人可受不了极端分子！我不是保守派，但是我受不了！您尽管责备我，尽管叫我守旧派，您爱怎么说就怎么说，可我就是不能和特列特沃尔斯基这样的先生们握手！”

卡斯卡多夫筋疲力尽地往圈椅上一靠，陷入沉思……

“不让他参加就是啦！”基斯里亚耶夫咕噜了一句，他百无聊赖，拿起图章盖在自己的袖口上，“不让他参加……就这么办……算了！”

恐怖之夜

伊万·彼得罗维奇·巴尼希津脸色发白，把灯亮捻小，激动地讲起来：

“1883 年圣诞前夜我从一位现已故去的朋友那里回家。我们在他家里开了个招魂会。因为坐得太久，回家时那黑沉沉，伸手不见五指的夜幕已经笼罩大地。我走过的那些胡同不知为什么没有灯光，我只得几乎摸索着往前走。我住在莫斯科，圣墓教堂附近，文官特鲁波夫家中，那是阿尔巴特街区最偏僻的地方。我走在路上，心情沉重而压抑……

“‘你的一生已临近末日……忏悔吧……’

“这是招魂会上亡灵斯宾诺莎对我说的话。我请求他重说一遍，那沙盘不但重作了一遍，而且又加上了几个字：‘今天夜里。’我不信招魂术，但死的念头，甚至死的暗示都令我感到心灰意冷。先生们，死是不可避免的，它平平常常。不过话虽如此，死的念头却违反人的天性……当时我被裹在寒冷而不透明的黑暗之中，雨滴疯狂地在眼前飞舞，风在头上凄凉地呻吟，身边看不见一个活人，听不见一点人声，我心中充满说不清道不明的恐惧。我这个摆脱了迷信思想的人不敢回头，不敢朝两边望，一个劲地赶路。我觉得只要一回头，准会看见化身为鬼的幽灵。”

巴尼希津急促地喘口气，喝口水，接着说道：

“我爬到特鲁波夫家的四层楼，打开门，走进自己的房间。到这个时候那种说不清楚，但你们都明白的恐惧仍然没有离开我。我那简朴的住处黑糊糊的，风在炉膛里哭号，仿佛想进来取暖，它敲着炉子气眼上的小门。

“‘要是相信斯宾诺莎的话，’我笑了笑，“那么，今天夜里我就要在这风的哭声中死去了。这可真怪吓人的！？’

“我点上蜡烛……一阵狂风在屋顶上吹过……它那低低的哭泣变成凶狠的嚎叫。下面某处有扇掉了一半的百叶窗发出敲打的声音，我那炉子上气眼的小门哀哀地尖声呼救……

“‘在这样的夜里那些无家可归的人可就惨了。’我心中暗想。

“但现在不是胡思乱想的时候。这时我那根火柴上的硫黄燃起蓝火苗，我扫视房间，眼前出现了一幅意外可怕的景象……真可惜，刚才那阵风没吹灭我的火柴！要是那样，我一准什么都没看见，我的头发也就不会竖起来了。我大叫一声，朝门口迈了一步，心中充满恐惧、绝望、惊奇，双眼一闭……

“屋子当中放着一口棺材。

“蓝火苗亮了不久，但是我还是看清了这口棺材的形状……我看见棺材上蒙着闪光的粉红色锦缎，棺材盖上有个饰着丝绦的金十字架。先生们，有些东西尽管你只在刹那之间看见了它们，却会深深地铭刻在记忆之中。这口棺材就是如此，我只看了它一秒钟，但它的样子我至今仍然丝毫没忘。这口棺材是供中等身材的人使用的，看它那粉红颜色，是给年轻的姑娘准备的，贵重的锦缎、垫脚、青铜把手，这一切说明亡人是富有的。

“我慌慌张张从自己的房间里跑出来，什么都不想，只感到难言的恐惧。走廊和楼梯一片漆黑，我的双腿被皮大衣的底襟绊来绊去，而我居然没有跌倒，没有摔断脖子——真是怪事。我来到街上，靠着潮湿的路灯灯柱，开始稳定自己的心神。我的心跳得厉害，喘不过气来……”

一个听他讲述的女人把灯捻得更亮一点，朝讲话的人挪得更近一点。讲述者接着说道：

“就算我在自己的屋子里看见着火，碰上贼，遇见疯狗，我也不会吃惊。就算天花板坍下来，地板陷下去，四面的墙倒了，我也不会吃惊……这都是自然而然，可以理解的。但是，棺材怎么会到了我的屋里？它是打哪儿来的？它很值钱，是女式的，显然是为一位年轻的女贵族准备的，它怎么会来到一个小文官寒酸的屋里呢？它是空的？还是装着一具尸体？这个短命的阔女人，这个对我进行如此奇怪，如此可怕的拜访的来客是什么人呢？真是折磨人的秘密！

"'如果不是奇迹，那就是犯罪。'我的头脑里闪过这样的念头。

"我百思而不解，每逢我外出，房门是锁着的，只有亲密的朋友才知道放钥匙的地方，但朋友们决不会给我抬口棺材来。也可以这么推测，这口棺材是被棺材匠错抬到我这里来的。他们可能送错了地方，上错了楼层或认错了门，把棺材送到不该送去的地方。可是谁不知道，我们的棺材匠如果拿不到工钱，至少拿不到茶钱，是决不会出门的。

"'鬼魂预言我要死，'我心中暗想，'是不是这些鬼魂想方设法给我及时地准备了棺材？'

"先生们，我现在不信，而且也不曾信过招魂术。但对这样的巧合就是哲学家也会产生神秘之感的。

"'这一切都十分荒唐，而我却像个小学生那么胆小，'我心中断定，'这不过是眼睛的错觉而已！回家时我的心情极其恶劣阴暗，因此我那病态的神经如果看见棺材也就不足为奇了……当然是幻觉！哪会有什么别的呢？'

"雨抽打着我的脸，风恼怒地撕扯我的衣襟、帽子……我冻得冰凉，浑身湿透。我必须往前走，但是——到哪里去呢？转身回家——那就意味着再冒一次看见棺材的危险，而那幅景象我是无力承受的。设想我独自一人，周围看不见一个活人，听不见一点人声，面对一口棺材，里头没准躺着一具死尸，这情景非叫我失去理智不可。但在倾盆大雨下，在寒冷中逗留街头也不是办法。

“我决定到友人乌斯科耶夫家去过夜，你们都知道，这个人后来开枪自杀了。他住在商人切列波夫带家具的公寓里，地址在亡人胡同。”

巴尼希津擦干额头上的冷汗，沉重地喘口气，接着说道：

“我的朋友不在家。我敲他的房门，知道他肯定不在，就在门框上摸到钥匙，打开房门走了进去。我脱下湿淋淋的皮大衣，扔到地上，在黑暗中摸到长沙发，坐下来休息，四周一片漆黑，风在通气窗口悲哀地呜咽。炉子里只有蟋蟀单调地唱着千篇一律的歌。克里姆林宫的大钟敲响圣诞晨祷的钟声。我急忙划亮一根火柴，但那光亮并没有驱散我心中的阴郁，恰恰相反，那种可怕的，不可言状的恐惧又抓住了我……我大叫一声，打了个踉跄，人事不知地跑到室外……

“在朋友的房间里，和在自己的房间一样，我看到同样的东西——棺材！

“朋友的这口棺材比我的几乎大一倍，深棕色的棺罩给它添上一种特别阴冷的色彩。它怎么会到了这儿的？我的眼睛发生了错觉，这是无可怀疑的了，总不至于每个房间里都有棺材呀！显然，我的神经出了毛病，这是幻觉。现在不管我到哪儿去，到处会看到恐怖的死亡景象。如此看来，我正在发疯，得了某种‘棺材狂’病。至于得病原因不用费时间去找，只要想一想招魂术和斯宾诺莎的话就够了……

“‘我疯了！’我想道，吓得紧紧抱住脑袋，‘天哪！怎么办呀！’

“我的头要爆炸，我的双腿发软……大雨倾盆，寒风透骨。我既没穿皮大衣，又没戴帽子，回到房中去拿绝不可能，我没那个力量……恐惧把我紧紧地搂在自己冰冷的怀里。我的头发根根直竖，脸上冷汗直流，虽说我相信这是幻觉。”

“怎么办呢？”巴尼希津接着说下去，“我正在发疯，而且有得重感冒的危险。幸好我想起了自己的好朋友波戈斯托夫。他是一位大学刚毕业的医生，住处离亡人胡同不远，同我一起参加了夜里那场招魂会。我急忙到他那里去……当时他还没和富商的女儿结婚，住在五品文官克拉德比宪斯基家的五层楼上。

“我的神经注定在波戈斯托夫那里再受一次新的折磨。我爬到五层楼，听到可怕的吵闹声。上面有人在跑，脚步声很重，房门砰砰地响。

“‘救命啊！’我听见撕心般的叫声，‘扫院子的，来救我呀！’

“刹那间，从楼梯上迎着我飞奔下来一个黑糊糊的人影，穿着皮大衣，戴着揉坏了的礼帽……

“‘波戈斯托夫！’我高呼，认出了那人就是我的朋友波戈斯托夫，‘是您吗？您怎么啦？’

“波戈斯托夫跑到我跟前站住，哆哆嗦嗦地抓住我的手。他脸色煞白，呼吸沉重，浑身颤抖，他的眼珠乱转，胸脯猛烈地起伏……

“‘巴尼希津，是您吗？’他声音喑哑地问道，‘不过，这真的是您吗？您的脸白得像刚从坟墓里爬出来似的……可是，慢着，莫非您是由于我的错觉而产生的幻象？天哪，您真可怕……’

“‘可您是怎么了？您面无人色！’

“‘哎呀，朋友，让我喘口气……看到您我很高兴，如果这真的是您，而不是错觉的话……该死的招魂术……它弄得我神经错乱。请您想想，我回到家来，竟看见屋子里有口棺材！’

“我不相信自己的耳朵，请他再说一遍。

“‘棺材，真正的棺材！’医生说道，筋疲力尽地坐在楼梯台阶上，‘我不是胆小的人，可就是鬼也会吓坏的，如果他在招魂会后黑糊糊的突然碰到一口棺材上！’

“我结结巴巴，前言不搭后语地对医生讲了我看见的两口棺材……

“我们两个瞪大眼睛，张开嘴巴，你看着我，我看着你，足有一分钟。然后，为了证实我们没有产生错觉，动手你拧我，我揪你。

“‘咱们俩都感到疼，’医生说，‘这就是说，我们俩现在没睡觉，不是相见在梦中。这就是说我的一口棺材和您的两口棺材不是错觉产生的幻影，而是某种真实的东西。老兄，怎么办？’

“我们在寒冷的楼梯上足足站了一个小时，反复猜想和推测，却怎么也弄不明白是怎么回事。我们身上冻得难受，决定不理会这懦弱的恐惧，叫醒仆人，一同到医生房间去。我们就这么办了。走进房间，点上蜡烛。我们确实看见了那口棺材，蒙着白色锦缎，下面缀着金色穗子和流苏。仆人虔诚地在胸前画了个十字。

“‘现在不妨看一下，’脸色煞白，浑身发抖的医生说，‘这棺材是空的，还是……有人的？’

“经过长时间可以理解的犹豫之后，医生弯下腰，由于害怕和期待而咬紧牙关，掀开棺盖，我们朝里头一看……

“棺材是空的……

“里面没有死人，但我们发现有一封信，内容如下：

> “‘亲爱的波戈斯托夫！你知道，我岳父的生意出现了可怕的亏空。他欠了一身债，明后天就要来查封他的财产，这一来就把我们两家全都毁了，也毁了我们的名誉，而名誉对我们来说是重于一切的。在今天的家庭会议上我们决定隐藏所有值钱的东西。因为我岳父的全部财产就是棺材（你也知道，他是做棺材的行家，在本城首屈一指），所以我们决定把最好的棺材都藏起来。我把你当做朋友来请求，请帮帮我，救救我们的财产和名誉！预料你肯定会帮助我们保存我们的财产，所以派人给你，亲爱的，送去一口棺材，请你把它藏起来，保管到我领回为止。如果没有熟人和朋友的帮助我们就完了。我希望你不会拒绝，再说，这棺材放到你那里不会超过一星期。所有我当做真正朋友

的人，每位我都送去一口棺材，寄希望于他们的慷慨和高尚。

爱你的伊万·切留斯金'

“此后，我用了三个月的时间治疗神经紊乱。而我们的朋友，那位棺材匠的女婿，既保全了名誉，也保存了财产。他已经开办了一家殡仪馆，做起了墓碑和墓石的生意。他的生意不佳，因而现在每天晚上我在归家途中，老怕在自己的床上看见什么白色大理石板或棺材罩。”

圣诞树

一棵高高的、长青的命运树上挂满生活中各种好东西……从下到上挂着升官、好运、佳偶、中彩、一场空、刮鼻子等等。圣诞树周围聚着一群成年的孩子……命运分发给他们各式各样的礼物……

“孩子们，谁想要个富商的女儿？”它问道，从树枝上摘下一个脸蛋红红的富商女儿，从头到脚挂满珍珠和钻石……“陪嫁有普留奇哈街上的房屋两所，铁铺三家，啤酒馆一个，现金二十万！谁要？”

“我！我！”上百只手伸向富商的女儿，“我要富商的女儿！”

“别挤，孩子们，不要激动……大家都会称心满意的……这个富商的女儿就让年轻的医生拿去吧。一个献身科学，济世救人的人士缺不了双驾马车和上等家具等。你拿去吧，亲爱的医生！不值得谢……好啦，现在是第二件惊人的礼品！楚赫洛莫—波谢洪斯基铁路的一个职位！薪金一万，同样数目的奖金，一个月工作三小时，十三间一套的住房，以及其他等等……谁要？你要，柯里亚？拿去，亲爱的！下一个……单身男爵希玛乌斯家中的女管家职位！哎，别乱拽呀，小姐们！要有耐性嘛！……下一个，漂亮的姑娘，父母贫穷但是贵族，陪嫁一文不名，但为人正派，多愁善感，富于诗意！谁要？（冷场）没人要吗？”

“我倒是想要，就是没钱养活她！”墙角一个诗人说。

“那么，没人要了？”

“行，我要吧……就这么定了……”一个身材矮小而且害痛风病的糟老头子说，他在东正教管理局任职，“好吧……”

“左琳娜[①]的手绢一块！谁要？”

“啊！……我要！我要！……啊，您踩了我的脚啦！我要！”

“下一件惊人礼品！精美的藏书，包括康德全集、叔本华全集、歌德全集，所有俄国和外国作者的作品，大批古代珍本等。谁要？”

“我要！”旧书商斯维诺巴索夫说，“劳驾！”

斯维诺巴索夫拿走藏书，从中挑出《占卜术》《占梦书》《尺牍》《单身汉案头必备》……其余都丢在地上……

“下一个！奥克列依茨照片一张[②]！”

听到响亮的笑声……

“给我吧……”博物馆长文克列尔说，“会有用的……”

“下一个！《处女地》杂志附赠的豪华镜框一个。”（冷场）“没人要？那么下一个……破靴子一双！”

靴子由一个画家拿去了……最后，圣诞树上的东西被拿光，人群散去……圣诞树旁只剩下一个滑稽杂志的撰稿人……

“给我什么呢？”他问命运，“所有的人都得到一件礼品，而我什么也没得到。你未免太卑鄙了！”

“全拿走了，什么都没剩……还剩了个一场空……你要吗？”

“不要……我对这些一场空早厌烦了……莫斯科一些编辑部的出纳科里这种货色多得很。没有更像样一点的东西吗？”

“把这些镜框拿去……”

“这东西我已经有了……”

“还有马勒、缰绳……这儿有个红十字，如果你想要……还有牙疼……虐待……因破坏名誉罪监禁一月……”

---

① 俄国小歌剧女演员，19 世纪 80 年代红极一时。——俄文原注

② 此人是 19 世纪 80 年代黑帮杂志《光线》的发行人，他曾随杂志附送自己的相片，引起其他报刊的讥笑。——俄文原注

“所有这些我都有了……”

“还有锡制的玩具兵，如果你要的话……还有北方地图……”

幽默家把手一摆，一溜烟走了，只盼着来年的圣诞树。

闹情绪

县警察分局长谢苗·伊里奇·普拉奇金在自己的房间里踱来踱去，极力压制心中的不快。昨天他因公到军事长官家中去了一趟，无意间坐下打起牌来，结果输了八个卢布。钱数微不足道，不值一提，但贪婪和爱占便宜的魔鬼却躲在分局长的耳朵里，责备他挥霍无度。

“八个卢布——有什么了不起的！”普拉奇金压下魔鬼的话头，“人家经常输的比这还多呢，没关系嘛。再说啦，钱是可以挣来的……只要到工厂或雷洛夫酒馆转一转，八卢布就到手了，甚至还要多呢！”

“冬天……有一个农民喜洋洋……”分局长的儿子万尼亚在隔壁屋子里单调地背书，“有一个农民喜洋洋地……修路……”

“再说还可以赢回来呢……什么喜洋洋？”

“一个农民喜洋洋地修路……修……”

“喜洋洋……”普拉奇金继续思索，“应该狠抽他十鞭子，他就不太喜洋洋了。与其喜洋洋，你不如规规矩矩交税的好……八个卢布——有什么了不起的！并不是八千卢布，随时可以赢回来的……”

“他的马儿闻到雪……闻到雪……拉着雪橇一路小跑……”

“他还跑起来啦！你倒说说，他会有什么好马！劣马……就是匹劣马……没脑筋的庄稼汉就爱喝醉了赶着马乱跑，然后就掉到冰窟窿里或者山沟里，那时你就得为他忙活……你再跑快车，我就给你点厉害，让你五年也忘不了！……我干吗打那张小牌呢？我要是打梅花爱司，就不至于只差两分……”

“飞快的马车向前急驰，翻出两道松软的沟痕……翻出两道松软的沟痕……”

“翻出……翻出沟痕……沟痕……居然会写出这样的玩意！居然允许他写，求上帝饶恕吧！其实呢，都是那张十闹的！是魔鬼专在不该送来的时候送来的！”

“仆人的小孩跑来跑去……仆人的小孩把小狗茹奇卡放到雪橇上……放到……”

“这就是说，他吃饱了，所以才又跑又闹……他爹妈也没脑筋，不让孩子干正事。与其让他逗狗，不如让他劈柴或是念圣经……狗也养得太多了……走路赶车都挡道！我要是吃完饭不坐下来就好了……应该吃完饭就走……”

“他又疼又好笑，而母亲吓唬他……母亲在窗口吓唬他……”

“吓唬他，吓唬他……可她却懒得走到院子里惩罚他……她应该撩起他的小皮袍子，啪——啪——啪揍几下。这比摇着手指头吓唬强……不然的话，他长大了准是个酒鬼。这是谁写的？”普拉奇金大声问道。

“普希金，爸爸。”

“普希金？嗯！……多半是个怪人。他们写呀，写呀，可写的是什么……自己也不明白。就知道写！”

“爸爸，农民送面粉来了！”万尼亚叫道。

“收下！”

但就连面粉也没能让普拉奇金开心。他越开导自己，那笔损失就越令他心疼，这八个卢布太可惜了，太可惜了，就跟输了八千一样。万尼亚做完功课，不再出声。普拉奇金这时站在窗前，满怀懊恼，用悲伤的目光盯着雪堆……但雪堆的样子更加刺激他心灵的创伤。它让他想起了昨天到军事长官家去的情景。他的肝火上冲，心窝下发痛……他必须找茬发泄他的怒气，刻不容缓。他忍不住了……

“万尼亚！”他喊道，“过来，昨天你把玻璃打碎了，我要抽你一顿！”

命　令

采自偏僻地区的生活

鉴于盛大的基督圣诞节即将来临，而每逢节日则有大批贺客来到接待室，本人要求您，尊敬的先生，恪守职责，严密监督，务使在接待室等候的贺客不要拥挤，不要吸烟，不要喧哗，否则可能影响正常秩序。除此以外，贺客不得在楼梯上，在接待室中乱撒谷粒、豌豆、面粉等粮食。本人还要求您恪守职责，以尽可能谦和有礼的态度启发贺客，务使他们所带之活物形同死去，以免这些人因猪鹅等畜禽之叫声而破坏应有之宁静。凡有违犯者，按惯例从严究办。

六品文官兼勋章获得者：

玛·巴乌科夫。

秘书：**叶希多夫。**

经查，此系原件。

无脾人[1]。

---

① 这是契诃夫的化名。

梦

圣诞节故事

常有这样的天气，这时冬天似乎恼恨人的软弱无能，特意把秋天也叫来帮忙，合起伙来肆虐。雪和雨在迷蒙的空中飘洒，潮湿、寒冷刺骨的风狂暴地敲打屋顶和窗子，在烟囱里吼叫，在通风窗口哭泣。漆黑的空气里一片愁烦……连大自然都觉得恶心……潮湿、寒冷、可怕……

1882年的圣诞节就是这样的天气。那时我还没来到监狱中服刑，而是在退伍陆军上尉土巴耶夫的当铺里当一名估价员。

午夜十二点。当铺的库房里只点着一盏长明灯，发出黯淡的蓝光。我奉老板之命，夜里就宿在这里充当看家狗的角色。这是间正方形的大屋子。里面到处是包裹、柜子、架子……灰色的木墙上有些裂缝，缝里露出乱蓬蓬的麻屑，墙上挂着兔皮大衣、长外衣、枪、画、灯座、六弦琴……我必须夜夜看守这些财物。这时我躺在一张红色大木柜上，前面就是放贵重物品的玻璃柜台，我躺在那里，眼望着长明灯若有所思……

不知什么缘故，我感到心惊肉跳。这些收藏在库房里的东西叫人害怕……在夜晚时分，在黯淡的长明灯下，这些东西好像都活起来了……此时此刻，窗外雨声在诉苦，炉子里和天花板上的风在哀哭，我觉得这些物品也发出了哭泣的声音。所有这些东西在来到这里以前想必都经过了估价员之手，也就是经过我的手，所以我知道每件东西的全部情况……比方说，我知道，这只六弦琴被典当而得到的钱是用来买了治咳嗽肺病的药粉……我知道，这把手枪是一个酒鬼用它自杀，他的妻子把枪藏起来没交警察，然后把它当了，用得到的钱买了棺材。玻璃柜里有只手镯瞧着我，它是被一个人偷来当掉的……有两件花边女衬衫标号178号，是一个姑娘当的，她需要一个卢布买“沙龙”游乐场的门票，她想在那儿挣钱……长话短说，我在每件东西上都看到无奈的悲伤、疾病、犯罪、腐化、淫荡……

在这圣诞节之夜这些物品显得特别令人动情。

“放我们回家吧！”我觉得它们在风中哭泣，“放了我们吧！”

但是，让我心里发毛的不是这些东西。当我从玻璃柜后伸出脑袋，把怯怯的目光投向黑糊糊、冒着水汽的窗口时，我觉得有几张人脸正从街上朝库房里张望。

“简直是胡思乱想！”我壮着胆子想道，“多么愚蠢的软弱！”

问题的关键是，我这个天生一副估价员神经的人，在这圣诞之夜正受着良心的折磨——这事难以置信，甚至有点荒唐。当铺的良心只能当做抵押品，在这里，它被理解为可以买卖的东西，其他功能是得不到承认的……可奇怪的是，我这内疚之感是打哪儿来的呢？我躺在木柜的硬板子上翻过来侧过去，眯着眼睛遮避长明灯闪动的火光，用尽全力压制心中突如其来的那种亏心的新感受，但是我的努力等于白费……

当然，出现这种情况的部分原因是一天辛苦而导致身心疲惫。在圣诞前夕，穷人都成群搭伙，争先恐后地跑到当铺来。在这个大节日，又加上天气恶劣，贫穷虽不是过错，但却是可怕的不幸！这种时刻穷人如同溺水者那样，想在当铺中寻一根救命的稻草，但得到的不是稻草，往往是一块石头……节前一整天来了那么多人，结果我们的抵押品有四分之三在库房里放不下，只好送到板棚里。从清早到夜晚我片刻不停，一直和那些衣衫褴褛的人们讨价还价，从他们身上榨出一个个小钱，眼看他们流泪，耳听他们徒劳无益的哀求……一天下来我几乎站立不住，身体和精神都累垮了。因此我现在辗转难眠，心怀恐惧也就不足为奇了。

有人小心地敲我的门……紧跟着我听到老板的声音：

“您睡了吗？彼得·杰米扬内奇？”

“还没睡，有事吗？”

“您知道吗，我在琢磨，明天是不是一大早就开门？大节来临，天气又这么坏。穷人们就像苍蝇见了蜜，都上这儿来。所以明天您就别去作晨祷了，呆在铺子里吧……晚安！”

“我为什么感到害怕呢，”老板走后，我在心中找答案，“想必是因为这盏长明灯老忽闪忽闪的……要把它吹灭……”

我起身下地，走到挂着长明灯的墙角。蓝色的火苗黯淡地忽明忽灭，看起来它正在垂死挣扎，每一闪亮照出了神像、墙壁、包袱、黑糊糊的窗口……而在窗口有两张煞白的面孔贴在玻璃上朝库房里望。

“那里什么人也没有，”我心中判断，“这不过是我那么觉得罢了。”

我吹灭长明灯，摸黑朝床铺走去。这时发生了个小小的意外，但它对我后来的情绪影响可不小……在我头顶上方，突然出人意料地发出响亮刺耳的喀嚓声，前后不到一秒钟，不知是什么东西破裂了，它好像感到可怕的疼痛，因而尖叫一声。

原来是六弦琴的一根弦断了。我吓得魂不附体，捂着耳朵，发疯似地朝床铺跑去，在箱子和包袱中间跌跌撞撞……我把脑袋钻到枕头下面，吓得一动不动，气也不敢喘，侧耳倾听。

“放我们走吧！”风和那些抵押品哀叫“看在过节的分上放了我们吧！你要明白，你也是个穷人！你自己也挨过饿，受过冻！放了我们吧！”

是的，我自己曾经也是穷人，尝过冻饿的滋味。是贫穷把我推到该死的估价员的位置上，是贫穷逼得我为糊口而蔑视别人的痛苦和眼泪。要不是为穷所迫，难道我会有那么大胆把那些事关健康、温暖和节日欢乐的东西按几个小钱来收吗？风干吗怪罪我呢？良心干吗折磨我呢？

可是，不管我的心跳得多厉害，不管恐惧和有愧的良心怎么折磨我，疲倦还是占了上风——我睡着了。睡得不安稳……我听见老板又来敲门，教堂响起晨祷前的钟声……我听见风在吼叫，雨敲打屋顶。我的眼睛闭着。但我看见了各种物品，柜台，黑糊糊的窗口，神像。各种东西把我挤在当中，眨巴着眼睛求我放它们回家。六弦琴上的弦一根接一根断……断个没完……叫花子、老太婆、妓女朝窗口里张望，只等我把当铺的门打开，把东西还给他们。

我在梦中听见有什么东西又抓又爬，像耗子似的。这单调的声音响了很久。我不断翻身，瑟缩成一团，潮气和寒气朝我袭来。我盖上被子，听见沙沙声和低语声。

“这个梦真不好！”我心中想道，“好可怕，快醒过来吧。”

一件玻璃器皿掉下来，摔碎了。一个小火苗在玻璃柜台后面闪烁，亮光在天花板上移动。

“脚步别出声！”我听见有人悄声说，“别惊醒那个恶棍……脱掉靴子！”

有个人走到玻璃柜台前，看了我一眼，碰了碰挂锁。这是个大胡子老头，面容苍白消瘦，穿着士兵的破上衣和一双烂鞋。另一个人走到他跟前，那是个又高又瘦的小伙子，两只胳膊特别长，穿一件衬衫，没掖在裤子里，坎肩又破又短。他俩交头接耳地说了两句话，就在玻璃柜台前忙活起来。

“抢劫！”我的头脑里念头一闪。

尽管我在睡觉，可仍然记得枕头下经常放着一把手枪。我悄悄摸到它，握在手中。玻璃柜上的玻璃叮当一响。

“小声点，你会吵醒他，那就只好干掉他了。”

后来我梦见自己从胸膛中发出一声大叫。这声音把我自己吓得跳了起来。老头子和小伙子张开双手朝我扑来，但一看见手枪，他们赶紧后退。我记得，霎时间他俩站在我面前，脸色煞白，泪汪汪地眨巴着眼睛，央求我把他们放了。风从被打破的窗口扑进来，吹得这两个贼点燃的蜡烛火苗乱跳。

“老爷，”有人在窗前带着哭声说道，“您是我们的恩人！大恩人！”

我朝窗口一望，看见一张老太婆的面孔，苍白，消瘦，淌着雨水。

“别碰他们，放了他们！”她用央求的眼色看着我哭道，“这都是因为穷啊！”

“因为穷啊！”老头子附和道。

“因为穷啊！”风也呻吟着。

我的心疼得发紧，我想醒过来，掐了自己一把……然而我非但没有醒来，反而站到柜台前，把各种物品从柜子里拿出来，慌乱地把它们塞到老头和小伙的衣袋里。

“拿着，快！”我喘吁吁地说，“明天就过节了，可你们是穷叫花子！拿着！”

塞满了两个叫花子的口袋，我又把剩下的贵重物品打了个包，扔给了老太婆。我从窗口递给老太婆一件皮大衣，一包黑色衣裤，几件花边女衬衫，顺便把六弦琴也给了她。居然有这么奇怪的梦。然后我记得，门吱扭一声开了，仿佛从地下钻出来一般，老板、警察、警官都站在我面前。老板站在我旁边，我看着他视而不见，仍然裹包袱。

“你这坏蛋，干什么呢？”

“明天就过节了，”我回答，“他们要吃东西啊。”

这时大幕落下。等再拉开时，我看见了新的布景。我已经不在库房，而到了个新地方。有个警察在我身旁走来走去。他拿给我一杯水供夜里喝，一边唠叨着：“真有你的，真有你的！快过节了，你却起了歹心！”当我醒来时，天已亮了，雨不再敲窗，风也不再呼号。节日的阳光快乐地在墙上跳跃。头一个向我祝贺节日的是位警长。

“并且祝你迁入新居……”他加了一句。

一个月后我出庭受审。为什么？我想说服法官们相信那是个梦，为一场噩梦而审判一个人是不公平的。请您想一想，我会平白无故地把东西送给小偷和坏蛋吗？再说，哪儿见过没收赎金就还给东西的？但是法庭把梦当成真事并且判了我。您看，我现在服苦役。大人，您能到什么地方给我说句话吗？我真冤枉啊。

过节的义务

新年中午。原切尔诺古勃省副省长里亚加维格·格雷兹洛夫的遗孀留德米拉·谢苗诺芙娜，一个六十岁的小老太婆，正坐在自家的客厅里招待来宾。大厅里准备的酒菜十分丰盛，预料将有大批宾客光临，可眼下前来拜年的只有一位——省政府高级顾问奥库尔金，一个糟老头子，黄柠檬色的脸膛，歪嘴巴。他坐在墙角一棵夹竹桃旁边，一面小心地闻着鼻烟，一面给“恩人”讲城里的新闻。

“昨天，老太太，一个兵喝醉了，差点从消防队瞭望塔上掉下来，”他讲道，“您知道吗，他倚着栏杆往外探身子，只听栏杆喀嚓一声。您猜怎么着，断了……幸好这时他妻子到瞭望塔上给他送饭，她抓住他的衣襟。要不是老婆，那浑小子就掉下去了……哦，前天，老夫人，在银行稽查彼尔采夫家里有个聚会，所有的官儿们齐聚在那里商量今年拜年的事。这群小丑一致决定今天不拜年了。”

“得了，老爷子，你这可是瞎说，”老太婆笑了笑，“不拜年怎么行啊？”

“真的，夫人。这事叫人吃惊，但是真的……他们商量好不到各处去拜年，而是今天在俱乐部聚会，举行团拜，然后每人捐一卢布救济穷人。”

“我不明白……”女主人耸耸肩，“你说的真新鲜。”

“老太太，如今在许多城市都这么干了。不拜年，捐一卢布就完事大吉！嘿——嘿——嘿。不用东奔西走，不用恭贺新禧，不用花钱雇车……到俱乐部去一趟，然后就在自己家里坐着吧。”

“这倒也好，”老太婆叹口气，“他们也别东跑西颠，我们也图个清静……”

奥库尔金呼出一口又脆又响的长气，摇摇头，接着说道：“据他们说拜年是陋习……懒得向上司致敬，懒得给上司拜年，这就成了陋习了。现如今拿上司不当人看……可不是从前那会儿了。”

“有什么法子？”女主人叹口气，“那就别让他们到处拜年啦，既然不愿意，那就算了。”

“从前那会儿，老太太，可没有这种自由思想，拜年可不算陋习。大家去拜年道喜绝不是被逼无奈，而是高高兴兴有情有义……常有这种情形，你各家各户都去过了，就站在行人道上琢磨：‘还能去对哪一位表示敬意呢？’想当初，老太太，我们爱自己的上司……打心眼里爱！我还记得去世的潘捷列·斯切潘内奇，上帝保佑他升天堂，喜欢叫我们这班人对他恭恭敬敬……要是有谁没来拜年，求上帝保佑，他老人家的牙会咬得咯吱咯吱的！我记得，有一回过圣诞节，我得了伤寒？老太太，您猜怎么着，我从床上爬起来，使出剩下的一点点力气，强打精神走到潘捷列·斯切潘内奇那儿。我来到那里，浑身发烧，烧得好厉害！我想说，向您祝贺，可却说成了‘想吃想喝’！嘻嘻……我烧得说胡话了……还有一回，我记得，兹美依谢夫得了天花。医生当然不许人到他那儿去，可我们对医生嗤之以鼻，到了他那儿还道了喜。当时不认为这是陋习。我喝一杯，老夫人。”

“喝吧，喝吧……反正也没人来，没人喝酒……恐怕你那些省府同事会来吧？”

奥库尔金摆摆手，表示没指望，撇着嘴作出一个轻蔑的微笑。

“那些小人……全都一个德性。”

“可怎么能这样呢，叶菲姆·叶菲梅奇[①]？”老太婆惊讶道，“这就是说，连维尔胡什金也不来了？”

“不来了，到俱乐部去了……”

---

① 奥库尔金的尊称。

“可我是他，这个强盗的教母啊！他的差事还是我给安排的呢！”

“他不领情……昨天是他头一个到彼尔采夫家去的。”

“别人不来也就罢了……他们忘了我老太婆，那就随他们去吧。可你那些省府的同事就不应该了。那么万卡·特鲁欣怎么样？难道连他也不来吗？”

奥库尔金又把手一摆，表示没指望。

“还有波特西尔金呢？也一样？可要知道，这个下贱东西，是我揪着他耳朵把他从火坑里提拔起来的！那普罗列欣呢？”

老太婆又叫出了十来个人的名字，但每个名字都引出奥库尔金唇边的苦笑。

“所有的人，老太太，都忘恩负义！”

“谢谢……”女主人叹口气，在客厅里神经质地踱起步子。“谢谢……要是我这个老太婆，他们的恩人，惹他们讨厌，如果我这么可厌可憎，那就随他们的便吧……”

女主人一屁股坐到椅子上，她那双四周布满皱纹的眼睛开始眨巴起来。

“我看出来了，他们已经再不需要我了。那就算了……叶菲姆·叶菲梅奇，你也走吧……我不留你。全都走吧。”

女主人拿手绢捂着脸抽抽搭搭地哭起来。奥库尔金瞧瞧她，惊恐地搔搔后脑勺，胆怯地走到她跟前……

“老太太……”他带着哭腔说道，“夫人，恩人哪！”

“你也走吧！走呀……全都走……”

“老太太，我的天使……您别哭……亲爱的！我是闹着玩的……真的，闹着玩的！如果我不是闹着玩，您就啐我这张老脸……他们全要来的，老太太！”

奥库尔金在老太婆面前跪下，抓起她一只青筋暴露的手打自己的秃脑壳。

“您就打吧，老太太，我的天使！不许你闹着玩，丑八怪！不许你闹着玩！打耳光！活该你挨打，天杀的胡说八道的家伙！”

“不对，你不是闹着玩，叶菲姆·叶菲梅奇！我的心感觉到了！”

“天打五雷轰……让我脚底下地陷！让我一天也活不成，要是……马上您就看见了！现在告辞，老太太……我开了这么恶毒的玩笑，不配再蒙受您的垂爱了。我躲一躲，我走，您就只当把我这可恶的异教徒赶走好了。我吻吻……小手儿……”

奥库尔金使劲吻了吻老太婆的手，急忙走了出去……

五分钟以后他来到俱乐部旁边。官员们已互相拜过年，各捐了一个卢布，正从俱乐部里走出来。

“你们站住！”奥库尔金向他们招手，“你们这是打的什么主意，聪明人！为什么不到留德米拉·谢苗诺芙娜那儿去？”

“难道您不知道，如今我们不拜年了！……”

“知道，知道……亏你们想得出。……喏，听我说，诸位文明人。……要是你们现在不到老妖婆那儿去，你们就要倒霉……她哭得哇哇叫，把你们咒得好厉害，就是鞑靼人我都不希望他受这样的咒骂。”

官员们你看看我，我看看你，搔搔后脑勺……

“嗯……可是要知道，如果上她那儿去，那就全都得去……”

“怎么办呢，亲爱的，那就全去吧……反正腿也跑不断……不过呢，照我看来，不去也成……但是将来你们可要倒霉！”

“鬼知道这叫什么事！要知道，我们每个人已经花了一个卢布了！”县立学校教员亚什金哀叫道。

“一个卢布……可是您的职位还没丢吧？”

官儿们又搔搔后脑勺，嘟嘟囔囔地朝副省长家去了。

一八八四年案

本报记者报导

今日已是第六天在某高等法院审理无官衔的一八八四年，他被控渎职罪。法官们显然神色疲惫。被告哭哭啼啼，时而与辩护人私语。今天以审查物证开始……根据检察官的要求当庭宣读《公民》①并出示《光线》画报刊有奥克列依茨像的那期，此时旁听人等被带出法庭，以防上述物件引起骚乱……然后开始双方的辩论。

“大人，我请求，”辩护人结束了自己的发言，“把下述情况写入记录，在我发言时检察官先生一直在咳嗽，擤鼻涕和敲凉水瓶……”

大法官。被告，您的最后陈述！

被告（哭泣）。那我就说两句，虽然没什么用处，因为预先已经决定了要惩治我。首先，我被控无所作为，说我什么事也没干，说在我治理下经济状况毫无起色，行情没有上涨，工业停滞不前等等……这不是我的错……请回想一下，我在新年上任时遇到的情况……（讲述他所遇到的情况）

大法官。这与本案无关！请谈实质性问题！

被告（吓了一跳）。是，大人！检察官先生控告我，说我把时间都用在小事上，净瞎折腾……的确，在我呆在世上期间没做成什么大事。启用了酒瓶子上的新标签，在穷人的破衣烂衫上打了补丁，强迫傻瓜们祷告上帝，而他们却磕破了额头……

大法官。被告，如果你涉及私人，我就剥夺你的发言权。

被告。我还有什么可说呢？（细想）好，说说出版方面……据说所有的杂志空空洞洞，毫无内容，出版界当面不讲，背后乱说成风，天才如石沉大海……我又能干什么，如果……

大法官。法警先生，把被告押下去！

被告被带出了法庭，一张调查表送给了陪审团。

法庭判决：没官衔的一八八四年被褫夺一切财产，发配到冥河永世沉沦。

① 当时的一份报纸。

谢肉节[1]守则

谢肉节之名来自俄语词“油”，这个词作为稀奶油大量用于吃煎饼时，作为蓖麻油[2]大量用于吃煎饼后。

按照加特楚克、苏沃林以及其他日历学家的意见，此节始于 1 月 28 日，止于 2 月 3 日。而莫斯科河南岸的那些胖娃娃和铁路局的上层官员则从 1 月 1 日开始过这个节，一直过到 12 月 31 日为止。

谢肉节前要去找工匠把自己的胃镀上一层锡。

整个一星期你要记住，你没有自制力，不记得自己的亲属，因此要提醒自己别做大事，以免犯大错。你去消灭煎饼吧，去搞寡妇波波娃[3]吧，去打垮拉宁[4]吧，喝得酩酊大醉吧，但是不要选市长，不要结婚，不要修铁路，不要写道德修养之类的书等。

在你花钱买面粉、伏特加、黑鱼子的时候，别忘了你还得和药房的价目表打交道。

如果你的朋友或敌人打了招呼或不打招呼而把你揍得鼻青脸肿，你可别去市政府，而要躺下睡觉，睡到酒醒。

俗话说，猫儿不是天天过谢肉节，也有吃不到荤腥的时候。如果你是猫，要想着这句话。

---

① 谢肉节在大斋前一周。

② 原为拉丁语。

③ 指当时莫斯科的波波夫（已故）酒类批发站。

④ 指当时拉宁（莫斯科评论家）开设的香槟酒厂。

上尉的军装

初升的太阳阴沉沉地照耀着县城。公鸡刚刚张开翅膀，可在雷尔金大叔的酒馆里已往来了顾客，他们是三个人：裁缝美尔库洛夫、警察日拉特瓦和司库的信差斯美胡诺夫。三个人都喝醉了。

“你别说了，别说了！”美尔库洛夫亲热地揪着警察的衣扣大发议论，“在裁缝这一行的思想里，官位高的文官远比将军神气得多。眼下就拿宫内侍从说吧……他们是什么人物，算多大的官儿？可你想想……四俄尺[①]的上等呢料，普留恩杰父子工厂出品，还有扣子，金线绣的领子，白裤子滚金边的裤缝，前胸满绣金丝绦，领口、袖口、兜盖儿都闪着金光。要是给宫内侍从长啦，御马官啦，司礼官啦以及其他各位大人做衣服的话……你猜怎么着？记得有一回我们给宫内侍从长安德烈·谢苗内奇·奉里亚科夫斯基伯爵做衣服。那套军服——你可别往跟前凑！手一碰它，血管就嘣嘣直跳，真正的老爷们要是做衣服，你可不敢麻烦他老人家，量好尺寸就得自己去做，至于再去试样子，定款式那是万万不行。既然你是个够格的裁缝，那就要按尺寸一口气做出来……就好比从钟楼上跳下来，双脚正好落到靴子里——就得这样！在我们铺子旁边，我的老弟，到现在我还记得，是宪兵队……我们老板奥西普·亚科里奇就从宪兵里头挑合适的，照他们的身材为顾客试样子。有一回……我的老弟，我们挑了个合适的小宪兵试伯爵定做的衣服。我们把他叫来……穿上吧，丑八怪，叫你尝尝做大官的滋味……真笑死人！他穿上了那件衣服，往前胸一看——你猜怎么着，吓昏了，一个劲哆嗦，人事不知……”

“那你们给某警察局长做过衣服吗？”斯美胡诺夫问。

“那算什么了不起的人物！在彼得堡这种人多的是……在这里见了他都脱帽，可在那里却要挨人吆喝：靠边儿，挤什么挤！想当初我们给军官老爷们做衣服，特别是四品以上的。大人物和大人物不一样……比如说你是五品，那就不算什么了……过一个星期来吧，到时候衣服就做好了。如果这位是四品，或三品，再比方说是二品大员，那老板就会给大伙儿加钱，自己跑到宪兵队去。我的老弟，有一回我们给波斯领事做衣服，前胸和后背都用金线绣上麻花形缘带，值一千五百卢布。我们想他不会给这笔钱，可人家付了……在彼得堡连鞑靼人也有高门大户。”

美尔库洛夫说个没完。到八点钟他回忆到动情之处竟哭了起来，开始沉痛地抱怨命运不该把他赶到这个只有商人和小市民的烂县城。这期间警察已把两个人带到了警察局，信差也跑了两趟邮局和金库，如今又来到酒馆，可裁缝还在一个劲地发牢骚，诉苦：

“我不愿意给这些下等人做衣服，我不干！在彼得堡我亲自给希普采尔男爵和军官老爷们做过衣服。你给我走开，穿长袍喝蜜粥的家伙，让我的眼睛别看见你！走开！”

“您把自己想得太了不起了，特里丰·潘捷列伊奇，”教士竭力规劝裁缝，“虽说你在自己那一行是个人物，可不应该忘了上帝和宗教。阿里②跟您一样自大，后来不得善终。哎，您也要死的！”

“死就死！宁肯死，也比做庄稼汉的褂子强！”

“我们家那个天杀的在这儿吗？”忽然门外有娘儿们说话的声音，接着美尔库洛夫的老婆阿克西妮娅走进了酒馆。这是个上了年纪的婆娘，挽着袖子，肚子勒得紧紧的，“他在哪儿呢，这个笨蛋！”她用气愤的眼光横扫在座的顾客，“回家去，挨千刀的，有个

---

① 1 俄尺为 0.711 米。

② 阿里是公元 4 世纪非洲亚历山大城的一个基督教教士，因为反宗教的观点而被革出教门，遭到流放。

军官找你！”

“什么军官？”美尔库洛夫惊讶道。

“鬼知道他，说是来做衣服。”

美尔库洛夫伸出五指挠自己的大鼻子。每当他想表示特别吃惊，就做这个动作，接着喃喃说道：

“老婆子准是疯了……十五年都没见过上等人的面孔，如今在这斋戒的日子忽然来了个军官做衣服！哼！去看看！……”

美尔库洛夫走出酒馆，脚步歪斜，磕磕绊绊地回到家中……老婆没有骗他。他在小木屋门口看见了本地军事长官的副官乌尔恰耶夫上尉。

“你逛荡到哪儿去了？”上尉迎着他说，“我等了整整一个小时……你能给我做件军服吗？”

“老爷……主啊！”美尔库洛夫喃喃地说，上气不接下气，一把揪下自己脑袋上的帽子，连带着扯下一绺头发，“老爷！难道我是头一回干这个吗？啊，主啊！我给希普采尔男爵做过衣服……还有艾卜瓦尔德·卡尔雷奇……节姆布拉托夫少尉老爷到现在还欠我十卢布呢。啊！老婆子，给老爷拿凳子呀，我真该打……请问，您是让我量尺寸呢，还是目测呢？”

“哦……用你的呢料，一个星期做好……你要多少钱？”

“您饶了我吧，老爷……您这是怎么啦，”美尔库洛夫陪笑道，“我不是什么商人。我们知道，该怎么伺候老爷们……当初我们给波斯领事做衣服，连个钱字儿都没提……”

量好尺寸，把上尉送走以后，美尔库洛夫在小木屋当中足足站了一个钟头，傻乎乎地瞪着老婆。他怎么也不相信发生的事……

“请问，怎么有这样的怪事！”他终于说出话来，“可我到哪儿弄钱买衣料呀？阿克西妮娅，我的老弟，把卖母牛的钱借给我吧！”

阿克西妮娅做了个嘲弄的手势，吐了口唾沫。过了一会儿，她抡开了拨火棍，用瓦盆砸丈夫的脑袋，扯他的胡子，跑到街上喊道：“信上帝的人们，救命啊，打死人了！”但所有这种种抗议都无济于事。第二天早晨她卧床不起，把身上的块块青肿蒙起来，免得帮工看见。这时候美尔库洛夫正在串商店，跟商人们连吵带骂，挑选合适的呢料。

裁缝的新世纪开始了。他早晨醒来，睁开昏花的眼睛打量着自己的小天地，不再恶狠狠地啐唾沫了……最奇怪的是，他不再上酒馆，却动手干起活来。他轻声祷告一番，然后戴上钢边大眼镜，皱起眉头，一本正经地把呢料铺在案子上……

过了一星期军服做好了。美尔库洛夫把它熨好，走到门外，把它挂到篱笆上，动手刷起来，摘下一根绒毛，走到一俄丈[①]开外，眯起眼睛端详，又摘下一根绒毛——就这么干了两个钟头。

“这些老爷们真难伺候！”他对过路的人说，“我是什么招儿也没有了，累坏了！他们受过教育，客客气气，可叫他们满意真难啊！”

第二天美尔库洛夫把军服又刷了一遍，然后他在头发上抹了油，梳整齐，用一块新细布把军服包好，动身到上尉那儿去。

“我没工夫跟你这笨蛋聊天！”他拦住每一个路上碰到的人说，“你没看见吗，我给上尉送衣服去。”

半小时后他从上尉那儿回来了。

“祝贺您拿到了钱，特里丰·潘捷列伊奇！”阿克西妮娅迎着他说，舒畅地笑着，同时又有点难为情。

“真是个傻娘儿们，”丈夫回答她，“难道真正的老爷会立刻付钱吗？他又不是什么商人，说给钱立刻就统统倒给你……傻娘儿们……”

美尔库洛夫在炉台上一连躺了两天，不吃不喝，陶醉在心满意足之中，如同赫拉克勒斯[②]完成了全部丰功伟绩一样。第三天他动身去领钱。

---

① 1 俄丈等于 2.134 米。

② 希腊神话中的大力士，曾立过十二次大功。

“他老人家起床了吗？”他溜进前庭，对勤务兵悄声说道。

得到否定的答复以后，他就像根柱子似的站在门旁开始等候。

“把他轰走！告诉他，星期六再来！”等了老大半天，他才听到上尉沙哑的声音。

星期六他听到同样的话，这星期六是这样，下星期六还是这样……他到上尉那儿来来回回整整跑了一个月，在前庭一连等上几个钟头，钱没得到，得到的是请他滚蛋，星期六再来。但是他不泄气，不抱怨，恰恰相反……他甚至胖了。他喜欢在前庭苦等，“把他轰走”这句话在他听来如同甜蜜的旋律。

“现在你才知道什么是上等人！”每次从上尉那儿回到家中，他总是兴冲冲地说，“在我们彼得堡，老爷们都这样……”

如果不是阿克西妮娅一心想把卖牛的钱要回来，美尔库洛夫情愿一辈子照这样到上尉那儿去，在前庭等着。

“钱拿回来了吗？”每次她都这么迎着他问，“没有？你怎么对我这样，恶狗？米其卡，烧火棍呢？”

一天傍晚，美尔库洛夫从市场上把一袋煤背回家去。阿克西妮娅在后面紧紧跟随。

“等到了家有你的乐子，你就等着吧！”她嘟嘟囔囔，心里只想着卖牛的钱。

美尔库洛夫忽然站住不动，快活地大叫一声。从他们正在走过的“欢乐酒家”里猛地窜出一位老爷，头戴礼帽，一张红脸上睁着两只醉眼。紧跟着追出来的是上尉乌尔恰耶夫，手拿台球杆，头上没戴帽子，蓬头乱发，新军装上沾满粉笔灰，一个肩章歪到旁边。

“我非叫你玩不可，骗子！”上尉嚷道，死命地挥舞球杆，一边擦额头的汗，“我要教训教训你，叫你知道该怎么和正经人打球，你这滑头！”

“你看看吧，傻娘儿们！”美尔库洛夫悄声说道，捅一下妻子的胳膊肘，嘻嘻地笑，“现在看到了上等人。商人要是为自己那份土包子德性做身衣服，老也穿不坏，一穿就是十年，可这一位已把军装穿坏了。简直要做新的啦！”

“你去跟他要钱！”阿克西妮娅说，“去呀！”

“你怎么啦，傻娘儿们！在大街上，那可不行……”

尽管美尔库洛夫极力反对，但老婆还是逼着他走到大发脾气的上尉跟前，说起钱的事。

“滚开！”上尉回答，“你叫我讨厌！”

“老爷，我明白……我倒是没什么……可是老婆……没脑筋的畜牲……您自己明白……娘儿们的头脑是什么东西……”

“你叫我讨厌，跟你说话呢！”上尉大嚷大叫，鼓起浑浊的醉眼直瞪着他，“滚一边去！”

“我明白，老爷！不过我说的是娘儿们，不瞒您说，那是卖牛的钱，把母牛卖给了犹大神甫了。”

“啊呀呀，你还唠叨，废物！”

上尉抡圆了胳膊，啪地一个耳光。美尔库洛夫背着的煤撒了，两眼冒金星，帽子也脱了手……阿克西妮娅吓得发昏，她一动不动地站了一会，活像罗得那个变成盐柱的妻子[①]，然后走上前来，胆怯地朝丈夫的脸上看了一眼……她大吃一惊：美尔库洛夫脸上荡漾着幸福的微笑，含笑的眼睛里闪着泪花……

“一眼就看出是真正的老爷！”他喃喃自语，“他们有教养，待人挺客气……想当初，我给希普采尔男爵送皮大衣……一点不差，也是在这地方挨了一巴掌……他老人家抡圆了啪的一声……节姆布拉托夫少尉老爷也是这样……我来到他老人家那里，可他老人家跳起来，使足了劲……唉，老婆，我的好日子过去了！你什么也不懂！我的好日子过去了！”

美尔库洛夫摆摆手，拾起煤，朝家中蹒跚走去。

---

① 源出《圣经·旧约·创世记》：罗得夫妇逃出所多玛城，妻子回头一望而变成一根盐柱。

在首席贵族夫人家里

年年二月一日，即殉教圣徒特里丰纪念日，在已故首席贵族特里丰·沃尔维奇·扎甫齐亚托夫的庄园里总有一次不同寻常的举动。原首席贵族的遗孀柳包芙·彼得罗芙娜在这一天作安魂弥撒纪念亡人的命名日，弥撒以后还要作感恩祈祷。全县名流都来参加这次安魂弥撒。在这儿您会见到现任首席贵族赫鲁莫夫、地方自治局主席马尔富特金，常委波波拉什科夫，两位区民事法官，县警察局长克利诺林诺夫，两位区警察局长，发出碘酒气味的地方自治局医生德沃尔尼亚金，以及所有大大小小的地主等，加起来一共五十来人。

中午十二时整。客人们拉长着脸纷纷走出各个房间来到大厅。地板上铺着地毯，走起来没有声音。但庄严的气氛令人不由得踮起脚尖，扎煞着胳膊稳步前进。大厅里一切都已准备停当。叶甫美尼神甫，一个小老头，头戴高高的褪了色的法冠，正在穿黑色的法袍。助祭康科尔季耶夫脸红如虾，已经穿戴整齐，悄无声息地翻阅圣礼书，把一张张纸条夹进去。诵经士鼓起腮帮子，瞪着眼睛，使劲吹燃手提香炉。大厅里渐渐弥漫着透明的蓝烟和神香的气味。乡村小学教师盖尔康斯基是个年轻人，穿着不合身的新礼服，诚惶诚恐的脸上长着大颗的粉刺，端着一铜盘蜡烛分发给各位来宾。女主人柳包芙·彼得罗芙娜站在前边，身旁立着一张小桌，上面放着蜜粥。还没等弥撒开始，她已把手绢蒙到脸上。周围一片肃静，只偶尔听到叹息的声音。大家都耷拉着脸，神态庄重……

安魂弥撒开始了，手提香炉里升起袅袅青烟，在斜射的阳光里盘旋缭绕。燃着的蜡烛发出轻微的爆响。歌声初起时尖锐刺耳，随后歌手们逐渐适应了房屋的音响条件，唱得轻柔和谐……音调凄凉悲怆……客人们逐渐心绪苍凉，沉思不语。人生苦短、世事无常、红尘如梦等种种想法钻进他们的脑袋……不由得记起死去的扎甫齐亚托夫，他身体结实，脸颊红润，一口气能喝下一瓶香槟，一头能撞碎镜子。唱到“同圣徒一起安息”的时候，响起女主人抽抽搭搭的哭声。来宾都难过地把双脚倒来倒去，比较敏感的则觉得喉头和眼角发起痒来。地方自治局主席马尔富特金想压下这种不愉快的感觉，低头凑到县警察局长的耳边悄悄说道：

“我昨天在伊万·费道雷奇家……我跟彼得·彼得罗维奇一块儿赢了一副无将大满贯……真的……奥尔加·安得列耶芙娜气得要死，连假牙都掉了。”

这时唱起《永垂不朽》。盖尔康斯基恭恭敬敬地收走蜡烛，安魂弥撒到此结束。跟着一阵忙乱，更换法衣，祷告，祷告以后，叶甫美尼神甫脱下法衣，客人们搓手，咳嗽，这当儿女主人讲起了死者的一片善心。

“诸位先生，请吃点东西吧！”她叹口气，结束了讲话。

客人们急忙朝餐厅走去，尽量避免互相推搡，互相踩脚……早餐在这儿等他们享用呢，这顿早餐是太丰盛了，弄得助祭康科尔季耶夫每年一看见它就认为自己有义务摊开双手，吃惊地摇摇头，说道：

“超乎常情！叶甫美尼神甫，这些美味与其说像人间的食物，不如说像奉神的祭品！”

早餐的确非同一般。席上荤素两类佳肴应有尽有，不过，“超乎常情”的却只有一样：一应俱全，惟独缺酒。柳包芙·彼得罗芙娜发过誓，在家中决不预备酒和牌这两样害死她丈夫的东西，因而餐桌上只放醋瓶和油瓶。这简直就像是戏弄或是惩罚各位食客，他们清一色都是嗜酒如命的狂饮之徒。

“请用吧，诸位先生！”原首席贵族的遗孀招呼大家入座。“不过，请原谅，我这儿没有酒……我不预备……”

客人们来到桌前，迟疑地吃起馅饼来。但是食而无味，无论用叉子扎，用刀子切，嘴巴嚼，都显得懒洋洋地不带劲……显然，缺少某种东西。

“我仿佛若有所失……”一位民事法官悄悄对另一位说。“当初我老婆跟工程师跑了的时候，我曾有过同样的感觉……我吃不下！”

马尔富特金在动嘴之前先翻了半天口袋，寻找手绢。

“对了，手绢在皮大衣里呢！我却在这儿找，”他大声地回忆着，然后走到挂着皮大衣的前厅。

等他从前厅回来时，他那两只眼睛就闪着油亮的光，立刻津津有味地吃起馅饼来。

“怎么样，大概这么单吃不喝很难受吧！”他小声对叶甫美尼神甫说，“神甫，到前厅去，那儿我的皮大衣里有瓶酒……可是要小心点，别把瓶子弄出声来。”

叶甫美尼神甫想起来了，他有点事要嘱咐卢卡，就迈着方步朝前厅走去。

“神甫，我有两句话……私下跟您说说！”德沃尔尼亚金追着他说。

“诸位，我碰巧买到一件非常好的皮大衣，”赫鲁莫夫夸耀道，“值一千卢布，可是我只给了……说了你们也不相信……给了二百五十！就这点钱！”

要是在任何别的时候，客人们对这个消息会淡然处之，可这时他们都表示吃惊而且不相信，最后大家都涌到前厅去看皮大衣，一直看到医生的仆人米克什卡从前厅悄悄拿走五个空酒瓶才算完事……在上软炸鲟鱼时，马尔富特金想起来，他把烟盒忘在雪橇上了，于是要到马厩去。一个人闷得慌，他又拉上了助祭，助祭恰巧也要去看看马……

当天晚上，柳包芙·彼得罗芙娜坐在书房里，给彼得堡的多年老友写信：

“今天，按照往年的惯例，”她顺便写道，“我举办了安魂弥撒。我的邻居们全都来了，都是些普通人、粗人，不过心肠却那么好！我十分丰盛地款待了他们。不过，当然，和往年一样，滴酒不备。自从他饮酒过度而逝世以后，我发誓在本县树立戒酒的风气，以此来为他赎罪。戒酒的宣传我从自家做起。叶甫美尼神甫对我的主张非常赞赏，从言论到行动都给予我帮助。啊！我亲爱的，如果你知道就好了，我的那些大熊是多么爱我！地方自治局主席马尔富特金饭后低下头，把我的手拿到他唇边，久久不放，滑稽地晃着脑袋哭了！他那么多情，却说不出一个字来！叶甫美尼神甫，这个绝妙的小老头儿，挨着我坐下，泪汪汪地看着我，孩子似的嘟囔半天。我听不懂他的话，但我能领会他那真挚的感情。县警察局长，就是我在信中曾跟你提到过的那个美男子，跪在我的面前，想朗诵自己作的诗（他是我们的诗人），可是，气力不加……身子一晃就倒下了……这个大男人发作了歇斯底里……你可以想象我是多么欢喜！不过也免不了麻烦事。可怜的会审民事法庭审判长阿拉雷金是个胖子，容易中风，他觉得不舒服，在长沙发上人事不知地躺了两个钟头，只好往他头上浇凉水。感谢德沃尔尼亚金大夫，他从自己的药房里拿来一瓶白兰地，洒在法官的鬓角，不久他就恢复了知觉，被送回去了……”

活的年代表

五品文官沙拉梅金的客厅笼罩着令人愉快的幽暗，青铜大灯上安着绿色罩子，映得墙壁、家具、面孔都泛出类似《乌克兰之夜》[①]那样的绿色。壁炉快烧完了，偶尔一块冒烟的木柴火光一闪，人的脸刹那间映得火红。不过这无损于整个色调的和谐。就像画家说的，总的色调保持住了。

沙拉梅金本人坐在壁炉前的圈椅上，现出一副刚吃完饭的样子。他是个上了年纪的老爷，留着官员们那样的花白连鬓胡子，生着一对温顺的蓝眼睛，脸上现出一派温情，抿着的嘴唇漾出一个忧郁的微笑。副省长洛普涅夫，一位仪表堂堂的男士，年纪四十上下，坐在他脚旁的小凳子上，两腿伸到壁炉前，懒洋洋地伸着腰。沙拉梅金的孩子们：尼娜、科里亚、娜佳、万尼亚在钢琴旁边玩耍。沙拉梅金书房的门未关紧，从里面露出怯怯的灯光，房门里，写字台前坐着沙拉梅金的夫人安娜·巴甫洛芙娜，她担任本地妇女委员会主席，年纪三十出头，是一位活泼动人的女士。她那灵活的黑眼睛透过夹鼻眼镜浏览着一本法国小说。小说下面压着一份皱巴巴的委员会的去年年度报告。

“我们这个城市在这方面从前还算比较幸运，”沙拉梅金说道，眯缝着温顺的眼睛看着冒烟的木炭，“每年冬天都有各种明星到来，年年不空过。有著名的演员和歌手。可如今呢……鬼知道是怎么回事！除了变戏法的和走江湖的手风琴师谁也不来了。没有一点艺术享受……仿佛是在森林里过日子。对了，大人，您还记得那位意大利悲剧演员吗？他叫什么来着？……记得他是黑头发，高个子……

求上帝赐我记性……啊，对了！他叫路易德日·艾尔涅斯托·德·鲁德日意罗……天才呀，了不起……有魔力！常常只要说一个字，全场都打哆嗦。我的安纽托琪卡②对他的才华很感兴趣，为他张罗演出的剧场，还卖出了十场戏的戏票……为了回报，他教她朗诵和表演。好人哪！他来的时候……但愿我别说错……是十二年前……不对，错了……不到十二年，是十年前……安纽托琪卡，我们的尼娜几岁了？”

安娜·巴甫洛芙娜在书房里嚷了一句：“快满十岁了，怎么啦？”

“没什么，孩子他妈！我随便问问……那时好的歌手也常来……您还记得抒情男高音③普利里普钦吗？多好的人！多漂亮的相貌！浅黄的头发，生动的面孔，巴黎的风度……还有那么好的嗓子。大人！只有一件事糟糕，有几个音他是从胃里发出来的，‘咪’音用的是假声，别的都挺好。他说，和坦别尔利克④学过。我和安纽托琪卡为他张罗演出场地，在公共俱乐部大厅。为了对我们表示感谢他往往一连几天几夜给我们演唱……还教过安纽托琪卡……现在回想，他是在大斋期间来的，那是……十二年前吧。不对，比十二年还长一点。瞧我这记性，求上帝宽恕！安纽托琪卡，咱们的娜佳几岁了？”

“十二岁！”

“十二岁……如果再加十个月……对了，正合适……十三年前……从前我们这城市的生活更丰富一点……就拿慈善性的晚会来说，从前我们那些晚会多么精彩！太妙啦！又是唱歌，又是演奏，又是朗诵……战后⑤，我记得，那是土耳其战俘住在这里的时候，安

---

① 乌克兰画家库因治的作品。

② 安娜的昵称。

③ 原文为意大利语。

④ 坦别尔利克（1820—1889），意大利男高音歌唱家。——原注

⑤ 指俄土战争（1877—1878）。

纽托琪卡为救济伤兵举办过一个晚会，募集了一千一百卢布……我记得，那些土耳其军官对安纽托琪卡的歌喉喜欢得要命，一个劲地吻她的手。嘻嘻……他们虽是亚洲人，倒也知道感恩戴德。晚会非常成功，说来不知您信不信，我甚至在日记里都记上了。按我现在回忆，那是在七六年……不对！在七七年……不对！请问，哪一年在我们这儿住过土耳其人？安纽托琪卡，咱们的科里亚几岁了？”

“爸爸，我七岁！”科里亚说，他是个黑皮肤的娃娃，脸色黝黑，头发黑得和煤一样。

“是啊，我们老了，没有当初的那种精力了！”洛普涅夫叹口气，表示同意，“原因就在这儿……老了，老兄！带头的新人没出现，老的又不行了……心中那把火灭了。当我年纪还不到这么老的时候，我不喜欢让社会人士感到寂寞。……那时我担任您的安娜·巴甫洛芙娜的第一助手……办慈善晚会也好，搞摸彩会也好，捧外来的名流也好，我总是丢开一切来张罗。我记得有一年冬天，我东奔西跑到处张罗，累得病了一场……我忘不了那个冬天！……您记得我和您的安娜·巴甫洛芙娜为救济火灾难民编过什么戏吗？”

“那是哪一年？”

“离现在不太久……在七九年……不，好像是八〇年！请问，您的万尼亚几岁了？”

“五岁！”安娜·巴甫洛芙娜从书房里喊了一声。

“哦，那就是六年以前……对了，老兄，那时可真热闹！现在不成了！心中那把火灭了！”

洛普涅夫和沙拉梅金陷入沉思。冒烟的木头最后闪了一下火光，然后蒙上了一层灰烬。

公文批示

在一本1880—1881年“德”字第8号收文簿中，页边和空白处有不同笔迹的批示。它们表现出才智超群，大有深意，因此应当认为出自长官之手。兹选录几则最精彩和最具特征的批示如下：

“准其所请，宽限两月，告知该员以后不许穿套鞋上衙门。”

“鉴于罗马帝国亡于奢侈，对十二品文官奥斯特罗夫申请一次性补助一事碍难照准。奢侈浪费导致腐败。而本人深望一切人等均讲道德。再者，派奥斯特罗夫着文官礼服赴商人希希金处，告之该人案件即将了结。”

“鸟之辨识在于其羽毛，而良好申请人之辨识在于其谢礼。”

“根据印花税条例第六十四条第一款之准确含义，申请贫民证之呈文自应免贴印花。但寡妇沃宁娜竟在呈文上未贴六十戈比印花。本人视此举并非理解法律精神，实乃无视长官指示，胆大妄为。即使印花税确无必要，吾等自可揭去，彼则不可自行其是也。呈文退回。”

“察里岑，签字要清楚，你并非三品大员……”

“此呈文虽无确切感恩之词，但有几处明白表示随文附有谢礼……钱在何处？”这句话后有另一个笔迹，写道：“恭禀大人，钱款共七十五卢布，于大人公出时由斯米尔诺夫呈与夫人叶芙多妮娅·特里丰诺芙娜。里亚加沃夫恭禀。”

在一份标着“绝密”文件上写道：“所谓机密及绝密之标志本人颇为不解。何必将有教益之事保密？所有官员不妨一读以便痛改前非……”

“本人不相信此患病报告。舒里亚宾自称患病。但本人获悉，该员现在家中，伪装痔疮发作，实则为市民写呈文也。着明日上班！”

在澡堂里

1

“喂，你，伙计！”一位又白又肥的先生喊了一声，他在水雾中看见一个瘦高个子，留着稀疏的胡子，胸前挂着一块大的铜十字章[①]。“来点蒸汽！[②]”

“老爷，我不是搓澡的，我是理发的。我不管加蒸汽。您要不要来几个拔血罐呢？”

胖先生揉揉自己通红的大腿，想了想说：

“罐子？那就来吧，反正我没事。”

理发匠跑到前堂拿家伙，大约五分钟后胖先生的前胸和后背已经拔上十个黑糊糊的罐子。

“老爷，我记得您老人家，”理发匠拔第十一个罐子时开口说道，“上星期六您赏脸来洗澡，我还给您修鸡眼来着。我是理发匠米哈伊洛……您记得吗？当时您还赏脸问我关于要找婆家的大姑娘的事呢。”

“哦，那么怎么样呢？”

“不怎么样……我在持斋，本不该说三道四，老爷，可我不能不跟您说良心话。求上帝原谅我说三道四，可如今大姑娘变得不那么规矩，也不那么懂事了……早先一个人只要靠得住，守规矩，有积蓄，对事有主见，又信教，姑娘就愿意嫁给他，可如今的大姑娘迷上了教育。你得给她找受过教育的，至于做官的老爷或者商界的先生那可别提，她会笑话的！其实，受教育的人各不相同……当然，有那受过教育的做大官，但也有一辈子当文书，死后连下葬的钱都没有。如今这样的还少吗？上我们这儿来的有个……受过教育的，是个电报员……他什么都在行，还会打紧急电报，可洗澡用不起肥皂，看着都怪可怜的！”

“他穷是穷，可是高尚！”从上铺传来一个男人低哑的声音，“应该为这样的人感到骄傲，教育再加上贫穷正说明心灵的高尚。蠢货！”

米哈伊洛斜眼望了望上铺……那里坐着个瘦子，正拿桦树枝条帚拍打肚子③，他浑身瘦骨嶙峋，整个的皮包骨。他的脸瞧不见，完全被披下的长发遮住了，只瞧见一对直瞪着米哈伊洛的眼睛，眼神里满是气愤和鄙视。

“是那种……留长发的！”米哈伊洛挤挤眼儿，“满脑子危险思想……如今这种人太多了，捉都捉不完……瞧，披头散发，整个儿一副骨头架子！凡是基督教传说的话，他都讨厌，和魔鬼讨厌神香完全一样。他赞成教育！如今的大姑娘爱的就是这号人。老爷，就是这号人！难道这不叫人恶心吗？今年秋天有个司祭的女儿叫我去。她说：米谢尔，给我作个媒吧——宅门里的太太小姐都叫我米谢尔④，——因为我给太太们卷头发。——你给我从作家里头找一个。也算她走运，我手头正有一个。他常到波尔菲利·叶麦里扬内奇的酒馆去，动不动就用登报吓唬人。跑堂的走到他跟前要他付伏特加钱，他马上就是一个耳光……‘什么？找我要钱！你知道我是谁吗？我能登报，说你净干亏心的勾当！’他一副可怜相，穿得破破烂烂。我跟他说司祭家里有钱，说得他动了心，又给他看了小姐的相片，

---

① 帝俄士兵的军功章。

② 洗蒸汽浴的人要求向台板泼水，以出蒸汽。

③ 俄国风习，洗澡时用桦树枝拍打全身。

④ 法语人名，相当于俄语的米哈伊洛。帝俄时上等人喜欢说话时用法语以示高雅。

就带他到小姐家去了。我给他租了身衣服……小姐看不上眼！她说，脸相不够忧郁。其实她自己也不知道要什么样的牛鬼蛇神！”

“这是对报界的诽谤！”上铺那儿又响起了沙哑的男低音，“坏蛋！”

“说我是坏蛋？哼！……先生，算您走运，这个星期我持斋。不然的话，您骂我坏蛋，我就回敬您一句……这么说，您也是作家啦？”

“我虽然不是作家，可不许你谈论自己不懂的事。俄罗斯有许多对社会有益的作家，他们教育世人。就凭这一点我们应当对他们以礼相待，而不该骂他们。我说的作家不光指社会上的，也包括宗教界的。”

“宗教界可不干这种事。”

“你这蠢材是不会懂的。罗斯托夫市的德米特里主教，赫尔松市的因诺肯特主教，莫斯科市的菲拉列特主教以及其他各位主教都用自己的著作大大促进了教育。”

米哈伊洛白了自己的对头一眼，晃晃脑袋，没词儿了。

“哼，您这可是有点那个，先生……”他嘟囔道，搔搔后脑勺，“还挺深奥的……怪不得您留这样的头发，怪不得呢！这一切我们全明白，而且马上就让您看一看，您是个什么人。老爷，罐子先在您身上拔一会儿，我马上就……我出去一下。”

米哈伊洛边走边提自己那湿淋淋的裤子，两只光脚板踩得山响，走到前堂。

“马上从澡堂子里要出来一个长头发的，”他对站在柜台后卖肥皂的小伙计说，“你就，那个……盯住他。他惑乱人心……满脑袋危险思想……要把纳扎尔·扎哈雷奇[①]给我找来才好……”

“你去对学徒们说吧。”

“有个长头发的马上要出来，”米哈伊洛对看衣服的小徒弟们

① 此人是警察。

说，“他惑乱人心，盯住他，跑去告诉老板娘，好派人去找纳扎尔·扎哈雷奇，作违法记录。这小子胡言乱语，满脑子危险思想……”

“那长头发到底什么样儿？”小徒弟们心发慌，“没有这样的人在这儿脱衣服呀。脱衣服的一共六位。这是两个鞑靼人的衣服，这是一位先生脱下来的，这是两位商人的，这是助祭的衣服……另外就没有了。这就是说，你把助祭当作长头发了？”

“亏你们想得出，鬼东西！我知道自己说的是什么！”

米哈伊洛看看助祭的衣服，伸手摸摸法衣，耸耸肩膀，一脸的大惑不解。

“他是什么样子？”

“瘦瘦的，浅黄头发，长着几根胡子……老咳嗽。”

“哦！……”米哈伊洛喃喃自语，“哦！这么说，我骂了宗教界人士……杰尼西神甫会找我的麻烦的！真是罪过！真是罪过！可要知道，我正在持斋。要是我得罪了宗教界人士，我怎么去作忏悔呢？主啊，饶恕我这个罪人吧！我就去赔礼……”

米哈伊洛挠挠后脑勺，作出一副哭丧脸，往澡堂里走去。助祭已经不在上铺，他站在下边的水龙头旁，叉开两腿，往木盆里倒水。

“助祭神甫！”米哈伊洛带着哭腔对他说，“看在基督分上，求您饶恕我这个该死的罪人！”

“因为什么？”

米哈伊洛深深叹口气，跪在助祭脚下。

“因为我错以为，您有满脑子的危险思想。”

2

“我感到奇怪，您的女儿那么漂亮，品行又好，怎么到现在还没出嫁呢！”尼科季木·叶戈雷奇·波狄奇金说道，一面爬到上铺上面去。

尼科季木·叶戈雷奇赤条条的，和任何赤条条的人一样，但秃头上却戴着个小帽，他怕脑充血，怕中风，所以洗蒸汽浴时总是戴着帽子。和他聊天的乌卡尔·塔拉绥奇·彼士金是个小老头，长着两条青筋暴起的瘦腿，耸耸肩回答道：

“她嫁不出去，因为上帝给了我一副不中用的脾气。我太温和柔顺了，尼科季木·叶戈雷奇，可现如今靠柔顺什么事也办不成。如今找对象的小伙子都挺厉害，和他们打交道也得厉害才行。”

“这厉害是什么意思？您这是从何说起呢？”

“小伙子都给惯坏了……对他们应该怎么办？应该严厉，尼科季木·叶戈雷奇。对他们不要客气，尼科季木·叶戈雷奇。打官司告状，抽嘴巴子，找警察——就得这么干！这些不中用的，不值一提的家伙。”

两个朋友并排躺在上铺，拿起桦树枝拍打自己的身子。

“不值一提……”乌卡尔·塔拉绥奇接着说，“我受够了这些混账东西的气了。要是我的性子刚强一点，我的女儿达莎早就嫁了人，生了孩子了。是的……老姑娘如今在整个女性中，凭良心说，我的先生，是一半对一半，占百分之五十。而且请注意，尼科季木·叶戈雷奇，这些老姑娘当中的每一个在年轻时都有过对象。那么，有人会问，为什么没出嫁呢？是什么原因？这是因为姑娘的父母没能把小伙子抓住，让他溜掉了。”

“这话不假。”

“如今男人给惯坏了，糊里糊涂，胡思乱想，什么事都想白占便宜，没便宜他们一步也不朝你迈。你给他快乐，他却找你要钱。喏，就连结婚也打算盘。他心里盘算：我结婚就得捞一把。这也不算什么，不管怎么说，要吃你就吃，要喝你就喝，只要劳驾您，总该把我的孩子娶去嘛。可往往赔了钱还要吃苦受气。有的男人眼看着就要求亲了，可一到谈嫁娶的节骨眼上，他就向后缩，另找别的姑娘去求亲。当个找对象的男人是蛮不错的，完全是一种享受。有吃，有喝，还有钱可借，哪有这么好的日子？得，他就一个劲地装作找对象的男人，一直装到老，装到死，到那时候就用不着结婚了。脑袋全秃了，胡子眉毛全白了，膝盖也弯了，可他还是个找对象的小伙子。不过，也往往有些人因为糊涂而不结婚……糊涂人自己也不知道他需要什么，于是挑来挑去，这个不好，那个不合适。他来来往往，眼看着要求亲了，可是忽然之间，无缘无故，他却说道：我不能，也不愿意。就拿卡达瓦索夫先生说吧，他是达莎的头一个对象，中学教员，还是九品文官……学会了各门学问，会说法语、德语……还会算数，可是一到紧要关头，就成了呆子，蠢材——不过如此。您睡着了，尼科季木·叶戈雷奇？”

“哪里，我没睡。我是舒服得闭上了眼睛……”

“嗯，这么说吧……他开始围着我的达莎转悠。应该提醒您，达莎当时还不到二十岁，漂亮得人人见了都吃惊。呱呱叫！她体态丰满，身段苗条，如此等等。五品文官切切罗诺夫-格拉维安斯基在宗教衙门任职，跪着求她去当家庭教师，她不干！卡达瓦索夫开始到我们家来，每天一趟，一来就坐到半夜，跟她谈论各门学问，还有物理什么的……他老给她带书来，听她演奏……他越来越强调读书。我们的达莎本来就有学问，她完全用不着读书，就想玩，可是他呢，一会儿你给我读这本，一会儿你给我念那本，烦死人了。我看出来，他是爱上她了，看样子她也觉得可以。她说：‘只有一点我不喜欢他，他呀，爸爸，他不是个军人。’他不是军人，不过还是蛮不错的，有官位，是贵族，丰衣足食，不酗酒，你还要什么呢？他来求亲，我们就答应了，为他俩祝福……关于陪嫁，他连问都没问，一声不响……仿佛他不是凡人，而是没有肉体的精灵，没陪嫁也可以。婚礼的日子也订好了。可是您猜怎么着？就是这个卡达瓦索夫在婚礼前三天来到我的店铺，两眼发红，满脸苍白，全身发抖，就像受了惊吓一般。我问他，您有什么事？他说：‘对不起，乌卡尔·塔拉绥奇，我不能娶达丽亚[①]·乌卡罗芙娜。我错了。我见她

① 达莎是达丽亚的小名。

青春茂盛，一派天真，原以为在她身上找到了心灵的土壤，精神的活力，其实她已经定向成型。她性好浮华，不知道干活，这种习性是在吃奶中养成的。’我却不记得，她在吃奶时还吃了什么。他一边说一边哭。我怎么办？我的先生，我只骂了他两句就让他走了，既没打官司也没向他的上司告状，没有把他在全市搞臭。我要是到民事法庭告一状，他没准怕丢人，也就娶了她了。他的上司恐怕也不会管她吃奶的事。你既然让姑娘动了心，那你就得娶她。就拿商人克里亚金说吧，您听说过这个人吗？别看他是个庄稼汉，可你看人家真有两下子……他的姑爷也是说什么都不干，因为发现陪嫁好像有问题。这时他，就是那个克里亚金，把他带到储藏室，把门锁上，您猜怎么着，他从衣袋里掏出一把子弹上了膛的大号手枪，说道：‘你给我在神像面前起誓说你结婚，不然我马上打死你，混蛋，快！’小伙子起了誓然后结了婚。您瞧瞧，可我就没这个本事，连打架都不会……后来有个乌克兰人勃留兹坚科看见了我们的达莎，他也在宗教衙门任职，是正教管区监督局的文官。他一见她就爱上了，老跟在她后头，说话含糊不清，脸红得像只大虾，嘴里直冒热气。白天坐在我们家里，夜晚在窗下徘徊。达莎也爱上了他。她喜欢他那双乌克兰人的眼睛，说那里头有火焰和黑夜。乌克兰人来了又来，后来提出求亲。达莎可以说心中大喜，非常快活，答应了亲事。她说：‘爸爸，我知道，他不是军人，但毕竟来自宗教衙门，这就和在军需衙门一样，所以我爱他。’一个姑娘家，如今也挑挑拣拣，要什么军需衙门！乌克兰人察看了陪嫁，和我讲了讲价儿，最后只皱皱鼻子，一切同意，只求快点办喜事。可是就在订婚那天，他望望客人们，忽然双手抱头，说道：‘我的老天爷，他们亲戚这么多！我不同意，我受不了，不愿意！’如此等等，说个没完。我左劝右劝……我说，你呀，先生，是不是疯了？要知道，亲戚多才光彩嘛！可他就是不同意！拿起帽子一溜烟走了。

“后来又出了这样一件事，林务官向我的达莎求婚，他看上了她的聪明和人品……达莎也爱上了他。她喜欢他的好脾气。他的确是个好人，品格高尚。他求完婚，然后样样的事都办得周到又仔细，一丝不苟地查看了陪嫁，把各个衣柜都翻了一遍，还骂了玛特林娜几句，因为她让蛀虫咬坏了女大衣，又给我开了个他的财产清单。真是个高尚的人，不该说他的坏话。老实说，我对他极为满意。在陪嫁的钱数上他和我讨价还价，一直谈了两个月。我给八千，他要八千五。我们没完没了地讨价还价。常常我们坐下喝茶，足足喝了十五杯，价钱还是谈不拢。我给他添了二百，他不干！就为三百卢布我们分了手。可怜的人，临走时还直哭……他太爱达莎了！如今我痛骂自己，我这个有罪的人，我是真心实意地骂自己。我本应当再给他三百，或者吓唬他，说要把他在全市搞臭，或者把他带到黑屋子里打他几个嘴巴。我打错了主意。现在我才看出来，当初我打错了主意，干了蠢事。一点办法没有，尼科季木·叶戈雷奇。我就是这么个温和脾气！”

“您太温和了。这话不错。哦，我要走了，到时候啦……头发沉……”

尼科季木·叶戈雷奇用桦树枝最后打了一下，从上铺爬下来。乌卡尔·塔拉绥奇叹口气，更起劲地挥起了树枝。

人和狗的谈话

严寒的月夜。阿列克赛·伊万内奇·罗曼索夫拂掉袖子上的绿色小鬼[①]，小心地打开角门，走进院子。

“人啊，”他放稳脚步，绕过污水坑，谈起了哲理，“不过是尘埃，是幻影……是灰烬……巴维尔·尼古拉伊奇是省长，但他也是灰烬。那表面的威严其实是幻影，是轻烟……吹口气就化为乌有！”

“汪汪……”一阵狗叫传到哲学家耳边。

罗曼索夫朝旁边一望，看见两步之外有只黑狗，属于草原牧羊犬品种，个头赶得上一头狼。它坐在扫院人小屋的旁边，把铁链子弄得哗啦直响。罗曼索夫看看它，想了想，脸上作出吃惊的样子，然后耸耸肩，摇摇头，苦笑一声。

“汪汪……”狗又叫了两声。

“我不明白！”罗曼索夫摊开两只手，“连你……连你也会冲着人发威？啊？一辈子头一回听见。要是我说得不对，就让上帝揍我……难道你不知道人为万物之尊？你好好看看，我到你跟前来……看看吧……我可是人呀！你以为怎么样，我是不是人呢？你说清楚！”

“汪汪……呜！”

“伸爪子！”罗曼索夫冲狗伸出手来，“伸爪子！不伸？不愿意？那就算了，咱们把它记下来。现在让我摸摸你的狗脸……我爱……”

“汪！汪！呜……汪！汪！”

“啊——啊……你咬人？太棒啦，好吧，咱们记住这一点。这么说，你连人是万物之尊也不在乎……万兽之王你也瞧不起？照这么推论下去，你甚至会咬巴维尔·尼古拉伊奇吧？所有的人见了巴维尔·尼古拉伊奇都叩头。可你认为不管是他，还是别的什么人，通通一样，是吗？我对你这么理解对吗？啊——啊……这么看起来，你是社会主义者吧？慢着，你回答我的话……你是社会主义者不是？”

“呜……汪！汪！”

“等一等，别咬人……我倒是说什么来着？……啊，对了，说的是灰烬。吹口气就化为乌有！噗的一声就没了！但是请问，我们活着是为什么呢？我们在母亲的阵痛中出生，吃饭，喝水，求学，死掉……这一切为了什么？灰烬！人一钱不值！你这狗什么都不懂，如果你能钻进人的灵魂就好了！要是你能看透人的心理活动就好了！”

罗曼索夫晃晃脑袋，啐口唾沫。

“肮脏……你以为我是罗曼索夫十品文官……自然界之王……你错了！我是寄生虫，是贪污犯，是伪君子！……我是坏蛋！”

阿列克赛·伊万内奇手捶胸膛，哭了起来。

“我告密，我挑拨是非……你以为，叶戈尔·考尔纽什金被革职是因为我吗？啊？那么请问，是谁借了委员会的二百卢布不还，却把罪名栽到苏尔古切夫头上的？难道不是我吗？坏蛋，法利赛人……犹大！拍马屁，收贿赂……畜生！”

罗曼索夫擦擦眼泪，抽抽搭搭地哭起来。

“你咬吧，你把我吃了吧！有生以来谁也没对我说过一句正经话……所有的人心里都认为我卑鄙下流，但当面却又夸奖我又冲我笑，别的话一句没有！哪怕有个人只有一回打我一个耳光或骂我一顿也好嘛！狗哇，吃了我吧！咬吧！把我这天杀的撕了吧！把我这叛徒吞了吧！”

---

① 意为：喝得大醉。

罗曼索夫身子一晃，倒在狗身上。

“这样，就这样！把我的狗脸撕碎！别可怜我！虽然疼，可别饶我。给，咬手！啊哈，流血啦！活该，你这德国佬！谢谢，茹奇卡①……不过，你到底叫什么来着？谢谢，把皮大衣也撕了吧。反正全都是赃款……我出卖了一个熟人，用得来的钱买了皮大衣……带帽徽的帽子也一样……不过，我到底说什么来着？我该走了……再见，小狗儿……小调皮……”

“汪汪。”

罗曼索夫把狗抚摸了一会，让它再把腿肚子咬了一口，然后裹紧皮大衣，踉踉跄跄朝自己的房门走去……

第二天中午醒来，罗曼索夫看见一幅不寻常的景象。他的脑袋、双手和双脚都裹着绷带。他那哭哭啼啼的妻子和忧心忡忡的医生站在他的床边。

---

① 狗名。

话说三月，四月，五月，六月，七月，八月

语文笔记

三　月

三月之名来自马尔斯。这马尔斯，如果相信伊洛瓦斯基编的教科书，乃是战神。这个战争精灵的履历表丢失了，因此有关他个人的情况几乎一无所知。从他那些风流韵事以及他向酒神借钱的情况来看，应当认为他拥有战神的职位，军衔不低于上尉。他的名片大概是这个样子：上尉马尔斯，战神。由此可见，三月是军人以及和军事机关有关的所有人员的月份，这些人员包括军需官、军医、战争题材画家、贵族女生等。在品级表中本月列入一年的第三个月，经上级批准有三十一天。本月罗马人庆祝女神崔伯拉，她是大地之神，她的出生证表明自己是太阳神之女，农神之妻，宙斯之母，总之，这是一位天文界人士，享有在普鲁科沃天文台住公房的特权。她发明了铃铛、长号、芦笛和兽医技术，这就是说，音乐家兼兽医——这样的兼而有之是当今的音乐家所不知道的。本月罗马人还庆祝维纳斯的命名日。她是恋爱、婚姻、美、撑腰架和汞软膏之神。这个维纳斯诞生于海沫之中，如同我们的小姐诞生于薄纱中一样。她是跛子火神的妻子，火神为诸神印制假币并且制造捕捉大胆情郎的细网。维纳斯和所有的神姘居，但只无私地爱马尔斯一个。她和神们过腻了，就下到凡尘，和衙门里的官员们勾勾搭搭。她保佑做女发的理发师和语文教员。在三月的维纳斯节奉献给她的是公

猫和那些常常从三月起坠入情网的中学男生。我们的祖先把三月叫白桦灰。卡拉姆津[①]认为，我们的祖先在三月烧白桦炭，因此，照他的意见，产生了白桦灰这个别名，而那些被桦树条子狠抽过的人则认为白桦灰这个词是由白桦和毁这两个字构成，因为白桦在考试之前用它的树条子把人毁得不浅。希腊人以三月为一年的头一个月，罗马人也是如此。

四　月

四月之名来自拉丁语动词第四格，意为打开，展开。因为本月大地开化，把各种植物从自己体内放了出来。少年的下巴也是这么开放，让胡子毫无阻挡地长出来。在尼禄王[②]统治时期这个月被命名为尼禄月，以表彰尼禄王对祖国建立的功勋。不过后来由于罗马的警力不足和罗马人的爱国热情衰退，这个名字被遗弃了。根据犹大银币的数目[③]，本月有三十天。

在古代的雕像上，这个月份被塑造成一个无聊的废物，跳着舞，眨巴着左眼，扬起燕尾服的后襟，手中拿着响板，脚下放着芦笛，衣袋里露出半升装的酒瓶子，显然，这是个酒徒，会说许多淫秽的笑话，没有固定的资产。在他的雕像前通常还有一尊维纳斯像。在雕像的底座上少年读者可以看到不少几何图形，它们与三角和极限理论有关。无论是四月还是维纳斯，对于几何都一窍不通，因此在这里应该看出它的讽喻之意：为了享受爱的欢乐甚至连几何也可以踩在脚下——如果注意到考试就在眼前，这种想法是致命的。我们的祖先把四月叫做花月，这时鲜花盛开在彼得堡的花盆里和士官生的脸上。

---

① 卡拉姆津（1766—1826），俄国作家、历史学家。

② 尼禄王（37—68），罗马皇帝，历史上有名的暴君。

③ 《圣经·新约》：耶稣的门徒犹大以三十枚银币出卖了耶稣。

在四月一日对自己亲近的人愚弄一番，这个习俗到处流行。它的由来有各种说法。有的说它来自东印度，印度人在这一天搞些无伤大雅的欺骗：朋友之间臆想出一个缘由把对方打发到各个地方，上当者则被大大地取笑一番。也有的说这个习俗和作总结有关系，原来古时宗教事务所的官员们在四月一号之前准备好总结。现如今诈骗已习以为常，这个习俗因而失去原来的味道，开始慢慢淡化了，但古时说谎的人比较少，所以当时它曾大为流行。传说在彼得大帝时代，在彼得堡演出的一个德国剧团于四月一日预告当天上演精彩节目，当观众来到剧院时，只见舞台上出现一个告示，上写“今天是四月一日”。根本没有演出。彼得大帝对这个玩笑不曾发怒，只是在走出剧院时说了一句：“这些玩世不恭的喜剧演员！”如果这个剧团没忘记在演出之前就向观众收钱，那么令人遗憾的是，如今的演员并非人人都知道这个笑话。

五　月

这是爱情、丁香和白夜之月，是诗人怪罪夜莺和玫瑰非法同居，退伍的老朽上士也大动柔情的月份。它的命名来自罗马元老们的命令，这些元老们年事已高，但仍盘踞在罗马元老院里虚应故事。也有的说它的名字是为纪念七姊妹星团中的玛娅[①]。但这里有个小小的，不过难以回答的问题：阿特拉斯[②]怎么可能做父亲呢，须知他应不分昼夜，片刻不停地以头顶天呀。这个问题放下不提。玛娅生下了跑交易所的投机商人墨库利[③]。古时候五月是敬老月，严禁结婚。任何在这个月结婚的人都被斥为窝囊废、孱头。卡尔涅利·

① 希腊神话：阿特拉斯和仙女普勒俄涅所生的七个女儿，后来化为天上的七姊妹星团。

② 希腊神话：阿特拉斯是提坦巨人之一，他因反抗主神宙斯，被罚在世界极西之地以头顶天。

③ 罗马神话中的商神。

涅波特写道："五月是爱情之月，而非婚姻之月。公民们，莫失去自制，莫吞下钓钩！您要明白，五月的爱情到六月初就完结。您那发烧的幻想在五月看来是美妙的东西，到了六月看起来不过是根呆木头。"根据俄罗斯学家的意见，在五月结婚的人一辈子受苦受累——这是罪有应得。天文学家把五月列入黄道第三位，而太阳则进入双子星座。住别墅的女人们却把五月排在第一位，因为军官们此时野营，如果军营离别墅不远，那么双子星座则是个警告：别太沉迷，以免冬天和双胞胎打交道。

六、七月

五月和八月俄罗斯人还穿着皮大衣，冻得上牙磕下牙，所以说，俄国的夏天只有六、七两个月。在别墅生活的暴风骤雨和风平浪静中，在楚克和蒙巴什①的旋风中，这两个月过得如此之快，以至应把它们合并称作一个月，再说这两个月的写法大同小异，在日历中肩并肩并且都叫人出汗……把两个月合而为一还可以减少开支：二十号只有一次而不是两次。六月一词来自拉丁语，意为少年，中学生，因为在这个月中学生毕业，成熟起来，虽说成熟但不结果，不过仍然得到中学毕业证书②。

罗马人把六月定为墨库利月，他是二等神仙，主管贸易。如今这个墨库利被当作贷款老板、骗子手和商人浮浪子弟的保护神。他向诸神放债，在沙龙跳舞，由于对慈善机构免费供应木柴而获得奖章，同时"一点一滴"地发财致富。他喜欢莫斯科，在那里开酒馆，在集市大棚里吃鸽子，发行思想纯正内容放荡的报纸。在六月份发生了如下大事：发布了禁止在集市出售活人的命令，一所培养

① 楚克是意大利芭蕾演员，蒙巴什是法国轻歌剧演员。他们于 1880 年在莫斯科演出。

② 俄语中学毕业证书由证书和成熟二字组成。

检察官的法律学校奠基……在这个月，据伊洛瓦依亲眼所见，在巴黎发生了流血事件（大概是痢疾）。七月奉祀天宫办公室主任，正五品文官和勋章获得者朱庇特大人。这位老爷虽出身仙家，但干的都是凡人之事：玩纸牌，喝辣酒，拈花惹草。年轻的古典派学者也都知道他追求母牛伊娥的风流韵事[①]。太阳在七月进入狮子星座，因此所有获得“太阳和狮子”勋章的人都在七月过命名日。对作家来说七月是不祥的月份。死神在七月用无情的朱笔勾销了七个俄罗斯诗人的性命，还有一位是别雷达[②]。在我们俄罗斯由于七月酷热米谢尔斯基公爵作了笔记，在外省舞台上由安德烈耶夫·布拉克[③]朗诵。过了七月就入秋了。

八 月

八月是秋实之月。农民把一年劳作的果实收进谷仓然后把牙齿搁到架子上[④]。酒馆收欠账，富农睡大觉而不干事。农产品丰富得叫外国人打哆嗦：中等苹果五十戈比，梨一卢布，要买西瓜会弄得你囊空如洗。小姐们到雅尔塔去作葡萄疗法，那里的葡萄只比赫尔辛基[⑤]贵一倍……八月是全面收获的月份。姑娘走在荒野，颤抖的手中抱着果实的那个可恨的夜晚就在八月[⑥]。在我们这里不道德的果实每个月都成熟。在罗马人那里八月是一年中的第六个月，在我们这里八月是一年中的第八个月，为纪念罗马的奥古斯丁大帝而以他的名字命名。这位大帝颁定奥古斯丁勋章，作浪漫曲《啊，我的酒神奥古斯丁》。本月太阳进入圣母星座，因此大自然呈现疲倦、忧郁、酸

---

① 希腊神话：伊娥是伊那科斯的女儿，朱庇特爱上了她。赫拉出于妒忌，把伊娥变成母牛。

② 别雷达（16 世纪 50—70 年代），乌克兰文化名人，翻译家。

③ 安德烈耶夫·布拉克（1843—1888），俄国名演员。

④ 意为“挨饿”，类似汉语“把嘴挂起来”。

⑤ 芬兰城市。

⑥ 这是普希金原诗的改装句。

楚之态。一切在夏天赏心悦目的景色到了八月令人哀伤。叶子发黄，青草发锈。住别墅的害瘟疫，纷纷逃回城里，在那里活活受房东的盘剥。白昼变短，就像日光落入军需处的掌管之中。肝病、风湿病，凶老婆大闹特闹，如同未上油的门在穿堂风中响得令人烦。浅色裤子，草帽，凸纹布马甲，直领制服，男式披风，这些东西统统洒上难闻的樟脑粉，收到妈妈和奶奶的箱柜里长期不见天日。官员们戴上了棉风帽。上学，结婚，演戏的季节开始了。那些夏天发懒，淘气，不听父母教训的人，到了八月要学习或结婚……在八月最聪明的是鸟和熊。鸟成群结队飞向远方以避严冬，熊则把熊掌叼在嘴里睡大觉，不管出什么事都一直睡下去，就算楚克等人答应整个冬天留在俄罗斯，他们也不会醒来。八月出现“小阳春”，这时大自然完全是个娘儿们，一会儿喜笑颜开，一会儿哭天抹泪。

无害的思想

您想不想在北极生长出海枣和菠萝？那就请把宗教事务所的秘书们和医务局的文牍们派到那儿去。没有人能比他们更让那片土地感到温暖。

自然界的一切都是合乎目的的。一个人临终时大自然把他变成撒沙器①，与此同时把此人一辈子制造的墨水滴洒下来。

远亲实际上也是亲人，要爱他们。

不是地方美化人，而是人美化地方。因此不是剧院美化站在剧院门口的警察，而是警察美化剧院。

淫荡的金丝雀胜过虔诚的大灰狼。

如果你的老婆爱哭，那你就用吸墨纸。虽不巧妙，然而实用。

---

① 古时吸干纸上墨水的文具。

门当户对

“我的孩子们，你们一定要到男爵夫人舍普琳格（琳字要加王字旁①）家去一下……”丈母娘把我和我的新婚妻子送上四轮马车的时候，第十次嘱咐我们，“男爵夫人是我的老朋友……顺便去拜访一下将军夫人日列勃契科娃……如果你们不拜访她，她会生气的……”

我们坐上四轮马车，去进行新婚后的拜客。我觉得我妻子的面孔露出庄重的表情，而我则垂头丧气，情绪低沉……在我和妻子之间有许多不同之处，但最让我受不了的是我们的亲戚朋友不一样。在妻方的朋友中有光彩的上校夫人、将军夫人、男爵夫人舍普琳格（琳字要加王字旁）、伯爵杰尔扎依·切尔托夫西诺夫，还有一大帮贵族女同学，而我这一方统统都是无知少教之辈：舅舅是退休典狱长，表姐是时装裁缝铺老板，我那些衙门同事统统是可怜的酒鬼和堕落分子，官位没一个超过九品的，还有个商人普列甫科夫以及诸如此类。我觉得心中愧疚……为避免出丑，应该完全不去拜访我的亲朋，但如果不去就一定招致许多非议和不愉快，表姐大概可以勾销，而对舅舅和普列甫科夫的拜访则无法逃避。我拿了舅舅的钱办婚事，我借了普列甫科夫的家具。

“现在呀，心肝，”我开始讨好自己的夫人，“咱们去我舅舅普普金那儿。他出身古老的贵族……他的叔叔是助理教务主教，在某个教区任职，但这个怪人日子过得一塌糊涂，我说的不是助理教务主教，而是普普金他自己过得一塌糊涂……我带你去，为的是给你一个逗乐的机会……一个可怕的糊涂虫。”

马车在一所小房子前停住，它开着三个窗户，带有上了锈的灰色百叶窗。我们下了车，拉门铃……响起一阵大声的狗叫，跟着是威严的吆喝“嘘，该死的！”尖叫，门后一阵喧哗，一阵喧哗过后门开了，我们走进前厅……迎接我们的是小姑娘玛莎表妹，鼻子脏乎乎，穿着布上衣。我装作没认出她来，走向衣架，上面挂着舅舅的狐皮大衣，还有不知什么人的裤子和上过浆的裙子。我脱下套鞋，胆怯地朝客厅里望了一眼。桌子旁边坐着舅舅，穿着睡袍，光脚穿着拖鞋。我原希望他不在家，如今这个希望落空……他正用一根铁丝从凉水瓶里往外掏橘子皮，眼睛眯缝着，鼻子呼哧着，响得整个屋子都听见。他面容专注，聚精会神，仿佛正在发明电话。我们走进来……普普金看见我们，害起羞来，撒手丢掉了铁丝，提起睡衣下摆，慌忙跑出客厅……

“我就来！”他喊道。

“落荒而逃……”我笑道，羞得脸上发烧，不敢瞧一眼妻子。“索妮娅，真的挺可笑吧？可怕的怪人……你看，这是什么家具？三条腿的桌子、瘫痪的钢琴、喀咕钟……可能以为，在这儿住的不是人，而是猛犸……”

“这画的是什么？”妻子问道，仔细观看挂在墙上和照片混在一起的画。

“这是谢拉菲姆长老在萨洛夫沙漠喂熊图……这是助理教务主教的画像，当时他还是教会学校视察员……你看，他有安娜勋章……是个体面人物……我……（我擤鼻子）。”

但最让我不好意思的是那股味儿……伏特加味、烂橘子味、松节油味，那是舅舅用来防治蛾子的，还有咖啡渣子味，各种味道合成一种刺鼻的酸气……走进来我的表弟，一个矮小的中学生，支棱着两只耳朵，碰了一下鞋根……他拣起橘子皮，拿走长沙发上的枕头，用袖子蹭掉钢琴上的灰尘然后走了出去……显然，他是被打发

① 原文为强调该姓氏中有叠音字母。

来“收拾”的……

“我来啦！”舅舅说道，一边走一边扣坎肩的扣子，“我来啦！很高兴……太高兴啦！请坐吧！只是请别坐长沙发，有一条后腿断了。坐吧，谢尼亚！”

我们坐下……一阵沉默，这当儿普普金两手抚摩膝盖，我尽量不瞧妻子，暗自害羞。

“是啊……”舅舅开了腔，抽着雪茄（当着客人他永远抽雪茄），“你结婚了……所以嘛……这个……从一方面说，是好事……心上人儿在身边，爱情、浪漫；从另一方面说，一有了孩子，你就得鬼哭狼嚎！这个要靴子，那个要裤子，第三个要缴学费……但愿不要如此！我的妻子，谢天谢地，生了一半死胎。”

“您的身体怎么样？”我问道，希望转换话题。

“不好，老弟！前些日子整天起不来……胸口疼，发冷，发烧……老婆说：吃奎宁，别发火……可怎么能不发火？从早晨就叫他们扫门前的雪，可没一个坏蛋能听，他们没一个动手……我自己实在扫不动啦！我是个病人，身子软……我还有内痔。”

我很不好意思，又大声擤起鼻子来。

“或许，可能，我这是洗澡洗的……”舅舅接着说道，沉思地望着窗子，“很可能！你知道吗，星期四我上澡堂子洗澡，洗了三个小时的蒸汽浴。因此痔疮就闹得厉害了……医生都说泡澡堂子对身体没好处……太太，这是不对的……我从小就养成了习惯，因为我父亲在基辅开澡堂子……常常整天洗蒸汽浴……不花钱……”

我臊得受不了啦，站起来结结巴巴地告辞。

“这么急着上哪儿去呀？”舅舅吃了一惊，抓住我的袖子，“你舅妈这就出来！随便吃点东西，喝点露酒！……有腌肉，米嘉跑去买香肠了……你们哪，可真够有礼貌的！看不起人啦，谢尼亚！这可不好，您没在格拉莎那里定做婚纱！太太，我女儿开裁缝铺，我知道，是斯切潘妮达太太给您做的。可斯切潘妮达能跟我们比吗？我们要是接活会更便宜……”

我已不记得，怎么和舅舅道的别，怎么上的马车……我感到我给毁了，受了污辱，随时准备听到中学生妻子那鄙夷的笑声……

“在普列甫科夫那里又有什么样的粗俗无礼等着我们呢！”我心中暗想，吓得浑身冰凉。快点摆脱这一切吧，让魔鬼把他们统统抓去吧！我真倒霉，一位将军也不认识！倒是认识一位退伍上校，可他是个开啤酒馆的！我就这么倒霉！”“我说，索妮琪卡，”我带着哭腔对妻子说，“对不起，我刚才带你去了那个猪圈……本想逗你一乐，瞧瞧这些怪人……结果却这么粗俗，讨厌，这不是我的错……我道歉……”

我胆怯地望望妻子，看到的表情比我想到的还厉害。妻子眼中含泪，颊上泛红，不知是羞是怒，两只手哆嗦着拉扯马车窗上的流苏……我浑身火热，打个哆嗦。

“开始丢人现眼吧！”我心中暗想，觉得手脚重得像灌了铅。“可这不怪我呀，索妮琪卡！”我哀嚎一声，“是的，在你看来，这非常愚蠢！他们是猪猡，是没教养，没礼貌的人，可你知道，这不是我有意认他们作亲戚！”

“如果你不喜欢这些平常人，”索妮娅呜咽一声，用哀求的眼光望着我，“那我的那些亲友你就更不会喜欢了……我挺不好意思，因为怎么也不敢告诉你……亲爱的，心肝……马上男爵夫人舍普琳格（琳字要加王字旁）就会对你讲，妈妈曾在她家当过管家，还会说妈妈和我不念旧情，如今她穷了，我们过去受过她的恩惠，却不想报答她……不过，请你别信她的话！这个不要脸的就爱瞎三话四……我向你起誓，每逢大节日我们都送给她一大块糖，一磅茶叶！”

“你在开玩笑，索妮娅！”我吃一惊，感到四肢的铅消失了，全身洋溢着生气勃勃的轻松，“给男爵夫人一块糖和一磅茶叶！……哈！”

“当你看见将军夫人日列勃契科娃时，你可别笑她，亲爱的！她太不幸了！如果她一个劲地又哭又胡言乱语，那是因为杰尔扎依·切尔托夫西诺夫伯爵把她的钱都弄光了。她会诉说自己命苦，还会向你借钱，不过你……那个……别借给她……她要是把钱自己花了倒好，可她会全给了伯爵！”

“妈呀……天使！”我高兴得搂住妻子，“我的开心丸儿！这真是喜出望外呀！要是你告诉我，你那位男爵夫人舍普琳格（琳字要加王字旁）光着身子在路上走，你对我的帮助就更大啦！给我——你的小手！”

我忽然后悔起来，悔不该拒绝了舅舅的腌肉，没在他那架破钢琴上弹两下，没喝点露酒……但这时我想起来，在普列甫科夫那里会有上好的白兰地酒、乳猪加洋姜。

“赶紧奔普列甫科夫家！”我放开嗓子冲车夫大喊一声。

庸人的祝酒词

就是在头脑发昏，感情浪漫的时刻，庸人也仍然还是庸人。无论把燧石烧得多么热，您也不能把它做成花边，别管请庸人喝多么愉悦心神的美酒，从他身上您也挤不出让人高兴的祝酒辞！如果要求我作的这篇祝酒词会使您愁眉苦脸以致我那快乐的邻座扯我的袖子并希望我遵守常规，那可不是我的错。诸位同仁，我困惑而不快乐！如果在周年庆祝宴会上不是理应欢喜快乐，我会请你们痛哭……

如果一个人活到二十年，那么他年纪仍然太小，不许结婚，可要是一个杂志活过了二十年，就会被树为长寿的范例。这是一……第二，杂志活了二十年，可在参加宴会的我们这些弟兄当中却没有一个人敢说自己是《闹钟》杂志的老职工，似乎也没有一个人能说在咱们杂志干了十年以上。我个人属于那批干了五六年的庸人，尽管如此，在座的诸位当中有四分之三都是我的小同事，而你们诸位都恭维我是老同仁。一个没几根胡子，朝气蓬勃的老头儿可真不错！杂志不长寿，办杂志的寿更短……《闹钟》杂志刚刚活到二十年，却已进入老者的行列，而办报同仁也换了快够二十茬了。同仁们一批接一批地消失，如同印第安人部落一样……降生，然后未开花就萎谢……可笑呀，从《闹钟》的历史上算，我们有了祖辈先人！

这些人如今在哪里？一些人死了……每年，不知因为什么往往在秋天，我们总不免安葬某位同仁……另一些人跑了，不仅改行做了代理人、公证人，而且跑去当乘务员、邮差、石印工人！我也见到第三种人，他们直截了当地承认自己头脑迟钝了……而所有这些死亡，逃跑，迟钝以及其他种种蜕变都发生在极短的时期。真可以这么想：命运把撰稿人这个群体当做一文不值的火柴盒！我不想解释这种短命的原因，但我想用它来解释许多现象。我用它解释一种可悲的现象，那就是缺少稳固的、树得起立得住的天才。我用它来解释，为什么缺少学派和主导的传统。从这种短命中我还看到某些人对杂志的命运感到悲观的原因。而使我最感困惑的，则是这种短命乃是生活艰难而不健康的症状。

诸位同仁，如果这个持续了二十年的制度天然合理，最终有其好处，那就让它保持下去。如果它是一种病态并且只表明我们软弱无力，不会在斗争中保全自己，那就叫它让位给另一种制度吧。

为了新制度，为了我们的完好无损！干杯！

为女人干杯

先生们！为外国人干杯以后，不难转而为奇人干杯，但我要避免这一危险，宣布为女人干杯！

我很后悔，没带着克虏伯大炮来参加这次宴会，以便向女人们鸣炮致敬。在莎士比亚看来女人什么都不是，而在我看来女人是一切！（喊声：够了！请坐下吧！）这世界要是没有女人，就好比小提琴师没有提琴，手枪没有准星，单簧管没有音键。（不算俏皮！请坐下吧！）对于我们个人来说，任何预付款也代替不了女人。你们诸位诗人，请告诉我，是谁鼓舞你们，在你们那寒冷的血管里注入了火焰，当时你们在美妙的月夜从幽会的地方归来，坐到桌前创作诗行，这些诗有一部分被编辑部退了稿，有一部分因刊物材料不够被登了出来，但遭到重大的删减？而你们诸位幽默作家，难道你们不同意，如果作品中没有女人，你们的小说会失去十分之九的笑料？藏在拖地长裙和撑腰架里的笑料岂不是构成了最精彩的笑话吗？诸位画家，无须提醒你们，你们当中许多人之所以坐在这里，就因为他们会描绘女人。当你们学会了画女人，连同她那一身乱七八糟的束胸、花边、裙腰、小月牙儿，当你们用铅笔画出女人对时装的任性痴迷，你们就上完了最难上的学校的课程，到那时描绘什么《狂饮聚会图》，或是《庞贝城的末日》[①]——都不在话下！先生们，是谁解除我们钱袋的负担？是谁爱我们，怨我们，原谅我们，刮净我们的腰包？是谁慰藉我们的生存和毒害我们的生存？（老一套！够了！）是谁以自己的光临为我们今日的吃吃喝喝增光添彩？啊！再过一会儿我们离开这里，浑身发软，无依无靠……我们摇摇晃晃地坐上出租马车，打着盹儿，忘了住在什么地方，在一片黑暗中坐车胡逛。是谁，是哪一颗明亮的星星在我们迷途的终点迎接我们？这一切都是女人呀！女人万万岁！

---

① 二者都是绘画的经典性题材。

初学写作者守则

纪念日赠言——代邮

任何一个刚刚出生的婴儿都要擦洗干净，等他从刚见人世的眼花缭乱中喘息已定，就一面用鞭子抽他，一面喝道："不许写东西！不许写东西！将来不许当作家！"如果小家伙不顾刑罚，仍然表现出作家欲，那就要用软的一手，如果软的一手也不灵，那您就冲着小娃娃摆摆手，写上"完了"二字。写作瘾无药可治。

写作之路从头到尾布满荆棘、钉子、荨麻，因此头脑健全的人应当千方百计避开写作，万一戒备无效，无情的命运把一个人推上了写作之途，那么为了缓解厄运，这个倒霉的人应当遵循下面的规则：

1）应当记住，偶一为之的写作和业余的写作比经常的写作要好。一个写诗的乘务员比一个不做乘务员而只写诗的人活得舒服、自在。

2）还应当牢牢记住，在文坛上不成功比成功好一千倍。不成功受到的惩罚无非是失望和受公开退稿的羞辱。而成功则将导致疲于奔命的催讨稿费，领取1899年才到期的息票以代现金，以及种种的"后果"，最后还免不了重新试笔。

3）"为艺术而艺术"的写作比为"铜臭"而写作更为有利。写作者买不起房子，坐不起头等包厢，玩不起轮盘赌，喝不起鲟鱼汤。他们的食物是萨拉先科夫烹制的野蜂蜜烧蝗虫[①]，住所是带家具的出租房间，交通手段是走路。

4）荣誉是歌手那破衣烂衫上一块鲜艳的补丁。文学的声望只在某些国家才可以想象，在那里“文学家”[②]这个词不必查“三万个外来语词典”就明白其含义。

5）一切人都可以尝试写作，不分社会地位，宗教信仰，年龄性别，教育程度和家庭状况。就是疯子、戏迷，被褫夺公权的人写作也不犯禁。不过有意攀登巴尔纳斯[③]山峰的人还是尽可能成熟一点，尽可能少写几个错别字为好。

6）士官生和中学生最好尽可能不去写作。

7）建议凡写作者除一般的智力以外还要有经验。最高稿费的得主总是那些曾经历过水深火热的人，而最低稿费的领取者都是天真无邪，未受过腐蚀的璞玉浑金。属于第一类者有结过三次婚的浪子，自杀未遂的可怜虫，输得精光的赌徒，打架决斗的泼皮，躲债逃亡的破落户等等。属于第二类者有不欠债的，要结婚的，不喝酒的，上女子中学的，等等。

8）当个作家很不难。没一个丑八怪找不到对象，没一篇胡说八道的文字找不到读者。所以你不必心虚胆怯……你自管在你面前铺开纸，拿起笔，调动起被你抓住的想法，写将起来。想写什么你就写什么：写李子干，写天气，写戈沃罗夫厂出的克瓦斯，写大西洋，写时钟的指针，写去年下的那场雪……写够了，你就拿起手稿，感到血管神圣地嘣嘣直跳，然后到编辑部去。你脱掉套鞋，打听“编辑先生在吗？”你走进编辑部的圣殿，满怀希望地交出自己的作品……然后你就回家，在长沙发上躺一个星期，朝天花板啐唾沫，陶醉在幻想之中，一星期后你到编辑部去领取退稿。然后再去踢其余编辑部的门坎……等到走遍所有编辑部，稿子谁也不要，你就把它印成单行本，读者总会有的。

9）当一个作品有人出版又有人读的作家非常难。为此你必须文

---

① 《圣经》故事：约翰在沙漠中用野蜂蜜和蝗虫为食。此处指勉强充饥。萨拉先科夫是莫斯科一家饭店的主人。

② “文学家”一词在俄语中属于外来词语，在外来语词典中可以查到。

③ 希腊神话中诗神居住的山。

字绝对通顺而且要有才华，哪怕只有扁豆那么大的才华也行。如今大才没有。小才为贵。

10） 为人要正派。不要把剽窃来的东西当做自己的东西，不要一稿两投，在两家刊物上发表。不要把自己说成库罗奇金[1]，把库罗奇金说成自己。不要把翻译作品称为原作，如此等等。总之要记住基督十诫。

11） 出版界讲究礼貌。在这里如同在生活里一样，不宜踩别人心爱的鸡眼，用别人的手绢擤鼻涕，往别人的盘子里伸自己的五个手指头。

12） 如果想写东西，首先是选题。选题有充分自由。你可以随心所欲，甚至独断专行。不过，为了避免第二次发现美洲新大陆，为了避免第二次发明火药，你要躲开那些老掉牙的题目。

13） 选定题目，你就拿起没生锈的笔，用相当清楚而不潦草的字体把你想写的东西写在一张纸上，只写一面，另一面不要写，之所以如此，倒不是想让造纸厂老板多赚钱，而是出于更高尚的考虑。

14） 在驰骋想象的时候，你的手要有节制，别放任它追求字数。你写的越短，发表出的字数越多。一般说来简练总是不会坏事的。一块拉长的橡皮擦起铅笔字来丝毫不比未拉长的橡皮强。

15） 写完以后你就署上名字，如果你不急于出名并且害怕挨揍，那就用笔名。不过要记住，不管你戴上什么样的脸甲以隐蔽自己，避开读者，还是要让编辑部知道你的姓名住址，这一点必不可少，因为编辑没准想给你拜年呢。

16） 稿子一发表马上去领稿费，避免预支稿费，预支等于寅吃卯粮。

17） 领到稿费以后，你想拿它干什么就干什么：买条轮船，排

---

① 库罗奇金（1831—1875），具有民主思想的俄国诗人，翻译家。——原注

干沼泽，拍相片，给芬兰修道院定做一口大钟，把你老婆的腰垫放大两倍……一句话，随你的便。编辑部付出稿费，也就给予了充分自由，话说回来，要是撰稿人想给编辑部开个清单，记明他在什么地方，用什么方式花掉了稿费，编辑部也决不反对。

最后，把本守则的开头部分再读一遍。

小人物

“尊贵的先生，父亲，恩人！”文官涅维拉齐莫夫起草贺信。“祝您在这个复活节以及今后年年岁岁身体健康，万事如意，并祝阖府……”

灯里的煤油快燃尽了，冒着黑烟，发出焦臭的味道。桌面上一只迷路的蟑螂慌慌张张地在涅维拉齐莫夫写字的手边乱爬。和值班室隔着两间屋子是门卫室，值班门卫巴拉蒙第三遍擦他过节穿的长筒靴，干得非常起劲，所有屋子里都听得见他啐唾沫的声音和蘸着黑鞋油的刷子发出的沙沙声。

他看见天花板上有个黑糊糊的圆圈，那是煤油灯罩的影子。圆圈下是尘封的檐板，再下面是当初刷成蓝棕色的墙。他觉得这间值班室太破旧，太荒凉，不但觉得自己在这里可怜，甚至还为蟑螂难受。

“我值完班就离开这里，而它一辈子就在这里值班吧。”他伸着懒腰想道，“真无聊！要不要把靴子擦擦？”

涅维拉齐莫夫又伸个懒腰，然后懒洋洋地拖拉着步子朝门卫室走去。巴拉蒙已经不擦靴子……他站在打开的气眼小窗前，一手拿着刷子，一手画着十字，听远处的声音……

“敲钟了！”他悄声对涅维拉齐莫夫说，睁大眼睛呆呆地瞧着他，“已经敲钟了！”

涅维拉齐莫夫把耳朵凑到气眼小窗前细听。春天新鲜的空气与复活节的钟声一同涌入气眼小窗。轰鸣的钟声和辘辘的车声交织在一起。在这一片喧哗中只能分辨出离这儿最近的教堂敲响的清脆高昂的钟声和一个人响亮的尖笑声。

“人真多啊！”涅维拉齐莫夫叹口气说道，看看下面的大街。点燃的街灯附近闪过一个人影，“大家都忙着去作晨祷……咱们衙门的人大概酒也喝足了，如今正在满城闲逛呢。他们大说大笑！而我们却这么倒霉，大节下的只能在这里坐着。而且年年都这样。”

“可谁叫您拿人家的钱，受人家的雇呢？今天本来您不值班，但扎斯图波夫雇了您替他值班。人人都出去玩，而您却偏偏受人家的雇。贪财啊！”

“哪个鬼贪财啊？根本挣不了多少钱，一共才两个卢布外加一条领带……这是穷，不是贪！你瞧，现在要是和大伙儿去作晨祷，作完晨祷然后开斋那有多好……吃啊，喝啊，再睡个好觉……你坐在桌子旁边，眼前是供桌上撤下来的大圆面包，茶炊烧得哗哗响，旁边还坐着那么一个小迷人精[①]……喝一小杯酒，摸一下她的小下巴颏儿，那才叫动心……你才觉得自己是个人……唉……我这辈子算完了！你瞧，有个混蛋坐着弹簧马车过去了，而你却坐在这里自思自叹……”

“各有各的命，伊万 · 达尼雷奇。老天爷开恩，将来您也可能做大官，坐弹簧马车的。”

“我吗？得了，不行啊，老弟，办不到。我就是拼了命，至多也不过是个九品文官……我没有学历。”

“咱们将军什么学历也没有，可人家……”

“哼，这个人在做到将军以前已经搂了十万公款。而且，老弟，人家那副派头也跟我不一样……就我这副派头没大出息！而且我的姓也太糟糕了：涅维拉齐莫夫[②]！总之一句话，老弟，没前途。想活呢就这么活着，不想活就上吊好了……”

涅维拉齐莫夫从气眼小窗前走开，百无聊赖地在各个房间漫

---

① 原文为发音不准确的法语。

② 此字与俄语“衬裤”一词发音相近。

步。轰鸣的钟声越发响亮，如果想听，根本用不着站在窗前就能听见。钟声越清晰，车声越响亮，棕色的墙和烟熏的檐板就显得越阴暗，煤油灯的烟子越黑。

“要不就溜号，离开这里？”涅维拉齐莫夫心中暗想。

可是溜号也没什么意思……即使走出衙门在城里逛上一逛，涅维拉齐莫夫还得回自己的家，而家里比值班室还要灰暗，还要糟糕。就算这一天他过得挺好，挺舒服，可是将来呢？依旧是灰黑的四壁，依旧是受雇值班和写贺信……

涅维拉齐莫夫在屋子当中停住脚步，陷入沉思。

一种对新的，更好的生活的渴望揪他的心，疼得他难以忍受。他渴望突然之间来到大街上，融入活生生的人群之中，参加这钟声轰鸣，车声轰响的盛大节日。他想重新体会儿时的感受：全家团聚，亲人们脸上喜气洋洋，洁白的桌布、明亮的灯光、温暖的居室……他想起刚才飞驰而过的某小姐乘坐的弹簧马车，想起庶务官穿的那件招摇过市的大衣，想起秘书戴在胸前那条增光添彩的金表链……想起了温暖的床铺、斯坦尼斯拉夫勋章、新马靴、袖子肘部未曾磨破的文官制服……他想起了这些东西，因为这些东西他一样也没有……

“要不就贪污公款？”他想道，“就算贪污公款不难，可把它藏起来却不容易……据说人家都是带着赃款逃到美洲去，可是鬼知道那个美洲在什么地方！就是想贪污，也得有学历。”

“钟声沉寂了。”只听见远处车声辘辘，巴拉蒙咳嗽连连，而涅维拉齐莫夫的愁和恨却越来越强烈，越发难以忍受，衙门的大钟敲响了十二点半。

“要不写封告密信？普罗什金写了告密信，结果步步高升……”

涅维拉齐莫夫坐到自己桌子后面，琢磨起来。灯里的煤油已经烧完了，冒出浓浓的黑烟，眼看就要熄灭。迷了路的蟑螂还在桌子上乱爬，寻找栖身之地……

“写告密信是可以的，但怎么写呢？必须写得拐弯抹角，隐隐约约，像普罗什金那样……可我哪成啊！这么一写不要紧，事后非倒霉不可。我这个糊涂虫，见鬼去吧！”

涅维拉齐莫夫两眼盯着草拟的贺信，一面绞尽脑汁琢磨着走出困境的种种办法。这封贺信是写给那个他极其痛恨又极为害怕的人的。十年来他死乞白赖地求这个人把自己从十六卢布的差事调到十八卢布的差事……

“啊，在这儿乱爬，鬼东西！”他恶狠狠地一巴掌朝那被他瞧见的倒霉蟑螂拍去，“可恶的东西！”

蟑螂四脚朝天翻倒，拼命地蹬腿……涅维拉齐莫夫抓住它一条腿，往玻璃灯罩里扔去。灯罩亮光一闪，发出噼啪的声音。

涅维拉齐莫夫这才好受一点。

节 礼

摘自外地一个勒索民财者的日记

我按顺序登记如下：

门牌113号。在本楼二号碰上一个受过教育的人，从各方面看来他是个安分良民，不过极其古怪。在给我们节钱的时候他说：

“我家富裕，乐于奉送。可我是个讲究学问的人，对任何事情，任何行动都惯于刨根问底。我想知道，你们挨家挨户收节礼是不是有什么道义上的权利，或者本来没有这个权利，而你们这么干只是随心所欲？”

对这个问题我只当他是出于有益的求知欲，于是坐在摆着冷荤的桌前，讲了这个道理：

“感恩图报乃是崇高而高尚的心灵所固有的品质。它是人的天赋。我们的职责就在于千方百计地在老百姓心中发扬这个品质，使它不致衰退。老百姓通过给节钱而培养自己的感恩图报之情。说真格的，我们本应当随时培养您的这种感情，不分节日和平日。不过，除收节礼以外我们还有许多别的职责，因此老百姓只好满足于一年才有这么几天，但盼有朝一日人与人的关系变得单纯了，到那时就会天天收节礼了。”

门牌114号。户主什维因给了十卢布，当时他满脸赔笑，热烈握手。应该断定，这小子的院子不干净，或家中住着没身份证的人。

门牌115号。九品文官的太太彼别胡多娃在我走进客厅后生气了，因为我穿着很脏的套鞋。不过她还是给了三个卢布。我要求房客布留汗斯基尽公民的义务，他却推说没钱而拒绝，于是我对他讲道理：

“节日前夕，每个居民为买奢侈品照例要花钱。不过在这之前都会好好想想，应该付给哪些人多少钱，而且还要和家里人商量商量，然后把钱拿出来，按照收款人分成若干份。他要是没钱，那就去借，要是借不到，那就带着全家逃到埃及去吧[①]……我真奇怪，你居然跟我说这种话！”

我记下他的名字。

门牌 116 号。布留金将军住本楼三号。他拿出三个卢布，说道：

“当初我在自己治理的那个省曾和这种坏事作过斗争，结果吃了苦头，丢了官。看来，这是整治不了的坏事！给你钱，拿去，滚蛋……”

他还是个将军，可对于公民的义务却抱有这么奇怪的观念！

---

① 基督教传说，犹太王搜捕耶稣，其父约瑟带全家逃往埃及。

红山节[1]

复活节后一周我们如今叫做红山节，可古俄罗斯人却把它称为迎春节，它在时间上正与复活节后一周一致。春天不是什么官老爷，不值得去迎接它。但是我们的老祖宗们，那些德列夫利安人[2]、克里维奇人[3]、梅利人[4]还有另外的人当时在自己的群体里没有功勋卓著的五品文官和警察局长，出于无奈姑且迎接一年四季和其他抽象的东西。因为我们已脱离了蒙昧，但是，谢天谢地，还没有进入文明，如今正处于黄金的中间阶段，所以直到今天这个异教的节日仍然长盛不衰。这个节日在山头或是高冈上庆祝，在这些地方雪化得最早，草也最先返青——节日的名字也就由此而来。认真说来本应该叫它青山节，但我们的祖宗们和我们一般无二，最喜欢把一切特别出众的东西加上红的颜色。

美女、春天、最好的广场、最有滋味的鱼都冠以红字，令人起疑。如今红山节是这么庆祝：小伙子们和姑娘们脸上长满迎春的青春痘，集合在一个小山岗上，跳起轮舞唱起歌，什么歌都唱，不加选择也不成系统。有的唱：《啊呀，小鸟》，有那在城中旅馆当男女侍应生的则大唱：《我们的中国，自由的国家》或是《当夫君想要的时候》——一场异教观点和人文思想的大杂烩……他们在歌唱的空当还互相槌脊梁以表对春天的敬意，而且满口骂爹骂娘。闹到最后警察赶来，骂他们粗野，叫他们向后转。而在古代红山节庆祝会开得合情合理。男士和小姐紧紧地围成一圈，斯文高雅地唱起《迎春曲》，其中包括对天神，对阿克萨科夫[5]，对春雷，对春雨等的歌颂。谁要是哼市井小调或是吹口哨，就会丢人现眼地被赶了出去。

《迎春曲》的内容在当时被认为完全合乎书刊检查标准：公爵的化身——太阳骑着马去找公爵夫人——春天，一路之上消灭坚冰的重重阻挡，最后阻挡被越过，太阳把被解放的春天紧抱在怀中——这内容既不讲发财致富，也不讲女性贞洁，但却也十分动人。而在当今之世，非法同居遭到一切有识之士的鄙视，而盗用公爵之名要受法律的严惩，因而这一类歌曲既不可能发表，也不可能传唱了。

如今在红山节日大家去到乡间墓地，以悼念亲人为名大搞野餐集会。悼念亡灵伴以开怀畅饮，慷慨布施复活节大甜面包，这一点让那些编外的助祭和丧偶的诵经士大为高兴。但是红山节最博得俄罗斯人士欢心之处在于对结婚的渴望。经过八周的禁忌，居民们心急如火，大姑娘刚刚抓到一个机会，老爸立即就准备嫁资……所有的姑娘都出嫁，零售兼批发，步入英明姑娘之列的不但有合格的女孩，而且还有不合格的，以及在水灾火灾中幸免于难的。……对于这种结婚流行病只能用气候的影响和素食来解释……奇怪的是，我们在斋期不许结婚，复活节后则可以，而犹太人相反，斋期可以结婚，复活节后倒不许结婚，由此看来，犹太人是把结婚当做素食之类。

在距克朗施塔要塞二十俄里之外，有一处高地，上面铺满红沙，因而叫做红山，山上建了一个电报站，在这座红山上举行婚礼的都是报务员。顺便讲个笑话。有一位德国人，他是我国科学院院士，在翻译“他在红山节结婚”这句话时，把它变成这样的德文：“他娶红山女士为妻。⑥”

---

① 复活节后一周，俄国在此节期举行婚礼。

② 古斯拉夫部族。

③ 6—10 世纪东斯拉夫联合部族。

④ 7—10 世纪芬兰部族。

⑤ 依·思·阿克萨科夫（1823—1886），俄罗斯社会活动家，主张农奴解放。

⑥ 原文为德语。

报　告

谨呈

第二区警察所长大人

报　告

谨向大人报告，在老山谷附近的米哈尔科夫森林中，我在过桥时看见一具自缢的尸体，已完全气绝。根据证件查知该人名叫斯切潘·马克西莫沃·卡察果夫，退伍士兵，五十一岁。从其布口袋和破衣服看来，该人显然是一乞丐。身上除一根绳子并无任何伤痕，所有衣物均在身边。我没发现其自杀原因，但不外乎酗酒所致。查布罗夫斯基村民曾见他走出酒馆。此案是否上报，或恭候大人亲来处理?

乡村警察　**杰尼斯·奇**

报导者无脾人

毫无指望

地方自治局主席叶戈尔·费尔雷奇·什马欣站在窗前，恶狠狠地用手指敲打窗玻璃。时间在一小时接一小时，一分钟接一分钟地消逝于永恒之中，这种慢劲儿弄得他心中只觉得气恼而绝望……他已经两次睡下又醒来，吃过两顿午饭，喝了六次茶，可是天时才向晚。

展现在这位主席眼前的景物，在他看来是灰暗暗而索然无味的……在荒芜的花园里光秃秃的树后显露出一条很陡的土堤……堤面下半俄尺左右有一条挣脱了封闭的河流奔腾而过，它急匆匆地向前奔，好像惟恐把它再赶回去，又封闭在冰中。在什马欣眼前偶尔出现尚未融化的白色冰块，它也毫不回顾地一往直前。

“不如坐在冰块上，随便漂到什么地方去……就是见鬼去也不错……”

看门人安德烈低着头，拿着根大鱼叉，大步走在堤上，时不时停住脚步，用无聊的目光朝河水仔细打量。一条黑色的母牛在村旁转悠，嗅着去年的枯叶……这幅小小的图画连同什马欣本人和他的庄园都被沉重的、一动不动的乌云罩住，好像戴着一顶毛茸茸的大帽子。但是，从这幅画里却涌动出春天的气息……什马欣可是又无聊又气闷。他站在窗前，望着这幅令人厌恶的图画，记起了今晚在常委里亚勃洛夫家有牌局，在玛利亚·尼古拉耶芙娜家今天庆祝她儿子彼得卡的生日……这两家只要有一处能去，他也不会感到时间过得无聊……可是河流泛滥，淹没了所有道路，而庄园也被融化的雪水和涨满水的沟渠团团围住，又怎么走得了呢？什马欣觉得自己如坐监牢……他在窗前站了好久……最后他想，如今在里亚勃洛夫家，在他缺席的情况下已经打起牌来，在玛利亚·尼古拉耶芙娜那里大家正在坐着喝茶，谈着霍乱和赫拉特城的事，想到这些，他再也受不了啦。

“呸！”他骂了一声天气，离开窗口，坐在圆桌旁。

桌上有一本相册摆在台灯和烟灰碟旁。这本相册什马欣已经看了一百万次，可是现在因为无聊又把它拿到跟前，开始第一百万零一次细看相片。在他的眼前一个接一个闪过他的姐姐妹妹、褪了色的姑母和姨母、细腰的军官、戴着白色压发帽的祖母、叶菲姆神甫和他的妻子，一个穿着紧身衣的女演员、他本人以及他去世的妻子，她怀里抱着一只哈巴狗。他的眼光在他妻子身上停留了一会……那微微扬起的眉毛，流露出惊诧神色的眼睛，沉重的发髻，胸前的饰针，处处都勾起他的回忆……

“呸！”

时钟敲了六点半。什马欣从沙发上站起来，从屋子一角走到另一角并且毫无目的地在屋子当中停住脚步。

“要是坐在火车站等车，”他想道，“总还盼望火车一来，坐上就走，可在这里等也是白等……不会有结果的……真不如上吊，见鬼……要不就开晚饭？不行，太早，而且也不想吃喝……抽会儿烟吧……”

他朝着装烟草的白铁盒子走去，一眼看见墙角小圆桌上有副棋盘。

“下会儿跳棋怎么样，啊？”

什马欣在棋盘上分别摆上黑子和白子，坐在小圆桌旁，自己和自己下起棋来。对棋的是左手和右手。

“你这么走……嗯……等等，老兄……而我这么走！好吧……咱们走着瞧……”

但是左手知道右手要怎么走，过了不久什马欣自己就闹不清该哪只手走了，这盘棋乱了套。

“伊留什卡！”他喊了一声。

进来一个又高又瘦的小伙子，身上穿着沾满油污的破礼服，脚上穿着一双烂靴子，套着老爷用过的靴筒子。

“你在那儿干什么呢？”老爷问。

“没干什么……在箱子上坐着呢……”

“咱们来下盘棋！坐下！”

“您这是怎么啦？”伊留什卡笑道，“这能行吗？”

“过来，混蛋，坐下！”

“不用，我站着就是……”

“叫你坐你就坐！你以为像根棍子似的戳在那儿我会高兴吗？”

伊留什卡犹豫地坐在椅子边上，仍然赔着笑脸，忸怩地眨巴眼睛。

“是！”

伊留什卡想了想，伸出小指头走了头一步。

“您这么走……”什马欣手托下巴沉思起来，“这么走……好，那我这么走！走吧，臭小子！”

伊留什卡又走了一步。

“这么走……我明白，你这丑八怪想往哪儿爬……咱们心里有数……不过，你怎么一股大葱味儿！你这么走，而我这么走！”

这盘棋下得难解难分……开头什马欣手气不错，他吃了一个子，又吃了一个子，已经到了对方最后一道线。但有一种挥之不去的想法妨碍他思考和专注于下棋。

“和一个平等的人较量，胜了他，那才愉快，”他想，“这个人的社会地位要和你不相上下……可是打败伊留什卡在我又有什么意思呢？赢也罢，不赢也罢，反正都是那么回事，一点乐子没有……啊，他吃了一个子还笑！把老爷赢了他心里高兴！可不是嘛！一股臭葱味。没准他还挺想把老爷弄得又臭又脏的。”

“滚蛋！”

“您说什么？”

"滚蛋！"什马欣喝道，脸涨得通红，"大模大样地坐在这儿，你这畜生！"

伊留什卡手一松，掉了一个棋子。他吃惊地瞧瞧老爷，倒退着走出了客厅。什马欣看看表，才六点五十……离吃晚饭，离夜晚还有五个钟头呢……大颗的雨点敲着窗子……花园里的黑母牛沙哑而愁闷地叫了几声。奔流的河水依然和一小时前一样响得那么单调而忧郁。什马欣绝望地摆摆手朝外走，身子碰在门框上，毫无目的地走进自己的书房。

"老天爷！"他想，"别的人要是闷得慌，就锯木头，召唤亡灵，用蓖麻油给农民治病，写日记。只有我才这么不幸，什么本事都没有……唉，现在我该干什么？干什么呢？我身为地方自治局主席、名誉调解法官、农场主……可就是没法子消磨时间……要不找本书看看？"

什马欣走到书架前，上面堆满乱七八糟的书，有五花八门的审判指南、旅游手册、已经残破但书页未裁开的园艺杂志、烹调手册、宗教布道书、旧杂志……什马欣迟疑地拿过来一本1859年的《现代人》杂志，翻阅起来……

"《贵族之家》……这是谁写的？啊，屠格涅夫！看过……记得看过……不过忘记是怎么回事了，不妨再看看……屠格涅夫写得非常好……嗯，是的……"

什马欣歪在沙发上看起来……他那苦闷的心灵在伟大作家的作品中得到安慰。十分钟后伊留什卡踮着脚尖走进书房，在老爷脑袋下面垫上一个枕头，拿走他胸前一本打开的书……

老爷打起呼噜来……

取消了

不久以前，正当春汛时节，地主维维尔托夫，一位退伍的准尉，设宴款待路过此地顺便拜访他的土地测量员卡塔瓦索夫。他们一面吃喝，一面谈各种新闻。卡塔瓦索夫是城里人，无所不晓，他谈霍乱，谈战争，甚至还谈到消费税，说伏特加每增加一度多收一戈比。他滔滔不绝地说，维维尔托夫一面听一面惊叹，对于每条新闻他都惊呼："你倒说说看！瞧你说的！啊啊啊……"

"不过，您怎么不戴肩章呢，谢苗·安奇内奇？"他顺便好奇地问了一句。

土地测量员并没有立刻回答。他沉默了一会，喝了一杯伏特加，摆一摆手这才说道：

"取消了！"

"瞧你说的！啊啊啊……我平时不看报，这件事一点不知道。这就是说，如今文职人员都不戴肩章了？你倒说说看！可您知道吗，这件事也有好的一面：当兵的不会把你们和军官老爷闹混了，不会给你们敬礼。不过呢，老实说，也有不好的一面。你们再没有那种体面，那种威风，没有那种高贵的派头了。"

"得了，那算得了什么！"土地测量员说道，摆了摆手，"外表没什么要紧。戴不戴肩章全都一个样，只要有头衔就好。我们一点不感到委屈。但是你可受委屈了，巴维尔·伊格纳特伊奇！我表示同情。"

"这话是什么意思？"维维尔托夫问道，"谁会叫我受委屈呢？"

"我说的是，把您的头衔都取消了。准尉虽说是个小官，不算什么，但毕竟是为国效力，是个军官……流过血……凭什么就给取消了？"

"这就是说……对不起，我不很明白您的话……"维维尔托夫结巴起来，脸色发白，眼睛睁大，"谁把我的头衔取消了？"

"难道您还没听说吗？有这样的命令，准尉这个头衔完全取消。从此再没有一个准尉！让他无影无踪！难道您没听说吗？所有在职的准尉一律奉命升为少尉。至于您，退伍人员，那就听便吧。您乐意当准尉就当准尉，不愿意就拉倒。"

"噢……那么我现在是什么呢？"

"天知道，您现在是什么。您现在什么也不是，是莫名其妙，是以太！现在就连您自己也搞不清，您是什么了。"

维维尔托夫还想问点什么，可是说不出话来了。他心口发凉，膝盖发软，舌头发僵，嘴里含着一块未嚼完的香肠。

"这么对待您是不大好，没什么说的！"土地测量员说道，叹了口气，"什么都好，可这种做法我无法赞同。这件事没准都上了外国的报纸了，啊？"

"我还是不明白……"维维尔托夫终于说出话来，"如果我现在不是准尉，那么我是什么人呢？什么也不是？是个零？这就是说，如果我按您的话理解，现在任何人都可以对我不客气，都可以用'你'字称呼我？"

"这我就不知道了。反正现在把我们都当成了火车乘务员。前些日子，本地铁路局长穿着工程师大衣，照现在的规矩没戴肩章。您猜怎么着，有个将军冲他喊道：'乘务员，火车快到站了吗？'两个人吵起来，大闹一场！这件事报纸上不许登，可是大家都知道！纸里包不住火嘛！"

维维尔托夫被这个消息闹蒙了，再也吃不下喝不下。有一次他想喝点凉克瓦斯，以便清醒一下，但是克瓦斯到了喉咙便噎住，又倒回去了。

送走土地测量员之后，被取消了头衔的准尉在家中所有的房间里来回乱走，开始琢磨，琢磨来琢磨去什么也没琢磨出来。夜里他躺在床上长吁短叹，还是一个劲地琢磨。

“你别这么哼哼唧唧的！”妻子阿莉娜·马特维耶芙娜说道，用胳膊肘捅了他一下，“哼哼唧唧，仿佛要生孩子似的！没准这不是真的。你明天找个人去问问，废物！”

“等丢了头衔和品级，那时你就知道什么是废物了。瞧你躺在那儿像条白鳇鱼，还说什么——废物！敢情为国家流血的不是你！”

第二天早晨，一夜没合眼的维维尔托夫套上自己那匹浅栗色马，驾上车，出门打听消息去了。他决定去拜访某位邻居，如有必要，就直接去找首席贵族。经过伊巴契耶沃村时他碰见了大司祭巴甫努奇·阿乌利基扬斯基。司祭神甫正从教堂出来回家去，他气恼地挥着手杖，时不时回头望着跟在身后的诵经士嘟囔道：“你就是个傻瓜，兄弟，整个儿大傻瓜！”

维维尔托夫下了车，走到神甫跟前接受祝福。

“节日好，司祭神甫！”他吻着神甫的手祝贺道，“您刚做完弥撒？”

“对，做的是大弥撒。”

“就是这样，各司其事嘛！您教化众生，我们尽力培植田地……今天您怎么没戴勋章呢？”

神甫皱起眉头不予回答，摆摆手朝前走去。

“不许他们戴了！”诵经士小声解释。

维维尔托夫目送大司祭愤愤不平地走过去。一种痛苦的预感弄得他的心都缩紧了：看来土地测量员告诉他的消息八成是真的。

他首先来到邻居伊日察少校家。马车一进少校家的院子，他就目睹这样一幅景象：伊日察穿着袍子，戴着土耳其帽子，站在院子当中，气得又跳脚又抡胳膊。车夫菲尔卡牵着一匹瘸腿马在他面前蹓来蹓去。

“混蛋！”少校火冒三丈，“骗子！无赖！吊死你都不多，异教徒！阿富汗人！啊，您好！”他看见了维维尔托夫，说道：“看见您很高兴。您喜欢这个样子吗？他把我的马弄瘸了，可是一个星期不吱声，这个骗子！一句话不说。要不是我看出来，这蹄子就完蛋了！啊？这些人都怎么啦？难道不该打他的耳光？难道不该打吗？该不该打，我问您哪？”

“是匹好马，”维维尔托夫说，朝伊日察走过去，“怪可怜的！您哪，少校，打发人找个马医来吧。我那村子里，少校，就有个出色的马医。”

“少校……”伊日察不高兴地说，满脸鄙夷之色地微笑，“我可没心思开玩笑！我的马病了，而您却一口一个少校！像只寒鸦！呱呱！呱呱！……”

“少校，我不明白您的话。难道可以拿寒鸦和有身份的人相比吗？”

“可我是什么少校？难道我是少校吗？”

“那么您是谁呢？”

“鬼知道我是谁！”伊日察说，“少校已经有一年多不存在了。您为什么还这么叫我？您是不是昨天才出生呀？”

维维尔托夫害怕地看看伊日察，擦起脸上的汗来，他预感大事不好。

“不过，请容许我说一句……”他说，“我还是不明白您的意思……少校可是个不小的官呀！”

“是这样！”

“那怎么会这样？难道您……不在乎？”

少校只摆摆手，就跟他念叨起来，说的是坏蛋菲尔卡如何弄伤了马的蹄子。他说了半天，最后甚至拿起那只蹄子直送到他脸前，蹄子的伤处已经化脓，上面粘着马粪。但维维尔托夫既听不明白，也不动感情，仿佛隔着栅栏看眼前的一切。他神情麻木地告辞，上了自己的马车，绝望地嚷了一声：

“去首席贵族家！快，抽几鞭子！”

首席贵族，四品文官亚果狄谢夫住得不远。个把小时以后维维尔托夫走进他的书房，鞠躬行礼。首席贵族正坐在沙发上看《新时报》。他看见进来的人，点了点头，指指旁边的圈椅。

“我，大人，”维维尔托夫开口说道，“首先应当自我介绍，但是目前不清楚自己官衔的情况，因此斗胆来见大人，求您解释一下……”

“对不起，可敬的先生，”首席贵族打断他的话，“首先请别叫我大人。我请求您！”

“您这是什么话呢……我们是小人物……”

“问题不在这儿！这上面写着呢……（首席贵族捅了一下报纸，手指头把报纸捅了个窟窿），上面写道，我们四品文官今后已不再是大人了，这是作为可靠消息来报导的！怎么样？不需要了，亲爱的先生！不需要了！请别这么称呼！用不着！”

亚果狄谢夫站起来，高傲地在书房里踱起步子……维维尔托夫长出一口气，手里的帽子掉到地板上……

“如果连他老人家都免不了，”他心中暗想，“那就不用问什么准尉，少校了。不如快走……”

维维尔托夫含糊地敷衍了两句，走了出来，把帽子忘在首席贵族的书房里。两小时后他回到家中，面色苍白，光着脑袋，脸上一副吓傻了的样子。下了马车，他胆怯地望了天空一眼：没准太阳也被取消了！妻子一见他这副模样，心中大惊，不断地问这问那，可他只是一个劲地摆手，一句话也不回答……

整整一个星期他不吃，不喝，不睡，像个疯子似的在屋里踱来踱去，左思右想。他的面庞消瘦了，目光黯淡了……他和谁都不说话，有什么事都不找人。当阿莉娜·马特维耶芙娜追问他的时候，他只是连连摆手，一句话不说……为了让他清醒，什么法子都用过了！喂他喝接骨木汤，给他“内服”长明灯的灯油，按他坐在烤热的砖上，但一切都不管用，他越来越弱，什么事都不过问。最后请来了巴甫努奇神甫给他安神。大司祭费尽心机地忙活了半天，对他反复开导，说如今这世道不是要贬低什么人，而是要抬举人。但是好种子撒在了不毛之地。神甫收下五卢布的酬劳走了，一点没起作用。

维维尔托夫沉默了一星期，最后总算开口说话了。

“你干吗不说话，丑八怪！”他忽然冲着哥萨克女人伊留什卡发脾气，“你就撒野吧！嘲笑吧！对我这个倒了霉的人用‘你’字称呼吧！你幸灾乐祸吧！”

说完这些话，他就哭了，然后又是一个星期一言不发。阿莉娜·马特维耶芙娜决心给他放血。来了一个医生，给他放了两碟子血，这么一来似乎见好。放血后的第二天维维尔托夫走到床前，妻子正躺在床上，他说道：

“阿莉娜，这件事不算完。现在我豁出去了……我的官衔是挣来的，谁也没有充分的权利侵犯它。我想了这么一招！给某位大官写个呈文，下面的署名写：某某准尉……准——尉……你明白吗？偏这么写！准——尉……看他怎么办，成心气气他！”

维维尔托夫非常喜欢这个主意。他眉开眼笑，甚至请妻子给他弄点吃的。这个主意使他精神焕发，从一个房间走到另一个房间，恶毒地微笑，自鸣得意地说：

“准——尉……成心气气他！”

在旅馆客房里

“请听我说，最亲爱的！”住在47号房间的上校夫人纳什特林娜满脸通红，唾沫四溅，朝旅馆老板大发脾气，“请您给我换个房间，要不我就搬出你这该死的旅馆！这里是个贼窝！天可怜见，我的孩子都是大姑娘，可在这儿不管白天黑夜听见的都是下流话！这像什么样子？白天黑夜都这样！有时他说的话简直不堪入耳！简直是个马车夫！幸好我那俩可怜的女孩子什么都不懂，不然的话真不如带着她们逃到街上去……他现在又说话了，您听听嘛！”

“我的老兄，我还知道更有趣的事儿呢，”从隔壁客房传来沙哑的男低音，“你还记得德鲁日科夫中尉吗？就是这个德鲁日科夫，有一天打台球，猛一下子把黄球打进台角的洞里，你知道，这时他照例把一条腿向后跷得高高的……忽然嗤啦一声！大家原以为他把台球桌上的呢子捅破了，可是一看哪，我的老兄，他的裤子整个绽线了。他，这个骗子，把腿跷得太高，结果没一条裤缝不开绽……哈——哈——哈。可这时候在场的有几个女人……其中有鼻涕鬼奥库林少尉的老婆……奥库林气得发疯！……说道：他怎敢在我太太面前无礼？他们两个争吵起来……你当然知道我们这些人的脾气！……奥库林要决斗，派决斗见证人去找德鲁日科夫……可德鲁日科夫要是不傻就会说……哈——哈——哈……就会说：让他别来找我，去找给我做裤子的裁缝。这事该怪他嘛！哈——哈——哈……哈——哈——哈！”

上校夫人的两个女儿莉莉亚和米拉坐在窗前，两个拳头支着胖乎乎的脸蛋，低垂着胖成一条缝的眼睛，满脸发烧。

“现在您听见了吧？”纳什特林娜冲着旅馆老板接着说，“这在您看来不算什么吗？我，尊贵的先生，是上校夫人！我的丈夫是军事长官！我不允许一个马车夫几乎当着我的面说这种下流话！”

“太太，他可不是马车夫，是步兵上尉基金……贵族出身。”

“如果他把自己的贵族身份忘得一干二净，说起话来竟像个马车夫，那他就更叫人瞧不起！总而言之，请您别发议论，还是想想法子吧！”

“可我能做什么呢，太太？不光您抱怨，所有的客人都抱怨。可我拿他有什么办法？你到他的客房去耻笑他，说：汉尼巴·伊万内奇！您得敬畏上帝呀！多丢人呀！可他立刻冲你的脸抡拳头，说出各种难听的话：‘滚你妈的，’等等。真不像话！早晨一醒来，他就在过道溜达，身上只穿着，请您原谅，只穿内衣。有时喝醉了，忽然拔出手枪，把几颗子弹打到墙里头。白天猛灌，夜里狂赌……打完牌就打架……闹得我都不好意思见客人的面！”

“您为什么不拒绝这个流氓，不让他在这儿住？”

“这样的人难道撵得走吗？他欠了三个月的房钱了！我们不找他要钱，只盼他开恩快搬出去……民事法庭判他腾房，可他又是上诉，又是请求撤销原判，就这么拖着不搬。说不完的麻烦！主啊！不过他这个人还是挺出色的！年轻、漂亮、聪明……只要没喝醉，就甭去找比他更好的人了。不久以前他没喝酒，给父母写信，写了一整天。”

“可怜的父母！”上校夫人叹口气。

“那还用说，是可怜！难道养了这么个二流子还会高兴吗？人人骂他，要把他撵出旅馆，而且没一天不因为闹事打官司。伤脑筋呀！”

“他的妻子多么可怜，多么不幸啊！”

“太太，他没结婚。他哪儿配结婚呢！只盼脑袋保得住，也就感谢上帝了……”

上校夫人从这个墙角走到那个墙角。

“您说他没结婚？”她问道。

“绝对没有，太太。”

上校夫人又从那个墙角走到这个墙角，想了一会儿。

“噢……没结婚……”她沉思地说，“噢！……莉莉亚和米拉，别坐在窗跟前，有过堂风！真遗憾！一个年轻人竟这么荒唐！这一切是因为什么？因为没有好的影响！没有这样一位母亲，他……没结婚是吧？好吧……这么办……劳驾……”上校夫人想了想，接着柔声说道：“请您到他那儿去一趟，用我的名义请他……不要那样讲话……请告诉他，这是上校夫人纳什特林娜请求他……您就跟他说，她带着两个女儿，住在47号房间……是从自己的庄园来的……”

“是，太太。”

“您就跟他这么说：上校夫人带着两个女儿，他总该来道个歉嘛……我们下午经常在家。哎，米拉，关上窗子！”

“嗐，妈妈，您要他来干什么呀……这么个浪荡子？”老板一走，莉莉亚就拖着长腔说道，“居然想起来邀请这号人！酒鬼，捣乱分子，穷光蛋！”

“哎，别说了，亲爱的！……你们老这么说，于是就……老这么呆着！有什么关系？不管他怎么样，小看人总是不对的……俗话说，只要是牧草，好处总不少。谁知道呢？”上校夫人叹口气，关心地打量着两个女儿，“也许，这就是你们的命。去换好衣服，万一有人来呢……”

一团乱麻

诵经士奥特卢卡文站在唱诗班席位上，伸出两个胖胖的手指头，捏住一管经牙齿咬过的鹅毛笔。他那小小的额头上堆满皱纹，鼻子上闪烁着五颜六色的斑点，从粉红色到深蓝色。他面前摆着一本彩色三重奏，棕色的皮上放着两张纸，一张纸上写着“祈求健康”，另一张纸上写着“祈求安宁”，在这两个标题下各有一长串名字……在唱诗班席位旁站着个小老太婆，脸上神情专注，背着个小背包，正在苦苦思索。

“接着写哪一个？”诵经士问道，懒懒地伸出手指在耳后抓挠，“快点想，穷老婆子，不然我可没工夫。马上就要念经了。”

“这就想起来了，神甫……好啦，写吧……祈求健康的上帝奴仆有： 安德烈、达丽亚和她的孩子、米特利，另一个安德烈、安契普、玛利亚……”

“等一等，别这么快……又不是追兔子，来得及的。”

“玛利亚写完了？好，现在写基利尔、高尔杰依、新死的盖拉西木的娃娃、潘捷列，你写完去世的潘捷列了吗？”

“等一下，潘捷列死了吗？”

“死了……”老太婆叹口气。

“那你为什么叫我把他写在祈求健康的名单上，”诵经士生了气，把潘捷列划掉，写到另一张纸上，“瞧这份乱……你要说清楚，不要搞混。还有谁祈求安宁？”

“祈求安宁？马上就……等一下……好啦，你写……伊万、阿芙多嘉，还有达丽亚、叶戈尔……再写上……当兵的扎哈尔……他八四年当的兵，以后再没听到他的下落……”

“就是说，他死了？”

“谁知道呢？也许死了，也许还活着……你就写上吧……”

“我把他往哪儿写呀？假如说他死了，那就祈求安宁，要是活着，就祈求健康……你们这帮人真叫人莫名其妙！”

“噢！亲爱的，你就两边都登上，将来就清楚了。再说不管怎么写，在他都一样，反正是个没出息的人……这辈子算完了……写完了吗？现在祈求安宁的有玛尔克、列奉契依、阿莉娜……喏，还有库兹玛和安娜……老闹病的费多霞……”

“你把闹病的费多霞当成死人了，为她祈求安宁，呸！”

“你把我当成死人了①，为我祈求安宁？你疯了还是怎的？”

“呸！你这老东西，把我搞糊涂了！既然还没死，那你就说没死，别往祈求安宁里头钻！你全搞乱了！现在让我把费多霞勾掉。写到另一张纸上……整张纸都给糟蹋了！喂，你听着，我给你念一遍……祈求健康的是安德烈、达丽亚和她的孩子，又一个安德烈、安契普、玛利亚、基利尔、新死的娃娃盖拉西木……等一下，这个盖拉西木怎么跑到这儿来了？他新近死了，却祈求健康！不对，你把我搞糊涂了，穷老婆子！上帝保佑你，你全弄乱了！”

诵经士摇晃着脑袋，划掉了盖拉西木，把他改写到祈求安宁那一边。

“你听着！祈求健康的是玛利亚、基利尔、当兵的扎哈尔……还有谁？”

“阿芙多嘉写上了吗？”

“阿芙多嘉？噢……阿芙多嘉……叶芙多嘉……”诵经士翻看两张纸，“我记得，写上她了，可现在，鬼知道她在哪儿……怎么也找不到……她在这儿呢！把她写在祈求安宁那张纸上了！”

“阿芙多嘉祈求安宁？”老太婆吃了一惊，“人家刚出嫁还不到

---

① 老太婆的名字也叫费多霞。

一年，你却咒她死！……好心人，你自己搞乱了，却生我的气。你要一边祷告一边写，要是心怀恶念，那魔鬼可就高兴了。这是魔鬼在勾引你，把你搞昏了头……”

“等一下，别捣乱……”

诵经士皱着眉，想了想，把写在祈求安宁那张纸上的阿芙多嘉慢慢地划掉。鹅毛笔尖写到“多”字时嗞啦一响，漏下一大滴墨水。诵经士感到不好意思，搔搔后脑勺。

“这样说来，让阿芙多嘉从这儿滚开……”他不好意思地喃喃自语，“把她写到这儿……对吗，等一下，要是把她搁到那儿，就是祈求健康，要是搁到这儿，就是祈求安宁……这娘儿们全搞乱了！还有这个当兵的扎哈尔也钻到这儿来了……这是魔鬼把他送来的……我什么也搞不清楚！要从头来……”

诵经士把手伸到一个小柜子里，拿出来一张八开的白纸。

“既然这样，那就把扎哈尔勾掉吧……”老太婆说，“随他去吧，勾掉算了……”

“闭嘴！”

诵经士把笔尖慢慢地蘸上墨水，把原来两小片纸上的名字都抄在新的那张纸上。

“我把名字统统写上，”他说，“你把它拿给助祭神甫……让助祭去弄明白谁是活人，谁是死人。他念过宗教学校，可我对这些事情……就是打死我，还是不清楚。”

老太婆拿起纸片，给了诵经士一枚等于一个半戈比的古钱，朝祭坛小步走去。

生活是美好的!

写给想自杀的人

生活是极不愉快的事，但要使它美好，却毫不困难。为达到这个目的，光赢二十万卢布，得到白鹰勋章，娶个俏佳人，做个出名的善士都还不够。因为这些福分都不长久而且会习以为常。为了不断地感到自己幸福，甚至在悲哀和忧愁的时候仍然如此，要做到两点：（一）善于满足于现状，（二）高兴地认识到事情本来可能更糟。这并不难。

如果火柴在你的衣袋里燃烧起来，你要满心欢喜，还要感谢上苍，因为放在你衣袋里的不是火药库。

如果穷亲戚来到你的别墅，你不要吓得脸发白，而要兴高采烈地欢呼："幸好来的不是警察。"

如果你的手指头上扎了一根刺，那你就高兴吧，因为幸好扎的不是眼睛!

如果你的妻子或小姨子演奏练习曲，你别发脾气，而要乐得不知如何是好，因为你听到的是演奏而不是狼嚎或猫叫。

高兴吧，因为你不是拉公共马车的马，不是科赫的"小点儿"[①]，不是旋毛虫，不是猪，不是驴，不是吉卜赛人要的熊，不是臭虫……高兴吧，因为你腿不瘸，眼不瞎，耳不聋，口不哑，没得霍乱……高兴吧，因为此时此刻你没坐在被告席上，眼前看不见债主，也不和图尔巴[②]谈稿费问题。

如果你住的地方不那么遥远[③]，那么，只要想一想，你没有被弄到那么远的地方去，难道还不幸福吗?

如果你有一颗牙疼，那你就欢呼吧，因为疼的不是满口牙。

高兴吧，因为你无需读《公民》，无需坐在垃圾桶上，也无需一下子娶三个老婆……

如果你被带到警察局去，那你就快活得连蹦带跳吧，因为你没被打入火焰地狱。

如果你挨桦树条子抽打，你就要乐得双脚乱踢，大声欢呼：“我多幸运，没被人用荨麻抽！”

如果你妻子对你变了心，你要满心欢喜，因为她背叛的是你，而不是祖国。

如此等等……人啊，如果你照我的话做，你的生活将会只有欢乐。

---

① 指霍乱病菌。科赫（1843—1910），德国科学家，微生物学的创始人之一，曾发现霍乱病因。

② 俄国《图画世界》的主编兼发行人。

③ 指西伯利亚，沙俄流放地。

游索科里尼奇公园

五月一日天色向晚。公园中松树的细语和百鸟的歌唱都淹没在车马声、人语声和音乐声中。这是游园最热闹的时候。在旧游乐场的一张茶桌旁坐着一对青年男女。男的戴着闪光的大礼帽，女的戴着浅蓝色女帽。他们面前的桌子上摆着一个烧得沸腾的茶炊，一个空伏特加瓶，茶杯，酒杯，切开的火腿肠，橙子皮等等。男的已经酩酊大醉……他聚精会神地看着橙子皮，无意识地微笑着。

“你喝醉了，傻蛋！”女士气呼呼地嘟囔，不好意思地朝四周打量，“你喝酒以前先好好想想嘛，瞧你这没羞没臊的眼睛。不但大家瞧着你恶心，你自己也没一点乐子。就说喝茶，你能喝出什么味来呢？你现在吃果糕吃香肠都是一个味……我可费了不少劲，带来各种好吃的……”

男子脸上无意识的微笑换成极度的悲伤。

“玛——莎，这些人被押到哪儿去？”

“不是被押到哪儿去，人家是在游玩。”

“干吗有个警察走过来？”

“警察？来维持秩序，也许是来玩的……嗐！醉成这个样子，什么事都不明白！”

“我……我没事……我是画家……风俗画家……”

“别说了！喝醉了就别说了……与其唠叨，不如好好想想……到处是绿树，鸟儿发出各种叫声……可你全不留意，就像这儿根本没有你……就像在雾里看东西……画家现在都想法子观察大自然，可你……烂醉如泥……”

“大自然……”男子说道，摇晃着脑袋，“大自然……鸟儿歌唱……鳄鱼乱爬……狮子……老虎……”

“胡说吧，胡扯吧……所有的人都有个人样……挎着胳膊，听着音乐，就你不像样子。你什么时候喝醉的？我怎么没留神呢？”

“玛莎。”戴大礼帽的男人含糊说道，脸色发白。

“你想干什么？”

“我要回家……快点……”

“等等……等天黑了，我们就走，现在走不好意思，你摇摇晃晃……准会笑话你……老实坐在这儿等着。”

“我受不了啦！我……我回家……”

男子很快地站起来，摇摇晃晃地离开茶桌，坐在别的桌旁的茶客们哄笑起来，那位女士发窘了……

“下次要再跟你一块儿出来，就把我打死！”她一面喃喃自语，一面扶着那个男子，“净丢人……要是正式夫妻也还罢了，可不过是……露水姻缘……”

“玛——莎，我们这是在哪儿呢？”

“闭嘴！你怎么不害臊哇，大伙儿都用手指头戳你呢。你倒满不在乎，可我哪受得了？要是合法夫妻也还罢了，可不过是……给一个卢布就数落一个月：‘是我养活你！是我供你吃喝！’我才不需要呢，我根本不想要你的钱！一狠心我就去找巴维尔·伊万内奇……”

“玛——莎……回家……雇马车……”

“好吧，走……你顺着林荫路照直走，我在旁边跟着……跟你一块儿走我难为情……照直走！”

这位女士叫那个“非正式”的男人面对着公园出口，在他背上轻轻推了一下，男人顺势向前走去，摇摇晃晃，不断碰撞行人和长椅……女士跟在后头，看着他向前走。她又窘又慌。

“先生，要手杖吗？”一个人拿着一捆长长短短的手杖，对正向前走的男子说，“最好的手杖，竹子的……结实……”

男子呆呆地望着卖手杖的，然后向后一转身，急急忙忙朝相反的方向走去，脸上露出害怕的样子。

“你要被魔鬼送到哪儿去？”女士拦住他，抓住他的袖子，“喂，上哪儿去？”

“玛莎在哪儿呢？……玛莎走啦……”

“那我是谁呀？”

女士挽着男子的胳膊，带着他朝公园出口走去，她很不好意思。

“要是再和你出来，就打死我……”她嘟囔着，羞得满脸通红，“我这是最后一次这么丢人……让上帝惩罚我……明天我就走，找巴维尔·伊万内奇去！”

女士胆怯地抬起眼睛看看游人，预料会在他们的脸上看见讥诮的笑容，但她看到的全是醉脸。所有的人全都摇摇晃晃，昏昏欲睡。于是她也就觉得轻松些了。

醉鬼眼里的女人

女人是一种醉人的食品，对于它至今还未想到征收消费税。如果有朝一日想到这一点，我建议按下述食品不同的生长阶段来计算其强度，计量标准不用度数，而是和别的饮料来比较，这些饮料大家多少都熟悉。

十六岁以前的女人——蒸馏水。

十六岁——果汁。

从十七到二十——沙勃利白葡萄酒和甜葡萄酒。

从二十到二十三——托考伊甜葡萄酒。

从二十三到二十六——香槟。

二十六和二十七岁——马德拉葡萄酒和核列斯[1]。

二十八——白兰地加柠檬。

二十九
三十
三十一
三十二
——烈性甜酒。

从三十二到三十五——“维也纳”酒厂的啤酒。

从三十五到四十——克瓦斯。

从四十到一百岁——杂醇油[2]。

如果计量单位不用年龄，而用家庭中的地位，那么：

妻子——矿泉水。

丈母娘——腌黄瓜汤。

绝妙的陌生女人——早餐前的一杯伏特加。

二十三岁到二十八岁的寡妇——麝香葡萄酒和意大利马尔萨拉葡萄酒。

二十八岁以上的寡妇——黑啤酒。

老处女——没有白兰地的柠檬。

未婚妻——玫瑰水。

姑母——醋。

女人作为整体——带点酸味，带点甜味，涂上点红铅，兑了很多水的格鲁吉亚卡赫齐亚葡萄酒，叶利赛耶夫兄弟公司出品。

---

① 一种烈性葡萄酒。

② 酒精的副产品。

狩猎惨剧

1880年4月的一天中午，看门人安德烈来到我的办公室，脸色神秘地向我报告，说有位先生来到编辑部，非要见编辑不可。

“他大概是做官的，”安德烈补充说，“戴着帽徽……”

“请他改天再来，”我说道，“今天我没空。告诉他编辑只在每周六会客。”

“他前天就来了一趟了。想见您，说有要紧的事。他再三求见您，差点都要哭了。他说星期六实在没空……要不您就见见他？”

我叹口气，放下笔，等这位戴帽徽的先生进来。大凡刚开始耍笔杆的作家，以及那些不了解编辑部内情，一听“编辑部”三个字就诚惶诚恐得心跳的人，都要害得人恭候不少时间。他们听到编辑那个“请”字，就会久久地清喉咙，擤鼻涕，慢条斯理地推开门，更加慢条斯理往里走，因而耽误不少时间。然而这位戴帽徽的先生却没有令人久等。安德烈刚刚出去，还没容他掩上门，我就在自己的办公室见着了这位高身量，宽肩膀的男士，他一手拿着个纸包，一手拿着顶带徽章的帽子。

这个非见我不可的人，在我这部中篇小说里起着显著作用，因此对他的外貌不得不描绘一番。

我已经说过，他身量高，肩膀宽，体格结实，就像一匹会干活的好马。他周身散发着健康与力量的气息，红扑扑的脸庞，挺大的巴掌，宽阔的胸膛上满是紧绷绷的肌肉，像个健康的男孩那样长着浓密的头发。他年近四十，穿着讲究，一身新缝制的花呢衣服，胸前垂着一条带许多小坠子、又粗又重的金表链，小手指上那枚灿若小星的钻石戒指闪闪发光。不过，最重要的一点，而这一点对于中篇小说或长篇小说中任何一位稍有体面的主人公来说都绝非次要，那就是他长得太漂亮了。我不是女人也不是画家，对于男性美知之不多，但这位戴帽徽先生的外貌却给我留下了印象。他那张肌肉充盈的大脸盘永远留在了我的记忆之中。在那张脸上您会看到一只真正希腊式的钩鼻子，两片薄薄的嘴唇，一对美好的天蓝色眼睛，眼睛里闪动着善良的光芒，还有一种难以名状的东西。当小动物感到愁闷或痛苦的时候，在它们的眼神里可以觉察到那种“东西”，它是一种祈求的、童稚的、甘心忍受而毫无怨言的神色……狡猾的人或很聪明的人不会有这样的眼睛。

他整个脸上流露出纯朴、开朗、憨厚的气质和真诚……如果眼睛是灵魂的镜子这句话不假，那么从我和这位戴帽徽先生相见的头一天起，我就能以人格担保他不会说谎。我甚至敢打赌。

至于我会不会赌输，读者以后会见分晓。

他那栗色头发和胡子又浓又软，像绸子一般。据说毛发柔软标志着心眼软，温柔，“如绸子一般”……而罪犯和凶顽之辈大多毛发刚硬。此话是否当真，读者后来也会见分晓的……不过，无论这位戴帽徽先生脸上的表情也好，须发也罢，都不及他那魁梧沉重身躯的动作更柔软，更温存。他的一举一动都那么有教养，轻盈、优雅，而且甚至——请原谅我的说法——有点女人气。我的这位主人公不用费多大劲就能掰弯铁马掌，捏扁沙丁鱼罐头盒，然而他的任何动作都没表露出他身强力壮。无论抓门把手还是拿帽子，他都像捉蝴蝶那样又轻柔又小心，用手指轻轻一碰。他行走没有声音，握手缺乏力量。你瞧着他老忘了他是歌利亚[①]那样的大力士，忘了他一只手举起的重量即使五个编辑部的安德烈也举不起来。瞧他那轻盈的举止，简直不相信他力大身沉。连斯宾塞[②]都会说他是优雅的

① 《圣经》中的巨人。

② 斯宾塞（1820—1903），英国哲学家和社会学家。

典范。

一进我的办公室，他不好意思起来。大概我那副皱眉不满的模样触犯了他温柔敏感的天性。

“看在上帝分上，请您多多原谅！”他用柔和动听的男中音说起话来，“我在规定以外的时间闯到您这儿来，强迫您为我破例。而您是这么忙！不过，编辑先生，您瞧，是这么回事：明天我因为要事动身去敖德萨。……要是我有可能把这次出行推迟到星期六的话，那么请您相信，我是不会要求您为我破例的。我一贯遵从规章制度，因为我喜欢秩序……”

“他的话可真多！”我心中暗想，伸手去拿钢笔，借此让他明白我没时间。（那时许许多多的来访者弄得我腻透了！）

“我只占用您一点点时间！”我的主人公用抱歉的口气接着说道，“不过，首先请让我作个自我介绍。……我是法学副博士[①]伊万·彼得罗维奇·卡梅舍夫，曾任法院侦查员……我没有厕身写作界的光荣，不过我来见您，却纯粹带着作家的目的。站在您面前的这个人虽已年近四十，但却想动笔写作。晚动手总比不动手强嘛。”

“很高兴认识您，不知有什么可以效劳的？”

这位有心动笔写作的人坐下，用恳求的目光瞧着地板，接着说道：

“我给您带来一部小小的中篇，想刊登在你们的报纸上。我要坦率地对您说，编辑先生：我写这部中篇小说并不是谋求作家的光彩，也不是想舞文弄墨……对这类美事来说，我的年纪已嫌大了。我走上写作这条道纯粹是为了图利而已……想挣点钱……目前我什么工作都没有。您知道吗，我曾在某县法院做法院侦查员，干了五年多，可既没发财，也没保持清正。……”

卡梅舍夫用那双善良的眼睛瞟了我一眼，轻声地笑起来。

“那份差事让人厌倦……干来干去，不想再干就把它丢开了。现

---

① 俄国的一种学位，相当于我国的博士学位。

在我什么工作都没有，几乎没有饭吃……如果蒙您不弃，发表我的中篇小说，那您可就帮了我大忙……您帮助我……我知道，报馆不是养老院，不是乞丐收容所。……不过……求您多费心吧。……”

“撒谎！”我暗想。

金表链上的那些小坠子和小手指上的钻戒很难和为糊口而写作扯在一起，而且卡梅舍夫脸上掠过一丝几乎觉察不到，有经验的眼睛才看得出的阴影，这只在很少说谎的人脸上才见得到。

“您这部中篇小说讲的什么内容？”我问道。

“内容嘛……怎么和您说呢？内容并不新鲜……有爱情，有谋杀……不过您看后就知道了……它可以说是一篇‘法院侦查员手记’……”

我大概皱了一下眉，所以卡梅舍夫不好意思地眨巴起眼睛来，轻轻打了个哆嗦又急急忙忙说下去：

“我这部中篇是退职侦查员用老一套手法写出来的，但是……在那里头您会找到真情实事……那里头所写的一切，从头到尾都是我所目睹的，我不但是目击者，而且还是其中的一分子，戏剧中的一个人物。”

“问题不在于是否真实……写东西也并不一定要亲眼看到……这无关紧要，问题是我们那些可怜的读者早就对加博里奥①和希克里亚列夫斯基②倒了胃口。他们看腻了一切神秘的谋杀啦，侦探的巧妙机关啦，审案侦讯官的机警过人啦，等等等等。当然读者各式各样，不过我讲的是那些看我们报纸的读者。您的中篇叫什么名字？”

“《狩猎惨剧》”。

“嗯，不够劲，您知道吗……而且老实说，我已经积了那么多稿件，就是价值无可怀疑的作品也绝不可能接受了……”

“可我的东西还是请您收下……您说它不够劲，不过……没看

---

① 加博里奥（1835—1873），法国侦探小说家。

② 希克里亚列夫斯基（1837—1883），俄国当时流行的犯罪小说作家。

见东西是难下断语的……而且，难道您就不能设想，就算法院侦查员也会认真地写东西？”

这一席话卡梅舍夫说得结结巴巴，同时手指头把一支铅笔转来转去，眼睛看着自己的脚底下。说到最后他大为不好意思，又眨巴起眼睛来。我可怜他了。

“好吧，把稿子留下吧，”我说，“只是不担保很快就把它看完。您得等……”

“时间长吗？”

“不知道，过那么……两个月，三个月，您再来吧。”

“时间长了点……但是我不敢强求……就按您的意见好了……”

卡梅舍夫站起身来，拿起帽子。

“感谢您接见我，”他说，“我现在回家，然后就靠期待过日子啦。期待三个月！不过，我已惹您讨厌了。告辞！”

“请原谅，只一句话，”我说道，一面翻着他那本厚厚的，写满小字的笔记本，“您是用第一人称写的……这就是说，法院侦查员指的就是您自己？”

“是的，不过用了别的姓。我在这部小说中扮演的角色有点丢人现眼……用自己的姓不方便……那么再过三个月？”

“是的，大概不会更早……”

“再见！”

退职的法院侦查员优美地鞠个躬，小心地握住门把手，他的身影消失了，而他的作品留在我的桌子上。我拿起笔记本，藏到桌子里。

美男子卡梅舍夫的笔记本在桌子里放了两个月。有一天，我动身从编辑部到别墅去，想起了它就带在了身边。

坐在火车上，我打开笔记本从当中读起来。中间这一段引起了我的兴趣。当天晚上，虽然没什么空闲时间，我还是把整部中篇小说从头看起，一直看到笔锋豪放的那个“完”字。夜里我又把全书通读了一遍。到了清晨我在阳台上从一头到另一头来回踱着步子，一边揉自己的太阳穴，仿佛想从脑袋里把那种新的，突然跑到脑袋里头，折磨人的思想挤出去……这思想实在令人难受，尖锐得受不了……我不是法院侦查员，更不是懂心理学的陪审员，但好像我发现了一个人可怕的秘密，它与我毫不相干……我在阳台上走来走去，想方设法不相信自己的发现。……

卡梅舍夫的中篇小说没登上我们的报纸，其原因将在本文结尾向读者作个交代。所以，我和读者还要再相见，不过目前要和读者分别很长一段时间，请读者看看卡梅舍夫的这篇小说。

这部中篇并不怎么出色。许多地方显得冗长，不少地方又生硬别扭……作者偏爱惊人的效果和强烈的字眼。显然他是头一次动笔，手法不熟，缺乏训练……但这部小说读起来毕竟不费力。有情节，也有思想，而最重要的是它有独创性，颇有特色，而且有通常所谓“独出心裁”之处。其中也还有某些文学价值。值得一读。……以下是原文：

狩猎惨剧

——摘自法院侦查员的笔记

第一章

“丈夫杀了自己的妻子！哎呀，您怎么这么蠢！倒是给我点糖呀！”

这阵喊叫惊醒了我，我伸伸腰，感到四肢沉重，不舒服……有时可能睡得手脚发麻。可这一回我觉得似乎从脑瓜顶直麻到脚后跟。在气闷、燥热的空气里，在苍蝇蚊子的嗡嗡声中，午睡非但不提神，反而弄得浑身没劲。我四肢无力，浑身冒汗，起来走到窗前。黄昏五点多钟，太阳还老高的，热劲儿也和三个钟头以前一样。还要好一阵子日头才会落，天气才会凉快。

“丈夫杀了自己的妻子！”

“别胡说八道了，伊万·杰米扬内奇！”我说道，轻轻弹了一下伊万·杰米扬内奇的鼻子，“丈夫杀死妻子的事只出现在小说中，而且在赤道附近，那里的非洲人性如烈火。对于咱们来说，溜门撬锁或假报户口也就够可怕的了。”

“溜门撬锁……”伊万·杰米扬内奇用自己的鹰钩鼻子含含糊糊地哼出这几个字，“哎呀，您怎么这么蠢！”

我养的鹦鹉不叫鹦哥儿，也不叫别的什么鸟名，却叫做伊万·杰米扬内奇。这个名字得来纯属偶然。有一天，我的仆人波里卡尔普在清扫它的笼子时忽然发现一件事，要不是这一发现，我这只高贵的鸟儿直到今天还只能叫鹦哥儿……原来这个懒汉毫没来由地突然灵机一动，想到我这只鹦鹉的鼻子很像我们村小铺老板伊万·杰米扬内奇的鼻子，于是从此以后，长鼻子小铺老板的本名和父名就永远和我家鹦鹉结下不解之缘。由波里卡尔普带头，全村的人都把我家这只奇鸟命名为伊万·杰米扬内奇。波里卡尔普随心所欲化鸟为人，而小铺老板则失掉了真名实姓，直到死他在村民的口中都被称为“侦查员的鹦鹉”。

这只伊万·杰米扬内奇是我从前任侦查员波斯别洛夫的母亲手里买的，他死在我上任之前不久。我不但买了鹦鹉，还同时买下古老的橡木家具，破烂的厨房炊具和亡人留下的全部什物。至今我家墙上还装点着波斯别洛夫亲属们的照片。在我床头的上方仍然挂着原来主人的照片，这位亡人又高又瘦，青筋暴起，生着一副红胡子和肥厚的下嘴唇，他坐在褪色的胡桃木镜框里，每当我躺在他的下头，他就直呆呆目不转睛地瞪着我……墙上的相片我一张也没摘，简而言之，我接受这所住房时它是什么样子，后来一任它仍是那个样子。我太懒，懒到不想为自己的舒适费力操心。不但死人，就是活人，只要他们愿意，也不妨挂在我家墙上。①

---

① 谨请读者原谅这一类话语，在不幸的卡梅舍夫这篇小说里这一类话语相当多。我之所以不删掉它们，只是认为需要全文发表原作，这样才有利于表现作者的个性。

伊万·杰米扬内奇和我一样地感到闷热。它把羽毛啄松，展开翅膀，一声声高喊着从我的前任波斯别洛夫和波里卡尔普那儿学来的那几句话。为了打发午后的空闲，我坐到鸟笼前，观察鹦鹉的动作，这鸟儿想方设法摆脱闷热天气和羽毛里虫子给他的折磨，可又一点法子没有。可怜的小家伙显得悲伤……

“他老人家什么时候睡醒呀？”从前庭传来男子低沉的声音。

“没准时候！”波里卡尔普的声音答道，“有时五点钟就醒，有时一觉睡到明天早晨。反正他也没事干……”

“您是他老人家的跟班吧？”

“听差。喂，你别打搅我，少说话……没看见我正念书吗？”

我信步走到前庭。只见我的波里卡尔普像平常那样，歪在红色的大板箱上看书。两只睡意蒙眬，从不眨巴的眼睛紧盯着书本，两片嘴唇轻轻翕动，一脸的不高兴。看来，外人在场让他恼火。来人是个高身量、大胡子的庄稼汉，他站在板箱前没话找话，但是白费劲。我一来，庄稼汉子从板箱前跨开一步，像大兵那样直挺挺地立正。波里卡尔普摆出一副不满意的脸色，稍稍欠起身子，眼光仍未离开书本。

“你有什么事？”我问农民。

“大人，我是从伯爵那儿来的。伯爵叫我向您问好，请您马上到他那儿去。……”

“难道伯爵来了？”我吃了一惊。

“正是，大人，……昨天夜里到的。这是给您老人家的信……”

“鬼使神差，又回来了！”我的波里卡尔普脱口而出，“他不在才过了两年平稳日子。这回又要在县里搞得乌烟瘴气，丢人现眼。”

“闭嘴，没问你话！”

“我也用不着问……我自己要说。您又要喝得不成样子才回家，不脱衣服就跳到湖里洗澡。……然后说：给我洗干净！三天也洗不完！”

“现在伯爵在干什么呢？”我问那汉子……

“他老人家打发我来的时候，正要坐下来吃午饭……午饭前在水边浴场钓鱼……您要我怎么回复呢？”

我拆开信，读到下文：

我亲爱的列科克①！如果你还活着，身体挺好，而且没忘你那沉湎醉乡的朋友，那就片刻不要耽搁，穿好衣服，飞驰来见我。我昨天夜里才到，可现在已经闷得要死。盼你盼得不得了！本想亲自去找你，把你带回寒舍，但酷热弄得我四肢懒动，只好坐在一个地方不停地摇扇子。喂，你过得怎么样？你那聪明绝顶的伊万·杰米扬内奇近况如何？你是不是还和你那书呆子波里卡尔普争吵不休？赶快来说道说道。

你的 A.K.

用不着看下款，就凭粗大难看的字体就知道它出自我的朋友阿列克赛·卡尔涅耶夫伯爵那沉醉得七扭八歪之手。信写得简短，卖弄俏皮，追求活泼，这一切都证明，我这位才力不足的朋友在写好这封信以前，撕掉不少信纸。

信里没有难用的副句和副动词——这两种句式伯爵难得一蹴而就。

“您要我怎么回复呢？”那汉子又问了一句。

我没有立刻回答这个问题，而且任何一个洁身自好的人处在我的地位都会迟疑不决。伯爵很喜欢我，真心实意要交我这个朋友，可我对他没有丝毫友好之情，甚至并不喜欢他。一刀两断比到他那里去表

① 列科克是法国作家的小说《侦缉队员列科克》一书中的主人公，一个非常机敏的人物。——俄文本编者注

演虚情假意显得更为诚实。再者说，上他那儿去就意味着再一次陷入波里卡尔普称为“乌烟瘴气”的生活，这种生活在两年以前，直到伯爵去彼得堡为止，不但淘虚了我壮健的身体，而且弄得我昏头涨脑，麻木不仁。这种放荡不羁，充满刺激和纵酒发狂，非同寻常的生活虽未能搞垮我的身体，但却把我搞得全省闻名，人人皆知……

理智告诉我的是十足的真理，由于愧对不久前的过去，我的脸上泛起羞愧的红晕。一想到我没有足够的勇气拒绝伯爵的邀请，我的心就吓得发紧。然而我没犹豫多久。思想斗争持续了不到一分钟。

“你代我问候伯爵，”我对来人说，“谢谢他还记得我……你说我很忙……你就说我……”

就在我的舌尖正要迸出坚决“不”字的一刹那，猛然一种沉重之感笼罩了我的全身……一个充满生机，力量，愿望的年轻人，受命运的播弄来到穷乡僻壤，一腔苦恼，满怀孤寂……

我想起了伯爵的花园，园中花团锦簇、凉爽宜人的温室和狭窄荒芜、半明半暗的小径。老椴树绿色的枝条纠缠如拱，遮住小径的阳光，这些小径熟悉我……它们也熟悉那些追求我的爱情，寻找幽暗所在的女人们……我又想起了伯爵家华丽的客厅，客厅中甜蜜蜜、懒洋洋的丝绒沙发，沉重的窗帘，软得像绒毛的地毯。这甜蜜蜜、懒洋洋的情调深受那些年轻、健康动物的喜爱……涌上心头的还有我酒后天不怕地不怕的狂气，果真是目空一切，粪土人生。于是我那睡乏了的庞大身躯又想活动一番……

“你就说，我去！”

农夫鞠个躬，走了出去。

“早知道这样，我就不放这鬼家伙进来了！”波里卡尔普喃喃地抱怨，一面飞快而无目的地翻着书。

“把书放下，去给佐尔卡[①]备上马鞍！”我厉声说道，“快！”

“快……那还用说，非快不可嘛……我这就跑着去……要是去

① 马的名字。

办正经事倒也罢了，可他是去掰魔鬼的犄角！”

这些话是悄悄说的，但却使我听得见。这仆人说完放肆的话，就直挺挺地站在我面前，带着瞧不起我的样子嘿嘿冷笑，静等我大发脾气。然而我却装作没听见他的话。每当我和波里卡尔普发生冲突，沉默是我最好，最犀利的武器。对他刻薄的话语加以蔑视，充耳不闻，这就等于缴了他的械，占了他的阵地，这种惩罚比敲后脑勺和破口大骂更加有效……等波里卡尔普走到院子里备马，我瞧了瞧那本没让他读下去的书……那是大仲马的恐怖长篇小说《基督山伯爵》……我的这个受了文明教化的蠢材无所不读，从酒馆的招牌到孔德[1]的著作。孔德这本书本来放在我的板箱里，和另外那些我没看就丢在一边的书放在一起。不过，在所有印刷的和手抄的著作中，他只认同那些恐怖的，刺激性强的长篇小说，书中有名门望族的“老爷”，有毒药，还有地道。其余的他一概斥之为“胡说八道”。有关他读书的事将来我还要提到，至于现在嘛——上马走吧！一刻钟后我的佐尔卡已四蹄扬尘，跑在由乡村到伯爵庄园的道路上。太阳已经快要歇息，但天气依然闷热……火辣辣的空气干巴巴的一动不动，虽说我走的这条路沿着大湖的湖堤……右边我看到一片汪洋，左边橡树林那春天的嫩绿赏心悦目。然而我的脸颊却受着撒哈拉大沙漠般的折磨。

“来场暴风雨吧！”我暗想，巴望一场痛快的豪雨……

湖水平静如睡，我的佐尔卡奔跑如飞，而湖水无声无息，不表示欢迎。只有一只小小鹬鸟的啼声打破了这一动不动的庞然大物那死一般的静默。太阳照在湖面上，如同照在一面大镜子里，在整个宽阔的湖面上，从我这条路一直到遥远的对岸，洒下了耀眼的光芒。在我那被照花的眼睛看来，仿佛大自然的光辉不是来自太阳，而是来自湖水。

暑热把湖中和绿色长堤上的万物送入梦乡……鸟儿东躲西藏，

---

① 奥古斯特·孔德（1798—1857），法国哲学和社会学家。——俄文原注

鱼儿也不戏水。田野里的蟋蟀和螽斯静静地等着凉快时刻。四野荒无人烟。只有我的佐尔卡偶尔把我带进密集如浓云的岸边蚊群中去。远处湖面上有三条黑色的小船轻轻飘荡。那是我们村老渔夫米海的船，他包租了整个湖面。

我不是走直路，而是环湖而行，走直路只能坐船。走旱路要绕个大圈子，多走八俄里左右。一路之上我始终面对大湖，眺望对面的黏土湖岸。岸上有一长条发白的带子，那是开过花的樱桃园。樱桃树后耸立着伯爵家的谷仓，谷仓上面落着五颜六色的鸽子，还有伯爵家教堂那白色的小钟楼。黏土岸边有个蒙着帆布的浴场，旁边的栏杆上晾着布单子。这一切我都看得清清楚楚。在我的眼里，我与我的伯爵朋友相隔不过一俄里。实际上要抵达伯爵的庄园，我还得急驰十六俄里呢。

一路上我思考着自己和伯爵之间的奇特关系。我想把它搞清楚，调整好，然而，唉！这却是个搞不懂的难题。不管我如何琢磨，求解，到头来不得不认定，我对自己很不了解，而且一般说来，也不了解别人。那些认识我和伯爵的人，对于我们之间的关系各有不同的解释。心胸狭窄，鼠目寸光之辈喜欢振振有词地说，门第显赫的伯爵把“贫苦寒微”的法院侦查员当做了讨人喜欢的食客和酒友。按他们的判断，本文的作者讨好巴结伯爵只不过为了残羹剩饭而已。在他们看来，这位声名赫赫，令全县又怕又羡的大财主人很聪明，有自由主义思想，否则就无法理解他何以屈尊和没钱的侦查员交朋友，而正是十足的自由主义思想，才使得伯爵不介意我对他以“你”相称。那些比较聪明的人则把我们之间的亲密关系解释为“气味”相投：我和伯爵岁数相同，都毕业于同一个大学，都学法律而且都没学到什么知识，我多少学到点东西，伯爵则把当初学到的那点东西统统忘光和泡在酒中喝光了。我俩都十分高傲，都像野人似的与世隔绝，其中缘故只有我们两个知道。我俩都不在乎社会（即本县）的舆论。我俩都不讲道德，也都没有好下场。这就是把我们联系在一起的“气味”。那些认识我们的人谈起我们之间的关系时，除此以外再没别的好说了。

当然，如果这些人知道我这位朋友天性是多么柔弱，温和，驯顺，而我是多么坚强，他们就有更多的话好说。如果他们进一步知道，这个孱弱的人多么喜欢我，而我却多么不喜欢他，他们就会大发议论了。是他首先要和我交朋友，是我首先对他以“你”相称，但双方的口气多么的不同啊！他在热情冲动之下抱着我，胆怯地提出和我交朋友，而我呢，再也忍不住轻蔑和嫌恶之情，冲他说道：

“你别胡说八道了！”

他则把这个“你”字当做友好的表示，从此戴上了这个头衔，并且以真诚的，兄弟般的“你”字回报我……

是啊，要是当时我拨转马头，返回家中见我的波里卡尔普和伊万·杰米扬内奇，那就会更好一点，也会显得更正派。

后来我不止一次地想，要是那天晚上我有足够的决心拨转马头回家，要是佐尔卡受了惊，带我远远离开这可怕的大湖，那会使我免于承担多少不幸，会使我带给亲人多少益处啊？而许许多多痛苦的回忆也不至于压迫我的头脑，使我不得不时时停笔，难过得双手抱头！不过，往后的事现在就别提了，何况往后还免不了一次次提起那些伤心事，现在还是说点高兴的吧。

我的佐尔卡把我送进伯爵庄园的大门。在大门口它的蹄子绊了一下，我一只脚没踏住马镫，差点摔了下来……

“这可是不祥之兆呀，老爷！”一个农民冲着我喊道，他正站在伯爵那一排长长的马厩门口。

我相信人从马上摔下来会摔断脖子，但我不信预兆。我把马缰交给农民，用马鞭拂掉长筒靴上的尘土，跑进屋中。没有人迎接我。许多房间的窗门大开，但空气里却有种难闻的怪味。这是那种老朽而无人居住的房间气味，又混合着新从温室搬来的热带植物那种好闻而又刺鼻的醉人气味……大厅里一张蒙着浅蓝绸沙发套的长沙发上，放着两个揉皱的枕头。长沙发前有张圆桌，我看见上面放着一只玻璃杯，里面有几滴液体，发出浓烈的里加香水气味。这一切都表明房子有人住，可是我走遍十一个房间，却连一个人影也没碰见。房子里就像大湖边那么荒凉……

在那号称“百宝镶嵌”的客厅里有一扇大玻璃门通向花园。我砰的一声打开门，穿过大理石露台，来到花园里，在林荫路上走了几步，遇见了九十高龄，当过伯爵奶妈的娜斯达霞。这是个小小的、皱巴巴的、被死神遗忘的活物，她头已光秃，眼光尖刻，一看她的脸，就不由得想起仆人们给她起的外号：“母枭鸟”……她一看见我，打了个哆嗦，差点把一杯双手捧着的鲜奶油掉到地上。

“你好，母枭鸟！”我对她说。

她斜着眼睛看了看我，一言不发地走了过去……我抓住她的肩膀……

“别害怕，傻老婆子，伯爵在哪儿？”

老太婆指指自己的耳朵。

“你聋了？聋好久了吗？”

老太婆虽说那么大岁数，但耳不聋眼不花，可眼下她认为不妨对自己的感官说两句坏话。……我摇摇手指吓唬吓唬她，放她过去了。

我又走了几步，听见说话的声音，过不久就看见人了。前面的林荫路展宽而成为一小片空场，四周摆着几把铁椅子，在高高的，开满白花的槐荫下有一张桌子。上面放着明光锃亮的茶炊。桌子周围有人说话。我悄悄穿过草地，走近空场，躲在丁香花丛后面，用目光寻找伯爵。

我的朋友卡尔涅耶夫伯爵坐在桌旁一只方格折叠椅上喝茶。他身上穿着一件五颜六色的长袍，两年前我就看见过这件袍子，头上戴着草帽，脸上皱纹堆垒，现出又专心又担心的神气，不熟悉他的人会以为当时他正为某种了不起的想法或严重的担忧而苦恼……两年不见，伯爵的外表丝毫未变，还是那么瘦，那么小，那么单薄，那么松松垮垮，活像长脚秧鸡。还是一对窄窄的，痨病腔子的肩膀，上头有个红头发的小脑袋。小鼻子跟先前一样淡红，脸蛋也和两年前一样，破布片似的往下耷拉着。脸上丝毫没有勇敢、坚强、英武的气概。整个儿软弱，冷漠，松松垮垮。只有他那下垂的大胡子显得十分神气。有个人曾经告诉我的朋友，大胡子和他相配……他信了这话，如今每天早晨都要量一量他苍白的嘴唇上的胡子长出来多少。他留着那样的唇髭，令人想起胡子挺长、年纪挺小、身子很弱的小猫。

和伯爵一起坐在桌前的是个我不认识的胖子，大脑袋，短发，眉毛漆黑。那张脸胖胖的，油光光的，像熟甜瓜。胡子比伯爵的还长，额头挺小，嘴唇抿得紧紧的，两只眼睛懒洋洋地望着天上。他的大脸盘子很舒展，但十分粗糙，像晒干的皮革。样子不似俄国人……胖子没穿西服上衣，也没穿背心，只穿一件衬衫，上面有几处被汗水沤得发黑。他喝的不是茶，是矿泉水。

一个矮壮的人站得远远的，和桌子保持着一段恭敬的距离。他是伯爵的管家乌尔别宁，长着红扑扑、胖嘟嘟的后脑勺和一对招风耳朵，因为伯爵驾到，所以身穿一套新做的黑色礼服，如今感到十分受罪。他那晒黑的红脸上流下一道道汗水。一个农民和管家站在一起，他就是给我送信的那个人，直到这时我才发现他只有一只眼睛，他站得笔管条直，纹丝不动，活像一尊塑像，静等主人问话。

“就该拿你的鞭子把你抽得皮开肉绽，”管家用庄严柔和的男中音有板有眼地说，“怎么可以这么马马虎虎地执行主人的命令？你应该请他老人家立刻就来，而且问清楚什么时候到。”

“是啊，是啊，是啊……”伯爵烦躁地说，“你应该事事都问清楚！他说要来。可是要知道这是不够的！我现在就要他来！必须是现在！你请他来，可他没明白你的意思！”

“你干吗这么急着要他来？”胖子问伯爵。

“我要见他！”

“就为这个呀？可依我看，阿列克赛，要是你的这位侦查员今天呆在自己家里，那反而更好一点。我现在可顾不上招呼客人。”

我吃惊得瞪大眼睛。这个带着主人派头，命令口气的“我”是怎么回事?

“可你要知道，他不是客人!”我的朋友拿出央求的腔调说道，“他不会妨碍你旅途后的休息。跟他在一起，请你不必拘礼!……你会看到，他是个什么样的人! 你一下子就会喜欢上他而且和他交朋友，亲爱的!”

我从丁香花丛后面转出来，朝桌子走过去。伯爵看见了我，认出我来，他满脸生辉，现出笑容。

“他来了! 他来了!”他说道，高兴得脸发红，从桌子旁边跳起来，“你真太好了!”

他跑到我跟前，跳起来搂住我，用他那些又粗又硬的胡子在我脸上蹭了好几下。亲吻以后紧跟着是长时间的握手和痴呆呆地注视我的眼睛……

“谢尔盖，你一点没变! 还是原来的你! 美男子兼大力士! 谢谢你看得起我，大驾光临!”

我挣脱开伯爵的拥抱，和管家打招呼，他和我挺熟的，然后在桌前坐下。

“啊，好朋友!”心里发慌而又满怀喜悦的伯爵说道，“但愿你知道，我看见你这副严肃的尊容有多高兴! 你不认识吧? 我来介绍一下：这是我的好朋友卡艾坦·卡济米罗维奇·普舍霍茨基。而这位是我多年的好朋友谢尔盖·彼得罗维奇·济诺维耶夫! 本地的侦查员……”

黑眉毛胖子欠欠身，向我伸出布满汗水的胖手。

“非常愉快，”他含糊地说，一面端详着我，“很高兴。”

伯爵发泄完了感情，安静下来，给我倒了一杯红棕色的凉茶，又把一匣饼干推到我的手边。

“吃吧……这是我路过莫斯科在艾内姆商店买的。不过，谢廖沙[1]，我生你的气了，很生气，真想和你吵一架! ……两年来你没给

① 谢尔盖的爱称。

我写过一个字，这还不算，对我的信你甚至不肯赏脸回一封！这可不够交情！”

“我不会写信，”我说，“再说，我也没时间来回通信。而且你倒说说，有什么可给你写的？”

“可写的事儿还少吗？”

“真没什么可写的。我只承认三种信：情书、贺信和公文。第一类我不写，因为你不是女人而我也没爱上你；第二类你并不需要；第三类信和我们无干，因为你我之间从来没有过什么共同的事业。”

“就算是这样，”伯爵表示同意，他对什么事都很快而且很乐意表示同意，“可你总还可以写两句嘛。而且据彼得·叶戈雷奇①说，整两年你一次没到这儿来过，倒好像你住在千里之外，或者……你看不起我这份产业。你本来可以在这儿住几天，打打猎。而且我不在这里，没准还会出什么事呢！”

伯爵说了许多，说了许久。什么事只要说开头，他就唠叨个没完，甭管事儿多么琐碎无聊。

他和我的伊万·杰米扬内奇一样，嚼舌头没个累。我耐着性子忍受他这套本事。这回止住他话头的是听差伊利亚，这听差是个细高挑儿，穿一身污迹斑斑的旧制服，端着银托盘给伯爵送来一杯沃特卡伏特加和半杯白水。伯爵就着白水喝光伏特加，皱起眉头晃晃脑袋。

“这随时喝伏特加的习惯你还没丢掉？”我说道。

“没丢掉，谢廖沙！”

“那至少把这套皱眉晃脑袋的醉相丢掉也好嘛！真讨厌。”

“亲爱的，我要全都丢掉……医生已经禁止我喝酒……我现在还喝点，只不过因为一下子戒掉对身体有害，得慢慢来……”

我瞧了瞧伯爵那张带着病容、十分憔悴的脸，瞧了瞧酒杯，瞧

① 对管家的尊称。

着穿黄皮靴的听差。我还瞧了瞧黑眉毛的波兰人，不知怎的头一眼我就觉得他是个坏蛋，骗子，又看看站得直挺挺的独眼农民——我觉得又可怕又气闷，不由得想对伯爵说穿我对他的无限反感，然后离开这肮脏的氛围。一刹间，我已经准备站起来一走了之……但我没有走……妨碍我走的原因很简单（说来惭愧！），只不过身上发懒……

“给我点伏特加！”我冲着伊利亚说。

长圆形的阴影开始落到林荫路和我们这片小空场上……

远处有青蛙的叫声，乌鸦的啼声，金莺的歌声，它们在欢呼太阳落山了，春天的夜晚来临了……

“你叫乌尔别宁坐下吧，”我小声对伯爵说，“他站在你面前，就像个小孩子似的。”

“啊呀，我自己没想到！彼得·叶戈雷奇，”伯爵冲着管家说道，“您请坐吧，别老站着呀！”

乌尔别宁坐下，用感激的目光看了看我。他素来健康快乐，这一次我却觉得他仿佛身体有病，心里发烦。他的脸皱皱巴巴，没睡醒似的，眼光也懒懒的无精打采……

“我们这儿有什么新鲜事儿吗？彼得·叶戈雷奇？有什么好消息没有？”卡尔涅耶夫问他，“有没有那个……超乎寻常的事情？”

“一切都是老样子，大人……”

“没有那个……新来的姑娘吗？彼得·叶戈雷奇？”

道德高尚的彼得·叶戈雷奇脸一红。

“我不知道，大人……我不注意这种事。”

“大人，有的，”独眼库兹马一直没出声，这时亮出了男低音的嗓门儿，“而且挺不错。”

“有好看的？”

“什么样的都有，大人，合乎各种口味……有黑头发的，黄头发的，什么样的都有。……”

“瞧你说的！……等一下，等一下……现在我想起你来啦……

你是我原来的秘书波洛列洛[1]……你好像是叫库兹马吧？”

“正是……”

“记得，记得……你如今中意的是些什么样的人儿？恐怕都是些乡下妞儿吧？”

“多半呢，当然，是乡下妞儿，但也有高贵点的……”

“你在哪儿找到高贵点的？”伊利亚眯缝着眼问库兹马。

“复活节，邮差的小姨子到他家来了……她叫娜丝塔霞·伊万诺芙娜。这妞儿欢蹦乱跳，就像上了弦似的——我自己都想尝个鲜，可那得有钱才行……小脸儿红扑扑的，处处都好……还有更高贵的呢。专等您这样的，大人。年纪轻轻，胖乎乎，活泼伶俐……大美人儿！这样的美人，大人，您就在彼得堡也见不着……”

“她是谁？”

“奥莲卡，守林人斯克沃尔佐夫的女儿。”

乌尔别宁身下的椅子发出了响声。管家满脸通红，双手扶着桌子慢慢站起来，冲库兹马扭过脸去。脸上疲乏烦闷的表情变成勃然大怒……。

“闭嘴，下贱货！”他低声咆哮，“独眼坏蛋！想说什么都行，可不许你碰正经人！”

“我又没碰你老人家，彼得·叶戈雷奇。”库兹马心平气和地说道。

“我不是说自己，混蛋！对了，大人，请您原谅，”管家对伯爵说，“请原谅我跟他吵，但我还是求大人禁止这个您叫作波洛列洛的人把热心用到那些该敬重的人头上！”

“我无所谓……”天真的伯爵含含糊糊地说，“他也没说什么特别的呀。”

乌尔别宁感到极其委屈，非常激动，他离开桌子侧身而立，两

---

① 应为“列波烈洛”，即西班牙传说中的花花公子唐·璜的忠仆和亲信。——俄文本编者注

手交叉在胸前同时直眨巴眼睛，把紫涨的脸藏在树枝后面不叫我们看见，默默地沉思。

这个人是不是预感到，他那道德高尚的感情在不久的将来会遭到比这还厉害一千倍的侮辱？

“我不懂，他生什么气！”伯爵小声对我说，“真是个怪人！什么难听的话也没说嘛。”

经过两年戒酒，一杯伏特加就弄得我微醉，脑子和全身上下洋溢着轻松愉快的感觉。再加上我开始感到晚间的凉爽，它渐渐驱散了白天的闷热……我提议走一走。有人从房中给伯爵和他那位波兰新朋友拿来上衣。我们向前走去。后面跟着乌尔别宁。

我们在伯爵的花园里散步。这所园子的花木惊人的繁茂，值得加以专门描绘。在植物品种，经济价值方面，以及其它许多方面，这所园子比我看到的所有其它园林都更为丰富、壮观。除掉上文提到的诗意盎然，绿荫遮盖的林荫路，一个刁钻苛刻的鉴赏家想要的一切在这里都能找到。这里有本地和外国的果树，从樱桃，李子到鹅蛋大的杏子，形形色色，一应俱全。迈步可见伏牛果树，法国贝加摩橘树，甚至齐墩果树……这里还有一半倒坍，长满青苔的假山石洞、喷泉、放养金鱼和河鲤的池塘、山冈、凉亭、耗资巨大的温室……这些祖祖辈辈积累起的罕见宝藏，这份包括丰美的大玫瑰，富于诗意的假山石洞和没有尽头的林荫路等一切的财产，却被野蛮地弃置不顾，一任野草丛生，盗贼砍伐，寒鸦在珍稀树木上筑起丑陋的巢！这份财富的合法拥有者正走在我身旁，眼看这一片荒芜和惊人的邋遢，他那枯瘦而饱足的脸上竟连一丝肌肉都不颤动一下，就好像他不是这园子的主人。只有一次，因为闲得慌，他对管家提了个意见，说道路上铺上沙子也许不赖。他想起了谁也不需要的沙子，却不关心那些在严冬中冻死的枯树，也不注意在园子里闲逛的奶牛。对他的意见乌尔别宁回答说，要照看这个园子就得用十来个工人，既然大人不在领地上长住，在园子上花费就是不必要的，白费工夫的奢侈。伯爵当然同意这个理由。

“而且，说实话，我也没工夫！”乌尔别宁摆了摆手，“夏天在地里忙，冬天在城里卖粮食……园子也就顾不上了！”

我们走上一条主要的道路，即所谓“大”林荫路，这条路的动人之处是椴树和郁金香，老椴树张开宽阔的树盖，大片的郁金香五颜六色，一直绵延到路的尽头，远远看去，路的尽头有个黄点，那是座砖砌的黄色凉亭，当初那里备有饮食，还有台球、地球、中国玩具。我们信步走向凉亭……在凉亭门口，我们遇见一个活物，它多少刺激了我那些胆小同伴的神经。

“蛇！”伯爵突然一声尖叫，抓住我的胳膊，脸色发白，“你看哪！”

波兰人倒退一步，站在那里动弹不得，他摊开两手，像要拦住鬼魂的去路……在最高一层半坍的砖台阶上躺着一条小蛇，是俄国常见的蝮蛇。一看见我们，它抬起小脑袋扭动起来……伯爵又尖叫一声，躲到我背后。

“您别怕，大人！……”乌尔别宁懒懒地说，抬脚迈上头道台阶……

“它要咬人呢？”

“不会的。再者，顺便说一下，遭这种蛇咬的毒害被夸大了。有一回我被一条老毒蛇咬了，可是您看见了，我没死。人的毒害比蛇还厉害呢！”乌尔别宁不放过宣讲道德的机会，跟着叹了口气。

他的话果然不错。管家还没登上两三个台阶，蛇就全身一伸，闪电般钻入石板缝里。我们进了凉亭，又看见一个活物。在一条油漆褪色，呢面撕破的旧台球案子上躺着一个老头子。他身量不高，穿着蓝上衣，条纹裤子，头戴马夫的小帽，一动不动地睡得正香，在他那没有牙的，黑窟窿似的嘴角和鼻尖上，大模大样地爬着几只苍蝇。老人瘦得像架骷髅，张着嘴一动不动，就像一具刚从停尸房抬出来供解剖的死尸。

“弗兰茨！”乌尔别宁推他一下说，“弗兰茨！”

弗兰茨被推了五六下，他闭上嘴，欠起身，环视了我们一眼又躺下了。过一会儿他的嘴又张开，鼾声引起的微微颤动惊扰了在他鼻子附近乱爬的苍蝇。

“又睡着了，蠢猪！”乌尔别宁叹口气。

“他好像是我们的花匠特利赫尔吧？”伯爵问道。

“就是他……天天这样……白天睡得像死人，到了晚上打牌。听说今天玩到早六点……”

“他打什么牌？”

“打那种很快见输赢的牌。大半是打‘斯土科尔卡’……”

“哼，这样的先生干活可不行。……他们简直是白挣工钱。”

“大人，我跟您这么说，可不是想告状，”乌尔别宁猛然醒悟，连忙说道，“也不是表示不满，只不过随便一说……我想表示遗憾，这么个有本事的人却为嗜好所累。而他挺爱干活，挺勤快，挺不错的……不白拿钱。”

我们又看了一眼赌鬼弗兰茨，然后离开凉亭，朝花园的角门走去，出角门就是田野。

只在为数极少的长篇小说里花园角门才不起重要的作用。如果您自己没觉察到这个现象，就请您问问我的波里卡尔普。他这辈子啃过大量恐怖和不恐怖的长篇小说，大概他会对您肯定这个微不足道但富于特征的事实。

我的长篇小说也离不开角门，不过我的角门与别的角门不同，在我的笔下，进出角门的大多是不幸的人，幸福的人几乎一个没有，而在别的长篇小说里则相反。还有更糟的是，这个角门我还要描述一次，但不是以作家的身份，而是以侦查员的身份……在我笔下进出这个角门的更多的是罪犯，而不是情人。

一刻钟后我们拄着手杖，登上了在我们这儿叫作“石墓”的山。附近一带的乡村中有个传说：在这堆石头下面埋葬着一位鞑靼王，他怕死后敌人侮辱他的遗体，因而立下遗嘱，在他头上垒起石山。不过这传说未必可信。从石层，石头的相互位置，石头的大小看来，这山不可能由人手筑成。它孤立在田野中，像个扣着的尖顶帽子。

登上山顶，我们看见整个大湖那令人心醉的寥廓和无法形容的美丽。太阳已经不再倒映湖中，它已落下，留下一抹宽阔的紫色霞光，把四周染成十分好看的淡红带橙黄的颜色。在我们脚下展开伯爵的庄园、房屋、教堂、花园。远处，在湖的对岸，有个灰色的小村，那里有命运给我安排的住处。湖面跟先前一样平静。米海老头的小船互相分开，正匆匆地朝岸边划来。

在我的小村庄那边有个黑糊糊的火车站，车站上空是火车头冒出的烟。在我们身后，石墓山的另一侧，展开了另一幅图画。山脚下是道路，道路两边长着高高的老白杨。这路通到伯爵的森林，它一直伸延到天边。

我和伯爵站立在山头。乌尔别宁和波兰人体肥身沉，宁愿在山脚的路上等我们。

“这是个什么大人物？”我朝波兰人那边点一下头问伯爵，“你在哪儿认识他的？”

“他是个很可爱的先生，谢廖沙，非常可爱！”伯爵不安地说，“你很快就会和他成为朋友！”

“哦，恐怕未必。他为什么老不吭声？”

“他天性不爱说话！不过人极聪明！”

“他到底是个什么人？”

“我在莫斯科和他认识的。他很招人喜欢。将来你会明白一切，谢廖沙，现在就别问了。下去吧？”

我们从石墓山上下来，顺着道路朝森林走去。天色明显地黑下来。树林里传来布谷鸟的咕咕啼叫，一只疲乏而多半很小的夜莺发出颤抖的歌声。

“喂！喂！”走近树林的时候，我们听见孩子清脆的声音：“来捉我呀！”

从林子里跑出来一个小姑娘，约莫五岁，小脑袋上长着其白如麻的头发，穿着浅蓝的连衣裙。看见我们，她清脆地笑起来，连蹦带跳地跑到乌尔别宁跟前，抱住了他的膝盖。乌尔别宁把她举起来，亲了一下她的脸蛋。

“这是我的女儿萨莎！”他说道，“我来介绍。”

跟着萨莎从林子里追出来一个十五六岁的学生，他是乌尔别宁的儿子。他看见我们，犹犹豫豫地脱了帽子又戴上，戴上又脱了下来。在他后头静静地走过来一团红影，这红影立刻吸住了我们的注意。

“好一个美天仙！”伯爵叫了一声，抓住我的胳膊，“你看！太美啦！这是谁家的女孩？我竟不知道，在我的林子里住着凌波仙子①！”

我望了一眼乌尔别宁，想问问他，这个姑娘是谁，可是说来奇怪，直到这时我才发现管家已喝得酩酊大醉。他脸红得像虾，身子摇晃了一下，抓住我的手腕。

“谢尔盖·彼得罗维奇！”他在我耳边低语，喷了我一脸酒气，“我恳求您，别让伯爵再谈论这位姑娘。照老习惯他会说出不合适的话来，可人家是绝对值得尊重的！”

那个“绝对值得尊重的”是个十九岁的大姑娘，长着一颗漂亮的浅发小脑袋，一双善良的眼睛，长长的鬈发。她穿一件鲜红的，半儿童半姑娘式的连衣裙。匀称如尖叶的小脚穿着红袜子，蹬着几乎像孩子穿的小便鞋。在我欣赏她的时候，她那浑圆的肩膀一直爱娇地缩着，就好像觉得冷，又好像我的目光刺疼了她。

“小脸蛋儿这么嫩，可身子又这么成熟！”伯爵对我耳语，他刚一长大就丧失了尊重女人的能力，只会用色狼的眼光看她们。

而我至今记得，当时在胸中燃起了美好的感情。那时我还是个诗人，在星光闪烁的五月之夜，在森林之中，我只能像诗人那样看女人……我怀着崇敬之情望着红衣少女，就像我惯于崇敬地观看森林，山巅，蓝天。那时我还多少有点多愁善感的气质，那是从我德

① 原意是希腊神话中在江河泉水中的女神。

国母亲那里遗传下来的。

“她是谁？”伯爵问。

“是守林人斯克沃尔佐夫的女儿，大人！”乌尔别宁说。

“她就是独眼农民提到的奥莲卡吧？”

“是的，他提到过她。”管家答道，用恳求的大眼睛望着我。

红衣少女放我们从她身旁过去，大概对我们毫不注意。她的眼睛朝一边瞧着。但是我了解女人，感到自己的脸上有她的目光。

“他们当中哪一个是伯爵？”我听见身后她的低语。

“就是那个，留长胡子的。”中学生回答。

于是我们听见身后响起银铃般的笑声……这是失望的笑……她本以为，拥有这大片森林和大湖的伯爵是我，而不是那个长胡子，瘦面孔的小男人……

我听见乌尔别宁从结实的胸膛里发出一声深深的叹息，这个铁人几乎走不动了。

“放管家回去吧，”我对伯爵悄悄说，“他病了，或许是……醉了。”

“您大概是病了，彼得·叶戈雷奇！”伯爵朝乌尔别宁说道，“我现在用不着您，所以也不留您了。”

“请大人不必担心。我感谢您关心我。但是我没生病。”

我回头一看……那团红影没有动，正瞧着我们……

可怜的浅发小脑袋呀！在那个一片安宁的五月之夜，我可曾想过，她后来竟是我那部惊心动魄的长篇小说的女主人公？

如今，在我写这些字的时候，秋雨正凶猛地敲打我温暖的窗子，头顶上空寒风呼啸。我眼望着窗子，在夜色的黑暗中极力想象我那可爱的女主人公……于是我看见她，那孩子般清纯、天真、善良的小脸和含情的眼睛。我不由得想扔掉笔，把写的文稿撕碎、烧毁。干吗触动这年轻无辜的人留下的回忆呢？

不过这儿，在我的墨水瓶旁边，就立着她的相片。在这里，浅色的小脑袋却代表着那个沉沦于虚荣中的美女。她的眼睛一动不动，露出疲倦而又以放荡为荣的神色。她完全是一条蛇，这种蛇的毒性乌尔别宁是不会过分夸大的。

她给了暴风雨一个吻，暴风雨则连根摧毁了这朵花。她得到不少，但付出的代价太高了。读者会原谅她的罪过的……

我们走在林中。

松树外形单调，没有声息，令人乏味。它们高矮一样，形状相似，一年四季都是一个样子，既不知道什么是死亡，也不知道什么叫春回大地。不过它们那种阴沉的表情却很动人：一点不动弹，一点没声音，仿佛正想伤心之事。

“咱们回去吗？”伯爵提议。

对这个问题没人吭声。波兰人反正在哪儿都完全无所谓。乌尔别宁认为自己说话也不算数，而我太喜欢林中的凉爽和空气中的松香，因而不想回去。再说总得想个法子消磨入夜前这段时间，就是简单的散步也是好的。一想这正在来临的荒唐之夜，我的心就甜蜜得紧缩起来。我，说来惭愧，巴望这个夜晚，已经预感它的乐趣。伯爵不时焦急地看表，可见他也等得心焦。我们感到彼此倒是互相了解的。

守林人的小房子坐落在松树之间一片小小的方形空场上。两只小狗在房前发出唱歌般清脆的吠声迎接我们。它们像鳗鱼那么灵活，全身发亮，毛色火红泛黄，不知是什么品种。两只狗认出乌尔别宁，就快活地摇起尾巴，朝他跑去，由此可见管家常到守林人的小屋来。一个小伙子在房屋附近遇到我们，他没穿靴子也没戴帽子，吃惊的脸上长着大个的雀斑。他默默地瞪着眼睛看了我们一会儿，然后大概是认出了伯爵，叫一声哎呀，急忙跑进房里去了。

“我知道，他为什么跑，”伯爵笑起来，“我记得他……他是米其卡。”

伯爵没认错。不到一分钟的工夫，米其卡从小房子里出来，用托盘端着一杯伏特加和半杯白水。

“祝您健康，大人！”他说，送上酒和水，吃惊的蠢脸上堆满笑容。

伯爵喝了酒，用白水“送下酒去”，不过这回没有皱眉。离房屋百步之外有个铁制长椅，有老松树那么大岁数。我们在长椅上落坐，开始欣赏五月傍晚的恬静之美……惊起的乌鸦在我们头上呱呱地叫着乱飞，四处传来夜莺的歌声。只有这些声音打破周遭的一片寂静。

就是在这恬静的春日傍晚，在人的话声最不悦耳的时候，伯爵也不会保持沉默。

“我不知道，你会不会满意？”他对我说：“我已吩咐晚饭准备鲈鱼汤和野味，酒菜是凉鲟鱼和辣根乳猪。”

诗人气质的松树仿佛对这句话生了气，树梢突然摇动起来，于是林中送过来悄悄的怨声。清新的微风吹过林间，戏弄着青草。

“你们闹够了！”乌尔别宁向那两只火红色的小狗喝道，它们跟他一个劲儿亲热，让他没法抽烟，“我觉得，今天要下雨。这是天气给我的感觉。今天热得这么厉害，就算不是有学问的教授，也能预报有雨。对于庄稼有好处。”

“庄稼跟你有什么相干，”我心中暗想，“反正你的伯爵会把收成喝个精光，雨也用不着费这个劲。”

又一阵清风吹过树林。这回风势大了，松树和草埋怨得更响了。

“我们回家去吧。”

我们站起来，懒懒地往回走，朝小房子走去。

“与其当个法院侦查员和人生活在一起，”我对乌尔别宁说道，“还不如做这个奥莲卡与禽兽一块儿呆着，这样更平静。”

“不管做什么人，只要心灵平静就好，谢尔盖·彼得罗维奇。”

“可这个漂亮的奥莲卡心灵平静吗？”

“别人的心灵只有上帝才晓得，不过我觉得，她没有什么不平静的。伤心的事不多，罪过嘛——和婴儿也差不多少……这是个很好的姑娘。不过您瞧，老天爷也说要下雨了……”

响起隆隆的声音，像远处的车声，又像玩地滚球的声音……林外远处响过一阵雷声……一直跟在我们后面的米其卡打个哆嗦，急忙在胸前画了个十字……

“大雷雨！”伯爵慌了神儿，“这可真想不到！我说了：回去吧！可就是没人听，还往前走……”

“我们到小屋去避雨，”我提议。

“干吗到小屋去？”乌尔别宁说道，有点古怪地眨巴着眼睛，“雨会下一夜，难道在小屋里坐一整夜吗？请您都别着急……您走您的，让米其卡往前跑，打发车来接各位。”

“没关系，这雨也不一定下一宿……雷雨一般很快就过去……现在我还没认识新来的守林人呢，也想和奥莲卡谈一谈……了解她是个什么人物……”

“我不反对！”伯爵表示同意。

“可您怎么能到那儿去，如果……如果那儿，那什么……没收拾干净？”乌尔别宁不安地支吾着，“大人，既然可以在家呆着，何必坐在这儿忍受闷热……我不明白，这有什么乐子！守林人病了，还去认识他……”

显然，管家非常不愿意我们到守林人家去。他甚至伸开两只胳膊，仿佛要拦住我的去路……我明白，他有不放我们过去的苦衷。我一向尊重别人的苦衷和秘密。可这一次我受好奇心的强烈驱使，坚持要去。于是我们走进了小屋。

“请到厅里坐！”光脚的米其卡高兴得喘不过气来，像打嗝似的说道。

请您想象一下，这是世界上最小的一间厅堂，木头墙壁不曾上漆，上面挂满《新地》杂志上剪下来的石印画，镶在介壳或如通常叫作小贝壳内的相片，以及各种证书……有一份证书是某子爵对他多年服务的奖状，其余则是马的证书，有些墙面上爬着常春藤……墙角有个小小的神像，神像前静静地燃着一盏神灯，蓝色的火苗映照在银框上……墙边紧紧地挤了几把椅子，看来是新买的……买了许多没有用的东西，把它们也都摆出来了，因为没处放。这里还挤着几把圈椅和一张长沙发，罩着雪白的沙发套，套上滚着边，镶着花边，还有一张圆漆桌子。长沙发上一只家兔在打盹儿……舒适，干净，温暖……处处显出这里有女人照看。就连小小的书架也显得清纯，带着女人气，仿佛它想告诉人们，书架上没有别的，只有些不太精彩的小说和平静温和的诗作……这种小屋的舒适、温暖，在春天感受不深，到了秋天，当你寻找栖身之地以避寒防潮时，就会强烈地感到它的妙处了……

米其卡啪的一声划亮火柴，点起两支蜡烛，他呼哧呼哧地喘着大气，弄得一片声响，然后小心翼翼，像放牛奶似的把蜡烛放到桌子上。我们在圈椅上落坐，互相看了一眼，笑起来……

“尼古拉·叶菲梅奇有病，在床上躺着呢，”乌尔别宁解释主人不在的缘故，“奥尔加·尼古拉耶芙娜[1]大概是送我的孩子们回家去了……”

“米其卡，门关好了吗？”我们听见从旁边屋里传来虚弱的男高音。

“关好了您哪，尼古拉·叶菲梅奇！”米其卡哑着嗓子说，飞跑到旁边屋子里。

“这就好……注意，所有的门都要关好……”还是那个虚弱的男高音，“要上锁，关得严严的……要是有贼，你告诉我，我用枪揍这些坏蛋，下贱货！”

“一定照办，尼古拉·叶菲梅奇！”

我们笑起来，探问地瞧着乌尔别宁。他脸红了，为了掩盖自己的慌张，整理起窗帘来……这里有什么名堂？我们又互相看了看。

然而我们没工夫纳闷。院子里响起急促的脚步声，接着门廊上发出响声，房门砰的一响，红衣少女飞入“厅”中。

---

① 这是奥莲卡的尊称。

“我爱五月初的雷雨！”[1]她用尖尖的女高音唱着，没唱完就笑起来。但是一看到我们，她立刻站住不出声了。

她不好意思起来，像羔羊似的悄悄走进一间屋子，刚才就从那间屋里传来她父亲尼古拉·叶菲梅奇的话语声。

“她没料到我们在这儿！”乌尔别宁笑着说。

过了一会儿她悄悄走进来，坐到紧靠门的椅子上，开始端详我们。她大胆地直视着我们，就好像我们不是新来的人，而是动物园里的野兽。我们也一动不动地看了她一会儿……我承认，我宁愿坐上一年，一动不动地望着她——那天晚上她太美了。像空气那么清新的绯红的脸蛋，急促地呼吸和起伏的胸膛，散披到额头、肩上和正在整理衣领的右手上的鬈发，闪闪发光的大眼睛……这一切安置在她那小小的，一览无遗的身躯上……对这小小的身躯看上一眼，就比对无边的地平线看上几百年所能看到的还要多……她认真地看着我，眼光从下而上，带着疑问的神情，而当她的目光从我这里转到伯爵和波兰人身上时，我就发现它那相反的顺序：眼光从上而下，并且带着笑声……

我头一个开口说话：

“我来自我介绍，”我说道，站起来走到她面前，“我是济诺维耶夫……这一位，我来介绍，是我的朋友卡尔涅耶夫伯爵……请原谅，我们没受邀请就闯进您这漂亮的小房子……当然，要不是大雷雨紧追我们，我们是不会这么做的……”

“可是您要知道，我们的小房子是不会因此倒坍的！”她说道，一边笑，一边把手伸给我。

她向我露出绝美的牙齿。我坐到她旁边的椅子上，向她述说我们如何在路上意外地遇上大雷雨。我们开始谈天气，而任何谈话都是从天气开头的。在我们谈话的当儿，米其卡已经先后两次给伯爵

---

① 俄国诗人丘特切夫的诗《春天的雷雨》的头一行，后来谱成歌曲。——俄文本原注

送来伏特加和必不可少的白水……伯爵趁我不注意，每次喝完酒都甜蜜地皱眉晃脑袋。

“你们是不是想吃点东西？”奥莲卡问我，没等我回答就从房间里走了出去……

第一阵雨点敲打窗玻璃……我走到窗前……已经是一片黑暗。隔着玻璃我看不见别的，只见到向下流淌的雨滴和反映出来的自己的鼻子。电光一闪，照亮了附近几棵松树……

“房门关好了吗？”我又听见虚弱的男高音，“米其卡，过来，你这臭小子，关好门！真是活受罪，主啊！”

一个农妇，挺着束得很紧的大肚子，现出愚蠢而专注的神情，走进厅堂，冲着伯爵深鞠一躬，把白桌布铺在桌子上。米其卡跟在她后面小心地端着下酒菜。不一会桌上摆好伏特加、甜酒、干酪和一盘炸飞禽。伯爵喝了一杯伏特加，没吃东西。波兰人怀疑地闻了闻那只野禽，动手切割起来。

“已经下起雨来了！您瞧！”我对走进来的奥莲卡说。

红衣少女走到我站的窗前，就在这一刹那，一道白光照亮了我们……头顶上一声霹雳，我觉得仿佛天空有个又大又沉的东西掉下来，轰隆隆地滚到地面上……窗玻璃和伯爵面前的酒杯颤抖起来，发出玻璃的丁零声……好大的雷声。……

“您怕雷雨吗？”我问奥莲卡。

她把脸蛋贴在圆圆的肩膀上，带着孩子般的信任看了看我。

“我怕，”她想了想，悄声说道，“雷雨杀死了我的母亲……这件事还登过报。我母亲在田地里一面走一面哭……在这个世界上她活得很惨……上帝可怜她，就用天上的电把她杀死了。”

“您怎么知道天上有电？”

“我念过书……您知道吗？被雷打死的，打仗被杀死的，因为难产而死的都升天堂……这件事书上哪儿也没写过，可这是真的。我觉得，有一天我也会被雷雨杀死，我也会升天……您受过教育吗？”

"是的……"

"那么，您不会笑话我……我很想死。穿上最贵、最时髦的连衣裙，就像我前两天在本地女阔地主舍弗尔身上看到的那种，手上戴上镯子……然后站到石墓山顶让闪电把我杀死，要让所有的人都看见……一声可怕的雷鸣，然后就完了……"

"这想象太荒唐了！"我笑道，看着她那双眼睛，眼神里对于可怕然而动人的死充满神圣的恐惧，"可您不想穿着平常的连衣裙死吗？"

"不行……"奥莲卡摇摇头，"而且所有的人都得看见。"

"您现在穿着的连衣裙比任何时髦和贵重的连衣裙都好……它和您很相配。穿着它您就像绿色林子里的一朵红花。"

"不，这话不对！"奥莲卡天真地叹口气，"这件连衣裙是便宜货，不会好看的。"

伯爵走到我们站着的窗前来，明显地想和漂亮的奥莲卡聊两句。我这位朋友会说三种欧洲语言，可就是不会和女人说话。他好像来的不是时候，在我们旁边站了一会儿，傻笑一声，含含糊糊地说了句"是啊"，然后就退回到酒瓶子那儿去了。

"刚才您进来的时候，"我对奥莲卡说，"唱着'我爱五月初的雷雨'。难道这首诗谱成曲子了？"

"没有，凡是我知道的诗，我都按自己的腔调唱。"

我偶然回头一望，只见乌尔别宁正瞧着我们。在他的眼神里我看到憎恨和凶狠，这和他那副善良、柔和的面孔太不相配了。

"他嫉妒还是怎的？"我想。

这个可怜的家伙看到我疑问的目光，就从椅子上站起来，走到前厅去拿什么东西……就凭他的步态也看得出他的心情激动。雷声越来越大，越来越响，越来越紧……闪电不停地把天空、松林、湿淋淋的土地照出炫目而好看的光芒……这雨且停不了呢。我从窗旁走开，走到书架前，着手考察奥莲卡的藏书。俗话说："说出你看什么书，我就知道你是什么人。"然而单凭这些整齐地摆在书架上的宝贵读物根本无法断定奥莲卡的智力水平和受教育程度。这是奇怪的大杂拌。有三本文选，一本波伦[1]的著作，一本叶甫图舍夫斯基的算题集，一本莱蒙托夫文集第二卷，一本希克里亚列夫斯基的作品，一本《事业》杂志，一本食谱，还有《文库》……我本来还能向您再列举几本，可当我从书架上拿出《文库》开始翻阅的时候，隔壁房间的门开了，一个人走进厅堂，他立即把我对奥莲卡受教育程度的注意力引开了。这是个干瘦的高个子，穿一件布袍子，一双破鞋，长着一副相当古怪的面孔。他的脸上布满青筋，上唇和双颊点缀着司务长式的胡子，整个儿像只鸟脸。这脸全都向前努着，仿佛要凑到鼻子尖上……大概这样的脸叫作“罐子脸”。长着大喉结的细长脖子上摇晃着个小脑袋，活像风中的椋鸟巢……。这个怪人睁着浑浊的绿眼睛把我们挨个打量一番，眼光停在伯爵身上……

“门都关好了吗？”他用央告的声音问道。

伯爵看着我，耸耸肩……

“别担心，好爸爸！”奥莲卡说道，“都关好了……回自己的屋去吧！”

“堆房也关好了？”

“他有点那个……有时会激动，”乌尔别宁从门厅出来，对我耳语，“他怕贼，所以正像您看到的，总是对门户不放心……尼古拉·叶菲梅奇！”他冲着怪物说道：“回自己屋躺下睡觉吧！别担心，都关好了！”

“窗子也都关好了？”

尼古拉·叶菲梅奇很快地跑到每扇窗子跟前，试试插销是否插好，然后趿拉着鞋朝自己屋子走去，没看我们一眼。

“他有时候犯病，这个可怜的人，”他一走，乌尔别宁就解释说，“这是个挺好的，非常好的人，您知道吗，他有家室——可是非

---

① 波伦（1837—1902），德国作家，写过许多合乎小市民趣味的历史小说。——俄文原注

常倒霉！几乎每年夏天神志不清……”

我望望奥莲卡，她不好意思地把脸藏起来不让我们看，一面整理被弄乱的书。看来，她为自己的疯父亲感到羞惭。

“大人，车来了！”乌尔别宁说道，“您要是高兴，可以上车了。”

“这车是从哪儿来的？”我问道。

“是我派人叫来的……”

过了一会儿我和伯爵已坐在马车上，我听着雷声，心中恼火。

“这个彼得·叶戈雷奇竟把我们从小房子赶出来了，见他的鬼！”我不高兴地嘟囔，真格地生起气来——“就是不让我们好好看看这个奥莲卡！我又吃不了她……老糊涂！一个劲儿地吃醋！他是爱上了这个女孩子……”

“对，对，对……告诉您，连我也看出来了！他就因为吃醋才不叫我们到小屋里去，就因为吃醋才派人叫来马车……哈——哈！”

“人老心花……不过老弟，每天看见这个红衣少女都像我们看到的这么漂亮，要想不爱上她也怪难的。真他妈叫漂亮！不过他那副嘴脸可配不上她……他应该明白这一点而不要这么自私自利地嫉妒……想爱你就爱，可别妨碍别人爱她，而且你也知道，自己是配不上她的。这个老混蛋！”

“你记得吗？喝茶的时候库兹马曾提到她的名字，当时他是怎么大发脾气的？”伯爵嘿嘿一笑，“当时我想，他要把我们大伙都揍一顿……如果对某个女人漠不关心，没人会这么热心地维护她的名誉。”

“老弟，这样的人也有……不过，问题不在这里，重要的是……如果今天他对我们都这么发号施令，那他对于小人物，对他的属下会干些什么呢？恐怕那些管钥匙的、那些料理家务的、那些管打猎的以及其他各种小人物，就是到她跟前去他也一概不准！爱与嫉妒使人不公道，没心肝，仇视他人……我敢打赌，为了这个奥莲卡，他一定坑害过手下人，而且不止一个。因此，要是他向你告手下人的状，打报告要求必须开除某人，而你不大相信他的话，那你就做得聪明了。总之，应当暂时限制他的权力……等这股情热过去——就没什么好怕的了。他本是个善良和正派的人……”

“你喜欢她的爸爸吗？”伯爵笑起来。

“他是个疯子……应该呆在疯人院，而不是管理森林……一般说来，如果在你庄园的大门上挂个‘疯人院’的牌子，倒也不算说瞎话……你这里是真正的别德拉姆[1]！这个守林人、那个老妖婆母枭鸟、牌迷弗兰莰、怀春的老头子、狂热的大姑娘，再加上个酒鬼伯爵……你说还缺什么呢？”

“可这个守林人是挣工资的！他要是个疯子，还怎么工作呢？”

“很明显，乌尔别宁用他纯粹是因为他女儿……乌尔别宁说，尼古拉·叶菲梅奇几乎每年夏天犯病……可未必是这样……这个守林人不是每年夏天犯病，而是病不离身。幸好你的彼得·叶戈雷奇很少撒谎，所以一撒谎就露馅……”

“去年乌尔别宁禀报我，说老看林人阿赫梅奇耶夫到阿封山[2]修道去了，所以向我举荐‘经验丰富，老实可靠，成绩卓著’的斯克沃尔佐夫……我当然照例表示同意。毕竟信函不是面孔：撒谎也不至于露馅……”

马车驶进院子，停在门旁。我们下了车。

雷雨已经过去，乌云闪着电光，发出愤怒的怨声，急匆匆向东北方向飞去，展现出越来越大的蔚蓝色星空，就好像千军万马踏平了此处，取走骇人听闻的贡品，又赶去夺取新的胜利……落后的云朵急忙忙追赶大军，唯恐掉队……大自然又在恢复安宁……

到处感到这恢复的安宁：宁静芬芳而又充满愉悦和夜莺歌声的空气，沉睡无声的花园，初升月亮那爱抚的光芒……湖水经过白天的昏睡已经醒来，发出轻声细语，告诉人们它在这里……

---

① 伦敦一个疯人院的名字。

② 希腊地名。

这样的时候最好是驾着平稳的四轮马车到田野里兜风，或在湖面上划船……但我们进了屋子……那里等待我们的是另一种“诗意”。

一个人因精神上的痛苦或难以忍受的折磨而朝自己的脑门子开一枪，这种人被称为自杀者，而那些在青春大好年华却可怜地纵欲贪欢，把灵魂玷污得恶俗不堪的人，人类的语言则无以名之。饮弹而亡之后是坟墓中的安宁，败坏青春之后则是年复一年的悲哀和难堪的回忆。谁亵渎过自己的青春，谁就明白我现在的心境。我还没老，头发也没白，可我已毫无生气。心理学家说，一个伤兵发了疯，极力让人相信，而且他自己也相信本人已经在滑铁卢战役中丧命，至于现在人们误认为他的这个人，只不过是他的影子，是他过去的映影而已。我现在体验的就是类似这样半死不活的滋味……

“我非常高兴，你在守林人那里什么也没吃，因而没弄倒自己的胃口，”当我们走进屋子的时候，伯爵对我说，“我们要好好吃顿晚餐……照老规矩……开饭！”他吩咐伊利亚，伊利亚正给他脱下礼服，换上长袍。

我们往饭厅走去，那儿，在摆好餐具的桌子上已经是“热火朝天”。五颜六色、大小不同的瓶子一排排摆好，就像在剧院小卖部的货架上那样，它们映着灯光，等我们光顾。各种腌渍的酒菜摆在另一张桌子上，那里还有一瓶伏特加和一瓶英格兰苦艾酒。各种葡萄酒酒瓶旁边摆着两个盘子，一盘乳猪，一盘冷鲟鱼……

“好……”伯爵斟满三杯酒，怕冷似的缩起身子，开口说道，“祝我们身体健康！拿起杯来，卡艾坦·卡济米罗维奇！”

我喝干了酒，波兰人否定地摇摇头。他把鲟鱼移到面前，闻了闻吃起来。

请读者原谅。我下面写的可就一点都不“浪漫”了。

“好……再来一杯，”伯爵说道，斟满第二杯酒，“来吧，列科克！”

我拿起酒杯，瞧了瞧，又放下了……

“见你的鬼，我好久没喝酒了，”我说道，“记不得老规矩吗？”我没多想，一下子倒满五杯，一口气全都喝干。不这样我喝不痛快。就像低年级的学生跟高年级学生学抽烟，伯爵看着我，也倒了五杯酒，然后把腰弯得像张弓，皱起眉头，晃着脑袋，把它们全喝光了。他觉得我连饮五杯是逞能，但我这么喝全不是想夸耀天生的酒量……我想醉，想好好的大醉一场。我住在小村庄，好久没尝到醉的滋味了。喝完酒，我坐到桌前动手吃乳猪。

没等多久醉意就上来了。很快我感到头有点晕乎乎的，胸膛里泛起舒服的凉意——是幸福和兴奋之感开始了。冷不防，而且没一点来由，我就觉得特别的高兴，空虚寂寞不知去向，代之而来的是满怀的幸福和快乐。我笑起来。我忽然想聊大天，想笑，想和人打交道。嚼着乳猪，我开始感到生活充实，几乎对生活感到满意，几乎觉得幸福了。

“您怎么一点酒都不喝呢？”我对波兰人说。

“他从不喝酒，”伯爵说道，“你别逼他。”

“可无论如何多少也得喝点呀！”

波兰人把一大块鲟鱼送到嘴里，否定地摇摇头。他的一言不发叫我恼火。

“您听我说，卡艾坦……您的父名叫什么来着……您为什么老不说话？”我问他，“到现在为止我还没有得到听您说话的快乐呢。”

他扬起两道飞燕似的眉毛，看了看我。

“您是想要我说话是不是？”他带着浓重的波兰口音问道。

“非常想。”

“您这是为什么？”

“天可怜见！在轮船上陌生的人和素不相识的人午餐时彼此都交谈。可我和您已经认识了好几个钟头了，彼此也看够了，彼此却没说一句话！这像什么样子呢？”

波兰人不吭声。

“您为什么一言不发？”我等了一会儿又问道，“随便回答两句嘛！”

“我不愿意回答您。在您的声音里我听见笑声，我不喜欢讥笑。”

“他根本没笑呀！”伯爵不安了，“您这是怎么说的，卡艾坦？他友好地……”

“就是伯爵和公爵也不用这样的腔调和我说话！”卡艾坦板着脸说道，“我不喜欢这种腔调。”

“这就是说，您不肯赏脸和我交谈啦？”我继续纠缠，一面喝酒一面笑。

“你知道，为什么我特地回到这儿来吗？”伯爵打断我的话，打算转换话题，“这件事我还没跟你说吧？在彼得堡我去看一个熟识的医生，我经常在他那儿看病。我向他讲我的病。他用听筒听了一阵，这里敲敲，那里摸摸，你知道吗？最后他说道：‘您不是胆小鬼吧？’你知道，我虽不是胆小鬼，但脸也白了。‘我不是胆小鬼，’我说。”

“简单点儿，老弟……听腻了。”

“他预告我很快要死，如果我不离开彼得堡，不远走高飞的话。由于长期饮酒，我的肝整个受到损伤……所以我决定到这儿来。而且呆在那里也不明智，这儿有这么富、这么丰盛的庄园……单是天空就比什么都值！……至少可以干点正事！工作是灵丹妙药。卡艾坦，你说是不是？我要抓经营管理，而且要戒酒，……大夫不许我喝酒……一杯都不行！”

“好嘛，那就别喝！”

“我就是不喝……今天是最后一次，因为和你会面（伯爵凑到我跟前，亲了一下我的面颊）……和我可爱的好朋友见面。到了明天——滴酒不沾！酒神今天和我永远分别了……作为临别纪念，谢廖沙……咱们喝杯……白兰地好吗？”

我们喝了白兰地。

“我要把病治好，亲爱的谢廖沙，而且要抓经营管理……合理化经营！乌尔别宁善良又讨人喜欢……一切都懂。但是，难道他是当家人？他是个因循守旧的人！要订杂志，看书，一切都要留意，要参加农业展览，可在这些方面他没受到应有的教育。难道他真的爱上了奥莲卡？哈哈？我要亲自动手，让他做我的助手……参加选举，让社会开心……怎么样，在这儿也是可以幸福地过日子的！你看怎么样？喂，你又笑！又笑！真没法和你说话！”

我心里快活，觉得好笑。伯爵逗我发笑，那些蜡烛，酒瓶，装饰饭厅墙面的雕塑的兔子和鸭子都逗我发笑。只有卡艾坦·卡济米罗维奇那没醉的面孔不逗我笑。这个人在座激怒了我。

“难道不能让这个波兰小贵族滚蛋吗？”我对伯爵悄声说。

“你怎么啦？看在上帝分上！”伯爵抓住我的两只手喃喃地说道，就仿佛我要揍他的波兰人似的，“让他坐着好了！”

“可我看见他就受不了！喂！”我转向普舍霍茨基，“您拒绝和我说话，可我，对不起，却没有失掉希望，还想稍稍领教一下您说话的本事……”

“得了！”伯爵扯扯我的袖子，“我求你了！”

“我要一个劲地缠磨您，直到您开口回答我的话为止，”我接着说，“您干吗板着脸呀？是不是又听见我的话里有笑声？”

“我要是喝了您那么多的酒，就开口和您说话了，可现在我跟您不一路……”波兰人嘟囔道。

“这还用说吗，我跟您就是不一路……我想说的也就是这句话……鹅和猪成不了朋友，喝酒的和不喝酒的攀不上亲戚。喝酒的妨碍不喝酒的，不喝酒的妨碍喝酒的。旁边客厅里摆着上好的软沙发，吃完了鲟鱼拌辣根在那上面躺会儿倒挺不错。在那儿也听不见我的声音。您不想上那儿去吗？”

伯爵两手一拍，眨巴着眼睛，急得在饭厅里乱走。

他是个胆小鬼，害怕“剑拔弩张”的谈话……而我喝醉了酒，就喜欢闹误会，发牢骚……

“我不明白！我不明白！”伯爵呻吟起来，不知道怎么说和怎么办。

他知道制止我可不容易。

“我和您只是刚刚认识，”我接着说，“也许您是个了不起的好人，所以我不想和您见面就吵架……我不和您吵架……我只是请您了解，不喝酒的别呆在喝酒的当中……有不喝酒的在座，喝酒的就气得浑身冒火！……您要明白这一点！”

“爱说什么您就说！”普舍霍茨基叹口气，“反正您说什么我也不生气，年轻人……”

“说什么都不生气？那我管您叫犟猪！您也不生气？”

波兰人脸一红——但仅此而已。伯爵脸色发白，走到我跟前，作出央求的脸色，摊开两只手。

“哎，我求你啦！少说两句吧！”

我已经进入醉汉的角色，想接着演下去。但活该伯爵和波兰人有福气，一阵脚步声响，乌尔别宁来到饭厅。

“您吃好！”他开口说道，“大人，我是来问问有什么吩咐没有？”

“暂时没什么吩咐，不过有个请求……”伯爵回答道，“您来了，我很高兴，彼得·叶戈雷奇……请坐下和我们吃晚饭，让咱们谈谈经营田产的事……”

乌尔别宁坐下。伯爵喝了杯白兰地，开始给他讲在合理化经营方面自己未来的行动计划。他说得又长又让人起腻，翻来覆去又常常走题。乌尔别宁懒洋洋而又注意地听，就像严肃的人听孩子和女人扯谈……他喝着鲈鱼汤，眼睛愁闷地望着汤盘。

“我带来了极好的图纸！”伯爵顺带说，“那些图纸好极了。您要我拿来给您看看吗？”

卡尔涅耶夫跳起来，跑到自己书房去取图纸。乌尔别宁趁他不在，倒了半茶杯伏特加，没吃菜就喝了下去。

“这伏特加真难喝！”他憎恶地看着酒瓶。

“您干吗当着伯爵的面不喝？彼得·叶戈雷奇？”我问他，“莫非您怕他吗？”

“谢尔盖·彼得罗维奇，与其当着伯爵的面喝，不如假装正经而偷偷地喝。您知道，伯爵有个怪脾气……要是我明目张胆地偷两万，他因为马马虎虎，一句话也不会说，可要是有十戈比的开销我忘了向他报账，或是当他的面喝点伏特加，他就会诉苦，说管家是强盗，您对他是很了解的。”

乌尔别宁又倒了半茶杯伏特加，喝光了。

“您以前好像不喝酒，彼得·叶戈雷奇？”我说。

“是的，不过现在喝……喝得很凶！”他悄声说，“凶得很，白天喝，夜晚也喝，没一点歇的空儿！就是伯爵也从来没有像我喝的这么多。……我非常难过，谢尔盖·彼得罗维奇！只有上帝知道，我的心是多么沉重！完全是借酒浇愁……我从来喜欢您，尊敬您，谢尔盖·彼得罗维奇，所以坦白地告诉您……我连上吊的心思都有！”

“这是因为什么？”

“因为我犯浑……不只是孩子才犯浑。人到五十岁也会犯浑的。原因您就别问了。”

伯爵进来了，打断了他的倾诉。

“最棒的甜酒！”他说道，往桌子上放下一个大肚子酒瓶，而不是极好的图纸。那酒瓶上有“别尼吉克金”①的火漆印。“路过莫斯科的时候，我在德普列店买的。不想喝点吗，谢廖沙？”

“可你好像是去拿图纸的呀！”我说。

“我？拿什么图纸？啊，是的！可是老弟，就是魔鬼也理不清我的箱子……我找了半天，最后去它的，不找了……甜酒很不错的，不想来点吗？”

乌尔别宁又坐了一会儿，告辞走了。他一走我们就开始喝红葡

---

① 一种法国蜜酒。

萄酒。这种酒终于把我醉倒。醉意十足，我到伯爵家来时，想的就是这种醉意。我意气风发，身手活跃，快乐非常。我想搞反常的、可笑的，迷惑人的名堂……那会儿我觉得自己能游过全湖，理清最复杂的案件、征服任何女人……红尘世界令我狂喜，我爱它，与此同时我又想挑剔、挖苦、嘲弄……对于可笑的黑眉毛波兰老外和伯爵应该嘲笑，挖苦，把他们说得一文不值。

"您怎么不说话？"我开始找茬儿，"请您说话，我听着呢！哈——哈！我特别喜欢道貌岸然的人像孩子似的胡说八道！……这是对人的头脑最大的嘲弄！……面孔和头脑不相称！为了不说谎，应当长一副白痴的嘴脸，可你们这些人却长着希腊圣贤的面孔！"

我没把话说完……想到和我说话的人微不足道，半句话不值，我的舌头就打了结。我需要的是坐满宾客的大厅，光彩夺目的女人，上千盏的灯火……我站起来，拿着自己的杯子，到各个房去转悠。我们纵酒狂欢时不把自己限制在一个地方，不是老呆在餐厅，而是遍及整所宅子，甚至常常玩遍整个庄园……

在"嵌宝"客厅我选中一张土耳其沙发，躺到上面让想象任意驰骋，构筑空中楼阁。这是醉后的幻想，但一个比一个宏伟，无边无际，它整个占据了我年轻的头脑……出现了一个新的世界，充满令人陶醉的魅力和难以形容的美好。

我就只差口中念念有词，眼前出现幻境了。

伯爵走到我跟前，坐到沙发边上……他想对我说点什么。自打上文说的五杯酒下肚以后，很快我就从他的眼神里看出来，他有特别要紧的话想跟我说。我知道他想说什么……

"今天我喝得太多了！"他对我说，"这对于我的身体比什么毒药都厉害……不过今天是最后一次……我以荣誉担保，这是最后一次……我这人是有毅力的……"

"好的，好的……"

"最后一次……谢廖沙，好朋友，是不是最后一次往城里打个电报？"

“行啊，你打吧……”

“咱们要最后一次痛痛快快地吃喝玩乐……喂，起来，你写……”伯爵自己不会写电稿。他写得又长又不周全。我坐起来写道：

“C城……‘伦敦’餐厅。合唱队老板卡尔波夫。放下一切事务立即乘两点的列车来。伯爵”

“现在是十点三刻，”伯爵说道，“仆人骑马到车站要三刻钟，最多一小时……卡尔波夫十二点多钟接到电报……那么，他赶得上火车……如果赶不上这趟客车，也会乘货车来的……是吧？”

独眼库兹马被派去发电报。伊利亚得到命令，一小时后派车去车站接人……为了消磨时间，我开始把所有房间的灯和蜡烛慢慢点起来，然后打开钢琴，试试琴键……

后来，我记得，又躺在那张沙发上，什么也不想，默默推开伯爵的手，他老想跟我说话……我处于忘掉一切，半睡半醒的状态，只感到明亮的灯光和愉快、安宁的心境……我眼前出现红衣少女的形象，她的头朝肩膀那边歪着，眼睛充满对于惊心动魄之死的恐惧，她站在我面前，轻轻地摇着小手指头……接着，出现了另一个姑娘的形象，她穿着黑色的连衣裙，面容苍白而骄傲，她从我身边走过，望了望我，带着好像祈求，又像责怪的眼神。

后来我听见喧哗，欢笑，奔跑……一对深深的黑眼睛挡住照在我脸上的灯光。我看见眼睛的闪光和笑意……鲜艳的嘴唇上荡漾着欢喜的笑容……原来是我的吉卜赛女郎吉娜在笑……

“是你呀？”她的声音问道，“你在睡觉！起来，亲爱的……我好久没看见你了……”

我默默地和她握手，把她拉到我身边来。

“咱们到那边去吧……我们大伙全来了……”

“呆在这儿别动……我在这儿挺舒服，吉娜……”

“但是这里……挺亮的……你疯了……会有人来的……”

“谁进来我就扭断他的脖子……我挺舒服,吉娜……我有两年没看见你了……”

大厅里弹起了钢琴:

“啊,莫斯科,莫斯科,

莫斯科,白石头的……”

几个声音嚷起来……

“你看,他们全在那儿唱呢……谁也不会进来的……”

“是啊,是啊……”

同吉娜的相会把我带出了忘怀一切的境地……十分钟后她把我带到大厅,那里合唱队站成半圆形……伯爵跨坐在椅子上,双手打着拍子……普舍霍茨基站在他身后,瞪着惊奇的眼睛看那些唱歌的人……我从卡尔波夫手里夺过三弦琴,挥挥手,唱道:

“沿着母亲河……沿着伏……

“沿着伏——尔——加……”合唱队接着唱……

“哎,加把劲,说呀……说呀……”

我把手一挥,来了个急速地,快如闪电地换了个新歌……

“疯狂的夜,欢乐的夜……”

这么急速的变歌,比什么都更加刺激和抓挠我的神经。我快活得发抖,一只手臂搂着吉娜,另一只手挥舞着三弦琴,《疯狂之夜》一曲唱完,三弦琴咔嚓一声摔到地上,碎片飞扬……

“拿酒来!”

再往后我的回忆逐渐混为一团……一切都搅和、纠缠在一起,一切都模糊不清……我记得拂晓灰色的天空……我们划船……湖水轻轻波动,似乎看着我们嬉闹而低声抱怨……我站在小船当中摇来晃去……吉娜一个劲劝我,说我会跌到水里,求我坐下。我则大声喊叫,说可惜湖上没有石墓山那么高的大浪。我的喊声惊起蔚蓝的湖面上白点般闪动的浮鸥。然后是漫长而炎热的白天,没完没了的早餐,十年的陈酒,甜饮料和嬉笑打闹……我只记得这一天的某些片断……我记得自己和吉娜在花园荡秋千。我站在踏板的一头，吉娜站在另一头，我使出全力狠命地摆动整个身子，连我自己也不知道究竟想干什么，是想让吉娜从秋千上跌下来摔死，还是让她飞上云端。吉娜脸白如死人，但她又骄傲又好面子，咬紧牙关一声不出，免得显出自己的恐惧。我们越飞越高……我不记得最后是怎么结束的。后来我和吉娜在长长的林荫路上散步，绿荫如盖，遮住阳光。诗意的幽暗，黑色的发辫，鲜艳的红唇，悄声私语……后来和我一起走的换了个娇小的女低音歌手，金色头发，小尖鼻子，稚气的眼睛和纤细的腰肢。我俩一直散步到吉娜侦察发现了我们，跟我大闹一场……吉卜赛女郎脸儿煞白，气得发疯……她叫我“该死的”，委屈得要离开这里，动身回城。伯爵脸发白，手发抖，在我们左右跑来跑去，照旧想不出挽留吉娜的词儿……闹到最后她打了我一个耳光……说也奇怪，男人哪怕说一个带一点点侮辱性的字，我就勃然大怒，可对于女人赏我的耳光我却完全漠然……又是漫长的“午后”，又是台阶上的蛇，又是睡大觉的弗兰茨和在他嘴边的苍蝇，又是花园的角门……红衣少女站在石墓山上，但是她一看见我们，就像蜥蜴似的不见踪迹了。

傍晚我和吉娜又和好了。黄昏过去，接着是狂欢之夜，有音乐，有热情奔放的演唱，有刺激神经的变歌……但没有一分钟的安眠！

“这是找死！”乌尔别宁在我耳边悄声说，他进来呆一会儿，听听我们的歌声……

他说的当然对。后来我记得，在花园里我和伯爵脸对脸站着争吵。黑眉毛的卡艾坦在我们旁边走来走去，他完全不和我们一起玩乐，但是也不去睡觉，却像影子似的一直跟在我们后头……天色已发白。正在升起的太阳已在最高的树梢上泛出金色的光芒，四周麻雀喳喳叫，椋鸟婉转啼，它们抖动经过一夜憩睡而变得沉重的翅膀，发出沙沙声和啪啪声……传来牛羊的叫声和牧人的吆喝声。我们旁边有一张大理石面的小桌子，桌子上摆着山道尔牌蜡烛，燃着苍白的火苗。到处是烟头，糖果纸，打碎的酒杯，橘皮……

“你得把这拿去！”我说道，把一叠钞票递给伯爵，“我要你收下。”

“可邀请他们的是我,不是你!”伯爵说服我,极力想抓住我的一个衣扣,“在这儿我是主人……我招待你……凭什么你出钱?你要明白,你这么做简直是侮辱我!”

“我也雇了他们,所以出一半钱。你不拿吗?我不懂这种照顾!难道你以为,因为你像魔鬼那么阔,所以就有权给我这种照顾吗?见你的鬼去,我雇了卡尔波夫,我付他钱!不要你那一半!是我写的电报稿!”

“谢廖沙,在饭店里你可以付账,爱付多少都行,可我的家不是饭店……再说,我完全不明白,你干吗张罗给我,为什么抢着付账。你的钱不多,可我的财富多得数不清……公道在我这一边!”

“看来你是不拿了?一定不拿?不拿就不拿……”

我把钞票拿到山道尔牌蜡烛苍白的火苗跟前,点着了,扔到地上。忽然,从卡艾坦的胸膛中发出一声呻吟。他大张着眼睛,脸色发白,沉重的身体扑倒在地上,竭力用手掌扑灭钞票上的火苗……他做到了。

“我不明白!”他说道,把边上烧焦的钞票放进自己的口袋,“烧钱!好像这是去年的谷壳或是情书……与其把它们付之一炬,不如我去送给穷人。”

我向屋中走去……那里,在所有的房间里,在长沙发和地毯上,横七竖八地睡满筋疲力尽,劳累不堪的歌手们……我的吉娜睡在“嵌宝”客厅的沙发上……

她伸展着四肢,沉沉地呼吸……牙关紧咬,面色苍白……多半她梦见打秋千……母枭鸟走过一个个房间,用尖锐的目光恶狠狠地打量这些人,他们如此突然地打破了这被遗忘的庄园死一般的寂静……她不是没来由地走动并且活动她的老骨头……

这就是两夜荒唐之后留在我的记忆中的一切。其余的则在我沉醉的头脑中未曾留住,或者是不便于描写出来……不过这些也就够了!

佐尔卡在这烧钞票的早晨比任何时候都更加尽心竭力地驮着我走路……它也想回家了……湖水轻轻泛起带泡沫的波浪,映着升起的太阳,准备睡白天的大觉。森林和岸边的柳树肃立不动,仿佛在做晨祷……我当时的心境难画难描……不多费笔墨,我只想说一点:我说不出的快活,同时羞愧得要死。这是在我离开伯爵的庄园,转个弯,在湖岸边看到米海老头的时候,我看见他那被诚实的劳动和各种疾病弄得疲惫不堪的圣洁的面孔。米海的外表像圣经里的渔夫……他满头白发,活像白头鹞,长着一把大胡子,凝神望着天空……当他一动不动地站在堤上,目送飞逝的白云时,你会想,他看见了天上的天使……我喜欢这样的面孔。

看见他,我勒住佐尔卡,向他伸出手去,仿佛想触摸他那诚实的,长满老茧的手,从而洗净自己的灵魂……他抬起敏锐的小眼睛瞅着我,笑了。

"你好,高贵的老爷!"他说道,一面笨拙地向我伸出手来。"怎么又往这儿跑?是不是那个二流子回来了?"

"回来了。"

"果不其然……从你脸上就看出来了……而我正站在这儿瞧着……世界就是这么个世界。忙忙碌碌,万事皆空……你看!这德国人要死了,可还瞎操心……看见了吗?"

老人用拐杖指向伯爵的浴场。一条小船从浴场那边很快地划过来。船上坐着一个人,头戴骑手的便帽,身穿蓝色上衣。那是园丁弗兰茨。

"他每天早晨把钱送到岛上藏起来……这蠢材的脑袋瓜也不想想,对于他来说,金钱和沙土是一个价儿……死了是带不去的。给我支烟,老爷!"

我把烟盒递给他。他取出三支,揣在怀里。

"我这是给侄子……让他抽两口。"

不耐烦的佐尔卡蹄子一扬,向前飞驰。我向老头行个礼,感谢他让我的眼睛看到他的面孔,因而得到休息。他久久地目送我远去。

在家里波里卡尔普迎接我。他用轻蔑的、毁灭性的目光把我这老爷的周身打量一番,似乎想弄清楚,这回我是否又全身穿着衣服下水洗澡了?

"我们给您道喜啦!"他嘟囔道,"您这回痛快了!"

"闭嘴,混蛋!"我说道。

他那副蠢相激怒了我。我急忙脱了衣服,钻到被子里,闭上眼睛。

脑袋发晕,四周一片雾蒙蒙。雾中闪过熟悉的影子……伯爵,蛇,弗兰茨,火红色的狗,红衣女郎,疯子尼古拉·叶菲梅奇。

"丈夫杀死了自己的妻子!啊,您有多蠢呀!"

红衣女郎摇着手指吓唬我,吉娜的黑眼睛遮住我眼前的光线,然后我……睡着了……

"瞧他睡得多香,多安稳。瞧着这张苍白、劳累的脸,这纯洁得像孩子般的笑容,听着这均匀的呼吸,可能会想,在这张床上躺着的不是法院侦查员,而是他那平静的良心!可能会想,卡尔涅耶夫伯爵还没有来,你们没有酗酒,没有什么吉卜赛女人,也没在湖上胡闹……起来吧!你这最阴险的家伙!您不配享受安眠之福!起来呀!"

我睁开眼,舒服地伸了个懒腰……一道宽宽的阳光从窗子射到床上,白色的尘埃在阳光里飞舞,飘浮,互相追逐,弄得阳光似乎蒙上一层乳白的颜色……阳光在我眼前忽隐忽现,这是因为在我的卧室里,有个人在这条光带里走进走出,他是我们最可爱的县医生巴维尔·伊万诺维奇·沃兹诺先斯基。一件敞开的长长的礼服,在他身上晃荡着,就像挂在衣架上似的。医生把两只手伸到超长的裤子口袋里,走过来又走过去,从一把椅子走到另一把椅子,从一幅画走到另一幅画,目光所及之物,他都眯着近视眼仔细端详。他有个习惯,到处伸着鼻子闻,睁开眼睛看,他时而弯腰,时而站直,看洗脸盆,看窗帘褶子,看门缝,看灯……就好像在找什么东西,或是想查明所有东西是否完好……当他透过眼镜片细看一条缝或是壁纸上一个斑点时,紧皱着眉头,露出不甘心的表情,伸着长鼻子闻来闻去,用手指甲使劲刮挠……

他做这一切动作都是自动的，无意识的，是习惯使然，尽管如此，当他的眼光从一件物品迅速地转向另一件物品时，他却具有一副正在进行某种鉴定的专家形象。

“起来呀，跟您说话呢！”他用歌唱般的男高音催我起床，一面端详着肥皂盒，用指甲从肥皂上刮下一根头发。

“啊……啊……啊……你好，眯缝眼先生！”我打个呵欠，见他弯腰冲着洗脸盆，“好久不见了！”

全县的人都因为医生老眯缝眼而开玩笑地叫他“眯缝眼”，我也这么开他的玩笑。见我醒来，沃兹诺先斯基走到我跟前，坐到床沿上，立即把一个火柴盒拿到他那眯缝着的眼睛的前面。

“只有懒汉和良心平静的人才这么睡大觉，”他说道，“可您既不是前一种人，也不是后一种人，所以，朋友，您得早点起来……”

“现在几点了？”

“快十一点了。”

“见你的鬼，眯缝眼儿！谁也没请您这么早就叫我！您知道吗？我今天五点才睡，要不是您，我还要一直睡到晚上。”

“就是嘛！”我听见从隔壁房间传来波里卡尔普的男低音，“他睡得还少！睡了两天两夜，可他还嫌少！您可知道，今天是星期几吗？”波里卡尔普问道，他走进卧室，用一种明白人看糊涂虫的眼光看着我。

“星期三。”我说。

“当然，一点错没有，专门为您在一个星期内制造出两个星期三……”

“今天是星期四！”医生说道，“这就是说，亲爱的，您在星期三睡了一整天？好哇！太好啦！请问，您喝了多少？”

“我两天两夜没睡觉……至于喝了多少，不记得了。”

打发走波里卡尔普，我开始穿衣服，向医生叙说我刚经历过的“疯狂的夜晚，胡乱的言谈”。这些东西在浪漫歌曲里美妙感人，但实际上很不像样。在叙说中我尽力不越过“轻松风格”的界限，只谈事实，而不细究道德方面，尽管这一切违背我喜好总括和推论的本性……我一面说，一面作出姿态，仿佛我说的都是小事，一点没引起我的不安。我一来怜惜巴维尔·伊万诺维奇的纯洁，二来知道他对于伯爵的憎恶，所以许多事避而不谈，许多事只轻轻带过，尽管如此，尽管我拿腔作调，语带嘲讽，医生在我说话时自始至终严肃地望着我的脸，时不时摇摇头，不耐烦地耸肩膀。他一次也没笑……显然，我的"轻松风格"留给他的印象毫不轻松。

"您为什么不笑，眯缝眼儿？"我叙说完了以后问他。

"如果这一切不是您亲口对我说的，如果没出那件事，我不会相信这一切是真的。太不像话了，朋友！"

"您说出了什么事？"

"昨天傍晚一个农夫来到我这里，说您不客气地赏了他一船桨……他叫伊万·奥西波夫……"

"伊万·奥西波夫……"我耸耸肩，"头一回听说！"

"高个子，红头发，脸上有雀斑。您回忆一下！您用船桨打了他的脑袋。"

"我什么也不明白！不认识任何奥西波夫，也没用桨打过任何人……您这一切全是做梦，我的大叔！"

"上帝保佑，但愿这是做梦才好……他来找我，带着卡尔涅耶夫乡公所的公文，并且请求我开个医疗证明……说是您打伤了他，公文是这么写的，况且他本人也不会撒谎。到现在还想不起来？伤在额头上方，接近头皮……伤口深到骨头，老兄！"

"不记得！"我小声说，"他是谁？是干什么的？"

"卡尔涅耶夫庄园的普通农民。你们在湖上喝酒狂欢的时候，他在船上划桨。"

"哦……有可能！不记得了……大概我当时喝醉了，无意之中……"

"不对，不是无意……他说，不知因为什么事您对他大发脾气，破口大骂，然后暴跳如雷，跳到他面前揍了他，有证人在场……不仅如此,您还嚷道:‘我打死你这坏蛋!’……”

我的脸红了,来回踱了几步。

“打死我也想不起来了!”我说道,一面竭力回忆,“不记得啦!您说我暴跳如雷……我喝醉了酒,就变得不可饶恕的恶劣!”

“再好不过啦!”

“这农民分明是想闹事,不过这并不重要……重要的是事实本身:动手打人……难道我会打架斗殴?而且我为什么揍一个可怜的农民呢?”

“是呀……证明嘛,当然我不能不开给他,不过我没忘记找机会劝他来见你……您想办法和他私了就算了……伤势不重。可是私底下考虑起来,深到头骨的脑伤可不是闹着玩的……不乏这样的事例:头部的伤看来不算什么,属于轻微殴伤,结果却造成头盖骨坏死,最后弄得伤者去见祖先①!”

“眯缝眼”越说越起劲,站起来,在墙边走来走去,而且挥舞着两只手,在我面前大讲其外科病理学的知识……什么头盖骨坏死啦,脑炎啦,死亡啦,以及其他种种可怕的情形都从他的嘴里倒了出来,再加上没完没了的解释,说明肉眼可见以及显微镜下可见的种种伤势变化的过程。

“您说得够了,东拉西扯的!”我打断他有关医学的唠叨。“难道您不知道,这一切是多么乏味?”

“乏味没什么关系……您要好好听着并且痛改前非……也许下次您会小心一点,不再干不必要的蠢事……就因为这讨厌鬼奥西波夫,如果您不跟他私了,您就可能丢官!堂堂非米斯的祭司②却因打人而受审……这可是大大的出丑!”

巴维尔·伊万诺维奇是世上唯一的好人,对于他的教诲我听着心平气和,不皱眉头,允许他用刺探的目光注视我的眼睛,允许他

---

① 原文为拉丁语。

② 非米斯是希腊神话中的司法女神。此处意指作为法官的本书作者。

那探察的手触及我的心灵深处……我和他是在最好意义上的朋友而且互相尊重，不过我们之间也有不愉快而又难以解决的纠纷……有个女人像黑猫似的夹在我们中间。这永恒的战争起因①使我们之间产生纠纷，不过没发生争吵，我们还是和睦相处。“眯缝眼”是个很好的人……我喜欢他那张朴实但毫不优美的脸，喜欢他的大鼻子、眯眼睛和稀疏的红胡子，我喜欢他那细高挑、窄肩膀的身材，礼服和大衣在他身上晃荡，就像挂在衣架上一般。他那做工难看的裤子在膝部皱皱巴巴，裤腿被靴子揉磨得乱七八糟，白色的领带永远歪歪扭扭……不过，您可别以为他是个邋遢人……只要看一眼他那张善良而专注的脸，您就会明白，他没时间注意自己的外表，而且他也不会打扮……他年轻，实在，不慕虚荣，热爱自己的医学专业，终日东奔西走——这就足以使人谅解他不修边幅的缺点。他和那些演员一样，不懂得珍惜金钱，为了某些爱好而毫不在乎地牺牲自己的舒适和安乐，因此他给人的印象是家无恒产，将就度日……他不抽烟，不喝酒，不在女人身上花钱，尽管如此，他任职和行医挣来的二千卢布却花得流水一般，和我过荒唐日子时完全一样。他有两种爱好耗尽他的钱财：他爱借给人钱，爱根据报纸上的广告订购东西……谁向他借钱他都二话不说，照借无误，更不提还钱的事……他大大咧咧地相信人的良心，而且说什么也不动摇。这种轻信更突出地表现在订购报纸广告所吹嘘的商品上……他订购一切用得着和用不着的东西。他订购书籍、单筒望远镜、幽默杂志、“一百头”餐具、天文钟……因此，病人到巴维尔·伊万诺维奇那里看病，把他的房间当成仓库或博物馆，也就不足为奇了。他一次又一次受骗上当，但信心照旧坚定而大大咧咧……他是个大好人，在后文中我们还将不止一次地遇见他……

“哎呀，我在您这儿坐得太久了，”他看看单盖怀表，猛然醒悟——这表价钱便宜，订购自莫斯科，“保用五年”，不过已修过两

① 原文为拉丁语。

次了，“朋友，我该走了。向您告辞。您要小心，伯爵家的酗酒胡闹是没有好下场的。更不要说对您身体的害处了……啊，对了，明天您到捷涅沃村去吗？”

“明天那儿有什么事？”

“教堂的建堂节呀！大家都去，您也来吧！一定来！我下了保证，说您一定会来。您可别叫我当撒谎的人……”

他对谁下的保证——这不必问。我们心照不宣。医生和我道过别，穿上自己的破旧大衣走了……

剩下我一个人……一些不愉快的想法开始在我的头脑里翻腾，为了把它们压下去，我走到书桌前，尽力不想清楚，不弄明白，动手拆阅收到的信件……头一只进入我眼帘里的信封里装着这么一封信：

> “我的心肝谢廖沙！请原亮（谅）我来打扰你，但我太吃惊了，不知道跟谁说才好……这太不像话。当然，现在是我（找）不回来了，再说我也不心疼。可你想想，要是宗（纵）容小偷，那正派女人就在哪儿也安稳不了啦。你走以后我在沙发上醒来，许多东西都找不到了。有人偷走了我的手镯，金纽扣，项练（链）上的十颗珍珠，还从我的手提包里拿去大约一百卢布的浅（钱）。我原想对伯爵告发这件事，可他正睡觉，我就走了。这很不好。这是伯爵的家，可是有人就像在饭馆里那样随便偷东西。你跟伯爵说说。吻你，问你好。爱你的吉娜。”

伯爵的家里盗贼充斥，这对我来说已不是新闻，在我的记忆里已有这类材料。于是我把吉娜的信也归入此类。早晚我要用上这类材料——我认识这些贼。

黑眼睛的吉娜的这封信，她那豪放而有生气的笔迹，让我想起“嵌宝”客厅，并且引起一种类似喝解醒酒的欲望，但我克制住了，并且以毅力强迫自己工作。我着手辨认警察所长们潦草的笔迹，开头感到难以言说的无聊，但后来注意力集中到一件破门行窃案上，于是我就干得津津有味了。整整一天我埋首案头。波里卡尔普时不时走过我身旁，怀疑地瞧着我工作。他不相信我会如此沉稳，每分钟都等我站起身来吩咐备马。但到傍晚眼见我一直奋力工作，他方才相信，脸上的表情由阴沉变为满意……他开始踮起脚尖走动，压低声音说话……一帮小伙子拉着手风琴在我窗前走过，他就走到街上喊道：

"你们这些鬼家伙，干吗在这儿走来走去。到别的街上去。莫非你们这些异教徒不知道我们老爷在办公吗？"

晚上他在餐厅上摆上茶炊，然后轻轻打开我的房门，亲热地招呼我去喝茶。

"请您用茶！"他说道，温柔地叹了口气，露出恭恭敬敬的笑容。

而当我喝茶的时候，他悄悄走到我身后，吻了一下我的肩头……

"还是这样比较好，谢尔盖·彼得罗维奇，"他喃喃说道，"您要唾弃那个浅头发的魔鬼，叫他……您明白事理，受过教育，却干没出息的勾当，那能行吗？您的事业是高尚的……应当叫所有的人尊敬您，怕您，可您要是跟那个魔鬼在一起去打破人家的脑袋，穿着衣服下湖洗澡，那谁都会说：'没一点头脑，真没出息！'这样的名声会传遍四方！天不怕地不怕，这对于商人合适，对贵族可不合适……贵族应该做学问，当官……"

"得啦，够了，够了……"

"谢尔盖·彼得罗维奇，别跟伯爵胡混啦！您要想交朋友，那么巴维尔·伊万诺维奇岂不是个挺好的人？他虽然穿得破破烂烂，可是很有头脑！"

波里卡尔普的一片真诚温暖了我的心……我想对他说两句亲热的话：

"你现在看什么书呢？"我问。

"《基督山伯爵》。瞧这位伯爵！那才是真正的伯爵呢！不像您那位邋遢鬼！"

喝完茶我又坐下工作，直到眼皮耷拉下来，闭上疲倦的双眼……就寝的时候我吩咐波里卡尔普五点钟叫醒我。

第二天五点多钟我起身上路，愉快地吹着口哨，挥舞手杖打掉路边野花的一颗颗花冠，朝捷涅沃村走去。今天那儿庆祝建堂节，我的"眯眼"朋友巴维尔·伊万诺维奇约我来玩。这是一个美妙的早晨。高悬在大地之上的仿佛不是太阳，而是幸福本身，它反射在钻石般的露珠上，吸引着行人的心灵。笼罩在晨光中的森林平静，安详，凝然不动，似乎正在倾听我的脚步和雀鸟的叽喳声，它们看到我，露出不信任和害怕的神气……空气中洋溢着春天花木的香气，温柔地沁透我健康的肺部，我呼吸着如此清新的空气，抬起欢喜的眼光极目四望，感受着春天和青春。我觉得幼小的白桦，路边的青草，叫个不停的五月的甲虫和我都有同感。

"既然这里有如此广阔的空间供人居住和思维，人干吗局促于自己狭小的陋室，忍受狭隘意识的束缚呢？他干吗不到这儿来？"

我这充满诗意的想象不愿受现实思想的干扰，不愿想冬天和面包，就是这两种烦恼把诗人们驱赶到寒冷乏味的彼得堡和污七八糟的莫斯科，在那里有人为诗歌出稿费，但没人出灵感。

农民的大马车和地主的小马车经过我身边，匆忙地到教堂去做弥撒和去赶集。我时不时得脱下帽子回答农民和熟识地主的问候。人人都邀我"上车"，但坐车不如走路，所以我都一一谢绝。顺带提一句，伯爵花园的园丁弗兰茨也坐着轻便马车走过我身边，他穿着蓝色上衣，戴着骑手的便帽……他抬起惺忪而不中用的眼睛懒洋洋地看了看我，更加懒洋洋地把手举到帽檐行了个礼。他的马车后头拴着一个能装五俄升①的、打着铁箍的木桶，看来盛的是伏特加……弗兰茨那讨厌的嘴脸和他的木桶多少败了我的诗兴，不过很快诗兴又占了上风。原来我听见身后有车声，一回头，看见一辆沉重的敞篷马车，套着两匹小枣红马，而在车里的箱形皮座上坐着我的新相识"红衣

① 1 俄升等于 12.3 升。

女郎”，两天前她曾和我谈到杀死她母亲的电力……她看见我正走在林路之间的小径上，她那刚洗过而微带睡意的小脸儿立时光采焕发，泛起浅浅的红晕。她高兴地向我点头，极其亲切地一笑，就像老朋友一般。

“早晨好！”我对她喊了一声。

她冲我挥挥小手，然后就连同她的重型敞篷马车在我眼前消失了，没让我好好看看她那俊俏鲜嫩的小脸儿。这一次她没穿红衣服，穿的是墨绿色的肥腰裙，上面钉着大纽扣，戴着宽边大草帽。尽管装束换了，我还是像从前那样喜欢她。我本想在阳光的照耀下注视她那深沉的眼睛，就像那个夜晚在电光的闪亮下看她的眼睛一样。我还想请她跳下那辆难看的敞篷马车，邀她和我一起走完后半段路。如果不是世俗的“规矩”，我真会这么干的。不知什么缘故，我觉得她会很高兴地答应我的邀请……当马车拐过高高的赤杨树林时，她连连回头看了我两次，这可不是无缘无故的！

从我的住处到捷涅沃有六俄里远。这点路程对于一个年轻人在美好的早晨不知不觉就走到了。六点钟刚过，我已经穿行在大板车和集市售货棚之间，朝教堂走去。虽然天色尚早，而且教堂的弥撒还未做完，但市场上已是一片喧嚣。大车吱嘎作响声，马嘶牛吼声，玩具喇叭呜里哇啦声，吉卜赛马贩子吆五喝六声，加上已经“喝上了劲”的农民放声高唱声，这一切通通混合在一起。有多少张节日的笑脸，有多少形形色色的人物！人群沐浴在晨光里，闪动着花花绿绿的连衣裙，这是多么美妙，多么活跃！几千人拥来挤去，东逛西走，吵吵嚷嚷，只为在几小时内办完自己的事，到天快晚时各奔东西，留作纪念的是丢在广场上没人要的干草、散落的燕麦、干果的碎壳……教堂那边，大群的人拥进去，走出来。

教堂的十字架发出金色的光芒，如同阳光那么明亮，它光芒四射，仿佛燃烧着金色的火焰。它下面的教堂顶子也燃烧着同样的火焰，新油漆过的绿色圆顶在阳光下明光锃亮，在闪闪发光的十字架后远远地伸展着透明的蓝天。我穿过到处是人的院子，挤进教堂。

弥撒开始不久，我进去的时候，刚诵读《使徒行传》。教堂里一片肃静，只有诵经声和提着手炉的辅祭的脚步声打破静默。人们安静地站着，一动不动，虔诚地注视敞开的圣障，倾听拖长的诵经声。乡村的礼仪，或者说得更确切些，乡村的规矩严禁任何在教堂中破坏神圣宁静的意图。每当我在教堂中不得不笑，不得不说话时，我总觉得心中有愧，糟糕的是我在教堂里碰不到熟人的情况极为稀少，因为遗憾的是，我的朋友非常多。常常是这样，我刚进教堂，立时就有个"知识分子"来到我跟前，先是讲上一大套天气之类的开场白，然后开始讲他的微不足道的小事。我只回答"是的"或者"不是"，可是我这人过于拘礼，做不到对交谈的人不理不睬。这种拘礼使我免不了吃苦头，我一面交谈，一面不好意思，偷眼看两边正在祈祷的信徒，唯恐我的闲谈会得罪他们。

这一回也免不了遇见熟人。一进教堂，在入口我就看见自己的女主角，那位"红衣女郎"，我在来捷涅沃的路上遇见过她。

这小可怜儿脸红得像虾，直冒汗，她站在人群中睁着求告的眼睛扫视着一张张面孔，想寻找帮忙的人。她陷在密密的人群中，进不能进，退不能退，就像一只被紧紧攥在拳头里的鸟儿。她看见了我，苦笑了一下，朝我点点她那好看的下巴。

"看在上帝分上，求您把我带到前边去！"她说道，抓着我的袖子，"这里闷热得要死，而且这么挤……求您啦！"

"可是前边也挤呀！"我说。

"不过那边衣服穿得干净、体面……这儿都是平民，前面是给我们留的位置……您也应该在那儿……"

这就是说，她之所以脸红，并不是因为教堂里闷热拥挤。她那小脑袋瓜感到难受是因为地位问题。我领会了虚荣姑娘的祈求，小心地推开众人，把她一直带到讲经台前。本县上流社会的精华已经聚集在那里了。我把她安置在适合她所追求的贵族身份的位置，自己站在精英们的后面开始观察。

男人们和女士们照例在悄悄交谈和嘻嘻发笑。民事法官卡里宁摇着手指头，晃着脑袋，压低声音对地主杰里亚耶夫讲自己的病情。杰里亚耶夫几乎出声地骂医生，劝民事法官找一个叫叶甫斯特拉特·伊万内奇的医生看看。女士们一见到奥莲卡就把她抓住了，好像抓住一个好话题，立刻叽叽咕咕地谈起来。看来，只有一个姑娘在祈祷……她跪在那里，黑眼睛凝视前方，嘴唇翕动。她没发觉有一绺鬈发从她的帽子里滑下来，散披在苍白的鬓角上……她也没发觉，我和奥莲卡就站在她旁边。

这是民事法官卡里宁的女儿娜杰日达·尼古拉耶芙娜。上文我提到有个女人像黑猫似的夹在我和医生之间，我说的就是她……医生深深地爱她，只有像我可爱的"眯缝眼"巴维尔·伊万诺维奇那样的好人才会爱得那么深。这时他像根竿子似的站在她旁边，两手紧贴裤缝，脖子伸长……偶尔他用爱慕和探询的眼光看着她那神情专注的脸……他仿佛是守护着她做祈祷，在他的眼神里流露出热烈而又苦恼的愿望，愿她为他祈祷。但活该他倒霉，他知道，她在为谁做祷告……那不是他……

巴维尔·伊万诺维奇一回头看见了我，我朝他点点头，我们两个从教堂里走出来。

"咱们到市场上逛逛。"我提议。

我们抽起纸烟，沿着一长排摊档走去。

"娜杰日达·尼古拉耶芙娜好吧？"我问医生，走入一间卖玩具的摊档。

"还好……身体似乎不错……"医生回答，眯起眼睛细看一个小玩具兵，它脸色淡紫，身穿大红色军大衣，"问起过您……"

"她问我什么？"

"没什么，一般问问……她生气了，因为您好久没到她们家去……她想见到您问问，为什么这么突然地不再理她们家……从前您几乎天天去，可后来呢——算了！就像一刀两断似的……甚至连招呼都不打。"

"你瞎说，眯缝眼……的确，因为没空儿我没再去拜访卡里宁家……事实就是事实。可我和这一家的关系仍然是非常好的，和从前一样。……只要遇见她们家的人，我从来都打招呼。”

“上星期四您碰见她父亲了，可不知为什么您却觉得没必要回答他的问候。”

“我不喜欢那个糊涂法官，”我说，“而且我也不能平心静气地瞅他那副嘴脸，不过我还能勉强向他问候并且握他伸出的手。大概上星期四我没注意，也许没认出来。眯缝眼，您今天心情不好，净挑毛病……”

“我喜欢您，亲爱的，”巴维尔·伊万诺维奇叹口气，“可我不相信您……‘没注意，没认出来……’我不需您的辩解和借口……辩解和借口有什么用，如果那里头没什么实话？您是个很棒，很好的人，可在您病态的脑子里，有那么一小块东西像钉子似的戳着，对不起，它能支使您干一切肮脏勾当……”

“非常感谢。”

“亲爱的，您别生气……但愿上帝让我搞错了，可我觉得，您有点心理变态。有时您违背您的意志和良好的天性产生那样的愿望，干那样的事情，结果弄得把您当正人君子的人无可奈何……我有幸知道您有很高尚的道德准则，可是您那些突然爆发的冲动又会让您干出骇人听闻的事来，这两方面怎么会同时并存呢？简直莫名其妙！这是什么野兽？”巴维尔·伊万诺维奇突然口气一变，拿起一个有人鼻子、马鬃毛、背上灰条纹的木制野兽凑到自己眼前询问摊主。

“狮子，”摊主打个呵欠，“没准也许是别的什么畜生。鬼才闹得清楚。”

我们离开玩具摊，朝布摊走去，那里买卖正做得红火。

“这些玩具只会欺骗儿童，”医生说道，“它们所提供的是最歪曲的动植物知识。就拿这个狮子说吧……一身条纹，火红颜色，还吱吱叫……难道狮子吱吱叫吗？”

“眯缝眼，您听我说，”我说道，“看来您有话想跟我说，可您还在犹豫……您说吧……我爱听您讲话，哪怕您的话不叫人高兴……”

“爱听也罢，不爱听也罢，您听着，我有许多话想和您说……”

“从头说好了……我洗耳恭听。”

“我已经向您说出了我的推测，说您的心理不正常。现在您不想听听证据吗？……我要说得十分坦率，也许有时有点尖刻……我的话会让您讨厌，可您别生气，朋友……您知道我对您的感情：我在全县最喜欢的是您，批评您，不是想挖苦您。让我们两个都客观一点，朋友……让我们用不带成见的眼光考察您的心理状态，就像研究肝或胃那样……”

“好的，我们都采取客观态度。”我表示同意。

“太好了……咱们就从您和卡里宁家的关系说吧……您只要回想一下就记得，自从您一来到我们这个神灵保佑的县城，就立刻拜访卡里宁家。不是人家想认识您……自打头次见面民事法官就不喜欢您，因为您形容高傲，说话老带着嘲讽的口气，而且和酒鬼伯爵交朋友。要不是您亲自去拜访法官，您是不可能常在他家做客的。您记得吧？您认识了娜杰日达·尼古拉耶芙娜，然后就差不多天天上法官家去……有一阵子不管谁什么时候到法官家去，您总是在那儿。人家对您的招待是十分的亲切。大家竭力对您亲亲热热……父亲，母亲，还有那些小姊妹……对您就像对亲人那么亲……他们喜爱您，宠着您，您哪怕说句小小的俏皮话他们也乐得哈哈大笑……您在他们眼里是智慧、高贵、文雅的典范。您似乎懂得这一切，因而以亲热对亲热——天天必到，就是在节前打扫和忙乱的日子也是这样。最后，这对您不是秘密，您在娜坚卡①的心里种下了不幸的情根……这并不是秘密吧？您明明知道她陷入爱河，可您还是照来无误……后来怎么样呢，朋友？一年以前您突如其来的，无缘无故

① 娜坚卡和后文的娜佳都是娜杰日达的爱称。

地，冷不丁地就中断了访问。等了您一个星期……一个月……一直等到今天，可您始终不露面……给您写信您不回……最后您竟见面连个招呼都不打……您一向重视礼仪，这种行为应当算作极端无礼！您为什么这么突然决然地疏远卡里宁家？把您得罪了？没有哇……您厌烦了？那您可以慢慢地疏远，别这么毫无道理地一刀两断，让人难堪……”

“我不再去做客，就成了心理变态。”我冷笑一声，“眯缝眼，您怎么这么天真！再说，一下子断绝来往和慢慢断绝来往还不是一回事，一下子甚至更诚实些——少点儿虚伪。不过，这是多么无聊的小事呀！”

“就算这一切是小事，或者您做这个大转变有不得已的原因，这原因自己不便公开，和别人也没关系。可您后来的行为又怎么解释呢？”

“您举个例子？”

“比方说，有一回您到我们县参议会去——我不知道，您到那儿去有什么事，——主席问您，为什么在卡里宁家见不到您了，您回答说……您好好想想，您是怎么说的！‘我怕给我娶媳妇！’这就是您脱口而出的话！而且您说这话是在开会的时候，说得又响亮又清楚，以便让所有在会议大庭的一百来人都听得见！这好看吗？您的话引起一片笑声和一阵难听的拉郎配之类的俏皮话。您这句话让一个坏小子听了去，他来到卡里宁家，就在吃中饭的时候把这话端给了娜坚卡……为什么这么伤人，谢尔盖·彼得罗维奇？”

巴维尔·伊万诺维奇挡住我的道，站在我面前接着说下去，用他那恳求的，几乎是哭泣的眼睛直视我的面孔：

“为什么这么伤人？为什么？就因为这个好姑娘爱您？就算她父亲，和任何父亲一样，对您有意……他作为父亲，对一切都加以注意，注意您，也注意我，也注意马尔库津……所有的父母都一样……毫无疑问，深陷爱河的她也许想成为您的妻子……那么就为这个给她这么响亮的耳光！老兄啊老兄！难道不是您自己想方设法让他们对您有意吗？您每天都上门，一般客人没有来得这么勤的。白天您和她钓鱼，晚上常常一起散步，不喜欢别人打扰你们的密谈……您已经知道她爱上您了，却毫不改变自己的举动……既然有了这些迹象，还能怀疑您是无意吗？我就曾确信您会娶她！可是您……您却抱怨，讥笑！为什么？她有哪点对不住您？”

“别嚷，眯缝眼，人家在看我们了，”我说道，绕过巴维尔·伊万诺维奇往前走去，“咱们别往下说了。这成了娘儿们斗嘴啦……我只说三句话您就明白了。我到卡里宁家去，是因为寂寞无聊并且对娜坚卡感兴趣……她是个很让人感兴趣的姑娘。也许我会娶她，可是后来我知道，您在我之前就想赢得她的心，您对她并非无意，我就决定悄悄走开……从我这方面来说，妨碍您这样的好人，未免太无情……”

“谢谢，多承关照……我可没有向您请求过这种恩赐，而且就凭您现在脸上的表情，我可以断定您说的不是实话，只不过信口开河，不认真思考自己在说些什么……再者，虽说我是个好小伙，可这并没妨碍您在您最后的某次拜访中在凉亭里向娜坚卡求婚，因此那好小伙不会有好结果，如果他娶了她的话。”

“嘿——嘿！……您怎么知道这次求婚，眯缝眼？这么看来，她既然这么信任您，告诉您这种隐私，那您的事儿进行得肯定不错了……不过，您气得脸发白，恨得想揍我……刚才还说要客观呢！您太可笑了，眯缝眼！得，咱们别胡说八道了……上邮局去……”

我们朝邮局走去，它那三扇小窗子喜气洋洋地面对集市广场。隔着一道灰色栅栏，就是我们的收信员马克西姆·费多罗维奇五颜六色的花圃。收信员是本县有名的养花行家，善于培植花坛，苗圃，草坪。

我们正赶上马克西姆·费多罗维奇很愉快地干着活儿……他坐在绿色的桌子后面，高兴得脸发红，笑嘻嘻地像翻书似的翻着一大叠一百卢布一张的钞票。看来，就是见到别人的钱他也兴致勃勃。

“您好，马克西姆·费多罗维奇！”我和他互相问候，“您哪儿来的这么多钱呀？”

“这是寄到圣彼得堡的！”收信员美滋滋地一笑，用下巴朝角落指了指，那儿在一张邮局惟一的椅子上坐着一个黑糊糊的人影……

这人影瞧见了我，他站起来，走到我跟前。我认出来他是我的新相识，也是我新树的仇敌，上次我在伯爵家喝醉了酒，曾狠狠地羞辱过他……

“您好。”他说。

“您好，卡艾坦·卡济米罗维奇，”我回答，假装没看见他伸出来的手，“伯爵身体好吗？”

“谢天谢地，还好……他只是有点——寂寞……随时盼望您去……”

从普舍霍茨基脸上我看出来他愿意和我说话。那天晚上我送给他一个“猪”的称呼，他怎么还会想跟我谈话呢？这种态度的转变又从何而来呢？

“您可真有钱呀！”我说道，望着他寄出的一叠叠一百卢布大钞。

就仿佛有谁拨弄了一下我的脑筋，豁然开朗。我看见有一张一百卢布的票子边上被火烧过，一个角完全烧掉了……这正是我想在山道尔牌蜡烛上烧毁的那张一百卢布钞票，当时我要把它付给吉卜赛人，伯爵不收，我把它扔在地上，普舍霍茨基拾了起来。

“与其把它付之一炬，不如我把它送给穷人。”他当时是这么说的。

他现在把它送给哪些“穷人”呢？

“七千五百卢布，”马克西姆·费多罗维奇拖长声音数道，“一点不错！”

不便刺探别人的隐私，但我非常想知道，黑眉毛波兰佬把谁的钱送给彼得堡的什么人？不管怎么说，这笔钱不是他的，而伯爵没有寄钱的对象。

"他偷了醉伯爵的钱，"我心中暗想，"既然又聋又蠢的母枭鸟都有本事偷伯爵的钱，那么这只蠢鹅把爪子伸进他的衣袋还费什么劲吗？"

"啊……顺便我也汇点钱，"巴维尔·伊万诺维奇猛地想起来，"你们知道吗，先生们？简直没法相信！十五卢布能买五样东西，连邮费在内！一个单筒望远镜，一个天文钟，一份日历，另外还有别的东西……马克西姆·费多罗维奇，借给我一张纸和一个信封！"

眯缝眼汇出十五卢布，我取了报纸和信，我们走出了邮局……

我们朝教堂走去，眯缝眼跟在我的后头，面色苍白，精神忧郁，宛如秋天的白昼。这场他极力要表现"客观"的谈话出乎意料地使他大为不安。

教堂里敲起钟来，密集的人群从教堂门口台阶上慢慢走下来，似乎没有尽头。先头有几面陈旧的神幡和一个乌黑的十字架高举在人群上面，阳光欢快地闪烁在教士们的法衣上，圣母像发出耀眼的光芒……

"我们的人在那边！"医生说道，指着本县的精英，他们离开人群，站在一边。

"那是你们的人，可不是我们的人。"我说。

"反正都一样……到他们那儿去吧……"

我走到熟人那边，开始鞠躬问候。民事法官卡里宁高身量，宽肩膀，留着白胡子，一双虾一般凸出的眼睛，他站在所有人的前面，凑在自己女儿的耳朵根前悄声说着什么。他假装没注意我，对于我朝他那边"泛泛一躬"毫不理睬，一动不动。

"再见，小天使，"他带着哭腔说道，吻着女儿苍白的额头。"你自己回家吧，我傍晚回去……我去拜客的时间长不了。"

他又吻了女儿一下，冲精英们美滋滋地一笑，然后严厉地皱起双眉，猛地一转身，脸朝站在他后面的佩戴乡村警察号牌的农民说道：

"我的马车到底也快来了吧？"他声音沙哑地说。

乡村警察打个冷战，挥动起胳膊来。

“小心，别碰着！”

游行的人群左右分开，民事法官华美的小马车响着铃铛驰到卡里宁面前。他坐上车，庄严地点头为礼，冲着人群喊声“小心！”就从我们眼前消失了，连一眼都没瞧我。

“好一头神气活现的猪，”我在医生耳边悄声说道，“咱们离开这儿吧！”

“难道您不想和娜杰日达·尼古拉耶芙娜说两句话吗？”巴维尔·伊万诺维奇问道。

“我该回去了。没工夫。”

医生气恼地看看我，叹口气走开了。我朝大家点点头，往货棚那边走去。挤过密集的人群时，我回头看了看法官的女儿。她正目送我离去，仿佛试一试，我能否经得住她那明净透彻，充满难堪的委屈和责备的目光。

“这是为什么？”她的眼睛说。

我的心潮涌动，我为自己愚蠢的行为感到痛苦而且羞耻。我不由得想立即回去，使出我那尚未完全败坏的柔软心肠的全部力量来安慰、抚爱这位热爱我而受我欺侮的姑娘，告诉她罪不在我，在我那可诅咒的傲气，它妨碍我生活、呼吸，让我寸步难行。这种傲气毫无道理，长在公子哥儿身上，使人死要面子。像我这样一个平庸之辈，既然知道自己的一举一动都受到本县长舌妇和“阴险老太婆”①们的密切注意，哪能伸出和解之手呢？宁愿让她们无所不至地嘲笑她，藐视她，也不能让她们认为我失去了刚强的性格和不屈的傲气，这些蠢女人就喜欢我身上这两样东西。

刚才我和巴维尔·伊万诺维奇谈到我突然不再到卡里宁家去的理由，我当时没有实话实说……我隐瞒了真正的原因，之所以隐

---

① 出自俄国剧作家格里鲍耶陀夫（1795—1829）的喜剧《聪明误》。——俄文原注

瞒，是因为它微不足道，所以不好意思讲出来。这原因小得不值一提……原因如下： 我最后一次来到卡里宁家，把佐尔卡交给了马夫，走进卡里宁家的住宅，就在这时我听到一句话：

“娜坚卡，你在哪儿呢？你的未婚夫来了！”

说这话的是她父亲，民事法官，大概未曾想我会听得见，但是我听见了，而我的自尊心就骚动起来。

“我成了未婚夫了？”我心中暗想，“谁允许你叫我未婚夫？凭什么？”

仿佛有个什么东西在我胸中断了……我的傲气在心头汹涌澎湃，因而我把来卡里宁家路上所想念的一切都置于脑后……我忘了，是我打动了姑娘的心，而我的心也开始被她打动，以至于不和她在一起我一个晚上也过不下去……我忘了日思夜想的她那美丽的眼睛，善良的笑容，音乐般的声音……我忘了那些宁静的夏日黄昏，这样的黄昏如今无论是对于她还是对于我都再不会有了……缺心眼的父亲一句蠢话激起我恶魔般的自傲，在它的冲击下一切都垮了……我气得发疯，转身走出住宅，骑上佐尔卡急驰而去，发誓要“斗赢”卡里宁，此人胆敢未经我同意就把我归入他女儿的未婚夫之列……

“再者说，沃兹诺先斯基是爱她的……”归途中我为自己突然离去寻找理由，“他在我之前就追她，而且在我认识她的时候已经自认为是未婚夫了，我不再妨碍他！”

从那时起我再也没有去过卡里宁家，虽然有时我受相思之苦，我的心灵渴望重修旧好……但全县都知道我们之间发生决裂，知道我“逃婚……”我的傲气是不能作出让步的！

谁知道呢？如果卡里宁没说那句蠢话，而我又不是这么愚蠢地骄傲而且吹毛求疵，也许我就不必回头张望，而她也不会用这样的眼光看我……但即便这样的眼光，这种委屈和责备的神情，也比几个月后我在捷涅沃村教堂遇见她时所看到的眼光和神情好得多！如今在她那双黑眼睛深处闪烁的痛苦只不过是那场可怕灾难的开端，这场灾难犹如一列猛扑过来的火车，把这位姑娘轧得粉身碎骨……她目前的痛苦只是花，而将来的灾难则是果，这果正在成熟，以便把可怕的毒素注入她脆弱的身躯和痛苦的心灵！

出了捷涅沃村，我沿着早晨走过的道路向前走去。太阳表明已到中午时分……农民的大马车和地主的小马车像早晨一样发出辘辘的车声和清脆的铃声，愉悦我的听觉。园丁弗兰茨又坐着车过去了，带着那只酒桶，这回多半已盛满了酒……他又睁着无精打采的眼睛看了看我，行了个举手礼。他那副讨厌的嘴脸让我恶心。但碰到他引起的不快之感却被守林人女儿奥莲卡一扫而光，她坐着沉重的四轮大马车赶上了我……

"让我搭您的车走吧！"我对她喊道。

她快活地朝我连连点头，把车停住。我和她并排坐下，这大马车发出吱嘎的响声，沿着大路向前驰去，大路像一条明亮的带子穿过三俄里长的捷涅沃村森林通道。我们有两分钟一言不发，互相端详。

"她真是好看！"我心中暗想，看着她的脖颈和胖乎乎的下巴，"如果让我在娜坚卡和她两个人之中挑一个，我会挑中她的……这一个更自然，更鲜亮，脾气更开朗而豪放……她要是落入能人之手，她会很了不起。而那个却阴沉，好空想……聪明。"

奥莲卡脚下放着两块麻布和几包东西。

"您买了这么多东西！"我说，"您买这么多麻布有什么用？"

"这还不够我用的呢！"奥莲卡答道，"我这是顺便买的……您不能想象我有多少事！今天在市场上足足转了一个钟头，明天还得进城买东西……然后还要做衣服……您听我说，您不认识可以雇来做衣服的女人吗？"

"似乎没有……不过您干吗买这么多东西？做衣服干什么？您的家并不算大……有数的一两个人……"

"所有你们这些男人真是奇怪！什么也不懂！将来您结了婚，要是您的太太穿得破破烂烂到您那儿去，您就该生气了。我知道，彼得·叶戈雷奇不在乎，可我一开头就显得自己不像个主妇未免不合适……”

“这和彼得·叶戈雷奇有什么关系？”

“呦，还笑呢，仿佛真不知道似的！”奥莲卡说道，脸有点发红。

“小姐，别打哑谜好不好……”

“难道您没听说？要知道，我就要嫁给彼得·叶戈雷奇了！”

“出嫁？”我惊奇得瞪大眼睛，“嫁给哪个彼得·叶戈雷奇？”

“哎，我的上帝，就是乌尔别宁嘛！”

我望望她那涨红而带笑的脸……

“您……出嫁？嫁给乌尔别宁？这可是天大的笑话！”

“什么笑话也没有……我简直不明白，这有什么可笑的……”

“您出嫁……嫁给乌尔别宁……”我说道，自己也莫明其妙地脸色发白，“如果这不是开玩笑，那它究竟是什么？”

“这算什么玩笑！……我实在不明白，这有什么可吃惊，可奇怪的……”奥莲卡噘起小嘴说道。

沉默中过了一分钟……我望着美丽的姑娘，望着她那年轻的，几乎稚气的脸，心中暗自惊奇，她怎么能开这么可怕的玩笑？我立刻想象出在她身旁的那个年纪老大，肥肥胖胖，脸色赤红的乌尔别宁，生着两只招风的耳朵和一双粗糙的手，它的触摸只会擦破年轻的、刚刚开始生活的女人的身体……难道这位俊俏的林中仙女想到这幅景象不害怕吗？她可是会充满诗意地望着电闪雷鸣的天空呀！连我都吓坏了！

“的确，他是老了点，”奥莲卡叹口气，“不过另一方面，他可是爱我的……他的爱是可靠的。”

“问题不在于爱情是否可靠，而在于是否幸福……”

“和他在一起我会幸福的……他，谢天谢地，有家产，不是穷光蛋、叫花子，而是贵族。当然，我没有爱上他。可是，难道只有相爱而结婚的人才幸福吗？我见识过那些为了爱情的婚姻！”

“我的孩子，”我问道，惊恐地望着她那明亮的眼睛，“您是什么时候把这些可怕的处世之道塞满您那可怜的小脑袋瓜的？就算是您在和我开玩笑，可您在哪儿学会这么老气横秋而又粗俗地开玩笑？……在什么地方？什么时候？”

奥莲卡惊异地望望我，耸耸肩……

“我不明白，您在说什么……”她说道，“您不喜欢年轻的姑娘嫁给老头子？是吗？”

奥莲卡突然满脸通红，下巴兴奋得颤动起来，不等我回答就急忙说道：

“这种事惹得您不高兴是不是？那就请您自己到林子里来……尝尝这份寂寞，这里除了青燕子和疯父亲再没有别的人……您就等着吧，等着有朝一日来个年轻的求婚者！那天晚上您很高兴，可请您到冬天来看看，那时候我恨不得死了才好……”

“唉！这全都是荒谬，奥莲卡，这全都是不成熟，愚蠢！如果您不是开玩笑，那……我就不知道说什么好了。您最好别说话，别再胡说八道，让空气都感到受侮辱！我要是您，早在七棵树上吊死了，而您却买什么麻布……还笑呢！唉！”

“至少他会拿钱给我父亲治病……”她低声说……

“您要多少钱给父亲治病？”我喊道，“从我这儿拿！一百？二百？一千？您在说谎，奥莲卡！您不是要给父亲治病！”

奥莲卡告诉我的新闻让我太激动了，以至于根本没注意我们的四轮大车走过了我的小村庄，进了伯爵的院子，在管家的门前停下……我看见一群孩子跑出来，乌尔别宁满脸带笑，跑过来扶奥莲卡下车。我跳下马车，没有道别就朝伯爵的住房跑去。那里又有新闻等着我呢。

“太巧啦，太巧啦！”伯爵迎接我，用他刺人的长胡子蹭我的脸蛋，“你再也找不出更恰当的时刻了！我们刚刚坐下来吃早饭……这些人你当然都认识，大概不止一次在司法方面和他们起过冲突了……哈——哈！”

伯爵伸出双手向我指点两个坐在软椅上吃冷牛舌的男人。我不高兴地认出其中之一是民事法官卡里宁。另一个是个小个子，白头发的小老头，脑袋上有一大块月牙形的秃顶。他是我的好朋友巴巴耶夫，有钱的地主，在本县任常务委员。我一面点头为礼，一面惊讶地看了看卡里宁……我知道他是多么痛恨伯爵，在全县说了他多少坏话，可如今此人却坐在伯爵旁边，津津有味地大吃牛舌加豌豆，饮十年的陈酒。一个正派的人怎么能解释他的这次造访呢？民事法官捕捉到我的目光，大概明白了其中的含义。

“今天这一天我用来拜客，”他对我说，“要走遍全县……所以您看，我也来到爵爷府上……”

伊利亚送上第四份餐具。我坐下，喝了一杯伏特加，开始吃早饭……

“这可不好，伯爵大人……不好！”卡里宁继续因我的到来而中断的话头，“这在我们这些小人物倒不算什么罪过。可您是名人、阔人，名声显赫……您要不问世事那就是罪过了。”

“这话说得对，是罪过……”巴巴耶夫表示同意。

“怎么回事？”我问。

“尼古拉·伊格纳契奇给我出了个好主意！”伯爵朝民事法官点点头，“他来到我这儿，坐下来吃早饭，我就对他诉苦，说感到烦闷无聊……”

“他老人家对我说感到无聊……”卡里宁打断伯爵的话，“无聊呀，忧郁呀……这个呀那个呀……总而言之一句话，心灰意懒……有点奥涅金[①]的样子……我说，伯爵大人，您这是自找。怎么是自找呢？很简单……我说，您要想不闷得慌，可以任职嘛，可以经营产业嘛……您的田产是一流的，极好的……听说他老人家有意经营田产，可还是闷得慌……他老人家缺乏所谓欢欣振奋的因素。没有那种……怎么说呢……那……种……强烈的感受……”

① 普希金诗体小说《叶甫盖尼·奥涅金》中的主人公。

“哦，那么您出了个什么主意呢？”

“认真说，我并没出什么主意，只是斗胆对伯爵大人责备了几句。我说，怎么您……伯爵大人，这么年轻，受过教育，名声显赫，怎么能与世隔绝呢？我说，难道这不是罪过吗？您哪儿也不去，什么人也不见，哪儿都看不见您……像个老头子或是个隐士……我说，您在家里举行个集会……搞个所谓会客日……这都算得了什么呢？”

“他搞会客日干什么？”

“干什么？第一，那时伯爵大人，如果他举办晚会，就会认识各界……进行所谓研究……第二，社会各界也就会有幸比较亲近地结识一位最富有的大地主……所谓交流思想，谈话，开心……要是仔细想想，我们这儿有多少受过教育的小姐和男士呢？能举办多么好的音乐晚会、舞会、野餐会——只要想想就行了！有宽阔的大厅，花园里有凉亭，还有……如此种种……可以演出极好的业余话剧和音乐会，全省的人做梦都没见识过……真的！您自己想想吧！现在这一切几乎全都完了，埋到土里去了，想当年……只要能明白就好了！我要是有伯爵大人这么多钱，我就让大伙看看应当怎么生活！可他老人家却说：闷得慌！真是的，听起来甚至可笑……甚至不好意思……”

卡里宁眨巴起眼睛来，想装作他真感到不好意思……

“这话说得完全有理，”伯爵说，站起来，手插到衣袋里。“我这里可以举办出色的晚会……音乐会，业余话剧表演……这一切的确可以办得有声有色。而且这些晚会不但会娱乐社会，还可以起教化的作用！……我说的不对吗？”

“对呀，”我表示同意，“我们的小姐们只要一看你那留着大胡子的尊容，立刻就会浑身浸透文明精神……”

“你老开玩笑，谢廖沙，”伯爵有点见怪了，“你从来没有善意地给我出过主意！你觉得一切都可笑！我的朋友，该扔掉这些大学生的习气了！”

伯爵来来回回踱起步子，从这头走到那头，开始冗长乏味地对我描述他的晚会带给人类的益处。音乐、文学、戏剧、骑马打猎。单单打猎就能把本县最有力的人物团结起来！

“这件事以后我还要和您谈一谈！”早餐后伯爵和卡里宁道别时说。

“这就是说，伯爵大人，您容许全县对这件事抱有希望吗？”民事法官问道。

“我要发展完善这个主意，好好地办……我愿意，甚至很愿意……您就对大家这么说……”

民事法官上了车，说声“走吧！”他满面春风，那副神气真该看一看。他太高兴了，甚至忘了我们之间的不和，道别的时候称呼我亲爱的并且紧紧地握我的手。

客人们走后，我和伯爵坐到桌旁继续吃早饭。这顿早饭我们直吃到晚上七点，这时仆人把早餐撤掉，又摆上午餐。我们两个年轻的酒徒知道如何消磨两餐之间漫长的空当。我们一直不停地喝酒，小口地吃东西，这样来保持我们的胃口，如果我们完全不吃东西，胃口就倒了，“你今天给谁汇过钱吗？”我想起早晨在捷涅沃邮局曾看见几叠一百卢布的钞票，于是问伯爵。

“我没给任何人汇钱。”

“那你说说，你的那个……他叫什么来着？……你的新朋友卡济米·卡艾坦内奇，或者是卡艾坦·卡济米内卡，他是有钱人吗？”

“不，谢廖沙，他是个穷人……但另一方面，他是个极好的人，心肠极好。你不该这么轻蔑地谈论他，攻击他……老兄，你得学会辨别人。我们再来一杯？”

临吃午饭的时候普舍霍茨基回来了。他见我坐在桌前喝酒，皱了皱眉，在我们桌旁转了转，认为离开这里，回自己的房间才是上策。他借口头痛，拒绝吃午饭，可是当伯爵提议他在自己房里的床上用饭时，他毫无异议。

上第二道菜时乌尔别宁走了进来。我认不出他了。他那张宽阔的红脸闪耀着喜悦的光辉，连招风的耳朵和短粗的手指头上仿佛都带着满意的笑容。他用手指时不时拉正漂亮的新领带。

“我们的母牛病了，伯爵大人，”他报告，“我打发人去请咱们的兽医。但是他出门了。大人，是不是派人去请城里的兽医呢？如果我派人去请，他不听我的，不肯来，如果您给他写封信，那就是另一回事了。也许母牛没大毛病，不过也许是另一种情形。”

“好吧，我来写……”伯爵含糊说道。

“祝贺您，彼得·叶戈雷奇。”我站起身来，朝管家伸出手去。

“祝贺什么？”他小声说。

“您不是要结婚了吗！”

“是呀，是呀，你想想看，他要结婚了！”伯爵说道，冲着满脸通红的乌尔别宁挤一下眼睛，“怎么样？哈——哈——哈！一声不吭，一声不吭，可忽然之间——来这么一手！你知道他娶的是谁吗？那天晚上咱们俩猜对了，彼得·叶戈雷奇，那时我们就断定，您那颗调皮的心有点不对头。他瞧了瞧您和奥莲卡说：‘哦，他迷上她了！’哈——哈！请坐下和我们一起吃中饭吧，彼得·叶戈雷奇！”

乌尔别宁小心而恭敬地坐下，对伊利亚使个眼色，要他给自己来个汤……我给他斟了一杯伏特加。

“我是不喝酒的。”他说。

“得了，您比我们还能喝。”

“以前喝，可现在不喝了，”管家笑了笑，“现在我不能喝酒……不为什么……谢天谢地，一切顺顺当当，大功告成。一切合我的心意，甚至超过了我的期望。”

“为这么大的喜事您至少喝一杯这个。”我说，给他倒了一杯白葡萄酒。

“这个不妨喝一杯。以前我确实喝得不少。现在可以在伯爵大人面前老实认错了。常常从早喝到晚。早晨一起床，想起那个东西……自然而然地，立刻就奔小酒柜。如今谢天谢地，用不着借酒浇愁了。”

乌尔别宁喝干一茶杯白葡萄酒。我又给他倒了一杯。他把这一杯也干了，不知不觉地有了醉意。

“简直无法相信……”他说道。忽然孩子般幸福地笑起来，“看着这枚戒指，想着她表示同意的话，就是不信……甚至挺可笑的……喏，我这么大年纪，这副长相，能够希望这个值得尊敬的姑娘不嫌弃我，做我的……那些没娘孩子的母亲？要知道她是个大美人，就像您两位看到的，是有血有肉的天使！这只能是个奇迹！您又给我倒上了？……好吧，最后一次……当初借酒浇愁，如今为喜事干杯。但是先生们，我当初受了多少折磨，吃了多少苦呀！一年以前我见到了她，于是——您信不信？——就打那时候起我是夜夜睡不安稳，日日借酒来浇我这愚蠢的弱点，痛骂自己糊涂……有时我隔着窗子望着她，欣赏她的美貌，同时……狠狠地揪自己的头发……想上吊的心都有……但是，谢天谢地……后来我豁出去了，向她求婚，这一来，您猜怎么着，我仿佛挨了当头一棒！哈——哈！听见她的话却不相信自己的耳朵……她说：‘同意。’但我觉得她说的是：‘滚你的，见你的鬼去，老家伙……’后来她吻了我，我才相信……”

五十岁的乌尔别宁回想头一回和优美如诗的奥莲卡接吻的情景，他双眼紧闭，像个男孩子似的满脸通红……我觉得这叫人恶心……

“先生们，”他说道，用幸福亲切的目光望着我们，“你们为什么不结婚呢？为什么你们白白地浪费生命，把它像垃圾似的扔到窗外去呢？对于人世间最大的幸福，你们为什么避之唯恐不及呢？要知道，放荡的生活所给予的快乐，及不上安宁的家庭生活给予的百分之一！年轻人……伯爵大人，还有您，谢尔盖·彼得罗维奇……我现在很幸福，而且，老天看得见，我是多么喜欢你们两位！请原谅我这个糊涂的劝告，不过……我是希望你们幸福！你们为什么不结婚呢？家庭生活是好事……也是每个人的责任！……”

这老头子就要和年轻美貌的女人结婚，并且劝我们别再过放荡的生活，改过宁静的家庭生活，他那副幸福动情的样子叫我受不了。

“是的，”我说，“家庭生活是一种责任，我同意您说的话。这么说来，您已经是第二次尽这种责任了？”

“是的，是第二次。我本来喜欢家庭生活。单身或丧偶对我来说只能算是半个生活。先生们，不管怎么说，夫妻生活是了不起的！”

“当然啦……就算丈夫的岁数比妻子大两倍也是这样吧？”

乌尔别宁的脸红了，他正拿着匙子要喝汤，手一抖，汤又倒回盆里。

“我明白，您要说什么，谢尔盖·彼得罗维奇，”他含糊说道，“感谢您的坦率。我自己也问自己：这是否卑鄙。我不好受！可是，当你时时刻刻都感到自己幸福，当你忘了自己又老又丑，你哪还有心思去问自己，去解答种种问题呢……算了！我是人[1]，谢尔盖·彼得罗维奇！就算年龄不相当的问题在我脑袋里出现过一刹那，我也会顺手找出理由来回答，尽我所能地宽慰自己。我觉得，是我给了奥莲卡幸福。我给了她一个父亲，给了我的孩子们一个母亲。不过，所有这一切像部小说，而且……我的脑袋发晕。您不该灌我白葡萄酒。”

乌尔别宁站起来，用餐巾擦擦脸，又坐下了。过一会儿他又一口气干了一茶杯，用恳求的眼光看了我老半天，仿佛向我求饶，后来突然他的双肩颤抖，出人意料地他竟孩子般大哭起来。

“没事……没事……”他含糊说道，极力忍住哭声，“请别担心。听了您说的话，有某种预感让我揪心。不过没关系。”

乌尔别宁的预感实现了，实现得那么快，以至于我来不及换笔尖和写下一页。从下一章起我那平和的缪斯将把平和的表情换成愤

① 原为拉丁语。——俄文原注

怒与悲伤。序幕结束，正戏开场了。

人的犯罪意志抬头了。

我记得那个美好的星期日早晨。从伯爵教堂的窗子里望出去，可以看见清澈蔚蓝的天空，整个教堂，从彩画的穹顶到地板，都浸润在朦胧的光线中，一团团香烟在光影中欢快地缭绕盘旋……从敞开的窗口和门口传来燕子和椋鸟的歌声……一只麻雀看来胆子不小，竟然从门口飞进来，叽叽喳喳地在我们头上飞来飞去，有几次没入朦胧的光影，然后飞出窗口……教堂里面也有歌声……唱得和谐，动情，兴致勃勃。当我们的小俄罗斯[①]歌手们感到自己成了此时此刻的英雄，看到时不时有人回头向他们张望，他们就会唱得更加带劲，曲调越来越欢快、俏皮，就像闪动在墙上和听众衣服上的一片片阳光一样。虽然婚礼的曲调欢快，但我的耳朵却在一位男高音那未经训练，然而柔和清亮的歌声里捕捉到一丝勉强和忧伤，仿佛这位男高音心中惆怅，因为俊俏而优雅如诗的奥莲卡身旁站着一个笨重的、狗熊模样的、过了岁数的乌尔别宁……再者，并非只有男高音看见这不般配的一对才感到难过，尽管人们极力显得高高兴兴，无忧无虑，但在我目光所及的许多张面孔上，却连白痴都看出了惋惜之情。

我穿着新礼服，站在奥莲卡身后，手持婚礼用的花冠举在她头上。我脸色苍白，身体不大舒服……昨天喝酒，游湖，结果今天头痛欲裂。我时不时看看我举着花冠的手，看它是否颤抖。我的心情极为恶劣，而且十分害怕，就像在阴雨连绵的秋天呆在树林里那样。我感到懊恼，厌烦，惋惜……有几只猫挠我的心，好像问心有愧……在我的心灵深处有一个小魔鬼，他死乞白赖地对我说悄悄话，他说要是奥莲卡和笨拙的乌尔别宁的婚姻是场罪过，那么我也牵连在这罪过之中……这种想法是打哪儿来的？难道我能解救这个傻丫头，能让她避免这场不可理解的冒险和毫无疑问的错误？

---

① 指乌克兰。

"那谁知道！"小魔鬼悄悄说，"这事你最清楚！"我有生以来见过许多不般配的婚姻，不止一次观赏过普基列夫那幅名画[1]，读过大量以不般配的夫妇为题材的长篇小说，最后，我了解生理学，它对不相称的婚姻判定绝无好结果，但是从来没有感受如此强烈的憎恶，而且毫无办法解脱，这就是我站在奥莲卡身后作傧相时的心态……如果激动我的只是怜悯，那么在出席其他类似的婚礼时为什么没有这种感情呢？……

"这不是怜悯！"小魔鬼悄悄说道，"这是嫉妒……"

但是嫉妒——是由于你爱那个人。难道我爱这个红衣女郎？如果对于普天下的姑娘见一个爱一个，那么我的心就顾不过来，而且也太过分了……

我的朋友伯爵站在后面，紧靠教堂门口的钱柜旁边卖蜡烛。他把头发梳得溜光，擦了头油，身上发出麻醉性的，令人透不过气的香水味。今天显得这么漂亮，早晨我和他打招呼时忍不住说道：

"阿列克赛，你今天显得是个理想的卡德里尔舞男舞伴！"

他对出出进进的每个人都送上甜蜜的笑脸，我听见他对每一个买他蜡烛的女士都说上一堆吃力的恭维话。他这个命运的宠儿，从来没有用过铜钱，也不会使用它，常常把五戈比和三戈比铜币掉到地板上。在他旁边，倚着钱柜站着神气十足的卡里宁，脖子上挂着斯坦尼斯拉夫勋章。他满脸生辉，十分高兴，因为他那"会客日"的主意落在合适的土壤上，已经开始结果了。他在心灵深处对乌尔别宁千恩万谢：他的婚礼是荒唐的，但利用这个机会举办头一个会客日就不难了。

虚荣心重的奥莲卡理当高兴……从举行婚礼的经坛到圣障中门，我们县的名门闺秀排成了两行。这些女客打扮得花枝招展，就是伯爵本人结婚，她们也不过这样打扮，没法打扮得更华丽了……

---

① 指俄国画家普基列夫（1832—1890），名画《不相称的婚姻》。——俄文原注

她们大多是贵族……没有一个是教士妻子，没有一个是商人老婆……其中甚至有些贵妇人，奥莲卡从前认为自己都不配向她们打招呼。奥莲卡的新郎是管家，享有特权的仆人，但她的虚荣心不会因此而难受。他是贵族，在邻县拥有一份抵押出去的田产。他的父亲曾是县首席贵族，而他本人也曾在原籍当过十年民事法官。……那么这个小贵族女儿的虚荣心还需要什么呢？就连她的傧相，全省闻名的花花公子也能助长她的骄傲……所有的女客都痴痴地望着他呢。他的魅力抵得上四万个傧相。尤其非同小可的是他没有拒绝做这个平常女人的傧相，而大家都知道，以前就连贵族们请他做傧相，他还曾推辞不干呢。

但是，虚荣心重的奥莲卡并不高兴……她脸色苍白，就像她不久前从捷涅沃村集市带回来的麻布一样，拿着蜡烛的手轻轻哆嗦，下巴偶尔也哆嗦一下，眼神发呆，就像突然受了惊吓。就在不远的昨天她还在花园里乱跑，兴致勃勃地问她的客厅要贴什么样的壁纸，她们家在哪一天接待客人等等，如今那脸上的喜悦踪影全无，面容过分的严肃，超过了庄严场合应有的限度。

乌尔别宁穿着新礼服，很体面，然而头发却梳得像 1812 年的正教徒。他如同平常那样面孔又红又严肃。他的眼睛在祈祷，每念完“主啊，宽恕吧！”就在胸前认真地画十字。

在我身后站着乌尔别宁前妻生的孩子——中学生格里沙和浅色头发的小姑娘萨莎。他们望着父亲通红的后脑勺和招风耳朵，脸上带着问号。他们不明白，父亲要奥利亚阿姨做什么，他为什么把她带回家去。萨莎只感到奇怪，十五岁的格里沙则双眉紧皱，翻着眼睛看人。要是父亲要求他同意这门亲事，他多半会拒绝的……

婚礼进行得特别隆重。三个司祭和两个助祭主持宗教仪式。仪式特别长，害得我拿婚冠的手都乏了，爱看结婚典礼的太太们也不再瞧新郎新娘了。监督司祭把祷词念得抑扬顿挫，一字不漏。歌手们咏唱的颂歌长而多变化。诵经士趁机卖弄自己的低调门，念《使徒行传》时拖尽了长腔……不过最后，监督司祭终于把我手里的婚冠接过去……新郎新娘接吻……客人们动起来，整齐的行列散乱了，听到祝贺声，亲吻声，赞叹声。乌尔别宁满脸生辉，带着微笑，挽着新娘的手臂，这时我们都朝外面走去……

如果有人当时和我同在教堂里，日后他发现我的描写不完整或不太准确，就请他把这些失误归因于我头痛和我所谓的精神状态，是它影响我观察和注意……当然，如果当时我知道将来要写小说，我就不会像所描写的那个早晨那样两眼望地，而且不会管什么头痛！

有时命运会开辛辣恶毒的玩笑！新婚夫妇还未来得及走出教堂，就迎头碰上一件意外而扫兴的怪事……当五彩缤纷的婚礼行列从教堂出发往伯爵府邸行进的时候，奥莲卡猛然后退一步，站在那里使劲揪了一下丈夫的手腕，丈夫的身子不由得晃了晃。

"他被放出来了！"她大声说道，恐惧地望望我。

可怜的姑娘！她的疯子父亲，守林员斯克沃尔佐夫正顺着小路迎着婚礼的行列跑过来。他磕磕绊绊，呆呆地转着眼珠，抡着胳膊，构成一幅相当难看的景象。他穿一件棉布长袍，一双拖鞋，这破旧的样子和女儿华丽的婚妆很不协调，因此显得这一切更加出丑。他脸上带着睡意，头发在风中飘散，敞着睡衣。

"奥莲卡！"他喃喃说道，走到和他们并排，"你怎么走了？"

奥莲卡满脸通红，斜眼看看那些笑眯眯的太太们，羞得浑身发烧。

"米其卡没锁门，"守林员接着朝我们说道，"贼还会不进来吗？……去年把厨房的茶炊偷走了，现在她这是想叫我们被偷光！"

"不知道，谁把他放出来了！"乌尔别宁悄声对我说，"我吩咐把他锁在屋子里……好朋友，谢尔盖·彼得罗维奇，请发发慈悲，好歹想个法子帮我们摆脱这难堪的局面。好歹想个法子吧！"

"我知道是谁偷了您的茶炊，"我对守林员说，"来，我指给您看。"

于是我搂住斯克沃尔佐夫的腰，带他朝教堂走去……我带他来到菜园子，和他说了一会儿话，估计婚礼行列已进了门，没指出被偷茶炊放在什么地方就把他搁在了那儿。

尽管遇见疯子多么出乎意料，多么离奇，尽管如此，它很快就会被忘掉……而命运送给新婚夫妇新的怪事却更加不可思议……

一小时后我们大家坐在长桌前吃午餐。

凡是习惯于伯爵住宅里的蛛网、潮霉、吉卜赛人的叫喊的人，准会瞧着这群平常乏味的人感到奇怪，他们的日常闲话打破了古旧空房的寂静。这群花花绿绿，吵吵闹闹的人颇像一群椋鸟，它们落到荒废的墓园里暂时休息，或者像一群鹤（请恕我对高贵候鸟的不敬，拿它们打这个比方！），它们在某个迁飞的薄暮栖息在城堡的废墟。我坐在那里，憎恨这帮人，他们带着俗气的好奇心观看卡尔涅耶夫伯爵家日益朽败的财富。马赛克墙面、浮雕天花板、豪华的波斯地毯和洛可可式的家具，都引起他们的狂喜和惊奇。伯爵那副大胡子面孔不断咧开嘴洋洋自得地微笑……他把客人们狂喜的奉承看作理所当然，虽然事实上他与这份被他糟蹋的财富和豪华没有丝毫关系，而且恰恰相反，他理该受到最刻薄的责备甚至鄙视，因为他对祖祖辈辈非只一日而是经过多年积蓄得来的财富，抱着野人似的麻木不仁的冷漠态度！在每一块发灰的大理石上，在每幅画上，在伯爵花园每个阴暗的角落里，都可以看到许多人的汗水、眼泪和老茧，这些人的子女至今还局促在伯爵小村的农舍里。这些，只有那些精神上的瞎子和乞丐才视而不见……坐在婚宴上的这些人大部分很有钱，不受制于人，什么也妨碍不了他们说出哪怕最尖锐的真话，但竟没有一个人对伯爵说，他那得意的笑容是愚蠢的，不合适的。每个人都认为应该讨好地微笑，说几句不值钱的奉承话。如果这是“通常”的礼貌（我们喜欢把许多事都推到客气和礼貌上去），那我倒更看得上那些不懂礼数的野人，他们用手抓东西吃，从别人的盘子里拿面包，捏起两个手指擤鼻涕……

乌尔别宁脸带微笑，不过他的笑另有原因。他笑得又谄媚又恭敬，而且像孩子似的幸福。他那欢畅的笑代表着某种狗的幸福。一条忠心爱主的狗被人爱抚，被调弄得美滋滋、喜洋洋，于是为表示感激它就快活而真诚地摇起了尾巴……

他像阿尔方斯·都德的长篇小说里的长兄黎斯雷[①]一样，高兴得满脸生辉，不住地搓手，瞧着年轻的妻子心花怒放，忍不住一个接一个地提出问题：

“谁能想到，这个年轻的美人儿会爱上我这个老头子？而且难道她找不到更年轻更优雅的吗？女人的心真是莫测高深！”

而且他甚至胆敢冲着我脱口说道：

“果然新时代来到了！嘻——嘻！一个老头子竟从年轻人的鼻子底下偷走了这样一位仙女！您怎么不好好看着呀！嘻——嘻。不行啦，如今的年轻人不比当年啦！”

他那宽阔的胸膛里充满感激之情而无从发泄，弄得他不知如何是好，于是不断地把自己的酒杯伸向伯爵的酒杯，用激动得颤抖的声音说道：

“大人，您知道我对您的感情……就在今天您为我出了这么多的力，相形之下我对您的爱就微不足道了……大人，我凭什么承蒙您这么照顾，让您参与我的喜事？只有伯爵和银行家才办这么大的喜事！这么豪华，这么多有名的客人……唉，还有什么说的！……大人，请您相信，我永远感念您，就如同我永远记着有生以来最美好、最幸福的这一天……”

如此等等……看来，对丈夫这份矫揉造作的恭维，奥莲卡并不中意……丈夫的滔滔不绝，引起席上众人的微笑，她感到难受，甚至难为情……虽然喝了一杯香槟酒，但她并不快活，仍旧是脸色阴沉……还是如同在教堂时那么苍白，眼神里还是带着恐怖……她不说话，懒懒地回答一切问题，对伯爵说的俏皮话勉强笑笑，对那些

---

① 指法国作家阿尔方斯·都德（1840—1897）的长篇小说《小弟弗罗蒙与长兄黎斯雷》中的主人公，黎斯雷年老富有，娶了个年轻家贫虚荣心重的女人，结果酿成悲剧。

贵重的佳肴几乎动也没动……喝醉了的乌尔别宁越觉得自己是天下最幸福的人，她那俊俏的小脸儿就越显得不幸。看到那张脸我只感到可怜，为了不看它，我尽量望着自己的菜盘。

如何解释她这种悲哀呢？是不是懊悔开始咬啮这可怜姑娘的芳心？要不然或许她的虚荣心还要求更大的排场？

上第二道菜时我抬眼朝她一望，吃惊得连心都疼了。可怜的小女孩在回答伯爵一句无聊的问话时，勉强作出吞咽的动作，原来是想压住涌到喉咙的呜咽。她用手绢紧紧捂住嘴像受惊的小兽那样望着我们：我们是不是看出她想哭？

"您今天怎么这么不开心呢？"伯爵问道，"喂，彼得·叶戈雷奇，这就是您的不是了！请您让太太开心呀！先生们，我要求接吻。哈——哈！……当然，不是我要，而是那个……要他俩接吻！苦哇！①"

"苦哇！"卡里宁帮腔。

乌尔别宁那张赤红脸上堆满笑容，他站起身，眨巴起眼睛来。奥莲卡在客人们的喊叫声中无奈地稍稍欠起身，朝乌尔别宁送过去自己一动不动、生气毫无的嘴唇……他亲了一下……奥莲卡紧闭双唇，像是怕他再来吻她，同时她望了我一眼……大概我的眼神不善。她瞧出我的眼色，脸忽然红了，伸手拿手绢擤起鼻子，想借此掩盖极度的慌张……我不禁暗想，在我面前她感到害臊了，为了接吻，为了婚姻……

"你与我有什么相干？"我想，可同时我自己却紧紧盯着她，极力要弄明白她慌张的原因。

可怜的姑娘经不住我的眼光。脸上的红晕倒是很快就退了，但眼睛里迸出了泪水。那是真正的眼泪，这是从前我在她脸上不曾见过的……她拿手绢捂住脸，站起来从餐厅跑了出去……

"奥尔加·尼古拉耶芙娜头痛，"我赶紧解释她离席的原因，

---

① 俄俗，客人在婚宴上喊"苦"，新郎新娘就要接吻。

“今天早晨她就对我说过……”

“得了吧，老弟！”伯爵打趣道，“这和头痛没关系……都是亲嘴闹的，她不好意思了。诸位，我现在给予新郎严重警告的处分。他没教会新娘亲嘴！哈哈！”

客人们极为欣赏伯爵的俏皮话，都哈哈大笑起来……但是，本不该笑的……

五分钟过去了，十分钟过去了，但新娘没回来……客人都沉默了……连伯爵也不再说俏皮话……奥莲卡突然离席，走的时候一句话没说，这就尤其引人注意……且不说这首先就破坏了礼数；奥莲卡在亲吻后立即离席，就好像因为大家逼她和丈夫亲吻而生了气……不能设想她是因为难为情才走的……难为情一两分钟也就过去了，总不会永远难为情下去，而奥莲卡离席已有十分钟之久，这在我们看来和永远也差不多……男人们醉醺醺的头脑里已闪过多少坏念头，可爱的女士们心里又想出了多少流言蜚语啊！新婚离席而去——这在本县“上流社会”的风流韵事中是多么有趣的一段呀！

乌尔别宁开始心神不定地朝两边张望。

“她的神经出了毛病……”他喃喃说道，“或者是衣服上有什么扣子松了……谁明白这些女人的事……马上就会回来的……这就来了。”

可是又过了十分钟，她仍然未回来，这时他看了我一眼，眼神是那么不幸，带着那么多的祈求，我不由得可怜起他来……

“我去找找她没什么要紧吧？”他的眼睛说，“您能帮帮我吗？亲爱的，帮我摆脱这可怕的局面？在这里您是最聪明、最勇敢又最机灵的人。帮帮我呀！”

我领会了他那不幸的眼神表示的祈求，决心帮他一把。至于我如何帮他，读者马上就会看到……这里我只说一点，每当我回忆自己在《乐于助人的傻瓜①》中所扮演的角色时，克雷洛夫的那头帮助

① 俄谚：乐于助人的傻瓜比敌人还危险。

隐士的熊[1]就在我眼里失去兽类的全部威严，显得黯然失色，变成无害的毛毛虫了。我和那头熊的相似之处仅在于我们两个都是诚心诚意想帮忙而未预见我们效劳的恶果，至于我们之间的差别可就太大了……我那块扔向乌尔别宁脑门子的石头要重许多……

“奥尔加·尼古拉耶芙娜在哪里？”我问给我上沙拉的仆人。

“到花园去了。”他回答。

“女士们，这太不像话了！”我冲着女士们用玩笑的口吻说，“新娘走了，连我的酒也酸了！……我得去找她，哪怕她满口的牙都疼，我也要把她带到这儿来！傧相也是一级官位，他现在去展示自己的权力！”

我站起来，在我的伯爵朋友响亮的掌声中从餐厅走出去了，来到花园。中午炽热的阳光直射在我那酒后发烧的脑袋上。暑气和闷热扑面吹来。我抱着碰运气的心理，顺着侧面一条林荫路走去。我一面哼着歌儿，一面充分施展侦察的本领来充当一个平常的侦探。我察看所有的树丛、凉亭、洞穴，当我开始后悔不该向右走，而应该向左走时，我突然听见奇怪的声音。有个人在笑或许是在哭。声音来自一个我想最后查看的山洞。我快步走进山洞，潮气袭人，闻到霉味、蘑菇和石灰的气味，我看见了要找的人。

她站在那里，倚着布满黑色青苔的木柱，抬起眼来看我，眼中充满恐惧和绝望，一面揪自己的头发，眼睛里泪水涟涟，就像从海绵里挤出来一般。

“我干了些什么？干了些什么啊！”她喃喃自语。

“是呀，奥利亚，你干了些什么呀！”我说道，抱着肩膀站在她面前。

“我干吗嫁给他？我的眼睛到哪儿去了？我的脑子到哪儿

---

① 俄国作家克雷洛夫（1769—1844）在其寓言诗《隐士和熊》中讲到一只熊和隐士为友，熊看见隐士头上落着一只苍蝇，想帮隐士赶走它，就拾起一块石头扔过去，结果把隐士砸死了。——俄文原注

去了？”

“是呀，奥利亚，您这一步可真不好解释……说你缺乏经验吧——未免太宽容，说你堕落吧——我又说不出口……”

“我到今天才明白。……今天！为什么我昨天还不明白？现在一切都无可挽回了，一切都失去了！一切！我本来可以嫁给一个我爱他，他也爱我的人！”

“那是谁呢，奥利亚？”我问道。

“那是您呀！”她说道，两眼坦率地直望着我……“可我太着急了！我干了傻事！您又聪明，又高贵，又年轻……您有钱……可我一直觉得配不上您！”

“喂，够了，奥利亚，”我说道，拉住她的手，“擦擦眼泪咱们回去吧……大家都等着呢……喂，哭也哭够了，够了……”我吻她的手，“够了，小丫头！你干了蠢事，现在就得为它付出代价……怪你自己……好啦，够了，冷静点……”

“可你是爱我的呀？是吧？你这么高大、漂亮！你是爱我的吧？”

“该走了，我亲爱的……”我说道，极为惊恐地发现我正吻她的前额，搂着她的腰，而她则紧紧搂着我的脖子，火热的呼吸直烫我的脸……

“你别哭了！”我喃喃说道，“够了！……”

五分钟以后我抱起她走出了山洞，把这个被新的感受搅得心乱如麻的女孩子放到地上，恰在这时，就在山洞口我看见了普舍霍茨基……他站在那里，恶毒地瞅着我，轻轻地拍着巴掌……我冷眼打量他，然后挽着奥尔加的手臂，朝正房走去。

“今天您就不会在这儿了！”我回头朝普舍霍茨基说，“您这种特务手段必将受到惩罚！”

我的吻大概是热烈的，因为奥尔加的脸儿火热，刚才流出的泪水踪影皆无……

“我现在就如同俗话说的，满不在乎！”她喃喃说道，和我一起朝正房走去，哆哆嗦嗦地抓紧我的胳膊肘，“早晨我怕得不行，可现在……现在我的大个子好人，我幸福得不行了！丈夫坐在那儿等着我……哈哈！我怎么样？就算他是条鳄鱼，是条可怕的蛇……我什么都不怕。我爱你，其他别的什么也不想知道！”

我望望她那燃烧着幸福的脸，那充满幸福、满足之爱的眼睛，我的心揪紧了，为这个俊俏、幸福的人的前途担忧：她对我的爱情只不过是跌入深渊的一个推力而已……这个一味欢笑，不顾前途的女人将会是个什么结果呢？……使我的心抽紧、折腾的感情既不能称为怜悯，也不能叫同情，因为它比二者都更强烈。我停住脚步，一手抓住奥尔加的肩头……在其他任何时候我都没有看见过比这更美、更优雅、更可怜的……来不及思考、算计、琢磨了，我激情满怀，说道：

“现在就上我家去，奥尔加，马上！”

“什么？你说什么？”她问道，没弄明白我那有点庄重的口气。

“我们立刻到我家去！”

奥尔加微微一笑，向我指着正房……

“那又怎么样？”我说，“今天我带你走，或者是明天——不是一样吗？不过越早越好……走吧！”

“不过……这有点奇怪……”

“你，小姑娘，是怕出丑吗？……是的，这个丑是非同一般，大得很，但你就是出一千次丑，也比留在这儿好。我不会把你丢在这儿的！我不能把你留在这里！奥尔加，你明白吗？丢开你的胆小怕事，丢开你的女人推理。要是不想断送自己的话，你要听我的！”

奥尔加的眼神表明，她不明白我的意思……但时间不等人，径自向前走，大家正在那里等着我们，我们没时间老在林荫路上站着。要下决心……我紧紧搂住“红衣女郎”，她现在实际上就是我的妻子，此时此刻我觉得我真的爱她，是一种丈夫的爱，她是属于我的，我的良心承担着她的命运……我看出来，我的命运和这个人已永远连在一起，无可挽回了。

“听我说，我亲爱的，我的宝贝！”我说道，“这一步是大胆的……这会闹得我们和亲朋好友翻脸，数不清的责备和眼泪汪汪的埋怨会落到我们头上。甚至这也许会毁掉我的前程，给我带来千千万万解不开的麻烦，不过，亲爱的，事情已经决定了！你将要做我的妻子……我不需要更好的妻子，但愿上天保佑，保佑别的那些女人吧，我们不睬她们。只要我活一天，我就要让你幸福，像保护眼珠一样保护你，我要培养你，把你培养成个好女人！我向你保证，请你接受我这只诚实的手！”

我说得情真意切，慷慨激昂，就像演主要情人角色的男演员朗诵最激动人心的台词一样。我说得精彩美妙，无怪一只雌鹰飞过我们头顶时直冲我拍翅膀。我的奥尔加抓住我伸出的手，握在自己的小手中，温柔地亲了一下。可这并不表示同意……这个毫无经验，从未听过演讲的女人在她傻乎乎的小脸上现出茫然不解的表情……她还是不明白我的意思。

“你说到你家去……”她思考着说道……“我不完全明白你的意思……难道你不知道，他会怎么说吗？”

“他怎么说和你有什么关系？”

“什么关系？不行，谢廖沙，还是别说的好……别说这个了……你爱我，别的我什么也不需要。有你的爱我就是在地狱里活着也甘心……”

“可你将来怎么过呀，小傻瓜？”

“我就在这儿过，你呢……要天天来……我会出来和你见面。”

“可你这样的生活，我一想就不由得打哆嗦！夜里——是他，白天——是我……不行，这是不可能的！奥尔加，此时此刻我这么爱你，以至于……我嫉妒得要发疯……我以前连想都没想过自己会有这么丰富的感情……”

但是太不小心了！当时我搂着她的腰，她则温柔地抚摸着我的手，而每一分钟都有可能有人在路上走过，看见我们。

“走吧，”我说道，抽出手来，“穿好衣服走！”

“但你怎么这么快……”她带着哭腔含糊说道，“急急慌慌，就像去救火似的……而且天知道你在想什么！刚结完婚立刻就私奔！别人会怎么说呢！”

奥莲卡耸耸肩。她脸上表现出那么多困惑，惊讶，不解，弄得我把手一摆，把她那“生死攸关的问题”推迟到下次再解决了。而且我们也没有时间再谈下去：我们登上了露台的台阶，听见了人们说话的声音。在通往饭厅的门前奥尔加整整头发，看看衣服，走了进去。她脸上看不出慌张的表情，出乎我的预料，十分勇敢地走进餐厅。

“先生们，我把这个逃兵还给你们，”我说道，走进来坐到自己的位置上，“好不容易才找到她……找得我都累了。……我出来进了花园，一瞧，她正在林荫路上溜达呢……‘您怎么在这儿呆着？’我问……‘没什么，’她说，‘那边太闷！’……”

奥尔加望望我，望望客人们，望望丈夫……于是哈哈大笑起来。她忽然觉得挺可笑，挺快活。在她的脸上我看出来，她是想让客人们和自己分享那突然降临到她身上的幸福，但此事不可言传，她就把它化为笑声。

“瞧我有多可笑！”她说，“我这么大笑，可自己也不知道笑什么，伯爵，您也笑呀！”

“苦哇！”卡里宁喊道。

乌尔别宁咳嗽一声，带着询问的神情看看奥尔加。

“怎么？”她问道，皱起眉头。

“客人们喊苦呢。”乌尔别宁笑吟吟地说，站起来用餐巾擦嘴唇。

奥尔加站起来，让他吻自己一动不动的双唇……这吻是冷淡的，但它却更挑旺了我胸中冒烟的一团火，随时都会燃起熊熊的烈焰。……我扭过头去，紧闭双唇，等待席散……幸好很快席就散了，否则我会忍耐不住……

“你过来！”席散后我走到伯爵跟前，很不客气地说道。

伯爵惊讶地望望我，跟着我走进一间空房。

“好朋友，你需要什么？”他问，解开背心的纽扣，打了个嗝。

“你从两个里头挑一个吧……”我说，满腔愤怒，几乎站立不稳，“或者要我，或者要普舍霍茨基！如果你不答应叫这个坏蛋一小时后离开你的村庄，那么我就再不登你的门！……给你半分钟的时间作出答复！”

伯爵含着的雪茄掉到地上，他摊开双手……

“你是怎么啦，谢廖沙？”他瞪大眼睛问道，“你的脸色都变了！”

“别说废话，劳驾！我受不了你的朋友普舍霍茨基，他是个暗探、流氓、坏蛋。凭着咱俩的交情我要求你，让他马上滚蛋。”

“可是他怎么得罪你了？”伯爵惶惶不安，“为什么你这么攻击他？”

“我现在问你：要我还是要他？”

“可是，亲爱的，你叫我太为难了……等一等，你的礼服上有根毛……你这是要求我做办不到的事！”

“告辞！”我说，“咱们从此一刀两断。”

我猛地一转身，走到门厅，穿好衣服走了出去。我穿过花园，想到下房吩咐备马，但半路被人拦住了……迎面朝我走来娜佳·卡里宁娜，端着一小杯咖啡。她也来参加乌尔别宁的婚礼，但某种不明白的恐惧迫使我避免和她说话。这一整天我既没到她跟前去，也没和她说一句话……

“谢尔盖·彼得罗维奇！”当我从她身边走过，稍稍抬起帽子的时候，她开口说道，声音异乎寻常的低，“请等一下！”

“您有什么吩咐？”我问，走到她跟前。

“我没什么好吩咐的……而且您也不是下人，”她说道，脸色可怕的苍白，两眼直瞪瞪地瞧着我的脸，“您急着到什么地方去？不过要是您没什么急事，可以耽搁您一会儿吗？”

“当然……我甚至不知道，您干吗还要问呢。”

“那我们就坐下来谈……您，谢尔盖·彼得罗维奇。”我们坐下以后，她接着说道：“今天您老是想方设法不理我，躲避我，就好像怕见面似的，可偏偏今天我就是下决心要和您谈谈……我这人傲气，自尊心强……不会强求见面……可一辈子有一次放下傲气还是可以的。”

“您这是什么意思？”

“我下决心今天问问您……这个问题对我来说有点自轻自贱，难以出口……我不知道，我怎么经受得住……请您回答我的问题时别看我……谢尔盖·彼得罗维奇，难道您就不可怜我？”

娜佳看看我，轻轻摇摇头。她的面色更加苍白，上嘴唇哆嗦起来，咧开了。……

“谢尔盖·彼得罗维奇！我总觉得，您和我隔开是因为某种误会，或一时的任性……我觉得，我们只要说开了，一切就会恢复原来的样子……如果我觉得不是这样，那我就不会有这么大的决心提出您马上要听到的问题……谢尔盖·彼得罗维奇，我很不幸……这您应该看得出来……我的生活不叫生活……人整个瘦了……不过主要的是我总弄不准，有个疑团：不知道有没有希望。您对我的态度非常难以理解，得不出任何明确的结论……请您说明白，那我也就知道该怎么办了。……那时我的生活好歹也就有个方向……我也就能下个决心……”

“娜杰日达·尼古拉耶芙娜，您是不是想问点什么？”我说道，预感到她要提的问题，暗自考虑如何回答。

“是的，我想问一问……问题很丢人……要是有人听见，他会想我在强求，就像……普希金的塔吉雅娜[①]……但这是被痛苦逼出来的……”

的确，这问题是被痛苦逼出来的。当娜佳冲我转过脸来，准备提出问题的时候，我吓了一大跳：她浑身颤抖，哆哆嗦嗦地捏紧手

---

① 普希金诗体小说《叶甫盖尼·奥涅金》中的女主人公。

指头，带着伤心，缓慢地把胆怯的但又关系重大的字眼从牙缝里挤出来。她的脸苍白得吓人。

“我能抱有希望吗？”她终于悄声说道，“您不要害怕有话直说……不管什么样的回答，也比不明确好。那么，怎么样，我能抱有希望吗？”

她在等着答复，而我当时的精神状态却让我无法作出明智的回答。我喝得醉醺醺，山洞里那一幕使我大动感情，普舍霍茨基的特务行径和奥尔加的犹豫不决又使我大为恼火，再加上和伯爵的愚蠢谈话令我痛心。我强打精神听娜佳说话。

“我能抱有希望吗？”她又说了一遍，“您回答呀！”

“唉，我顾不上回答问题，娜杰日达·尼古拉耶芙娜！”我摆摆手，站起身来，“我现在没有能力回答任何问题。请原谅，但我既听不清您说的话也不明白您的意思。我现在糊里糊涂又气得要死……只是您不该这么激动，真的。”

我又摆摆手，离开了娜佳。后来我神志清醒，才明白当时自己多么愚蠢，多么狠心，对于姑娘那简单明了的问题竟不予回答……为什么我不回答呢？

现在，当我不偏不倚地回顾过去时，我就不以当时的心境为由来解释我的狠心了……我觉得，我之所以不回答，是因为我卖弄风情，装模作样。人的心灵是难以理解的，可是理解自己的心灵则更为不易。如果我当时确实在装模作样，那么但愿老天饶恕我！不过说起来，嘲弄别人的痛苦是不会被饶恕的。

一连三天我在屋子里走来走去，宛如一匹关在笼子里的狼，我用尽自己非凡的毅力不让自己走出家门。桌子上的公文堆积如山，耐心地等待我来处理，但我碰也不碰，我谁也不见，和波里卡尔普又吵又骂，怒气冲冲……我不让自己到伯爵的庄园去。这种顽强费了我不少神经的力量。我一千次拿起帽子，又一千次把它扔掉……一会儿我下决心不管三七二十一，无论怎么样也去看奥尔加，一会儿又给自己泼冷水，决定呆在家里……

我的理智反对我到伯爵的庄园去。既然我向伯爵发誓再不登他的门，我还能牺牲自己的骄傲和自尊吗？如果经过那次愚蠢的谈话，我又若无其事地到他那儿去，这个大胡子花花公子会怎么想呢？这岂不等于承认自己不对吗？……

再者，我作为一个正经的人，应该和奥尔加一刀两断。我们的关系再发展下去，带给她的只能是毁灭，不可能是别的。她嫁给乌尔别宁已经犯了一个错误，再跟我相好她又犯了一个错误。一面和老丈夫一块生活，一面又背着他另找情夫，她岂不像个荡妇？且不说这样的生活在行为准则上多么下流，必须想想后果才是。

我是多么怯懦！我又害怕后果，又害怕现在，又害怕过去……一个平常人会讥笑我这些想法。他不会在屋子里踱来踱去，不会抱着脑袋琢磨各种可行的办法。他会把一切交给生活去解决，而生活是能把磨盘也磨成粉末的。生活会消化一切，既不请他帮忙也不求他允许，……可是我顾虑重重，到了怯懦的地步……我在屋子里踱来踱去，由于同情奥尔加而感到浑身难受，可与此同时，一想到奥尔加一旦明白我因一时冲动曾向她求婚，因而来到我的家中，如同我曾保证的那样，和我“白头到老”，一想到这里我就十分害怕。如果当时她听我的话跟我走的话，那会怎么样呢？这个“白头到老”能维持多久？和我一起生活又能给可怜的奥尔加带来什么？我不会给她家庭，因而也就不会给她幸福。不行，不应该到奥尔加那里去！

但这其间我的心灵却疯狂地扑向奥尔加……我大害相思病，就像一个初恋的小顽童受人阻拦不能去幽会一样。我受山洞里那件事的诱惑，渴望新的幽会。奥尔加那动人的形象片刻不离我的头脑，我知道她也在等我，也在害相思病……

伯爵派人送来的信一封接着一封，一封比一封更为可怜巴巴，低声下气……他央告我“忘掉一切”到他那儿去，他代替普舍霍茨基向我道歉，请我原谅这个“善良、单纯，但多少有点狭隘的人”，他表示惊讶，我竟因鸡毛蒜皮的小事而决心掰了多少年的老交情。

在最后的某封信里他答应亲自前来，而且要是我愿意，把普舍霍茨基也带来，他会向我道歉，“虽然不觉得自己有任何过错”。我看了这些信，作为回答我请每一个被派来的人别再打扰我。我是善于装腔作势的！

有一天我站在窗前，下决心到伯爵庄园附近的地方去，同时又被种种顾虑、种种自责和与奥尔加热恋的种种想象折磨得苦恼不堪。就在我的神经活动达到高潮的时候，我的房门悄然打开，身后听到轻轻的脚步声，立刻我的脖子被两条娇小美好的胳膊搂住了……

“奥尔加，是你吗？”我回头问道。

我凭着那热烈的呼吸，那紧搂我的脖子的姿势，甚至凭着气味就认出了她。她把自己小巧的脑袋贴在我的脸上，显得异乎寻常的幸福……她幸福得说不出话来……我把她紧紧地抱在胸前——折磨了我三天的苦恼和疑问都到哪里去了！我高兴得哈哈大笑，像个小学生似的又蹦又跳。

奥尔加穿着浅蓝色绸连衣裙，和她那白皙的脸色与浓密的亚麻色头发十分相配。连衣裙式样时髦，价钱贵得吓人。大概相当于乌尔别宁年薪的四分之一……

“今天你好漂亮！”我说，抱起她来吻她的脖子，“怎么样，身体好吗？”

“但是你这儿多么糟糕！”她说道，环顾我的书房，“你这阔佬，拿着高薪，可怎么……住得这么平平常常！”

“我的心肝，并不是所有的人都生活得像伯爵那样奢华，”我说，“不过，咱们别管我阔不阔。是哪位慈悲的神仙把你送到我的洞穴中来的？”

“慢着，谢廖沙，你把我的连衣裙揉皱了……放下我……亲爱的，我在你这儿只能呆一会儿！我对家里的人说，我是来找伯爵的洗衣女工阿卡契哈，她住的不远，和你只隔着三家……你放开我，亲爱的，这样不合适……你怎么这么久没来？”

我顺口回答了一句，让她坐在我对面，专心观赏她的美貌……一时我们两个互相对望，默默无言……

“你非常漂亮，奥尔加！”我叹口气，“你漂亮得让我感到又可怜，又可气！”

“干吗可怜呢？”

“鬼知道你嫁给了什么人。”

“可你还要什么呢？我是你的呀！我这不来了嘛……谢廖沙，你听我说……我要问你，你会对我说实话吗？”

“当然，说实话。”

“要是我没嫁给彼得·叶戈雷奇，你会娶我是吧？”

“大概不会。”我想说实话，可是干吗再去挖可怜的奥尔加的伤口呢，它本来已经很疼了。

“当然啦。”我拿着说实话的腔调说。

奥尔加叹口气，低下头。

“我犯了多大的错误，多大的错误！而最糟糕的是没法子改正！不能和他离婚吗？”

“不能……”

“当初着什么急呢？我不懂！我们女孩子又糊涂又轻浮……愣没人揍我们！不过呢，既然无法挽回，再想也没用……讲道理也罢，流眼泪也罢，都没什么用处。谢廖沙，昨晚我哭了个通宵！他在那里……在旁边躺着，可我想的是你……没法睡觉……我甚至想夜里逃跑，逃到林子里，逃到父亲身边也好……就是在疯父亲身边生活，也强似和这个……他叫什么来着……”

“奥尔加，讲道理是没用的……当初你和我坐车从捷涅沃出来，你为嫁了个有钱人而高高兴兴，那时应当讲道理……现在高谈阔论已经晚了。”

“晚了……就随它去吧！”奥尔加果断地摆摆手说，“只是不要更糟，现在还可以凑合着过……再见，该走了……”

“不，别再见……”

我把奥尔加搂到怀里，连连吻她的脸，好像要尽力补偿三天的损失。奥尔加像受冻的羔羊紧紧地偎在我怀里，她那火热的呼吸烫我的脸……随后没了声音……

"丈夫杀了自己的老婆！"我的鹦鹉大叫一声。

奥尔加打了个冷战，从我的怀抱里挣脱出来，探询地望望我……

"这是鹦鹉，我的心肝……"我说道，"你放心……"

"丈夫杀了自己的老婆！"伊万·杰米扬内奇又叫了一声。

奥尔加站起身来，默默地戴上帽子，把手递给我……她脸上带着恐怖……

"要是乌尔别宁知道了会怎么样呢？"她问道，瞪大眼睛望着我，"他可是要杀死我的！"

"得了吧，够了……"我笑了，"我要是让他杀了你，我也就够可以的了！再说他未必干得出像凶杀这样不同寻常的事……你要走吗？好，再见，我的孩子……我等你……明天我在林子里你住过的小屋旁边……在那儿见……"

我送走奥尔加回到书房，碰上了波里卡尔普，他站在屋子当中，严厉地看着我，鄙夷地摇着脑袋……

"以后我这里不许有这种事，谢尔盖·彼得罗维奇！"他拿着严厉家长的腔调说，"我不希望有这种事……"

"什么事？"

"就是那个……您以为，我没看见吗？我全看见了……不许她再上这儿来！别在这儿勾勾搭搭！干这种事有别的地方……"

我当时的心情畅快之极，所以波里卡尔普的特务行为和教训口吻都不曾激怒我，我笑起来，把他打发到厨房去了。

我还没来得及在奥莲卡造访之后醒过神来，又有新的客人造访。一辆轿式马车轮声辘辘，驶到我的住所跟前。波里卡尔普一面朝两旁啐唾沫，一面喃喃地骂不绝口，向我报告道："来的是那个……该死的……"就是他恨之入骨的伯爵。伯爵走进来，眼泪汪汪地看了看我，摇摇头……

“你背过脸去……不想说话……”

“我没背过脸去。”我说。

“我是这么爱你，谢廖沙，而你……却为了一点小事！你为什么羞辱我？为什么？”

伯爵坐下，叹气，摇头……

“得了，你别装相了！”我说，“好啦！”

我对这个孱弱的软骨头影响之强烈，正像我看不起他那么强烈……我那鄙夷的口气并没使他感到羞辱，而是相反……一听到我说的“好啦！”他就跳起来拥抱我……

“我把他带来了……他就坐在车里……你想要他对你道歉吗？”

“你知道他的过错吗？”

“不知道……”

“太好啦。就不用道歉了。但你要警告他，以后再发生那种事，那我就不再发火，而是要想法子治他。”

“那么，这就是说讲和了，谢廖沙？太好了！早这样多好，鬼知道为什么你们就吵了起来！跟贵族女中的女学生一样！啊，对了，亲爱的！你这儿没有……半杯伏特加吗？嗓子干得要命！”

我吩咐送上伏特加。伯爵喝了两杯，歪在沙发上聊起天来。

“老弟，刚才我碰见奥尔加了……奇妙的女人！应该告诉你，我开始恨乌尔别宁……这就是说，我开始喜欢上奥莲卡了……真她妈叫漂亮！我想追追她。”

“不应该碰已婚的女人！”我叹口气。

“得了，偷老头子彼得·叶戈雷奇的媳妇不算罪过……他配不上她……他像狗一样，自己不吃，又不给别人……今天我就开始进攻，我要有步骤地干……真是个迷人精啊！嗯……简直漂亮极了，老弟！馋得人垂涎三尺呢！”

伯爵喝干第三杯，接着说道：

“你知道，本地女人我还喜欢谁吗？……娜坚卡，蠢货卡里宁的女儿……黑头发黑眼珠，脸色白净，还有那双眼睛，你知道吗……也得给她下个钩……三一节[①]我要举办个晚会……音乐——歌唱——文学……专门邀请她……老弟，这地方看来还不错，挺开心！又有社交，又有女人……而且……能在你这儿打个盹儿吗……就一会儿？”

“可以……但普舍霍茨基和马车怎么办？”

“让他等着，见他的鬼！老弟，我自己也不喜欢他。”

伯爵用胳膊肘支起上半身，神秘地说：

“我留下他是出于不得已……无可奈何。哼，滚他的蛋！”

伯爵的胳膊肘一弯，脑袋落到枕头上，一会儿听见了鼾声。

晚间，伯爵走了以后，来了第三位客人：巴维尔·伊万诺维奇医生。他来通知我，娜杰日达·尼古拉耶芙娜病了，还有她……终于拒绝了他的求婚。可怜的人很悲伤，像只落汤鸡。

诗情画意的五月过去了……

紫丁香与郁金香纷纷萎谢，而爱的欢乐也命里注定和这些花一同萎谢了。尽管爱情是有罪的，折磨人的，但它偶尔也给予我们甜蜜的瞬间，在记忆中不可磨灭的瞬间，为了它我们甘愿付出几个月甚至几年！

这是六月的一个傍晚，太阳已经下山，但金红的余晖仍然染遍遥远的西方，预示着明天风和日丽。我骑着佐尔卡来到乌尔别宁居住的厢房跟前。今天晚上伯爵将举行“音乐”晚会。客人们陆续到了，但伯爵却不在家：他骑马出去兜风，留下话很快就回来。

过了一会儿，我站在门廊前，拉着马缰和乌尔别宁的女儿萨莎谈起话来。乌尔别宁本人坐在台阶上，两个拳头支着脑袋，从大门口望出去，注视着远方。他脸色阴沉，对我的问话爱理不理。我不再打扰他，和萨莎谈起来。

---

① 基督教节日，在夏天，复活节后第五十天。

"你的新妈在哪儿呢？"我问她。

"和伯爵出去兜风了。她每天和他一块去兜风。"

"天天这样。"乌尔别宁嘟囔道，叹了口气。

这一声叹息意味深长，其中包含着激动我心的东西，我极力想弄清楚那是什么，可就是弄不清楚，只好胡乱猜测。

每天奥尔加和伯爵都骑马出去兜风。不过这不算什么。奥尔加是不会爱上伯爵的，所以乌尔别宁的嫉妒并无根据。我们应该嫉妒的不是伯爵，而是别的什么，到底是什么，我一直弄不清楚。这个"别的什么"如同一堵高墙，把我和奥尔加隔开了。她仍然爱我，但自从上文说的那次相会以后，她到我家来不过才两次，而在别处和她相会的时候，她却莫名其妙地满脸通红，对我提出的问题支支吾吾，说什么也不正面回答。对我的爱抚她的反应十分热烈，但又带着冲动，战战兢兢，结果这些短暂的幽会留在我记忆中的只有难堪的困惑。她的良心有愧——这是很清楚的，但愧在哪里，从她那带愧的脸上却看不出来。

"我想你的新妈身体好吧？"

"好，只是夜里牙疼，她老哭。"

"她哭吗？"乌尔别宁转过脸望着萨莎，"你看见了？宝贝儿，你这是做梦吧。"

奥尔加的牙不疼。她要是哭，那不是因为疼，而是因为别的……我想和萨莎再谈谈，但没有谈成，因为响起了马蹄声，很快我们就看见一位骑士，他在鞍子上难看地颠着，还有一位风度优雅的女骑手。为了不让奥尔加看见我有多高兴，我把萨莎举起来，一边用手指梳理她的浅发，一边吻了一下她的头。

"你真漂亮啊，萨莎！"我说，"你的鬈发多么好看！"

奥尔加瞟了我一眼，默默地回答我打的招呼，扶着伯爵的胳膊，走进了厢房。乌尔别宁站起身来，跟着她进去。

五分钟以后伯爵从厢房出来。他从来没有这么样的快活，连他的面孔也显得朝气蓬勃。

“给我道喜吧。”他拉着我的手说道，嘿嘿直乐。

“道什么喜？”

“我赢了……再来这么一次兜风，我凭着我高贵的祖先起誓，我就能把这朵花采下来。”

“不过现在还没采下来吧？”

“现在？……只差一点点！整整十分钟‘你的手在我的手中’，”伯爵唱起来，“而且，一次也没把小手儿抽回去……我吻了她的手！不过，等明天再说，现在咱们走吧。大家都等着呢。啊，对了！有一件事，亲爱的，我得和你谈谈。亲爱的，你告诉我，都说你那个……对娜杰日达·尼古拉耶芙娜在转邪念头，这是真的吗？”

“怎么？”

“如果这是真的，我就不妨碍你，给人下绊子不合我的规矩。如果你一点意思也没有，那么，当然……”

“没有一点意思。”

“谢谢啦，我的心肝！”

伯爵梦想来个一石二鸟，而且完全自信办得到。我在本文描写的这一晚上静观他如何追这两只鸟儿。他追得又蠢又可笑，活像精彩的漫画。看着这番表演，只能发笑或是对伯爵的鄙俗生气。但谁也想不到，这番小顽童式的求爱酿成的结果竟弄得一些人道德堕落；另一些人死于非命；还有些人走上犯罪！

伯爵打死的不是两只鸟，而是多得多！他打死了它们，但皮和肉却没落到他手里。

我看见伯爵如何偷偷摸摸地握奥尔加的手，奥尔加则一碰到他就露出友好的微笑，而目送他离开时则扮个瞧不起的鬼脸。有一次他想表示什么事都不瞒我，竟当着我的面把奥尔加的手亲了一下。

“真是混蛋！”她一面擦手，一面附在我的耳边说。

“奥尔加，你听我说！”我等伯爵走后说道，“我觉得，你有话想对我说，想说吗？”

我探究地望了她一眼。她立时满脸通红，胆怯地眨巴起眼睛，就像一只偷吃东西时被捉住的猫。

“奥尔加，”我严厉地说，“你应当告诉我，我要求你这么做！”

“是的，我是想告诉你点什么，”她悄声说道，紧紧握住我的手，“我爱你，没有你不能活，但是……你别来找我，亲爱的！别再爱我，跟我说话要用‘您’字。我已经不能再这么下去了……不行了……甚至别露出爱我的样子！”

“但是为什么呢？”

“我愿意这样，你不需要知道原因，我也不会告诉你。有人来了……离开我。”

我没有离开她，她只好自己中断我们的谈话，挽住走过来的丈夫的手臂，带着假笑朝我点点头，走了。

伯爵的另一只鸟——娜杰日达·尼古拉耶芙娜——今晚承蒙伯爵特别眷顾。他整个晚上围着她转，和她说笑话，逗趣儿，卖弄风情……而她，面色苍白，神情痛苦，咧开嘴勉强挤出笑容。民事法官卡里宁自始至终观察着他们的一举一动，手摸着胡子，意味深长地咳嗽着。伯爵的追求正合他意。他有位伯爵女婿！对于本县地主来说还有比这更美的想望吗？就打伯爵追求他的女儿起，他在自己眼里足足长高了一俄尺[①]，而当他和我谈话的时候，那打量我的眼色是多么地神气十足，那咳嗽的声音是多么地尖酸刻薄！好像告诉我：“喏，你客气了一番，然后就走了，可我们——满不在乎！我们现在有伯爵做女婿！”

第二天晚上我又来到伯爵的庄园。这回我没有和萨莎谈话，而是和她的中学生哥哥谈话。这男孩子把我带到花园，向我倾吐了满怀心事。这番倾诉引得我问他和“新妈”生活得怎么样。

“她是您的好朋友，”他说道，不安地解开制服的纽扣，“您会把我说的话告诉她的，但是我不怕，您爱怎么说就怎么说！她又狠

① 1俄尺约等于0.71米。

毒又卑鄙！”

他告诉我，奥尔加占了他的屋子，赶走了老保姆，她在乌尔别宁家已经干了十年。奥尔加不是叫喊就是发脾气。

“昨天您夸妹妹萨莎的头发好……本来是好嘛，对不对？简直和亚麻一个样。可今天早晨她把萨莎的头发给剪了！”

“这是嫉妒！”我暗自解释奥尔加何以干起她从来不干的理发这一行……

“您没夸她的头发好，夸了萨莎，她好像就嫉妒了！”男孩子肯定了我的想法，“她还折磨爸爸。爸爸在她身上花了大笔钱，正事也不干了……而且又喝起酒来！又喝！她是个蠢货……成天哭，说她不得不过穷日子，住这么个小厢房。可是难道爸爸钱不多也算是他的错吗？”男孩子向我说了许多伤心事。他看见了他那被蒙住眼睛的父亲看不见或者不想看的情况。这可怜孩子的父亲、妹妹、老保姆都受了欺负。连他自己的小窝也给端了，他已经习惯了在那里摆放自己的书，侍弄他捉来的金翅雀。一切都受了欺负，这个愚蠢却掌握全权的后妈嘲弄一切！然而可怜的男孩子做梦也不会想到，年轻的后妈将会使他的全家遭受那么可怕的凌辱，这是那天晚上我和他谈话后亲眼看见的。在这样的凌辱面前，一切都黯然失色，和这样的凌辱比起来，萨莎被剪掉头发就微不足道了。

我在伯爵家一直呆到夜色已深。我们照例喝酒。伯爵已完全醉了，我只是微有醉意。

“今天已经让我不经意地碰到腰，”他喃喃说道，“那么明天就要更进一步啦。”

“哦，那么娜佳呢？和娜佳怎么样？”

“正在进行。她那边目前刚开了个头。我们正处在眉目传情阶段。老弟，我喜欢看她那双乌黑多愁的眼睛表达的情意，这里边有种无法言传，只能意会的东西。再干一杯？”

“既然她有耐性跟你一谈就是好几个钟头，看来她是喜欢你的，她爸爸也看上了你。”

“她爸爸，你说的是那个混蛋？哈——哈！老傻瓜还以为我诚心诚意呢！”

伯爵咳嗽起来，喝干了酒。

“他以为，我会结婚！且不说我不能结婚，而且，如果凭良心考虑，对于我来说，勾引一个姑娘比娶她做老婆倒是更正派一点。跟一个醉醺醺，一个劲儿咳嗽的半大老头永远生活在一起，那简直是活受罪。我的老婆早晚会奄奄一息，或是第二天就逃走……可是怎么这么大吵大闹的？”

我和伯爵跳了起来……好几扇门几乎同时呼呼大响，奥尔加跑进了房间。她面色如雪，浑身打战，如同被猛弹了一下的弦。她披头散发，瞳孔大张，气喘吁吁，手指揉搓着胸前睡衣的皱褶……

“奥尔加，你怎么啦？”我问道，抓住她的手，脸色发白。

这个不留神说漏了的“你”字应当叫伯爵吃惊，但他没有听见。他满腹疑问，嘴张得大大的，眼瞪得圆圆的，像见鬼似的望着奥尔加。

“出什么事了？”我问道。

“他打我！”奥尔加说道，放声大哭，倒在圈椅上，“他打我！”

“他是谁？”

“丈夫！我没法和他过啦，我离开他了！”

“太可气了！”伯爵一拳砸在桌子上，“他有什么权利？这是残暴……这是……这是……鬼知道这是什么！打老婆？！真打！他为什么对您这样？”

“什么也不为，什么原因没有，”奥尔加说道，一边擦着眼泪，“我从衣袋里掏手绢，那封您昨天送来的信掉了出来。他跳到跟前，看过以后就……打我……抓住我的手，使劲捏……您看现在我手上还有红印子呢，他要求我解释……我没解释，就跑到您这儿来了……您得给我做主！他凭什么对妻子这么野蛮！我也是贵族！不是厨娘！”

伯爵在屋子里踱起步子来，那转动不灵的醉舌头迸出些胡言乱语，如果把它翻译成清醒的话，大意是“关于俄罗斯妇女的地位问题”。

“这是野蛮！这是新西兰[①]！这个乡巴佬是不是以为他的老婆应该杀了殉他的葬呢？要知道那些野蛮人到另一个世界去时把妻妾也都带去！……”

我可是蒙了……奥尔加穿着睡衣突然来到这里是怎么回事，应该怎么想，该作什么样的决定呢？如果她挨了打，受了委屈，为什么她不去找她父亲，找女管家……最后，为什么不来找我？怎么说我和她还是比较亲密的。而且她果真受了委屈吗？我的心告诉我，老实人乌尔别宁是无辜的。这位大惊失色的丈夫肯定感到心疼，而我的心则嗅出了真情，因而痛苦得收紧了。我没对奥尔加提问题，也不知道从何谈起，只是一味安慰她，请她喝葡萄酒。

“我犯了多大的错误！多大的错误！”奥尔加叹口气，含泪把酒杯举到唇边，“他追我的时候，装得那么老实巴交！当时我想，他是天使，不是凡人！”

“可是您要他喜欢那封掉出来的信吗？”我问道，“您要他哈哈大笑吗？”

“别谈这个了，”伯爵打断我的话，“不管怎么说，他的行为十分下流！对待女人是不应该这个样子的！我要和他决斗！我要给他点颜色看！奥尔加·尼古拉耶芙娜，请相信，我不会白白放过他！”

伯爵抖擞威风，活像只小火鸡，不过谁也没授权他干涉人家夫妻间的事。我没说话，也没反驳他，因为我知道，所谓替别人的老婆报仇雪恨云云只不过是关起门来的醉话，至于决斗，则到明天就会忘得一干二净的。可为什么奥尔加也一言不发？……她是否不反对伯爵为她效力，我不愿意这么想，也不愿意相信，这只美丽的蠢猫竟自轻自贱到心甘情愿让醉伯爵当丈夫和妻子的裁判官……

---

① 当时新西兰尚未开发，以它喻蛮荒之地。

"我要叫他名声扫地！"这个新出道的骑士尖声叫道，"最后我要打他的耳光！明天就干！"

这个可恶的家伙喝醉了酒，欺侮一个错只错在受了骗而至今仍在受骗的人，可是她竟听任他这么干！乌尔别宁使劲捏了她的手，这就惹得她不顾羞耻地逃到伯爵家中，现在她眼见这醉醺醺的道德败类践踏那个人的名字，向他身上泼脏水，那个人此时想已明白受了骗，他正痛苦不堪，因为烦恼，因为不明究竟。而奥尔加面对此情此景竟连眉毛都没有动一下！

就在伯爵宣泄自己的怒气，奥尔加不断擦眼泪的当儿，仆人端上来烤山鹑。伯爵切下半只山鹑送给女客……她摇摇头表示不想吃，后来好像无意地拿起刀叉，吃起来了。她吃完山鹑跟着喝了一大杯葡萄酒，很快眼泪就变得无影无踪，只是眼圈还有点发红，偶尔发出一声深深的叹息。

很快我们就听见了笑声……奥尔加不住地笑，像个受到安抚，忘了委屈的孩子。伯爵也望着她笑。

"您知道我想出了什么主意？"他坐到她跟前说道，"我想在家里举行一次业余演出。我们上一出女角色很棒的戏，啊，您说怎么样？"

于是他们谈起了业余演出。

可是这愚蠢的谈话和奥尔加脸上不久前带着的恐惧的表情是多么的不搭配啊，一个小时以前她跑到屋里，脸色苍白，哭哭啼啼，披头散发！这种恐惧的表情，这些眼泪竟这么贱！

然而时间在过去。钟敲十二下。正经的女人这时都躺下睡觉了。奥尔加该走了。可是钟敲十二点半，钟敲一点，她还是坐在那里和伯爵聊天。

"该睡觉了，"我说道，瞧了瞧表，"我要走了……奥尔加·尼古拉耶芙娜，您让我送送您吗？"

"我到哪儿去？"她悄声说道，"我可不能上他那儿去。"

"是呀，是呀，当然啦，您已经不能上他那儿去了，"伯爵说道，“谁能担保他不再打您呢？不行，不行！”

我在房中踱起步子。一片沉寂。我从屋子这一头走到那一头。我的朋友和我的情妇则紧紧盯着我的脚步。我觉得我领会了这片沉寂和这对目光。这是期望我走，而且急不可待。我放下帽子，坐到沙发上。

“是这样，”伯爵含糊说道，焦急地搓手，“是这样……这种事嘛……”

钟敲一点半。伯爵迅速地看看钟，皱起眉头，在房中踱起步子。从他朝我投来的目光可以看出，他有话对我说。这话必须说，可又不好说，说了不愉快。

“谢廖沙，你听我说！”他最后下定决心，坐到我身边，附在我耳边低声说道，“亲爱的，你可别见怪。……你当然明白我的处境，不会觉得我的请求奇怪、冒失的。”

“有话快说，不要吞吞吐吐！”

“你看，问题在于……在于……你走吧，亲爱的！你在碍我们的事……她就留在我这儿了……请你原谅我把你赶走……但是，你会明白我等不及啦。”

“好吧。”

我的朋友叫人恶心。我要不是嫌恶他，我真会把他像条虫子似的踩死。当时他像发疟疾似的浑身颤抖，请求我别打扰他和乌尔别宁的老婆。他这个有气无力，浑身泡在酒精里的病秧子，竟想占有“红衣女郎”，她优美如诗，她幻想死得大出风头，她在广阔的森林和湖水怒涛中养育长大！不行，她应该离他远远的！

我走到她跟前。

“我要走了。”我说。

她点点头。

“要我离开这里，是吗？”我问道，极力想从她那俊俏而火热的小脸上看出真情实意，“是吗？”

她那长长的黑睫毛微微一动，以此来表示：“是的。”

“你考虑好了？”

她转过脸去避开我，就像避开一股讨厌的风。她不想说话。本来嘛，何必再说呢？三言两语回答不了大题目。可说长话既没有时间也不是地方。

我拿起帽子，没告辞就走了出去。后来奥尔加告诉我，我刚一离开，我的脚步声刚刚融合在风声和园中花木声中，沉醉的伯爵已经把她紧紧搂在怀中。而她则合上双眼，闭住嘴和鼻孔，满心厌恶得几乎站立不住。有一刹那她差点没挣脱他的拥抱，跑出去投湖。有几次她扯着头发痛哭。出卖自己是不容易的。

我从正房出来，朝马厩走去，我的佐尔卡就在那里，路上我要经过管家的住处。我朝窗内望了一眼。灯光昏暗，灯芯拉得很长，冒着油烟，桌前坐着彼得·叶戈雷奇。我看不见他那两手蒙着的脸，但是整个粗笨的身形流露出极大的痛苦、烦恼和绝望，就是看不见脸，也会明白他的心态。他面前放着两瓶酒，一瓶已经空了，另一瓶刚启封，两瓶都是伏特加。可怜的人不在自己身上，不在别人身上，而是在酒精中寻找安宁。

五分钟以后我动身回家。夜色黑得吓人。湖水发出恨恨的怒声，它似乎大发脾气，因为我这样一个有罪的人，刚刚看见有罪之事，竟敢扰乱它严肃的安宁。在一片漆黑中我看不见湖水。好像有个看不见的怪物在吼叫，包裹着我的黑暗本身在吼叫。

我勒住佐尔卡，闭上眼睛，在怪物的吼声中陷入沉思。

“要是我现在转回去，把他们杀了怎么样？”

可怕的恼恨在我的心中沸腾……经过长期生活上的败坏，在我心中所剩无几的美好和高尚的情操，所有我心中幸免于败坏，为我所珍惜、珍爱，引以为荣的东西都受到侮辱、唾骂、玷污！

以前我见识过卖春的女人，买过她们，研究过她们，但她们的脸上没有纯洁的红晕，没有真诚的蔚蓝色眼睛，这眼睛是我在那个五月的早晨看到的，当时我穿过树林朝捷涅沃集市走去……我自己是已经坏到无可救药了，所以我原谅一切，宣扬容忍一切坏事，宽容到软弱的程度……我曾经确信，不应当要求肮脏的东西不肮脏，对于受客观环境影响落入污泥的金币不应当苛责……但是我过去不知道，金币能够化于污泥之中而且和污泥混为一体。这就是说，黄金也会溶解的！

一阵强风吹落我的帽子，把它带入周围的一片黑暗之中。帽子飞舞中碰到佐尔卡的脸，马受了惊，长嘶一声，前蹄扬起，顺着熟悉的道路急驰而去。

一到家，我就扑倒在床上。波里卡尔普要给我脱衣服，却被我毫没来由地骂了一句："魔鬼。"

"你才是魔鬼呢。"波里卡尔普嘟囔了一句，从我的床前走开。

"你说什么？你说什么？"我跳了起来。

"只有聋子才听不见。"

"哈哈……看你再敢跟我放肆！"

我浑身哆嗦，把自己的一腔怒火发泄到可怜的仆人身上。

"滚！我再不要看见你的鬼魂在这里，混蛋，滚！"

没等仆人走出房间，我扑倒在床上像个孩子似的放声大哭。紧张的神经受不住了。无可奈何的恼恨，被侮辱的感情、嫉妒——这一切总得找个法子发泄出来才行。

"丈夫杀死了自己的老婆！"我的鹦鹉扯着嗓子大叫，扎煞着稀疏的羽毛。

这声叫喊引起我一个想法：乌尔别宁会杀死自己的老婆……

睡意蒙眬中我见到一场凶杀，这噩梦吓得我喘不过气来，十分痛苦……我觉得自己的手摸着个冰凉的东西，我觉得只要一睁眼，准会看见一具死尸……我仿佛看见乌尔别宁站在床头，睁着祈求的眼睛望着我……

在上述的一夜过后，开始了短暂的宁静。

我呆在家中，只为办公事才出门。而我的公事堆积如山，所以不可能感到寂寞。我从早到晚坐在桌前奋笔疾书，或者审讯那些落入我这侦查员之手的人犯。至于卡尔涅耶夫伯爵的庄园没有吸引我的力量了。

我丢开了奥尔加。从大车上掉下去的就算丢了，而她恰恰是从我的大车上掉下去的，而且我想，再也找不回来了。我不想她，也不愿意想她。

“愚蠢的浪货！”每当我辛勤工作，而她却出现在我头脑中时，我就鄙夷地骂她一声。

偶尔当我晚间就寝或早晨醒来时，和奥尔加相识、短暂相交的种种情节会浮现在我的头脑之中。我想起了石墓山，“红衣少女”的林中小屋，通往捷涅沃的大路、山洞中的相会……我的心就猛烈地跳起来，感到被挤压似的疼痛……不过这一切时间不长。光明的回忆在沉重的回忆的压迫下很快就变得黯然失色了，过去诗意的优美怎么能抵得过肮脏的现实呢。如今和奥尔加的情缘已尽，我对于那“诗意”的看法也大不如前了，如今我把它看作光幻、谎言、伪善，在我眼里它已失去大半的魅力。

对于伯爵我已经彻底地厌弃了。我庆幸看不见他，而他那张大胡子面孔只要胆怯地浮现在我的头脑中，我的气就不打一处来。

他每天派人给我送信，央告我别灰心丧气，来看望“已经孤独的隐士”。如果听他的话就等于自个儿找不自在。

“全完了！”我想道，“谢天谢地……已经腻了……”

我决定和伯爵断绝来往。下这个决心对我来说毫不费力。现在我和三星期前已大不相同，那时和普舍霍茨基吵了一架，结果呆在家中坐卧不宁，如今诱惑已不存在了。

整天闭门不出，我开始感到寂寞，于是给巴维尔·伊万诺维奇医生写了封信，请他来聊天。不知什么原因我没得到答复，于是又写了一封……第二封信和第一封信一样还是没有答复。显然，亲爱的“眯缝眼”装出了生气的样子。可怜的家伙受到娜坚卡·卡里宁娜的拒绝，就把不幸的原因推到我的身上。他有权生气，如果早先从来不生气，那是因为不会。

“他什么时候也学会生气了？”我心中纳闷，因为一直没得到他的回音。

我坚决闭门不出，到第三个星期伯爵找上门来了。他骂了我几句，因为我不到他那里去也不回他的信，然后就歪倒在沙发上，在发出鼾声之前，谈起了他心爱的话题：女人……

“我理解，”他说道，懒洋洋地眯起眼睛，把两只手垫在脑袋下面，“你温存体贴，守本分。你不上我那里去是怕破坏我们的二重唱，妨碍我们……来得不是时候的客人比鞑靼人还坏，而蜜月中来的客人比长犄角的魔鬼还可恶。我理解你。但是，我的朋友，你忘了，你是朋友，不是客人，你受到热爱，受到敬重……有你在场我们的和声会更圆满。而我的老弟！这和声我简直没法形容！”

伯爵从脑袋底下伸出一只手来挥了一下。

“我自己也搞不清，跟她在一起生活是好还是糟。鬼也搞不清楚！确实有那么几回，我宁愿豁出半条命去‘*再来一次*’①，可也有不少日子害得我在屋子里转磨，跟中了魔似的，恨不得大哭大叫……”

“那是为什么？”

“老弟，我不了解这个奥尔加。她是一种热病，而不是女人。……得了热病，一会儿发烧，一会儿发冷，她也是这样，一天五变。一会儿高兴快活，一会儿烦闷得吞眼泪，祷告上帝……一会儿爱我，一会儿不爱……有时她对我十分亲热，这辈子还没有女人对我这么亲热过。可又常有这种时候，你偶尔一觉醒来，睁眼一看，就见一张正对着你的脸……那样子真可怕，真古怪……那张脸被恶毒和憎恶弄得变了形。一看到这副模样，什么魅力都没有了……而她常常这么看我……”

“带着憎恶看你？”

“可不是吗！……我怎么也不明白……她口口声声说和我好纯粹是因为爱情。可是天天夜里我看到她这样一张脸。这又怎么解释

---

① 原文为拉丁语。

呢？我渐渐觉得（当然我不愿意相信这一点），她其实非常讨厌我，而委身于我只是为了我给她买衣服，那些破布片子。她可真喜欢那些花花绿绿的布片子！穿着新衣服她能在镜子前面从早晨站到晚上。要是一件衣服的花边坏了，她能白天黑夜地哭个不停……她极端爱虚荣！她最喜欢我的一点，就是我是伯爵。如果我不是伯爵，她是不会爱我的。每逢午餐或晚餐她必定眼泪汪汪地埋怨我，因为我没有大宴贵族。你看，她还想在贵族当中大显威风呢……怪女人！”

伯爵那昏沉的目光凝视着天花板，他陷入沉思。令我大为吃惊的是，这回他一反常态，没有喝酒，头脑清醒。这叫我吃惊，甚至感动。

“你今天很正常，”我说道，“没喝醉，也没朝我要伏特加喝。这是怎么回事呢？”

“就是这样！我没工夫喝酒，老是在琢磨……应当告诉你，我是真迷上她了，一点不假。我实在太喜欢她了。这也是可以理解的……她这样的女人很少，的确不俗，更不要说相貌了。她并不特别聪明，可是那么多情、优雅、清新！……那些至今爱我的阿玛利亚、安热利卡、格鲁莎等等都平平常常，没法和她比。她是另一世界的产物，那世界我毫不了解。”

“你越说越玄了！”我笑起来。

“我着了迷，好像真爱上她了！不过现在看清楚了，我这是把零乘以平方，白费劲。这是一副假脸，它引起我一种虚幻的心迷意乱。她脸上那清纯鲜艳的红晕原来是红铅粉，而热烈的吻无非是求我买新衣服……我把她像妻子一样收留在家里，可她的举止行为如同一个花钱买的情妇。不过现在收场了！我正在克服心迷意乱，开始把奥尔加看作情妇……算了！”

“哦，怎么样？她丈夫怎么样？”

“丈夫，唔，你想他会怎么样？”

“我想，如今很难想象有比他更不幸的人。”

“你这么想？大可不必……这是个大坏蛋，大骗子，我一点也不可怜他。骗子永远不可能不幸，他总是有办法的……”

“你为什么这么骂他？”

“因为他是个狡诈之徒。你知道，我尊敬他，像朋友一样信任他……我，甚至还有你，大家都认为他这个人诚实，正派，不会骗人。可是他却把我偷了个精光，抢了个干净。他利用管家的地位任意支配我的财产。把什么都拿去了，只剩下那些搬不动的东西。”

我知道乌尔别宁是个极其诚实无私的人，听了伯爵这番话，像被蛇咬似的跳了起来，走到伯爵跟前。

“你是在他偷的时候当场抓住的吗？”

“不是，但是我知道他那些偷窃的勾当，是根据可靠的消息来源。”

“到底是什么消息来源，请让我了解一下。”

“你别急嘛，平白无故我是不会加罪于人的。关于他的情况奥尔加全对我说了。她还没嫁给他的时候，就曾亲眼见得他把好几大车的死鸡死鹅运到城里去。她不止一次看见我家的鸡和鹅被拿去当礼物送给某些恩人，他那个中学生的儿子就住在那些恩人家里。这还不算，她还看见他往那儿送去面粉、黍子、猪油。就算这些东西都不值什么，可难道这些不值钱的玩意儿是属于他的吗？问题不在于价值，而在于规矩。规矩被糟蹋了！还有呢，她在他的柜子里看到一叠钞票，她问他这是谁的钱，从哪儿弄来的，他求她别说出去他有钱。我亲爱的，你知道，他穷得精光！挣的薪水刚够糊口……你倒给我解释解释，他这钱是从哪儿来的？”

“可你这傻瓜却相信坏蛋小娘儿们的话？”我心中怒气勃发，大叫起来，“她离开丈夫私奔，弄得他在全县出丑，这还嫌不够，她还要出卖他，看她身材那么细小，可里头却藏着那么多坏心眼！……鸡呀，鹅呀，黍子呀……亏你是个东家，主人！他在节前把被打死的家禽拿去送了礼，这些东西要是没被打死没送人，不过是被狐狸或黄鼠狼吃了而已，这么点事就侮辱了你那政治经济学的感觉和你那愚蠢的经营之道。可是乌尔别宁送交给你的大批账目你核对过一次没有？成千上万的钱款你数过没有？没有！对了，跟你何必说这些个呢？你又蠢又没理性。你本来就想把情妇的丈夫打发走，只是不知道怎么办罢了！”

“我和奥尔加的关系与这件事不相干。他是她丈夫也罢，不是也罢，可是既然他偷了东西，我就该公开宣布他是个贼。不过我们把这些狡诈勾当搁在一边。你倒对我说说，拿着人家薪水却整天喝得烂醉，这算不算正派，算不算老实！他天天喝醉酒，我没有一天不看见他走路东倒西歪！可恶而下流！正派人是不这么干的！”

“就因为他正派，所以才喝酒。”我说。

“你就是喜欢庇护这种人。但我下了决心毫不姑息。今天我已经打发人把他的薪金算清，并且请他把位置让出来，给另一位管家。我的忍耐到头了。”

说服伯爵，要他相信自己不公正，不干练，又不聪明，我认为是多此一举。在伯爵面前是无法为乌尔别宁辩护的。

过了五六天，我听说乌尔别宁带着中学生儿子和女儿搬到城里去住了。据说他走的时候喝得醉昏昏，半死不活，有两次从大车上摔下来，中学生和萨莎哭了一路。

乌尔别宁走后不久，我出于无奈，不得不到伯爵的庄园走一趟。有几个贼撬开了伯爵一个马厩的锁，偷走了几副贵重的马鞍。这件案子报告了法院侦查员，也就是我，所以我不管“愿意不愿意”①都得去。

我碰见伯爵喝醉酒，正在生气。他走遍所有的房间，想找个摆脱烦恼的地方，可就是找不到。

“和这个奥尔加在一起可把我害苦了！”他摆摆手说道，“今天早晨对我大发脾气，吓唬我说要投湖自尽，你看，离开家到现在还没回来。我知道她是不会跳湖的，但还是叫人心烦。昨天她一整天

① 原文为拉丁语。

哭天抹泪，摔盘摔碗。前天又多吃了巧克力。鬼知道这是什么脾气。”

我尽力安慰伯爵，然后坐下来和他吃午餐。

“不行，到时候了，该丢掉这种孩子气了，”在整个午餐时候，伯爵一个劲儿地嘟囔，“到时候了，不然就既愚蠢又可笑了。而且，说老实话，她的变化无常开始叫我厌烦。我需要的是安静，稳定，朴实，像娜坚卡·卡里宁娜那个样子……那是个绝妙的姑娘！”

饭后我在花园里散步的时候，遇见了“投湖自尽的女人”。她一看见我，脸变得吓人的通红，跟着——这奇怪的女人——却高兴得笑起来。在她的脸上羞耻与快乐，痛苦与幸福全混合在一起。她斜着眼睛看看我，紧跑几步，一言不发，搂住我的脖子。

“我爱你，”她紧紧搂着我的脖子悄声说道，“我想死你了，你要是再不来，我非死不可。”

我搂住她，默默地把她带到凉亭里。十分钟以后我在和她分手的当儿，从口袋里掏出一张二十五卢布的钞票递给她。她张大了眼睛。

“这是为什么？”

“这是付给你的钱，为了今天的情爱。”

奥尔加不明白，仍然吃惊地望着我。

“你知道吗？世上有种女人，”我解释说，“她们是为挣钱而爱。她们出卖自己。应该付给她们钱。拿着吧！你既然拿别人的钱，为什么不想拿我的呢？我可不愿意欠人家的情！”

尽管我多么厚颜无耻，对奥尔加横加侮辱，但是奥尔加还是不明白我的话。她还不懂得生活，不明白什么是“出卖自己的女人”。

这是八月份一个美好的日子。

太阳热得仍如炎夏，蔚蓝的天空亲切地招引人们走向远方，但空中已含秋意。在若有所思的森林里，在碧绿的枝叶中间，有些败叶已泛出金黄的颜色，而发黑的田野则显得愁闷而哀伤。

不可避免的沉闷的秋思也进入我们的心扉。不难预见，结局已经临近了。雷声早晚要响一阵，一场大雨就会一洗沉闷的天气！在大雷雨之前天空中铅色的乌云密集，天气闷热，而我们的心中也感到精神的郁闷，这种心情在我们的行动举止，言谈微笑中处处表现出来。

我乘坐着双轮的轻便马车。坐在我旁边的是民事法官的女儿娜坚卡。她的脸色雪一般白，下巴和嘴唇像要哭似的不住哆嗦，深深的眼睛里充满哀伤，然而一路上她又笑又作出非常快活的样子。

在我们前面和后面行驶着各种类型，各种年代，各种大小的车辆。车流的两侧，男女骑手们策马急驰。卡尔涅耶夫伯爵穿着绿色的猎服，这身打扮不像猎装，更像丑角服，他骑在自己的黑马上颠得很不舒服，左摇右晃。看他那佝偻的身体，那枯瘦的脸上时不时显露的痛苦表情，还会以为他是头一回骑马呢。在他的背上晃荡着一支新的双筒猎枪，腰上挂着猎物袋，袋子里一只中弹的鹬鸟正在扑腾。

骑手中的出色人物则是奥尔加·乌尔别宁娜。她骑在伯爵所赠的黑马上，身穿黑色女式骑装，帽子上插一根白色羽毛，那神气已不像几个月前在林中遇到的红衣女郎。如今在她身上有某种庄严的“贵妇”气派。每一挥鞭，每次微笑——这一切她都力求达到贵族风度，庄严派头。在她的举止和微笑中含有某种挑战的、咄咄逼人的神气。她大模大样地高昂着头，在高高的马背上用轻蔑的眼光横扫全班人马，对于我们那些好心的太太们针对她的高声评论似乎全不在意，卖弄自己的厚颜无耻、自己“在伯爵家”的地位，就好像她不知道，伯爵对她已经厌烦，随时等待机会摆脱她。

“伯爵想把我赶走呢！”当骑手们骑马走出院子的时候她哈哈大笑着对我说。这就是说，她已知道并且明白自己的处境了。

但是她干吗又扬声大笑呢？我望着她，心中纳闷：这个森林中的小家之女哪儿来的这股子乖巧？她什么时候学会了在马鞍上如此轻盈地摇摆，得意地翕动鼻翼和夸耀那命令一切的手势。

“荡妇和猪一样，”医生巴维尔·伊万内奇①对我说，“你请她坐在桌前，她就把脚放到桌上……”

不过这解释过于简单。任何人都不如我对奥尔加这么爱恋，而我又头一个想朝她扔石头，不过，真理那模糊的声音轻轻告诉我，这不是乖巧，也不是心满意足的女人的夸耀，而是绝望，是预感到不可避免的结局就要来临。

我们一大早就出来打猎，现在正走向归途。打猎不成功。我们本来对那片沼泽地抱很大的希望，但在地边遇到一伙猎人，他们向我们宣称，野禽已经惊散了。我们所能做的只是把三只鹬鸟和一只小野鸭打发到了另一个世界——这就是十来个猎人的全部战果。临到末了一位女骑手的牙又疼起来，于是我们就赶紧返回。我们沿着田边一条十分漂亮的道路往回走，田地里是一捆捆黄澄澄新收割的黑麦，衬托着一大片阴沉沉的森林，远处地平线上伯爵家的教堂和房屋泛着白光。在它们右边展开一大片镜面般的湖水，左边黑糊糊的是石墓山……

“好可怕的女人啊！”每逢奥尔加走到和我们的马车并排时，娜坚卡就悄悄对我说，“好可怕！她有多么漂亮，就有多么恶毒……您做她婚礼的傧相才有几天啊？当时她脚上的鞋还没来得及穿破，可如今又已经穿上别人家的绸缎并且夸耀别人给的钻石了……这么奇怪，这么快的变化简直叫人没法相信……如果她的本性是这样，那也该做得策略一点，等过一两年再……”

“她急于生活，没时间等！”我叹口气。

“您知道她丈夫的情况吗？”

“听说他酗酒……”

“是啊……前天爸爸在城里看见他坐着出租马车从什么地方过来。您知道吗，他的脑袋歪在一边，没戴帽子，一脸污泥……这个人完了！据说他穷得厉害，没有吃的，付不起房费。可怜的萨莎整

---

① 即巴维尔·伊万诺维奇。

天坐在那里挨饿。爸爸把这一切详细地告诉给伯爵……但您是了解伯爵的！他这个人正直、善良，可是不喜欢深思熟虑。他说：‘我汇给他一百卢布。’说着就把钱汇去了……我以为，没有比送钱给乌尔别宁更使他难堪的了……他会因为伯爵的馈赠而感到受辱，于是喝得更凶……”

“是的，伯爵很糊涂，”我说道，“他本来可以通过我，以我的名义汇这笔钱。”

“他根本没有权利送给他钱！如果我掐着您的脖子而您在痛恨我，难道我有权利养活您吗？”

“是这个道理……”

我们再不说话，陷入沉思……我一想到乌尔别宁的遭遇，心中总感到沉重。现在当这个害苦了他的女人在我眼前纵马驰骋的时候，我心中产生了一连串沉重的想法……他和他的孩子们将来会怎么样？她的最后结果又当如何？这位虚弱可怜的伯爵又会在何种精神泥沼中度过自己的一生？

坐在我身旁的这个人是惟一正派而且值得尊敬的……在本县我只认识两个人，他俩能为我所爱而且受我敬重，只有他俩有权对我不理不睬，因为他俩比我更为高尚……那就是娜杰日达·卡里宁娜和医生巴维尔·伊万诺维奇……他俩将来又会如何呢？

“娜杰日达·尼古拉耶芙娜！”我对她说道，“我虽然出于无心，但给您造成了很大的伤害，所以我比任何人都更无权指望您以诚相见。不过，我向您起誓，任何人都不如我那么了解您。您的痛苦就是我的痛苦，您的幸福就是我的幸福……如果我现在对您提个问题，您可别多心，以为这是无聊的好奇。亲爱的，请您告诉我，为什么您让那个微不足道的伯爵接近您？有什么原因妨碍您把他从身边赶开并且不听他那套讨厌的甜言蜜语。要知道他的追求是不会给正派的女人增光添彩的。为什么您给那些造谣家制造借口把您的名字和他的名字扯在一块儿？”

娜坚卡睁着清亮的眼睛望望我，好像看出了我脸上表露出的真诚，她快活地笑了笑。

“他们都说什么啦？”她问道。

“他们说，您的老爸和您想法把伯爵弄到手，可到头来伯爵会叫你们上当的。”

“他们不了解伯爵，所以才这么说！”娜坚卡脸上发烧，“无耻的造谣家！他们养成习惯，专看人坏的方面……至于好的方面，他们是无法理解的！”

“那么您发现了他好的方面啦？”

“是的，我发现了！您头一个应该了解，如果我没有完全相信他的诚心诚意，我是不会让他接近自己的。”

“这就是说，你们的事儿已达到‘诚心诚意’的阶段啦？”我感到惊讶，“好快呀……那么您要他的诚心诚意干什么呢？”

“您想知道吗？”她问道，两眼炯炯放光，“那些造谣家没说瞎话：我想嫁给他！请您不要扮吃惊的脸相而且不要笑！您会说，没有爱情就嫁人是不正当的等等，这些话已说过上千遍了，可是……我怎么办？觉得自己在这个世上是个多余的摆设，这是很不好受的……没有目标的生活十分可怕……可是，只要那个您非常不喜欢的人讨我做老婆，我在生活中就有事可做了……我会使他学好，帮他戒酒，教他工作……您看看他！他现在不像个人，可我会使他重新做人！”

“如此等等，如此等等，”我说道，“您还会保住他那巨大的财产，还要乐善好施……全县将对您歌功颂德，把您看作天使下凡，来安慰不幸的人们……您将要成为母亲，养育他的儿女……是呀，伟大的任务！您是个聪明的姑娘，可考虑问题却和中学生一样！”

“就算我的理想一无是处，就算它既可笑又天真，可我如今就靠它活着……请您别败我的兴！让我自己到时候再失望，可现在不成，等将来什么时候……遥远的将来……我们别谈这个了！”

“还有一个冒昧的问题：您在等待求婚吗？”

“是的……从我今天收到的他那封信来看，我的命运晚上就会决定……就在今天……他在信中说，有很重要的事要谈……他一生的幸福将取决于我的答复……”

“感谢您的坦率。”我说。

我很清楚娜坚卡收到的那封信的意思，一场丑恶的求婚正等待着可怜的姑娘……我决心救她，使她摆脱此难。

“我们已经来到咱们的林子了，”伯爵和我们的马车走到并排时说道，“娜杰日达·尼古拉耶芙娜，您是不是想休息一下？”

不等回答，他拍起巴掌，放开响亮而颤抖的男高音调门下命令：

“休——息！”

我们在林中空地上安顿下来。太阳已躲到树后，只把最高的赤杨树梢染上金紫的颜色，把显露在远处的伯爵家教堂的金十字架照得闪闪发光。受惊的青鹰和金莺在我们头上乱飞。有个男子开了一枪，惹得群鸟更加惊慌。一场吵闹不休的鸟声音乐会开演了。这种音乐会在春天和夏天有其动人之处，可在这空气中感到寒秋将至的时候，它刺激神经并且提醒人们候鸟就要南飞。

凉气从密林中袭来。女士们的鼻子冻得发青，怕凉的伯爵开始搓手。就在此刻无比及时地散出了烧茶炊的炭火味，响起了茶具的叮当声。一只眼的库兹马呼哧呼哧地喘着气，从高草丛中磕磕绊绊地拽来一箱白兰地，我们开始喝酒来暖身子。

在清新凉爽的空气中长时间漫游比任何开胃药水都令人胃口大开。在这个时候咸鱼脊肉、鱼子、烤山鹑以及其他美味就像春天的玫瑰一样赏心悦目。

“你今天很聪明，”我一边切着咸鱼脊肉一边对伯爵说，“比任何时候都聪明，很难安排得更聪明了……”

“这是我和伯爵共同安排的！”卡里宁嘻嘻地笑着说，冲着车夫们挤了一下眼睛，他们正从车上拿下来一包包冷荤、葡萄酒和餐具，“这小小的野餐会办得蛮漂亮的……最后还有香槟呢……”

民事法官满脸生辉，显得比任何时候都得意。莫非他正想就在今晚有人向他的娜坚卡求婚？莫非正为此他才准备了香槟酒，以便庆祝两位年轻人的喜事？我仔细看看他的脸，但和往常一样，什么也看不出来，还是那副无忧无虑的得意，酒足饭饱的满足，以及洋溢在整个魁梧身躯上的麻木不仁的高傲神气。

我们快活地朝那些冷荤一拥而上。对于摆放在大家眼前毯子上的美味佳肴无动于衷的只有两个人：奥尔加和娜坚卡·卡里宁娜。奥尔加躲在旁边，倚着马车的后座，眼望着伯爵丢在地上的那只猎袋，袋里那只中弹的鹬鸟仍在扑腾，她一动不动，一言不发看那只不幸的鸟儿如何挣扎，仿佛等它死去。

娜坚卡坐在我旁边，漠然望着一张张正在大嚼的嘴巴。

“这一切什么时候才完呀！”她那疲乏的眼睛表露出这个意思。

我递给她一份夹鱼子面包。她谢了谢，放到一边。显然，她无心吃东西。

“奥尔加·尼古拉耶芙娜，您干吗不坐呀？”伯爵冲奥尔加嚷道。

奥尔加没有回答，仍然像塑像般一动不动地站在那里望着鸟儿。

“有些人心肠多么硬呀，”我走到奥尔加跟前说，“难道您，一个女人，能看着这只鹬鸟受罪而满不在乎？与其看着它在那里挣扎，您真不如叫人把它弄死好了。”

“不少人在受苦，那就让它也受苦吧。”奥尔加说道，皱着眉头不看我。

“谁在受苦呢？”

“别烦我好不好！”她说道，声音沙哑，“我今天不高兴和你说话……还有你的那个混蛋伯爵！离我远点儿！”

她抬起眼睛看看我，眼里满是恼恨和泪水。她的脸色煞白，双唇颤动。

“好大的变化呀！”我说道，拾起猎袋，把鸟儿打死，“好厉害的口气！我大吃一惊！吓坏了！”

“跟你说，别烦我！我没心开玩笑！”

“你怎么啦，我的大美人儿？”

奥尔加从下往上打量了我一眼，把脸扭过去。

“跟荡妇和出卖自己的女人都是用这副腔调说话的，”她说道，“你认为我就是那种人……那好，找圣徒去吧！……在这儿我比谁都坏，比谁都贱……刚才你和那个好心肠的娜坚卡坐在车上，竟不敢看我……那好，找她们去吧！干吗站在这儿？走啊！”

“对，在这儿你比谁都坏，比谁都贱，”我说道，只觉得胸中一股怒气正慢慢升起来，“对，你又淫荡，又卖身。”

“是的，我记得你是怎么把那些该死的钱送给我的……当时我不明白是什么意思，现在可明白了……”

怒气贯满我的全身。这愤怒就像当初在我心中萌生的对红衣女郎的爱那么强烈……的确，什么样的人，甚至什么样的顽石到这个份上还无动于衷呢？我看着眼前的美人，她被无情的命运扔进了垃圾堆。青春也罢，美丽也罢，风姿也罢，一概未曾受到怜惜……现在我觉得这个女人比任何时候都漂亮，因而痛感大自然在她身上遭到多么大的损失，而我的心灵对命运的不公，对事物的秩序充满了难堪的愤恨。

一发怒我就控制不住自己。如果奥尔加没有转身走开，真不知道她还听我说些什么。她朝树林慢慢走去，很快就隐没在树后头……我觉得她哭了……

“众位，女士们和先生们！”我听到卡里宁在发表演说，“今天，我们大家聚在一起，是为了……为了团结一心……我们在这儿聚会，互相认识，共同欢乐，对于这次盼望已久的团聚我们要归功的不是别人，而是我们的明星，本省的名人……伯爵，您就别不好意思啦。诸位女士都知道我说的是谁……嘻嘻嘻！……那好，咱们接着往下说……因为对于这一切我们归功于学识渊博而又风华正茂的……风华正茂的……卡尔涅耶夫伯爵，所以我提议满饮此杯为……但是有人来了！这是谁呢？”

有一辆四轮马车从伯爵的庄园朝我们落座的林中空地这个方向驰来……

“这会是谁呢？”伯爵惊讶地说，举起望远镜往马车那边望去，“嗯……奇怪。……大概是过路的人……啊，不是！我看到卡艾坦·卡济米罗维奇的面孔……谁和他在一起呢？”

伯爵猛地像遭蛇咬那样跳了起来。他的脸上布满死一般的惨白，望远镜从手里掉到地上，他的眼睛像被逮住的老鼠似的转来转去，目光时而冲着我，时而冲着娜坚卡，仿佛在求救……并不是所有的人都看出他惊慌失措，因为大多数人的注意力都转向越来越近的马车。

“谢廖沙，上这儿来一下！”他悄悄说道，拽着我的胳膊把我拉到一旁，“亲爱的，我把你当朋友，当最好的人求你……你别问，别用疑问的眼光看我，也别吃惊！以后我全都告诉你！我发誓，对你毫不隐瞒……这是我一辈子最大的不幸，太不幸了，让我没法跟你说！将来你会全都知道，可现在别问！帮帮我！”

这时马车越来越近……最后它站住了，于是伯爵那愚蠢的秘密就传得全县人人皆知。普舍霍茨基下了马车，他气喘吁吁，满脸带笑，身穿新茧绸西装。跟在他后头一位年纪约莫二十二三岁的女士也轻盈地跳下车来。这是一位身材修长匀称的金发女人，面庞端正但不讨人喜欢，一对深蓝的眼睛。我只记得那双毫无表情的蓝眼睛，擦着粉的鼻子，沉甸甸的华丽服装和两只手上的大镯子……我还记得她身上刺鼻的香水味压倒了夜晚的潮气和杯中的白兰地酒香。

“这么多人啊！”这个陌生女人用生硬的俄国话说道，“肯定挺快活吧！你好，阿列克赛！”

她走到阿列克赛跟前，把脸颊朝他凑上去。伯爵很快地亲了一下，惊慌地朝客人们望了一眼。

“我来介绍，这是我的妻子！”他喃喃地说，“索霞，这都是我的好朋友……哦，我有点咳嗽。”

"我刚刚到！卡艾坦对我说：休息一下吧！可我说，我都睡了一路啦，干吗还休息呀！不如去打猎吧！穿好衣服就来了……卡艾坦，我的香烟呢？"

普舍霍茨基跳到金发女人跟前，递给她一个金烟盒。

"这位是我妻子的哥哥……"伯爵手指普舍霍茨基接着喃喃地说，"喂，帮帮我呀！"他捅一下我的胳膊肘，"看在上帝分上救救我！"

据说当时卡里宁感到身体不适，娜坚卡本想照顾他，却站不起来。据说当时许多人赶紧坐上自己的车走掉了。这一切我都没看见。只记得当时我走进树林，找到小路就信步而行，眼睛也不朝前看[1]。

当我走出树林的时候，弄得一身脏污，两条腿上沾满污泥。大概我曾跳过一条小溪，然而详情已不记得。我觉得非常疲乏难受，就好像被人用棍子痛打了一顿似的。当时我应当到伯爵的庄园去，骑上佐尔卡上路，可我没这么做，却迈步朝家走，我既没见到伯爵，也没见到他那该死的庄园[2]。

我走在沿湖的路上。大湖这个水怪已经狂吼起夜晚之歌，广阔的湖面上布满带着白色浪尖的巨浪。空中一片轰轰隆隆的响声。潮湿的冷风直透我的骨髓。左边是暴怒的大湖，右边从严峻的森林中传来单调的沙沙声。我觉得自己正和大自然面对面站着，就像在法庭上对质一般，它的愤怒和狂吼仿佛全都是冲着我一个人。换个场合我没准会觉得胆怯，但现在我对于周围这些庞然大物几乎没有觉察。大自然的愤怒比起沸腾在我心中的风暴又算什么呢[3]？

---

① 在卡梅舍夫的原稿上此处删去 140 行。——契诃夫注

② 在原稿中此处有一个墨水笔画的好看的女人头部，脸上被吓得形容改变。头部下的所有文字都被仔细地涂掉了，次页的上半页也被涂掉，在密密麻麻的墨迹当中只能辨认出两个字："鬓角"。——契诃夫注

③ 此处也有删节。——契诃夫注

一到家，我就合衣倒在床上。

“真不要脸，又穿着衣服在湖里洗澡！”波里卡尔普抱怨道，一边从我身上扒下又湿又脏的衣服，“又这么干，我的魔障！也算个上等人，受过教育，可是比任何一个扫烟囱的都差劲……真不知道，当初在大学里是怎么教您的。”

我既听不得人的声音，又见不得人的面孔，本想冲着波里卡尔普大喝一声，让他别打扰我。可我的话卡在嗓子里。舌头和全身一样虚弱无力，动弹不得。不管这有多么难受，我还得让波里卡尔普从自己身上扒下所有的衣服，甚至湿透了的内衣。

“翻个身行不行啊！”我的仆人一边抱怨，一边把我像个小玩偶似的翻过来翻过去，“明天就辞工算账！不干了，不干了，给多少钱也不干了！我这个老混蛋受够了！我要是还呆在这儿，叫我不得好死！”

干净、温暖的新内衣暖和不了我的身子，更镇定不了我的心灵。我又愤怒又害怕，浑身颤抖得连牙齿都打战。这害怕无法解释……吓唬我的既不是鬼，也不是从坟里蹦出来的僵尸，甚至不是挂在我头上的前任侦查员波斯别洛夫的相片。他那毫无生气的眼睛紧盯着我，片刻不离，好像还直眨巴。可我望着他的时候一点不害怕。我的前途并不明朗，但还是可以比较有把握地说，目前我没有受到任何威胁，乌云还远着呢。一时半时死不了，疾病对于我不可怕，至于个人的不幸对于我更不算什么……那我还怕什么？我的牙齿干吗打战呢？

我也不明白自己为什么发怒……伯爵的“秘密”不至于让我这么生气，无论伯爵本人，还是他那瞒着我的婚姻都与我不相干。

对于我当时的心态只剩下一种解释，那就是神经失常和疲劳过度。再找其他的解释我就无能为力了。

波里卡尔普一走，我就蒙上脑袋想入睡。四周又暗又静。只有笼中的鹦鹉不安地动来动去，还有从波里卡尔普住房中传来挂钟的滴答声。除此之外万籁俱寂。肉体和精神上的疲乏占了上风，我开始昏昏睡去……我觉得某种沉重的负担渐渐从我身上滑落了，那些可恨的形象在意识中化为烟雾……我记得甚至做起梦来。我梦见，在一个晴朗的冬天早晨我走在彼得堡的涅瓦大街上，因为没什么事而浏览商店的橱窗。我的心头轻松、愉快……没有什么地方急着要去，也没有什么事情急着要办——绝对的自由自在……一想到我已远离自己住的村庄，远离伯爵的庄园和寒冷暴怒的大湖，我的心情更加宁静、快活。我站在一面最大的橱窗前仔细端详各式女帽……我见过这些帽子……在其中一顶帽子下我看见了奥尔加，在另一顶帽子下看见娜坚卡，第三顶戴在打猎那天突然到来的索霞那淡黄头发的脑袋上……帽子下面的这些熟悉的面孔带着笑容……我想跟她们说几句话，这三张面孔却融合成一张通红的大脸。这张脸生气地转动眼珠，又伸出舌头……有人从后面掐住我的脖子……

“丈夫杀死了自己的老婆！”那张红脸大叫一声。我打个冷战，叫出声来，像被蛇咬似的从床上一跃而起……我的心可怕地跳动，额头上冒出冷汗。

“丈夫杀死了自己的老婆，”鹦鹉又说了一遍，“给我拿点糖来！看您有多蠢！傻瓜！”

“原来是鹦鹉……”我安慰自己，躺到被子里，“谢天谢地……”

响起了单调的如泣如诉的声音……那是雨点在敲打房顶……我在湖岸上走的时候曾看见西方有一片乌云，现在它已遮蔽了整个天空。电光微微一闪，照亮了死者波斯别洛夫的相片……在我的头顶上响起雷声……

“这是今年夏天最后一场雷雨。”我想。

我想起最后几场雷雨中的那一次……在森林里也响起了同样的雷声，当时我头一次来到守林员的家里……我和红衣少女站在窗前看被闪电照亮的松树……在这天生丽质的眼里闪出恐惧的光芒。她对我说，她母亲死于雷电，而她自己也渴望死得引人注意……她想穿戴得和本县最富有的贵妇一样。她觉得，华贵的衣饰适合她的美貌。她意识到自己在红尘中拥有的了不起的魅力并为此而感到骄傲，因而想登上石墓山，在那里死得耸人听闻。

她的愿望实现……虽说不在石墓……①

我已失掉任何入睡的希望，于是起来坐在床上。幽幽的如泣如诉的雨声慢慢地变成怒吼，往常我心里不感到恐惧和恼恨的时候，我很喜欢这种吼声……可现在我觉得这吼声是不祥之兆。雷声一个接着一个。

“丈夫杀死了自己的老婆！”鹦鹉沙哑地叫道……

这是它说的最后一句话……在心惊胆战中我闭上眼睛，黑暗里摸到鸟笼子，猛地一下子把它扔到墙角……

“见你的鬼去！”我喊道，听到鸟笼子嗖的一声和鹦鹉的尖叫声……

可怜的，高贵的鸟儿！它可不是飞到墙角就没有事了……第二天鸟笼子里有一具冰凉的尸体。我为什么杀死它？如果它那句丈夫杀老婆的口头禅提醒……②

我那位前任波斯别洛夫的母亲把住房转让给我的时候，对房中所有的陈设都收了钱，甚至包括我不认识的那些人的相片。但对于这只贵重的鹦鹉她分文未取。在动身去芬兰的前夕她通宵和自己贵重的鸟儿依依惜别。我至今记得她和鸟儿道别时那一声声呜咽，一句句哀诉。她求我好好照看鹦鹉直到她回来，我至今记得她说这些话时眼中的泪水。

我向她保证，她的鹦鹉是不会因为认识我而后悔的。而我却没有实践诺言。我把鸟儿打死了。我至今仍在想象，如果老太婆知道了这只饶舌鸟的遭遇，她会说些什么！

---

① 此处几乎整页被涂抹得乱七八糟，只留下几个字，但它们未提供线索以推测被涂掉的文意。——契诃夫注

② 遗憾的是此处又被涂抹。看得出来，卡梅舍夫不是在写作时涂抹的，而是在以后……在小说的结尾我特别注意这些涂抹之处。——契诃夫注

有人小心地敲我的窗子。我的住所在村子尽头，面临大道，所以我不止一次听到敲窗的声音，特别是在天气恶劣，过往行人寻找投宿处所的时候。这一次敲我窗子的不是过往行人。我走到窗前，趁着电光一闪，看见一个黑糊糊的人影，此人又高又瘦，他站在窗前，似乎冻得缩着身子。我推开窗子。

“谁呀？有什么事？”我问道。

“谢尔盖·彼得罗维奇，是我！”我听到可怜巴巴的声音，那些冻坏了并且吓坏了的人说话都是这个腔调，“是我呀！亲爱的，找你来啦！”

我大吃一惊，从这黑影那可怜巴巴的腔调里我听出了好友巴维尔·伊万诺维奇的声音，眯缝眼过着有规律的生活，不到十二点就睡觉，他现在来访叫人无法理解。什么大事会迫使他违反自己的规矩，深夜两点上我这儿来，而且天气又这么可怕？

“您有什么事？”我问道，心里暗暗诅咒不速之客见鬼去。

“对不起，亲爱的……我本来想敲门，可现在您的波里卡尔普大概睡得和死人差不多，我这才决定敲窗户。”

“您到底有什么事？”

巴维尔·伊万诺维奇走近我的窗前，含含糊糊地说起一件叫人听不懂的事儿。他打着哆嗦，像个醉鬼。

“我在听您说话呢？”我不耐烦地说道。

“您……您，我看您生气了，不过，要是您知道都发生了什么事，您就不会为搅了您的觉和来得不是时候这类小事生气了……现在可顾不上睡觉啊！我的老天爷！我在世上活了三十年，今天才头一次感到可怕的不幸！我不幸啊，谢尔盖·彼得罗维奇！”

“唉，到底出了什么事嘛！而且跟我又有什么关系，我自己还连站都站不稳呢……我管不了别人！”

“谢尔盖·彼得罗维奇！”眯缝眼带着哭腔说道，在黑暗中把一只被雨淋湿了的手朝我的脸伸过来，“您是正直的人啊！我的朋友！”

随后我听到男人的哭声。医生哭了。

“巴维尔·伊万诺维奇，请您回家去吧！”沉默了一会儿我说道，“现在我没法和您谈话……对于我自己的情绪和您的情绪我都感到害怕。我们彼此是不会了解的……”

“我亲爱的！”医生用哀求的声音说，“您娶了她吧。”

“您疯了！”我说道，砰的一声关上窗子……

由于我的情绪失常，医生是在鹦鹉之后第二个受害者。我没有请他进屋而且冲着他的鼻子砰的一声关上窗子。就凭这两个粗野无礼的举动他会要求决斗，即使对方是个女人①。但是温顺善良的眯缝眼不懂得决斗。他不知道什么是生气。

大约过了两分钟，电光一闪，我朝窗子一望，看见我的客人那弯着腰的身影。这一次他的身影充满请求和期待，就像乞丐等待施舍那样。他大概是等待我原谅他，让他把话说完。

幸好我的良心受了感动。我开始可怜起自己来，对大自然感到遗憾，它竟赋予我这么残忍和卑劣的禀性！我那下流的心肠硬如铁石，和我那健壮的身体一样……②我走到窗前，推开了窗子。

“您进屋吧！”我说。

“没时间啦！……每分钟都珍贵！可怜的娜坚卡吃了毒药，医生不能离开她……可怜的姑娘差点儿救不活了……难道这不是不幸？难道您能关上窗子不听吗？”

“她到底还活着吧？”

“到底……不能用这样的口气谈不幸的人，我的好朋友！谁会想，这么个聪明、正派的姑娘因为伯爵这样的人竟要与世长辞？真

---

① 最后这句话的后面删掉一行，不过这一行可以辨认：“我会扭下她的脑袋，而且打碎所有的窗户。”——契诃夫注

② 下面这一段描写作者的精神耐力，文字过分华丽。悲痛的神情，鲜血，尸体的法医解剖等等似乎对于他毫无影响。整段带有幼稚的夸耀和不老实的痕迹。它粗野得令人吃惊，因此我把它删掉了，它对于分析卡梅舍夫的性格并不重要。——契诃夫注

想不到，人间的不幸在于女人不可能十全十美！一个女人不管她多聪明，不论上天赋予她多少美质，她身上总有点不对头，妨碍她自己和别人生活……就拿娜坚卡来说……她为什么这么干呢？爱面子，爱面子啊！病态的自尊心！为了叫您不好受，她起意嫁给这个伯爵……她既不需要他的钱，也不需要他的名望。……她需要的只不过是满足她那荒唐无比的自尊心……可是突然遇到挫折！您知道，他的妻子来了……原来这个浪子已经结婚……竟还有人说，女人吃得了苦，比男人更能忍耐！如果这么个微不足道的原因就逼得吞含磷火柴，哪里还谈得上忍耐呢？这不是忍耐，这是虚荣心重！"

"您可别感冒……"

"我刚才见到的情形比任何感冒都糟……那双眼睛，那种惨白……唉！恋爱不成，想让您难受一下也不成，如今又加上个自杀不成……很难想象还有更大的不幸了！……我亲爱的，如果您还有一点点同情心，如果……如果您看见她……对，您干吗不上她那儿去呢？您爱过她！如果现在您已不爱她，那何不为她牺牲自己的自由呢？人的生命是宝贵的，为它可以奉献……一切！您救救她的命吧！"

有人猛烈地敲我家的门。我打了个哆嗦……心血汹涌！……我不信预兆，可这一次我的惊慌却不是凭空而来……有人在街上敲门找我。

"谁呀？"我在窗口喊道。

"找您，老爷！……"

"什么事？"

"伯爵给您的信，老爷！出了人命啦！"

一个黑糊糊，裹着羊皮袍子的人影走近窗前，一边抱怨着天气，一边递给我一封信……我快步离开窗口，点上蜡烛，读到下文：

"看在上帝的分上，忘掉世上一切，马上到我这儿来。奥尔加被害。我方寸大乱，就要发疯。你的阿·卡。"

奥尔加被害！短短一句话使我头发昏，眼发黑……我坐到床上，耷拉着胳膊，没力气思索。

“这是您吗，巴维尔·伊万诺维奇？”我听到被派来送信农民的声音，“刚才我还想着到您那儿去呢……有您的信。”

五分钟以后我和眯缝眼坐在一辆带篷马车上，到伯爵的庄园去……雨点敲打着车篷，在我们前方时不时闪亮炫目的电光。

听到大湖的咆哮……

悲剧的最后一幕开场，两个剧中人乘车去看撕心断肠的惨景。

“喂，您想我们会碰上什么情况呢？”在路上我问巴维尔·伊万诺维奇。

“我什么也不想……不知道……”

“我也不知道……”

“哈姆雷特曾经抱憾天地的主宰禁止自杀之罪，我现在则抱憾命运让我当了医生……深深地抱憾！”

“恐怕现在该轮到我抱憾做法院侦查员了，”我说，“如果伯爵没有把谋杀和自杀混为一谈，如果奥尔加确实被人杀死，那我的可怜的神经就该倒霉了！”

“您可以拒绝承办这个案子。……”

我疑问地看看巴维尔·伊万诺维奇，但是四周黑糊糊，我当然什么也看不见……他怎么知道，我可以拒绝承办此案？我是奥尔加的情夫，不过这事有谁知道呢，除去奥尔加本人，大概还有曾对我鼓掌的普舍霍茨基？……

“为什么您以为我可以拒绝呢？”

“这个么……您可以生病，可以辞职……这一切毫不影响您的体面，因为有人替代您，医生的处境就完全不同了……”

“就因为这个？”我心中暗想。

马车在泥泞的土路上经过长时间痛苦不堪的颠簸终于停在大门口。大门正上方有两扇窗子灯光明亮，最右边是奥尔加的卧室，从那间屋子的窗口透出微弱的灯光。其余的窗子都是黑的。在楼梯上我们碰上了母枭鸟。她睁着目光带刺的小眼睛望望我，满脸的皱纹堆垒出一个恶毒的、嘲弄的笑容。

“这回要给你们个大大的意外！”她的眼睛说道。

大概她以为我们是来大吃大喝的，还不知道宅里出了祸事。

“请您注意，”我对巴维尔·伊万诺维奇说道，一面扯下老太婆的护发帽，露出她光秃秃的脑袋，“这老妖婆九十岁了，亲爱的。如果将来咱们有机会解剖这个人，咱们的看法会大不相同。您会发现她的脑子呈现老年性萎缩，而我则会向您保证她是全县最聪明、最狡猾的人……穿裙子的魔鬼！”

走进大厅，我大吃一惊。在这里我看到的景象完全出乎意料。所有的椅子和长沙发上都坐满了人……还有许多人站在窗前屋角。他们是从哪儿来的？如果有人早点告诉我，在这里我要碰上这些人，我准会哈哈大笑。当时在某个房间里可能躺着已经死去或正在死去的奥尔加，此时此刻这些人居然呆在这里，未免太离奇，太不合适了。原来他们就是“伦敦”饭店吉卜赛领班卡尔波夫率领的吉卜赛合唱团，也就是读者在本书前几章看到过的那个合唱团。我进来以后，从一群人中走出来我的老相好吉娜，她认出了我，快活得大叫一声。当我向她伸出手的时候，她那颜色较深但很苍白的脸上堆满笑容，当她想告诉我点什么的时候，眼睛里又迸出泪水……眼泪弄得她说不出话来，结果我无论如何也没听见她说一个字。我问其他的人，他们向我说明了来到此地的缘由。早晨伯爵往城里打来电报，要求合唱团全体人员必须在晚上九点以前到达伯爵的庄园。他们为执行这次“电召”，坐上火车，晚八点就在这间大厅里了……

“我们原想让伯爵大人和各位来宾高兴高兴……我们学会了许多新歌！……可突然间……”

突然间，一个农民骑马跑来通知，说在打猎时发生了凶残的杀人案，他吩咐给奥尔加·尼古拉耶芙娜铺床。大家不相信农民的话，因为他当时醉得“像猪一样”，可是当楼梯上响起一片喧哗，一个黑糊糊的身体被人抬着穿过大厅的时候，就再不可能怀疑了……

"现在我们不知道如何是好！我们不该留在这里……既然有神甫在这里，快活的人们就该走掉……再说，所有的歌手都吓得直哭……他们不能呆在有死人的宅子里……我们得走，可是这儿的人却不愿意给我们备车！伯爵老爷病倒在床上任何人都不见。我们向仆人要车，却招来他们的讥笑！……天这么黑，天气这么坏，我们总不能走回去呀！仆人们都粗野得要命。我们请他们为我们的女士们烧个茶炊，他们张口就骂，要我们见鬼去。"

这通诉苦最后变成眼泪汪汪的央求，求我发善心，为他们张罗马车，好让他们离开这"该死的"宅子。

"要是马匹没被放到牧场，车夫也没被派出去，你们可以坐车走，我吩咐他们去办。"我说。

这些穿着小丑服装，惯于装模作样满不在乎的可怜虫如今个个愁眉苦脸，动作迟缓，和他们平素的形象很不相称。我答应送他们到火车站，他们这才有了点活气。男人们的低言悄语变成高声谈论，女人们也不哭了……

然后我朝伯爵的书房走去，穿过一连串黑糊糊、没点灯的房间，经过许多房门，我朝一扇门里望了望，看见一幅动人的景象。索霞和她的哥哥普舍霍茨基坐在桌前，桌上有一个咝咝作响的茶炊……索霞穿着薄薄的上衣，手上仍然戴着镯子和戒指，鼻子闻着香水瓶里的东西，懒懒地，厌烦地喝着茶碗里的茶。她的眼睛带着泪痕……大概，打猎时发生的事严重地扰乱了她的神经，使她的心情久久不能平静。普舍霍茨基仍和往常一样脸色木然，大口喝着茶碗里的茶，一面和他妹妹说话。从他那教诲的表情和派头来看，他正在劝慰妹妹，叫她千万别再哭了。

不言而喻，当我见到伯爵的时候，不消说，他心乱如麻。这个萎靡虚弱的人更加消瘦而憔悴……他脸色苍白，双唇颤抖，就像发寒热病。他脑袋上缠着白手绢，散发着刺鼻的醋味，充满整个房间。见我进来他从躺着的沙发上一跃而起，掩上长袍向我奔过来。

"啊？啊？"他气喘吁吁地发话，"喂？"

他发出几个含糊的音，拉着我的袖子走到沙发前，我刚坐下，他就像条吓坏了的小狗那样紧紧地依偎在我身边，诉起苦来……

“谁能想到？啊？等一下，亲爱的我盖上毯子……我害了寒热病……她被打死了，可怜的人！那么凶残地被打死了！现在还活着，不过地方自治局的医生说今天晚上就会断气……可怕的一天！……平白无故地来了我的老婆，见他妈的鬼……这是我最不幸的错误。谢廖沙，在彼得堡的时候，我喝醉了酒就让人家给娶了亲。我一直瞒着你，觉得不好意思，可现在她来了，你会看见她的……我好后悔……唉，该死的软弱！因为一时的感情用事和伏特加的作用，让我干什么我就会干什么。老婆光临是头一份礼物，奥尔加出事是第二份……我等着第三份……我知道，还会出事的……我知道……我要疯了！”

伯爵哭了一会儿，喝了三杯伏特加，骂了几声自己是蠢驴，坏蛋，酒鬼，然后对我细说了打猎时发生的悲剧，由于激动话说得前言不搭后语，大致意思如下：

我走以后，大约过了二三十分钟，这时索霞的到来所引起的惊愕已有些平静。索霞和众人见过礼以后，也开始以女主人的身份自居。忽然大家听到一声撕心裂肺、惊心动魄的叫喊。喊声从树林那边传来，跟着又听见三四次回声。这声音太不寻常，惊得凡是听到的人都跳起来，狗汪汪地狂吠，马也竖起了耳朵。虽说这声音极不自然，可是伯爵倒听出了是女人的叫声……叫得那么绝望，恐怖……当女人看见鬼魂，或是婴儿暴死，就会这么叫唤的……惊慌的客人们望着伯爵，伯爵望着客人们……在坟墓般的寂静中过了足有三分钟……

就在客人们面面相觑，默默不语的时候，车夫和仆人们朝发出叫声的地方跑去。头一个报丧的是老仆伊利亚。他从树林里跑到林边空地，脸色发白，瞪大眼睛，想说话但说不出来，因为呼吸急促，情绪紧张，半天开不了口。最后他总算忍住激动，画了个十字，然后说道：

“太太被打死了！”

哪个太太，谁打死的？但伊利亚对这些问题没有回答……第二个报信的人出乎意料并且引起震惊……此人出乎意料的出现和他的那副样子令在场者大惊失色。伯爵看见他，想起奥尔加正在林中散步，立时被一种可怕的预感吓得心跳停止，双腿弯曲。

他是彼得·叶戈雷奇·乌尔别宁，伯爵原来的管家，奥尔加的丈夫。众人先是听见沉重的脚步声和枯枝的断裂声……仿佛有一头熊正从林子里朝空地这边走过来。这以后才现出了不幸的彼得·叶戈雷奇高大的身躯。他走出林子，来到林边空地，看见众人，后退了一步，就生了根似的站住不动了。约莫有两分钟他一言不发，一动不动，从而让众人得以仔细打量他……他身上穿着日常穿的灰上衣和相当旧的裤子……头上没戴帽子，乱蓬蓬的头发黏在汗津津的额头和鬓角……他的脸一般是赤红色，常常红中带青，这时却颜色惨白……两只眼睛神色茫然，睁得异常大……嘴唇和双手都在哆嗦……

不过，最令人吃惊的，首先引起呆若木鸡的观众注意的乃是他那血淋淋的两只手……双手和两只袖口上浸满鲜血，就像在血盆子里洗过一般。

乌尔别宁木然不动地呆了两三分钟，仿佛从梦中惊醒，盘腿坐到草地上，呻吟了一声。几只狗嗅到异常的味道，把他团团围住，汪汪地叫起来……乌尔别宁用浑浊的目光对众人扫了一眼，双手抱头，又木然不动了……

“奥尔加，奥尔加，你都干了些什么呀！”他呻吟道。

低沉的呜咽从他的胸中一涌而出，震得宽阔的双肩不住颤动……当他把双手从脸上拿开时，众人看见了从他手上染到面颊和额头上的血迹……

讲到这里，伯爵摆摆手，哆哆嗦嗦地喝了杯伏特加，又接着说下去：

“后来的事我记不清了。你能够想象得到，发生的这种种一切把我惊呆了，吓傻了，我失去了思维能力……以后的事一点记不得了！我只记得，几个男人从树林里抬来一个人，衣服撕破了，上面沾满血……我不能看她，把她放到车上就拉走了……我没听见呻吟，也没听见哭泣。听说，她被那把自己经常带在身边的匕首从肋下扎了进去……你记得吗？那匕首是我送给她的。是把很钝的匕首，刃比这茶杯的杯口还厚……这就是说，得有多大力气才能把它扎进去呀！老弟，我喜欢高加索的兵器，现在让这些兵器去它的吧！明天我就吩咐把它们通通扔掉……”

伯爵又喝了杯伏特加，接着说道：

“可是多么丢脸，多么可恶呀！我们把她拉回家……你知道，所有的人都在绝望、恐怖之中。可忽然间听到粗野雄壮的歌声，见鬼去吧，这些吉卜赛人……他们排成队，这些混蛋，说唱就唱，哇哇大叫！……看见了吗，他们本想来个漂亮的欢迎，可是结果满不对劲……就像笑话里的傻子伊万，看见人家送葬他心中大喜，来到跟前说道：‘你们抬吧，尸体可多啦，抬都抬不完的！’是的，老弟，我本来想招待客人，请来这些吉卜赛人，但结果一团糟。需要请的不是吉卜赛人，而是医生和神甫。现在我不知道怎么办！我该怎么办呢？我不知道这些风俗礼仪。应该叫谁来，找谁去……也许，得叫警察、检察官……打死我我也是一窍不通！……多亏叶列米亚神甫，听到出了事，就来做了圣餐礼，而我自己根本想不到该请他。我求你啦，好朋友，把这一切该办的事都担起来吧！我真的要疯了！妻子来了，凶杀案……唉唉！我的妻子在哪儿呢？你没看见她吗？”

“看见了，她正和普舍霍茨基喝茶呢。”

“就是说，和哥哥……普舍霍茨基这个骗子！当时我想从彼得堡偷偷溜掉，他那狗鼻子闻出了我要逃跑的意思就缠住我不放。这期间他讹诈去我多少钱啊，数也数不清！”

我没时间和伯爵长谈，站起来朝房门走去。

“你听我说，”伯爵止住我，“那什么……乌尔别宁会捅我一刀吗？”

“难道奥尔加是他捅的吗？”

“显然是他……只有一点弄不明白，他从哪儿来的！是什么鬼使神差把他带到了森林里？而且恰恰就是那片林子！就算假定他躲在那里等我们，可他怎么知道，我会想在那里停下来休息，而不是在别的地方呢？”

“你什么也不明白，”我说道，“顺便我要跟你彻底说清楚……如果将来我承办这个案子，那么请你别谈自己的想法……请你只回答我的问题，别的话不劳多说。”

离开伯爵，我朝奥尔加躺着的房间走去①。

房里点着一盏浅蓝色小灯，勉强照亮人的脸……在这样的灯下读书写字是不可能的。奥尔加躺在自己的床上，头上缠着绷带，只露出极其苍白的光鼻子和紧闭的眼皮。我进来时她的胸膛坦露，上面放着冰袋②。这意味着奥尔加还没有死。有两位医生在她身旁忙碌。我进来时，巴维尔·伊万诺维奇正眯着眼睛，不断地喘着气，哼哼哧哧地用听诊器听她的心脏。

疲倦已极的地方自治局医生样子像个病人，坐在床边的圈椅上若有所思，装作试脉搏的样子。叶列米亚神甫刚做完法事，把十字架裹在法衣长巾里，准备离去……

“而您呢，彼得·叶戈雷奇，请不要悲伤！”他一边长叹，一边望着墙角，“这都是天意，还是祈求上帝吧。”

乌尔别宁坐在墙角的凳子上。他变得我几乎认不出来了。近来的无所事事和酗酒不但强烈地表现在衣服上，也表现在容貌上：衣服破旧，脸面枯槁。

可怜的人坐在那里一动不动，两只拳头支着头，不错眼珠地望

---

① 这里删掉两行。——契诃夫注

② 请读者注意一点。卡梅舍夫喜欢到处大写特写他的心境，甚至在描写他和波里卡尔普吵嘴时也不免如此，但是垂危的奥尔加给他留下的印象却只字不谈，我认为这是有意回避。——契诃夫注

着床上……脸上手上仍然全是血污……全然忘了洗洗干净……

啊，我那心灵的预兆，我那可怜的鸟儿的预言！

每逢被我打死的那只高贵的鸟儿叫喊丈夫杀死老婆那句话时，乌尔别宁总出现在我的想象中。为什么？……我知道，嫉妒心重的丈夫常杀死不贞的妻子，同时又知道，乌尔别宁之类的人是不会杀人的……于是我就丢开丈夫可能谋杀奥尔加的想法，认为那是荒谬的。

“是不是他？”我看看他那张不幸的面孔，自思自问。

坦率地说，对这个问题我没作肯定的答复，虽然伯爵这么说，虽然我看见他手上脸上有血。

“如果他杀了人，那么他早就把手上脸上的血洗掉了……”我不由得想起一个侦查员朋友的论据：“杀人犯受不了被害人的血。”

如果我想稍微动动脑筋，我会想起不少这样的论据，可是不应当先抱成见，不应当把为时过早的结论塞满头脑。

“您好！”地方自治局医生向我打招呼，“最终您来了，我很高兴……请您告诉我，谁是这里的主人？”

“这里没有主人……这里整个儿乱七八糟……”我说道。

“话说得是挺好。虽然说得好，可是我一点也不轻松，”地方自治局医生恼火地咳嗽起来，“足足三个钟头我向他们又请求又央告，希望他们给拿瓶葡萄酒或者香槟酒来，可谁都不肯屈尊听听这个哀求！所有的人都聋得像松鸡！冰刚刚送到，可三小时前我就吩咐拿冰来。这算怎么回事？人要死了，可他们似乎还笑呢！伯爵在自己的书房大喝蜜酒，却不能给我们一杯！我打发人到城里去，到药房去，可他们说，马都累坏了，再说也没人能骑，因为所有的人都喝醉了……我想派人到我的医院取药和绷带，这次他们赏脸，给我派来个醉鬼，他醉得站都站不稳。两小时前就派他去，结果怎么样？听说他现在刚出门！这岂不是太不像话吗？所有的人都喝得大醉，说话粗野，一点没教养！……全都是白痴！我凭上帝起誓，这辈子头一回看见这么毫无心肝的人！”

医生的愤慨是正当的，他丝毫没有夸大事实，而是相反……伯爵庄园里的种种混乱和胡闹，一整夜也说不完，诉不尽。仆人们不干事又没人管，惯得他们无法无天，十分可恶。没有一个听差不是活得太长，吃得太胖的典型。

我去拿酒。我打了仆人两三个耳光，才搞到了香槟和缬草酊，使得两个医生说不出的高兴。一小时后①，医院里的一位医士到了，带来一切必要的东西。

巴维尔·伊万诺维奇把一餐勺香槟酒灌进奥尔加的嘴里。她作了个吞咽的动作跟着呻吟了一声。随后在她的皮下注射了一针霍夫曼液之类的药水。

“奥尔加·尼古拉耶芙娜！”地方自治局医生俯到她耳边喊道。“奥尔加·尼——古——拉——耶芙娜！”

“很难希望她恢复知觉！”巴维尔·伊万诺维奇叹息一声，“大量失血，而且，除此以外，头部钝武器的一击多半引起脑震荡。”

是否脑震荡，用不着我来判定，但是奥尔加睁开了眼睛，要水喝……兴奋剂对她起了作用。

“您有什么要问的，现在可以问……”巴维尔·伊万诺维奇碰下我的胳膊肘说：

“请问吧。”

我来到床前……奥尔加的眼睛朝我转过来。

“我在哪儿？”她问道。

“奥尔加·尼古拉耶芙娜，”我开口问道，“您认得我吗？”

奥尔加望了我几秒钟，然后闭上眼睛。

“认得！”她呻吟道，“认得！”

---

① 我应当提请读者注意又一个重要的情节。有两三个小时之久卡梅舍夫只是一个劲地在各个房间出来进去，和医生们一起对仆人们大发脾气，动不动就打他们耳光，如此等等……您看得出他是个法院侦查员吗？看来他从容不迫，尽力磨时间。显而易见，“他知道谁是杀人凶手”。随后下文中描写的对母枭鸟毫无来由的搜查，以及对吉卜赛人形同嘲弄的审问，都只不过是为了拖延时间。——契诃夫注

“我是济诺维耶夫，法院侦查员。我有幸认识您，要是您记得起来的话，我还做过您婚礼上的傧相呢。……”

“是你吗？”奥尔加伸出她的左手说道，“你坐下……”

“她说胡话了！”眯缝眼叹口气说。

“我是济诺维耶夫，侦查员……”我接着说，“您要是记得的话，打猎时我也在场……您现在觉得怎么样？”

“拣要紧的问！”地方自治局医生悄悄说道，“我不能保证她会清醒很久。……”

“请不要教导我！”我恼了，“我知道该说什么……奥尔加·尼古拉耶芙娜，”我转脸对着奥尔加接着说下去，“劳驾您仔细想想过去一天发生的各种事情。我来帮您回忆……正午一点您骑上马和大家一同去打猎……打猎进行了大约四个小时……然后在林中空地上休息……您记得吗？”

“是你……是你……杀了。”

“杀了鹬鸟是吧？我把那只中弹的鹬鸟打死以后，您皱起眉头，离开了大伙儿……您进了树林子①……现在请费神打起精神来，开动脑筋想一想。您在林中散步时遭到一个我们不认识的人的袭击。我现在作为侦查员问您，那是谁？”

奥尔加睁开眼睛看看我。

“请对我们说出那个人的名字！这里除了我，还有三个人……”

奥尔加否定地摇摇头。

“您必须说出他的姓名，”我接着说，“他将受到严惩……法律对他的兽行必将严肃追究！他会去服苦役的②。……我在等您

---

① 在关键的问题上打岔只有一个目的：拖延时间，等奥尔加失去知觉，那时她就不能说出凶手的名字了。这是典型的手法，奇怪的是，两位医生竟没有给予应有的重视。——契诃夫注

② 这些话只有乍看才显得天真幼稚。显然卡梅舍夫要奥尔加明白，她的证词会给凶手带来多么严重的后果。如果她爱凶手，她就该不说话。——契诃夫注

回答。”

奥尔加笑了笑，否定地摇摇头。进一步的审问毫无结果。我从奥尔加那里再没有问出一个字，一个动作。差一刻五点，她去世了。

早晨六点多钟，村长和证人们应我的召唤，从村子来到此地。到犯罪现场去是不可能的，倾盆大雨从夜间一直下到现在。小泥洼变成大湖了。灰色的天空阴阴沉沉，太阳未必会出来；湿淋淋的树木惨兮兮地低垂枝叶，一阵风来就洒落无数大颗的水点。到现场去不可能，而且大概也无意义，犯罪的痕迹，诸如血迹和脚印之类，大概一夜之间已被大雨冲得干干净净。然而办案的手续要求调查犯罪现场。我就把这次调查推迟到警察来了以后，目前先起草报告，审问证人。我首先审问了吉卜赛人。可怜的歌手们在大厅里坐了一夜，等着给他们备车上火车站，但是没给他们备车。仆人叫他们自己去找伯爵，同时又警告他们，爵爷不许把任何人“放进去”。早晨他们请烧个茶炊，但没人搭理。他们被困在陌生的、停放着死人的住宅里，处境奇怪，情况不明，几时能走毫无消息，再加上灰蒙蒙、阴惨惨的天气——这一切使吉卜赛人陷入极大的烦恼，一夜之间人人变得形容消瘦，面色苍白。他们从一个墙角到另一个墙角走来走去，仿佛吓得要死或者在等候严厉的判决。我的审讯更增加了他们精神上的压力。首先，我那没完没了的审问大大推迟了他们离开“该死的”宅子的行期；其次，这种审问令他们胆战心惊。这些普通老百姓一想自己有严重的杀人嫌疑，就哭哭啼啼地向我保证，说他们没有罪而且什么也不知道。吉娜看见我那公事公办的面孔，把我俩过去的关系忘得干干净净，和我说话的时候吓得浑身发抖，头脑发昏，就像个挨了打的小女孩一样。我请他们不要激动，一再说明我只把他们看作证人，看作司法的助手，他们却异口同声向我申明，他们从来没当过犯人，什么都不知道，但愿上帝保佑，将来也别和司法人员打交道。

我问他们从火车站出来以后走的哪条路？是否曾穿过发生命案

的那片林子？他们当中有没有人离开大伙儿，哪怕是短时间内？他们是否听见奥尔加那撕裂心灵的叫喊声①？审问没有任何结果。被审问吓坏了的吉卜赛人从合唱团里推举出两个棒小伙子，派他们到村子里去雇车。这些可怜虫一心要走。但是该他们倒霉，树林中的命案已在村子里传开了。村里人怀疑地看看这两个黑皮肤的使者，就把他们抓起来，带到我这里。一直到晚上这个受尽折磨的合唱团才挣脱了噩梦，自由地长长地出了一口气，他们以三倍高的价钱雇了五辆农民的大车，离开了伯爵的住宅。后来伯爵付给了他们往返的路费，但他们在伯爵府里遭受的精神痛苦就没人付钱了……

审完了他们，我对于母枭鸟进行了搜查②。在她的箱子里我找到无数老年妇女用的破烂，可是翻遍所有戴旧了的护发帽和补了又补的袜子，我既未找到钱，也没找到老太婆从伯爵和客人们那儿偷来的贵重物品。我也没找到她从吉娜身上偷去的东西……显然，这个老妖婆另有收藏地点，那地方只有她一个人知道。

我不在本书中引用我的报告、初步材料和调查经过……资料很长，再说我也忘了……我只简短地讲讲主要内容。……我陈述了看到奥尔加时她的情况，详细陈述了对她的审问。从这次审问中可以看出，奥尔加是在清醒的状态中回答我的问题并且有意隐瞒凶手的姓名而不告诉我。她不愿意凶手受到惩处，这就不可避免地引出如下推断：罪犯对于她来说是可贵而且是亲近的。

我和很快到来的区警察局长共同验看了奥尔加的衣服，有不少收获。她那件天鹅绒面子、丝绸里子的骑马装上衣仍旧湿漉漉的。上衣右边被匕首扎了一个洞，浸透血，有些地方结成血块……血流得很多，奇怪的是，奥尔加竟没有当场丧命。上衣左边也满是血，

---

① 如果卡梅舍夫先生需要知道这些，那么审问那些为吉卜赛人赶车的车夫岂不更容易些？——契诃夫注

② 这是为什么？就算这一切都是法院侦查员喝醉了或半睡半醒中干出来的，那又何必把它写出来呢？把这些重大的错误瞒过读者岂不更好吗？——契诃夫注

袖子的肩部和腕部被撕破……衣服上部的两个扣子脱落，检查时没找到，黑色开司米裙子揉得极皱，因为奥尔加被人从树林里抬到马车上，又从马车上抬到床上，然后有人把它脱下来，揉成一团，扔到床底下去了。裙子的腰部被撕破，裂口从上到下长约七俄寸，大概是在抬和脱的时候弄成这个样子。不过，这裂口也可能是在奥尔加生前撕破的。奥尔加不喜欢缝缝补补，也不知道交给谁去修补，可能把这口子掩藏在上衣底下。我认为它与罪犯的野蛮暴行无关，但后来副检察官在发言中却很强调这一点。裙子的右边和右衣袋都浸透血，衣袋里的手绢和手套变成两团棕红色不成样子的东西。整条裙子，从腰到边，布满大小不等形状不一的血印。……后来在审问中判明，这些血印大部分是车夫和听差们在抬奥尔加时手指和手掌染上血而留下的痕迹。衬衣上也是血，特别在右边，那里有一个兵刃刺破的洞。……和上衣一样，衬衣的左肩部和腕部被撕破……袖口有一半被扯了下来。

奥尔加的随身之物，例如金表、长金链、钻石别针、耳环、戒指，装有银币的钱包等，都和她的衣服同在，显然，罪犯并非见财起意。

奥尔加死后第二天，眯缝眼和地方自治局医生当着我的面作了尸体解剖，并把最后结果写成一份很长的报告，这里摘其大意。医生们作尸体表面检查时发现下列伤口：头部左鬓角和头骨之间有一个伤口，长 3.81 厘米，深可见骨。伤口边缘不整，不成直线……它是由钝武器造成的，据我们后来判断，大概是匕首的刀鞘砍的。颈部，在颈椎部位，有一条红印，形似半圆，占后颈部的一半。在整个红印上可见皮肤的擦伤和轻度的瘀伤。左臂腕下一俄寸处发现四块淤青，一块在手背，三块在手心，多半是被手指掐的。……这一点可以判定，因其中一块带有指痕……读者记得，上文提道，上衣的左袖被扯破，衬衣的左袖口有一半被扯下来，这正与上述的淤青的部位相符。……在第四条和第五条肋骨之间，由腋窝中部垂直向下的一条假想的直线上，有一个大的裂口，长 2.54 厘米，伤口边缘整齐，像切开的，上面满是血浆和血块……伤口很深……它是由带刃的武器所致，根据收集到的初步资料来看，这凶器就是那把匕首，匕首的宽度与伤口的大小完全相符。

身体内部检查表明，右肺和胸膜受伤，肺部发炎，胸腔出血。

我记得，医师们大致作出如下结论：（一）死亡原因是失血过多造成的缺血，而失血过多归因于胸部右侧的伤口；（二）头部伤势严重，胸部伤口毫无疑问是致命伤，应认为是死亡的直接原因；（三）头部伤口由钝武器造成，胸部伤口大概是由双刃武器造成；（四）上述各种伤口不可能由死者亲手造成；（五）破坏妇女贞操的行为大概没有发生。

为了不把问题束之高阁然后再旧事重提，我现在就把凶杀的景象转述给读者，这是我根据检查、两三次审问和阅读解剖报告的初步印象勾勒出来的。

奥尔加离开大伙以后，来到林中散步，她沉湎于伤感的情绪中。读者还记得她在那不祥傍晚的心情，她信步走到密林深处。在那里她碰上了凶手。正当她站在树下自思自想的时候，有一个人走到她跟前和她搭话……此人并不可疑，否则她就会呼救了，不过呼救之声是不会那样撕心裂肺的。凶手和她说了几句话后，抓住她的左手，用力极猛，以致扯破上衣和衬衣的袖口，留下那四块淤青。大概这时她才喊叫起来，就是大伙儿听到的叫声——她叫喊是因为疼痛，大概还因为从凶手的脸上和动作中看出了杀机。凶手可能要她别再喊叫，也许出于仇恨，一把抓住她胸前的领口，这一点的证明是上衣上部脱落的两个扣子和医师们在死者脖子上找到的红印……凶手抓住她衣服的领口摇撼她，这样就扯紧了脖子上的金链子……那条红印就是受金链的摩擦和挤压造成的。然后凶手用某种钝武器猛击她头部，比方说，用棍子，甚至也许用佩在奥尔加腰间那把匕首的刀鞘。他一时性起，或者认为单这一处伤不够致命，于是拔出匕首，用力刺入她的右胁。我说“用力”，因为匕首没开刃，是钝的。

这就是那幅残酷景象，是我根据上述资料勾勒出来的。关于谁是凶手的问题看来不难解答而且不言而喻。第一，凶手不是图财，而是另有缘故……这就是说，对于迷路的流浪汉或者在湖上捕鱼的衣衫褴褛的穷人都没有怀疑的必要。受害者的叫喊不可能使抢劫犯罢手，抢别针和表用不了一秒钟就办到了……

第二，奥尔加故意不对我说出凶手的名字，如果凶手是一般的抢劫犯，她是不会这么做的。显然，凶手对于她是珍贵的，而她不愿意因为自己的缘故使他受到严惩。这种人可能是她那疯父亲，或者是她所不爱，但大概又感到愧对的丈夫，还可能是她内心感念的伯爵……根据仆人们后来的证词，疯子父亲在案发的当晚呆在林子里自己的家中，而且整个晚上给县警察局长写信，请求捉拿臆想中的贼，说这些贼日以继夜地包围着他的住宅……这一来只剩下一个不幸的乌尔别宁，怀疑的全部重担都压到了他的身上。他的突然出现，他那副样子等等都恰恰是最好的罪证。

第三，奥尔加的生活在最近一段时期充满风流韵事，这一类风流韵事一般都以刑事犯罪告终。年老多情的丈夫，变心，嫉妒，殴打，婚后不到两个月就私奔到情夫伯爵家中……如果这种风流韵事中的漂亮女主人公被害，您别去找盗贼和无赖，而要追查男主人公。根据这第三点，最适当的男主人公兼杀人凶手仍是乌尔别宁……

我在“嵌宝”客厅进行预审，当初在这里我喜欢歪在柔软的长沙发上和吉卜赛姑娘们调情……我头一个审的是乌尔别宁。他从奥尔加的房间被带到我这里，在奥尔加的房里他一直坐在墙角的凳子上，目不转睛地望着空床……他沉默地在我面前站了一分钟，漠然望着我，然后他大概看出来，我要以法院侦查员的身份和他谈话，于是用疲倦的、悲苦不堪的声音说道：“谢尔盖 · 彼得罗维奇，请审问别的证人吧，以后再问我，现在我不行……”

乌尔别宁自认是证人，或者以为大家都把他当证人……

“不，我必须现在审问您，”我说，“劳驾请坐吧……”

乌尔别宁在我对面坐下，垂下头。他疲乏，有病，懒得回答，我费了好大劲才从他嘴里挤出如下的供词。

他供认，本人叫乌尔别宁·彼得·叶戈雷奇，是贵族，五十岁，信仰东正教。他在邻县有田产，并且在该县被选为两届荣誉调解法官，每届三年。他破产后把田产抵押出去，认为应当出去做事。他六年前做了伯爵的管家。他喜欢农艺，不耻于为私人服务，并且认为只有愚蠢的人才害怕劳动。他按时收到伯爵发的薪金，对伯爵没有什么可抱怨的。他与前妻有一子一女，如此等等。

他出于热烈的爱情娶了奥尔加。他和自己的感情进行了长时间并且很痛苦的斗争，但无论健全的想法还是上年纪人切合实际的逻辑都无济于事，他只好顺从自己的感情而结婚。他知道，奥尔加不是因为爱他而出嫁，但他认为奥尔加道德极其高尚，他只希望赢得她的忠诚和友谊，如此也就满足了。

在讲到他大失所望，年老蒙羞的情节之前，乌尔别宁请求允许不谈“上帝会宽恕她的过去”，或者至少推迟到将来再说。

“我不能……太沉重……再说您也知道。”

“好吧，下次再说。……现在只请您告诉我：您真的打过您的妻子吗？据说，有一天您在她身上发现伯爵的信，就揍了她……”

“这不是真的，我只不过抓住她的手，她就大哭，当天晚上就跑去告状……”

“您知道她和伯爵的关系吗？”

“我已经请求过暂时不谈这个问题……再说谈这个又有什么用？”

“请只回答我这个十分重要的问题……当时您知不知道您的妻子和伯爵的关系？”

“当然……”

“我就照这样写下来，至于其他有关您妻子不忠实的问题，下次再谈……现在我们改谈另一个问题，这就是说，我请您对我解释一下，昨天您怎么来到奥尔加·尼古拉耶芙娜被杀害的树林……要知道，就像您自己说的，您是住在城里的……那您怎么会出现在那片林子里呢？”

“是的，我是住在城里，在表姐家，失业后就搬去了……我在那儿干的就是求职和借酒浇愁……这个月喝得特别凶……比如上星期的事我全不记得了，因为喝得人事不知，……前两天也喝得大醉……总而言之，我完了，无可挽回地完了！……”

“您愿意谈一谈，昨天您是怎么出现在树林里……”

“好的……昨天我很早就醒了，大概在四点左右……因为头天喝醉酒头很疼……浑身酸痛，好像害热病……我躺在床上，望着窗外，看太阳升起，不由得想起往事……各式各样……心中感到沉重……忽然起了见见她的念头，哪怕见一次也好，可能是最后一次了。恼恨和悲苦涌上心头……我从衣袋里掏出伯爵汇来的一百卢布，看了看就踩在脚下……我踩了又踩，决定去把这份施舍扔到他的脸上。尽管我缺吃少穿，但是我不能出卖我的荣誉，而且认为任何收买我荣誉的企图都是对我人格的侮辱。就这样起了这个念头：看一眼奥尔加，把钱扔到那个浪荡公子的丑脸上。这个念头牢牢抓住了我，几乎让我发疯。我没钱坐车。他那一百卢布我不能花，我就走着去。幸好路上我碰见一个熟识的庄稼汉，他只要十戈比就让我上车走了。十八俄里，不然的话直到现在我还在路上走呢。庄稼汉把我拉到捷涅沃。我从那儿朝这儿走，四点来钟才走到。”

“在这儿有人看见您吗？”

“有的，看门人尼古拉坐在门口对我说，老爷们不在家，打猎去了。我累得筋疲力尽，可是要见到妻子的愿望胜过身体的痛苦，我只好一刻也不歇，朝打猎的地方走去。我没走大路，而是穿过树林……我认识每一棵树，要我在伯爵的林子里迷路，就像要我在自己家里找不到房间那么难。”

“可是您不走大路穿树林，可能碰不上打猎的人呀。”

“不会的，我一直离大路不远，不但能听到枪声，还能听到人的说话声。”

“这就是说，您没料到在林子里遇见您的妻子？”

乌尔别宁诧异地看看我，想了想，回答道：

“对不起，这个问题有点奇怪。连碰上狼都无法预料，碰上可怕的灾难就更别提了：那都是上帝突然送来的。就拿眼前这件骇人听闻的事来说……当时我正走在赤杨树林中，没预料会发生什么不幸，因为我的不幸已够多了，但突然听见一声可怕的叫喊。叫声非常尖厉，就像有人扎了一下我的耳朵……我朝叫喊的方向跑过去。……”

乌尔别宁的嘴朝旁边一歪，下巴颤动起来。他眨巴着眼睛哭了。

“我朝叫喊的方向跑过去，忽然看见……奥尔加躺在那里。头发和前额都是血，脸相怕人。我开始大声叫喊，呼唤她的名字……她一动不动……我吻她，把她抱起来。”

乌尔别宁泣不成声，两手捂着脸。过了一会儿他接着说：

“我没看见那个坏蛋……当我朝那儿跑的时候，听见一个人急促的脚步声……大概那是他正逃跑。”

“这一切编得很精彩，彼得·叶戈雷奇。”我说道，“可是您知道吗，作为侦查员是很难相信这种少有的巧合的，比如说您偶尔出来散步，正好碰上凶杀，如此等等。编得不坏，但说明不了问题。”

乌尔别宁突然脸一红，站了起来。

“似乎您在怀疑我……”他喃喃说道，“当然，任何人都可以怀疑。但是您，谢尔盖·彼得罗维奇，早就了解我……您这么怀疑我，侮辱我可不应该……您是了解我的呀。”

“我了解您……就算是吧……不过，我个人的意见和案子不相干。法律只允许陪审员提出个人意见，侦查员则只管罪证。……罪证是很多的，彼得·叶戈雷奇。”

乌尔别宁惊恐地望望我，耸耸肩。

“可是不管有什么样的罪证，”他说，“您都应该明白……难道我会……我呀！而且杀的是谁呀？！要说打死只鹌鹑或鹬鸟也许办得到，可是人……这个人比我自己的命还珍贵，简直是我的救星。一想到她，就像太阳升起来，照亮我阴暗的心境……可是您居然怀疑我！”

乌尔别宁无奈地摆摆手，坐下了。

“我都不想活了，而您还侮辱我！如果是个素不相识的官员侮辱我也就罢了，但却是您，谢尔盖·彼得罗维奇……请您让我走吧。”

“可以……明天我再审问您，至于现在，彼得·叶戈雷奇，我应当把您拘押起来……我希望，在明天审问以前您会认识到那些不利于您罪证的严重性，不再白白地拖延时间而认罪。我确信，奥尔加·尼古拉耶芙娜是您杀害的。……今天我对您不再多说……您可以走了。”

我说完这番话就埋头写公文……乌尔别宁大惑不解地看看我，站起来，古怪地摊开手。

“您这是开玩笑还是……认真的？”他说道。

“咱们现在可顾不上开玩笑……”我说道，“您可以走了。”

乌尔别宁仍站着不动。我看了他一眼。他面色惨白，茫然地望着我桌上的公文。

“为什么您的手上满是血？彼得·叶戈雷奇？”我问道。

他看一眼自己那双仍然沾满鲜血的手，动了动手指头。

“为什么有血？……哦……如果这也是一个罪证，那么这个罪证可不怎么样……我在抱着浑身是血的奥尔加·尼古拉耶芙娜的时候，不可能让自己的手不沾上血，我没戴手套呀。”

“您刚才对我说，看见了自己的妻子您就喊叫，呼救……但没人听到您的喊声，这是怎么回事？”

“我不知道，奥尔加的样子把我吓昏了，我不能够大声喊叫……不过我什么也不知道……我不想辩白，这不是我的规矩。”

“您未必喊叫过……您杀了妻子就急忙逃跑，而当您在林中空地上看见了一群人的时候，就吓坏了。”

"我根本没注意您说的那些人。当时我顾不上看人。"

这次对乌尔别宁的审问到此结束。审问以后乌尔别宁被拘押在伯爵家一间厢房里。

第二天或是第三天，副检察官波鲁格拉多夫坐着马车从城里来了。这个人我一想起来就讨厌。请您想象一个三十来岁的人，细高个儿，胡子刮得光光的，头发卷卷的，像只羊羔，穿着打扮挺阔气。他的面庞清秀，但却那么干巴巴的毫无情趣，凭这张脸就不难看出笔下描绘的这个人既浅薄又轻浮。他的声音细细的，甜甜的，而且客气得叫人肉麻。

一大清早他就坐出租马车到了，带着两只箱子。一见面他脸上就露出很不放心的样子，装模作样地抱怨旅途劳累，首先打听伯爵家给他准备了住处没有。按照我的吩咐已给他准备了一间虽然不大，但十分舒适，又很亮堂的房间。房间里从大理石洗脸盆到火柴摆放得一应俱全。

"听我说，朋友！请给我打点热水来！"他把东西在屋子里放好，嫌恶地闻闻空气，开口说道，"听差，我跟您说话呢！劳驾，热水……"

他在着手办公事以前，花了很长的工夫穿衣服，洗脸，梳头，甚至还用红色的牙粉刷了牙，还用三分钟剪自己光光的，粉红色的指甲。

"好吧，"他终于开始办公，翻着我的报告，"怎么回事呢？"

我向他谈了事情的原委，一个细节也没漏。……

"您到过犯罪现场吗？"

"没有，还没去。"

副检察官皱起眉头，抬起女人般的白手，在刚洗过的额头上摩挲一下，在房里踱起步子。

"我不明白您的想法，为什么不到那里去，"他喃喃地说，"我以为，这是首先应该做的。您是忘了呢，还是认为不需要呢？"

"都不是，昨天我等警察到来，今天就去。"

"那里现在什么也不会留下的：下了好几天雨，这样您就给了罪犯消灭罪迹的时间。至少您派了人看守那里吧？没有？我真不明白！"

这位花花公子神气活现地耸一耸肩膀。

"请喝茶吧，快凉了。"我拿出了满不在乎的人那种口气说道。

"我爱喝凉的。"

副检察官埋头看文件，鼻子里吭吭哧哧，整个屋子都听得见。他低声读着报告，偶尔插进一句评语，或做一点修改。有两次他把嘴一撇，露出讥讽的笑容：不知什么缘故，这个小滑头[①]不喜欢我的报告，也不喜欢医生们的报告。这个浑身上下干干净净的官员身上强烈地表现出他喜欢挑剔，自命不凡，极爱面子。

中午我们来到犯罪现场。大雨倾盆。我们当然既没发现血点，更没见到罪迹：一切都被雨冲掉了。我好歹找到一颗扣子，就是被害人奥尔加骑马装上缺了的那一颗，副检察官也捡起一团红而软的东西，后来判明是一张红色烟草包装纸。起初我们碰到一丛灌木，发现一侧有两根枝条被折断了，副检察官见到它们心中大喜，它们可能是被罪犯折断的，从而指出了罪犯在杀害奥尔加后行走的方向。但检察官空欢喜一场：我们很快发现了许多带有折枝断叶的灌木丛，原来有一群牲口走过犯罪现场。

我们画了张犯罪地点草图，询问了我们带来的马车夫们在什么地方找到了奥尔加，然后就回去了。大家感到一无所获。我们察看那个地方时，旁观者会在我们的动作中看出我们的懒散和疲沓……我们干得不带劲，部分原因是罪犯已在我们的掌握之中，所以用不着再仔细察看。

从树林里回来以后，波鲁格拉多夫又花了很大工夫洗脸，更

---

① 卡梅舍夫不该辱骂副检察官。这位检察官错只错在他的面孔不讨卡梅舍夫喜欢。如果卡梅舍夫承认自己经验不足，或是故意制造错误，岂不是更老实些。——契诃夫注

衣，又要热水。他梳洗完毕，说希望再审问一次乌尔别宁。可怜的彼得·叶戈雷奇在这次审问中没说出一点新东西，他仍然不认罪，根本不把我们提出的罪证当回事。

“我甚至感到惊讶，怎么会怀疑到我头上，”他说道，耸着肩膀，“奇怪！”

“请不要故作天真，最可敬的先生！”波鲁格拉多夫对他说，“谁也不会平白无故地怀疑，而如果被怀疑，那就必有原因！”

“不管什么原因，不管罪证多么重大，可总得按人情来判断嘛！我不能够杀死……您明白吗？我不能……既然如此，您的那些罪证还有什么价值呢？”

“够啦！”副检察官把手一摆，“跟这些有知识的罪犯打交道真麻烦，跟农民倒讲得通，可是请您和这种人谈谈看！我不能够，……按照人情……向心理学求救来了！”

“我不是罪犯，”乌尔别宁心头火起，“我请您在用词方面慎重一点……”

“请您闭嘴，最可敬的先生！我们没工夫向您道歉而且恭听您的种种不满……您不愿认罪，那就不认罪好了，不过请允许我们认为您是个说假话的人……”

“随您的便，”乌尔别宁悻悻地说，“您现在爱拿我怎么办就怎么办，……反正你们有权……”

乌尔别宁把手一挥，眼望窗外接着说道：

“说起来呢，一切对我都无所谓，我这辈子已经完了。”

“请听我说两句，彼得·叶戈雷奇，”我说道，“昨天和前天您悲痛得要死，站都站不稳，只能勉强回答我几个字，可是今天却相反，您的样子生气勃勃，当然这是比较而言，相当愉快，甚至高谈阔论起来。通常悲痛的人是没有心思谈话的，可是您不但谈了很多，而且连不值一提的心中不满都说出来了。这种急剧的转变又怎么解释呢？”

“那您又怎么解释呢？”乌尔别宁问道，眯着眼睛嘲讽地望着我。

“我的解释是您忘记了自己扮演的角色。要知道，长时间做戏是不容易的，不是忘了自己的角色，就是演腻了。”

“这是侦查员的虚构，”乌尔别宁冷笑道，“这倒也为您的机智增光添彩……是的，您说得对，在我身上起了很大的转变。”

“您能解释一下吗?”

“遵命，我认为无需隐瞒。昨天我万分悲痛，难过得喘不过气来，我想自杀，或是……发狂……但今天夜里我的想法变了……我想，是死亡让奥尔加摆脱了浪荡的生活，把她从毁了我的浪子那双脏手中夺了过来。对于死亡我并不感到嫉妒，奥尔加落到死神手里比落到伯爵手里还好一点。这个想法使我心胸开朗，精神振作；如今我心中已经没有那种压力了。”

“编得真妙！”波鲁格拉多夫摇晃着一条腿，咬牙切齿地说，“回答问题如同探囊取物一般。”

“我感到我是在诚心诚意地说话，而我奇怪的是，你们这些受过教育的人竟连真诚和作假都分不清。说起来呢，成见是一种过分强烈的感觉，在它的影响下难免不犯错误；我明白你们的处境，我想象得出，在相信了你们提出的罪证，开始审判我的时候，将会出现什么情况……我想象得出，我那副凶相和酗酒将会引起注意……其实我的相貌并不凶，但成见一定会占上风……”

“好啦，好啦，够啦，”波鲁格拉多夫说道，低下头去看公文，“您走吧……”

乌尔别宁走后我们着手审问伯爵。他老人家穿着袍子，头上扎着浸醋的绷带前来受审。他和波鲁格拉多夫互相认识以后，懒洋洋地歪在圈椅上作出口供：

“我全都告诉你们，从头说起……喂，您的那位审判长里昂斯基目前干什么呢？他还没和妻子离婚吗？我和他是在彼得堡偶然认识的……先生们，你们干吗不叫人送点什么来？喝着白兰地，谈起话来也快活点……讲到乌尔别宁犯了杀人罪这一点，我并不怀疑……”

伯爵把读者已经知道的事给我们统统讲了一遍。应副检察官的请求，他详详细细地讲述了和奥尔加同居的情况，讲到和俊俏女人同居之妙，他忘乎所以，好几次吧嗒嘴巴，挤眼睛。从他的证词里我了解到一个重要的细节，这是读者不知道的。我了解到，乌尔别宁在到城里以后，不断地写信骚扰伯爵。他在一些信里咒骂伯爵，在另一些信里则央求伯爵把妻子还给他，保证忘掉一切遭受的欺负和侮辱，这个可怜虫紧紧抓住写信这一招，就像抓住救命稻草似的。

副检察官又审问了两三个车夫，然后饱餐一顿午饭，向我宣读了一系列指示就走了。行前他到拘押乌尔别宁的厢房去了一趟，向他宣告，我们对他的怀疑已变成了确信。乌尔别宁摆摆手，请求允许他参加妻子的葬礼，这个请求得到允准。

波鲁格拉多夫并没对乌尔别宁说谎。是的，我们的怀疑变成了确信，我们确信，我们知道谁是罪犯而且他已经落到我们手中，不过这个确信在我们心中没有维持很久！……

在一个晴好的早晨，我把一包公文封口，准备连同这包公文把乌尔别宁押送到城里下狱，就在这时我听到一阵吓人的喧哗。我探头朝窗外一望，看到一幅动人景象：十来个棒小伙子正把独眼库兹马从下人的厨房里拖出来。

库兹马脸煞白，蓬头散发，把两只脚抵住地面不肯走，他已经无法用双手抵挡，只用大脑袋向他的敌人乱撞。

“老爷，请到那边去一下，”神色慌张的伊利亚对我说，“他不肯过来。”

“谁不肯过来？”

“凶手。”

“什么凶手？”

“库兹马……是他杀的人，老爷……彼得·叶戈雷奇受了冤枉……真是的……”

我到院里，往下人厨房走去，这时库兹马已挣脱了那些结实的手臂，抡起胳膊左右开弓地打人耳光。……

“怎么回事？”我往人群那边走过去，问道……

他们对我讲了一件奇怪而出人意外的事。

“老爷，库兹马杀人了。”

“胡说！”库兹马咆哮道，“天杀的，胡说八道。”

“你这狗娘养的，要是良心清白，为什么洗掉血迹？”

护林巡查员特利丰骑着马在河边走过的时候，发现库兹马正在仔细洗什么东西。特利丰起初以为他在洗内衣，但细一打量，却看见那是一件长袍和一件坎肩。他觉得有点怪：呢子衣服是不用水洗的。

“你干什么呢？”特利丰喊了一声。

库兹马慌了。特利丰再仔细一看，发现在长袍上有棕色的斑点……

“我一下子就猜到，那是血……我来到厨房和我们的人说了；他们悄悄盯着他，看见他夜里到花园去晾长袍。这一来我们可就吓坏了。要是没罪，他洗什么劲儿呀？既然躲躲藏藏，可见心里有鬼……想来想去，我们要拉他来见老爷您……我们拉他走，他却往后退，往大伙儿的脸上啐唾沫。要是没罪，他干吗往后退呀？”

进一步的审问查明，库兹马在命案发生之前就到树林去了。当时伯爵和客人们正坐在林中空地喝茶。抬奥尔加的下人里头没他，这就是说，他不可能沾上血污。

库兹马被带到我的房间，开头他慌得一个字也说不出来，只是转动那只独眼的眼珠，在胸前画十字，一个劲地对天发誓……

“你不要慌，对我说清楚，我就放了你。”我对他说。

库兹马跪伏在我脚下结结巴巴地赌起咒来。

“要是我……干的，就叫我完蛋……叫我爹妈都完蛋……老爷！叫上帝杀了我……”

“你到树林里去过吗？”

“那是真的，我去过……我给老爷们送白兰地，请您原谅，自已也喝了两口，我的头发沉，想躺一会儿，就进了林子，躺下睡着了……至于谁杀的人，怎么杀的，我是一点不知道……我说的是实话！”

“那你为什么洗掉血迹呢？”

“我怕有人会瞎想……怕拉我当证人……”

“那你长袍上的血是打哪儿来的？”

“我没法儿知道，老爷。”

“怎么会没法儿知道呢？长袍可是你的呀？”

“一点不错，那是我的，可我就是没法儿知道，我醒过来才看见有血。”

“这就是说，你在睡梦中把血染到长袍上了？”

“一点不错……”

“好吧，老弟，你走吧，再想想……你在胡说八道，想一想，明天告诉我……走吧。”

第二天我睡醒以后，仆人向我报告，说库兹马想和我谈话。我吩咐把他带来。

“想出来了？”我问他。

“一点不错，想出来了。”

“那你长袍上的血是打哪儿来的呢？”

“老爷，我就像做梦似的，恍恍惚惚记起了一件事，但那是不是真的，我就搞不清了。”

“你究竟记起了什么事？”

库兹马抬起眼睛，想了想，说道：

“奇怪……就像做梦或在雾里……我醉醺醺地躺在草地上打盹儿。似乎在打盹，又似乎在睡觉……只听见有个人在身旁走过去，脚步声很重。我就睁开眼睛，仿佛糊里糊涂，或者仿佛在做梦：只见一位老爷朝我走过来，弯下腰，在我的衣襟上擦手……他在衣襟上擦完了，又在坎肩上抹了一下……就这么回事。”

“那是个什么样的老爷？”

“不知道，只记得，他不是农民，而是老爷……穿着上等衣服，至于他是什么样子，脸什么样，全都记不得了。”

“他的衣服是什么颜色？”

“谁知道！也许是白的，可也许是黑的……只记得那是位老爷，别的都记不得……嗯，对了，我想起来了，他弯下腰擦手，说了一句：‘喝醉的下流坯！’”

“这是你梦见的吧？”

“不知道……也许是做梦……可这血是打哪儿来的呢？”

“你看见的那位老爷像不像彼得·叶戈雷奇？”

“仿佛不像……不过也许是他……可他不会骂人下流坯。”

“你再想想，现在你走吧，回去坐下好好想想……没准会想起点什么来。”

“是。”

这件风流故事几乎已经结案，独眼库兹马却意外地插了进来，把事情弄成一团乱麻。我简直茫无头绪，不知道如何理解这个库兹马：他断然否认自己有罪，而且预审的结果也排除他有罪：奥尔加被害不是因为图财，至于强奸，据医生们说：“大概没有发生。”也许可以这么设想，库兹马所以杀人而没达到上述目的，只是因为他已大醉，丧失思考能力，或者害怕了，然而这又与凶杀案情不合。

然而，如果库兹马无罪，那为什么他对长袍上的血迹不做解释，为什么瞎编梦境和幻觉？他干吗拉扯上一个老爷，这个人他看见了，听见了，但竟连这个人衣服的颜色都忘了？

波鲁格拉多夫又急忙跑来。

“您看看！”他说道，“要是您当时立即调查犯罪现场，那么请您相信，一切早就清清楚楚，了如指掌！要是您当时立即审问所有的下人，那我们早就知道，哪些人抬过奥尔加·尼古拉耶芙娜，哪些人没抬过，可如今我们竟无法确定，这个醉鬼躺的地方离出事地点有多远！”

他和库兹马较量了两个来钟头，但库兹马什么也没告诉他，只说自己在半睡半醒中看见一位老爷，那位老爷拿他的衣襟擦手还骂他是喝醉了的“下流坯”，但这位老爷是谁，长的什么模样，穿的什么衣服，他却没说。

“那么你喝了多少白兰地？”

“我喝了半瓶。”

“也许那不是白兰地吧？”

“不，那是真正的‘芳香潘’①……”

“嘿，你连酒的名字都知道！”副检察官冷笑一声……

“怎么会不知道呢！谢天谢地，在主人家当了三十年的差，该学会了……”

副检察官不知为什么要库兹马和乌尔别宁对质……库兹马望了乌尔别宁半天，晃晃脑袋说道：

“不，记不得了……也许是彼得·叶戈雷奇，也许不是……谁知道呢。”

副检察官把手一摆，走掉了，他让我从两名凶手中挑出一个真的来。

侦查工作拖延下去……乌尔别宁和库兹马被关进我那个村子的拘留所。可怜的彼得·叶戈雷奇心如死灰，他脸瘦了，头发白了，产生了出世思想，有两次他求人找我，请我送给他刑律看看，显然，他想知道将判多么重的刑。

“我的孩子们怎么办呀？”在一次受审时他问我，“我要是孤身一人，您的错判是不会让我痛苦的，可是要知道，我现在必须活下去，为孩子们活下去！没有我，他们就完了，而且我……也离不了他们！您搞得我好惨呀！”

等到看守用“你”称呼他，等到他两次步行被押送到城里又返回我的村子，认识他的人都看见了，他焦躁不安，已陷入绝望。

“这些人不是法学家！”他大叫大嚷，声震整个拘留所，“他们

---

① 一种白兰地的名称。

是残忍的，毫无心肝的小顽童，既不怜惜人，也不怜惜真理！我知道，为什么我被关在这里，我知道，他们想嫁祸于我，从而掩盖真正的罪犯，是伯爵杀了人，如果不是伯爵，那就是他的爪牙！”

当他得知库兹马被拘押，开头很高兴。

“爪牙找到了！”他对我说，“总算找到了！”

可是过了不久，他看出来自己不会被释放，又被告知库兹马的供词，这时候他又陷入悲伤之中。

“现在我完了，”他说，“彻底完了，库兹马这个独眼鬼为求释放，早晚会说出我的名字，说是我用他的衣襟擦了手。可是大家都看见了，我的手没有擦过！”

我们的怀疑迟早会解决。

这一年的11月底，雪花在我的窗前飞舞，大湖一望洁白无垠。就在这时库兹马要求见我，他让看守来对我说，他“想出来了”。我命令把他带来。

“我很高兴，你总算想出来了，”我迎着他说，“早该把遮遮掩掩，拿我们当小孩子耍那一套扔掉了。你究竟想出了什么？”

库兹马不回答，他站在我的屋子当中，一言不发，眼睛一眨不眨地看着我……眼神里露出极大的恐惧，而他自己也露出吓坏了的样子：他脸色惨白，浑身发抖，脸上冷汗直流。

“好啦，说吧，你想出什么事了？”我又说了一句。

“再也想不出比这更荒唐的事了，……”他说，“昨天我想起了那位老爷系的领带，今天夜里我又细细地想，连那张脸也想起来了。”

“这个人是谁？”

库兹马痛苦地冷冷一笑，擦去额头上的汗水。

“说出来太可怕，老爷，还是让我别说吧：太荒唐，太叫人吃惊，我不由得想，那是做梦，或者是眼花了。”

“就算眼花了，可你到底瞧见谁了？”

“不行，求您还是让我别说吧，我要一说，您准会判我大罪……求您容我想想，明天再说……”

“呸！”我生气了，“既然你不想说，干吗给我找麻烦？干吗上这儿来？”

“我原想能讲出来，可现在我太害怕。不行，老爷，求您放我回去——最好明天再讲……我要一说，您准会大发脾气，我就会比发配西伯利亚还倒霉，——您会判我大罪……”

我十分恼火，吩咐把库兹马①带走。当天晚上，为了不浪费时间，为了一劳永逸地了结这件令我厌烦的“凶杀案”，我来到拘留所，欺骗了乌尔别宁，对他说库兹马指认他是凶手。

“这我早料到了……”乌尔别宁摆一下手说，“我一切无所谓……”

单独监禁对于乌尔别宁熊一样健壮的身体产生严重影响：他面色发黄，体重几乎减轻一半。我答应命令看守，白天甚至夜晚，放他到过道散步。

“用不着担心您会逃跑。”我说道。

乌尔别宁谢过我，在我走后已经在过道散步了，他的牢门再也没有上锁。

我离开乌尔别宁，敲了敲关押库兹马的牢门。

“喂，怎么样，想出来了吗？”我问道。

“没有，老爷……”听到微弱的声音，“还是等检察官老爷来吧，我会向他说，不会对您说。”

“随便……”

第二天早晨一切都解决了。

看守叶戈尔跑来告诉我，独眼库兹马被发现死在床上。我去到拘留所，查明无误……这个健康、魁梧的农民昨天还结结实实，为

① 好一个侦查员！他不接着审问、逼供，反而生起气来——这可不是一个官员职责内该有的动作。再者，我也不大相信这一切……即使卡梅舍夫先生对于自己的职责无足轻重，那么一个人平常的好奇心也会迫使他继续审下去的。——契诃夫注

求释放编造种种故事，如今一动不动，遍体冰凉，好像一块石头……我和看守的惊惧之情，读者十分了然，就不再细述了。对我来说，库兹马作为被告或证人都很有价值，对于看守来说，他是在押犯，而在押犯一旦死亡或逃跑，看守将受到严惩……让我们更加害怕的是，尸体解剖断定为暴力死亡……库兹马是被掐死的……这一点确定之后，我就开始寻找凶手……寻找没费多大工夫……凶手就在眼前……

我来到乌尔别宁的牢房，我无力控制自己，也忘了自己是侦查员，用最尖刻，最生硬的口气指明他是凶手。

“您这个坏蛋，把您不幸的妻子害死还不够，”我说，“您还要把揭发您的人置于死地！而在干了这些以后仍然继续演您那肮脏的丑剧！”

乌尔别宁的脸变得吓人的苍白，身子也摇晃了一下。

“您在说谎！”他大叫一声，举起拳头捶打自己的胸膛。

“我没说谎！您对我们提出的罪证喊冤叫屈，流出鳄鱼的眼泪，嘲弄它们……有时我不由得想信任您，而不信那些罪证……哦，原来您是个好演员！……可是现在我对您再也不相信了，就算从您的眼里流出来的不是演员的假眼泪而是鲜血，我也不信！说吧，是您杀了库兹马？”

“您要不是喝醉了，就是捉弄我！谢尔盖·彼得罗维奇。多么好的忍耐和柔顺也是有限度的，我受不了啦！”

乌尔别宁两眼放光，用拳头拍起桌子来。

“昨天我一不小心，给了您自由，”我接下去说，“我允许您在走廊上散步，这对于其他犯人是不允许的。于是，就仿佛表示感谢，您夜里朝不幸的库兹马的牢门走去，把正睡觉的人掐死了！您要知道，您不仅害了一个库兹马，因为您的缘故看守也要遭殃。”

“我的上帝，我怎么会干这种事？”乌尔别宁抱着头说。

“您想要证据吗？行……按照我的命令，您的牢门是打开的，糊涂看守开了门，却忘了把钥匙藏起来……所有的牢门用的是一样的锁……您夜里拿出自己门锁的钥匙，走出牢房，来到过道，用那把钥匙开了相邻的牢门……把他掐死以后，您又把门锁上，然后把钥匙插进自己的锁里。”

“为什么我会把他掐死？为什么？”

“因为他指认了您……昨天我要是没告诉您这个消息，他到现在还会活着。……彼得·叶戈雷奇，这真是罪过，太可耻了！”

“谢尔盖·彼得罗维奇，年轻人！”凶手突然抓住我的手，用柔和的声音说道，“您是个正直、体面的人……可别让无根据的怀疑和轻率的定罪来毁了自己，给自己抹黑。您不过是不能理解，您把新罪名栽到我那清白无辜的灵魂上，这是多么残忍，多么狠毒地侮辱了我……我是个受难者，谢尔盖·彼得罗维奇！您可不敢欺负受难者！到时候您得向我道歉，这时候就快到了……实际上我是告不倒的！不过，这个理由是不会让您满意的。您与其这么糟蹋我，这么厉害地侮辱我，不如讲点人情，——我不说讲点友谊，因为您已经不要我们的良好关系了，——您不如仔细问问我……我作为证人和助手，比作为被告对公正的审判更有用处。就拿这个新罪状来说……我能告诉您许多情况：夜里我没睡觉，全都听见了……”

“您听见什么了？”

“夜里，两点左右……一片漆黑……我听见，一个人轻轻地在过道里走，一个劲地碰我的房门……他走啊走的，然后就打开我的房门进来了。”

“谁？”

“不知道：天太黑——看不见……他在我的房里站了一会儿就出去了……和您说的一模一样，——抽出了我的房门钥匙，打开了相邻的门。过了两分钟我听见呼哧的声音，然后是一阵忙乱。我想，这是看守在走动、忙活，我把呼哧的声音当做了打鼾，不然的话我就大声喊叫了。”

“无稽之谈！”我说，“除了您，这里没人会杀库兹马。值班的几个看守睡了。他们当中一个人的老婆整夜没睡觉，她作证说，当夜一共三个看守值班，他们整夜睡得和死人一般，一分钟也没有起床下地，可怜这些人不知道，在这小小的拘留所里竟会有这样的野兽。他们在这里当差已超过二十年，这么长的时间没出过犯人逃跑的事，更不要说凶杀这样可恶的事了。现在多亏您，他们的生活给搅得底朝天，而且我也要倒霉，因为我没有把您送到城里下狱，反而给了您在这里散步的自由。我谢谢您！”

这是我和乌尔别宁最后一次谈话。我此后再也没有和他交谈过，如果不算后来他在被告席上对我提的两三个问题的话……

我这篇小说原来的标题是“刑事犯”，现在“奥尔加·乌尔别宁娜凶杀案”引出了新的凶杀案，它难以理解，在许多方面又很神秘，因此读者有权期待本书进入最有趣和最活跃的阶段。如何揭露罪犯，如何查明犯罪动机，这些问题为展现聪明机智提供了广阔的天地，在这里恶意和狡猾对认识和了解作战，这场战争在一切方面都表现得很有趣……

我在进行这场战争，读者有权期待我详细写出我得以制胜的手段，读者多半正等着欣赏刑侦方面的种种微妙之处，加博里奥和我国希克里亚列夫斯基的小说在这方面真是异彩纷呈。我准备不辜负读者的期望，可是……书中的主要角色之一不等战斗结束却离开了战场——没有让他成为胜利的参与者。他以前所做的一切都化为泡影，只好进入旁观者之列。这个角色——就是鄙人。我和乌尔别宁谈话以后，第二天接到要我辞职的请求，或者更确切地说，是命令。我们县里那些长舌妇的流言蜚语起了作用。……大大促使我解职的原因是拘留所中的凶杀案，副检察官背着我从看守那里取得的证词。还有一件事，读者也许记得，有一次夜宴，我用船桨打了一个农民的脑袋，这个农民告到了法院。于是来了个大换班。在两天之内我必须把凶杀案移交给特大重案侦查员。

由于各种流言和报纸的纷纷报导，整个检察机关都动了起来。检察官每隔一天就到伯爵庄园去一趟并且参加审讯。我们的那两位医生的报告被送到卫生局等机构。甚至传说要把尸体挖出来重验，顺便说一下，果真这么做是不会有任何结果的。

乌尔别宁两次被押送到省城去检查智力，两次都鉴定为正常。我开始以证人的身份出庭①。新的侦查员们热心得忘乎所以，竟把我的仆人波里卡尔普也当成了证人。

我辞职后一年过去了，这时我住在莫斯科，接到传票，叫我在审理乌尔别宁一案时出庭。我很高兴有机会旧地重游，因为对那里有种习惯性的眷恋，于是就去了。伯爵住在彼得堡，他没有去，只寄去了医生证明。

案子在我们县城的区法院审理。公诉人是波鲁格拉多夫，就是一天用红色牙粉刷四次牙的那位，辩护人叫什么斯米尔尼亚耶夫，一个黄头发的细高个儿，长着一副多愁善感的面孔和长而光滑的头发。陪审员全都是市民和农民，他们当中只有四个人识字。其余那几位，当交给他们看一封乌尔别宁写给妻子的信时，一个个脸上冒汗，忸怩不安。首席陪审员是店铺老板伊万·杰米扬内奇，我那死去的鹦鹉用的就是他的名字。

走进法庭，我竟认不出乌尔别宁来了：他的须发皆白，浑身上下足足老了二十岁。我预料在他脸上会看到对自己命运的漠不关心和冷淡，但我的预料落空了，——乌尔别宁对审判极为关心：他要求三个陪审员回避，作了长长的辩解，追问证人。他彻底否认自己的罪行，对于作出不利于他证词的证人，他都追问很久。

证人普舍霍茨基在法庭作证时说，我曾和死去的奥尔加有暧昧关系。

“这是胡说！”乌尔别宁喊道，“他是个说假话的人！我不相信我的妻子，但对他我是相信的！”

该到我作证的时候，辩护人问我和奥尔加是什么关系，并且把普舍霍茨基的证词告诉了我。想当初，普舍霍茨基曾向我鼓过掌。

---

① 当然，这个角色比侦查员的角色对卡梅舍夫先生更为合适。在乌尔别宁一案中他当不了侦查员。——契诃夫注

我如果说实话——等于对被告提供有利的证词：妻子愈是放荡，陪审员对于奥赛罗式的丈夫就愈加宽容，这一点我是明白的……从另一方面看，说实话还会侮辱乌尔别宁……他听了会痛苦得受不了……我认为还是说谎话好。

“绝无此事！”我说道。

检察官在发言中对奥尔加凶杀案大加渲染，提醒大家特别注意凶手的野蛮和凶恶……“这个年迈力衰的好色之徒看见一个年轻貌美的姑娘。他知道她在疯子父亲家中处境十分可怕，于是就引诱她，说跟了他有吃，有住，有花衣服……她同意了：有家业的老丈夫毕竟比疯父亲和贫穷好受一点。但是她年轻，而青春，诸位陪审员先生，自有它不可剥夺的权利。……这姑娘受小说的熏陶，生长在大自然的环境里，迟早必然会恋爱……”诸如此类，滔滔不绝。发言的结尾如下：“他给与她的，除去自己的衰老和花花绿绿的布片子以外，再没有别的，当他眼看自己到手的猎物正在溜走，就勃然大怒，兽性大发，犹如一头被烧红的铁块烫痛鼻子的野兽。他野兽般地爱她，也就必然野兽般地恨她。”如此等等。

波鲁格拉多夫起诉乌尔别宁谋杀库兹马，他指出作案的鬼蜮伎俩，经过深思熟虑，以此来杀害“一个熟睡的人，此人在前一天冒失地提出对他不利的证词。至于库兹马打算对侦查员说出的凶手正是他，这一点，我想诸位是不会怀疑的。”

辩护人斯米尔尼亚耶夫不否认乌尔别宁有罪，他只请求大家承认他是一时性起而下手，从而对他给予宽大。辩护人大谈嫉妒的感情多么令人痛苦，拿莎士比亚的人物奥赛罗当证人。他全面地考察了这个“全人类的典型”，引用了不同批评家的言论，越说越离题，审判长只好叫他打住，说“陪审员不一定要懂得外国文学”。

乌尔别宁利用最后一次发言的机会，请上天作证，说自己无论在行动上还是在思想上都是无罪的。

“我个人在哪里都无所谓：或是在本县，这地方的一切都让我想起自己无辜遭受的耻辱和妻子；或是去服苦役。但我孩子们的命运让我放心不下！”

乌尔别宁朝旁听席转过身去，哭了起来，请求收养他的孩子。

“请把那些孩子领去吧。当然，伯爵不会放过这个炫耀慷慨大方的机会，但我已警告过孩子们，就是一块面包皮也不准要他的。”

他发现我在旁听席，看了看我，用恳求的声音说道：

“请您保护我的孩子们别受伯爵的恩惠。”

陪审员们商量了不大工夫。乌尔别宁被一致认为有罪，而且一点都不宽恕。

他被判处褫夺公民权，流放并服苦役十五年。

五月之晨和诗意盎然的“红衣女郎”的一次相遇竟使他付出如此昂贵的代价……

自从上述事件发生后，八个多年头已经过去了。这出悲剧的一些参加者死了而且尸骨已朽；另一些人仍为自己的罪恶受着惩罚；还有一些人在混日子，在无聊的日常生活中挣扎，日复一日地混吃等死。

这八年当中发生了许多变化……一贯对我真诚友好的伯爵已经彻头彻尾变成了一个酒鬼。他的庄园，这场悲剧的演出地点，已经落到他妻子和普舍霍茨基手中。他现在穷困潦倒，靠我生活。有时天色将晚，他躺在我旅馆房间的长沙发上，喜欢回忆过去。

“现在要是听听吉卜赛人唱歌多好，”他喃喃自语，“谢廖沙，叫人拿白兰地来！”

我也变了。我的精力渐渐衰退，我感到，健康和青春正在离开我的身体。想当年我一连几夜不睡，痛饮如今怕已喝不下的酒浆，夸耀自己的体力、灵巧和耐力，现在这一切已化为乌有。

皱纹一条接一条出现在我脸上，头发变稀，声音变粗，变弱……生活已经过去了……

我回首往事，恍若昨天，仿佛在雾中看见一处处地方，一个个人物。对于他们我不能无动于衷，还是以从前那样强烈的感情爱他们、恨他们，没有一天我不是双手抱头，满腔怒火，满怀仇恨。在我心目中伯爵仍是那么可恶，奥尔加仍是那么可憎，傲慢的卡里宁仍是那么可笑。我认为恶就是恶，罪就是罪。

可是也有不少时候，我凝视案头的相片，感到一种不可遏止的愿望，想和“红衣女郎”在林中散步，在一片松涛声中不顾一切地把她紧紧搂在胸前。每到这种时候，我就宽恕谎言，宽恕陷入泥潭的堕落，情愿宽恕一切，只求旧梦重温，哪怕只是一个片段也好。我厌倦了城市的无聊，很想再听听大湖的咆哮，再骑上我的佐尔卡沿湖奔驰。我情愿宽恕一切，忘掉一切，只求沿着捷涅沃大道再走一回，再碰上那个捎着酒桶，戴着骑手帽的花匠弗兰茨。……有时我甚至乐于握一下那被鲜血染红的手，和忠厚的彼得·叶戈雷奇聊聊宗教、庄稼、国民教育……我很想见一见眯缝眼和他的娜坚卡……

生活就像八月之夜的大湖那么疯狂，放纵，不安。……很多的受难者沉入生活黑色的波涛，永无踪影……它的底部铺着一层重重的沉渣。……

可为什么有时我又爱它呢？为什么我宽恕它，我的心灵奔向它，如同一个温情的儿子，一只脱笼的小鸟呢？……

此刻，我在旅舍窗口看到的生活如同一个灰色的圆圈：整个灰蒙蒙，既无色调，更无亮点。……

但是，当我闭上眼睛追思往事，我却看见太阳光谱造成的一道彩虹，……是的，那里有风暴，可是那里明亮得多……

谢·济诺维耶夫

本文完

原稿下面写道：

“编辑先生阁下：奉上长篇小说一部（也许是中篇，

悉听尊便），敬祈发表，在尽可能范围内不加压缩、增删。然而，征得作者同意可以改动。如不合用请保存以便退还。我的（临时）住所在莫斯科，特维尔大街，英吉利旅馆。伊万·彼得罗维奇·卡梅舍夫。

附言：稿费由编辑部酌定。

年　月　日”

我已把卡梅舍夫的小说介绍给读者，现在就继续和他进行中断的谈话。首先我应声明，我在中篇小说开头向读者许下的诺言没有实现：卡梅舍夫的小说没有按我答应的那样不加删节，全文[①]发表，而是作了大量压缩。原因在于《狩猎惨剧》没能在本书第一章提到的那家报纸发表，原稿付排时，报纸停刊了……当时的编辑部虽允许刊登这部小说，却认为必须大量压缩。在小说发表期间，编辑部每次把个别章节的校样送给我时，都请我“加以改动”。可是我不愿意承担罪责，改动他人的东西，认为与其改动不合适的地方，还不如整个删掉比较好，比较有益。编辑部同我协商后删掉了许多地方，那些地方特别厚颜无耻，特别冗长；或者文字特别不讲究。作这种删削需要慎重，需要时间——这就是许多章未能如期刊登的原因。有两段夜宴的描写被删掉。一次夜宴在伯爵家中，另一次在湖上。删掉了波里卡尔普的藏书和他独特的读书方式，认为这些段落过于冗长和夸张。

有一章我最想保留，可是编辑部最不喜欢。这章描写的是伯爵的仆人们狂赌的场面。最狂热的赌徒是花匠弗兰茨和老太婆母枭鸟，他们常玩的是斯土科尔卡和三叶片子[②]。卡梅舍夫在侦查期间，有一次走过一间凉亭，往里一看，只见有人正在狂赌，他们是母枭鸟，弗兰茨和……普舍霍茨基。他们在玩斯土科尔卡，赌注是九十

① 原文为拉丁语。

② 都是狂热的纸牌赌博。

戈比，输家要赔三十卢布。卡梅舍夫加入赌局，把他们“赢个精光”，犹如拔光了毛的山鹑，输光了的弗兰茨还想赌，去到湖中小岛，他的钱藏在那里。卡梅舍夫悄悄看清他藏钱的地点，把花匠偷了个精光，一文不剩。他把拿到的钱送给了渔夫米海。这样莫明其妙的善举十分精彩地勾勒出这位任性的侦查员的性格，不过这一段写得马马虎虎，而赌徒们的谈话又夹杂着许多极为下流的言语，结果编辑部连改动都不同意。

卡梅舍夫和奥尔加的几次幽会被删掉了。他和娜坚卡的一次谈情也被略去，如此等等，还有几处。不过我以为，已发表的材料足以说明我那主人公的性格。明眼人已看清楚了①……

整整三个月后，编辑部的看门人安德烈向我报告说，“戴帽徽的先生”来了。

“请！”我说。

卡梅舍夫走进来，脸颊还是那么红润，身体还是那么结实，人还是那么漂亮，和三个月前一模一样，他的脚步还是那么没有声响……他把帽子放到窗台上，放得那么小心，甚至会以为他放下了一件很重的东西……他那浅蓝色的眼睛仍旧像以前那样闪耀着某种孩子般的，无限善良的神采。……

“我又来麻烦您！”他开口说道，一面微笑着坐下，“看在上帝面上，请您原谅！怎么样，我的稿子是怎么判的？”

“有罪，不过可以从宽。”我说。

卡梅舍夫笑了，掏出洒过香水的手绢擤鼻子。

“这就是说，把它流放到火炉中，付之一炬？”他问道。

“不是的，干吗那么严厉呀？它不应受惩罚，我们采用改造的方法。”

“必须改吗？”

“是的，有些地方……经过双方同意……”

---

① 此句原文为拉丁语。

我们沉默片刻。我的心跳得吓人，鬓角的血管也嘣嘣直跳，然而我早已计划好决不露出激动的样子。

“经过双方同意，”我再说了一遍，“上回您对我说，您这部中篇小说的情节是以真事为根据的。”

“是的，就是现在我也是这么说。如果您读完这部小说，那么……请让我自我介绍：书中的济诺维耶夫就是在下。”

“这就是说，您做过奥尔加的傧相？……”

“做过傧相，还是她家的常客。我在这部稿子里不是很讨人喜欢吗？”卡梅舍夫笑起来，摩挲着膝盖，脸上发烧。

“我挺不错吧？是该揍我一顿，可就是没人动手。”

“是吗……我喜欢您这个中篇。它比许多刑侦小说写得好，写得有趣。只是咱们两个经过协商，不得不作一些极其重大的改动……”

“这个可以。比方说，您认为什么地方需要改呢？”

“小说的全貌[①]，它的面容。作为刑侦小说，它应有尽有：犯罪啦，罪证啦，侦察啦，还有个十五年苦役作配搭，可就是没有最重要的东西。”

“那是什么呢？”

“没有真正的罪犯……”

卡梅舍夫瞪大眼睛，在椅上欠起身子。

“坦白地说，我不明白您的话，”他略沉吟一下说，“如果您不认为那个杀死人，掐死人的是罪犯，那……我就不知道，应该认为谁是了。当然，罪犯是社会的产物，社会是有罪的，不过……如果往深里想，就应该丢开小说，动手写评论。”

“唉，何必往深里想，杀人的根本不是乌尔别宁呀！”

“怎么会呢？”卡梅舍夫问道，俯身凑近我。

“不是乌尔别宁！”

---

① 原文为拉丁语。

"也许，犯错误乃人之常情①，侦查员也不是完人，判错的案子也屡见不鲜。您是不是发现我们犯了什么错误？"

"不，您不是犯了错误，而是有意犯错误。"

"对不起，您的话我又不明白了，"卡梅舍夫冷笑一声，"如果您发现侦查误入歧途，甚至，就如我尽力理解您的那样，蓄意造成错误，那么，了解一下您的见解倒是很有意思的。照您的意见，杀人的是谁呢？"

"是您！"

卡梅舍夫带着吃惊，甚至恐惧的表情望望我，脸一红，后退了一步。然后他转身朝窗口走去，笑起来。

"这可真新鲜！"他喃喃说道，一面往窗玻璃上呵气，神经质地在上面画起花体字来。

我望着他画花体字的手，仿佛从这只手认出那只肌肉发达的铁掌，它一下子就能掐死睡梦中的库兹马，撕碎奥尔加纤弱的身躯。一想自己眼见杀人犯就在面前，不由得心里充满颇不习惯的恐惧之感……我不是为自己害怕——不是！——而是为他害怕，为这个漂亮优雅的魁梧男子害怕……总之是为人感到害怕。……

"您杀了人！"我再说了一遍。

"如果您不是开玩笑，那么祝贺您的发现，"卡梅舍夫笑道，仍然不朝我望，"不过呢，听您的声音发抖，看您的脸色发白，这就很难说，您是在开玩笑了。瞧您这紧张劲儿！"

卡梅舍夫朝我转过涨得通红的脸，勉强挤出个笑容，接着说道：

"奇怪，您那脑袋里从哪儿来的这个想法！我在小说里写过类似的东西，——这可真怪了……请您谈谈吧！让人家把你看作杀人犯，这种滋味一辈子倒也值得尝尝。"

"您本来就是杀人犯，"我说道，"您甚至掩盖不住这一点：您

① 原文为拉丁语。

在小说里已经露出破绽，而且现在您表演得也不高明。”

“这太有趣了，老实说，很想听听。”

“既然想听，那就请听吧。”

我跳起来，激动得在房中走来走去。卡梅舍夫朝门外望了望，把门紧紧地关上。这种小心使他露出马脚。

“您怕什么？”我问。

卡梅舍夫忸怩地咳嗽起来，摆了摆手。

“我什么都不怕，只不过随便就……朝门外看了看。怎么，连这个您也要问？好啦，请讲吧。”

“您容许我进行审问吗？”

“随便。”

“我预先声明，我不是侦查员，审案子是外行，您别指望我审得有条有理，因此请您别打岔，别胡搅。首先请您告诉我，大家打完猎后都在林中大吃大喝，您却离开那里，那么您上哪儿去了？”

“在小说里写了，我回家去了。”

“小说里把您回家的途径的描写仔细地涂掉了。您穿过那片树林吗？”

“是的。”

“这就是说，您可能在那里遇上奥尔加，是不是？”

“是的，可能。”卡梅舍夫冷冷一笑。

“而且您遇见她了。”

“没有，没遇见。”

“在侦查中您忘了审问一个很重要的证人，那就是您自己……您听见被害人的叫喊了吗？”

“没有，得了，老兄，您问案可真不是行家……”

一声亲昵的“老兄”叫得我心里发虚。这个称呼和刚见面交谈时的连声道歉与困惑不安挺不一致。不久我就发现卡梅舍夫正在故作宽容地望着我，居高临下地欣赏我的窘状——我困在一大堆令人激动的问题中理不出头绪来。……

“就算您在林子里没遇见奥尔加，”我接着说，“虽然说起来，乌尔别宁比您更难以遇见奥尔加。因为乌尔别宁不知道她在林子里，所以说，他没有寻找她，而您当时喝醉了，而且怒气冲冲，是不可能不找她的。您多半寻找过她。——否则您干吗不走大路，却穿过树林……不过，就算您没看见她……可在出事那天夜晚，您那种阴暗的，几乎疯狂的情绪又怎么解释呢？是什么原因促使您把鹦鹉打死的，当时它正叫嚷丈夫杀死了老婆？我觉得，是它让您想起了自己干的坏事……那天夜里您被叫到伯爵家里，您不是马上动手办事，却拖了几乎一天一夜，直到警察赶来，大概，这一点您自己并没意识到……只有那些对罪犯是谁心里有数的侦查员才这么慢慢腾腾……而对于这个罪犯您心里是有数的……再说，奥尔加没有说出凶手的名字，因为那个人对于她来说是可贵的，如果凶手是她丈夫，她是会说出他的名字的。既然她能在姘夫伯爵面前说丈夫的坏话，那么告她丈夫持刀杀人就不算一回事了……她爱您，恰恰是您对于她来说才可贵……她饶了您……让我再问问您，当她暂时恢复知觉的时候，为什么您不赶紧直截了当地向她提问题？您干吗向她问那些不关紧要的问题？请您容许我认为您这么做是为了拖延时间，不让她说出您的姓名来。奥尔加随后就死了……‘红衣女郎’之死这样的大事在本书中悄悄带过，无迹可寻，而您对于喝几杯酒这样的小事却念念不忘，把它详记在书中。在这里我看出您的谨慎小心……这是为什么？”

“说下去，说下去……”

“您的侦查工作干得很不像话……您是个既聪明又非常狡猾的人，很难设想您这么干不是出于故意。整个您的侦查工作就好比一封故意写得文理不通的信——这种矫揉造作反而使您露出马脚……为什么您没查看犯罪现场？并不是因为您把这件事忘了或者认为它不重要，而是因为您等着雨水把您的罪迹冲洗干净。对于仆人的审问您写得很少。这就是说，库兹马在被发现清洗血衣之前，根本不曾受到您的审问，显然，您认为不必把他牵连到案子中来。为什么您没审问那些在林中空地和您一起大吃大喝的客人们。他们看见了血迹斑斑的乌尔别宁，听见了奥尔加的喊叫声，因此应该审问他们。可是您没这么做，因为他们当中也许有一个人会在审问中想起来，您在案发之前不久进了树林，从此就不见了。后来大概他们也受到审问，可是这个情节他们已经忘了……”

“妙！”卡梅舍夫搓着手说道，“说下去，说下去！”

“难道我说了这么多，您觉得还不够？……为了彻底证明，奥尔加就是您杀的，还应当提醒您，您是她的情夫，而这个情夫被您所不齿的人代替了！丈夫会由于嫉妒而杀人，我以为，情夫也一样……如今再说库兹马……根据他死前一天最后一次受审的情况，他指的就是您，是您用他的衣襟擦手，是您骂他下流坯……如果指的不是您，那么您干吗在关键之处中止审问。库兹马向您申明，他记起来凶手所系领带的颜色，您干吗不接着问领带是什么颜色呢？为什么恰恰在库兹马想起凶手的名字以后，您就给了乌尔别宁自由，不早也不晚？很明显，您需要把罪行推到别人头上，您需要一个夜晚在过道散步的人……就这样，您杀了库兹马，怕他把您供出来。”

“喂，够了！”卡梅舍夫笑道，“够了！您讲得这么起劲，脸色变得这么苍白，闹不好会晕过去。别往下说了。确实，您说的对：人是我杀的。”

一片沉默。我从屋子一角走到另一角，卡梅舍夫也这么做。

“人是我杀的，”卡梅舍夫接着说道，“您抓住了秘密的尾巴——算您走运。这只有很少的人做得到。您的大部分读者只会痛骂老头子乌尔别宁，对我的侦查才能感到惊讶。”

一位同事走进我的办公室，打断了我们的谈话。这位同事发现我有事而且很激动，就在我的桌子旁边转了转，好奇地望望卡梅舍夫，走了出去。他一走，卡梅舍夫走到窗前，开始朝窗玻璃呵气。

“从那时起已经过了八年，”稍为沉吟以后他说起话来，“这八年我一直把秘密藏在心里。可是这秘密和我身上的鲜血互不相容。

一个人知道所有人都不知道的事，就不能不受惩罚。这八年我一直感到自己是个受难者。折磨我的不是良心，不是！良心归良心……我不理会它。只要一谈到良心的伸缩性，它就乖乖地一声不吭了。遇到理智不起作用，我就用醇酒和女人把良心的呼声压下去。顺便提一下，在女人方面我还像以前那样成功。折磨我的是另一件事：我一直感到奇怪，为什么人们瞧着我，就像瞧一个平常人一样；整整八年就没有一个活人用猜疑的眼光看过我一眼；我感到奇怪，为什么我不需要躲躲藏藏，我心中怀着可怕的秘密，可冷不丁地我却在街头漫步，出席宴会，向女人献殷勤！对于一个有罪之人这样的处境是不正常的，是令人难受的。如果我不得不遮遮掩掩，躲躲藏藏，我倒不会这么受罪。变态心理啊，老兄！最后我来了一股劲头……忽然想找碴儿发泄一下：朝着一切人的脑袋打喷嚏，把自己的秘密和盘托出……干出点什么……特别的来……于是我写了这个中篇——这是一张文书，只有智力不高的人才难以从中看出我是个心怀鬼胎的人。……不论哪一页，都能找到谜底的线索……不是这样吗？您恐怕一下子就看穿了。……当初我写的时候，针对的是中等水平的读者……”

我们又受到干扰。安德烈走进来，端来两杯茶。……我赶紧把他打发走了……

“如今好像轻松一点了，”卡梅舍夫冷然一笑，“现在您瞧着我就像瞧一个不平常的人，一个心怀鬼胎的人，——而我觉得自己的处境也就正常了。……不过……但是，已经三点钟，有人在车上等着我呢……”

“请等一等，请把帽子放下……您告诉了我动笔写作的原委，现在请告诉我，您是怎么杀的人？”

“您这是想补已读的不足吧？遵命……我是一时激动而杀人。现如今人们就连抽烟喝茶都受激动的影响。您瞧，您一激动错拿了我的茶杯，烟抽得也比平常多了……生活整个儿就是激情……我觉得是这样……当我往树林里走的时候，我根本没有杀人的念头，我到那儿去只有一个目的：找到奥尔加，继续挖苦她……我一喝醉酒，就想挖苦人，从来是这样……我在离空地二百步的地方遇见了她……她站在树下，若有所思地望着天空……我叫了她一声……她看见我，微微一笑，朝我伸出手来……

"'别骂我了，我够不幸的啦！'她说。

"那天傍晚她是那么漂亮，勾惹得喝醉酒的我忘记世上的一切，紧紧地把她抱在怀中。……她对我起誓，说除了我从来没爱过任何人……这话说得有理：她是爱我的……可就在海誓山盟的高潮，她却心血来潮，说了一句讨厌的话：'我太倒霉了！要不是嫁给乌尔别宁，我如今是能够嫁给伯爵的！'——这句话对我如同一桶冷水浇头……早已沸腾的怒潮在胸中激荡起来。我心中充满憎恨和厌恶……我一把抓住这个可恶的小娘们的肩膀，把她扔到地上，就像扔个小皮球似的。我的恼恨达到极限……就把她打死了……说打就打死了。至于库兹马那件事您是知道的……"

我看了卡梅舍夫一眼。在他脸上我既没看出后悔，也没看出遗憾，"说打就打死了"——这话说得好轻松，如同"说喝茶就喝茶"，"说抽烟就抽烟"一般。这回轮到我心中充满恼恨和厌恶……我转过脸去。

"乌尔别宁还在那边，在服苦役吗？"我轻轻问道。

"是的，据说在路上就死了，不过，还没得到消息……问这个干吗？"

"问这个干吗……一个人无辜受难，可您却说：'问这个干吗？'"

"那我该怎么办？去自首吗？"

"我想是的。"

"得了，这不过想想而已！……我不反对代替乌尔别宁，可是不斗一斗我是不会屈服的……他们要抓我，那就抓好了。但我自己不会到他们那儿去。当我在他们手里的时候，干吗不抓我呢？我在奥尔加的葬礼上哭得死去活来，歇斯底里大发作，连瞎子都会看出真相……他们自己糊涂，这可怪不得我。”

“您让我感到可恶。”我说。

“这个自然……我都觉得自己可恶……”

没话说了。……我翻开账本，不经意地念起数目字来……卡梅舍夫抓起帽子。

“我看，您和我在一起不痛快，”他说，“不过，您不想看看卡尔涅耶夫伯爵吗？他就坐在马车上！”

我走到窗前，看了他一眼……一个矮小伛偻的人坐在出租马车上，后脑朝着我们，戴顶旧帽子，衣领褪了色。很难看出他曾是惨剧中人！

“我打听到，乌尔别宁的儿子就住在这里，在莫斯科，安德烈耶夫旅馆。”卡梅舍夫说，“我想这样安排，让伯爵接受他的施舍。……至少该有一个人受到惩罚呀！不过，再见吧！”

卡梅舍夫点点头，快步走了出去。我在桌旁坐下，沉浸在痛苦的思绪中。

我好气闷。

最后一个莫基干女人[①]

春天，我在地主，退役骑兵上尉多库金家做客。在一个风和日丽的早晨，我俩坐在老奶奶式的圈椅里，懒洋洋地望着窗外，闷得极其难受。

“呸！”多库金赌气说道，“闷死人了，哪怕法警登门，我也欢迎！”

“躺下睡觉怎么样？”我心中暗想。

于是我们就思考烦闷无聊这个题目。想了很久，后来发现久未擦洗，闪着虹光的玻璃窗外，在宇宙循环之中有一个小小的变化，这才不再想下去。原来大门口旁边有只公鸡站在隔年的树叶堆上，它一会抬起一条腿，一会抬起另一条腿（它本想一下子抬起两条腿），忽然吃了一惊，就像被蛇咬似的，从门口窜到一边。

“有人来了，也许骑马或是坐车……”多库金笑了笑，“就算魔鬼把客人送来也好嘛，总会有点乐子……”

公鸡没有欺骗我们。大门口首先出现一个套着绿色车辕的马头，然后是马的全身，最后是一辆乌黑沉重的四轮马车，两边支着大大的挡泥板，样子十分难看，就像鼓翅要飞的甲虫。马车进了院子，笨拙地朝左拐，吱吱呀呀地驶向马厩。车里影影绰绰坐着两个人，一个是女的，另一个稍小点，是男的。

“见鬼……”多库金含糊地嘟囔一句，睁着一双害怕的眼睛望着我，一面抓挠着鬓角，“本来没烦恼，魔鬼却来找。我说夜里怎么会梦见炉子呢。”

“怎么了，来的是谁呀？”

"姐姐、姐夫，见他们的……"

多库金站起身来，烦躁地在房中走了几步。

"连心口窝都凉了……"他悻悻地说，"对自己的亲姐妹缺乏手足之情自然是罪过。但是，您信不信？我就是在树林里碰上强盗头子，也比碰上她好受点……咱们要不要躲一躲？让季莫什卡扯个谎，就说我们出门开会去了。"

多库金大声呼唤季莫什卡。不过扯谎躲避都嫌晚了。一会儿就听见前厅有人嘀嘀咕咕地说话，粗嗓门的女人和细嗓门的男人低声交谈。

"把我的下摆整好！"女低音说道，"你又没穿那条裤子！"

"那条蓝裤子您送给瓦西里·安其内奇叔叔了，那条花的您吩咐我收起来，到冬天再穿，"男高音辩解道，"这条披巾是我给您拿着，还是您要我放在这儿？"

门终于开了，走进来的是位四十岁上下的太太，高高的，胖胖的，肉皮松松的，穿着浅蓝色连衣裙。她那红扑扑带雀斑的脸蛋上流露出凝固的傲慢，于是我立刻就感觉到，为什么多库金那么不喜欢她。跟在胖太太后头，迈着小碎步走进来一个瘦小的男人，穿着花色上衣，肥大的裤子和丝绒坎肩，他的肩膀窄窄的，胡子刮得光光的，鼻子红红的。他的坎肩上头晃荡着一条金链子，足有挂长明灯的链子那么粗。他的衣着，举止，那个小鼻子，还有那副不匀称的身材，处处流露出一副奴才相，受气包的样子……这位太太走进房中，仿佛不理会我们，径直朝圣像走去，画起十字来。

"画十字！"她回头对丈夫说。

那个红鼻子的小男人打个哆嗦，也画起十字来。

"姐姐，你好。"等太太做完祷告，多库金向她问好，紧跟着叹了口气。

---

① 莫基干人是北美洲的一个印第安民族，由于欧洲人的殖民侵略而灭亡。此处借喻罕见的野蛮女人。

太太稳重地微微一笑，把自己的嘴唇送到多库金的唇边。

小男人也凑过来亲吻。

“让我介绍一下……我姐姐奥里姆皮阿达·叶戈罗芙娜·赫雷金娜……她的丈夫多西费·安得列伊奇。这位是我的好朋友……”

“非常高兴，”奥里姆皮阿达·叶戈罗芙娜拖着长腔说道，没向我伸出手来，“非常高兴……”

我们坐下来，沉默了片刻。

“大概你没料到有客人来吧？”奥里姆皮阿达·叶戈罗芙娜开口对多库金说道，“我自己也没想上你这儿来，弟弟。我是到首席贵族那儿去，路过这里……”

“你为什么到首席贵族那儿去？”多库金问。

“为什么？为了向他告状呀！”太太冲着自己的丈夫点点头。

多西费·安得列伊奇垂下眼睛，两只脚缩到椅子下面，难为情地对着虚握的拳头咳嗽一声。

“为什么告他的状？”

奥里姆皮阿达·叶戈罗芙娜叹口气。

“他忘了自己的身份！”她说道，“怎么，弟弟，我对你也告过他的状呀，我还到他父母那儿去告过，我还把他带到格里戈里神甫那里，让神甫教训他，我自己想尽一切办法，可一点用没有！不得不打扰首席贵族啦……”

“他到底干了些什么呢？”

“什么也没干，就是不记得自己的身份！就算他不喝酒，老老实实，令人尊敬，可如果他不记得自己的身份，这又有什么用呢！你看看他，躬着腰坐在那里，倒像个四处求告的人，或是个平民知识分子，难道贵族有这么坐着的吗？好好坐着！听见没有？”

多西费·安得列伊奇伸长脖子，挺起下巴，大概为的是坐得像个样子，然后惶恐地皱着眉看看妻子，当孩子们做了什么错事，就是这个样子看人。我看谈话涉及私事和家事，就站起身来想出去。赫雷金娜看出了我的举动。

“没关系，请坐着吧！”她把我拦住，“听听这话对年轻人有好处。虽说我们没学问，可到底活的年头比你多点，但愿上帝保佑所有的人都像我们这样生活……弟弟，我们就顺便在你这儿吃午饭吧，”赫雷金娜转脸对弟弟说，“不过，大概厨房准备的是荤菜。你恐怕忘了今天是星期三……”她叹口气，“吩咐给我们准备素菜，我们不吃荤。至于你，弟弟，随你的便。”

多库金叫来季莫什卡，吩咐午饭准备素菜。

“吃完饭就去见首席贵族……”赫雷金娜接着说，“我要恳请他关照。他的工作就是照看贵族，使他不要误入歧途。”

“难道多西费走了歪道？”多库金问。

“仿佛你是头一回听见似的！”赫雷金娜皱起眉头，“说老实话，你对这件事本来就漠不关心。你自己也不太记得自己的身份……我们来问问这位年轻的先生，年轻人，”她对我说，“如果一个贵族跟各种下贱货交朋友，您看这好吗？”

“那要看和什么人……”我为难地说。

“比方就拿商人古赛夫说吧。这个古赛夫我根本不许他登门，可他却和他下棋，还常到他那儿去吃吃喝喝。难道他和文书一块儿打猎也算体面吗？他跟文书能有什么可谈的。不瞒您说，尊敬的先生，文书不但不配跟他说话，连说个不字都不配！”

“我的性格软弱……”多西费·安得列伊奇小声说。

“那我就让你瞧瞧，什么叫性格！”妻子生气地用戒指敲着椅子背吓唬他，“我不允许你有失咱们姓氏的体面！虽说你是我丈夫，我照样叫你难堪！你应该明白！是我把你拉扯成人的！先生，他们赫雷金这个家族是个败落的家族，我出身多库金家门，既然嫁给他，他就该看重这一点，应该领情！不瞒您说，先生，因为他我吃亏大了。为了给他谋个职位我花了多少钱！您问问他嘛！不瞒您说，光一个文官资格考试就花了我三百卢布！我操心费力为的啥？你这笨蛋以为是为你操心费力吗？休想！我看重的是咱们家族的姓氏！要不是这个姓，不瞒你说，你早就在厨房里混吃等死了！”

可怜的多西费·安得列伊奇听着一言不发，只是蜷缩着身子。我不知道，他这样是因为害怕，还是害羞。这位严厉的太太连吃午饭也不让他消停。她的眼睛一直盯着他，留神他的一举一动。

“往汤里撒盐！汤勺没拿正！把那盘沙拉拿开，小心袖子别挂住它！别眨巴眼！”

在她的目光下他缩手缩脚，赶紧吃喝，宛如在大蟒目光下的一只兔子。他陪妻子吃素，时不时贪馋地看看我们的肉饼。

“祷告！”吃完饭妻子说道，“向弟弟道谢！”

赫雷金娜饭后到卧室去休息。她刚一走，多库金就揪着自己的头发在屋子里转悠起来。

“唉，老兄，你这人真够倒霉的！”他对多西费·安得列伊奇说，沉重地喘着气，“我只跟她呆了一个钟头就苦不堪言。你一天到晚跟她在一起可怎么受得了……唉！你是个苦命人，不幸的苦命人！你成了伯利恒城被希律杀戮的婴儿了[①]！”

多西费·安得列伊奇眨巴起眼睛来，说道：

“她的确是挺厉害。可我应该日夜为她祈祷，因为从她那里我只感到恩情和爱意，别的什么也没看见。”

“他这人没治了！”多库金摆摆手，“可当初他在会上作过演讲，还发明过新式播种机呢！老妖婆把人给毁了！唉！”

“多西费！”响起了女低音，“你在哪儿呢？上这儿来，给我赶苍蝇！”

多西费·安得列伊奇打个哆嗦，踮起脚尖跑到卧室去了……

“呸！”多库金朝他的背影啐了口唾沫。

---

① 基督教传说，残暴的希律王为消灭刚诞生的耶稣而杀尽伯利恒城的婴儿。

外交家

小品

九品文官的太太安娜·沃尔芙娜·库瓦尔津娜咽了气。

“现在可怎么办？”亲友们开始商议，“应该通知她丈夫才是。他虽然不和她共同生活，但毕竟爱过亡人。前些时候他还来看过她，跪在地上央求她：安诺琪卡，你到底什么时候原谅我那一时的迷恋呢？您知道，他一个劲地说这样的话，应该让他知道……”

“阿利斯达尔赫·伊万内奇！”满脸泪痕的舅母对参加亲属会议的上校皮斯卡列夫说，“您是米哈伊尔·彼得罗维奇的朋友。劳驾，您到他的局里去一趟，让他知道这件不幸的事！……只是有一样，亲爱的，您可别张口就说，这样他会出事的。他有病。您要让他思想上先有个准备，然后再……”

皮斯卡列夫上校戴上军帽，动身到路局去了。这位新丧偶的鳏夫就在那里任职。上校进来的时候那个人正在进行平衡报表的计算工作。

“米哈伊尔·彼得罗维奇，”他开口说道，在库瓦尔津的桌前坐下，一面擦着汗，“你好，亲爱的，老天爷，街上好大的尘土！写你的，写你的，我不打扰你……我坐坐就走……你知道，我打这儿路过，心想，米沙不是在这儿上班吗！进去看看！正巧有点事儿……”

“请少坐一下，阿利斯达尔赫·伊万内奇……请等一等……再过一刻钟我就完事，到时候我们再聊……”

“写你的，写你的……我本来不过是……闲逛。说两句话就走！”

库瓦尔津放下笔，准备听他说话。上校把手伸到领子里挠了两下，接着说道：

“你们这儿很闷热，外面可是真正的天堂……太阳，小风这么一吹，你知道吗……还有鸟儿……春天哪！我走在林荫路上，你知道吗？舒服极了！……我这个人无拘无束，老婆死了……想上哪儿就上哪儿……一高兴就上啤酒馆，再一高兴就坐上有轨马车溜达一趟，谁也不敢拦我，也没有人背着我吵闹……老弟，没有比一个人过日子更美的啦……自由自在！你喘气就觉得是在喘气。现在我回到家里什么麻烦也没有……谁也不敢问我上哪儿去了……自己当家作主……我的老弟，许多人赞美家庭生活，可在我看来，它比服苦役还糟。什么时装啦，腰垫啦，东家长西家短啦，尖声尖气地叫唤啦……时不时地招待客人……孩子一个接一个来到人间……得花多少钱……呸！”

“我写上，”库瓦尔津说道，又拿起笔来，“就完事，到时候再……”

“写你的，写你的……幸好老婆不是个母夜叉，如果她是个穿裙子的魔鬼呢？如果她整天东游西逛，唠唠叨叨呢？……你就叫苦吧！就拿你来说……当初独身一人，还像个人样，可一娶了老婆就蔫了，心也灰了……她弄得你在全市出丑……把你赶出家门……这有什么好？这样的老婆没法疼……”

“我们的关系破裂全怪我，不怪她。”库瓦尔津叹口气。

“你得了吧！我了解她！又凶，又任性，又狡猾！话里带着毒刺，眼神露出刀锋……至于她这个死人有多么恶毒，那是无法形容的！”

“你说什么死人！”库瓦尔津睁大了眼睛。

“难道我说死人了吗？”皮斯卡列夫脸红了，“我根本没说……你怎么啦，上帝保佑……脸都白了！嘻嘻……你要用耳朵听，不要用肚子听嘛！”

“您今天到安娜家去了？”

“早晨去了一趟……她躺着……任意支使仆人……一会说不该把这个端上来，一会说不该把那个端上来……让人受不了的女人！我不明白，你为什么爱她，老天保佑她吧……但愿上帝保佑，她让你这不幸的人解脱了，到那时你就可以自由自在地过日子，也会快活一点……另娶一个……好啦，好啦，我不说啦！你别皱眉呀！我只不过随便说说，就像老头子那样……依我看，怎么都好……要爱就爱，要不爱就不爱，而我原是……为你好……她不跟你共同生活，不想理解你……这叫什么妻子？长得不漂亮，又瘦又弱，脾气又坏……一点不招人疼……随她去吧……”

“您说得容易，阿利斯达尔赫·伊万内奇！”库瓦尔津长叹一声，“爱情可不是头发，说拔掉就拔掉。”

“总得有可爱之处才爱嘛！你在她身上看不见别的，只有恶毒。请你原谅我这老头子，我可不喜欢她……看见她我就受不了！走过她的住处，我就把眼睛闭上，为的是看不见她……上帝保佑她！早升天国，永远安息，但是……我这个罪人，就是不喜欢她！”

“您听我说，阿利斯达尔赫·伊万内奇……”库瓦尔津脸色发白，“您已经第二次说走了嘴……她是不是死了？”

“你说谁死了？谁也没死，只是我不喜欢她这个亡人……呸！就是说不是亡人，是她，你的安娜……”

“她究竟是死了还是怎的？阿利斯达尔赫·伊万内奇，您就别折磨我啦！您莫明其妙地激动，说话颠三倒四……还赞美独身生活……她死了是不是？”

“哪能说死就死！”皮斯卡列夫一面咳嗽，一面含糊地说，“老弟，你怎么一下子就全……就算她死了！人都是要死的，因此，她也得死……你也会死的，我也……”

库瓦尔津的眼睛发红，泪水盈眶。

“几点钟过世的？”他低声问。

“没什么几点钟……你都哭鼻子了！其实她没死！谁跟你说她

死了？”

“阿利斯达尔赫·伊万内奇，我，我求您有话就说，别怕我受不了！”

“老弟，跟你没法说话，就好像你是个小孩子。要知道，我并没说她死了是不是？我根本没说吧？你干吗哭天抹泪呢？你好好看看去吧，她活得好好的！我到她那儿的时候，她正和舅母对骂呢……当时马特威神甫正作安魂祭，可她却大嚷大叫，整个房子都听得见。”

“什么安魂祭？干吗作安魂祭呢？”

“安魂祭呀？是这么回事……好像是代替祈祷吧。就是说……没什么安魂祭，不过是那个……什么也没有。”

阿利斯达尔赫·伊万内奇语无伦次，站起身，脸朝窗外咳嗽起来。

“我有点咳嗽，老弟……不知道在哪儿着了凉……”

库瓦尔津也站起来，紧张地在桌子旁边走来走去。

“您蒙我，”他说道，发抖的手扯自己的胡子，“现在明白了……全明白了。我真不懂，干吗来这套外交辞令？为什么不一下子说出来？她不是死了吗？”

“嗯……怎么跟你说呢？”皮斯卡列夫耸耸肩，“倒不是说她死了，而是……瞧你都哭了！人人都要死的！不止她一个成为死人，世界上一切人早晚都要这样的！与其在人前哭泣，还不如克制悲伤，为死者祈祷！不如画十字！”

库瓦尔津足有半分钟痴呆呆地看着皮斯卡列夫，然后脸色变得煞白，倒在椅子上嚎啕大哭……他的同事们一个个从桌子后面跳起来，跑到跟前帮助他。皮斯卡列夫挠挠后脑勺，皱起眉头。

“这些先生可真够烦人的？”他摊开双手，悻悻地说，“嚎啕大哭……喂，请问，为什么大哭？米沙，你神志清醒吗？米沙！”他动手推库瓦尔津，“你要知道，她还没死呢！谁跟你说她死了？恰恰相反，医生们说还有希望！米沙！啊，米沙！我跟你说，她没死！你要是愿意，咱们一块儿上她那儿去好不好？正好能赶上安魂祭……就是说，我说什么啦？不是安魂祭，是午饭。米沙，我向你担保，她还活着！让老天爷惩罚我！让我眼珠迸裂！你不信？既然这样那我们就到她那儿去……到那时候你骂我什么都行，如果……我不懂，他怎么想到那上头去了？我本人今天就在亡人那里，就是说不在亡人那里，而是……呸？”

上校把手一摆，啐口唾沫，走出了路局。来到亡人的住处，他一头倒在长沙发上揪自己的头发。

“你们自己到他那儿去吧！”他绝望地说，“你们自己让他对这个消息作好准备吧。至于我那就免了吧！我不愿意！刚跟他说两句话……刚给他一点暗示，您瞧他就不得了啦！要死要活！不省人事！这种事下次说什么我也不干……你们自己去吧！……”

说东道西

莫斯科某剧作家的一个剧本首次上演就遭到失败。剧本作者在剧院休息厅里一面溜达一面阴沉地东张西望，他问碰见的一个朋友：

“对于我的剧本您有什么想法？”

“我想，”朋友答道，“如果这个剧本不是您写的，而是我写的，那您的自我感觉会比现在好得多。”

一位地主请自己的老朋友到家来做客，他吩咐端上一小瓶齐姆良斯克陈酒。

“喂，你觉得这酒怎么样？”喝完了酒他问朋友，“香气怎么样，劲头怎么样！一看就知道，它有五十年了……”

“是嘛，”朋友表示同意，一面斜眼望着小酒瓶，“只是从年龄上看，它个子太小了点……”

一个演员死乞白赖地缠磨戏院老板，哀求他发薪水，并威胁说，不然的话他会饿死的。

“得了，老兄，净瞎说……”老板说，“就凭您这红扑扑，胖乎乎的脸蛋，绝看不到您会死于饥饿……”

“您干吗瞧脸呀！要知道这张脸不是我的，是房东太太的！房东太太赊账给我，供我吃喝！”

有一位军官在塞瓦斯托波尔城下被一颗炮弹炸断了一条腿。他没有泄气，装上了假肢。上次俄土会战中在攻取普列甫纳时他的另一条腿又被炸断了。士兵和军官们奔来抢救，却被他那副镇定的神情惊呆了。

“这帮混蛋！”他笑道，“白费弹药……他们不知道，我的行李中还有一对好腿呢！”

威 胁

一位老爷的马被人偷了。第二天各报都刊登了下列声明：“如果马不归还于我，我只好采取我父亲在同样情况下曾采取的极端措施。”威胁起了作用。贼虽不知道自己到底怕什么，但预料那措施一定非常可怕，他害了怕，偷偷把马送了回去。老爷对事情的结局十分高兴，他对朋友们坦言，他很幸运，因为不必遵循父亲的先例了。

“但是，您的父亲究竟做了什么呢？”大家问他。

“你们问，我父亲做了什么？好吧，我告诉你们……我父亲的马在大车店里被偷，他就背着马鞍子走回家去了。我起誓，我也会这么做，如果这个贼不是这么善良，这么乐于助人！”

蠢　话

有一位自以为是的俄罗斯伯爵，叫什么鲁别茨-奥特卡察洛夫，特别以自己的家庭古老为荣，经常论证他的家庭是在最古老的家庭之列……对于那些历史资料以及他所知道的全部家族情况他觉得还不够劲，因而不知在什么地方挖掘出年深日久的一男一女两张画像，吩咐在一张下面题名：《亚当·鲁别茨-奥特卡察洛夫》，另一张题名：《夏娃·鲁别茨-奥特卡察洛娃》……

另一位伯爵，因自己的功劳被授予爵位，有人问他，为什么在他的四轮马车上没有伯爵纹章。

“那是因为，”他答道，“我的马车比我那伯爵的爵位老得多……”

一位地主家的总管向老爷报告，邻人在他的地里打猎，请求允许他去制止这种胆大妄为的行为。

“别管他，老弟！”地主摆摆手，“有朋友比有兔子对我来说那可愉快得多！”

一位马马虎虎，但诲人不倦的民事法官有一回问一个受审贼：

“您怎么竟敢做贼呢？”

“因为饥饿呀，大人！饥饿连狼也能赶出森林的！”

“不对，它应该工作！”法官严厉地指责。

巡回法院检察官认出一名被告是自己的小学同学，就顺便问他，知不知道其余同学的情况。

“除去您和我，所有的人都在服苦役。”被告回答。

乌　鸦

时间不到晚六点，在城里闲逛的斯特列卡切夫中尉走过一座三层大楼，偶然瞥见二楼粉红色的窗帘。

“都都太太就住在这里……”他想起来了，“好久没到她那儿去了。进去看看怎么样？”

但是，在回答心中这个问题之前，斯特列卡切夫掏出钱包，胆怯地朝里面瞧了一眼。他看见那里有张揉皱的，带煤油味的一卢布钱票，一粒纽扣，两戈比铜板，其他一无所有。

“少点……得了，没关系，”他主意已定，“进去坐一坐就走。”

一分钟以后斯特列卡切夫已经站在前厅，饱吸着浓烈的香水味和甘油肥皂味。还有一种无法形容的气味，不过这种气味在任何一个所谓单身女人的住所都闻得到，那就是女人的巴楚利香水和男人的雪茄混合起来的味道。衣架上挂着几件女大衣，雨衣和一顶明晃晃的男式大礼帽。走进大厅，中尉眼前所见和去年完全相同：一架钢琴和几份破琴谱，一个花瓶和枯萎的花枝，地板上的酒痕……一扇门通向客厅，另一扇通向都都太太的睡房，她在那里正和舞蹈教师伏隆迪玩纸牌，伏隆迪是个老头子，长得挺像奥芬巴赫[①]。要是朝客厅里瞧，那就正好看见一扇门，门里露出床沿和粉红色薄纱床帐。都都太太的“养女”巴尔勃和布兰西就住在那里。

大厅里一个人也没有。中尉走进客厅，在那里看见一个活人——圆桌后的长沙发上，懒洋洋地坐着一个年轻人，头发又粗又硬，蓝眼睛昏昏沉沉，额头上冷汗淋淋，他那副样子仿佛刚从一个又黑暗又可怕的坑里爬出来似的。他穿的挺阔，一套新花呢西服，还带着熨过的痕迹，胸前晃荡着表坠，脚上穿着红袜子，带纽扣的漆皮鞋。这年轻人用两个拳头支着胖脸蛋，无神的眼睛望着面前一瓶矿泉水。另一张桌子上放着几个空瓶子和一盘橙子。

花花公子看见走进来的中尉，不由得瞪大眼睛，张开嘴巴。大吃一惊的斯特列卡切夫也倒退了一步……他勉强认出这个花花公子原来是文书费连科夫，而今天早晨他还在办公室责骂过这个文书，因为他写错了公文，把“圆白菜”写成“原白菜”。

费连科夫慢慢地站起身来，两只手撑着桌子，足有一分钟他目不转睛地望着中尉的面孔，紧张得脸都青了。

“你怎么到这儿来了？”斯特列卡切夫严厉地问他。

“我，长官，”文书结结巴巴地说，垂下眼睛，“是来祝贺生日的……在义务兵的普遍……下，人人平等，其中……”

“我问你，你怎么到这儿来了？”中尉提高了声音，“而且这身衣服是怎么回事？”

“我，长官，知道自己错了，不过……如果拿……兵役普遍……在普遍义务兵役制度下人人平等，而且我毕竟是受过教育的人，不能穿着低级职员的衣服出席巴尔勃小姐的生日聚会，所以我穿了这身与我们家规一致的衣服，我是世袭荣誉公民。”

眼见中尉的眼色越来越恼怒，费连科夫打住话头并且低下脑袋，仿佛等着后脑勺挨一下子。中尉张开嘴刚想说“滚！”就在这时客厅里走进来一个金发女人，扬着眉毛，穿着亮黄色的袍子，她认出中尉，尖叫一声朝他扑去。

一见巴尔勃（都都太太的养女）和中尉这么亲热，文书恢复了常态，而且来了精神。他把手指头一松，从桌子后头跳出来，连连摆手。

“长官。”他上气不接下气地说道，“我很荣幸为这个可爱的人

---

① 奥芬巴赫（1819—1880），法国作曲家。

儿祝贺生日！这样的姑娘在巴黎也找不到的！就是这么回事！热烈得像一团火！为了给可爱的人儿过生日我舍得花三百给她做了这件长袍！长官，来点香槟！为生日干杯！”

“布兰西在哪儿？”中尉问。

“她就出来，长官！”文书抢着回答。尽管问的不是他，而是巴尔勃。“马上就到。这姑娘说一口法国话。前几天从科斯特罗马来了个商人，一下子给了五百！不简单，五百呀！我可以给一千，但是首先有一条，得顺着我的脾气！我说的对不对？长官，请！”

文书给中尉和巴尔勃各斟了一杯香槟，自己则干了一盅伏特加。中尉喝干了香槟，但立即醒过神来。

“我看你也太放肆了，”他说，“你离开这儿，回去告诉杰米扬诺夫，让他关你一昼夜禁闭。”

“长官，也许您以为我不过是什么下等人吧？您是不是这么想的？天哪！可要知道，我爸爸是世袭荣誉公民，勋章获得者！而我，不瞒您说，我的教父是位将军。您以为，我既是个文书，又是个贱货是吗？……请再来一杯……冒汽的……巴尔勃，干！你不要客气，一切咱都花得起，将军的儿子还是商人的儿子和庄稼汉一样都当兵。如今教育发达，人人平等。我，长官，念过中学，念过专科，念过商科……不管到哪儿都被开除了！巴尔勃，干！把这张一百卢布的钞票拿去，派人买一打香槟来！长官，再来一杯！”

都都太太走进来，这是一个又高又胖，长着一副鹰脸的女士。面似奥芬巴赫的伏隆迪迈着小碎步跟在她后头。过不一会布兰西也进来了，她是个小身量的黑发女孩，二十岁上下，面相严厉，希腊式的鼻子，看样子是犹太人。文书又丢出一张一百卢布的钞票。

“拿去花！卖卖力气！让我把这花瓶摔了！太高兴啦！”

都都太太说起话来，她说如今任何一个清白的姑娘都能找到体面的对象，又说女孩儿家喝酒可不相宜，如果她允许自己的女孩子们喝酒，那纯粹是因为她希望他们是正经男人，如果是另一种人，她甚至不允许她们坐在这里。

由于美酒和坐在身边的布兰西，中尉晕乎起来，他把文书置于脑后了。

“音乐！”文书拿出天不怕地不怕的腔调喊道，“奏乐！按照第一百二十号命令我建议你们跳舞！安静点，别嚷啦！”文书扯着嗓子大喊大叫，但他觉得正在大喊大叫的不是他，而是另有其人，“安静点！我希望你们跳舞！你们要顺着我的脾气！跳卡楚查[①]，卡楚查！”

巴尔勃和布兰西同都都太太商量一下，老头子伏隆迪坐到钢琴前，跳舞开始了。费连科夫踩着脚打拍子，紧盯着女人们四条大腿的动作，高兴得发出马嘶的声音。

“加油！好！要带感情！精神点儿，别像冻僵了似的！”

过了一会儿，大伙儿坐马车到“乐园酒家”，费连科夫和巴尔勃坐一辆，中尉和布兰西坐一辆，伏隆迪和都都太太坐一辆。在“乐园”占了一张桌子，要了晚餐。费连科夫喝得喉咙都哑了，连摆手的本事也没有了。他脸色阴沉地坐在那里，一边眨巴着眼睛，仿佛要哭似的，一边说道：

“我是什么？难道我是人吗？我是乌鸦[②]！什么世袭荣誉公民……”他讥诮地学着自己说过的话，“你是只乌鸦，不是公……民。”

被酒灌得迷迷糊糊的中尉几乎没注意他，只有一次蒙眬中看见他那副醉脸，皱起眉头说道：

“你呀，我看，太放肆了……”

但马上失去思维能力，跟他碰起杯来。

他们从“乐园”出来，又去“克利斯托夫花园大饭店”。在这里都都太太辞别这些年轻人，说她非常希望这两个男人行为正派，然后和伏隆迪坐车走了。青年们为了醒脑提神，又要了咖啡白兰地和

---

① 西班牙一种民间舞。

② 此处乌鸦比喻蠢材。

甜酒。接着又要克瓦斯，伏特加，鱼子酱。文书把鱼子酱抹到脸上说道：

"我现在是阿拉伯人或仿佛是个魔鬼。"

第二天早晨中尉觉得脑袋里装满了铅，满嘴热辣辣的，口干舌燥，他走进自己的办公室。费连科夫穿着文书制服坐在自己的位置上，颤抖的双手正在装订文件。他的脸色阴沉，脸皮粗糙，像鹅卵石一样，鬃毛似的头发乱蓬蓬的，眼皮睁不开……看见中尉，他吃力地站起身来，叹了口气，打了个立正。中尉一肚子气恼，再加上宿酒未醒，扭过脸去做自己的事。沉默了十分钟，可是中尉的目光碰上了文书浑浊的目光，在这目光里他看见了一切：粉红色的窗帘，闹得人心惊肉跳的舞蹈，"乐园酒家"，布兰西的倒影……

"在普遍的义务兵役制下，"费连科夫喃喃地说，"在教授也被抓去当兵的时候……在人人平等的时候……甚至出版自由……"

中尉想痛骂他一顿，打发他到杰米扬诺夫那儿去，但是他只摆了摆手，低声说了句：

"滚你妈的！"

然后走出了办公室。

贪婪之家

在一座中等水平，荒芜陈旧的老爷庄园四周有二十来所别墅，它们三五成群，砖木结构，建造粗糙。其中有一所地势最高，最为显眼，上面挂着蓝色招牌“酒饭馆”，一只彩绘的茶炊在阳光下泛着金光。在别墅的红屋顶中间到处惨兮兮地露出庄园中马厩、花房和谷房的顶部，它们破旧坍塌，上面长满锈红色的苔藓。

五月的一天正午。空气中弥漫着菜汤和茶炊煤渣的气味。庄园总管库兹玛·费多罗夫正在别墅附近转悠，带着租别墅的客人们看房子。总管是个上了年纪的高个子农民，衬衫没掖在裤腰里，穿着带褶的长筒靴。他脸上带着隐隐的倦意和满不在乎的神气：有没有人来租房对于他完全一个样。他身后走着三个人：一位红头发的先生，穿着铁路工程师制服，一位身怀有孕的瘦太太和一位中学生小姑娘。

“不过，你们的别墅怎么这么贵呀，”工程师紧皱双眉，“全都要四百卢布和三百卢布……贵得吓人，请给我们看看便宜点的。”

“有便宜的……只剩下两所了……请！”

费多罗夫带着房客穿过庄园的花园。这里到处是树墩子，有一片稀疏的云杉林。只有一棵大树完好无损——一棵修长的老白杨树，它之所以免遭刀斧，仿佛只是为了哀悼自己同辈的不幸。砖砌的围墙，凉亭，假山洞都已倒坍，只剩下散落的砖头、石灰和腐朽的圆木。

“一切都这么荒芜，”工程师说道，黯然端详着已逝的豪华。“你们的老爷如今在哪儿住呢？”

“他老人家出身商人，不是贵族老爷。在城里出租带家具的房屋……请！”

房客弯腰走进一所小砖房，三面开着带栅栏、仿佛监牢似的小窗子。一股潮气和泥土味朝他们扑来。房子里有一间正方的屋子，用薄板隔成两间。工程师眯着眼细看乌黑的墙壁，读出用铅笔写的字：“中尉费立德科索夫在这个死人的居所忧思成病，自杀未遂。”

“老爷，在这儿不许可戴帽子。”费多罗夫对工程师说。

“为什么？”

“不许可，这里当初是墓穴，埋葬着老爷们。如果抬起一块地板朝下望，就会看见那些棺材。”

“这可真新鲜！”瘦太太心中害怕，“别说这么潮湿，就这疑神疑鬼也让你非死不可！我可不想和死人住在一起！”

“太太，死人是不会碰您一下的！被安葬的不是什么流浪汉，而是您的弟兄，是老爷们。去年夏天军官老爷费立德科索夫就住在这儿，在这个墓穴里，而且十分满意。他答应今年还要来，不过还没到。”

“他是想要自杀吗？”工程师问道，想起了墙上的字。

“您是怎么知道的？是的，是有这么回事，老爷，就因为这个引出了大麻烦！他不知道，在地板下面，愿他们早升天国，住着亡人，一天夜晚，他竟想把一俄石伏特加藏到地板下面。他拿起这块板子，当时就看见那里放着几口棺材，他吓蒙了，跑到外面大叫起来，弄得所有住别墅的人惊慌不安。接着他就生起病来。想走没钱，住在这里又害怕。最后，老爷，他受不了啦，寻了短见。算我运气，预收了他的房租一百卢布，不然的话他受这一惊也就走了。后来他卧床，治疗，也就习惯了……没什么……答应还来，他说：‘我特别喜欢这样的冒险！’真是个怪人！”

“不行，您还是带我们看看别的房子吧。”

“请吧。还有一所，只是差一点。”

库兹玛带房客来到庄园旁边一处地方，那里耸立着一座破破烂烂的打谷棚子……在打谷棚子后面有一个池塘水光闪烁，青草丛生，还有一片黑糊糊的木板棚。

“这儿可以钓鱼吗？”工程师问。

“随便，您哪……您一季出五个卢布就随便钓吧。就是说钓河里的鱼可以，如果您想捉池塘的鲫鱼，那另有定价。”

“鱼倒没什么，”太太说，“没鱼也过得去。可是吃的方面呢。农民往这儿送牛奶吗？”

“农民不许上这儿来，太太。房客必须在我们的农场买吃的东西。这是我们规定的条件。我们要价不高。牛奶四分之一卢布两瓶，鸡蛋一般三十戈比十个，油半卢布……各种青菜也应该在我们这儿买。”

“哦……你们这儿能采蘑菇吗？”

“如果夏天雨多，也有蘑菇。可以采。一季度您每人交六个卢布，不但可以采蘑菇，还可以采野果。这是可以的，您哪。有条路通到树林，隔着一条河。您要是愿意，可以蹚水过去，要是不愿意蹚水，可以过板桥。过一次桥只收五戈比——去五戈比，回来五戈比。如果有些老爷想打猎，玩玩枪，那我们主人也不反对。随便开枪，只是有一条，你拿十个卢布出来。还有，在我们这儿游泳也好得很。岸边挺干净，水底是沙子，浅处到膝盖，深处到脖子。我们不限制。游一次五戈比，一个季度是四个半卢布。整天泡在水里都行！”

“你们这儿有夜莺唱歌吗？”小姑娘问。

“前两天有只夜莺在河对岸唱过歌，不过我的小儿子把它逮住了，卖给了饭铺老板。您请进！”

库兹玛把房客带进一间破旧的木板棚，安着新窗子。板棚内部被隔成三小间，有两间放着空粮食囤。

“不行，这怎么住人！”瘦太太声明，厌恶地瞧着黑糊糊的墙和粮食囤，“这是棚子，不是别墅。不值一看，乔治……这地方大概又漏雨又透风，没法住！”

“有人住的！”库兹玛叹口气，“常言说，没有鸟叫，煎锅也成了夜莺，而没有别墅的时候，这也是叫人满意的。您不租，别人会租，总有人住在这里头。依我看，这间别墅对您再合适不过了，您可别……那个……听您太太的。比它更好的没处找去。而且我少收您点。它定价一百五，我只收一百二。”

“不，亲爱的，不行。告辞，打扰了，请原谅。”

“没什么，您哪。祝您健康，您哪。”

库兹玛目送房客离去，咳嗽一声，又找补了两句：

“您该赏点小费……带您走了两个钟头。您别在乎半个卢布呀！”

达尔戈梅什斯基[1]轶事

下面是两件阿·达尔戈梅什斯基的实事，是我从他的一个崇拜者和好朋友那里听来的，他的名字是伏·波-布

有一次，亚历山大·谢尔盖耶维奇[2]和《长途马车》作者伏·阿·索洛古波伯爵来到莫斯科，同时住在布先生家里。

有一天黄昏时分，伯爵躺在长沙发上看书，作曲家站在屋子中间想事。

"听我说，亚历山大·谢尔盖耶维奇，"文学家对作曲家说，"我的朋友，把蜡烛拿到我跟前来，不然我什么也看不见……"

"此时此刻我不得不标新立异，"达尔戈梅什斯基说，从柜子上拿起蜡烛，放到索洛古波面前的小桌上，"我通常把蜡烛放在圣像前，这一回只能放在丑像前啦[3]……"

有一段时间多疑的达尔戈梅什斯基觉得以鲁宾斯坦[4]为首的俄罗斯音乐协会莫斯科分会对他抱有恶感，于是他就避免与分会会长见面，即使见面也对臆想的恶感报之以冷淡和生硬态度。鲁宾斯坦发现朋友的感情发生了变化，但百思不得其解，最后把它归因于流言蜚语。

"叫我怎么办？"有一天他和布先生谈话时表达了自己的困惑，"达尔戈梅什斯基完全不理我了。他态度冷淡，如同九月的寒霜，老躲着我……我对他做了什么错事呢？他为什么生我的气？"

“你向他解释一下。”布先生出主意。

“我到哪儿去向他解释？而且怎么解释？他躲着我呀！”

“别着急，我来安排一下。我请他上我这里来，你也来，跟他解释清楚……你要走到他面前，拉住他的手说：我的好朋友，哪儿来的这股酸劲儿？您本来知道，我从来十分喜欢您，十分崇敬您的才华……如此等等，说这么一套，然后你就拥抱他，吻他……像好朋友那样……他肯定会软化！”

鲁宾斯坦完全采纳了这个计划……应当说明，过世的达尔戈梅什斯基最受不了和男人亲吻。

“和女人还马马虎虎，”他常说，“和男人哪——见鬼去吧！”

一个臭男人要想激怒达尔戈梅什斯基，叫他大发脾气，只需偷偷凑到他跟前，亲一下他的脸蛋就足够了……

“傻瓜！”他会因此而骂人，用袖子擦被吻过的地方，“傻瓜！蠢货！”

这场会晤如期举行。

“亲爱的！”鲁宾斯坦开口说道，拉住作曲家的手，“看在上帝面上，请告诉我，您为什么生我的气？我对您做了什么错事？正好相反，我一直喜欢您，崇敬您的才华……”

于是鲁宾斯坦抱住达尔戈梅什斯基，迅速地亲了一下他的嘴唇。结果他大吃一惊，达尔戈梅什斯基非但没有软化，反而挣脱了鲁宾斯坦的拥抱，跑出房间，冲着音协会长和布先生骂了一句分量十足的“傻瓜！”

后来他们两个终于和好，但布先生为开玩笑而策划的这场会晤，却久久地让鲁宾斯坦和达尔戈梅什斯基发笑。

---

① 达尔戈梅什斯基（1813—1869），俄国作曲家，音乐界批判现实主义的代表人物。——俄文本编者注

② 这是达尔戈梅什斯基的名字，也是对他的尊称。

③ 俄语圣像和丑像二字发音相近。

④ 尼·格·鲁宾斯坦（1835—1881）俄国钢琴家和指挥，俄罗斯音乐协会莫斯科分会的创办人。——俄文本编者注

钱 夹

一个风和日丽的早晨，流浪艺人斯米尔诺夫、波波夫和巴拉白金走在铁路枕木上，捡到一个钱夹。打开一看，他们大吃一惊，心中大喜，只见里面有钞票二十张，第二期有奖公债券六张和三千卢布的支票一张。他们首先高喊“乌拉！”然后就纵情狂喜起来。

“每个人能分多少？”斯米尔诺夫数着钱说，“老天爷！每人五千四百四十五卢布！朋友们，有这么多钱准得把人乐死！”

“我为自己倒不那么高兴，”巴拉白金说，“我更为你们高兴，亲爱的朋友们，现在你们就不会挨饿和光着脚走路了，我是为艺术高兴……弟兄们，首先我要上莫斯科，直接去阿亚服装店：喂，老弟，给我做全套衣服……我不想演农民，我要改演阔少爷，小玩闹什么的。我要买大礼帽、高筒帽。阔少爷是戴灰色大礼帽的。”

“现在不妨吃点喝点来庆祝一下，”“大情人”波波夫提议，“我们一连三天几乎净啃干粮了，现在应该来点那个……啊？……”

“对呀！这主意不错，哥儿们……”斯米尔诺夫同意，“这么多钱，可却没东西吃，我尊贵的朋友们。这么办，招人爱的波波夫，你在咱们当中最年轻，最伶俐，你从钱夹里拿上一个卢布去找吃的，我的好天使……那边就是村庄，瞧见了吗？在高坡后面有个白教堂。也就是五俄里，不会更远……看见了吧！是个大村子，在那儿你什么都找得到……买它一瓶伏特加，一磅香肠，两块面包和咸青鱼，我们在这儿等着你，好朋友，亲爱的……”

波波夫拿了一个卢布准备上路。斯米尔诺夫眼含着泪拥抱他，亲吻了三次，在他胸前画十字，叫他亲爱的，天使，心肝……巴拉白金也拥抱了他，发誓友谊地久天长。经过整个一套最富于感情、最令人感动的表白之后波波夫这才走下路基，迈步朝远处黑压压的村庄走去。

"这真叫走运！"路上他寻思，"俗话说，本来一文不名，忽然发笔小财。现在我要回故乡科斯特罗马，成立个戏班子。盖一个自己的戏园子。不过……五千卢布如今连个像样的堆房都盖不成。要是整个钱包归我，喏，那可就是另一回事了……可以造一座了不起的剧院，人人敬仰。说真格的，斯米尔诺夫和巴拉白金算什么演员？平庸之辈，戴瓜皮帽的蠢猪，笨蛋……他们有钱只会胡花乱花，而我则会造福国家，自己也会流芳百世……这么办……干脆在酒里下毒。他们会死掉，但在科斯特罗马城将会出现一座全俄罗斯都没见识过的剧院。有个人，大概是麦克·马洪[①]，他说过一句话，只要目的正确，可以不择手段[②]。麦克·马洪可是个大人物呀！"

就在他一边走一边这么寻思的时候，他的同伴斯米尔诺夫和巴拉白金坐在那里正进行这样一场谈话。

"我们的朋友波波夫是个好小伙子，"斯米尔诺夫含着泪说，"我喜欢他，非常看重他的才华，爱他……但是，你知道吗？这些钱会把他毁了……他或是喝酒把钱喝光，或是坑蒙拐骗，弄得头破血流。掌管这么多钱他还太嫩，我的好朋友，我的亲人……"

"是呀，"巴拉白金表示同意，和斯米尔诺夫互相亲吻，"这小毛孩子要这些钱干什么？你和我就不同了……我们有老婆孩子，我们人品稳重……对咱们来说有两个钱好处可就多了。（停了一会）你猜怎么着，老兄？咱们就别嘀咕，别婆婆妈妈的了，干脆把他杀了！……这一来你我每人各得八千……把他杀了，到了莫斯科就说他被火车轧死了……我也喜欢他，热爱他，不过话说回来，艺术的

① 麦克·马洪（1808—1893），法国反动政治家和军事家，曾任法国总统。——俄文本编者注

② 这是英国机械唯物主义哲学家霍布斯（1588—1679）的一个论断，常被伪善者所利用。——俄文本编者注

利益，我认为，高于一切。而他又平庸又蠢，就像这根枕木一样。”

“你说什么，说什么？”斯米尔诺夫吓坏了，“这么好，这么诚实的一个人……不过从另一方面看，坦白地说，我的好朋友，他是个十足的蠢猪、混蛋、阴谋家，造谣生事，又奸又猾。要是我们真把他杀了，他会感谢我们的，我的好朋友，亲爱的……为了让他觉得不那么委屈，我们在莫斯科的报上登个动人的讣文。这也就够朋友了。”

说到做到……波波夫从林子里带着食物回来，两个伙伴眼含着泪拥抱他，亲吻他，一再说他是个了不起的演员，然后突然动手把他打死了。为了掩盖罪证他们把他放到路轨上……斯米尔诺夫和巴拉白金把捡来的钱财平分，亲亲热热地说着甜言蜜语，开始吃喝起来，毫不怀疑这罪行不会受到惩罚……但是善有善报，恶有恶报，波波夫在酒里下的是烈性毒药，两个朋友还没喝上第二口，立刻倒在枕木上断了气……一个钟头以后乌鸦已经呱呱地叫着在他们上头盘旋。

教训：每逢演员们眼含痛泪谈论他们亲爱的朋友，谈论友谊和彼此的义气时，每逢他们拥抱您和亲吻您时，您可别太着迷啊。

《在痼疾病患者与老人收容所里》——《钱夹》

刘若　译

靴　子

面带病容、鼻子像一根烟卷、耳朵里塞着棉花的钢琴调音师穆尔金走出自己的房间，在走廊里颤抖着嗓子叫道：

“谢苗！茶房！”

瞧他那惊恐的神情，会以为他是被天花板上掉下来的灰泥砸了，或是刚才在房间里遇见了鬼。

“饶了我吧，谢苗！”看见朝他跑来的茶房时，他高声嚷道，“这算是怎么回事？我是个病人，得了风湿症，你却让我不得不光着脚出门！怎么到现在还不把我的靴子送来？我的靴子在哪儿？”

谢苗走进穆尔金的房间，瞧瞧他平常放擦好的靴子的地方，不由得挠了挠后脑勺：靴子不见了。

“可恶的靴子，它们上哪儿去了呢？”谢苗咕哝道，“昨天晚上我擦完后好像已放在了这里。唔！……我承认，昨天我喝了点酒……也许放到别人的房间去了。就是如此，阿法纳西·叶戈雷奇，放到别人的房间去了！靴子那么多，我又喝得晕晕乎乎的，哪分得清楚……可能是放到隔壁那位太太……那位女演员房间里了……”

“由于你的过错，我就得现在去打扰那位太太！就得为这事去惊动一位正派女人！”

穆尔金一面叹气一面咳嗽往隔壁房间走去，小心翼翼地敲门。

“谁呀？”不一会儿，门里响起一个女人的声音。

“是我，太太！”穆尔金像同上流社会的贵妇人谈话的骑士似的站着，无可奈何地说，“请原谅我来打扰您，不过，我是一个病人，得了风湿症……太太，医生要我注意两只脚的保暖，更何况现在我得去给舍韦利芩将军夫人的钢琴调音。我总不能光着脚到她家里去啊！……”

“可您究竟有什么事？什么钢琴？”

“不是钢琴，太太，而是关于靴子的事！谢苗这个蠢货把我的靴子擦干净后，错放到您的房间里了。劳您大驾，太太，请把我的靴子给我！”

屋里一阵穿衣声，下床声和拖鞋的趿拉声，接着房门开了一道缝，一只胖乎乎的女人手把一双靴子扔在了穆尔金的脚下。

“奇怪……”他一面穿靴子一面嘟囔，“这只好像不是右脚的。对，两只都是左脚的！两只左脚的靴子！我说谢苗，这不是我的靴子！我的靴子带有红色的提靴环，也没有打过补丁，可这双靴子破破烂烂，也没有提靴环！”

谢苗拿起靴子，翻来覆去地看了看，皱起了眉头。

“这是布利斯塔诺夫的靴子……”他斜起眼睛咕哝道。

他的左眼斜视。

“哪个布利斯塔诺夫？”

“一个演员……每礼拜二都到这里来……可能他把您的靴子当成自己的穿走了……就是说，我在那位太太房间里放了两双靴子：一双他的，一双您的。这可麻烦了！”

“那你快去换一换呀！”

“说得轻巧！”谢苗冷笑道，“快去换一换……我现在上哪儿去找他？他已走了一个钟头了……大海捞针去吧！”

“他住在哪儿呢？”

“那谁知道！他每礼拜二都到这里来，至于家住何处，我们不得而知。他每次来都只住一个晚上，下礼拜二再来……”

“你这头猪，看你干的好事！瞧，我现在怎么办！我该到舍韦利芩将军夫人家去了，你这个该死的家伙！我的脚已经冻僵了！”

“要把靴子换回来也不难。您先穿上这双靴子，穿到傍晚，傍晚到剧院去……去找演员布利斯塔诺夫……如果您不愿意去剧院，就只好等到下礼拜二了。他只在每个礼拜二到这里来……”

“可为什么这两只靴子都是左脚的呢？”调音师厌恶地拿起靴子问。

“有什么就穿什么呗。因为穷……一个演员上哪儿弄靴子去？我对他说：‘布利斯塔诺夫，瞧您这双靴子！真是丢脸啊！’可他说：‘我要是告诉你，你就不会这样讲了，而只会大吃一惊！我就是穿着这双靴子扮演过伯爵和公爵！’真是个怪人！总之，是个演员！我要是省长或是别的什么官员，我就把这些演员统统抓起来，关进监狱去。”

穆尔金不断地咳嗽、皱眉，勉强把两只左脚的靴子穿上，一瘸一瘸地往舍韦利芩将军夫人家走去。他在城里东奔西走了一天，替别人的钢琴调音，一整天他都觉得所有的人都在看他的脚，看脚上那双打了补丁、歪扭着后跟的靴子！除了精神上的痛苦外，他还不得不忍受着肉体上的痛苦——脚上磨出了水泡。

傍晚他来到剧院。那儿正在上演《蓝胡子》[1]，只是在最后一幕的开幕前，还靠着他认识的一个长笛手的情面，才让他进入后台。他走进男化妆室，在那里见到了所有的男演员。他们有的在换衣服，有的在抹油彩，有的在抽烟。蓝胡子站在国王博贝希[2]面前，正让他看一支手枪。

“你买下来吧！”蓝胡子说，“这是我碰巧在库尔斯克用八个卢布买的，六卢布就卖给你……枪非常准！”

“小心点……这可是装上子弹的！”

“我可以见见布利斯塔诺夫先生吗？”走进屋里的调音师问。

“我就是！”蓝胡子朝他转过身来，“您有什么事？”

---

① 根据法国作家佩罗（1628—1703）的童话《蓝胡子的七个妻子》改编的歌剧。

② 歌剧《蓝胡子》中的人物。

“对不起，先生，打扰您了，”调音师用恳求的语气说，“不过请您相信……我是个病人，得了风湿症。医生要我注意两只脚的保暖……”

“您到底有什么事？”

“是这么回事，先生……”调音师望着蓝胡子，继续说，“这个……昨天您在商人布赫捷耶夫的公寓里过夜……住在64① 号房间……”

“喂，您胡扯些什么！”国王博贝希冷笑道，“64 号房间里住着我老婆！”

“您的夫人？非常荣幸，先生……”穆尔金微微一笑，“就是她，您夫人，亲手把他的靴子交给我的……他走了以后，”调音师指着布利斯塔诺夫说，“我发现自己的靴子不见了……我就叫来茶房……茶房说：‘老爷，那是我把您的靴子放到隔壁房间去了！’他喝醉了酒，错把我的靴子和您的靴子，”穆尔金扭头对布利斯塔诺夫说，“都放到了64 号房间里，而您离开他的夫人时，穿上了我的靴子……”

“您这是在干什么？”布利斯塔诺夫说着皱起了眉头，“是到这里来造谣中伤吗？”

“绝对不是，先生！上帝保佑！您没明白我的意思……我讲的是什么？讲的是靴子！您不是在64 号房间过夜吗？”

“什么时候？”

“昨天晚上。”

“您在那里看见我了？”

“没有，没有看见，先生。”穆尔金非常窘迫地回答道，并坐下来，急急忙忙地脱着靴子，“我没有看见您，先生，但您这双靴子是他夫人给我扔出来的……这不是我的靴子，先生。”

---

① 原文中的数字有时用俄文数字，有时用阿拉伯数字，译文一般均保持原貌，不做统一。下同。

“好心的先生，您有什么权利作出这种断言？就不说我自己了，您还侮辱了一个妇女，而且是当着她丈夫的面！”

后台大哗。国王博贝希，那个受到侮辱的丈夫，突然涨红了脸，使出浑身力气在桌上擂了一拳，差点把隔壁化妆室的两个女演员吓晕过去。

“你也相信？”蓝胡子冲他嚷道，“你相信这个恶棍的话？啊！你要不要我把他像狗那样打死？要不要？我会把他打成煎牛排！我会把他剁成肉酱！”

那天傍晚在夏季剧院旁边的公园里散步的人，现在都在讲述，说在第四幕戏开演前，他们看到一个人从剧院里蹦出来沿着林荫大道飞跑，这个人光着脚丫子，脸色蜡黄，眼里充满恐惧。另一个人在后面追他，这人穿着蓝胡子的服装，手里拿着枪。至于后来发生了什么事，就没人看见了。只知道穆尔金见过布利斯塔诺夫之后卧病了两个礼拜，除了说“我是个病人，得了风湿症”这句话之外，又添了一句“我是个受了伤的人”……

我的“她”

她，照我的父母和长官的权威性论断，出生比我早。不管他们讲得是否正确，在我一生中，我没有一天不属于她，没有一天不感到她对我的统治。她白天晚上都守着我；我也没有表现出有离开她的意图——就是说，结合是牢固的、坚实的……不过，年轻的女读者，请别羡慕我！……这种感人的结合给我带来的除了不幸之外，没有任何东西。第一，我的“她”不分日夜同我寸步不离，不让我做事。她妨碍我读书、写字、散步、欣赏大自然的美景……我在写这篇小文，她却在碰我的胳膊，时时刻刻都在引诱我上床，就像古代的克娄巴特拉①引诱也是古代的安东尼一样。第二，她像法国妓女一样正在使我破产。因她的纠缠我已牺牲了一切：前程、荣誉、舒适的生活……承蒙她的恩典，我才缺衣少食，住着廉价的公寓房，用没有色泽的墨水写作。一切一切都被她这个贪得无厌的女人吞噬了！我恨她，蔑视她……早就该同她分手了，可至今还没有分手，其原因并不是莫斯科的律师办离婚案要收费四千……我们眼下还没有孩子……读者想知道她的名字吗？好吧……这个名字诗意盎然，有点像兰莉、兰妮、兰蒂……

她的名字叫“懒惰”②。

---

① 克娄巴特拉——古埃及著名女王，埃及托勒密王朝的末代君主。她多次用美色引诱罗马名将，是罗马统帅安东尼的情妇，后来正式结婚。

② 俄语 лень（懒惰）是阴性名词，故用“她”指代。

神经衰弱

建筑师德米特里·奥西波维奇·瓦克辛从城里回到自己的别墅，脑子里还清晰地留着刚才那个招魂会给他留下的印象。他脱掉衣服，在自己的单人床上躺下来（瓦克辛太太朝拜三圣修道院去了），不由自主地回想起耳闻目睹的一切。其实并没有举行招魂会，而是整个黄昏都在谈论一些可怕的事。先是一位小姐无缘无故地谈起了如何揣摩人的心思。从心思不知不觉地谈起了魂灵，从魂灵又谈到鬼影，从鬼影又谈到被活埋的人……一位先生讲了一个死人在棺材里翻身的可怕的故事。瓦克辛自己则要来一个碟子，向小姐们表演应当怎样同魂灵交谈。他还顺便招来了自己的舅舅克拉夫季·米罗诺维奇的魂灵，在心里问他："我是不是该把房产转到妻子名下了。"舅舅回答说："只要时机适当，一切都会顺遂。"

"自然界有许多既神秘……又可怕的事……"他躺在被子里想，"可怕的不是死人，而是这种不可知……"

时钟敲到午夜一点了。瓦克辛翻了一个身，从被子下面瞧瞧圣像前那盏油灯的蓝色火苗。火苗闪闪烁烁，朦朦胧胧地照着神龛和挂在床对面墙上的舅舅克拉夫季·米罗诺维奇的巨幅遗像。

"要是舅舅的魂灵突然出现在这昏暗的屋子里，怎么办？"这一想法在瓦克辛脑子里闪过，"不，这不可能。"

鬼魂是迷信，是不成熟的智慧的产物——尽管这样想，瓦克辛还是把被子拉上来蒙住头，并把眼睛闭得更紧。他脑子里闪过在棺材里翻身的死尸，出现了一些死人的身影：岳母、一个吊死的同事、一个淹死的姑娘……瓦克辛开始驱赶这些阴森的思绪，但他越是努力驱赶，脑子里的这些身影便越是鲜明，想的事就越是可怕。他感到毛骨悚然了。

“鬼才知道是怎么回事……像小孩子那样害怕……愚蠢！”

“嘀嗒……嘀嗒……嘀嗒”——时钟在墙后面响着。墓地上的乡村教堂里，看守人开始敲钟了。钟声缓慢，凄凉，揪着人的心……瓦克辛的后脑勺和脊背直起鸡皮疙瘩。他觉得有个人在他的头顶上喘着粗气，仿佛舅舅从像框里走了出来，正朝外甥俯下身子……瓦克辛恐惧到了极点。他吓得咬紧牙关，屏住了呼吸。但当一只金龟子飞进敞开的窗户，在他的床上方嗡嗡地叫起来的时候，他终于忍不住拉了一下铃，要叫人来。

“德梅特里·奥西贝奇[①]，您有什么事？[②]”不一会儿，从门外传来德国女家庭教师的声音。

“啊，是您吗，罗扎利娅·卡尔洛芙娜？”瓦克辛高兴了，“干吗惊动您？让加夫里拉来就行了……”

“您自己打发哈（加）夫里拉进城去了，格拉菲拉也天没黑就出去了……家里一个普（仆）人也没有……您究竟有什么事？[③]”

“我，亲爱的，我是想说……这个……您进来吧，别难为情！我屋里很暗……”

胖胖的、脸颊红红的罗扎利娅·卡尔洛芙娜走进卧室，站在那儿等候吩咐。

“坐下吧，亲爱的……瞧，是这么回事……”“请她做点什么呢？”瓦克辛心里琢磨，同时瞟着舅舅的遗像，感到自己心里渐渐安静下来，“说实在的，我想请您办一件事……明天仆人进城的时候，别忘了叫他去买点卷烟纸……您倒是坐下呀！”

---

① 应是“德米特里·奥西波维奇”，德国女人的俄语讲得不好，发音不准，且不讲语法。下同。

② 原文为德语。

③ 同上。

"卷烟纸？好的！您还有什么事[①]？"

"我需要[②]……别的什么也不需要[③]了，不过，您倒是坐下来呀！我还会想起点什么事的……"

"姑娘家待在男人的屋里不合适……我的看得出，德梅特里·奥西贝奇，您不贵（规）矩……很可笑……我的明白……为买卷烟纸不会这时候叫醒普（仆）人，我的明白……"

罗扎利娅·卡尔洛芙娜转身走了。瓦克辛同她谈过话之后稍稍镇静了一些，并为自己的胆小害臊，现在又把被子拉上来蒙住头，闭上了眼睛。他这样凑合着安静了十分钟左右，但后来那些荒唐的想法又出现在脑海里……他啐了口唾沫，伸手去摸火柴，闭着眼睛把蜡烛点上。但亮光也无济于事。他那颗吓坏了的心觉得，仿佛屋角有个人正望着他，舅舅仿佛在眨眼。

"我要再次拉铃叫她，该死的……"他暗自决定，"我就对她说，我病了……要点药水。"

瓦克辛拉拉铃。没人应声。他又拉了一次，仿佛是回答他的铃声似的，墓地上的钟声响了起来。他感到一阵恐惧，浑身发凉，于是慌慌张张地跑出卧室，一面画十字一面骂自己胆小，光着脚丫子、只穿着贴身衣裤朝女家庭教师的屋子飞奔而去。

"罗扎利娅·卡尔洛芙娜！"他敲敲门，声音发颤地说，"罗扎利娅·卡尔洛芙娜！您……睡着啦？我……这个……我病了……要点药水！"

没人应声。四周一片静寂……

"我求您啦……您明白吗？求求您！我不懂，干吗这样……这样古板，特别是当一个人……有病的时候？真的，您干吗这样假正经[④]。

① 原文为德语。
② 同上。
③ 同上。
④ 同上。

在您这个年龄……”

“我要告诉您的妻子……说您让一个正派姑娘得不到安宁……我在安齐格男爵家里的时候，男爵到我屋里来找火才（柴），我就明白……我马上就明白，他要找什么火才（柴），于是我男爵夫人的告诉了……我是一个正派姑娘……”

“咳。您正派不正派关我什么事？我病了……我要点药。您明白吗？我病了！”

“您的妻子是正派的好女人，您应当爱她。是的[①]！她很高尚！我不愿做她的亲（情）敌！”

“您是个傻瓜，就是如此！明白吗？傻瓜！”

瓦克辛倚在门框上，抱起双手，开始等着恐惧消失。回到自己的房间去吧，那里油灯闪烁，舅舅从像框里望着他，他没勇气回去；只穿着贴身衣裤站在女家庭教师的屋门口吧，无论从哪方面讲都不合适。该怎么办呢？时钟敲过两点了，恐惧感却依然如故，一点也没有减弱。过道里黑洞洞的，每个旮旯里都好像有个黑糊糊的东西在盯着他。瓦克辛转过身来面朝门框，却立刻感到，仿佛有人在背后拽他的内衣，摸他的肩膀……

“见鬼……罗扎利娅·卡尔洛芙娜！”

没人应声。瓦克辛犹犹豫豫地推开门往屋里看了看。品德高尚的德国女人安详地熟睡着。一盏小油灯照着她那丰满、健康的身躯起伏的轮廓。瓦克辛走进屋里，在门边一口藤箱上坐下来。旁边有一个虽然熟睡，却是活着的人，他感到轻松了一些。

“让这个德国姑娘睡她的吧……”他想，“我在她这里坐一会儿，天一亮就走……现在天亮得早。”

瓦克辛用手臂枕着头，蜷曲在藤箱上等待天亮，不由得沉思起来。

“这就叫做神经衰弱，真是的！一个有文化教养的人，也能独

---

① 原文为德语。

立思考，可与此同时……鬼才知道是怎么回事！真害臊呢……”

早上六点钟，瓦克辛的妻子从三圣修道院回来，在卧室里没有找到丈夫，便去找女家庭教师要点零钱，以便付出租马车夫的车费。她走进这个德国姑娘的房间，竟看到这样一幅景象：罗扎利娅·卡尔洛芙娜由于天热正摊开四肢躺在床上，而在离床一俄丈远处，她的丈夫正蜷曲在一口藤箱上打鼾，正人君子般地熟睡着。他光着脚，只穿着贴身衣裤。至于妻子说些什么，丈夫醒来时的神情有多么尴尬，就留给别人去描写吧。我已无能为力，只好放下武器。

住别墅的人

一对新婚夫妇在别墅区火车站的月台上来来回回地走着。他搂着她的腰，她依偎着他，两个人都感到很幸福。月亮从云层中望着他们，皱起了眉头——大概是羡慕他们，而为自己那寂寞的、谁也不需要的处女生活感到懊恼。停滞的空气中充满浓烈的丁香花和稠李花的香味。铁轨那一边不知什么地方，一只长脚秧鸡在鸣叫……

“多么好啊，萨沙，多么好啊！”妻子说，“真的，简直像在做梦一样。你瞧，那片小树林多么安详和亲切！那些高大的、默默不语的电线杆子多么可爱！萨沙，它们给这幅风景画增添了生气，表明那一头的什么地方有人……有文明……当轻风把列车奔驰的轰隆声从远方送到你的耳边时，难道你不感到高兴吗？”

“当然高兴……可你的手多么热！这是因为你太激动了，瓦丽亚……今天晚饭咱们吃什么呢？”

“冷杂拌汤、子鸡……咱们俩一只子鸡就够了。还有从城里给你送来的沙丁鱼和咸鱼干。”

月亮好像闻到了烟草味，藏到云里去了。人间的幸福使她想到了自己的孤独生活，想到了树林和山谷后面那冷清清的床榻……

“火车来了！”瓦丽亚说，“多么好啊！”

远方出现了三只火红的眼睛。小站的站长来到月台上。铁轨两旁闪起了信号灯的光亮。

“接过这趟车后咱们就回去。”萨沙说罢打了个呵欠，“咱们俩的日子过得真惬意，瓦丽亚，惬意得简直令人难以置信！”

一个黑压压的庞然大物悄然无声地朝月台爬来，停住了。半明半暗的车厢窗户里闪现出一张张睡眼惺忪的脸、帽子、肩膀……

“啊！啊！”车厢里有人叫道，“瓦丽亚同丈夫来接我们啦！瞧，他们在那儿！瓦丽亚！瓦莲卡！啊！”

两个小姑娘从车厢里跳出来，跑来搂住了瓦丽亚的脖子。随后又出来一个上了年纪的胖太太和一位又高又瘦、连鬓胡已经花白的先生，再后面是两个背着行李的中学生，中学生后面是一位老奶奶。

“瞧，我们来了，亲爱的，我们来了！”蓄连鬓胡的先生握着萨沙的手说，“你等急了吧？大概正在骂舅舅，以为我们不来了呢！科利亚，科斯佳，尼娜，菲法……孩子们！快吻吻萨沙表哥！我们全家都到你这儿来做客了，住个三四天。不会给你们添麻烦吧？你可千万别客气。”

两夫妇见舅舅把全家都带来了，不禁吓了一跳。当舅舅在说话和接吻时，萨沙脑海里不禁闪过这样一幅图景：他和妻子把自己的三个房间以及枕头、被子全都给了客人，咸鱼干、沙丁鱼和冷杂拌汤顷刻间便被吃得精光，表弟表妹们乱揪花朵、打翻墨水、闹闹嚷嚷，老奶奶成天叨叨自己的病（绦虫病和心口痛），叨叨她在娘家是冯·芬蒂赫男爵小姐……

萨沙忍不住气呼呼地瞧着自己的年轻妻子，对她耳语道：

“他们这是来看你的……让他们见鬼去吧！”

“不对，是来看你的！”脸色发白的妻子回答道，也是气呼呼地，恶狠狠地，“这不是我的亲戚，是你的！”

她说罢朝客人转过身去，亲切地笑着说：

“欢迎！”

月亮又从云里钻了出来。她仿佛在笑，仿佛为自己没有亲戚而感到高兴。萨沙则扭过头去，不让客人看到他那气呼呼的、无可奈何的神情，并让自己的声音带上快活而安详的语调，说：

“欢迎！欢迎，亲爱的客人！”

步步高

外省文官多尔博诺索夫一次因公到彼得堡出差，偶然来到芬加洛夫公爵家的晚会上。使他大吃一惊的是，竟在这个晚会上碰见了他孩子五年前的课余辅导教师，一个学法律的大学生谢波特金。这位文官在晚会上没有别的熟人，由于无聊，便朝谢波特金走去。

“您这是……这个……您是怎么到这里来的？”他用拳头捂住嘴打着呵欠问道。

“同您一样……”

“未必同我一样……”多尔博诺索夫打量着谢波特金说，“唔……这个……您的情况怎么样？”

“马马虎虎……大学毕业后，在波多孔尼科夫手下当一名特任官……”

“是吗？这第一步迈得还是不错的……不过……唔……恕我冒昧提一个问题，您的薪俸是多少？”

“八百卢布……”

“哼！……还不够抽烟的……”多尔博诺索夫咕哝道，又屈尊俯就地换上一副保护人的语气。

“当然，要在彼得堡过上像样的生活，这点钱是不够的，不过除此之外，我还在乌加罗-德博希尔铁路公司董事会当秘书……这又有一千五百卢布的收入……”

“哦……既然这样，当然……”多尔博诺索夫急忙说，而且脸上顿时泛出一种类似容光焕发的神情，“顺便问问，我最亲爱的，您是怎样结识这家主人的呢？”

“很简单。”谢波特金很平淡地回答道，“我是在御前大臣洛特金家里遇见他的……”

“您……常去洛特金家吗？”多尔博诺索夫的眼睛瞪得大大的……

“经常去……我娶了他的侄女……”

“娶了他的侄女？唔……瞧瞧……您知道吗，我……这个……我一向希望您……我早就预见到您有着光辉的前程，我最尊敬的伊万·彼得罗维奇……”

“是彼得·伊万诺维奇……”

“对，彼得·伊万诺维奇……刚才我一见到您就发现，这张脸挺熟……我一下子就认出来了……我就想，请他到我那儿吃顿饭吧……嘻嘻……我想，我这个老头子大概不会遭到拒绝！我住欧罗巴饭店第 33 号房间……下午一点到六点在……”

被监禁的监禁者

您见过人们怎样让毛驴驮东西吗？一般都是既不考虑数量，也不考虑重量，想到什么就把什么往可怜的毛驴背上放——厨具、家具、被褥、木桶、裹着婴儿的襁褓……把毛驴变成一个奇形怪状的庞然大物，只勉强能看见毛驴的四只蹄尖。在车站上响过第三遍铃后，忙着在车厢里找座位的赫拉莫夫区法院的检察官阿列克谢·季莫菲耶维奇·巴尔宾斯基就是这副样子。他身上从头到脚堆满了东西……食品口袋、硬纸盒、铁皮盒、小箱子、不知装着什么的大玻璃瓶、女用斗篷……天知道他身上堆了多少东西！他那通红的脸上汗流如注，两条腿被压得弯弯的，眼睛里一副痛苦的神情。他的妻子纳斯塔西娅·利沃芙娜打着一把花花绿绿的阳伞跟在后面，这是一个身材矮小、一脸雀斑的金发女人，下巴翘着，眼睛鼓着，活像上钩后刚被拽出水面的狗鱼……检察官在各个车厢转悠了好一阵后，终于找到了座位，于是把行李放在椅子上，擦擦额头上的汗水，往车厢门走去。

“你这是去哪儿？”妻子问。

“宝贝儿，我想到车站上去一下……去喝一杯伏特加……”

“别异想天开……坐下……”

巴尔宾斯基叹了口气，顺从地坐下了。

“抱着这个篮子……里面是碗碟……”

巴尔宾斯基接过一个大篮子，懊丧地往车窗外看了一眼……火车行驶到第四站时，妻子让他到车站上去打点开水。他在站上的小卖部旁边碰见了他的朋友和同事，普林斯克区法院院长弗利亚日金，他们是约好一起出国旅游的。

“老兄，这是怎么回事？”弗利亚日金责怪他说，“这可太不像话了。咱们说好了坐一个车厢，您却跑到三等车厢去了！您为什么要坐三等车厢？您是缺钱还是怎么的？”

巴尔宾斯基挥挥手，眨巴起眼睛来。

“现在让我坐哪儿都无所谓了……”他咕哝道，“哪怕坐煤水车也行。我一再琢磨，看来最后只好一死了之……往火车下一扑……老兄，您简直无法想象我的贤内助把我折磨到了什么程度！就是说，把我弄得如此精疲力竭，以至我现在还活着简直是奇迹。我的上帝！天气那样好……空气……旷野、大自然……有着一切条件过无忧无虑的生活。一想到出国旅游，本来似乎应当欣喜若狂……却不是这样！恶毒的命运之神需要把这个宝贝套在我的脖子上！命运是怎样嘲弄我啊！为了摆脱我太太，我装作得了肝病……想逃到国外去……整个冬天我都在盼望自由，白天晚上都做着单身梦。可结果呢？她非要同我一起出国不可！我好说歹说都没有用！无论说什么，她都‘我要去，我就是要去’。这不，只好一起去啦……我建议坐二等车厢……她怎么也不干！说是，怎么能这样破费？我把所有的道理都对她讲了……我说，钱我们有，再说坐三等车厢太丢面子，而且三等车厢又闷又臭……她不听！一个心思就想着省钱……就拿现在这些行李来说吧……我们干吗带这么一大堆东西？包袱、硬纸盒、箱子，还有其他乱七八糟的东西，带这些有什么用？我们交行李车托运了十普特东西还不算，又在车厢里占了四个座位。列车员多次请我们给别的旅客让个地方，旅客也生气了，她却同人家吵架……真丢人！您相信吗？我臊得像被火烧着一样！躲开她吧——不可能！她半步也不让我离开她。让我坐在她身边，膝盖上放着一个大篮子。这不，现在又派我去打开水。堂堂一个检察官提着铜壶满处跑，体面吗？要知道，这是在乘火车，没准儿旅客里有我的被告和证人呢！那我可就威信扫地了！老兄，这可给我上了一课！要我知道什么叫做人身自由！您知道吗，有时候我脑子一热，会无缘无故地把一个人监禁起来。嘿，现在我才明白……才体会到了……我才明白什么叫做被监禁了！啊，我全明白了！”

“您大概愿意保释吧？”弗利亚日金讥笑道。

“那可太愿意了！您相信吗？无论我多么穷，我也愿意支付一万卢布的保释金……不过我现在得赶快回去……她大概等急了……一定会挨一顿骂！”

一天早晨，弗利亚日金在韦尔日博洛沃车站的月台上散步时，在一节三等车厢的窗口看见了巴尔宾斯基那张睡眼惺忪的脸。

“您过来一下。”检察官向他点头示意，“我老婆还没醒。她睡觉的时候，我多多少少有点自由……虽不能走出车厢，但篮子暂且可以放到地板上……这也就谢天谢地了。啊，对了！我没有告诉过您吗？我有件喜事！”

“什么喜事？”

“我们的两个硬纸盒和一只口袋被人偷去了……总算轻松了一点……昨天我们吃掉了一只鹅和所有的馅饼……我故意多吃一些，以便少一点行李……我们车厢里的空气坏透了！简直会把人憋死……呸……哪是旅游，纯粹是活受罪……”检察官扭过头，恶狠狠地看看熟睡的妻子。

“你这个母老虎！”他小声骂道，“害人精，简直是希罗底①！我这个倒霉的人什么时候才能摆脱你这个克桑季帕②啊！您相信吗，伊万·尼基季奇？有时候我甚至闭上眼睛幻想：要是有朝一日她突然作为被告落到我手里，那会怎么样？看来我会判她去服苦役！慢着……她醒了……嘘……”

检察官顿时装出一副若无其事的样子，并把篮子抱到了手里。

在艾德库宁车站他去打开水时，样子变得愉快一些了。

---

① 《圣经》故事：古犹太王希律因娶侄女希罗底为妻，遭施洗约翰谴责。希律知道施洗约翰是义人，没有杀他。但希罗底后来通过女儿莎乐美挑唆希律把施洗约翰杀了。此处以希罗底喻恶妇。

② 传说是古希腊哲学家苏格拉底的妻子，很恶毒。

“又有两个硬纸盒被偷走了！”他洋洋得意地对弗利亚日金说，“而且我们把所有的面包都吃光了……毕竟又轻松了一些……”

到达柯尼斯堡车站时，他则完全变了样。他一清早就跑到弗利亚日金的车厢里，往长沙发上一躺，幸福地哈哈大笑起来。

“伊万·尼基季奇！亲爱的！让我拥抱拥抱你吧！对不起，我竟用‘你’称呼您，不过我实在太高兴，太幸福了！我自——由——了！你明白吗？自——由——了！老婆跑了！”

“怎么跑了？”

“昨天夜里离开车厢，到现在也没有回来。不知她是跑了，是掉到车厢底下去了，还是留在哪个车站上了……反正她不见了！……我的天使啊！”

“可你听我说，”弗利亚日金不安起来，“在这种情况下，你应当去拍个电报！”

“上帝保佑！我现在感到多么自由啊，简直无法给你形容！走，到月台上去走走……呼吸一下自由的空气！”

两个朋友走出车厢，开始在月台上散步。检察官一面走，一面不断地叹息：“多么好啊！呼吸多么轻松啊！难道果真有永远这样生活的人吗？”

“这么办吧，老兄，”他下定决心，“我现在就搬到你的车厢去。舒舒服服地这么一躺，开始过单身生活。”

于是检察官急匆匆地跑回自己的车厢去取行李。两分钟后他从自己的车厢出来，但已经不是容光焕发，而是脸色苍白，目瞪口呆，手里拿着一把铜茶壶。他摇摇晃晃地走着，用手捂住心口。

“她回来了！”看见弗利亚日金那询问的目光时，他把手一挥说，“原来昨天夜里她回来时把车厢弄混了，错上了别的车厢。完了，老兄！”

检察官站在弗利亚日金面前，用充满忧郁和绝望的目光盯着他，眼里涌出了泪水。沉默了一分钟。

“你听我说，”弗利亚日金亲切地抚弄着他的衣扣说，“我要是你……我就自己跑掉……”

“怎么跑掉？”

“跑掉，一走了之……不然的话，瞧你这副可怜的样子，简直目不忍睹！”

“跑掉……跑掉……”检察官沉思起来，“这倒是个好主意！对，老兄，我就这么办：坐上迎面开来的列车，逃之夭夭！以后就对她说，我上错了车。好，再见……咱们巴黎见……”

我的妻子们

蓝胡子劳尔给编辑部的信[①]

尊敬的先生！

歌剧《蓝胡子》在贵刊的读者中引起笑声，并给洛迪和切尔诺夫[②]增添了声誉，而对我来说，引起的只是一种苦涩感。不是感到委屈，不是，而是感到遗憾……我真心地惋惜报刊和舞台近十年来竟蒙上了亚当罪恶的霉菌——说谎。我不想涉及这出歌剧的实质，甚至也不去谈作者没有任何权利干预我的私生活和披露我的家庭秘密，我只想谈谈观众借以形成对我蓝胡子劳尔的看法的一些细节。这些细节全是令人愤慨的谎言。在我提出法律诉讼揭穿作者卑鄙的谎言，揭穿连托夫斯基[③]先生纵容和包庇这种可耻的恶行之前，尊敬的先生，我认为有必要通过贵刊对这些谎言加以驳斥。首先，尊敬的先生，我绝对不是作者在剧中任意描绘的那种好色之徒。我对女人不感兴趣。我巴不得根本不同她们来往，但我是人，人的一切本性我也都有[④]，难道这是我的过错吗？[⑤]支配一个人的行为，除了选择权之外，还有“必然律”。我必须二择其一：要么成为在报纸第一版大登广告的医生们非常喜欢的那类人，要么正式结婚。介于这两种荒谬做法之间的中间道路是没有的。我结了婚。是的，在我的全部婚姻生活中，我时时刻刻都在羡慕那种自身就包含着丈夫、妻子，从而也包含着岳母、岳父、婆婆……的软体动物[⑥]，它们无须去寻找异性。你们得承认，这一切同好色毫无共同之处。作者接着又这样描述，说我总是在婚后第二天——新婚之夜一过[⑦]——便把妻子毒死。作者只需去查查死亡登记册，再看看我的履历表，就不会把如此骇人听闻的无稽之谈加在我头上，但他不这样做，从而将自己置于一个谎言制造者的地位。我并不是在蜜月的第二天便毒死妻子的，也不像作者所希望的那样是出于享乐，更不是一时冲动。上帝作证，我在决定用吗啡或黄磷火柴来款待那一个个娇小柔弱的女人之前，我不得不经受多少精神上的痛苦、沉重的疑虑和难挨的时日啊！驱使我向医生要吗啡的不是胡闹，不是绿林好汉酒足饭饱后的嗜血，也不是残忍，而是一系列原因与后果的综合。当我经历了痛苦的夫妻生活，又进行了长久而紧张的思考之后派人去小店铺买火柴时（请女人们原谅我！我认为对她们使用手枪太不合规矩了。弄死老鼠和女人通常都是用黄磷），在我心灵里上演的不是一出轻歌剧，而是一出紧张的悲剧。下面是被我毒死的全部七个女人的基本特征，你们，尊敬的先生，以及读者，从中可以清楚地看到，促使我拿出维护家庭幸福的最后王牌的原因根本不是轻歌剧。她们在我的札记簿里登记在"洗澡、抽烟、理发等开支"项目下，我也按照这一登记顺序来描述她们。

第一位。一个蓄着长长的黑色鬈发、像小马驹似的长着一双大眼睛的小个子女人。身材苗条，柔韧得像是弹簧，长得很漂亮。使我深为感动的是流露在她眼睛里的温柔顺从的神情和经常保持沉默的本事——沉默是罕见的才能，我认为它比女人的任何艺术才能都更为重要！这是一个智力有限、眼光短浅的女人，却非常诚实和真

---

① "蓝胡子劳尔"是歌剧《蓝胡子》的主人公，"编辑部"指在莫斯科出版的幽默讽刺杂志《闹钟》编辑部。歌剧《蓝胡子》于 1885 年冬在莫斯科上演，契诃夫这篇小品文发表于《闹钟》1885 年第 24 期。

② 洛迪和切尔诺夫均为歌剧《蓝胡子》的演员。

③ 当时演出歌剧《蓝胡子》的剧院老板。

④ 原文为拉丁语。

⑤ 顺便说说，我在中学念书时，拉丁文总是得五分。——契诃夫注

⑥ 指雌雄同体的软体动物。

⑦ 原文为拉丁语。

挚。她总是把普希金和普加乔夫①搞混，把欧洲和美洲混为一谈。她很少读书，十分无知，对任何事情总是大惊小怪，也正因为如此，她有生以来从未故意说过一句假话，从未做过一件违心的事——想哭就哭，想笑就笑，也不管在什么地方，什么时候。她那样自然，像是一只愚蠢的小羊羔。猫的爱情力量已成为谚语，但我敢拿任何东西打赌，没有一只母猫爱它的公猫能像这个女人那样爱我。她每天从早到晚同我寸步不离，一双眼睛死死地盯着我的脸，仿佛我的额头上有一张乐谱，而她就是按照这张乐谱呼吸、说话和行动似的……哪一天，哪一小时，如果她那双大眼睛没有看到我，她便认为这一天这一小时从她的生命篇章中被删去了，是无可挽回的损失。她默默地看着我，带着陶醉和惊异的神情……夜里，当我像个最懒的懒汉那样打鼾时，如果她睡着了，便会在梦中看见我，如果她能驱走睡魔，便会站在屋角祈祷。我要是个小说家，我一定会竭力去弄清，这种多情的妻子在黑夜里为自己的丈夫向苍天祈祷时，她们的祈祷文里讲些什么，用些什么词句。她们希望什么，又祈求什么呢？我可以想象出这些祈祷文有多少逻辑性！

无论在特斯托夫②那里还是在新莫斯科餐厅，我从来没有吃到过像她的小手做的那样香的饭菜。她认为把汤烧得过咸无异于犯死罪，而把牛排煎得太老则是败坏了自己的道德。如果她怀疑我没有吃饱或是吃得不满意，她会极其痛苦……不过，使她最为痛苦的是我的病。每当我咳嗽，或是装出一副胃里不舒服的样子时，她便吓得脸色发白，额头上冒冷汗，在屋子里走来走去地直搓手……我只要片刻时间不在她身边，她就会以为我被有轨马车轧死了，或是从桥上掉到河里了，或是中风死了……她的记忆里有多少痛苦的时刻啊！当我同朋友畅饮之后“微带醉意”回到家里，拿起一本加博里奥的小说悠闲自在地往沙发上一躺时，无论我怎样骂她，甚至用脚

① 普加乔夫是18世纪的俄国农民起义领袖。

② 特斯托夫是莫斯科一家餐厅的老板。

踹她，她也要给我盖上厚厚的棉被，往额头上放一块愚蠢的敷巾，端来一杯椴树花茶[①]！

一只金色的苍蝇，只是当它在你眼前飞舞一分钟，两分钟……然后便飞得不知去向时，才会赏心悦目；而如果它开始在你的额头上散步，用爪子在你的脸上搔痒，爬到你的鼻孔里去，而且纠缠不已，根本不理睬你的轰赶，那你最后就会想法抓住它，让它失去纠缠你的能力。我的妻子正是这样一只苍蝇。她无休止地注视我的眼睛，经常观察我的胃口，时时刻刻留心我的伤风、咳嗽、轻微的头痛——这一切把我弄得精疲力竭，我终于忍无可忍了……何况她对我的爱已成为她的痛苦。她那永恒的沉默和眼里那鸽子般的温顺神情表明她无力保护自己。我毒死了她……

第二位。一个总是笑容可掬、脸上两个酒窝、眯缝着眼睛的女人。身材漂亮，穿戴极其华丽而优雅。我的第一个妻子有多么文静和不好交际，这个女人就有多么聒噪和活泼好动。小说家会把她叫做全是由神经构成的女人，我则把她叫做由等份的碱和酸构成的女人——这话绝对不会错。她是一个刚刚拔掉瓶塞的上等克瓦斯。我妻子血液循环的速度不亚于美国怪人租用的特别快车，她的脉搏即使在熟睡时也是一百二十次，如此匆忙生活的肌体在生理学上还没有先例。她不是在呼吸，而是在哮喘，不是在喝水，而是在灌水。她总是忙着呼吸，忙着说话，忙着爱……她的整个一生都在忙着追求各种感受。她喜欢酸辣菜、芥末、胡椒、高大的男人、冷水浴、疯狂的华尔兹舞……她要求我连续不断地放炮，放焰火，决斗，向可怜的博贝希进攻……看见我穿着长袍、便鞋，嘴里叼着烟斗时，她总是火冒三丈，诅咒她嫁给“狗熊”劳尔的那一天和那一刻。根本无法让她明白，如今成为她生活要素的那一套我早已经历过了，现在对我来说，穿绒衣比跳华尔兹舞要合适得多。对我讲的任何道理她都把手一挥作为回答，要不就来个歇斯底里大发作。不管愿意

① 椴树花茶是一种发汗剂。

不愿意[1]，为了避免听到尖叫声和受到责难，我只好跳华尔兹、放炮、决斗……这种生活很快便把我弄得精疲力竭，于是我便派人去找医生……

第三位。一个身材高大匀称、长着一双蓝眼睛的金发女人。脸上带着顺从，同时又很自尊的神情。总爱望着天空沉思，不断发出痛苦的叹息。过着很有规律的生活，有着她“自己的上帝”，随时随地都在谈她的行为准则。对待任何事情，只要涉及到她的行为准则，她总是要竭力表现得毫不留情……

“蓄连鬓胡是不正直的，”她对我说，“所以胡子可以做成枕头给穷人用！”

“天哪，她为什么这样痛苦？原因何在？”当听到她的叹息声时，我问自己，“唉，这种令人伤感的长吁短叹啊！”

人总是喜欢谜，我也就爱上了这个金发女人。但谜很快就解开了。有一次我偶然看到她的日记，在上面读到这样一段妙文：“为了搭救我那卷进一件军需品诉讼案的可怜的爸爸，我强迫自己作出牺牲，听从了理智的声音——嫁给了富翁劳尔。原谅我，我的波尔！”后来查明，那个波尔在土地测量局工作，写过一些歪诗。他再也见不到他的情人了……她同她的行为准则一起被打发到她的祖先[2]那儿去了。

第四位。一个五官端正，却总是带着一副惊奇和恐惧神情的姑娘。商人的女儿。随同二十万卢布带进我家的还有她那极坏的习惯：弹练习曲和唱情歌《我又站在你面前……》。除了睡觉和吃饭的时间外，她不是在弹练习曲就是在唱情歌。练习曲的琴声把我身上那可怜的筋统统抽了出来（我现在已经没有筋了），她唱起她心爱的情歌中那句“我神魂颠倒地站着”时，可恶的尖叫声把我所有的耳垢全震脱落了，把我的听觉器官全震松了。我忍耐了很久，但对

---

① 原文为拉丁语。

② 同上。

自己的同情迟早会占上风，于是医生来了，也就再也听不到她弹练习曲了。

第五位。一个头发光滑、神情严厉、从来不笑的长鼻子女人。近视，戴着一副眼镜。由于缺乏审美力，又不愿徒劳无益地去招人喜欢，所以穿着朴素而古怪：袖口窄窄的黑色连衣裙，腰部很宽松……整个衣服给人一种平面感并带着熨斗的气息——没有一点曲线，没有一丝不经心造成的皱褶！我喜欢她是因为她与众不同：不是傻瓜。她在国外，在德国的什么地方学习过，读了巴克尔[①]和穆勒[②]的全部著作，期望在学术上有所作为。她只谈一些“高深”的东西……一张口就是唯灵主义、实证主义、唯物主义……我第一次同她谈话时一直眨巴着眼睛，觉得自己是个傻瓜。她根据我的神情猜到我很傻，但并未瞧不起我，而是相反，开始真诚地教我怎样才能不当傻瓜……聪明人如果宽宏大量地对待无知的人，那是很招人喜欢的！

当我们坐着结婚马车从教堂回家时，她若有所思地望着车窗外，给我讲述中国的婚礼习俗。头一夜她就发现我的颅骨很像蒙古人种，于是顺便教会我如何测量颅骨，并向我证明颅相学是没有科学根据的。我听着，听着……我们往后的全部生活内容就是她讲我听……我眨巴着眼睛听她讲，生怕会露出什么也没听懂的样子……有时我半夜醒来，会看到她两眼瞧着天花板，或是瞧着我的颅骨……

“别打扰我……我在思考……”当我怀着柔情去纠缠她时，她总是这样说。

结婚才一个礼拜我就确信：我们这种人同聪明的女人是难以相处的，难极了！时时刻刻都感到自己像是在应付考试，面前总有着一张神情严肃的脸，生怕会讲出蠢话来——您得承认，这可太难

---

① 巴克尔（1821—1862），英国历史学家和实证主义社会学家。

② 穆勒（1806—1873），英国哲学家、经济学家和社会活动家。

了！于是有一次我便悄悄溜进她的房间，往她的咖啡里放了一点氰化钾。对这种女人用黄磷火柴是不恭的！

第六位。一个以天真纯洁的本性迷住了我的少女。这是一个可爱的、诚实的孩子，但结婚一个月后，我却发现她原来是一个轻浮的女人，热衷于时髦的穿着，热衷于上流社会的流言蜚语、风度派头和相互拜访。这个小贱货拼命挥霍我的钱财，同时又严密监视着小店铺的账簿。她在时装店花的钱成百上千，却责骂厨娘买酸模多花了一个戈比。她经常大吵大闹，懒洋洋地闹偏头痛，打侍女的耳光——她认为这些都是贵族派头。她嫁给我只是图我的显贵门第，在结婚前两天还与人私姘。有一次我到储藏室去给老鼠下毒，顺便也给她下了毒……

第七位。这个女人是冤枉死的——无意中喝了我给丈母娘准备的毒药（我想用氨水毒死丈母娘）。如果不发生这件意外事故，她可能到现在还活着……

我讲完了……尊敬的先生，我想，上述事实足够让读者看到歌剧作者和大概是由于不明底细而上当的连托夫斯基先生多么不诚实。无论如何，我等着连托夫斯基先生在报上作出解释。

顺致敬意。

蓝胡子　劳尔

批准者：**安·契洪特**[1]

---

① 契诃夫当时的笔名。

上当

非常古老的笑话

英国有段时期，被判处死刑的罪犯有权在生前把自己的尸体预卖给解剖学家或生理学家。卖到的钱他们或是给自己的家人，或是换酒喝。有一个罪行极其严重的死刑犯找到一位著名的医生，一再讨价还价之后，以两个金币的价钱把自己的遗体卖给了医生。可是拿到钱之后，他突然哈哈大笑起来……

“您笑什么？？”医生不解地问。

“您要买的是我被绞死的遗体，”死刑犯大笑道，“可是您上当了！我将被烧死[1]！哈——哈——哈！”

① 英国中世纪曾实行火刑，即将罪犯烧死。

书呆子

戏剧小品

退役骑兵少尉阿尔希普·叶利谢伊奇·波莫耶夫戴上眼镜，皱起眉头读道："某地……某区……调解法官请您……等等，等等……作为以行为侮辱农民格里戈里·弗拉索夫一案的被告出庭……调解法官彼·舍斯季克雷洛夫。"

"这是谁写来的？"波莫耶夫抬起眼睛看看送信人。

"调解法官先生彼得·谢尔盖伊奇写来的……就是舍斯季克雷洛夫，老爷……"

"唔……彼得·谢尔盖伊奇？他请我去干什么？"

"可能是让您出庭……那上面写着呢，老爷……"

波莫耶夫再次把传票读了一遍，不解地看看送信人，耸了耸肩。

"呸……作为被告……彼得·谢尔盖伊奇这家伙真会逗乐！好吧，回去告诉他，说行！不过让他把早饭准备得好一点……告诉他，我去！代我向娜塔莉娅·叶戈罗芙娜和孩子们问好！"

波莫耶夫签收了传票后，来到内兄尼特金中尉的屋里，尼特金是到他这里来度假的。

"你瞧，彼得·舍斯季克雷洛夫给我写来一张什么样的便函。"他把传票递给尼特金说，"叫我礼拜四上他那儿去……你想跟我一起去吗？"

"他可不是请你去做客。"尼特金读过传票后说，"他是把你作为被告传你出庭……要审问你……"

“审问我？呸……他还乳臭未干，就要审问我……还不够格……他这是开玩笑……”

“根本不是开玩笑！你是不懂还是怎么的？这里写得清清楚楚：以行为侮辱……你打了格里戈里，就要受审。”

“你真是个怪人！既然我和他可以说是朋友，他怎么可能审问我呢？既然我们又在一起打牌，又在一起喝酒，天知道我们什么事没有干过，那他怎能做审问我的法官呢？他算什么法官？哈哈！彼得是法官！哈哈哈！”

“你笑吧，笑吧，等到他不凭友谊，而凭法律把你关起来时，你就顾不上笑了！”

“你真是犯傻，老兄！既然他是我儿子万尼亚的教父，还凭什么法律？咱们礼拜四一起上他那里去，到时候你就会看到法律是怎么回事了……”

“可我劝你根本不要去，不然会把你自己和他都置于尴尬的境地……就让他缺席审判吧……”

“不，干吗要缺席？我就是要去，去看看他怎样审案……很想去看看彼得成了什么样的法官……再说我也好久没去看他了……怪不好意思……”

礼拜四波莫耶夫便同尼特金一起到舍斯季克雷洛夫那里去了。他们在审判室见到这位调解法官时，他正在审别的案子。

“你好，彼佳[①]！”波莫耶夫走到审判台前，向他伸出手说。“还凑合着能审案吧？你挑剔人家吗？你审吧，审吧……我看一看，看一看……给你介绍一下，这是我内兄……妻子身体好吗？”

“是的……她身体很好……你们在那儿……在旁听席坐一会儿……”

说完这几句话后，法官涨红了脸。初出茅庐的法官在审判室见到熟人一般都很窘迫，而当不得不审判自己的熟人时，简直会窘迫

① 彼得的昵称。

得不惜钻到地里去。波莫耶夫离开审判台，同尼特金一起在前排的长凳上坐下来。

“瞧这个滑头多神气！”他冲尼特金耳语道，“简直认不出来了！一点笑容也没有！挂着金链子[①]！啊哟哟！仿佛在我家厨房里用墨水给熟睡的阿加什卡涂花脸的不是他似的！真好笑！难道这样的人能审案吗？我问你：这样的人能审案吗？干这种事的人需要有法官官衔，仪表堂堂……以便让人生畏，这倒好，随便弄个人来——喏，你来审吧！嘻嘻……”[②]

“格里戈里·弗拉索夫！”调解法官唤道，“波莫耶夫先生！”

波莫耶夫微微一笑，走到审判台前。一个穿着破旧的高腰身西服和条纹裤，裤腿塞在棕红色短筒靴里的年轻人从旁听席走出来，站到了波莫耶夫身边。

“波莫耶夫先生！”调解法官垂着眼睛说，“您被指控以行为侮辱了您的工人……就是这位格里戈里·弗拉索夫。您承认自己犯了罪吗？”

“瞧你说的！你什么时候变得这样一本正经了？嘻嘻……”

“您不承认？”窘迫得如坐针毡的法官打断了他的话，“弗拉索夫，请讲讲事情经过。”

“很简单，大人！要知道，我是他家的仆人，就是那种贴身仆人……当然，我们这种差事是很苦的，大人……他自己九点起床，而我天不亮就得起来……天知道他今天是要穿长筒靴还是短筒靴，也可能一整天都穿便鞋，可我得把所有的鞋都擦干净：长筒靴、短筒靴、皮鞋……好的，大人……那天早晨他叫我去给他穿衣服。当然，我就去了……我给他穿上了衬衣，穿上了长裤，穿上了靴子……该穿的都穿了……然后开始套西服背心……这时他说：‘格里

① 帝俄时代法官审案时佩戴的标志。

② 调解法官制度是1864年沙皇政府推行司法改革后建立起来的。调解法官主要审理农村的一些民事案件，法官由地方自治会选举产生，多为一些有名望的贵族，非职业法官。

戈里，把小梳子给我。在上衣的侧兜里。’好的，大人……我就在上衣的侧兜里摸梳子，可梳子好像让鬼吃了——没有！我摸了好久，然后对他说：‘兜里没有梳子，阿尔希普·叶利谢伊奇！’他皱起眉头走到上衣跟前，掏出了梳子，但不是从他说的侧兜里，而是从胸兜里掏出的。‘这是什么？这不是梳子吗？’他说，并把梳子杵到我的鼻子前，用梳齿在我鼻子上划了一下。后来一整天我的鼻子都在流血。您瞧，大人，整个鼻子都肿了……我有见证人。他们全都看见了。”

“您要为自己辩解吗？”调解法官抬起眼睛看着波莫耶夫说。

波莫耶夫用疑问的目光看看法官，看看格里戈里，接着又看看法官，脸涨得通红。

“我应当怎样来理解这件事？”他咕哝道，“这是在嘲笑我吗？”

“根本不是在嘲笑您，老爷，”格里戈里说，“我对您一点不亏心。您不应当动手伤人。”

“住口！”波莫耶夫用手杖敲着地板说，“笨蛋！贱货！”

调解法官急忙摘下金链子，离开审判台，快步往自己的办公室走去。

“审理暂停五分钟！”他边走边说。

波莫耶夫也跟着他走进了办公室。

“我问你，”调解法官挥舞着双手说，“你是想让我丢脸吗？或者你是很想听听你的厨娘和仆人们怎样用证词来整治你这头蠢驴吗？你跑来干吗？难道缺了你，我就作不出判决吗？”

“你也怪起我来了！”波莫耶夫把两手一摊，“你自己导演了这场喜剧，却来生我的气！把这个格里戈里关起来就……就完事了！”

“把格里戈里关起来！呸！你过去有多么蠢，现在还是这么蠢！怎么可能把格里戈里关起来呢！”

“就这么关起来，不就完事了吗！总不能把我关起来吧！”

“难道现在还是过去那个时代吗？你打了格里戈里，却要把格里戈里关起来！奇妙的逻辑！你对现在的诉讼程序连一点概念也没有吗？”

“我从来没有打过官司，也没有当过法官，我只知道，如果这个格里戈里到我这儿来告你的状，我就把他推下楼梯，让他的孙子也不敢来告状，而决不会允许他这样胡言乱语。你干脆说你是想嘲笑我，显显自己多么果断……就这么回事！我老婆见到传票，又见你给所有的厨娘和养牛女工也发了传票，不禁大吃一惊。不能这样，彼佳，朋友是不会这样干的。”

“可是你也要理解我的处境啊！”

于是舍斯季克雷洛夫开始向波莫耶夫说明自己的处境。

“你就在这里坐一会儿，”他最后说，“我去作缺席判决。看在上帝的面上，千万别出去！你的观念太陈腐，在那里会讲出一些恐怕不得不作笔录的话。”

舍斯季克雷洛夫到审判室去审案去了。波莫耶夫坐在办公室里一张小桌前，由于无事可干，便翻阅着一张张刚填好的执行票，同时倾听着调解法官如何劝格里戈里和解。格里戈里固执了很久，最后还是同意了，但为所受的侮辱要求十卢布的赔偿金。

“哦，谢天谢地！”舍斯季克雷洛夫宣读了判决书后，走进办公室说，“幸亏案子这样了结了……仿佛卸下了千斤重负。你付给格里戈里十卢布就没事了。”

“我付给格里戈里……十……卢布？！”波莫耶夫愣住了，“你没有发疯吧？……”

“咳，得了，得了，我替你付。”舍斯季克雷洛夫蹙起额头把手一挥，“一百卢布我也愿意付，只要能避免这种不愉快的事。但愿别再审熟人的案子了。老兄，与其打格里戈里，还不如到这里来揍我！这要轻松一千倍！走，到娜塔莉娅那儿吃饭去。”

十分钟后，朋友们便坐在了调解法官那宽大豪华的住所里，吃着煎鲫鱼。

“好吧，”波莫耶夫两杯酒下肚后说，“你判我付给格里戈里十卢布，那你关他多久呢？”

“我没有关押他。为什么要关押他？”

“什么‘为什么’？”波莫耶夫瞪大了眼睛，“为了让他不再来告状！难道他能告我吗？”

调解法官和尼特金便给波莫耶夫解释，但他不理解，仍然固执己见。

“不管怎么说，彼佳不适合当法官！”他在回家路上同尼特金交谈时，叹息道，“他这个人很善良，有教养，又那样乐于助人，可是……不适合！他不会真正审案……尽管很遗憾，但下一个三年任期只好不选他了！只好如此！……”

鱼 经

谈小问题的大文章

我们把今天这篇重要的社论奉献给那些不幸的别墅住客，这些人喜欢坐在一根竿子的这一端，而在另一端挂上一根线和蚯蚓……我们为这些渔翁提供了整整一篇文章的建议（请注意，不收费！）。为了使我们的文章更为严肃和富于学术性，我们缜密地将其分为若干章节和条目。

---

1. 钓鱼可在大洋、近海、湖泊、河流、池塘里进行，在莫斯科近郊的水洼和沟渠里进行也可以。

附注：最大的鱼可在活鱼市场上钓到。

2. 钓鱼应远离人多的地方，否则有钩住正在那里游泳的别墅女住客的脚丫子的危险，或者听见这样的话："您有什么权利在这里钓鱼？也许您想挨一顿揍？"

3. 抛出钓钩之前应先把诱饵挂在钩上，用什么做诱饵都行，根据鱼的种类而定……也可以不用诱饵，因为你反正钓不到。

附注：只是为了引起求偶者的注意而拿着鱼竿坐在水边的漂亮的别墅女住客可以不用诱饵。不漂亮的女住客则应当用诱饵：十万到二十万卢布，或者类似的东西……

4. 钓鱼时不可挥手，不可蹬腿，不可喊救命，因为鱼是不喜欢喧哗的。钓鱼无需特别的技术：如果浮子不动，说明鱼还没有咬钩；如果浮子动了，你就庆贺吧，因为鱼开始品尝你的诱饵了；如果浮子往下沉，别去拽，因为你反正什么也拽不上来。

我们认为论文在这个方面已经阐述得足够详尽（毫无遗漏）。下一次我们将详细解答一个极其重要的问题：在莫斯科混浊的水域里，能钓到哪几种活蹦乱跳的鱼。

在上一期的《闹钟·别墅专号》上，我们以不可思议的深刻性和不可想象的学术性轻易地解决了钓鱼的方法问题。现在我们转到论文的另一部分，谈谈鱼的种类。

在莫斯科近郊可以钓到下面几种鱼：

1. 狗鱼。这是一种既不中看，也不中吃的鱼，却通情达理，作风正派，对它们狗鱼的权利深信不疑。它们什么都吃，碰到什么就吃什么：小鱼呀，虾呀，青蛙呀，鸭子呀，婴儿呀……一条狗鱼吃掉的鱼比叶戈罗夫餐馆全部顾客吃掉的都多。却从来不知饱足，总是埋怨时运不济。如果向它们指出这种贪婪和小鱼悲惨的处境时，它们就说："你要再对我们说这种话，小心你自己也落到我们的胃里去！"如果一位大官向它们做了类似的指示，它们就申辩道："咳，老爷，如今谁不吃小鱼呀？自古以来就这样规定，要让我们狗鱼总是吃得饱饱的。"如果吓唬它们说要诉诸报纸，它们就说："我们才不在乎呢！"

2. 雅罗鱼。这是鱼类中的知识分子，机敏、漂亮、额头宽阔、彬彬有礼。它们是许多慈善团体的成员，常常富有感情地朗诵涅克拉索夫的诗篇，痛骂狗鱼残忍，尽管如此，它们吃起小鱼来其胃口却并不亚于狗鱼。不过。它们认为消灭鮈鱼和鲌鱼[1]乃是一种痛苦的需要，是时代的要求……如果在亲密的交谈中责备它们言行不一，

---

[1] 这两种鱼都是小型鱼类。

它们会叹息道：

“有什么办法呢，老兄！鮈鱼还没有成熟到可以保障自己的生命安全的程度，何况您得承认，如果我们不去吃它们，我们又能将它们怎么办呢？”

3. 江鳕。这种鱼身体沉重，动作迟缓，并像剧院售票员那样冷漠。它们以自己那巨大的肝脏而闻名，由此也可以断定，它们好喝酒。江鳕栖息在水底的树杈下面，以各种杂食为生。论本性它们属于肉食性鱼类，但只要有腐尸、蚯蚓、青草吃也就满足了。“我们怎么能同狗鱼和雅罗鱼比？我们有什么就吃什么。只要有吃的就谢天谢地了！”它们上钩后像木头一样任人拽出水面，一点抗议的表示也没有……它们对一切都不在乎……

4. 河鲈。一种美丽的鱼，牙齿极其锋利。性情凶猛。雄鱼当剧院老板，雌鱼办音乐会。

5. 棘鲈。一种活泼伶俐的鱼，自以为凭着大自然对它们的优待能防御狗鱼和雅罗鱼的侵袭①，却仍然常常落得被烧成鱼汤。

6. 鲫鱼。这种鱼栖息在水草里，在那里打盹儿并等待狗鱼来吃它们。它们从小就习惯于认为，它们只有在被做成煎鱼时才是美妙的。俗谚说，“海里之所以有狗鱼，就是要鲫鱼别打盹儿。”它们却把这句谚语的含意做了有利于狗鱼的理解……

“我们就是要日日夜夜地等着，好让狗鱼满意……要没有它们的恩典……”

7. 鮈鱼。这是银行贷款处、夏季低等娱乐场所和前厅的常客。它们在莫斯科—库尔斯克铁路上任职，常常向狗鱼致以崇高的问候，日以继夜地工作，以便让雅罗鱼穿上浣熊皮大衣。

8. 拟鲤。一种像是得了肺痨病的小鱼，或是在剧院跑龙套混日子，或是给大杂志寄点拙劣的翻译作品。它们常常大量地被狗鱼和河鲈吃掉。雌鱼常同赡养它们的江鳕或冬穴鱼姘居。

---

① 棘鲈鱼的背鳍是一排刺，极其锋利。

9. 冬穴鱼。一种慵懒无力、萎靡不振、多愁善感的鱼，穿着墨绿色的文官制服，一直任职到领养老金为止。它们用一个鼻孔吸鼻烟，愚弄鲫鱼，便秘久治不愈。

10. 欧鲌。这种鱼用苍蝇就能钓到，是叫花子鱼。

11. 鳊鱼。这种鱼在大路两旁开设小饭馆，还当包工头。它们装出一副吃素的样子，吃了鱼之后立即把嘴一擦，免得被“老爷”看出来……

假病人

将军夫人玛尔法·彼得罗芙娜·佩琼金娜，或者像农民那样把她称作佩琼奇哈，已经用顺势疗法[1]行医十年。五月的一个礼拜二，她在书房里接待病人。她面前的桌子上放着顺势疗法药箱、通俗医书和顺势疗法药房的账单。墙上挂着几个金边镜框，镜框的玻璃下面压着彼得堡某个顺势疗法医生的来信，照玛尔法·彼得罗芙娜看来，这是个非常著名，甚至是伟大的医生。还挂着神甫阿里斯塔尔赫的肖像，是他使将军夫人摒弃了有害的对抗疗法，认识了真理，从而拯救了她。前厅里坐着候诊的病人，大部分是农民。除两三个人之外，全都赤着脚，因为将军夫人吩咐他们把臭烘烘的靴子留在外面了。玛尔法·彼得罗芙娜已经接待了十个病人，正叫到第十一个：

"加夫里拉·格鲁兹季！"

门开了，但走进书房的不是加夫里拉·格鲁兹季，而是将军夫人的邻居，破落地主扎穆赫里申。这是个眼睛里带着忧郁神情的小老头，腋下夹着一顶贵族帽。他把手杖放在墙角，走到将军夫人面前，一句话也没说就用单腿跪下了。

"您怎么啦！您怎么啦，库兹马·库兹米奇！"将军夫人惊叫道，脸涨得通红，"看在上帝面上，快站起来！"

"只要我还活着，我就不站起来！"扎穆赫里申吻着将军夫人的小手说，"让所有的人都看到我给您下跪吧，我们的保护神，人类的恩人！让大家都看到吧！这个行善的仙女赐给了我生命，指引我走上了真理之路，打消了我那自作聪明的怀疑，对这个仙女我不仅愿意下跪，赴汤蹈火也在所不辞。妙手回春的医生，孤儿寡妇的母亲！我痊愈了！我复活了，神医！”

“我……我非常高兴……”将军夫人喃喃地说，快活得涨红了脸，“听着这些话真高兴……请坐下吧！要知道，您上个礼拜二还病得那样重呢！”

“是啊，病得很厉害！想起来都可怕！”扎穆赫里申坐下来说，“身上所有的器官都得了风湿。受了八年罪，一天也没有安生过……无论白天晚上，我的恩人！我又找医生，又到喀山去找教授，又是各种各样的泥疗，又喝矿泉水，什么办法没有试过啊！治病花光了我的家产，美丽的夫人！可那些医生给我带来的却全是害处，没有任何好处。他们把我的病赶进了内脏。赶倒赶进去了，可要赶出来，他们那套学问就无能为力了……只知道要钱，这些强盗，而要治病救人，他们就漠不关心了。随便开个方子，你照着去喝吧。总之，都是些杀人凶手。要不是您，我们的天使，我就进棺材了！上礼拜二我从您这里回去，看看您给我的小药丸，心想：‘这管用吗？难道这些小得几乎看不见的药丸能治好我的陈年痼疾？’我信心不足地想，觉得好笑，可是刚服了一粒药丸，立即见效了！就像我根本没有生过病，或是病一下子就全好了。妻子瞪大眼睛看着我，简直不敢相信：‘库兹马，这是你吗？’我说：‘是我呀。’于是我同她在圣像前跪下来，开始为我们的天使祈祷：‘主啊，把我们所有的感激之情都给她送去吧！’”

扎穆赫里申用袖口擦着眼睛从椅子上站起来，看样子又要下跪，但将军夫人拦住了他，让他坐下来。

“您应当感谢的不是我！”她激动得红着脸说，同时欣喜地瞧着阿里斯塔尔赫神甫的肖像，“不是我！我在这里面只不过是一个驯服的工具……确实是个奇迹！患了八年的老风湿，竟被一粒小小的淋

① 18 世纪末德国医生哈内曼创立的一种医疗方法，从未得到过科学验证，但 19 世纪曾广为流行。

巴结核丸治好了！”

“承蒙您给了我三粒药丸。我午饭时服了一粒，立即就见效了！晚上我又服了一粒，第三粒是第二天服的，从那以后就完全好了！哪儿也不痛了！可当初我已经在等死，还给在莫斯科的儿子写了信，叫他回来！上帝给了您智慧，神医！我现在又能走路了，就像在天堂里……上礼拜二我到您这里来还是一瘸一瘸的，现在连追兔子也行了……我还能活一百年呢。只有一件不幸的事——太穷。倒是恢复健康了，可是活不下去，这健康又有什么用呢？贫穷比疾病更加折磨人……就拿这样一件事来说吧……现在是该播种燕麦的时候了，可是没有种子，怎么播？需要去买，可是钱……都知道，我们哪有钱……”

“我给您燕麦，库兹马·库兹米奇……坐着，坐着！您使我这样高兴，这样快活，不是您应当感谢我，而是我应当感谢您！”

“啊，您给我们带来了欢乐！上帝竟创造了如此好心肠的人！亲爱的，为您行的善事而高兴吧！而我们这些有罪的人没什么可高兴的……我们是微不足道、意志薄弱、没有用处的人……小人物。我们只有个贵族称号，实际上和庄稼汉一样，甚至还不如他们……我们住的是砖房，其实是海市蜃楼，因为屋顶漏雨……没钱买木板。”

“我给您木板，库兹马·库兹米奇。”

扎穆赫里申又要了一头奶牛，并讨到一封推荐信，因为他想把女儿送到贵族女子中学去念书……将军夫人的慷慨相助使他深为感动，不禁一阵唏嘘，嘴唇也抽搐起来，他便把手伸到兜里去掏手绢……将军夫人看见他掏出手绢时，一个红色小纸团也从兜里被带了出来，无声地掉到了地上。

“我永生永世也不会忘记……”他咕哝道，“还要让孩子们记住，让孙子们记住……代代相传……我要对他们讲：孩子们，就是她把我从棺材里救了出来，就是她……”

将军夫人把病人送走后，用满是泪水的眼睛瞧瞧阿里斯塔尔赫神甫的肖像，然后又用亲切而崇敬的目光看看药箱、通俗医书、账单和被她从死亡边缘救活的那个人刚才坐过的圈椅，最后目光落在那个人失落的小纸团上。将军夫人把纸团捡起来，展开，看见里面有三粒药丸——正是她上礼拜二给扎穆赫里申的那三粒。

“这就是那个药丸……”她大惑不解，“连纸也正是那张纸……他甚至没有把纸包打开！那他服的是什么药呢？奇怪！……他总不会骗我啊！”

于是怀疑的阴影投在了将军夫人的心上，这是她行医十年来的第一次……她依次叫来后面的病人，同他们谈病情，发现了过去以一种难以觉察的方式从她耳边滑过的东西。病人们异口同声，好像是商量好了似的，先感谢她神奇地治好了他们的病，赞叹她的医术精深，痛骂那些使用对抗疗法的医生，然后，当她兴奋得满脸通红的时候，便开始提出他们的需求。有的要一小块地耕种，有的要一点木柴，有的请求允许在她的林子里打猎，等等，等等。她望着向她揭示了真理的阿里斯塔尔赫神甫那张神情善良的、宽宽的脸，现在，一个新的真理又开始噬咬她的心灵。一个不好的、令人痛苦的真理。

人是狡猾的！

江　鳕

夏日的早晨，四周一片静寂，只有河边一只螽斯不时发出一阵吱吱声，还有一只小鹰不知在什么地方胆怯地啼叫。空中停滞着一片片羽状云，像是撒落的雪花……一座正在修建的河边浴棚旁，柳丛的绿色枝叶下，木匠格拉西姆在水里扑腾。这是个又高又瘦的庄稼汉，一头棕红色的鬈发，脸上胡子拉碴。他呼哧呼哧地喘着粗气，使劲挤着眼，竭力想把什么东西从柳树根下面弄出来，累得满脸是汗。离格拉西姆一俄丈远处，另一个木匠柳比姆站在齐脖子深的水里，这是个驼背的年轻人，长着一张三角形脸，眼睛像中国人的眼睛那样细长。格拉西姆也好，柳比姆也好，都穿着衬衣和内裤。两个人都冻得脸色发青，因为已经在水里泡了一个多小时了……

"你怎么总是用手去捅？"驼背柳比姆叫道，哆哆嗦嗦地像在打摆子，"你这个榆木脑袋！你抓住它，抓住，不然就跑了，该死的！

抓住，听见没有！”

“跑不了……它能往哪儿跑？它扎到树杈下面了……”格拉西姆用沙哑、低沉的男低音嗓子说，仿佛声音不是从喉咙，而是从肚子的深处发出来的，“见鬼，滑溜溜的，无处可抓。”

“你抓住它的鳃，抓鳃！”

“看不见鳃在哪儿……等一等，好像抓住什么东西了……见鬼，它还咬人！”

“别拽嘴唇，别拽，那会让它跑掉的！要抓住它的鳃，抓鳃！你又用手去捅！你这个蠢家伙，圣母宽恕[①]！抓住！”

“‘抓住’……”格拉西姆学着柳比姆的腔调说，“真会发号施令……你自己过来抓吧，驼背鬼……干吗愣着？”

“我要能过去，就抓住了……我这样矮的个子，难道能站在岸壁下吗？那里水深！”

“水深有什么关系……你游着呀……”

驼背便挥着胳臂游到格拉西姆身边，抓住几根树枝。他刚想试着在水里站住，立即连头没入水里，水面冒起一些水泡。

“我说水深嘛！”他气冲冲地转动着眼珠子说，“难道要我骑在你脖子上吗？”

“你就站在水下的树杈上吧……那里树根、树枝很多，像梯子一样……”

驼背用脚后跟摸到一根树杈，立即用手紧紧抓住几根树枝，站在了树杈上……他保持住平衡，在新的地方站稳后，便弯下腰，竭力不让水灌进嘴里，开始用右手在水里的树杈间摸寻。他的手缠在水草里，在树杈表面的青苔上滑来滑去，不料碰到了一只螃蟹的螯……

“没想到你也在这儿，鬼东西！”柳比姆说，恶狠狠地把螃蟹往

① 俄国信教者在说了骂人的话或脏话之后，有时会说一句求上帝宽恕的口头禅。

岸上一扔。

他的手终于摸到了格拉西姆的胳膊，便顺着胳膊往下摸，摸到了一个滑溜溜、冷冰冰的东西。

"就是它！……"柳比姆笑了，"个儿够大的，鬼东西……你把手指头松开，我这就……抠住它的鳃……等等，别用胳膊肘碰我……我马上就……马上……只要能抓住它就行……够不着，鬼东西，扎到树杈下面去了，怎么也抓不住……够不着脑袋……摸到的全是肚子……快把我脖子上的蚊子拍死——叮得好疼！我马上就……抠住它的鳃……你从旁边推推它，推！用手指头戳它！"

驼背鼓着腮帮，屏住呼吸，瞪大眼睛，那样子好像已经用手指头"抠住鳃"了，但这时左手抓住的树枝突然断了，他失去平衡，扑通一声掉进了水里！一圈圈涟漪仿佛受到惊吓似的从岸边扩散开去，落水的地方冒起一阵水泡。驼背浮出水面，扑哧扑哧地喷着鼻孔里的水，重新抓住树枝。

"你会淹死的，见鬼，还得为你负责！……"格拉西姆沙哑着嗓子说，"滚开，见你的鬼去吧！我自己来抓它！"

两个人对骂起来……太阳越来越烤人。树影也越来越短，渐渐和树本身合而为一，就像蜗牛缩进了壳里一样。高高的青草被太阳晒得热烘烘的，开始散发蜜糖般香甜的浓烈气味。快到中午了，可格拉西姆和柳比姆还在柳丛下的水里折腾。沙哑的男低音和冻得哆哆嗦嗦的尖细的男高音打破了夏日的寂静。

"抠住它的鳃，拽！抠住鳃拽！等等，我来推推它！你把那么大的拳头往哪儿伸呀？得用手指头，不能用拳头，丑八怪！从旁边来！从左边，左边！右边是个深坑！你会被水妖弄去当晚餐的！揪住它的嘴！"

响起了挥鞭的声音……一群牲口在牧人叶菲姆的轰赶下，沿着平缓的岸坡懒洋洋地走到河边来饮水。叶菲姆是个身体羸弱的糟老头子，只有一只眼，嘴也歪着，走路时低头望着自己的脚丫子。先走到水边的是羊群，接着是马，最后是牛。

“你从下面推推它！”他听见了格拉西姆的声音，“把手指头伸进去！见鬼，你是聋子吗？呸！”

“你们这是在捉什么，伙计？”叶菲姆高声问。

“江鳕！怎么也弄不出来！扎到树杈下面了！从旁边来！来呀，来呀！”

叶菲姆眯缝起自己的独眼看看两个渔翁，随即脱掉树皮鞋，扔掉挂在肩膀上的口袋，脱掉衬衣。他已没有耐心脱裤子，便在胸前画了个十字，用两只又瘦又黑的手保持着平衡，穿着裤子走进水里……他踩着满是淤泥的河底走了五十来步，便开始游水。

“等一等，小伙子们！”他叫道，“等一等！你们是把它弄不出来的，只会把它放跑。得会弄！……”

叶菲姆便同两个木匠一起干了起来，三个人喘着粗气，骂骂咧咧，用胳膊肘和膝盖互相推挤，在一个地方折腾……柳比姆常常呛水，这时空中便响起一阵剧烈和痉挛性的咳嗽声。

“放牧的在哪儿？”岸上有人在叫，“叶菲——姆！放牧的！你在哪儿？牲口跑到园子里来了！把它们赶出去！赶出去！这个老强盗，他在哪儿呢？”

先是男人的声音，接着又是女人的声音……地主老爷安德烈·安德烈伊奇穿着波斯呢长袍，手里拿着报纸从自己园子的栅栏里走了出来……他带着疑问的神情往叫嚷声传来的方向看了看，随即快步朝河边的浴棚走去……

“这是怎么回事？谁在嚷嚷？”他透过柳丛的枝叶看见三个渔翁的湿漉漉的脑袋，于是厉声问道，“你们在这里折腾什么？”

“鱼……在抓鱼……”叶菲姆咕咕哝哝地说，头也不抬。

“哼，我看你还敢来抓鱼！牲口都跑到园子里去了，他却在抓鱼！……你们这些鬼东西，浴棚什么时候能盖好呀？已经干了两天了，你们都干了些什么？”

“会……会盖好的……”格拉西姆喘着粗气说，“夏季长得很，老爷，你还赶得上在这儿洗澡……噗噗……我们在这里怎么也对付

不了这条江鳕……钻到树杈下面去了，像进了洞似的，怎么也不出来……”

“江鳕？”地主问，眼睛顿时亮了起来，“赶快把它弄上来！”

“那就赏我们半个卢布吧……既然我们帮您出了力……好大一条江鳕，壮实得跟商人的老婆一样……半个卢布，值得，老爷……为我们出的力气……你别使劲挤压它，不然会把它弄死的！从下面托住它！好心人，请把树杈往上拽……你叫什么名字来着？往上拽，不是往下，见鬼！两条腿别晃来晃去的！”

过了五分钟，十分钟……地主等不及了。

“瓦西里！”他朝自己的庄园高声叫道，“瓦西里！喂，把瓦西里给我叫来！”

车夫瓦西里跑来了。他嘴里嚼着什么东西，跑得直喘气。

“你到水里去，”地主吩咐道，“帮他们把那条江鳕弄上来……他们弄不上来。”

瓦西里迅速脱去衣服，下到水里。

“我马上就……”他咕哝道，“江鳕在哪儿？我马上就……咱们干这事只需眨眼工夫！你还是靠边儿吧，叶菲姆！没你这个老头子的事，别在这儿瞎掺和！江鳕在哪儿？我马上就把它……啊，在这儿！你们松手！”

“干吗松手？我们可知道什么叫松手！你倒是拽呀！”

“难道这样拽得出来吗？得抓脑袋！”

“可脑袋在树杈下面！明摆着，笨蛋一个！”

“喂，别骂骂咧咧，不然有你好受的！狗东西！”

“当着老爷的面说这样的话……”叶菲姆咕哝道，“你们是拽不出来的，伙计们！它在那里藏得太妙了！”

“等等，我这就来……”地主说罢就开始急匆匆地脱衣服。“你们四个全是笨蛋，连一条江鳕也弄不上来！”

安德烈·安德烈伊奇脱掉衣服，让身子凉一凉后，便下到水里。可是，他亲自参加也无济于事。

“应当把树杈砍掉！”柳比姆最后作出决定，“格拉西姆，你去把斧子拿来！把斧子给我！”

“别把自己的手指头砍掉了！”听见斧子在水下砍树杈的声音，地主说，“叶菲姆，你躲开！你们停一停，让我来拽这头江鳕……你们不会……”

树杈砍断了。还没有完全断开时，安德烈·安德烈伊奇便已极其惬意地感觉到他的手指头已经伸进江鳕的鳃了。

“我就要把它拽出来了，伙计们！别急……等一等……就要拽出来了！”

水面出现了江鳕的大脑袋，接着，约一俄尺长的黑油油的身子也露了出来。江鳕使劲摆动着尾巴，竭力想挣脱。

“不行啊……休想跑掉，老兄！你终于给抓住了吧？啊哈！”

所有人的脸上都洋溢着甜蜜的笑容。大家默默地谛视了片刻。

“好大一条江鳕！”叶菲姆在肩胛骨下面搔搔痒，咕哝道，“大概有十俄磅[①]……”

“是的……”地主表示同意，“瞧它的肝胀得那样大，都快把肚子胀破了。啊呀……！”

江鳕突然翘起尾巴急剧地扑腾了一下，只听见一阵猛烈的溅水声……渔翁们全都伸手去抓，但已经迟了，江鳕已经无影无踪了……

---

① 1俄磅约等于0.41千克。

理想主义者的回忆

从5月10日起我休假二十八天。我在财务主任那里预支了一百卢布，决定无论如何也要“生活一下”，痛痛快快地生活一下，以便今后十年中单靠回忆就能过日子。

您知道“生活一下”这个词的最佳含义是什么吗？不是到夏季剧场去看一出轻歌剧，吃一顿晚饭，第二天早晨带着醉意回到家里。也不是先去看展览会，再从那儿到赛马场，在赛马赌金显示器旁把钱袋倒空。如果您想生活一下，就坐上火车到这样一个地方去：那里的空气饱含丁香花和稠李花的清香，那里的铃兰和茉莉竞相争艳，用它们那娇嫩的白色花朵和钻石般晶莹的露珠令您赏心悦目。那里，在广袤的原野上，在蔚蓝色的天空下，看着葱郁的树木和潺潺的流水，置身于雀鸟和绿色甲虫的世界，您才会懂得什么叫生活！此外，再加上两三次同宽边女帽、白色围裙、流转媚眼的幽会……我承认，当我兜里装着休假证，在财务主任的慷慨支持下动身到别墅去的时候，我幻想的就是这一切。

我听从一个朋友的建议，决定租住索菲娅·帕夫洛芙娜·克尼京娜的别墅，她常出租一个多余的房间，那里有家具，有日常用品，而且还可以包伙。别墅很快就租定了，比我料想的还要快。我来到佩列尔瓦，找到了克尼京娜的别墅，记得我走上凉台时，突然感到一阵窘迫……凉台布置得很舒适、好看、招人喜欢，可是更加好看、更令人感到舒适（请允许我这样形容）的，却是坐在凉台上一张桌子前喝茶的一位年轻、丰满的女人。她眯缝起眼睛望着我。

“您有什么事？”

“请原谅……”我开口说，“我……大概是走错了……我是找克尼京娜的别墅……”

“我就是克尼京娜……您有什么事？”

我张皇失措了……我习惯地把公寓和别墅的女房东想象成上了年纪、患有风湿病、散发着咖啡渣气味的女人，可是这里……就像哈姆雷特讲的那样：“啊，天使，救救我们吧！”①却坐着一个美艳惊人、极富魅力的尤物。我结结巴巴地说明了来意。

“啊，非常欢迎！请坐。您的朋友已给我写了信。您想喝茶吗？茶里加乳脂还是加柠檬？”

有一种女人（多半是金发女人），您只需同她一起坐上三分钟，便会感到像是在家里一样，仿佛同她已认识多年。克尼京娜正是这种女人。我一杯茶还没有喝完，便已知道她还没有结婚，靠存款的利息生活，正等着姑妈来做客；还知道她租出一个房间的原因。第一，她独自为别墅付出一百卢布太吃力。第二，她有点害怕，怕夜里突然钻进一个贼，或是白天突然闯进一个可怕的庄稼汉！要是在拐角那个房间里住上一个单身女人或男人，也没什么不体面的。

“不过男人更好一些！”女房东舔着小勺上的果酱说，“同男人合住没那么多麻烦事，也不那么害怕……”

总而言之，大约一个小时后，我同克尼京娜便已经交上朋友了。

“啊，对了！”同她告别时我才想起来，“我们什么都谈到了，而主要的事却一字未提。您要收我多少租金呢？我要在这里住二十八天……当然，还有伙食……喝茶，等等……”

“咳，这有什么可谈的！您能给多少就给多少吧……我租出一间屋子又不是为了钱，而是为了……多一个人……您能给二十五卢布吗？”

我当然同意，于是便开始了我的别墅生活……这种生活的有趣

---

① 出自莎士比亚悲剧《哈姆雷特》第一幕第四场。

之处就在于每个白天都相同，个个晚上都一样，但这千篇一律的生活多么美，那是什么样的白天，又是什么样的晚上啊！读者诸君，我快活极了，请允许我拥抱你们吧！我早晨醒来，喝着加乳脂的茶，根本不用考虑公务。十一点钟我去向女房东问早安，在她屋里喝咖啡，加上浓浓的炼乳。喝过咖啡后就聊天，一直聊到午饭。两点钟吃午饭，那是多么丰美的午饭啊！您想象一下这个滋味儿吧：当您正饥肠辘辘的时候往餐桌前一坐，抓过一大杯黑醋栗酒，嚼着热腾腾的腌牛肉拌辣根。再想象一下那冷杂拌汤或是加酸奶油的青菜汤，等等，等等。午饭后，悠闲自在地躺一会儿，读读小说，随时随刻都会一跃而起，因为女房东的身影时不时地会出现在房门口："您躺着吧！躺着吧！"……然后就去野浴。晚上同克尼京娜一起散步到深夜……您想象一下吧：晚上，万籁俱寂，只有夜莺在歌唱，鹭鸶偶尔在远方啼鸣，轻风拂过，隐隐约约向您送来列车在远方发出的隆隆声，您同一个丰满的金发女人在小树林里或是沿着铁路的路基散步，她在夜晚的凉意中娇滴滴地瑟缩着身子，不时向您转过被月光映成苍白色的小脸蛋……太惬意了！

不到一个礼拜，便发生了读者们早已期待我发生的事，这种事在任何一篇像样的小说里都是不可缺少的……我忍不住了……克尼京娜漫不经心地，几乎是冷冷地听着我表白爱情，仿佛早已等着这个了，只是用嘴唇做了一个可爱的鬼脸，仿佛想说：

"我不明白，这事何必讲那么久！"

二十八天一眨眼就过去了，仿佛只有一秒钟似的。假期过完了，还没有过够的我戚戚然地同别墅，同克尼京娜告别。我收拾箱子时，女房东坐在长沙发上抹眼泪。我虽然自己也差点哭起来，却还是尽量安慰她，答应节假日到别墅来看望她，冬天在莫斯科到她家里去看她。

"对了……宝贝儿，我什么时候同你结结账呢？"我想起来了，

“我该付多少钱？”

“以后再说吧……”我的“情人”哽咽着说。

“干吗要以后？俗话说，友谊归友谊，银钱归银钱，何况我一点也不希望靠你养活。别固执了，索菲娅……该付你多少？”

“这……没几个钱……”女房东哽咽着咕哝道，同时拉开桌子的小抽屉，“其实以后付也行。”

克尼京娜在抽屉里翻了翻，从里面拿出一张小纸片递给我。

“这是账单吗？”我问，“哦，这太好了……太好了……（我戴上眼镜）把账结清就完事了……（我把账单浏览了一遍）共计……等等，这是怎么回事？共计……这不对，索菲娅！这里写着‘共计 212 卢布 44 戈比’。这不是我的账单！”

“是你的，杜多奇卡！你仔细看看！”

“可是……哪来这么多？房租和伙食 25 卢布，这我同意……仆人费 3 卢布，行，这我也同意……”

“我真不明白，杜多奇卡，”女房东用哭得红红的眼睛惊奇地看了我一眼，拖长声音说，“难道你不相信我吗？既然如此你就算一算吧！你喝的是黑醋栗酒……我总不能花同样的价钱让你午饭喝伏特加啊！加在茶和咖啡里的乳脂……还有麝香草莓、黄瓜、樱桃……关于咖啡，也……要知道，当初你并没有说定要喝咖啡，实际上却是每天都喝！不过这都算不了什么，我可以给你减去 12 卢布。就只算 200 卢布好了。”

“可是……这里写着 75 卢布，却没有说明是什么花销……这是什么花销？”

“怎么‘什么花销’？问得太奇怪了！”

我看看她的小脸蛋。她脸上的神情是那样真诚、坦然和惊讶，使我再也说不出一句话。我给了克尼京娜 100 卢布，又打了 100 卢布的欠条，便把箱子扛在肩上，往火车站走去。

诸位先生，有人愿意借给我 100 卢布吗？

在药店里

天已经黑尽了。家庭教师叶戈尔·阿列克谢伊奇·斯沃伊金为了不浪费时间，从医生那儿直接去了药店。

“我像是来找一个有钱的情妇或者铁路承包商似的。”他登上药店那锃亮的、铺着贵重地毯的楼梯时，心里想，“连迈步都害怕！”

斯沃伊金走进药店，立即笼罩在全世界任何药店里都有的那种气味里。科学和药品日新月异，但药店里的气味却像物质一样是永恒的。我们的祖辈闻过它，我们的后代也会闻它。由于时间已经很晚了，所以药店里没有顾客。在一张放着贴有标签的药瓶的锃亮的黄色办公桌后面，站着一位高个子先生，他蓄着保养得很好的连鬓胡，表情严厉，挺神气地仰着头，看来是药剂师。这人身上的一切，从头上一小块秃顶直到长长的粉红色指甲，都经过精心的修饰和洗涤，光洁得像是被舔过似的，参加婚礼都可以了。他那双阴沉的眼睛从高处俯视着放在办公桌上的报纸。他在读报。出纳员正坐在旁边的铁栅栏里面懒洋洋地数零钱。有一道柜台把药房和闲杂人隔开，在柜台后面，有两个黑糊糊的人影在昏暗的灯光下晃来晃去。斯沃伊金走到办公桌前，把处方交给那位浑身经过精心修饰的先生。那位先生看也不看他一眼，接过处方后先把报读到一个段落，然后把脑袋微微转向右面，咕哝道：

“甘汞二厘，糖五厘，服十次的粉剂[1]。”

“是[2]！”一个尖利的、金属般的声音在药房的最里面回答道。

药剂师又用同样低沉和匀整的声音把药水的配方念一遍。

"是[3]！"有人在另一个角落回答道。

药剂师在处方上写了几个字，然后把眉毛一皱，头往后一仰，目光又落到了报纸上。

"一小时后能配好。"他透过牙缝说，一面用眼睛在报上寻找刚才读到的地方。

"能快一点吗？"斯沃伊金喃喃地说，"我实在不能久等。"

药剂师没有回答。斯沃伊金只好在沙发上坐下来，开始等待。出纳员数完零钱，长长地喘了一口气，咔嚓一声锁上了钱柜。药房的最里面，一个黑糊糊的人影在大理石研钵旁忙活。另一个人影正摇晃着一个蓝色玻璃瓶里的什么药水。时钟不知在什么地方发出均匀而小心翼翼的滴答声。

斯沃伊金病了。他嘴里发苦，四肢酸痛，昏沉沉的脑子里游荡着一些幻影，又像是云彩，又像是被衣服裹得严严实实的人。药剂师、药罐架、煤气灯喷嘴、格子柜，他都是透过一层雾看见的，而大理石研钵单调的捣药声和时钟缓慢的滴答声，使他更觉得不是在外面，而是在他自己的脑袋里面响……他越来越感到疲惫无力，脑子越来越晕乎乎的，所以等了不大一会儿，就感到大理石研钵发出的捣药声弄得他直想吐，为了振作起精神，他决定同药剂师谈谈话……

"我可能是热病发作了。"他说，"医生说还很难断定我是什么病，但我非常虚弱……还算走运，我是在京城犯的病，上帝保佑可别在乡下犯这样的病，那里既没有医生，也没有药店！"药剂师站着一动不动，头往后仰，在读报。斯沃伊金同他说话，他既未用话语，也未用动作来回答，仿佛没有听见似的……出纳员高声打了个哈欠，在裤子上嚓的一声划着了火柴……大理石研钵发出的捣药声

① 原文为拉丁语。厘，药衡，1 厘等于 64 毫克。

② 原文为德语。

③ 同上。

越来越响亮了。斯沃伊金见别人不理睬他，便抬起眼睛去看药罐架，开始读上面的标签……他眼前先是闪过各种各样植物的“根”：龙胆、海绿、直立委陵草、蓬莪[1]等等。根类后面又闪过各种酊剂、油剂、植物籽[2]，其名称一个比一个深奥而古老。

“这里面有许多没用的东西！”斯沃伊金想，“这些罐子里装了多少老古董啊，摆在这里只不过是因袭一种传统，同时又显得非常气派和神气！”

斯沃伊金把目光从药罐架移到旁边的玻璃柜里，见里面放着橡皮圈、小圆球、注射器、牙膏罐、皮耶罗滴剂、阿德尔盖姆滴剂、美容香皂、生发油膏……

一个学徒穿着肮脏的围裙走进药店，要买十戈比牛胆。

“请问，牛胆是做什么用的？”斯沃伊金问药剂师，为有了一个话题而感到高兴。

仍然没有得到回答，于是斯沃伊金便开始观察药剂师那张严厉、傲慢，显得很有学问的面孔。

“这些人真奇怪！”他想，“他们干吗要在脸上涂上一层学者的油彩？他们敲别人的竹杠，卖生发油，而看他们那副面孔，还以为他们真的是献身科学的人呢。他们写拉丁文，讲德国话……硬装出一副中世纪的人的样子……当你身体健康时，是不会注意到这种生硬而冷酷的面孔的，而一旦生了病，像我现在这样，你就会为神圣的事业竟落到这种衣冠楚楚的冷血动物手里而感到害怕……”

斯沃伊金观察着药剂师那毫无表情的面孔，突然想不顾一切地躺下来，远离这个世界，远离这副学者面孔和大理石研钵发出的捣药声……他全身感到一种病态的疲乏……他走到柜台前，露出一副乞求的神情，央告道：

“行行好，打发我走吧……我……我有病……”

---

① 这些药名均为俄语音译的拉丁语。

② 原文为拉丁语。

“马上就好……请别靠在柜台上！”

家庭教师在沙发上坐下来，驱赶脑子里的幻影，开始观看出纳员怎样抽烟。

“才过去半小时，”他心里想，“还要等半小时……简直难以忍受！”

不过，穿着黑衣服的小个子配药师终于朝药剂师走来，把一盒药粉和一瓶粉红色药水放在他旁边……药剂师把报纸读到一个段落，慢吞吞地离开办公桌，把药水拿到眼睛前晃了晃……然后写了个用法说明，把它系在瓶颈上，又伸手去取图章……

“唉，干吗这样繁琐？”斯沃伊金心里想，“这是浪费时间，而且为此还要多收钱。”

药剂师把药水包上，捆好，盖上图章，又对药粉如法炮制了一遍。

“给！”他终于说，也不看着斯沃伊金，“请到收款处交一卢布六戈比！”

斯沃伊金把手伸进口袋掏钱，掏出一个卢布，立刻想起他身上只有这一个卢布，一戈比多的也没有了……

“一卢布六戈比？”他喃喃地说，感到很尴尬，“可我身上总共只有一卢布……我以为一卢布就够了……怎么办呢？”

“我不知道！”药剂师一字一顿地说，又读起报来。

“那请您原谅……欠六戈比我明天给您送来，或寄来……”

“这不行……我们不赊账……”

“那我该怎么办呢？”

“回家跑一趟，把六戈比拿来，就取到药了。”

“行倒是行，可是……我走路很费劲，又无人可派……”

“我不知道……这不关我的事……”

“唔……”家庭教师沉思起来，“好吧，我回去一趟……”

斯沃伊金出了药店，往家走去……从药店走到自己的公寓房间，他坐下来休息了五次……回到家，在桌上找到几枚硬币后，他便坐到床上想歇一歇……不知什么力量把他的脑袋拽向枕头……他躺下来，哪怕躺一分钟也好……他的意识渐渐又被那些幻影——又像云彩，又像被衣服裹得严严实实的人——弄得模糊了……他一直记着他必须到药店去，他不断强迫自己站起来，可是病魔占了上风。握在手里的硬币撒到了地板上，病人沉入了梦乡，他梦见自己已经走到药店，又在那里同药剂师谈话。

马 姓

退役少将阿列克谢·布尔杰耶夫牙痛得厉害。他用伏特加漱口，用白兰地漱口，在病牙上抹香烟灰、鸦片、松节油、煤油，在腮帮上涂碘酒，在耳朵里塞浸过酒精的棉花，所有这些办法不是毫无效果，就是会引起呕吐。医生来了。他挖了挖病牙，让将军服奎宁，但也无济于事。医生建议拔掉病牙，将军又一口拒绝了。所有的人——妻子、儿女、仆人，甚至连厨师的小徒弟佩季卡，都提出了各自的办法。布尔杰耶夫的管家伊万·叶夫谢伊奇也来见他，建议他用念咒语的办法治一治。

“大人，我们那个县城里，”管家说，“十年前有个税吏叫亚科夫·瓦西里伊奇。他念咒语治牙痛是第一流的。他扭过脸去对着小窗口，叽里咕噜地念一阵，啐口唾沫——牙立即就不痛了！上帝赐给了他这种力量……”

“现在他在哪儿呢？”

“他被免去税吏的职务后，就搬到萨拉托夫去了，住在岳母家。现在他全靠治牙痛为生。谁牙痛就去找他，一念咒语就好……对萨拉托夫当地的人就在家里治，对其他城市的人则通过电报治。大人，您给他拍个电报吧，如此这般地讲讲……就说上帝的奴仆阿列克谢患牙痛，请予医治。治疗费可以邮寄去。”

“荒唐！这是骗人的勾当！”

“可您不妨试一试，大人。不错，他很爱喝酒，不是同妻子，而是同一个德国女人住在一起，还爱骂街，但可以说是一位神奇的先生！”

“你就拍一个电报吧，阿列克谢！”将军夫人恳求道，“你不相信念咒语能治病，可我亲身经历过。即使你不相信，可拍个电报又有什么关系呢？写个电报手又不会断掉。”

“那好吧。”布尔杰耶夫同意了，“现在别说给税吏，给魔鬼拍电报我也干……啊哟！痛得受不了啦！讲吧，你那位税吏住哪儿？地址怎么写？”

将军在写字台前坐下来，拿起笔。

“在萨拉托夫，连狗也认识他。”管家说，“大人，您就写：寄萨拉托夫市……亚科夫·瓦西里伊奇……瓦西里伊奇……”

“姓什么？”

“瓦西里伊奇……亚科夫·瓦西里伊奇……至于姓什么……我把姓给忘了！……瓦西里伊奇……见鬼！……他姓什么呀！刚才我来的时候还记得……让我想一想，大人……”

伊万·叶夫谢伊奇抬起眼睛望着天花板，嘴唇嚅动着。布尔杰耶夫和夫人等得不耐烦了。

“喂，怎么样？快想出来呀！”

“马上……瓦西里……亚科夫·瓦西里……我忘了！一个很普通的姓……好像是个马姓[①]……是姓科贝林[②]？不对，不是科贝林。

---

① 指这个姓是由马的名称演变而来。俄罗斯人的姓氏有许多来自各种动物名称，如“梅德韦杰夫”的词根是“熊”，“索巴金”的词根是“狗”，“贝科夫”的词根是“公牛”，“巴兰诺夫”的词根是“羊”，等等。

② 词根的意义是“母马”。

等一等……大概姓热列布措夫[1]？不对，也不是热列布措夫。我记得那个姓与马有关系，究竟是哪个姓，却怎么也想不起来了……”

“是热列布亚特尼科夫[2]？”

“不是。等一等……是科贝利芩[3]？……科贝利亚特尼科夫[4]……科别列夫[5]……”

“这已是狗姓了，而不是马姓。是热列布奇科夫[6]？”

“不，也不是热列布奇科夫……是洛沙季宁[7]……洛沙科夫[8]……热列布金[9]……全都不对！”

“那我怎么给他拍电报呢？你再想一想！”

“我马上就会想起来。洛沙德金[10]……科贝尔金[11]……科连诺伊[12]……”

“是科连尼科夫[13]吧？”将军夫人问。

“不是。普里斯季亚日金[14]……不，不对！忘了！”

“见你的鬼，既然忘了，干吗跑来出这个主意？”将军生气了，“滚吧！”

伊万·叶夫谢伊奇慢吞吞地出去了，将军则捂住腮帮在屋里走来走去。

---

① 词根的意义是“公马”。
② 同上。
③ 词根的意义是“母马”。
④ 同上。
⑤ 词根的意义是“公狗”。
⑥ 词根的意义是“小公马”。
⑦ 词根的意义泛指马。
⑧ 词根的意义是“骡”。
⑨ 词根的意义是“公马”。
⑩ 词根的意义泛指马，有“小马”的意思。
⑪ 词根的意义是“母马”，有“小母马”的意思。
⑫ 词根的意义是“辕马”。
⑬ 同上。
⑭ 词根的意义是“拉套的马”。

"啊，天哪！"他呻吟道，"啊，妈呀！啊，我快死啦！"

管家来到屋前花园里，抬眼望着天空，又开始回忆那个税吏的姓：

"热列布奇科夫……热列布科夫斯基[①]……热列边科[②]……不，不对！洛沙金斯基[③]……洛沙杰维奇[④]……热列布科维奇[⑤]……科贝梁斯基[⑥]……"

过不多久，主人又把他唤去了。

"想起来了吗？"将军问。

"怎么也想不起来，大人。"

"也许是科尼亚夫斯基[⑦]？或是洛沙德尼科夫[⑧]？是吗？"

家里的人也全都争先恐后地开始想马姓，把不同年龄、不同性别、不同品种的马都过了一遍，又去想马鬃、马蹄、马具……在屋里、花园里、下房里、厨房里走来走去，搔着额头，寻找着那个姓。

管家时不时地被叫到屋里去。

"是塔布诺夫[⑨]吗？"人们问他，"或者是科贝丁[⑩]？热列博夫斯基[⑪]？"

"都不是。"伊万·叶夫谢伊奇回答道，接着又抬起眼睛，嘴里念念有词地继续想："科年柯[⑫]……孔琴科[⑬]……热列别耶夫[⑭]……科

---

① 词根的意义是"公马"。
② 词根的意义是"公马"，有"小公马"的意思。
③ 词根的意义泛指马。
④ 同上。
⑤ 词根的意义是"公马"。
⑥ 词根的意义是"母马"。
⑦ 词根的意义泛指马，多指军马。
⑧ 词根的意义泛指马。
⑨ 词根的意义是"马群"。
⑩ 词根的意义是"马蹄"。
⑪ 词根的意义是"公马"。
⑫ 词根的意义泛指马，有"马驹子"的意思。
⑬ 词根的意义泛指马，有"马驹子"的意思。
⑭ 词根的意义是"公马"。

贝列耶夫[①]……”

“爸爸！”儿童室里在叫，“托罗伊金[②]！乌兹杰奇金[③]！”

整个庄园闹得鸡犬不宁。备受折磨、急不可待的将军悬了赏：谁要想出那个姓，奖给谁五卢布。于是一大群人便开始跟着伊万·叶夫谢伊奇打转……

“是格涅多夫[④]！”人们对他说，“雷西斯特[⑤]！洛沙季茨基[⑥]！”

可是直到天黑，那个姓依然没有找到。大家就这样上床睡觉了，电报也没有拍。

将军彻夜未眠，在屋里走来走去，不断地呻吟……凌晨两点多钟他走出屋子，跑去敲管家的窗户。

“是不是梅里诺夫[⑦]？”他问，都快哭出来了。

“不是，不是梅里诺夫，大人。”管家回答，并歉疚地叹了口气。

“也许不是马姓，而是别的什么姓！”

“大人，保证是马姓……我记得很清楚。”

“瞧你这记性，伙计……这个姓现在对我来说，看来比什么都重要。痛死我了！”

早晨将军再次派人去请医生。

“拔掉算了！”他下了决心，“再也无法忍受了……”

医生来了，给他拔掉了病牙。疼痛立即消失，将军安静下来。医生料理完毕，拿到应得的报酬，便坐上自己的轻便马车，动身回

---

① 词根的意义是“母马”。
② 词根的意义是“马车”。
③ 词根的意义是“马笼头”。
④ 词根的意义是“枣红马”。
⑤ 词根的意义是“走马”。
⑥ 词根的意义泛指马。
⑦ 词根的意义是“骟马”。

家。出了大门后，他在田野上碰见了伊万·叶夫谢伊奇……管家站在路边，正望着自己的脚下面聚精会神地思考着什么。从他那紧蹙的额头和眼睛的神情看，他的思考是紧张而痛苦的……

“布兰诺夫[①]……切列谢杰尔尼科夫[②]……”他咕咕哝哝地自言自语，“扎苏波宁[③]……洛沙茨基[④]……”

“伊万·叶夫谢伊奇！”医生对他说，“能卖五俄石[⑤]燕麦给我吗，亲爱的？我们那里的庄稼汉倒也卖给我燕麦，但质量很差……”

管家呆呆地看了医生一眼，脸上不知为什么露出古怪的笑容，一句话也没回答，便把两手一挥朝庄园里跑去，跑得那样快，仿佛后面有条疯狗在追他似的。

“我想起来了，大人！”他飞也似的跑进将军的书房叫道，快活得连声音都变了，“愿上帝保佑那个医生身体健康，我想起来了！奥夫索夫！税吏姓奥夫索夫[⑥]！姓奥夫索夫，大人！快给奥夫索夫拍电报吧！”

“去你的吧！”将军轻蔑地说，并朝着他的脸做了两下表示轻蔑的手势，“我现在已不需要你的马姓了！去你的吧！”

---

① 词根的意义是“浅黄色的马”。
② 词根的意义是“马的搭腰”。
③ 词根的意义是“马轭带”。
④ 词根的意义泛指马。
⑤ 容量单位，1 俄石约等于 210 升。
⑥ “奥夫索夫”的词根意义是“燕麦”。燕麦在俄国多用作马饲料，故管家记得与马有关。

没这个命！

早晨九点多钟，两个地主，加久金和希洛赫沃斯托夫，乘车去参加区调解法官的选举。天气非常好。乘车经过的道路两旁一直绵亘着苍翠的树木。栽在路边的老桦树新长出的枝叶在轻声细语。左右两边都往远处伸展着茂密的草场，草场上聒噪着鹌鹑、凤头麦鸡和田鹬的叫声。地平线上，在泛着蓝色的远方，时而这里时而那里闪现着白色的教堂和带有绿色屋顶的地主庄园。

“该把我们的主席揪来，教训教训他……”当马车绕过一座小桥，车身颠簸得到处都嘎吱作响时，加久金说。这是一个身体肥胖、头发花白的地主，戴着一顶肮脏的草帽，系着松散的花领结。“我们地方自治会修桥的目的，就是为了让人绕着桥走。上次地方自治会开会时，杜布列韦伯爵讲得对，他说地方自治会修桥的目的是为了进行智力测验：谁要绕着桥走，说明他是个聪明人；谁要从桥上走，那他就是个傻瓜，因为照例会摔断脖子。而这全都怪主席。如果我们的主席是另一个人，而不是一个醉汉、瞌睡虫和窝囊废，就不会有这样的桥。这个工作需要一个脑子清醒、精力充沛、能说会道的人，比如像你这样的人……你不该去竞选调解法官！真的，你该去竞选自治会主席！”

“不过你瞧着吧，等我今天落选了，不管愿意不愿意只好去竞选主席了。”希洛赫沃斯托夫谦逊地说，他个子高高的，头发是棕红色，戴着一顶新的贵族帽。

“你不会落选的……”加久金打了个哈欠，“我们需要受过教育的人，而上过大学的人我们全县只有一个，就是你！不选你还选谁呢？这已成定局……只是你不该去当调解法官……主席这个位置更需要你……”

“都一样，朋友……调解法官的年薪是二千四百，主席也是二千四百。调解法官在自己的家里审案，主席却时不时地要坐着马车颠颠簸簸地到执委会去……当调解法官要轻松得多，何况……”

希洛赫沃斯托夫没有把话说完……他突然不安地扭动一下身子，凝视着前面的道路。接着，他脸涨得通红，啐了口唾沫，把身子往后一靠。

“我就知道会这样！我的心预感到了！”他喃喃地说，同时摘掉帽子，擦着额头上的汗，“又会落选！”

“怎么回事？为什么？”

“难道你没有看见奥尼西姆神甫的车正迎着我们驶来吗？这是毫无疑问的……你要在路上碰见这样的人士，那就掉头往回走吧，因为不会有好结果的。我就知道会这样！米季卡，掉头往回走！上帝啊，我故意早点动身，免得碰见这个伪君子，却不行，他闻到我来了！他的嗅觉灵得很！”

“得了，别说了！这是你想出来的，真的！”

“不是我想出来的！路上碰见神职人士，准会倒霉，而只要我去参加选举，他每次都想方设法地要出来与我相遇。老得行将就木，却恶毒透顶！难怪我赋闲二十年，总找不到好差事！他为什么那样恨我？就因为思想方式不同！他不喜欢我的思想方式！你知道吗，有一次我们在乌利耶夫家里相遇。午饭后，当然，喝了点酒，我在钢琴前坐下来，没有任何恶意地唱着《草露酒》和《我们当着所有正人君子的面跳轮圈舞》，他听了以后说：‘对待官位有这种思想方式的人不配做法官。我决不让他当选！’从那以后他便在每次选举时都来同我相遇……我已同他吵过架，并换一条路走，却无济于事！只要我一出门，他就闻到味儿了……有什么办法呢？现在只好打道回府！反正会落选！这是毫无疑问的……前几次都落选了，为什么？就因他的恩赐！”

“咳，得了，一个受过教育的人，大学毕业，还像婆娘们那样迷信……”

“我并不迷信，但我相信预兆：只要我在13号开始做什么事，或者碰见这个人，事情总不会有好结果。这一切当然很荒唐，毫无道理，不应当相信，可是……你给我解释解释：为什么事情的结果总是如预兆的那样呢？你就给我解释解释吧！依我看，不必迷信预兆，但为防万一，不妨听从这些可恶的预兆……咱们回去吧！无论我也好，老兄你也好，都不会当选的，而且车轴还会折断，要不就打牌输得精光……你等着瞧吧！”

一辆农民的大车与他们相遇了，车上坐着一个又矮又衰老的神甫，他戴着一顶因年深日久而颜色发绿的宽边大礼帽，身穿帆布长袍。两辆车擦肩而过时，他摘掉帽子，弯腰施了一礼。

“这样做不好，神甫！”希洛赫沃斯托夫向他挥挥手说，“这种恶毒的做法有失您的教职的体面！是啊，神甫！在末日审判时您得为此负责！……咱们回去吧！”他对加久金说，“去也是白去……”

但加久金不同意回去……

当天黄昏，两个朋友乘车往家走……两个人的脸都涨得通红，神情抑郁，就像是坏天气来临前的晚霞。

“我不是跟你讲过吗，早就该回去！”希洛赫沃斯托夫埋怨道，“我讲过。你为什么不听？硬说是迷信！现在看你信不信！那些坏蛋不仅不选我们，还嘲笑我们，真该死！‘你在自己的领地上开小酒馆！’他们说。对，我就开了！这关谁的什么事？我开了，不错！”

“没关系，一个月后你会当选自治会主席……”加久金安慰他，“大家今天是故意让你落选，以便选你当主席……”

“比夜莺唱得还好听！你这个狡猾的家伙，总是安慰我，而第一个投反对票的就是你自己！今天一张赞成票也没有，全是反对票，可见你也投了反对票，朋友……谢谢啦……”

一个月后，两个朋友又沿着同一条路乘车去参加地方自治会主席的选举，但不是在早晨九点多钟，而是在早晨六点多钟。希洛赫沃斯托夫在车上坐立不安，担心地望着前面的道路……

“他不会料到我们这样早就动身，”他说，“但还是应当走快点……鬼才知道，也许他有暗探！赶得快一点，米季卡，快一点！……老兄，”他对加久金说，“昨天我派人给奥尼西姆神甫送去两袋燕麦和一俄磅茶叶……想用礼物使他心软下来，可他收下礼物后对费奥多尔说：‘回去向你老爷致意，谢谢他的礼物，可是告诉他，我是收买不了的。别说用燕麦，即使用金子也动摇不了我的信念。’瞧这家伙！等着吧……一出门就会碰见这个胖魔鬼……快一点，米季卡！”

马车驶进了奥尼西姆神甫所在的村子……从他的院子旁经过时，两个朋友往大门里瞧了瞧……奥尼西姆神甫正在大车旁忙活，急着给马上套。他用一只手给自己扣腰带，用另一只手和牙齿给马套皮軛……

“你迟了！”希洛赫沃斯托夫哈哈大笑道，“暗探给你送了信，但迟了！哈哈！你落空了！怎么样，忍气吞声了吧？这就叫收买不了！哈哈！”

马车出了村，希洛赫沃斯托夫感到自己已脱离了危险。他心花怒放了。

“喂，老兄，将来在我的治理下，这样的桥就不会有了！”未来的主席眨巴着眼睛，开始夸口了，“我要把那些包工头抓得紧紧的！在我的治理下，老兄，这样的学校也不会有了！只要我一发现哪个教师是醉汉或是社会主义者，我就对他说：滚吧，老兄！马上给我滚蛋！在我的治理下，老兄……你，老兄……快一点，米季卡，可别碰到别的教士！……唔，看来会顺利抵达……啊！”

希洛赫沃斯托夫突然脸色发白，像被蜇了一下似的跳了起来。

“兔子！兔子！”他高声叫道，“一只兔子横穿马路[1]！啊……

---

① 俄罗斯人迷信：遇见兔子横穿马路是不祥之兆。

见鬼，叫它不得好死！”

希洛赫沃斯托夫挥挥手，垂下了头。他沉默片刻，想了想，然后用手抚摸着汗津津的、苍白的额头低声说：

“看来我没有挣二千四百卢布的命……往回走吧，米季卡！没这个命！”

必不可少的前言

一对年轻人刚举行完婚礼从教堂乘车回家。

“喂，瓦丽亚，”丈夫说，“揪住我的胡子，使劲扯。”

“天知道你胡想些什么！”

“不，不，揪吧！我求求你！揪住，毫不留情地使劲扯……”

“得了，你干吗要这样？”

“瓦丽亚，我求求你……干脆，我命令你！如果你爱我的话，就揪住我的胡子，使劲扯……我的胡子在这儿，扯吧！”

“绝对不行！让一个人痛苦，而我爱这个人甚于爱自己的生命……不，绝对不行！”

“可是我求你！”新婚的丈夫生气了，“你明白吗？我求你……命令你！”

执拗了很久以后，困惑不解的妻子终于伸出小小的手揪住丈夫的连鬓胡，尽自己的力气使劲扯……丈夫连眉头也没有皱一下……

“你瞧，我一点也不感到痛！”他说，“真的，一点不痛！好了，现在我来揪你……”

丈夫抓住妻子鬓角的几根头发，使劲一揪。妻子高声尖叫起来。

“我的朋友，”丈夫总结道，“现在你看到了，我的力量和忍受力比你强无数倍。这一点你必须知道，免得将来什么时候你想对我动拳头或者发誓要挖我的眼珠……一句话：妻子应当惧怕丈夫！”

重要的建议

鉴于正重新审查《惩治条例》[①]，不妨趁此机会在其中加进下列条款：

关于惩治戏剧艺术爱好者协会的组织者和知情不报者的条款。

关于惩治没有才能和天赋，只是出于贪财、虚荣或其他个人目的而在公开音乐会和家庭音乐会上唱情歌或讽刺歌曲者的条款。（对这种人最好的改造措施是给他们戴上嘴套。）

关于惩治在情书中引用名家（普鲁东[②]、巴克尔等等）的话而未注明出处的中学生的条款。

关于惩治作家狂以及将这类人与社会隔离的条款。

关于用地方自治会的经费专为乱弹音阶练习曲并被当场抓住的少女在市郊修建厚墙房屋的条款。

关于将冒充未婚夫，每天让女方的父亲请吃饭的骗子驱逐出国的条款。

关于将受贿的评论家送法庭审判的条款。

关于惩治赋予自己大人称号的五品文官的条款[③]。

关于惩治从事滥伐森林活动的教师的条款。

关于惩治某些副省长、贵族长和高级文官及其夫人的条款——这些人利用秘书、庶务官和警察局官员对他们的殷勤奉承，不断以“救济一个贫穷家庭”、“宴请伊万·伊万内奇”等名目散发捐款签名单，从而在居民中引起对慈善事业的恐惧。

关于惩治出于某种目的而隐瞒年龄的少女的条款。

关于处理缪斯④同疯癫狂妄的诗人的婚姻问题的条款。

① 指 1884—1885 年俄国审查新的刑法草案，当时报纸上对此有过热烈的讨论。

② 指法国社会学家和政治家皮·普鲁东（1809—1865）。

③ 旧俄只有三四品文官才享有大人称号。

④ 希腊神话中的文艺女神，俄国文学中多指诗歌女神。

在车厢里

交 谈

“朋友，要不要抽一支雪茄？”

“谢谢……多么好的雪茄！这样的雪茄多少钱十支？”

“我不知道，真的，不过我想是很贵的……哈瓦那的产品嘛！刚才我在车站上喝了一小瓶艾尔-佩尔德利酒，又吃了一份欧洲鱼，现在抽一支这样的雪茄可真不错。噗！”

“您的表链坠真大！”

“是的……值三百卢布！我说，抽了这支雪茄后，现在喝一杯莱茵葡萄酒真不错……就喝施洛斯-约翰尼斯堡八十五点五号，十卢布一瓶……怎么样？或者喝红葡萄酒……红葡萄酒当中我喜欢喝克洛-乌若-维也-谢普，要不然就喝克洛-鲁阿-科尔顿……要是喝布尔冈红葡萄酒，那就喝尚贝尔登三十八又四分之三号。在布尔冈红葡萄酒中这是最有益健康的……”①

“对不起，请允许我提一个不太礼貌的问题：您大概是本地的大地主吧……要不就是……银行家？”

“不——，什么银行家！我是海关的仓库监守……”

“我妻子读《新闻报》②和《新时报》③，我自己却喜欢读莫斯科的报纸。我每天早上读报，晚上则让女儿把《俄罗斯旧事》④或《欧洲通报》⑤读给我听。老实讲，我不爱读厚厚的杂志，常把它们拿给朋友们读，自己主要是看看插图……我常读《田地》⑥、《世界

画报》[7]……当然，也读幽默讽刺杂志……”

“难道您订阅了所有这些报纸和杂志吗？大概您拥有一个图书馆吧？”

“不，先生，我是区邮局的收发……”

“当然，马作为交通工具是无法同铁路相比的，不过，老兄，马也是个好东西……套上五六辆三套马车，让年轻的娘儿们往上一坐——嘿，马儿呀，我的马儿呀，你们快快跑，跑得比山鹰都快吧！跑呀，跑呀，只见火星四溅！一口气三十俄里[8]跑去又跑回……再也没有比这更好的享受了，特别是在冬天……告诉您吧，还有过这样的事……有一次我吩咐套十辆三套马车……当时我有客人……”

“对不起，打断您一下……想必您自己有一个养马场吧？”

“不，先生，我是消防队长……”

“我不是贪财的人，我不爱钱……什么钱不钱，滚它的吧！……我因这个可恶的东西吃过苦头，但我仍然要说，将来还要说：钱是个好东西！是啊，当你同一个居民面对面站着，突然感到你手心里，这么说吧，感到手心里接触到一张纸币的时候，那是愉

---

① 以上谈到的酒均为法国葡萄酒。

② 在彼得堡出版的一份具有自由派倾向的日报。

③ 沙俄最大的报纸之一，起初具有自由派倾向，后来成为保守派报纸，在彼得堡出版。

④ 在彼得堡出版的历史月刊。

⑤ 在彼得堡出版的文学、历史、政治月刊。

⑥ 在彼得堡出版的文学和科普画报。

⑦ 在彼得堡出版的周刊。

⑧ 1 俄里等于 1.06 公里。

快无比的……当你感到手心里攥着一张纸币时，你的血液都会沸腾起来……”

“您大概是医生吧？”

“可别是医生！我是区警察局长……”

“列车员！我此刻在哪儿呀？！我是同什么人在一起？！我是活在哪个世纪？！”

“可您自己是什么人呢？”

“我是鞋匠叶戈罗夫……”①

“不管怎么说，我们作家的劳动是艰苦的！（高傲地叹了口气）难怪我们的同行涅克拉索夫说，我们的命运里带着某种注定的不祥……②不错，我们挣钱多，到处都知道我们……我们享有荣誉，可是……这一切都是过眼烟云……荣誉，用我一位同行的话说，是在盲人肮脏的衣服上打的一块鲜艳的补丁……我们的劳动是那样艰难困苦，您信不信，有时候我真想用荣誉、金钱和一切来换取一个农夫的命运……”

“请问您在哪里发表文章？”

“在《光芒》③上写一些关于欧洲问题的文章……”

“我丈夫每个礼拜六都要到内阁大臣家去，把我一个人留在家里……有一个礼拜六，费金伯爵突然派人来找我丈夫。‘非找到他不

① 意为“这个人喝醉了”，因俄国人常用“他醉得跟鞋匠一样”来形容某人醉得厉害。

② 出自涅克拉索夫的诗《在医院里》。

③ 在彼得堡出版的一份带插图的周刊。

可！即使挖地三尺，也得把您丈夫给我们挖出来！’就是这样讲的，真的……我说，让我上哪儿去给你们找我丈夫呀？此刻他在内阁大臣家里，说不定会从那儿到公爵夫人赫龙斯卡娅-扎皮亚塔娅家去……”

“啊……夫人，您丈夫在哪个部任职？”

“他在理发部任职……他是理发师……”

思想家

炎热的中午。空中一片死寂，一切都凝滞了……整个大自然像是一个被上帝和人们忘却的巨大的庄园。典狱官亚什金的住宅旁有一棵老椴树，在椴树低垂的枝叶下，在一张三条腿的小桌旁，坐着亚什金和他的客人——县立学校的校长皮姆福夫。两个人都脱掉了上衣，西服背心的纽扣也解开了，红红的脸上汗津津的，一点表情也没有，表达感情的能力已被炎热弄得麻木了……皮姆福夫一副无精打采的样子，被慵懒弄得一点生气也没有了，目光凝然不动，下嘴唇耷拉着。亚什金的眼睛里和额头上倒还有一点生气，看来他在想什么事……两个人互相望着，默默不语，只是用喘息声和拍打苍蝇的动作来表达自己的痛苦。桌上放着一瓶伏特加、一块又老又硬的牛肉和一个装着灰色盐末的空罐头盒。伏特加已经喝了一杯、两杯、三杯……

"是啊！"亚什金突然说，突然得把一条在不远处打瞌睡的狗吓得打了个哆嗦，夹起尾巴跑到一边去了，"是啊！不管您怎么说，菲利普·马克西梅奇，俄语里还是有许多多余的标点符号！"

"何以见得呢？"皮姆福夫谦虚地问，从酒杯里捞出一只苍蝇翅膀，"虽然标点符号很多，但它们全都有自己的用处。"

"得了吧！你们那些标点符号毫无用处。只是故弄玄虚。有的人写一行字打十个逗号，以为他很聪明。比如副检察官梅里诺夫，他在每个字后面都要打上一个逗号，'我于某月某日巡视监狱'，逗号，'发现'，逗号，'囚犯们'，逗号……呸！叫人眼花缭乱！甚至书里也是这样……分号、冒号、各种各样的括号。读起来让人厌恶。一位爱好修饰的先生觉得打一个句号不过瘾，索性打一整行[1]……”

“这是科学的要求……”皮姆福夫叹了口气。

“科学……这是神经病，不是科学……为了装潢门面而想出来的，纯粹是糊弄人……譬如，哪个外国语里面也没有 ъ[2] 这个字母，可俄语里就有……请问，有什么用？你写‘面包’这个词，用不用字母 ъ 难道不一样吗？”

“怎么能这样讲，伊利亚 · 马尔特内奇！”皮姆福夫生气地说，“写‘面包’这个词怎么能不用字母 ъ 呢？这样说话听着都让人不舒服。”

皮姆福夫喝了一口酒，气呼呼地眨巴着眼睛，把脸扭到一边去了。

“为这个字母我上学时还挨过鞭子呢！”亚什金继续说，“记得有一次，老师叫我到黑板前去听写‘医生进城去了’[3]这个句子。我写‘医生’[4]这个词时没有用字母 ъ。挨鞭子。一个礼拜后我又被叫到黑板前写‘医生进城去了’[5]。这一回我用了字母 ъ。又要挨鞭子。‘这是为什么，伊万 · 福米奇？’我问老师，‘饶了我吧，是您自己说这里应当用字母 ъ 的！’他说：‘那时候是我的看法错了，昨天我读了一位科学院士的文章，讲到医生这个词里该不该写字母 ъ 的问题，我同意院士的观点。我打你是尽教师的责任……’于是他又打了我一顿。现在我的瓦西卡也因这个 ъ 吃苦头，耳朵总是肿的……我要是大臣，我就禁止你们这些教书的用 ъ 来折磨人。”

“再见吧！”皮姆福夫眨巴着眼睛说，并开始穿上衣，“我听不下去了，如果对待科学……”

---

① 这里指的是俄语的省略号。
② 旧俄语的一个字母，1918 年文字改革后废弃。
③ 原文为旧俄语。
④ 同上。
⑤ 同上。

“得了，得了……何必生气呢！”亚什金抓住皮姆福夫的衣袖说，“我这只不过是找个话题……得了，还是坐下来喝酒吧！”

感到委屈的皮姆福夫坐下来喝酒，但把脸扭到一边。一阵静寂。厨娘费奥娜端着一盆污水从两个喝酒的人旁边走过。响起了泼水声和被水浇得湿漉漉的狗的尖叫声。皮姆福夫那张毫无生气的脸蔫乎得更厉害了，仿佛马上就要被炎热的空气烤化，流到背心里去。亚什金的额头上聚起了皱纹。他目不转睛地盯着那块又老又硬的牛肉，思考着……一个残疾人走到桌边，忧郁地瞟了酒瓶一眼，发现酒瓶已经空了，便又拿来一瓶……他们又喝了起来。

“是啊！”亚什金突然叹息一声。

皮姆福夫打了个哆嗦，惊恐地瞧着亚什金。他等着他发表新的谬论。

“是啊！”亚什金若有所思地看着酒瓶，又叹息一声，“照我看，科学也有许多是多余的！”

“这是什么意思？”皮姆福夫低声问，“您认为什么科学是多余的？”

“所有的科学……人们懂得的科学越多，便越是自命不凡，越是骄傲……我真想绞死所有这些……这些科学……得了，得了，又生气了！您这个人啊，心眼也太小，真的，叫人不敢说话了！咱们还是坐下来喝酒吧！”

费奥娜走过来，气呼呼地往两边撇着胖胖的胳膊肘，把一碗青菜汤放在两个朋友面前。响亮的咀嚼声和喝汤声开始了。这时突然出现了三只狗和一只猫，仿佛是从地里钻出来的。它们站在桌子前，谄媚地望着咀嚼食物的嘴。上过汤之后，费奥娜又把牛奶粥端来，没好气地往桌上一放，把汤勺和面包屑都震到了地上。吃粥前，两个朋友默默地喝酒。

“这个世界上的一切都是多余的！”亚什金突然说。

皮姆福夫惊得把汤勺都掉到了膝盖上，他恐惧地望着亚什金，想提出抗议，但舌头由于喝了酒而不大听使唤，而且被稠稠的粥糊住了……他本想像通常那样说一句："这是什么意思？"却只发出一阵咕噜声。

"一切都是多余的……"亚什金继续说，"科学也好，人也好……监狱也好，苍蝇也好……粥也好……连您也是多余的……虽然您是好人，相信上帝，但您也是多余的……"

"再见，伊利亚·马尔特内奇！"皮姆福夫喃喃地说，竭力想穿上上衣，却怎么也找不到袖子。

"现在我们吃饱了，喝足了，可这是为了什么？就是这样……一切都是多余的……我们吃饭，自己也不知道是为了什么……得了，得了……又生气了！我这只不过是……找个话题！再说，您又能上哪儿去呢？再坐一会儿，聊一聊……喝喝酒！"

一阵静寂，只有碰杯声和酒后的打嗝声时不时地打破这静寂……太阳已开始西斜，椴树的树影越来越长。费奥娜走过来，气呼呼地使劲挥动着双手在桌子旁铺上一块地毯。两个朋友默默地喝完最后一杯酒，在地毯上背对背躺下来，开始睡觉……

"谢天谢地，"皮姆福夫想，"今天没有谈到创造世界和等级制度的问题，否则连头发根都会竖起来，那可无法忍受……"

迷路者

笼罩在黑夜里的别墅区。村子里的钟楼已敲过一点钟。律师科贾夫金和拉耶夫稍微有点歪歪倒倒地走出树林，朝别墅走去，两个人的情绪都极好。

“哎，谢天谢地，总算走到了……”科贾夫金说，“在我们这种情况下从火车站到这里步行五俄里，真是了不起。我累坏了！就像故意跟我们为难似的，一辆出租马车也没有……”

“佩佳，亲爱的……我支持不住了！要是过五分钟我还不能上床睡觉，我可能会死掉……”

“睡觉？那可不行，老兄！咱们先得吃晚饭，喝点葡萄酒，然后再睡觉。我同薇拉是不会让你睡觉的，冷酷的家伙！待会儿我疲惫不堪地回到家里……多情的妻子迎接我，给我沏茶，做饭，为了感谢我的辛劳，报答我的爱情，会用那双黑油油的眼睛充满柔情地、亲切地看我一眼，老兄，这一眼便使我忘掉了疲劳，并把什么撬锁盗窃案啦，高等法院啦，上诉机关啦，统统掷于脑后……多好啊！”

“可是……我这两条腿好像要断了……快走不动了……口也渴得要命……”

“瞧，我们到家了。”

两个朋友朝一幢别墅走去，停在最边上的窗户前。

“这个小别墅挺不错。”科贾夫金说，“明天你就会看到这里的风景多么好！窗户里漆黑，就是说，薇拉已经睡了，不愿再等了。她躺在床上一定很难受，因为我到现在还没有回来……（他用手杖顶开没有销住的窗户。）她的胆子真大，窗户插销也不插上就睡了。（他把斗篷脱掉，连同公文包一起扔进窗户。）真热！来，咱们唱小夜曲，让她乐一乐……（唱起来：）‘月儿浮游在夜空……风儿轻轻吹拂……风儿轻轻吹拂……’阿廖沙，唱呀！薇拉，要我们给你唱一首舒伯特的小夜曲吗？（唱：）‘我的歌声……带着我的祈求飞翔……’（歌声被一阵剧烈的咳嗽中断了。）啐！薇拉，你叫阿克西尼娅给我们开开门吧！（等了一会儿。）薇拉！别犯懒，起来，亲爱的！（开始踩着一块石头往窗户里望。）薇拉，我的好薇拉，小薇拉……小天使，我的无可比拟的好妻子，起来吧，叫阿克西尼娅给我们开开门！你不是还没有睡着嘛！好薇拉，真的，我们已筋疲力尽，顾不上开玩笑了。要知道，我们是从火车站走回来的！你到底听见没有？咳，见鬼！（试图爬进窗户，但掉了下来。）这种玩笑会让客人不高兴的！薇拉，我看你同过去一样，还是那样一个贵族女子中学学生，总是调皮……”

“薇拉·斯捷潘诺芙娜可能睡着了！”拉耶夫说。

“没睡着！她大概想让我高声叫嚷，惊动所有的邻居！薇拉，我已经开始生气了！唉，见鬼！阿廖沙，你来托我一下，我爬进去！薇拉，你是一个小姑娘、小学生，仅此而已！……你托我一下！”

拉耶夫呼哧呼哧地喘着气把朋友往上托。科贾夫金爬进窗户，消失在漆黑的屋里。

“薇拉！”一分钟后，拉耶夫听见他在屋里叫唤，“你在哪儿？见鬼……啐，我的手不知摸到了什么脏东西！啐！”

响起一阵沙沙声、翅膀的扑腾声和母鸡没命的惊叫声。

“这是怎么回事！”拉耶夫听见屋里在说，“薇拉，我们家哪来的鸡？见鬼，怎么有那么多鸡！这笼子里还关着火鸡……它啄我呢，混蛋！”

两只母鸡从窗户里飞了出来，扯开嗓子大叫着在街上飞奔。

“阿廖沙，我们走错地方了！”科贾夫金像要哭似的在屋里说，

“屋里这么多鸡……我可能认错了房子……你们全都见鬼去吧，满屋乱飞，该死的！”

“那你快出来呀！你明白吗？我快渴死了！”

“就出来……我要找到我的斗篷和公文包……”

“你划根火柴呀！”

“火柴在斗篷里……真倒霉，我竟钻到这儿来了！所有的别墅全一个模样，黑咕隆咚的晚上鬼才分得清。哎哟，火鸡在我脸上啄了一下！混蛋！……”

“你快出来呀，不然别人还以为我们在偷鸡呢！”

“就出来……斗篷怎么也找不到。这里堆了好多破烂衣服，弄不清我的斗篷在哪儿。把你的火柴扔给我！”

“我没带火柴！”

“这处境真够狼狈的！怎么办？绝对不能丢了斗篷和公文包。得找到它们。”

“我不明白，怎么会连自己的别墅也认不出来。”拉耶夫埋怨道，“醉成这样……我要是知道会发生这样的事，怎么也不会跟你来。那现在我已经安安稳稳地睡在家里，就不会在这里受这份儿罪了……我累极了，口又渴……头昏脑涨！”

“我就出来，就出来……你死不了……”

一只大公鸡高声叫着从拉耶夫的头顶上飞了过去。拉耶夫长长地叹了口气，绝望地挥挥手，坐在了一个石头上。他渴得难受，困得眼皮发黏，脑袋耷拉着……过去了一分钟、五分钟、十分钟，二十分钟都过去了，可科贾夫金还在同那些鸡闹腾。

“佩佳，你快了吗？”

“快了。公文包本来已经找到了，却又丢了。”

拉耶夫用两个拳头托住脑袋，闭上眼睛。鸡叫声越来越大。这个空别墅的住客们纷纷飞出窗户，拉耶夫觉得它们就像是猫头鹰一样在他的头顶上盘旋，叫嚷声震耳欲裂，他心里充满恐惧。

“这个混蛋！……”他想，“请我来做客，许诺用葡萄酒和酸奶招待我，结果呢，却是让我从车站步行到这里来听鸡叫……”

拉耶夫气呼呼地把下巴缩在衣领里，头放在公文包上，渐渐平静下来。疲劳占了上风，他昏昏睡去。

“公文包找到了！”他听见科贾夫金快活地叫道，“斗篷也马上就会找到，一找到咱们就走！”

可是他突然在睡梦中听见了狗叫声。起初是一只狗叫，接着是第二只，第三只……狗叫声和咕哒咕哒的鸡叫声交织在一起，合成一支古怪的音乐。一个人走到拉耶夫面前，问了他几句话。后来他又听见有人越过他的头顶爬进窗户，屋里响起了碰撞声和叫嚷声……一个穿着红色围裙的女人拿着灯站在他旁边，正在问他什么事。

“您没有权利说这个话！”他听见科贾夫金在屋里说，“我是律师、法学副博士科贾夫金。这是我的名片！”

“我要您的名片有什么用！”一个人用沙哑的男低音说，“您把我的鸡全惊跑了，把鸡蛋踩碎了！您瞧您干的好事！今明两天就会孵出小火鸡，可您把蛋踩碎了！先生，我拿您的名片有什么用？”

“您没有权利不让我走！是的！我不容许！”

“口渴极了……”拉耶夫心里说，同时竭力睁开眼睛，感到有人越过他的头顶从窗户里爬了出来。

“我是科贾夫金！我的别墅在这里，这里的人都认识我！”

“我们不认识什么科贾夫金！”

“你在跟我说什么？去把村长叫来！他认识我！”

“别发火，警察马上就来……这里所有的别墅住客我都认识，却从来没有见过您。”

“我在格尼尔新村的别墅里住了四年多！”

“啊哈！难道这是格尼尔吗？这里是希洛沃村，格尼尔新村在右边，在火柴厂后面，离这儿四俄里多。”

“见鬼！就是说，我走错路了！”

人叫声、鸡叫声和狗叫声混杂在一起，在这乱七八糟的声音中，科贾夫金的声音特别响亮：

“您没这个权利！我付钱！您要知道您这是在同谁打交道！”

叫嚷声终于渐渐平息下来。拉耶夫感到有人在拍他的肩膀。

职业猎人

一个令人窒息的闷热的中午。天上一丝云彩也没有……被太阳晒焦了的青草显得那样沮丧和绝望，因为即使下一场雨，它们也不会变绿了……树林默默地、一动不动地伫立着，仿佛在用树梢往什么地方眺望，或是在等待什么。在林边小路上，摇摇摆摆地、懒洋洋地走着一个高身量、窄肩膀的四十来岁的男人，他穿着地主老爷的打了补丁的长裤，脚上套着一双大靴子。他懒洋洋地在路上走着。路的右边是葱绿的林间空地，左边是已经成熟的黑麦那一望无际的金黄色海洋……他满脸通红、汗水淋淋，长着漂亮的金发的脑袋上很神气地戴着一顶帽檐平直的骑士帽，显然是某个慷慨的地主少爷送他的。他肩上挎着一个猎袋，里面装着一只被揉成一团的黑琴鸡。他手里端着已将机头翘起来的双筒猎枪，眯缝起眼睛注视着正在前面的灌木丛里搜寻的又老又瘦的猎狗。四周一片静寂，任何声音也没有……所有的活物都热得躲起来了。

“叶戈尔·弗拉瑟奇！”猎人突然听到有人低声叫他。

他打了个哆嗦，扭头一看，皱起了眉头。在他旁边，仿佛是从地里钻出来的，站着一个三十来岁的脸色苍白的农妇，手里拿着一把镰刀。她凝视着他的脸，腼腆地笑着。

“啊，是你，佩拉格娅！”猎人停下脚步说，并慢慢地把猎枪的机头放下来，“唔！……你怎么到这里来了？”

“我们村里一些妇女到这里来干活，我也跟着来了……是来打工，叶戈尔·弗拉瑟奇。”

“嗯……”叶戈尔·弗拉瑟奇咕哝道，又继续慢慢地往前走。

佩拉格娅跟在他后面。两个人默默地走了二十来步。

“我好久没有看到您了，叶戈尔·弗拉瑟奇……”佩拉格娅满怀柔情地望着他那摇晃着的双肩和肩胛骨说，“自从复活节您到咱们的小屋里来喝了些水以后，我便再也没有见过您……复活节那次回来也只待了一小会儿，而且天知道是怎么回事，喝得醉醺醺的……把我骂了一通，打了一顿就走了……我等呀，等呀……眼睛都望穿了，一直等着您……唉，叶戈尔·弗拉瑟奇！哪怕回来一次也好啊！”

“我去你那儿有什么事可干？”

“当然，事情是没有什么可干的，可是……究竟是个家……该回来看看家里的情况……您是一家之主……哟，您真行，已经打到一只黑琴鸡了，叶戈尔·弗拉瑟奇！那您该坐下来歇一歇……”

说这些话的时候，佩拉格娅傻乎乎地笑着，仰视着叶戈尔的脸……她脸上洋溢着幸福的神情……

“坐一坐？好吧……”叶戈尔冷冷地说，随即在两棵小杉树间找了个地方坐下来，“你干吗站着？你也坐下吧！”

佩拉格娅在离他稍远一点的太阳下坐下来，她为自己的快活心情感到害臊，便用手遮住她那笑盈盈的嘴。沉默了五分钟左右。

“哪怕回来一次也好。”佩拉格娅小声说。

“回去干什么？”叶戈尔摘掉帽子，用袖口擦着红红的额头说，“没有任何必要。回去一两个小时——纯粹浪费时间，而长期住在村子里，我又受不了……你自己也知道，我是一个娇纵惯了的人……我需要有床睡，有好茶喝，有文雅的谈话……需要一切都很讲究，而你那个村子里却穷得家徒四壁……我一天也忍受不了。如果有这样的命令，比方说，命令我非住在你那里不可，那我会把小屋烧掉，要不就自杀。我从小就这样好玩乐，毫无办法。”

“现在您住在哪儿？”

“德米特里·伊万内奇老爷家，给他当猎人，让他的餐桌上有野味，不过他雇我主要是为了……寻开心。”

“您的差事并不体面，叶戈尔·弗拉瑟奇……对别人来讲是一种玩乐，而对您来讲却是一种正式的职业，就像一种手艺一样……”

“你不懂，傻婆娘。”叶戈尔充满幻想地望着天空说，“你从来不明白，一辈子也不会明白我是什么样的人……照你看来，我是一个任性的、误入歧途的人，而那些明事理的人却认为我是全县最优秀的射手。老爷们知道这一点，甚至在杂志上登我的事。在打猎这一行里没有一个人比得上我……至于我瞧不起你们的农活，倒并不是由于娇惯，也不是由于高傲。我从小除了摆弄猎枪和猎狗之外什么事也没有干过。把我的猎枪收走了，我就拿起钓竿，钓竿收走了，我就用手捉。我贩卖过马匹，有了钱，就去逛集市，你自己也知道，一个庄稼汉如果迷上了打猎或是贩马，就再也不会去拿犁头了。一个人如果尝到了自由的滋味，是无论如何也不会放弃它的。同样，一位老爷如果去当了演员或是迷上了其他什么艺术，他就既不愿当官，也不愿当地主了。你是个村妇，不懂得这个，但应当懂得。”

“我懂得，叶戈尔·弗拉瑟奇。”

“既然你想哭，可见你不懂得……”

“我……我没有哭……”佩拉格娅背过脸去说，“罪过呀，叶戈尔·弗拉瑟奇！哪怕同我这个可怜的人生活一天也好啊！我嫁给您十二年了，而……而我们之间连一次爱也没有！我……我不哭……”

“爱……”叶戈尔搓着手咕哝道，“不可能有任何爱。我们的夫妻关系只是徒有其名，难道真的是夫妻吗？我在你眼里只是个野人，而你在我眼里则是个不明事理的村妇。难道我们般配吗？我是个爱好自由、娇生惯养、游手好闲的人，你则是个打工的农妇，过着卑贱的生活，连腰也挺不直。我认为自己在打猎这一行里是数一数二的人，你却觉得我很可怜……我们怎么般配呢？”

“可我们是举行了婚礼的，叶戈尔·弗拉瑟奇！”佩拉格娅哽咽着说。

“那是非自愿举行的……难道你忘了？这得怪谢尔盖·帕夫雷奇伯爵……和你自己。伯爵嫉妒我的枪法比他好，便灌了我整整一个月的酒，一个醉汉，别说让他举行婚礼，就是让他改信别的宗教也是办得到的。为了报复，他便让这个醉汉同你结了婚……让一个职业猎人同一个喂牲口的农妇结了婚！你明明看见我喝醉了，为什么要嫁给我？你又不是农奴，可以反抗嘛！一个喂牲口的农妇嫁给职业猎人当然是走运的，但你应当好好想一想。得，现在你受罪去吧，哭去吧！伯爵开了个玩笑，你就哭去吧……撞墙去吧……”

一阵沉默。三只野鸭从林间空地的上空飞过。叶戈尔瞧着它们，把它们目送到树林后面的远方，直到它们变成三个隐约可见的小黑点。

“你现在靠什么生活？”叶戈尔问，把看野鸭的目光挪到佩拉格娅身上。

“现在是打工，到冬天就从儿童收容所领一个婴儿回来，用奶嘴喂养，一个月能挣一个半卢布。”

“原来是这样……”

又一阵沉默。庄稼已收割的田野上响起了轻柔的歌声，但刚开始便中断了。天太热，唱不下去……

“听说您给阿库莉娜盖了一间新房子。”佩拉格娅说。

叶戈尔没有做声。

“就是说，她合您的心意……”

“你的命就是这样的，命！”猎人伸着懒腰说，“认命吧，孤单的人。不过再见吧，聊得忘记时间了……傍晚我还得赶到博尔托沃村去……”

叶戈尔站起来，伸了个懒腰，把猎枪扛在肩上。佩拉格娅也站了起来。

“什么时候回村里来？”她低声问。

“没有必要。清醒的时候我决不回去，喝醉了回去对你没有好处。我喝醉的时候火气大……再见！”

“再见，叶戈尔·弗拉瑟奇……”

叶戈尔把帽子往后脑勺上一扣，对狗咂咂嘴，又继续赶自己的路。佩拉格娅站在原地目送着他……她看着他那晃动着的肩胛骨、好看的后脑勺、漫不经心的懒洋洋的步履，眼里不禁充满忧郁的柔情……她的目光跟随着丈夫那高高的身影，慰藉着他，爱抚着他……他仿佛感觉到了这一目光，于是停住脚步，回头看看……他沉默不语，但佩拉格娅从他的神情和微微耸起的肩膀看出来，他有什么话要对她说。她便怯生生地走到他面前，用乞求的目光望着他。

“给你！”他说着转过身去。

他给了她一张揉皱了的一卢布纸币，随即快步走开了。

“再见，叶戈尔·弗拉瑟奇！”她心不在焉地接过纸币说。

他在一条像绷紧的皮带似的又长又直的小路上走着……她脸色苍白，一动不动，像一尊塑像似的站在那儿，目光紧随着他的脚步。可是，他的红色衬衫和深色裤子渐渐融为一色，脚步看不清了，靴子和跟在旁边的狗也分辨不清了。只能看见一顶帽子，可是……叶戈尔突然往右边的林间空地上猛地一拐，于是帽子也消失在一片苍翠中。

“再见，叶戈尔·弗拉瑟奇！”佩拉格娅喃喃地说，并踮起脚，想再看一看他的白帽子。

预谋犯罪者

法院侦讯官面前站着一个瘦得异乎寻常的小个子庄稼汉。他穿着粗布花衬衫和打了补丁的裤子，那满是汗毛、布满麻斑的脸和藏在低垂的浓眉下让人很难看清的眼睛，带着一种忧郁和严峻的神情。他的头发已好久没有梳理，乱蓬蓬的像一顶皮帽似的盖在脑袋上，使他的神情显得更加严峻了。

“丹尼斯·格里戈里耶夫！”侦讯官开始审问，“站近一点，回答我的问题。7月7日，铁路看守人伊万·谢苗诺夫·阿金福夫早晨巡查线路时，在第141俄里处看见你正在拧掉把铁轨固定在枕木上的螺丝帽。瞧，就是这个！……他把你连同这个螺丝帽一起扣留了。是这样的吗？”

“啥？”

“这件事是像阿金福夫所讲的那样吗？”

“当然是。”

“好的，那么，你为什么要拧掉螺丝帽呢？”

“啥？”

“你别啥呀啥的，而要回答问题：你为什么要拧掉螺丝帽？”

“要是它没有用，俺就不拧了。”丹尼斯眼睛斜睨着天花板，沙哑着嗓子说。

“那你要这个螺丝帽做什么用？”

“螺丝帽吗？俺们用来做坠子……”

“‘俺们’是指谁？”

“俺们，老百姓呗……也就是克里莫夫村的庄稼汉。”

“听着，老兄，你别跟我装傻，要正正经经地谈。什么坠子，别在这里撒谎！”

“俺从来不撒谎，却在这里撒谎……”丹尼斯嘟囔道，“大人，难道可以不用坠子吗？如果你把做诱饵的小鱼或是蚯蚓挂在鱼钩上，不用坠子它能沉底吗？说俺撒谎……”丹尼斯冷笑道，“如果让诱饵浮在水面上，鬼才理它呢！鲈鱼、狗鱼、江鳕总是在水底找食，如果让诱饵浮在水面上，只有赤梢鱼会咬钩，即使这也很少见……俺们的河里没有赤梢鱼……这种鱼喜欢大江大河。”

“你跟我谈赤梢鱼干什么？”

“啥？不是您自己问的吗！俺们那里的老爷也是这样钓鱼的。连最笨的孩子钓鱼也不会不用坠子。当然也有不明事理的人，他们没有坠子也去钓鱼。章法对傻瓜是不起作用的……”

“你是说，你拧掉这个螺丝帽是为了用它来当坠子？”

“不然用它干啥？总不能用它来掷拐子吧[①]？”

“但你可以用铅，用子弹头……用某种钉子来做坠子……”

“铅在路上捡不到，得买，钉子不能用。再也找不到比螺丝帽

---

① 一种儿童游戏。

更好的坠子了……又沉，又有个窟窿眼。”

“你可真会装傻！好像是昨天才出生，或是从天上掉下来的。你这个榆木脑袋，难道你不知道把螺丝帽拧掉会带来什么后果吗？要是看守人没发现，火车就会出轨，就会死人！这些人就是你害死的！”

“千万别出这样的事，大人！干吗要害人呢？难道俺们不信教，或者是什么坏人吗？谢天谢地，好老爷，俺们这一辈子不仅没有害过人，脑袋里连这样的念头也没有过……求圣母保佑和宽恕……您说到哪儿去了，大人！”

“那么照你看，火车是怎么翻车的呢？只要拧掉两三个螺丝帽，火车就会翻！”

丹尼斯笑了笑，不相信地眯缝起眼睛看着侦讯官。

“得了吧！俺们全村的人拧螺丝帽已拧了好多年，一直平安无事，您却说要翻车……害死人……如果俺把铁轨搬走，或者，比方说，把一根圆木横在铁轨上，那可能会把火车弄翻，可是这……啐！一个螺丝帽！”

“可你要明白，铁轨是用螺丝帽固定在枕木上的！”

“这个俺们懂……俺们又不是把所有的螺丝帽全拧掉……还留下不少……俺们做事不是不用脑子的……俺们懂……”

丹尼斯打了个哈欠，在嘴上画了个十字。

“去年有一列火车在这里出轨了。”侦讯官说，“现在我才明白是什么缘故……”

“您说啥？”

“我说，现在才明白去年为什么有一列火车在这里出轨……我明白了！”

“你们明事理，所以才是有文化的人嘛，俺们的恩人……上帝知道该让谁明事理……您一下子就弄清了是怎么回事，可那个看守人是个庄稼汉，一点不明事理，揪住俺的脖领就把俺抓来了……你倒是先把事情弄清楚，然后再抓呀！俗话说，庄稼汉就长着庄稼汉

的脑瓜……这点也要记下来，大人，他打了俺两嘴巴，还在俺胸口上擂了一拳。”

“在你家搜查的时候，又找到了一个螺丝帽……这个螺丝帽是在什么地方卸的，什么时候？”

“您讲的是放在小红箱子底下的那一个吗？”

“我不知道它放在你家的什么地方，反正是在你家找到的。那是你什么时候卸的？”

“那不是俺卸的，是独眼谢苗的儿子伊格纳什卡送俺的。俺指的是放在箱子底下的那一个；至于放在院子里雪橇上的那一个，则是俺同米特罗凡一起卸的。”

“哪个米特罗凡？”

“米特罗凡·彼得罗夫……难道您没听说过？他在俺们村织鱼网，织来卖给老爷们。他需要很多这样的螺丝帽。每张鱼网要用十来个……”

“你听着……惩治条例第1081条规定，任何蓄意损坏铁路的行为，如这一行为可能危及该线路的运行安全，肇事者也知道该行为将会造成的不幸后果……懂吗？知道！而你不可能不知道拧掉螺丝帽会造成什么后果……肇事者当被判处流放和苦役。”

“当然，您比俺懂得多……俺们是没文化的人……俺们懂得什么？”

“你什么都懂！你这是在撒谎，装傻！”

“干吗撒谎？您要不信，到村里去问问……不用坠子只能钓到欧鲌鱼，尽管鮈鱼是最差的鱼，可不用坠子连鮈鱼也钓不着。”

“你再讲讲赤梢鱼吧！”侦讯官笑着说。

“俺们这里没有赤梢鱼……俺们把没有坠子的钓丝扔在水面上，用蛾子当饵，倒有雅罗鱼来咬钩，但这也很少见。”

“得了，别讲了……”

一阵沉默。丹尼斯站在那里不断倒换着脚，使劲眨巴眼睛，仿佛他望着的不是绿呢桌面，而是太阳。侦讯官迅速地写着。

“俺可以走了吗？”沉默一会儿后，丹尼斯问。

“不行。我得把你扣押起来，送到监狱里去。”

丹尼斯不再眨眼了，他扬起浓眉，不解地望着这个当官的。

“怎么送到监狱去？大人！俺没工夫，俺得到集市上去了，得去收叶戈尔借俺的三卢布脂油钱……”

“住口，别打扰我。”

“进监狱……要真做了什么坏事，俺就进监狱吧，可是却……无缘无故……因为啥？俺没有偷东西，好像也没有同别人打架……要是您怀疑俺欠了税，大人，您可别相信村长的话……您去问问常任委员吧……他没良心，我说的是村长……”

“别讲了！”

“俺没讲什么……”丹尼斯咕哝道，“村长算错了，这一点俺敢起誓……俺们三兄弟：库兹马·格里戈里耶夫、叶戈尔·格里戈里耶夫和我丹尼斯·格里戈里耶夫……”

“你碍我的事了……喂，谢苗！”侦讯官叫道，“把他带下去！”

“俺们三兄弟，”丹尼斯被两个身强力壮的士兵带出审讯室时还在咕哝，“兄弟间是不应承担责任的……库兹马没有交税款，却叫我丹尼斯来承担责任……这也是法官！俺的老爷是位将军，已经死了，愿他早升天堂，不然的话，他会教训教训你们这些法官的……审案子得会审，不能冤枉人……哪怕抽一顿鞭子也行，只要抽得在理，没有冤枉人……”

求婚者和老丈人

现代故事·戏剧小品

“听说您要结婚了！”别墅舞会上，一个熟人问彼得·彼得罗维奇·米尔金，“什么时候举行单身汉告别宴呀？”

“您是从哪儿听说我要结婚的？”米尔金火了，“是哪个傻瓜告诉您的？”

“大家都这样讲，何况根据各种迹象也能看出来……没什么可保密的，老兄……您以为我们一无所知吗，可我们对您的事一清二楚，我们知道！嘻嘻……根据各种迹象可以看出来……您整天待在孔德拉什金家里，在那里吃午饭，吃晚饭，唱情歌……只陪娜斯佳·孔德拉什金娜一个人散步，只给她一个人送花……我们全都看在眼里！不久前我碰见您未来的老丈人孔德拉什金，他说你们的事已经水到渠成，只等从别墅搬回城里就举行婚礼……怎么样？愿上帝保佑您！我为您高兴，却更为孔德拉什金高兴……要知道，这个可怜的老头有七个女儿！七个！是闹着玩的吗？上帝保佑他嫁出去一个也好啊……”

“见鬼……”米尔金心里想，“这已是第十个人跟我谈到我同娜斯佳的婚事了。他们是根据什么作出这个结论的，见他们的鬼！就根据我每天在孔德拉什金家里吃饭，同娜斯佳一起散步……不行，是终止这些流言的时候了，是时候了，不然的话，弄不好他们真让你结婚，这帮该死的！……明天我就去同孔德拉什金讲清楚，免得他空怀希望，然后一走了之！”

第二天，米尔金又窘迫又有点恐惧地走进七品文官孔德拉什金别墅的书房。

“欢迎，彼得·彼得罗维奇！”主人迎着他说，“日子过得怎么样？感到寂寞了吧，亲爱的？嘻嘻……娜斯佳马上就回来……她到古谢夫家去一会儿……”

“说实话，我不是来找娜斯佳·孔德拉什金娜的，”米尔金咕哝道，“而是来找您……我需要同您谈一件事……不知什么东西掉到眼睛里了……”

“您这是要同我谈什么事呢？”孔德拉什金会意地向他挤挤眼，“嘻嘻……您干吗这样难为情，亲爱的？嘿，男子汉哪男子汉，真拿你们年轻人没办法！我知道您要同我谈什么事！嘻嘻……早就该谈了……”

“说实在的，由于某种原因……事情是这样的，您瞧，我……我是来向您辞行的……明天我就要走……”

“您要走，什么意思？”孔德拉什金问，眼睛瞪得大大的。

“很简单……我要走，就这么回事……感谢您的殷勤款待……您的女儿们非常可爱……我永远不会忘记那些时刻……”

“对不起……”孔德拉什金脸涨得通红，“我不太明白您的意思。当然，每个人都有权离开这里……您可以做您想做的任何事情，不过，先生，您……想溜……那可不正派！”

“我……我……我不明白，我这怎么会是想溜？”

“一个人往这里跑了整整一个夏天，在这里吃，在这里喝，让别人对他怀着希望，从早到晚同姑娘们磨嘴皮子，可突然：我要走了！”

“我……我没有让人怀着希望……”

“当然，您没有求婚，可难道看不出来您所作所为的用意何在吗？每天在这里吃饭，每天晚上同娜斯佳手挽手……难道这一切都毫无用意吗？只有求婚者才每天在姑娘家吃饭，您要不是求婚者，我能供您吃喝吗？是的，不正派！您这些话我听也不愿听，您还是求婚吧，否则我……这个……”

“娜斯佳·基里洛芙娜是个非常可爱的……挺好的姑娘……我很尊敬她……再也找不到比她更好的妻子了，可是……我同她的信念和观点不一致。”

“原因就在这里吗？”孔德拉什金微微一笑，“只是因为这个？啊，我的宝贝儿，难道能找到同丈夫观点一致的妻子吗？嘿，年轻人哪年轻人！幼稚，幼稚！只要一谈起某种理论，我的天……嘿嘿……简直让人着急……现在观点不一致，过上一阵子，所有这些疙瘩便全都磨平了……新的马路还不好走车呢，可只要走上一阵子，就平平坦坦了！”

“虽说是这么个理，可是……我配不上娜斯佳……”

“配得上，配得上！别讲蠢话！您是个不错的小伙子！”

“您并不了解我的全部缺陷……我很穷……”

“无关紧要！您有薪俸收入，这就谢天谢地了……”

“我……是个酒鬼……”

“不可能！……我从来没见您喝醉过！……”孔德拉什金把手一挥，“年轻人都喝酒，我自己也年轻过，也有喝过量的时候。这是免不了的……”

“可我是个酒狂。这毛病是遗传的！”

“我不相信！这么好一个小伙子，突然成了酒狂！我不信！”

“这个鬼家伙，你骗不了他！”米尔金暗想，“他多么希望把女儿打发出去啊！”

“我不仅是个酒狂，”他继续说，“而且还有别的毛病，我收受贿赂……”

“亲爱的，现在谁不收受贿赂？嘻嘻。啊哟，真让人大吃一惊！”

“更何况，在我不知道我会有什么样的命运之前，我无权结婚……我一直瞒着您，但现在您应当知道全部真相……我……我因盗用公款正在受审……”

“受审？”孔德拉什金傻眼了，“嗯……这倒是个新闻……我还不知道。确实，在不知道自己的命运如何之前确实不能结婚……您盗用的公款多吗？”

“十四万四千。”

“嗯，数目不小！确实，这事儿散发着西伯利亚的气味①。这一来，一个姑娘就可能白白给葬送了。既然这样，就没什么好说的了。愿上帝保佑您……”

米尔金松了一口气，便伸手去取帽子……

“不过，”孔德拉什金想了想，又继续说，“如果娜斯佳爱您，她可以同您一块儿到那里去。如果她不愿做出牺牲，那还叫什么爱情呢？再说，托木斯克省②挺富饶。老兄，在西伯利亚过日子比这里还好。要没有这个家拖着，我自己也愿到那里去。您可以求婚！”

“这老家伙真是铁了心！”米尔金暗想，“只要能脱手，把女儿嫁给魔鬼也干。”

“可是这还没完……”他继续说，“我受审不光是因为盗用公款，我还伪造文件。”

“一回事！判的刑一样。”

“啐！”

“您干吗这样大声啐唾沫？”

“没什么……您听我说，我还没有把一切都告诉您呢……请别逼着我向您讲出我生活中的隐私……可怕的隐私！”

“我不想知道您的隐私！鸡毛蒜皮！”

“不是鸡毛蒜皮，孔德拉什金！您要是听到了……要是知道了我是什么人，准会躲着我……我……我是在逃的苦役犯！！”

孔德拉什金像被蜇了一下似的从米尔金身边猛地跳开，目瞪口呆了。他用充满恐惧的目光望着米尔金，一声不响、一动不动地足足站了一分钟，然后跌坐在圈椅里呻吟起来。

---

① 意为可能被判处流放西伯利亚。

② 俄国西伯利亚地区的一个省。

“没想到……”他咕咕哝哝地说，“我用胸脯温暖了什么人啊！[①]您走吧！看在上帝面上，走吧！别再让我看见您！唉！”

米尔金拿起帽子，得意洋洋地朝门口走去……

“等一等！”孔德拉什金叫住他，“那为什么直到现在还没有把您抓起来呢？”

“我改名换姓了……很难抓到我……”

“可能您会这样一直活到死，谁也不知道您是什么人……等一等！现在您已是一个正派人，早已经忏悔了……上帝保佑您，就这样，您结婚吧！”

米尔金浑身冒汗……比在逃的苦役犯更可怕的身份再也编不出来了，只剩下一条路：根本不说明理由，可耻地逃走……正当他准备溜出门去的时候，脑子里突然闪出一个想法……

“您听我说，我还是没有把一切都告诉您！”他说，“我……我是一个疯子，而丧失理智的人和疯子是不能结婚的……”

“我不相信！疯子讲话不会这样有逻辑……”

“您说这话表明您不懂！许多疯子只是在一定的时间才发疯，其余时间和普通人没什么两样，难道您不知道？”

“我不信！您别胡诌了！”

“既然这样，那我找医生开个证明给您看！”

“医生的证明我相信，而对您的话——不相信……哪有这样的疯子！”

“半小时后我就把证明拿来给您看……回头见……”

米尔金抓起帽子，急匆匆地跑了。五分钟后，他已走进他的朋友菲久耶夫医生家，但很不巧，他去的时候正碰上菲久耶夫同妻子小小地吵了一架后，正在整理自己的头发。

“我的朋友，我有一件事求你！”他对医生说，“事情是这样

---

① 伊索寓言：农夫用胸口的温暖救活了一条冻僵的蛇，蛇被救活后却咬了自己的恩人。

的……有人非要我结婚不可……为了逃避这场灾难，我决定装成疯子……这有点像哈姆雷特式的办法……你知道，疯子不能结婚……看在朋友的分上，请你给我开一张我是疯子的证明！”

“你不想结婚？”医生问。

“绝对不干！”

“既然是这样，这个证明我不能开。”医生摸着自己的头发说，“谁不想结婚，说明这个人不是疯子，相反，是最聪明的人……等到你想结婚的时候再来开证明吧……那时候你才显然是发疯了……”

客　人

戏剧小品

律师泽利捷尔斯基的眼皮实在睁不开了。整个大自然都已沉入夜黑中。风已经停息，鸟儿的合唱声已经终止，牲畜也都安歇了[①]。泽利捷尔斯基的妻子早已回房就寝，仆人们也睡了，所有的小动物都已沉入睡乡，惟有泽利捷尔斯基一个人无法到卧室去，虽然他的眼皮像是挂着千斤重物。这是因为他家有个客人——别墅的邻居、退役上校别列加林。他吃过午饭就来了，往长沙发上一坐就没有站起来过，仿佛是粘在上面了。他坐在那里，用带鼻音的沙哑嗓子讲述 1842 年他在克列缅丘格市是如何被一条疯狗咬伤的。泽利捷尔斯基已经绝望了。无论他用什么办法也无法将客人撵走。他时不时地看看表，说他头疼，时不时地走出客人所在的房间，但这一切都没有用。客人不明白，仍继续讲那条疯狗。

“这个老家伙会坐到明天早晨！”泽利捷尔斯基气呼呼地想，“这个榆木脑袋！得，既然他不懂得普通的暗示，那只好用比较粗鲁的办法了。”

“喂，”他说，“您知道我为什么喜欢别墅生活吗？”

“为什么？”

“因为这里可以过有规律的生活。在城里很难遵守一定的生活制度，这里却正相反。我们现在九点起床，三点吃午饭，十点吃晚饭，十二点就寝。我总是十二点上床。上帝保佑我可别晚睡，不然第二天准闹偏头痛。”

“是吗……各人有各人的习惯，确实如此。我有一个熟人叫做克柳什金，是个步兵上尉。我同他是在谢尔普霍夫认识的。就是这个克柳什金……”

于是上校又结结巴巴地讲起了克柳什金，吧嗒着嘴，用胖乎乎的手指头比划着。敲过十二点了，时针正往十二点半移动，他却仍然讲个不停。泽利捷尔斯基急得浑身冒汗。

“他不明白！蠢货！”泽利捷尔斯基气不打一处来，“难道他以为他的拜访让我感到愉快吗？怎样把他撵走呢？”

“喂，”他打断了上校的讲述，“您说我该怎么办？我的喉咙痛极了！今天上午我鬼使神差地去看一个熟人，哪知他的孩子得了白喉。我大概被传染了。是的，我感到自己是被传染了。我也得了白喉！”

“这是常有的事！”别列加林满不在乎地带着鼻音说。

“这种病很危险！不仅我自己病，还可能传染别人。这种病有高度的传染性！可别传染您，帕尔费尼·萨维奇！”

“传染我？嘿嘿！我在伤寒病院住过，也没有被传染上，怎么会在您家里传染上！嘻嘻！……老兄，我这把老骨头什么病也传染不上。老年人的抵抗力强。过去我们旅里有个小老头特列比延中校……祖先是法国人。就是这个特列比延……”

于是别列加林便开始讲特列比延的抵抗力如何强。时钟敲过十二点半了。

“对不起，我打断您一下，帕尔费尼·萨维奇，”泽利捷尔斯基无可奈何地说，“您晚上几点睡觉？”

“有时两点，有时三点，有时根本不睡觉，特别是同好朋友坐在一起，或是风湿病发作的时候。比如今天，我要到四点才睡，因为午饭前睡了一大觉。我能够根本不睡觉。战争时期我们常常一礼拜一礼拜的不睡觉。有过这样的情况。我们驻扎在阿哈尔齐赫附近……”

---

① 这三个短句出自克雷洛夫的寓言《驴子和夜莺》。

“对不起，我却总是十二点睡觉。我早晨九点起床，所以不管愿意不愿意，都得早睡。”

“当然。早起对身体有好处嘛。就是这样……我们驻扎在阿哈尔齐赫附近……”

“不知怎么搞的，我身上一阵发冷，一阵发热。我在犯病前总是这样。应当告诉您一下，我有时会犯一种古怪的精神病，犯病的时间总是在夜里十二点多……白天不犯病……症状是脑袋里突然嗡嗡作响……随即失去理智，跳起来，开始往家里人身上扔东西，抓住什么扔什么，抓住刀子就扔刀子，抓住椅子就扔椅子。现在我身上发冷，大概要犯病了。我犯病总是从身上发冷开始。”

“怎么会这样……那您该治一治！”

“治过，没有用……只有一个办法，就是在犯病前预先告诉朋友和家里的人，让他们走开，至于治疗，我早已放弃了……”

“咳……世界上什么病没有啊！又是鼠疫，又是霍乱，又是各种各样的精神病……”

上校摇摇头沉思起来。一阵沉默。

“我把我的作品读给他听。”泽利捷尔斯基想，“我还留着一本长篇小说，还是在上中学时写的……说不定会产生效果……”

“哦，正好，”泽利捷尔斯基打断了别列加林的沉思，“我给您念念我的作品，想听吗？闲暇时胡编的……分成五部并带序幕和尾声的长篇小说……”

不等得到回答，泽利捷尔斯基便跳起来，从书桌里取出一本颜色已经发黄的旧稿，封面上写着几个大字：《死浪 · 共分五部的长篇小说》。

“现在他一定会跑掉了。”泽利捷尔斯基翻阅着自己年轻时作的孽，幻想道，“我要一直念到他嚎叫起来……”

“好，您听着，帕尔费尼 · 萨维奇……”

“一定洗耳恭听……我喜欢……”

泽利捷尔斯基便开始念。上校跷起二郎腿，让自己坐得更舒服一些，并露出一副严肃的神情，显然准备久久地、认真地听下去……朗读者一开始是描写自然景物，时钟敲过一点后，自然景物让位于主人公瓦连京·布连斯基伯爵居住的城堡。

“要能在这样的城堡里住住多好！”别列加林感叹道，“写得真不错！坐在这里听一辈子我也愿意！”

“等着吧！”泽利捷尔斯基心里想，“你会嚎叫起来的！”

一点半钟时，城堡让位于主人公漂亮的外貌……正两点时，朗读者用微弱而低沉的声音念道：

“‘您问我希望什么？啊，我希望在那里，在远方，在南天的苍穹下，您那小小的手能在我的手里无力地颤动……只有在那里，我的心才会在我的心灵大厦的拱顶下跳得更加欢快……爱情啊，爱情！’不行，帕尔费尼·萨维奇……我没有力气了……累得要命！”

“那您就别念了！明天再接着念。现在我们来聊聊天……哦，我还没有给您讲发生在阿哈尔齐赫附近的事呢……”

疲惫不堪的泽利捷尔斯基往沙发背上一靠，闭上眼睛，开始听他讲述。

“一切办法都试过了。”他想，“任何子弹对这头乳齿象都不起作用。现在他会一直坐到凌晨四点……上帝啊，此刻我愿拿出一百卢布，只要能让我马上躺下睡觉……对！我来向他借钱！这是个绝妙的办法……”

“帕尔费尼·萨维奇！”他打断上校，“我又要打断您一下。我想求您帮一个小忙……事情是这样的：由于在这里住别墅，最近我的花销太大。我已经身无分文了，可是要到八月底才会有收入。”

“不过……我在您这里坐得太久了……”别列加林气喘吁吁地说，同时用眼睛寻找他的帽子，“已经两点多钟了……哦，您说什么来着？”

“我想找人借两三百卢布……您认识这样的人吗？”

“我怎么认识？不过……您该睡觉了……再见……问您夫人好……”

上校拿起帽子，抬腿要走。

“您去哪儿？”泽利捷尔斯基暗自高兴，“我正想求求您呢……我知道您心肠好，所以指望……”

“明天再说，现在我要赶紧到妻子那儿去！她等心爱的人大概等急了……嘻嘻……再见，亲爱的……该睡觉了！”

别列加林急匆匆地握握泽利捷尔斯基的手，戴上帽子走了。主人胜利了。

马和胆怯的鹿[①]

夜里两点多钟。菲布罗夫夫妇睡不着。丈夫辗转反侧，不时啐啐唾沫；妻子，一个娇小瘦弱的黑发女人，则一动不动地望着敞开的窗户沉思，窗外已泛起冷清而严峻的曙光。

“睡不着！”她叹了口气，“你胃里难受吗？”

“是的，有一点。”

“我不明白，瓦夏，你每天回家都这个样子，就不觉得腻烦！没有一个晚上你胃里不难受的。可耻！”

“原谅我吧……我不是故意的。在编辑部喝了一瓶啤酒，在‘乐园’[②]又稍微多喝了一点。原谅我吧。”

“为什么要别人原谅？你自己应当感到恶心和肮脏。啐唾沫，打嗝儿……天知道像什么样子。而且每天晚上都这样，每天晚上！我不记得哪一天你是清醒着回家的。”

“我并不想喝酒，可不知怎么酒自动就灌进嘴里了。我这个职务也该死。整天满城跑。这里喝一杯，那里喝一杯，突然又碰上个好酒的朋友……没法不喝。有时候，你要是不同一个混蛋灌一瓶伏特加，什么消息也弄不到。比如今天采访火灾新闻时，就不能不同一位代理人喝一杯。”

“是啊，这个该死的职务！”黑发女人叹息道，“你该辞掉它，瓦夏！”

“辞掉？那怎么可以！”

“太可以了。你要是个真正的作家倒也不错，可以写写诗歌或者小说，而你却是个采访记者，只能写一些关于盗窃或火灾之类的报道。你写那些毫无价值的东西有时候读着都害臊。要是你挣钱多，比如每月两三百卢布，也不错，可你每月只有那可怜的五十卢布收入，就连这点钱还不能按时领到。我们过着贫穷、低贱的生活。我们的住处散发着洗衣房的气味，周围住的全是一些工匠和淫荡的女人。整天听到的全是一些下流话和下流歌。我们既没有自己的家具，也没有像样的床单、桌布之类的东西。你穿得这样寒酸，所以女房东才不尊重你；我的穿着则比不上任何女时装师。我们吃得比打短工的都差……你在外面找个小饭馆吃些乱七八糟的东西，就连这样的饭食大概也不是自己掏钱，至于我……只有上帝知道我吃些什么。如果我们是没有受过教育的大老粗，对这种生活我也就认了，可你是贵族，大学毕业，会讲法语。我是贵族女子中学毕业，娇养惯了。”

“别急，卡秋莎，他们要聘请我到《夜盲报》去主持新闻栏，那时候我们的生活就会不一样了。到那时候我就去租个公寓房间。”

“你向我许这个愿已许了两年多。就算他们真请你去了，又有什么意思呢？无论你挣多少，都得拿去买酒喝。你仍然会同那些作家和演员交朋友！你知道吗，我想给住在图拉的舅舅德米特里·费奥多雷奇写封信。他会在银行或是税务机关里给你找一个好差事。好吗，瓦夏？那时你就会同大家一样去上班，每月20号领薪水，这样就不操心了！我们就租一个有院子、板棚、贮藏室的独门独院的房子。那个地方每年二百卢布就能租到很好的房子。再买一些家具、碗碟、桌布，雇一个厨娘，每天正正经经地吃饭。你每天三点下班回来，往餐桌上一瞧，上面摆着干干净净的餐具，摆着四季萝卜和各种各样的小菜。我们可以养鸡，养鸭，养鸽子，再买一头奶牛。在外省，如果生活不奢侈，不喝酒，只需一千卢布的年收入就

① 引自普希金的长诗《波尔塔瓦》，全句是：“马和胆怯的鹿/无法同拉一辆车。”

② 当时莫斯科的一家豪华饭店。

能实现这一切。我们的孩子也不会像现在这样因气候潮湿而生病，我也不用三天两头地跑医院了。瓦夏，看在上帝的面上，咱们到外省去生活吧！”

“在那里同没有文化的人打交道，会闷死的。”

“难道在这里就愉快吗？我们没有社交生活，没有朋友……你也只是在公务活动中有一些衣着整洁、稍微体面一点的朋友，家庭生活中则一个也没有。谁常上我们家来？你说，谁？那个克利奥帕特拉·谢尔盖耶芙娜。你认为她是一个名人，能写一些音乐小品，可我认为她是一个靠姘夫养活的放荡女人。你说，一个女人能喝伏特加，能当着男人的面脱掉紧身胸衣吗？她写文章，经常谈论应如何诚实，可她去年借我一个卢布，直到现在也没有还。除她之外，常来找你的还有你很喜欢的那个诗人。你为自己认识这样的名人而感到骄傲，可你凭良心说：他值得你这样尊重吗？”

“他是一个非常正直的人。”

“可他身上让人感到愉快的东西很少。他上我们家来只是为了喝酒……喝酒，讲一些低级庸俗的趣闻。就说前天吧，他喝醉以后竟在这里的地板上睡了一夜。还有那些演员！我当姑娘的时候倒是很崇拜这些名人，可自从同你结婚以后，我看见这些演员就生气。总是喝得醉醺醺的，粗鲁，对妇女没礼貌，目空一切，穿着肮脏的高筒靴。一些极其难以相处的人！我不明白，你听了他们用沙哑的嗓子高声笑着讲的那些趣闻有什么可乐的？你对他们有点巴结的味道，仿佛这些名人同你来往是给了你面子似的……呸！”

“请你别讲了！”

“而在那里，在外省，政府官员、中学教师、军官都会到我们家来。那都是一些受过教育的人，对人随和，不会自命不凡。他们来了就喝茶，如果你拿出酒来，他们也只喝一小杯就走。不会喧闹，不会讲趣闻，举止稳重得体。他们会坐在圈椅和沙发上谈天论地，女仆则给他们端来清茶、果酱和面包干。喝过茶以后就弹琴、唱歌、跳舞。多好啊，瓦夏！过十一点后吃点清淡的晚餐：香肠、奶酪和午饭剩下的热菜……晚餐后你去送太太们，我留在家里收拾。”

“没意思，卡秋莎！”

“如果待在家里没意思，你就到俱乐部去或者出去散步……在这里散步你一个熟人都碰不到，只好去喝酒，而在那里无论碰见谁，都认识你。同任何人都可以聊聊天……教师、律师、医生——有的是同你高谈阔论的人……那里很喜欢受过教育的人，瓦夏！你在那里会跻身第一流人物的行列……”

卡秋莎久久地讲述着她的梦想……窗外铅灰色的曙光渐渐变成白色……宁静的夜晚已悄悄地让位于喧闹的早晨。采访记者没有睡着，他在听，时不时地抬起沉重的头来吐唾沫……出乎卡秋莎的意外，他突然猛地一翻身跳下床……脸色苍白，满头大汗……

“我胃里难受极了，想呕吐。”他打断了卡秋莎的讲述，“你等一等，我就回来。”

他披上毯子，飞快地跑出房间。他发生了喝醉酒的人到第二天早晨都会发生的不愉快的事。两分钟后，他脸色苍白、浑身无力地回到屋里……身子摇摇晃晃……脸上带着一种厌恶、绝望，几乎是恐惧的神情，仿佛他直到现在才明白他的日子过得多么糟糕。白昼的亮光在他面前照出了他屋里的寒酸和肮脏，于是他脸上的绝望神情更加明显了。

“卡秋莎，给舅舅写信吧！”他咕哝道。

“真的吗？你同意了？”黑发女人惊喜地问，“我明天就写，我敢保证，你一定会得到一个好差事！瓦夏，你这是……当真的吧？”

于是卡秋莎又开始讲述自己的梦想。她讲着讲着便睡着了。她梦见一个独门独院的住宅，里面有她养的鸡，鸭子正在院子里神气十足地迈着方步。她看见鸽子从天窗外探进头来瞧她，听见奶牛如何哞哞地叫唤。四周静悄悄的，因为既没有同住一幢房子的邻居，也没有沙哑的笑声，甚至没有笔尖发出的那可恶的急匆匆的沙沙声。瓦夏一本正经、气宇轩昂地穿过屋前的小花园朝篱笆门走去。

他这是去上班。于是她心里充满一种恬静的感觉，因为再也没有什么其他愿望了，操心的事也少了……

她中午醒来时情绪非常之好。这个梦对她起了良好的作用。但是，当她揉揉眼睛，看见瓦夏夜里辗转反侧的地方时，笼罩着她的那种快活心情顿时消失，就像重重的铅锤沉入了水里。瓦夏已经走了，以便到深夜再醉醺醺地回来，同昨天一样，同前天一样……同往常一样……她又会梦想，他脸上又会闪过厌恶的神情。

“用不着给舅舅写信了！”她叹了一口气。

干　才

他是经纪人、交易所掮客、舞蹈指挥、代售商、伴郎、教父、丧礼中的受雇哭灵者、诉讼代理人。据伊万诺夫所知，他是一个顽固的保守主义者，而据彼得罗夫所知，他则是一个臭名昭著的虚无主义者。他总是为别人的婚礼而高兴，常给孩子们带糖果，同老太婆谈话很有耐心。他总是穿得很时髦，发型是卡普尔式[①]的，寡言少语。他有一个秘密收藏着的记事册。现从中摘录几段：

"招待公爵的贴身仆人吃饭破费五卢布二十戈比。洛佐沃—塞瓦斯托波尔铁路股票已售出，亏损十四戈比。"

"切勿忘记向公爵夫人德里娜介绍被称为'王妃'的新纸牌卦：从一副牌中抽出头十二张摆成圆圈；将余下的牌依次放在头十二张牌的任意一张上，不管是什么花色，直到出现红桃皇后为止，等等。顺便向她提提彼佳·西武欣想加入德里马杰尔斯基兵团的事。并在她那里同女仆奥利亚谈谈商人妻子维布欣娜的衣服样式。"

"叶雷欣为做媒的事少付七卢布。同日，我在洗礼宴上监视库苓内，用自由派的论调同他谈起政治，但未发现任何可疑之处。只好等一等。"

"工程师富宁吩咐为他新的姘妇租一所房子，并把旧的姘妇叶莲娜·米哈伊洛芙娜转让给别人。答应在 8 月 20 日替他办妥这两件事。"

"公爵夫人赫雷金娜为索回她给斯科托夫中尉写的情书愿付一千卢布。应要价五千卢布，可让到三千，但决不能把情书全部还给她。那封描写花园幽会的情书将来要单独卖给她。"

“在法庭当证人。已对检察官做了空口无凭的许诺，所以当辩护人开始刁难我时，审判长便袒护我。”

“切勿忘记给代理人扬克尔一耳光，不许他胡说八道。”

“昨天在布卡申家玩牌时大家都监视着我。为了做做样子只好故意输掉十五卢布。却仍然挨了一耳光。”

“古辛托我转交《猪嘴报》二十五卢布，作为该报没有刊登审讯记录的报酬。其实给十卢布就够了……”

---

① 当时的一种时髦发型，因法国著名男高音歌唱家卡普尔梳这种发型而得名。

溺水者

戏剧小品

一条通航的大河，岸边一幅忙乱的景象，这在夏季的中午是很平常的。一条条驳船正忙着装货和卸货。人们的咒骂声和轮船嗞嗞嗞的放汽声不绝于耳。

“叽哩哩……叽哩哩……”卷扬机的滑轮哀鸣着。

空气中弥漫着干鱼和煤焦油的气味……“谢尔科佩尔”轮船公司的经纪正坐在河边等候发货人，这时，一个身材敦实、面容浮肿而疲惫的人朝他走来。这个人身穿破旧的上装和打了补丁的条纹裤，头上戴着一顶褪了色的制帽，帽檐已快脱落，曾经缀过帽徽的地方只剩下一个深色的印记……领结已从衣领上滑脱，在脖子上扭来扭去。

“商人先生万岁！”这个人行了个举手礼，沙哑着嗓子说，“万岁！您想看看溺水者吗？”

“哪儿有溺水者？”经纪问。

“真正的溺水者没有，但我可以装一个给您看。只要我往水里一跳，您就可以看到溺水的人是怎样死的！这景象与其说是可悲，就其喜剧性的实质来讲，不如说具有讽刺意味……商人先生，请让我表演一下吧！”

“我不是商人。”

“对不起……请原谅……今天商人也穿起了便服，所以连诺亚也分不清洁净的和不洁净的了[①]。不过，既然您是知识分子，那更好，我们能相互了解……我也是贵族出身……是尉官的儿子，曾被推荐为十四品文官……那就这样吧，阁下，一个表演艺术家愿为您效劳……只需往水里一跳，您就会看到一幅动人的景象。”

“不需要，谢谢您……”

“如果是物质方面的考虑使您不安，那我要赶紧让您放心……我不会收您多少钱……穿着靴子溺水——收两个卢布，不穿靴子——只收一个卢布……”

“为什么有这样的差别？”

“因为靴子是穿着中最昂贵的东西，弄干又非常困难。这么说[2]，您同意让我挣这个钱？”

“不，我不是商人，也不喜欢这种强烈的刺激……”

“唔……我看，您大概不了解这件事的实质……您是以为我要您看某种粗野、笨拙的表演，其实这里面除了幽默和讽刺之外，什么也不会有……您只不过会再次笑一笑，仅此而已……要知道，看一个人穿着衣服泅水，在波涛里挣扎，那是很可笑的！……再说……您就让我挣这个钱吧。”

“可您与其扮演溺水者，不如干点正事。”

“正事……什么事？体面的差事别人不让我干，因为我好酒贪杯，何况找这种差事得有门子，而普通的粗活，我的贵族身份又不许我干。”

“那您就别去管您的贵族身份好了。”

“怎么别去管？”那个人骄傲地昂起头，冷笑道，“连禽鸟也明白它们是鸟类，一个贵族怎么能不管自己的称号呢？我虽然穷，穿得破破烂烂，但我感到骄傲……为我的血统骄傲！”

“可是骄傲并未妨碍您穿着衣服泅水……”

“我很惭愧！您的意见包含着几分痛苦的真理。一眼就看出您

---

① 上帝让诺亚进入方舟避洪水之难时曾对他说：“凡洁净的畜类，你要带一公一母。不洁净的畜类，你也要带一公一母。”（见《圣经·旧约·创世记》第七章）

② 原文为拉丁语。

是一个有教养的人！不过，在责难一个有罪者之前，您应当听他把话说完……不错，我这类贵族当中确实有不少人忘记了自己的尊严，容许无知的商人往他们头上涂芥末，或者在澡堂里把身上抹满煤烟扮演魔鬼，或者穿上女人的衣服干那种肮脏的事，可是我……我决不干这类事……无论商人给我多少钱，我也不允许他们往我头上涂芥末，即便是涂高贵的东西也不行。至于扮演溺水者，我看不出这有什么可耻的地方……水是湿漉漉的、干干净净的东西。在水里泡一会儿身上不会弄脏，相反，还会变得更干净。医学也不反对这样做……您要是不同意，我还可以让点价……这样吧，穿着靴子溺水只收一卢布……”

“不，不需要。”

“为什么，先生？”

“不需要，就这么回事……”

“您应当看看我是怎样呛水的……这条河上没有比我更善于溺水的人了……如果医生老爷能看到我是怎样装出一副死人的面孔就好了，他们准会推崇我……这样吧，我只收您六十戈比！换了别人，给三卢布我也不干，可我凭模样看出来，您是一位好先生。对有学问的人我总是少收费……”

“请您别缠着我！”

“随您便吧！……万事不可强求，只是您不同意太可惜了……往后您再想看，出十个卢布也找不到愿意表演溺水的人了……”

那个人在河边找了个地方坐下来，坐得比经纪高一些，呼哧呼哧地喘着粗气在兜里摸寻着什么东西……

“嘿……见鬼……”他咕哝道，“我的烟上哪儿去了？可能是忘在码头上了……刚才同一位军官谈到政治问题时争论起来，激动中不知把烟盒往哪儿一塞……目前英国的内阁正在改组……那些人真怪！对不起，阁下，请给我一支烟吧！”

经纪给了他一支烟。正在这时，经纪所等待的发货商来到了河边。那个人猛地站起来，把烟藏进袖口，行了个举手礼。

“万岁，老板！”他沙哑着嗓子说，“万岁！”

“啊，是您呀！”经纪对商人说，“您让我等了好久！您没来，这家伙把我折磨得好苦！非要我看他的表演不可！让我出六十戈比看他表演溺水……”

“六十戈比？老兄，这会把你撑坏的。”商人说，“最多二十五戈比。昨天三十个人在河里为我们表演翻船，总共才要了五卢布，而你……真有你的！六十戈比！这样吧，给你三十戈比！”

那个人鼓起腮帮，不屑地冷笑着。

“三十戈比……如今这点钱只够买一棵白菜，您却想看溺水表演……真够大方的……”

“那就算了……没工夫跟你……”

“好吧，就这么办吧，好歹开个张……不过你们可别对别的商人讲，说我收费这么便宜。”

那个人脱掉靴子，皱起眉头，翘起下巴走到河边，笨拙地往水里一跳……响起沉重的躯体的落水声……那个人浮出水面，怪模怪样地挥舞着双手，两腿乱踹，竭力要装出一副害怕的样子……但人们看到的不是害怕的样子，而是冷得直哆嗦……

“往下沉吧！沉吧！”商人叫道，“别再游呀，往下沉吧！……”

那个人眨巴着眼睛，张开双手，连头没入水里。表演到此便结束了。那个人“溺死”以后从水里爬上岸来，拿到三十戈比，浑身湿漉漉的，冷得直发抖，又沿着河岸继续走他的路。

广　告

再也不会有火灾了！巴巴耶夫和加尔登发明的耐火材料①是我们时代的骄傲。下列事实足以证明它们有着理想的耐火性能：火柴厂老板拉普申就是用它们来涂抹他的“安全”火柴，众所周知，即使把这种火柴放在蜡烛的火苗上也不会点着；普什卡列夫煤气灯的喷口所涂抹的正是这种材料；戏剧掮客、贷款银行老板之所以在任何时候也不会羞得脸红，也只是因为他们包着一层巴巴耶夫-加尔登耐火材料。为证明此言不虚，我们向最最尊敬的公众推荐这一新发明，不妨用它们来涂抹：

易动肝火者，

破产的剧院老板，

多情者的心灵，

脾气大的女儿和好发火的妈妈，

我们年轻的地方自治会议员的发热的脑袋，

显然有害地热情地履行公务的人士。

---

① 1885 年在莫斯科的报纸上曾广为宣传巴巴耶夫发明的耐火材料和加尔登发明的救火手榴弹。

无所事事的人

阿列克谢·费奥多罗维奇·沃西梅尔金领着到他家来做客的弟弟——一位硕士——参观他的农场。两个人刚吃过早饭，略带酒意。

“我的老弟，这是铁匠作坊……”沃西梅尔金介绍道，“就用这个架子给马钉马掌……这是澡堂，我的老弟……澡堂里放着一张长沙发，火鸡就在沙发底下的笼子里孵小鸡……只要看看这张沙发，便会回想起许多事……澡堂只是在冬天才烧水……老弟，这可是个了不起的玩意儿！只有俄国人才能发明出这样的澡堂①！只需在浴架上躺一个小时，便会享受到意大利人和德国人一百年也享受不到的东西……你就像躺在火炕上一样，阿夫多季娅则用桦树枝在你的身上抽打：噼啪，噼啪……你爬起来喝点清凉的克瓦斯，然后又抽打：噼啪，噼啪……最后你从浴架上爬下来，全身红得像个魔鬼……这是下房……住着我雇的自由农民……进去看看好吗？”

地主和硕士弯弯腰走进一间歪歪斜斜的快要散架的房子，房子的墙壁没有抹灰，屋顶往下塌，窗户也是破的。他们一进门就闻到一股稀粥味儿。里面的人正在吃午饭……男男女女的农民围坐在一张长桌前，用大汤勺喝着豌豆粥。看见两位老爷后，大家便停止用食，站了起来。

“瞧瞧他们，我的……”沃西梅尔金环视着吃饭的人说，“祝你们胃口好，伙计们！”

一阵纷乱的回答声。

“瞧瞧他们！这就是俄罗斯人，我的老弟！真正的俄罗斯人！

最优秀的民族！都是些什么样的人啊！那些德国或是法国畜生，上帝宽恕，怎么能比？同我们的民族相比，其他民族全是猪猡、虫豸！”

“别这样讲……”硕士咕咕哝哝地说，边说边点上雪茄，以便净化空气，“任何民族都有自己的历史……和自己的未来……”

“你是西欧派[②]！你懂得什么？遗憾的正是这一点：你们这些有学问的人把别人的东西倒是学会了，对自己的东西却知也不想知道！你们轻视自己的东西，对它没有感情！我曾读到并同意这样一种观点：知识分子堕落了，如果说在什么人身上还能找到理想的话，那这种人只能是他们——这些痞子……譬如这个菲尔卡……”

沃西梅尔金走到牧人菲尔卡跟前，摇摇他的肩膀。菲尔卡笑了，发出“格格格”的声音……

“譬如这个菲尔卡……傻瓜，你笑什么？我在这里正正经经地说话，你却在笑……譬如这个蠢货……你瞧瞧，硕士！多么魁梧的身材！宽阔的胸脯就像是头大象！这个该死的家伙，你连推也推不动他！他身上蕴藏着多大的精神力量啊！多大的力量啊！这种力量抵得上你们十个知识分子……菲尔卡，你要敢作敢为！你要提高警惕！不要从自己的目标退却！要坚持住！如果有人对你说什么，引诱你走邪路，你就啐他们唾沫，不听他们的……你比他们更有力量，更优秀！我们应当学你的榜样！”

“我们仁慈的老爷！”老成持重的马车夫安季普眨巴着眼睛说，“难道他能领会这些话吗？难道他明白老爷的厚爱吗？笨蛋，你该给老爷叩头，吻老爷的手……仁慈的老爷！像菲尔卡这样的最差劲的人，您都宽恕他，如果一个人不酗酒，不胡闹，那就会过天堂般的生活了……愿上帝保佑所有的人都能这样……您是又有赏，又

---

① 指俄式澡堂，实际上是一种蒸汽浴，人躺在浴架上，下面烧水蒸气，并用带叶的桦树枝在身上抽打，以此解乏。

② 19世纪中叶俄国的一种政治思潮，认为俄国应走西欧国家的发展道路，其对立面为斯拉夫派，认为俄国应走自己独特的发展道路。

有罚。”

“瞧瞧！说到点子上了！森林的长老[1]！你明白吗，硕士？‘又有赏，又有罚’……简单的话里包含着一种公正的思想……我很佩服，老弟！你相信吗？我常向他们学习！学习！”

“说得对，老爷……”安季普说。

“什么对？”

“学习呗，老爷……”

“什么学习？你胡说些什么？”

“我说的就是老爷您讲的话……关于学习……您什么学问都有，所以才是老爷……我们则是睁眼瞎！我们看见一块招牌上写着字，可那是什么字，是什么意思，就不知道了……我们多半是用鼻子去闻……如果散发着伏特加的气味，说明这是酒店，如果是焦油气味，那就是杂货铺……”

“硕士，怎么样？有什么话可说？这都是些什么样的人啊！无论说句什么话，说得都那样聪明，无论怎样表达，讲的都是深刻的真理！老弟，安季普的脑袋是真理之家！哦，你再瞧瞧阿夫多季娅！阿夫多季娅，过来！”

雀斑脸、翘鼻子的饲养女工阿夫多季娅害臊了，在那儿用手指甲抠着桌子。

“阿夫多季娅，叫你过来！傻姑娘，有什么可害臊的？又不会吃了你！”

阿夫多季娅从桌子后面走出来，站在东家面前。

“怎么样？浑身都是力量！你在彼得堡见到过这样的女人吗？你们那里的女人全是火柴棍儿，皮包骨，而你瞧瞧这个女人，全是血和奶！朴实、高大！你瞧瞧她的笑容和脸上的红晕！这一切都是天然生成，实实在在，不像你们那里的女人！你嘴里塞着什么东西？”

---

① 出自普希金的诗句，指一棵古老的树，这里喻见多识广的人。

阿夫多季娅嚼了嚼，把嘴里的东西咽了下去。

“我的老弟，你再看看这宽肩、粗腿！”沃西梅尔金接着说，“要是她用这双大拳头擂情人的脊背，大概会发出低沉的咚咚声……怎么样，你还在同安德留沙鬼混吗？小心点，安德留沙，我会让你知道厉害的。你笑吧，笑吧……硕士，怎么样？你瞧她的身材，身材……”

沃西梅尔金凑到硕士耳边低声讲了起来……仆人们笑了。

“瞧你落得被人嘲笑，不明事理的娘儿们……”安季普带着责备的神情看着阿夫多季娅说，“怎么样，脸红得跟大虾一样了吧？你要是个明事理的姑娘，别人就不会这样议论你了……”

“硕士，现在你再看看柳芭！”沃西梅尔金继续介绍，“她是我们这里最好的领唱人……你在你们那边的芬兰佬当中跑来跑去地搜集民歌……得了，你还是听听我们的吧！让我们的人给你唱唱，你会听得流口水！喂，伙计们！唱吧！柳芭，开始吧！快点呀，猪猡们！要听话！”

柳芭不好意思地用拳头捂着嘴清清嗓子，随即用尖利、嘶哑的声音唱了起来。其余的人也开始同她应和……沃西梅尔金挥动着双手，眨巴着眼睛，嘴里咕咕哝哝，竭力想在硕士弟弟的脸上看出赞赏的表情。

“嗯，是的……”他说，“这首歌在基列耶夫斯基[①]的集子里有，即第七册第三类的第十一首歌……嗯，是的……应当记下来……”

硕士从口袋里掏出一个小本子，更紧地皱起眉头，开始记录……“下人们”唱完一首歌后，又开始唱第二首……这时豌豆粥已经凉了，从炉膛里端出来的粥已不再冒热气了。

“唱得好！”沃西梅尔金用脚踏着拍子说，“好！了不起！我佩服！”

---

① 彼·基列耶夫斯基（1808—1856），俄国民俗学家，民歌搜集者。

要不是听差彼得到下房来禀报老爷说饭已经摆好了，可能还会跳起舞来。

“而我们这些背叛了民族的人，这些废物，竟敢自认为比他们高尚，比他们优秀！”同弟弟一起走出下房时，沃西梅尔金用感伤的语气忿忿地说，“我们算什么？我们是什么人？没有理想，没有学识，又不劳动……你听见他们正哈哈大笑吗？这是笑我们！……他们是正确的！他们闻出了我们的虚伪！他们一千倍正确，而且，而且……你看到了阿夫多季娅吗？这丫头机灵着呢！等等，等吃过午饭后我把她唤来……”

吃饭时两兄弟一直谈论着俄罗斯民族的独特性、纯洁性和完整性，咒骂自己，探索“知识分子”这个词的含义。

午饭后他们睡觉，睡醒后来到台阶上，吩咐仆人送来矿泉水，并又谈起了刚才的话题。

“彼得！”沃西梅尔金冲听差叫道，“去把阿夫多季娅、柳芭那些人叫来。就说要跳轮圈舞！叫她们赶快来！给我跑快一点！”

家 长

这样的事通常都发生在头天打牌输了很多钱，或是因酒喝多了而犯了胃病的时候。斯捷潘·斯捷潘内奇·日林早晨醒来时情绪非常不好。他头发蓬乱，一副萎靡不振、无精打采的样子，苍白的脸上带着不满的神情，不知是受了什么委屈，还是什么事使他心烦。他慢吞吞地穿好衣服，慢吞吞地喝了矿泉水，开始在各个房间走来走去。

“我倒想知道，是哪个畜生在这里乱窜，也不关门？”他裹紧长衫，高声啐着唾沫，气冲冲地咕哝道，“把这张纸收起来！怎么把它扔在这儿？家里养着二十个仆人，却比小酒店还乱。谁在拉门铃？谁来了？”

“是安非莎奶奶，咱们的费佳就是她接生的。”妻子回答。

“到这儿来闲逛……这些寄生虫！”

“你这话就叫人不明白了，斯捷潘·斯捷潘内奇。是你自己请她来的，现在又骂人。”

“我没有骂人，我是在说话。孩子妈，随便找点事做，也比这样闲待着，找茬儿斗嘴强！我凭人格发誓，对这些女人我真不理解！真不理解！她们怎么能成天闲待着，什么事也不做？丈夫在工作，像牛，像牲口那样干活，而妻子，生活的伴侣，却像个布娃娃似的坐在那儿什么事也不干，只等着找机会同丈夫吵架解闷儿。孩子妈，该扔掉贵族女子中学的那些习惯了！你现在已经不是女学生，不是娇小姐，而是母亲，是妻子！你扭过脸去了？嘿嘿！听着痛苦的真理不舒服啦？”

“奇怪，你只是在犯了肝痛病的时候才会讲出痛苦的真理。”

“对，你开始吵架吧，开始吧……”

“你昨天到城外去了吧？或者是在谁家打牌了？”

“就算是，又怎么样？碍着谁了？难道我得向谁汇报？难道我输的不是自己的钱？我自己花的钱也好，这个家里花的钱也好，统统是我挣的！听见了没有，是我挣的！”

诸如此类的话，没完没了。不过，他表现得最为通情达理、道德高尚和公正严格的时候是在家庭成员全都坐在他身边的饭桌上。照例是从喝汤开始。他刚喝了第一勺汤便突然把眉头一皱，不喝了。

“鬼知道这是什么味儿……”他咕哝道，“看来，只好到饭馆里去吃饭了。”

“怎么啦？”妻子不安地问，“是汤不好喝吗？”

“喝这种泔水非得有猪的胃口不可！太咸，还有抹布味儿！……没有放葱，倒放了一些臭虫……简直岂有此理，安菲莎·伊万诺芙娜！”他对在他家做客的老大娘说，“我每天拿出那么多伙食钱……自己什么钱也不花，却让我吃这玩意儿！他们大概是想让我辞去工作，亲自下厨房。”

“今天的汤不错嘛……”女家庭教师怯生生地说。

“是吗？您这样认为？”日林气呼呼地眯缝起眼睛瞧着她说，“倒也是，各人有各人的口味，应当承认，我的口味总的说来同您大不相同，瓦尔瓦拉·瓦西里耶芙娜。比如，您喜欢这个孩子的行为举止（日林用绝望的手势指着自己的儿子费佳），您见着他就高兴，而我……我见着他就有气。是的，小姐！”

费佳是个七岁的小男孩，脸色苍白，带着病容，他垂下眼睛，不再吃饭了。

“是的，小姐，您高兴，我却有气……我们当中谁对，我不知道，但我敢说，作为父亲，我比您更了解自己的儿子。您瞧他的坐相！难道有教养的孩子是这样坐的吗？坐好！”

费佳抬起下巴，伸长脖子，自以为坐端正了。他眼里泪珠滚滚。

“吃饭！好好拿着勺子！等着吧，看我怎样收拾你，坏孩子！不许哭！瞧着我！”

费佳竭力抬起眼睛，但他的脸颊在哆嗦，眼里满是泪水。

“好哇……你哭！你错了还哭？去，到墙角去站着，畜生！”

“不过……让他先把饭吃了吧！”妻子插嘴说。

“不许他吃饭！这样坏……这样淘气的孩子没有权利吃饭！”

费佳吓得脸都变了样，浑身都在哆嗦，他爬下椅子往墙角走去。

“对你来说这还不够！”父亲继续说，“如果谁也不愿教育你，那好，我就来教育你……伙计，在我面前吃饭可不许淘气，不许哭！蠢货！得做事，明白吗？得做事！你老子工作，你也得工作！谁也不能白吃饭！应当做一个堂堂正正的人！堂堂正正的人！”

“看在上帝面上，别再说了！”妻子用法语请求道，“至少当着仆人的面别骂我们……老太婆全都听见了，她出去一张扬，全城的人都会知道……”

“我不怕外人。”日林用俄语答道，“安菲莎·伊万诺芙娜看到我讲得对。怎么，照你说，我还应当为这个孩子感到得意吗？你知道我为他花了多少钱？坏孩子，你知道我为你花了多少钱吗？也许你以为我是印钞票的，我的钱全是白捡来的？不许哭！闭嘴！我讲的话你到底听见了没有？你是想让我把你这个坏蛋抽一顿吗？”

费佳高声尖叫，大哭起来。

“这简直让人无法忍受了！”母亲扔掉餐巾，从饭桌前站了起来，“从来不让我们安安静静地吃一顿饭！你的面包噎在我这里了！”

她指指喉咙说，并用手绢遮住眼睛从餐室走了出去。

“她倒生气了……”日林强作笑容咕哝道，“娇惯了……安菲莎·伊万诺芙娜，如今的人都不喜欢听真话……倒是我们的不是了！”

沉默了几分钟。日林看看桌上的盘子，发现大家的汤全都原封未动，便深深地叹了一口气，凝视着女家庭教师那张通红的、充满不安的脸。

“您怎么不吃，瓦尔瓦拉·瓦西里耶芙娜？”他问，“是不是生气了？原来是这样……都不喜欢听真话。那就请原谅吧，小姐，我天性如此，不会装假……从来实话实说（叹了口气）。但我发现，我是不受欢迎的人。有我在场，大家既无法说话，也无法吃饭……有什么了不起的？你们要早告诉我，我就走开了……我现在就走。”

日林站起来，不失尊严地往屋门走去。从哭哭啼啼的费佳身边走过时，他停下来。

“既然事情已闹到这个地步，那你自由了！”他不失尊严地把头一仰，对费佳说，“我再也不过问你的教育问题了。洗手不干了！请原谅我给您和您的教育者找了麻烦，尽管作为父亲，我是真心希望您好。同时，从今以后我也不再对您的命运负责了……”

费佳更加高声地哭叫起来。日林不失尊严地转身往门外走去，到自己的卧室去了。

日林饭后睡了一觉，醒来后，开始感到问心有愧。他觉得自己愧对妻子、儿子和安菲莎，想起吃饭时发生的事，他甚至感到厌恶，但他的自尊心太强，没有足够的勇气同大家开诚相见，于是便继续斗气，唠叨……

第二天早晨醒来后，他情绪极好，一面洗脸一面愉快地吹口哨。到餐室去喝咖啡时，他碰见了费佳，费佳一见到父亲便站了起来，慌乱地望着他。

“喂，怎么样，年轻人？”日林在餐桌前坐下来，快活地问道，“有什么新闻吗？你好吗？过来，小胖墩儿，来吻吻你爸爸。”

脸色苍白、神情严肃的费佳走到父亲面前，用哆哆嗦嗦的嘴唇在父亲的脸颊上触了一下，然后又回到自己的座位上，默默地坐下来。

村　长

戏剧小品

村长舍利马坐在某县城的一个肮脏的小饭铺里。他正在喝一碗油腻腻的粥，每吃完三勺粥就喝下“最后一杯酒”。

“就是如此，亲爱的，农民的案子很难办！”他对饭铺老板说，同时把手伸到桌子下面，扣上那不断松开的纽扣，“是的，亲爱的，农民的案子复杂得很，连俾斯麦也对付不了！办农民的案子得有特殊的才智和技巧。庄稼汉为什么喜欢我呢？他们为什么像苍蝇似的缠着我呢？嗯？为什么我能喝奶油粥，而那些律师却喝不上呢？就因为我有才干，有本事。”

舍利马气喘吁吁地喝下一杯酒，挺神气地伸伸自己那肮脏的脖子。这家伙不仅脖子很脏，他的手、衬衫、裤子、餐巾、耳朵……全都很脏。

“我没有学问。何必说假话呢？我没有上过大学，不像学者那样穿着燕尾服，可是老兄，我可以毫不谦虚、毫不勉强地对你说，像我这样的律师，你在一百万人中也找不到第二个。斯科平一案[①]我办不了，也不会去接萨拉·贝克尔的案子[②]，可是，如果要办农民的案子，那么任何辩护人，任何检察官……任何人也比不上我。真的。只有我才能办农民的案子，别的人都不行。哪怕你是罗蒙诺索夫，是贝多芬，如果你没有我这样的才能，最好别插手。就拿列普洛夫村村长案来说吧。你听说过这个案子吗？”

“没有，没有听说过。”

“这案子很有意思，很棘手！普列瓦科[③]来办也会无能为力，我却办成功了。是这么回事，老兄，离莫斯科不远有一家铸钟厂，在这个工厂里，亲爱的，有一个工长原是我们列普洛夫村的庄稼汉，名叫叶夫多基·彼得罗夫。他已在那儿干了二十来年。从身份证上看他当然是庄稼汉，是穿着树皮鞋的乡巴佬，可从外表看他已完全不是庄稼汉了。二十年来他已变得文明起来了，见多识广了。你明白吗，他穿着花呢西服，戴着戒指，肚子上绷着一条长长的金表链——简直叫人不敢接近！完全不像个庄稼汉了。那还用说吗，我的老兄！一千卢布的年薪，工厂还供给住房、伙食，老板同他称兄道弟，任谁也会身不由已地当起老爷来。他连模样也变得……（说话人喝了一口酒）变得威风凛凛了。只是，我的老兄，这个叶夫多基·彼得罗夫忽然心血来潮，想回家乡，也就是到我们列普洛夫村来看看。日子过得蛮好，却突然发起愁来了。铸钟厂的生活比蜜糖还要甜，仿佛没什么可让这位工长发愁的，可是，你知道，故乡的炊烟也是香甜的。哪怕你去了美国，淹在了钞票堆里，可是你仍然会想念你的小饭铺。他这个热情的人也是如此。于是他便向老板请了一礼拜假，动身回乡了。他来到列普洛夫村后，第一件事便是去走亲戚。'我在这里住过，'他说，'我在这里替父亲放过牲口，我在这里睡过觉……'等等，总之，回忆童年。当然，免不了也吹嘘几句：'老兄，你们瞧瞧！我过去也是穿着树皮鞋的庄稼汉，同你们一样，但通过劳动和流汗得到了职务，发了财，吃饱穿暖了。你们也好好劳动吧……'乡巴佬们起初只是听他讲，称赞他，可后来一想：'话是不错，亲爱的。甚至非常美妙，可是你给我们带来什么好处呢？在我们这里住了一个礼拜，连半瓶酒也没请我们喝过……'于是便让村警去找他……'叶夫多基，拿出一百卢布来吧！''为什么？''请村里人喝酒啊……大伙儿想为你的健康干干杯……'

---

① 指 1884 年在斯科平市发生的一起银行倒闭案。

② 指 1884 年在彼得堡发生的一起凶杀案。

③ 费·普列瓦科（1842—1908），俄国著名法学家和律师。

“但叶夫多基是个老成持重、笃信上帝的人。他不喝酒，不吸烟，也不许别人喝酒吸烟。他说：‘要拿去买酒，我半个铜子儿也不给。’‘怎么能这样！你有什么权利？难道你不是我们的人吗？’‘什么叫你们的人？我又没欠着税款……该交的都交了。凭什么还要我出钱？’

“谈了又谈。叶夫多基固执己见，村里人也不让步。大伙儿生气了。那些蠢货你也了解，他们是不可理喻的！他们一旦想喝酒，你就是用十二种语言向他们解释，就是用大炮轰，他们也不会明白。就是想喝酒，完了！何况很懊恼：一个同乡发了财，他们却一根毛也没有捞着！于是便开始想办法，死乞白赖地要从叶夫多基身上敲出一百卢布。全村的人都想呀，想呀，却什么办法也想不出来。他们在叶夫多基的小屋旁走来走去，只会吓唬他：我们会收拾你的！叶夫多基却处之泰然，连眼也不眨一下。他想：‘无论在上帝面前，法律面前，还是在村里的乡亲面前，我都问心无愧，我怕什么？我是一只自由的小鸟！’好。庄稼汉们明白他们就像见不到自己的耳朵一样见不到钱了，于是便想把这只自由的小鸟翅膀上的羽毛拔得精光，因为他太不尊重人了。他们自己想不出办法，便派人来找我。我来到列普洛夫村。他们这样那样地讲了一通，最后说：‘丹尼斯·谢苗内奇，他就是不肯给钱！你想个计策吧！’你说怎么办，我的老兄？什么计策也想不出来，一切都明摆着，叶夫多基合理合法。任何检察官对此也想不出办法，哪怕想三年……连魔鬼也无法找茬儿。”

舍利马又喝了一杯酒，挤了挤眼。

“可是我却想出了找茬儿的办法！”他笑嘻嘻地说，“是啊，老兄！你猜猜我想出个什么办法！你一辈子也猜不出来！我说：‘这样吧，伙计们，你们选他当村长。’他们领会了我的意思，便把他选为村长。你倒是听着呀。他们把村长牌给叶夫多基送去。叶夫多基笑了，‘你们开什么玩笑，’他说，‘我根本不愿意当你们的村长。’‘可我们愿意呀！’‘但我不愿意！明天我就走了！’‘不，你走不了。你没这个权利。根据法律，村长不能擅离职守。’‘那我就辞去这个职务。’叶夫多基说。‘你没这个权利。村长至少得工作三年，只有法庭才能撤销他的职务。既然把你选出来了，你也好，我们也好，谁也没有权利撤你的职！’

“我们的叶夫多基叫苦了。他飞也似的跑去找乡长。乡长和文书让他看了法律条文。

“‘根据某某条、某某条，三年之内你不能扔下这个职务。你就干三年再走吧！’‘别说三年！一个月我也不能等！我不在，老板就没了左右手！他会损失数以千计的卢布！再说，除了工厂之外，那儿还有我的家，有一家子人呢！’

“就这样，一个月过去了。现在叶夫多基不仅愿意给村里人一百卢布，即使给三百也行，只求看在基督面上放他走。大家倒是乐意要这笔钱，却没法放他走，已经晚了。叶夫多基便去找常任委员先生。

“这样那样地讲了一遍，‘阁下，我的家庭情况使我无法履行这一职务。请发发慈悲，放我走吧！’‘我无权这样做。没有解除你职务的法律依据。第一，你没有病；第二，你没有被法庭判罪。你应当履行这一职务。’

“应当给你说明一下，那里的人对任何人都以‘你’相称。乡长、村长在我们国家可不是小人物，比任何办事员的地位都高，都重要，可大家对他们也以‘你’相称，就像对仆人一样。穿一身花呢西服的叶夫多基听大家对他‘你’呀‘你’的，受得了吗！所以他一再央求常任委员发发慈悲放他走。

“‘我没有这个权利。’常任委员说，‘你要不信就去县政府问问。所有人都会对你这样说。不仅是我，连省长也无权解你的职。村社大会的决定只要合乎规章，是不能撤销的。’

“叶夫多基又去找贵族长，找过贵族长又去找警察局长，把整个县城都跑遍了，大家对他的答复全都一样：‘你就干吧，我们无权解你的职。’怎么办？工厂的来信一封接一封，电报一个接一个。叶夫多基的一位亲戚建议他派人来找我。而他——你信不信？——不仅派人来找我，而且亲自乘马车来了。他来到后一句话也没说便把一张红钞票[①]塞到我手里。‘全靠你了。’他说。

“‘没问题！’我说，‘您给我一百卢布，我就想办法解除您的职务。’

“我收下一百卢布，便想出了一个办法。”

“什么办法？”饭铺老板问。

“你猜猜看。其实非常简单。谜底要在法律本身去找。”

舍利马走到饭铺老板跟前，哈哈大笑着冲他耳语道：

“我建议他偷点东西，然后去受审。怎么样？这个计策怎么样？起初，我的老兄，他愣住了：‘怎么偷东西？’‘这样吧，’我说，‘你就把我这个空钱包偷去，这一来就会判你坐牢一个半月。’起初他死活不干，顾虑他的名声等等。我说：‘你的名声对你有个屁用！难道你要填履历表吗？坐满一个半月的牢，案子就了结了，而你作为被法庭判过罪的人，村长的牌牌也就给摘掉了！’叶夫多基想了想，把手一挥，偷去了我的钱包。现在他已蹲满刑期，正感谢我呢。你瞧瞧，我的老兄，这是多么了不起的才智！世界上没有比办农民的案子更棘手的事了，而要办这些案子，则非我莫属。谁也无法撤销任命，我却有法撤销。真的。”

舍利马又要了一瓶伏特加，开始讲第二个故事：列普洛夫村的庄稼汉如何拿别人地里的庄稼去换酒喝。

---

① 指10卢布的纸币。

普里希别耶夫军士

“普里希别耶夫军士！您被控于9月3日用语言和行为侮辱了县警日金、乡长阿利亚波夫、村警叶菲莫夫、见证人伊万诺夫和加夫里洛夫，以及六个农民，而且，前三人是在执行公务时遭到您侮辱的。您承认自己有罪吗？”

普里希别耶夫军士满脸皱纹，神情严厉，他手贴裤缝立正站着，用沙哑而沉闷的声音像喊口令似的字字清楚地回答着问题：

“大人，调解法官先生！不言而喻，评定双方任何行为的根据是法律条文。有罪的不是我，而是他们所有的人。这件事全是由一具死尸引起的，愿他早升天堂。三号那天我同妻子安菲萨安详而庄重地在路上走，突然看到河边站着一大群形形色色的人。请问，老百姓有什么权利聚集在一起？为什么会这样？难道法律规定了老百姓可以成群结伙吗？我就叫‘散开！’并开始推那些人，要他们各自回家去，还命令一个村警把他们驱散……”

“对不起，您又不是县警，也不是村长，驱不驱散人群干您什么事？”

“不干他的事！不干他的事！”审讯室各个角落响起一片叫喊声，“大人，他把人弄得简直没法活了！我们已被他折磨了十五年！自从他退伍回家，我们恨不得逃出村子去。他把大家折磨苦了！”

“正是这样，大人！”前来作证的村长说，“全村的人都在抱怨。根本无法同他在一起生活！不管我们抬着圣像游行也好，办喜事也好，或者，比方说，出了什么事也好，他都要管，到处叫叫嚷嚷，总要整顿秩序。他揪小伙子的耳朵，暗中监视娘儿们，生怕会出什么事，就像是她们的公公……前几天他挨家挨户地串门，命令大家不许唱歌，不许点灯。他说，没有许可唱歌的法律。”

“等一等，您还有时间作证，”调解法官说，“现在先让普里希别耶夫继续讲。继续讲吧，普里希别耶夫！”

“是，大人！”军士沙哑着嗓子说，“大人，您说驱散人群不干我的事……好的，大人……可要是乱了套呢？难道能允许老百姓胡闹吗？哪条法律规定老百姓可以恣意妄为？我不能允许，大人。如果我不把他们驱散，不管他们，还有谁管呢？谁也不懂得什么叫真正的秩序，大人，可以说，全村只有我一个人懂，我懂得该怎样对付那些普通老百姓，大人，我什么都懂。我不是庄稼汉，我是军士，是退伍的军需给养员，我在华沙服过役，在司令部里，完全退伍后参加了消防队，后来因身体不好离开了消防队，在一所男子古典中学当了两年门房……所以我懂得各种秩序。而庄稼汉是普通老百姓，什么也不懂，所以应当听我的，因为这是为他们好。就以这件事为例吧……我把人群驱散，看到岸边的沙滩上躺着一个淹死的人。为什么会躺在这里？难道这是正常的吗？县警怎么看？于是我对县警说：你为什么不报告上级？这个人可能是自己淹死的，但这件事也可能散发着西伯利亚的气味。可能这是一件属于刑事犯罪的谋杀案……但县警日金不理不睬，兀自在那儿抽烟。‘干吗要你在这里指手画脚？’他说，‘真是多管闲事！难道缺了你，我们就不知道该怎么办吗？’我说：‘你既然站在这里不理不睬，说明你这个蠢货就是不知道。'我昨天就报告了区警察局长。'他说。请问，干吗要报告区警察局长？这是根据法典的哪一条？难道区警察局长管得了淹死人、勒死人以及诸如此类的案件吗？于是我说：'这是刑事和民事案件……得赶快报告侦讯官先生和法官先生。你首先应当打个报告呈送调解法官。'可是他，这个县警，听了以后却一个劲儿地笑。那些庄稼汉也这样。大家都笑，大人。我敢为我的证词起誓。这个人就笑过，还有那个人，还有日金，都笑。我说：'笑什么笑？'可县警说：'调解法官管不着这种案件。'听见这句话我甚至发火了。县警，你讲过这句话吧？"军士问县警日金。

"讲过。"

"所有人都听见你当着普通老百姓讲的这句话：'调解法官管不着这种案件。'大家都听见你讲的这句话了……大人，当时我便发火了，甚至感到不寒而栗。'你再讲一遍，'我说，'你把刚才讲的话再讲一遍，孬种！'他又把这句话讲了一遍……我走到他面前。'你怎么能这样说调解法官先生？'我说，'你是县里的警察，竟敢反对官府？啊？你知道吗，要是调解法官愿意，为你这句话可以把你送到省宪兵队去，因为你不可靠！你知道调解法官先生为这句带有政治色彩的话会把你发配到哪儿去吗？'但乡长却说：'调解法官授权有限。他们只能管一些小案子。'他就是这样讲的，所有人都听见了……'怎么，'我说，'你敢蔑视官府？喂，别跟我开玩笑，不然的话，老兄，事情可就不妙了。'当初我在华沙服役，或是在男子古典中学当门房的时候，只要听见不对头的话，我便往街上瞧瞧，看有宪兵没有。'喂，老总，'我说，'你快来。'于是把一切都向宪兵报告。可在这里，在乡下，我报告谁去？……我怒不可遏。我为如今的老百姓简直忘乎所以、自行其是而感到懊恼，于是便给了他一拳……当然，不是打得很重，而是恰如其分地、轻轻地一下子，以便让他不敢再用那样的话来说大人您……县警却袒护乡长。这一来，我又给了县警一拳……于是就打起来了……我发了一通火，大人，要知道，不打不行。不打那些蠢货我良心不安。特别是当打得

在理的时候……当他们不守秩序的时候……”

“对不起！不守秩序自有人会管。有县警管，乡长管，村长管……”

“县警管不过来，何况县警没有我懂得多……”

“可您要明白，这不干您的事！”

“什么？怎么会不干我的事？奇怪……人们胡作非为，竟不干我的事！难道我该夸奖他们么？他们向您埋怨，说我不许他们唱歌……唱歌有什么好处？他们不去找点正事干，光知道唱歌……还有，晚上亮着灯坐着也成了时髦。晚上该躺下睡觉，他们却坐在那儿又说又笑。我都记下来了，大人！”

“您记下来什么啦？”

“谁点上灯闲坐着。”

普里希别耶夫从兜里掏出一张满是油污的纸，戴上眼镜念道：

“点上灯闲坐着的农民计有：伊万·普罗霍罗夫、萨瓦·米基福罗夫、彼得·彼得罗夫。士兵的遗孀舒斯特罗娃同谢苗·基斯洛夫非法姘居。伊格纳特·斯韦尔乔克从事巫术活动，他的妻子玛夫拉是个巫婆，每天晚上都去挤别人家奶牛的奶。”

“够了！”调解法官说，并开始审讯见证人。

普里希别耶夫军士把眼镜推到额头上，惊奇地看着显然不是站在他这一边的调解法官。他那双鼓眼睛闪闪发光，鼻子也变得通红起来。他瞧着调解法官，瞧着那些证人，怎么也不明白调解法官为什么那样激动，为什么审讯室的每个角落都忽而是低低的议论声，忽而是有节制的笑声。也不理解对他的判决：拘禁一个月！

“为什么？！”他不解地摊开两手说，“根据哪一条法律？”

于是他明白，世界变了样，已无法在这个世界上活下去了。他的心情又抑郁，又痛苦。但当他走出审讯室，看到庄稼汉们聚在一起谈论着什么时，他却无法克制自己的习惯，又手贴裤缝立正站着，用沙哑的、气呼呼的声音叫道：

“老百姓，散开！别聚在一起！各自回家去！”

死　尸

八月间一个宁静的夜晚。白色的浓雾从田野里缓缓升起，像白色的幕布一样渐渐遮住目力所及的一切。浓雾映着月光，忽而像宁静的、无边无际的大海，忽而又像是一堵巨大的白色墙壁。空气潮湿而寒冷。离天明还早着呢。距林边土路一步远的地方燃着一堆篝火。在那里的一棵小橡树下，躺着一具死尸。尸体从头到脚蒙着一块新的白麻布，胸前放着一个很大的木制圣像。尸体旁边，紧靠土路坐着看守尸体的“值班员”——两个庄稼汉，他们在履行农民应尽的一种最沉重、最令人厌恶的差事。一个庄稼汉很年轻，个子高高的，刚开始长胡子，穿着破旧的短皮袄和树皮鞋，他坐在湿漉漉的草地上，两腿往前伸着，竭力用工作来混时间。他伛着自己的长脖子，高声喘着气，正用一截粗大的木头做汤勺。另一个庄稼汉个子矮小，面容苍老而消瘦，脸上有雀斑，蓄着稀疏的唇髭和一把山羊胡子，他两手垂在膝盖上，面无表情、一动不动地望着篝火。一小堆快要燃尽的篝火在两个人之间闪亮着，把他们的脸映得通红。万籁俱寂。只能听见刀子削木头的声音和潮湿的木头在火堆里发出的噼啪声。

“我说谢玛，你别睡着了……”年轻人说。

“我……我没睡着……”山羊胡子结结巴巴地说。

“这就对了……不然一个人坐着心里发毛，挺害怕。你讲个故事吧，谢玛！”

“我不……不会……”

“你真是个怪人，谢玛！要换别人，准会又笑，又讲故事，又唱歌，而你呢，天知道你是怎么回事。像菜园里的稻草人似的坐在这儿，直愣愣地盯着火。你连话都说不清楚……一说话就好像害怕似的。你大概有五十岁了吧，可智力还不如小孩子……你不为自己是个傻瓜而感到遗憾吗？”

“遗憾……”山羊胡子忧郁地回答道。

“看到你这样傻，难道我们心里不难受吗？你是一个善良的、不喝酒的庄稼汉，只有一点很糟糕——没头脑。既然上帝委屈了你，没给你智慧，你就自己动动脑筋吧……努努力，谢玛……谁要讲了什么有用的话，你就好好琢磨，把它弄懂，一遍又一遍地思考……如果什么话你不懂得，你就动动脑子，想想这话是什么意思。明白吗？努努力吧！如果你自己不动脑筋，那你到死也是个傻瓜，是个没出息的人。”

突然从树林里传来一声拖得长长的哀鸣。不知什么东西仿佛从树梢上脱落了，沙沙沙地擦着树叶坠落在地上，并伴随着沉闷的回声。年轻人哆嗦了一下，用询问的目光瞧着自己的同伴。

“这是猫头鹰在抓小鸟。”谢玛忧郁地说。

“怎么样，谢玛，已经是鸟儿飞往南国的时候了！”

“对，是时候了。”

“现在一早一晚开始变冷了。真冷！仙鹤是怕冷的动物，很娇气。这样冷的天会送它们的命。我不是仙鹤，可我也冻僵了……加点柴吧！”

谢玛站起来，走进了黑压压的小树林。当他在灌木林里忙活，折断枯树枝时，他的同伴则用双手蒙住眼睛，听见任何声音都会发抖。谢玛带回一抱枯树枝，把它们扔在了火堆上。火舌迟疑地舔着黑糊糊的树枝，随后，仿佛听到一声口令似的，一下子席卷了它们，把人脸、土路、白麻布，连同被麻布从头到脚盖住的死人、圣像……全都映得通红。“值班员”一声不响。年轻人把脖子佝得更低，更加紧张地削着木勺。山羊胡子则同刚才一样一动不动地坐着，目不转睛地盯着篝火……

“‘愿恨恶锡安的，都蒙羞退后……’[1]”突然有人在静静的夜晚用假嗓子唱歌，接着又响起了轻轻的脚步声。映着篝火通红的亮光，小路上出现了一个身穿短襟修士袍、头戴宽檐帽、肩上背着背囊的黑糊糊的人影。

“听凭上帝的意志吧！我的妈呀！”这个人用嘶哑而尖利的声音说，“我在漆黑的夜里看见了火光，顿时精神焕发……起初我以为是夜牧的人，后来一想：又看不见马匹，怎么会是夜牧呢？我想，莫非是强盗，是正等着打劫富翁拉撒路[2]的匪徒？也可能是吉卜赛人在拜祭他们的神像？于是我精神焕发了……我对自己说：去吧，奴仆费奥多西，去经受苦难吧！于是我便像飞蛾似的扑到火跟前来了。现在我站在你们面前，根据你们的外貌看到了你们的心灵：你们不是强盗，也不是拜神者。祝你们平安！”

“您好。”

“正教徒们，你们知道去马库辛砖厂怎么走吗？”

“不远。顺着这条路一直走，走过两俄里后是我们的阿纳诺夫村，过了村子往右一拐，老爷，沿着河边走过去就到砖厂了。距阿纳诺夫村约莫三俄里。”

“愿上帝保佑你们身体健康。可你们坐在这儿干吗呢？”

“在这里当见证人。瞧，那里有一具死尸……”

“什么？什么死尸？我的妈呀！”

夜行者看见白麻布和圣像，哆嗦得那样厉害，连两条腿都直打战。这一出人意外的景象把他吓坏了。他蜷缩着身子，张着嘴，瞪大眼睛，站在那儿一动不动……他沉默了两三分钟，仿佛不相信自己的眼睛，后来便开始抱怨：

“上帝啊！我的妈呀！我走自己的路，又没招谁惹谁，却突然受到这样的惩罚……”

---

① 出自《圣经·旧约·诗篇》第129篇。

② 拉撒路本是圣经故事中的乞丐。

“您是干什么的？”年轻人问，“是神甫吧？”

“不……不……我是云游修士……你知道砖厂管理人米哈伊尔·波利卡尔佩奇吗？他是我的外甥……上帝啊，听凭你的意志吧！你们在这里干吗呢？”

“看守死尸……上面吩咐的。”

“我们的生活啊！不过，老兄，我……我要走了……我害怕。我最怕死人，亲爱的……是啊，真奇怪！当这个人活着的时候，谁也不把他放在眼里，而现在当他死了，正在烂掉的时候，我们却在他面前发抖，就像见着一位杰出的统帅或是至尊至圣的大主教似的……我们的生活啊！怎么，他是被人杀害的吗？”

“谁知道呢！可能是被人杀害的，也可能是自己死的。”

“是啊，是啊……谁知道呢，老兄，也许他的灵魂此刻正在过甜蜜的天堂生活呢！”

“他的灵魂此刻还在他的躯体旁游荡呢……”年轻的庄稼汉说，“灵魂要三天后才离开躯体。”

“唔，是的……今天好冷！冷得上下牙直打架……这么说，应当一直走，一直走……”

“一直走到村子，到那儿后则要往右拐，沿着河边走。”

“沿着河边走……对……我还站着干吗？该走了……再见，弟兄们！”

穿修士袍的人沿着小路走出四五步又站住了。

“我忘了放上一戈比下葬钱。”他说，“正教徒们，可以放上一个铜钱吗？”

“你是云游修士，对此你知道得更清楚。如果他是正常死亡，给钱对他有好处，可如果他是自寻短见，给钱就是罪过。”

“说得对……可能他真是自寻短见！那最好还是把这个铜钱留在自己身边吧。嘿，罪过，罪过！那怕给我一千卢布，我也不愿待在这里……再见，弟兄们！”

穿修士袍的人慢吞吞地走不多远，又站住了。

“我简直不知道该怎么办……”他咕哝道，“留在火堆旁等天亮吧……我害怕。走吧，也害怕。一路上黑咕隆咚的，死人会在我眼前晃来晃去……这是上帝的惩罚！五百俄里我都步行过来了，什么事也没出，眼看快到家了，却遇到了麻烦……我没法走！”

“真的很可怕……”

“我不怕狼，不怕强盗，也不怕走夜路，就是怕死人。害怕，就这么回事！正教徒弟兄们，我要跪下来求你们了，求你们把我送到那个村子吧！”

“上面不许我们离开死尸。”

“谁也不会看见，弟兄们！真的，谁也不会看见！上帝会加倍报答你们的！大胡子，行行好，你来送我吧！大胡子！你怎么总是不说话？”

“他是个傻瓜……”年轻人说。

“送送我吧，朋友！我给你五戈比！”

“为五戈比倒是可以跑一趟，”年轻人挠着后脑勺说，“可是不允许……如果谢玛这个傻瓜肯一个人待一会儿，我就送你。谢玛，你肯一个人在这里待一会儿吗？”

“我肯……”傻瓜同意了。

“这就好了。咱们走吧！”

年轻人站起来，跟穿修士袍的人一起走了。一分钟后，他们的脚步声和说话声渐渐消失。谢玛闭上眼睛，静静地打着盹儿。篝火渐渐熄灭，一个巨大的黑影落在了死尸上……

女人的幸运

正在为陆军中将扎普佩林举行葬礼。想看出殡盛况的人从四面八方往死者的家里跑，那里正奏着哀乐，口令声不绝于耳。文官普罗布金和斯维斯特科夫也在赶着去看出殡的人群中。两个人都带着自己的妻子。

“不行，先生！”当走近纠察线时，警察分局和蔼可亲的副局长拦住了他们，“不行，先生！请你们稍稍往后退一点！诸位先生，要知道，这不取决于我们！请往后退！不过，这样吧，太太们可以过去……请吧，太太，而你们……诸位先生，请看在上帝面上……”

普罗布金和斯维斯特科夫的妻子被副局长这一出人意料的殷勤态度弄得涨红了脸，赶紧溜过了纠察线；她们的丈夫却留在了人墙的另一边，在那儿观看维持秩序的骑兵和步兵的后背。

“她们倒钻过去了！”普罗布金妒羡地，甚至是憎恨地望着远去的太太们说，“这些盘着发髻的人就是幸运，真的！男人从来不会有她们女人享有的这种特权。哼，她们有什么特别的地方？可以说，女人是最平凡的人，带有各种偏见，却放她们过去了；你我即使是五品文官，也决不会放我们过去。”

“您这是奇谈怪论，先生！”副局长带有责备意味地瞧着普罗布金说，“把你们放过去，你们马上就会推推搡搡，胡闹起来，而女人性情温和，从来不许自己这样干！”

“请别这么说！”普罗布金生气了，“女人在人群里总是首先推推搡搡。男人站在那儿总是凝视着某个地方，而女人怕把她们的衣服弄皱，所以总是张着胳臂，推推搡搡。没什么可说的。女人在各个方面都是幸运儿。女人免服兵役，免费参加舞会，免受体罚……请问，她们究竟有什么功劳？一个姑娘把手绢掉到地上，你得给她拾起来；她进屋，你得站起来，把座位让给她；她走了，你得送……再看看做官吧！比方说，要做到五品文官，你我得苦干一辈子，而一个姑娘只需半小时同一个五品文官行完婚礼，一下子就成了官太太。我要想成为公爵或是伯爵，得征服全世界，攻占希普卡山口，并先当当大臣，而某个乳臭未干的瓦莲卡或卡坚卡，上帝饶恕我这么说，只需在伯爵跟前撩撩裙子，作作媚眼，马上就成了伯爵夫人……你现在是十二品文官……这个官职可以说是用血汗换来的，而你的玛利亚·福米什娜呢？她凭什么当十二品文官夫人？从牧师的女儿一下子就变成官太太了。好一个官太太！让她来做做咱们的工作，她准会把收文登记到发文簿上去。”

“不过，她生孩子还是很痛苦的。”

“那有什么了不起！让她在心情不好的上司面前站一会儿，她就会觉得生孩子倒是快活的事了。女人在各个方面都有特权！我们圈子里的随便哪个姑娘或是太太都可以对一位将军说一些你在庶务官面前也不敢说的话。是的……你的玛利亚·福米什娜可以毫无顾忌地挽起一位五品文官的手散散步，而你去挽一位五品文官的手试试！你去挽一下试试！在我们那所房子里，老兄，住着一位教授和他的妻子，正好住在我们楼下……你知道吗，这是一位得过一级安娜勋章的将军①，可是，却时不时地听见他妻子骂他：‘蠢货！蠢货！蠢货！’而那婆娘是个平民，小市民出身。这还是合法的妻子，这种事在所难免……自古以来夫妻总要吵架嘛，而你再看看那些不合法的呢！她们竟放肆到这种程度！有一件事我终生难忘。差点把我给毁了，大概是父母的祈祷使我幸免于难。你记得吗，去年我们的将军到乡下去度假时把我也带上了，让我管通讯联络……这个工作很轻松，每天只需一个小时就把事情办完了。我办完事情后便到

① 指文职的将军。

树林里去散步，或是到下房去听仆人们唱歌。我们的将军是个单身汉，家业非常大，仆人多得像狗，却由于没有妻子，所以无人管理。仆人们放纵惯了，不听指挥……向所有仆人发号施令的是一个婆娘——女管家薇拉·尼基季什娜。她既管倒茶，又管伙食，还管吆喝仆人……老兄，这个婆娘又下流，又恶毒，像个女妖精。她身子胖胖的，脸红红的，说话尖声尖气的……当她扯起尖嗓门儿吆喝人时，简直令人难以忍受。难以忍受的不仅是那些不堪入耳的话，而主要是她的尖叫声。天哪！她把所有的人都弄得没法活了。这个混蛋不仅找仆人的茬儿，还找我的茬儿……‘好哇，’我想，‘你等着吧，找到机会我就把你的所作所为全告诉将军。他现在忙于公务，没看见你如何偷他的东西，如何折磨仆人，可你等着吧，我会让他睁开眼睛的。’老兄，我倒是让他睁开了眼睛，可这一来，我自己的眼睛却差点永远闭上了，直到现在回想起来我都感到害怕。有一次，我在过道里走着，突然听见一阵尖叫声。起初我以为在杀猪，后来仔细一听，才听出这是薇拉·尼基季什娜在骂人：‘畜生！你这个大坏蛋！魔鬼！’‘这是在骂谁呢？’我想。就在这时，老兄，我突然看见门开了，从屋里飞也似的跑出来我们的将军，他满脸通红，惊恐地瞪着眼睛，头发被弄得乱七八糟。她则在后面骂：‘坏蛋！魔鬼！’”

“你在胡诌！”

“绝对是真的。告诉你吧，当时我简直蒙了。我们的将军回自己的房间去了，我则像个傻瓜似的站在过道里，什么也不明白。一个普通的、没有受过教育的村妇，一个厨娘，平民，竟敢对将军说出这样的话，干出这样的事！我想，一定是将军要辞退她，她便趁没有证人在场把将军痛骂一顿，心想，反正骂不骂都得走！于是我火了……我走进她的房间，对她说：‘你这个坏蛋，怎么敢对一个高贵的人说这样的话？你以为他是个软弱的老头子，没人出来替他打抱不平吗？’我说完就对准她那肥肥的脸颊扇了两耳光。这下子，老兄，她可就高声尖叫和嚎啕起来，那声音简直让人无法忍受！我只好捂住耳朵跑到树林里去了。大约过了两个小时，一个童仆朝我跑来：‘请到老爷那里去一下。’我去了。走进屋子。将军皱着眉头，像只火鸡似的坐在那儿，也不看我。

“‘你在我家里搞些什么名堂？’他说。‘这是什么意思？’我说。‘如果您指的是尼基季什娜的事，那么，我这可是替您打抱不平，大人。’‘不用您来管别人的家务事！’你明白吗？家务事！接着他便把我狠狠地训了一通，差点把我吓死！他说呀说呀，训呀训呀，却突然，老兄，突然哈哈大笑起来。‘您怎么敢这样干？！’他说，‘您哪来这么大的勇气？真了不起！不过，我的朋友，希望这件事就咱们俩知道……您的热情我明白，但您得同意，您已无法继续留在我家里了……’瞧瞧，老兄！他竟为我敢于打如此重要的人物而感到惊奇。那婆娘迷住了他！他是三品文官，得过白鹰勋章，地位高得谁也管不了他，却怕一个娘儿们……老兄，女人的特权多大啊！不过……快脱帽吧！他们把将军抬出来了……我的天，佩着多少勋章啊！说实在的，干吗把太太们放到前面去，难道她们懂得勋章的意义吗？”

奏起了哀乐。

厨娘出嫁

七岁的小胖墩儿格里沙站在厨房门外偷听，并透过锁孔往里窥视。厨房里发生了一件他认为是非同一般的、他从来没有见过的事。在平常用来剁肉和切葱的厨桌旁，坐着一个高大结实的棕红发汉子。这汉子穿着出租马车夫穿的束腰长衫，蓄着络腮胡，鼻尖上挂着一大颗汗珠，他正用那只大巴掌的五根指头托着茶碗在喝茶，那样大声地嚼着糖块，弄得格里沙的背上直起鸡皮疙瘩。他对面那张肮脏的凳子上坐着老保姆阿克西尼娅·斯捷潘诺芙娜，也在喝茶。保姆的神情既严肃，又好像为什么事而得意洋洋。厨娘佩拉格娅则在炉灶旁忙活，仿佛竭力要把自己的脸藏起来似的。格里沙看到她的脸就像节日的彩灯那样变幻着各种颜色：一会儿烧得通红，一会儿又变得煞白。她那哆哆嗦嗦的手一直没闲着，忽而拿着刀子，忽而拿着餐叉，忽而拿着劈柴，忽而拿着抹布，嘴里咕咕哝哝地走来走去，把家什弄得乒乓响，可实际上她什么也没有干。她一眼也不往茶桌的方向瞧，保姆问她的话她也板着脸生硬地回答，连头也不转过去。

“请喝点酒吧，丹尼洛·谢苗内奇！”保姆对马车夫说，“您怎么老是喝茶？您该喝点伏特加！”

保姆把酒瓶和酒杯推到客人面前，脸上带着狡黠的神情。

“我不喝酒……不喝……”马车夫推辞道，“您就别劝我了，阿克西尼娅·斯捷潘诺芙娜。”

“您这是怎么啦……马车夫，却不喝酒……单身男人没有不喝酒的。喝吧！”

马车夫瞟了一眼伏特加，又看看保姆脸上那狡黠的神情，于是他自己脸上也露出同样狡黠的神情，仿佛在说：不，老巫婆，我才不会上你的钩呢！

“我不喝酒，就免了吧……干我们这一行的，喝酒可不合适。耍手艺的人可以喝酒，因为他们老坐在一个地方，我们却总是在人群里混，很招眼。难道不是吗？你到酒馆里去，留在外面的马却不见了；要是喝醉了，那就更糟：说不定会睡着了，或是从驭座上掉下来。事情就是这样。”

“那您一天能挣多少钱，丹尼洛·谢苗内奇？”

“情况不一样。有时一天能挣一张绿票子[①]，有时也会两手空空的回到大车店。什么情况都有。如今干我们这一行不吃香了。您也知道，吃出租马车这碗饭的人很多，草料又贵，而坐出租马车的人却很少，都愿去坐有轨马车[②]。不管怎么样，感谢上帝，我没什么可抱怨的。吃得饱，穿得暖……甚至可以让另一个人过上幸福生活……（马车夫瞟了佩拉格娅一眼）如果那个人愿意的话。”

后来还谈了些什么，格里沙没有听见。因他妈妈来到厨房门口，让他到儿童室学习去了。

“学习去。你在这里听什么听！”

格里沙回到儿童室，把《祖国语言》[③]放在面前，却读不进去。刚才看到的和听到的事在他脑子里引起一大堆问题。

“厨娘要出嫁……”他想，“奇怪。我不明白，为什么要出嫁？妈妈嫁给爸爸，薇拉表姐嫁给帕韦尔·安德烈伊奇。嫁给爸爸和帕韦尔·安德烈伊奇还说得过去——他们有金表链，有好衣服，他们的靴子总是擦得锃亮，而嫁给这个穿着毡靴的可怕的红鼻子马车夫……呸！为什么保姆想让可怜的佩拉格娅出嫁呢？”

① 指面额 3 卢布的钞票。

② 一种公共交通工具。

③ 俄国著名教育家乌申斯基为小学生编的俄语课本。

厨房里的客人走了以后，佩拉格娅来打扫房间。她仍然那样激动，一张脸红红的，仿佛很害怕。她手里的扫帚几乎没有挨着地面，把每个墙角都扫了五遍，久久地不走出妈妈的房间。她显然不愿一个人待着，而想找个人谈谈自己对客人的印象，说说心里话。

“他走了！”见妈妈不开口，她便咕哝道。

“看来他是个好人。”妈妈说，眼睛没有离开手里的针线活，“不喝酒，老成持重。”

“真的，太太，我不出嫁！”佩拉格娅突然叫道，脸涨得通红，“真的，我不出嫁！”

“别说傻话，又不是小孩子。这是终身大事，应当好好考虑一下，这样叫嚷是没有用的。你喜欢他吧？”

“您想到哪儿去了，太太！”佩拉格娅害臊了，“大家都这样说……真的……”

“她该说：不喜欢！”格里沙心里想。

“你真会装腔作势……你喜欢他吗？”

“可是，太太，他年纪太大！唉！”

“别胡说！”保姆在隔壁屋里喝斥佩拉格娅，“他还不到四十岁。再说，你要年轻的干什么？傻婆娘，脸蛋又当不了饭吃……嫁给他，就这样！”

“真的，我不嫁！”佩拉格娅尖声叫道。

“胡闹！你还需要什么样的条件？换别的女人会向他磕头，你却说‘不嫁’！你就喜欢同邮递员和家庭教师挤眉弄眼！家庭教师来给格里沙上课，太太，她就向他送媚眼。哼，真不要脸！”

“你过去见过这个丹尼洛吗？”太太问佩拉格娅。

“我上哪儿见他去？今天是第一次见。阿克西尼娅不知从哪儿把……把这个该死的带来了……他怎么找到我头上来了！”

饭桌上，当佩拉格娅来上菜时，吃饭的人全都看着她的脸，拿那个马车夫跟她开玩笑。她满脸通红，不自然地吃吃笑着。

“出嫁大概是丢脸的事。”格里沙想，“非常丢脸！”

所有的菜都做得太咸，没有煮熟的小鸡还渗着血，此外，佩拉格娅在吃饭时还不断从手里掉落盘子、刀子，就像从歪斜的碗架上掉落一样，但谁也没有对她说一句责难的话，因为大家都懂得她的心情。只有一次，爸爸生气地把餐巾一扔，对妈妈说：

“你怎么总爱去管别人结婚和出嫁的事！这同你有什么相干？谁愿结婚就让他们结去好了。”

午饭后，厨房里闪现着四邻的厨娘和女仆的身影，直到晚上还能听见唧唧喳喳的低语声。她们是从哪儿得知这里在相亲的，只有天知道了。格里沙半夜醒来时，听见保姆和厨娘还在儿童室的帷幔后面叽叽咕咕地说话。保姆在劝说厨娘，厨娘则忽而嘤嘤啜泣，忽而吃吃地笑。重新入睡后，格里沙梦见佩拉格娅被海盗和巫婆抢走了……

第二天，风平浪静了。厨房里的生活从此又回到原来的轨道，就像世界上根本没有那个马车夫似的。只有保姆有时会围上新头巾，带着又得意又严肃的神情出外一两个钟头，显然是去办什么交涉……佩拉格娅再也没有同那个马车夫见面，当有人向她提到他时，她总是红着脸嚷道：

“让他遭到三倍的诅咒吧，我才不想他呢！”

一天晚上，当佩拉格娅和保姆聚精会神地在厨房里裁衣服时，妈妈走进去说：

“你当然可以嫁给他，这是你的事，不过你要知道，佩拉格娅，他不能在这里住……你知道，我不喜欢外人待在厨房里。你要记住这一点……我也不会放你出去过夜。”

“天知道您想到哪儿去了，太太！”厨娘尖声说，“您干吗用他的事来数落我？让他发疯去吧！总是缠着我没完了，该死的……”

一个礼拜天早晨，格里沙往厨房里一看，不由得惊呆了。厨房里挤满了人。有院子里各家各户的厨娘，有院子管理人，有两个警察，有一个带着袖章的军士，还有小男孩菲尔卡……这个菲尔卡平时总在洗衣房附近转悠，跟狗一起玩，现在他却梳洗得干干净净，手里端着一个金衣圣像。佩拉格娅站在厨房中央，她穿着新的印花布连衣裙，头上戴着花。她身边站着那个马车夫。新郎新娘全都红着脸，冒着汗，紧张地眨巴着眼睛。

“好了……看来到时间了……”军士沉默很久后说。

佩拉格娅整个脸一阵抽动，随即嚎啕大哭起来……军士从桌上拿起一个大面包，站到保姆身边去，开始祝福。马车夫走到军士面前，扑通一声跪下来吻吻他的手，又对保姆这样做了一次。佩拉格娅机械地学他的样，也跪了两次。最后，房门打开了，一股白色的雾气涌进厨房，人们闹哄哄地全都从厨房里走了出来。

“可怜的佩拉格娅，真可怜！”格里沙听着厨娘的痛哭声，心里想，“要把她带到哪里去？爸爸妈妈为什么不出来保护她呢？”

举行过婚礼后，人们在洗衣房里不停地唱歌、拉手风琴，直到天黑。妈妈一直在生气，因为保姆满口酒气，而且由于办喜事，没人烧茶炊了。格里沙躺下睡觉时，佩拉格娅还没有回来。

“可怜的佩拉格娅，她现在不知在什么黑暗的角落里哭泣呢！”他想，“马车夫则在喝斥她：不许哭！不许哭！”

第二天天明时，厨娘已经在厨房里了。马车夫来了一趟。他向妈妈道了谢，然后严厉地盯了佩拉格娅一眼，说：

“太太，请您看管着她，就当是她的父母吧。阿克西尼娅·斯捷潘诺芙娜，您也别撒手不管，要看着她一点，让她规规矩矩……别胡作非为……太太，还要请您从她的工钱中支给我五卢布。我得买一个新的套包子。”

格里沙又不明白了：佩拉格娅本来过着自由自在的日子，想干什么就干什么，不用向谁请示，却无缘无故地突然钻出来一个陌生人，这个人不知为什么竟有权管束她的行动，支配她的财产！格里沙很难过。他非常地、急切地想去安慰安慰她——他认为她是人类暴力的牺牲者。他在贮藏室里挑了一个最大的苹果，红着脸来到厨房里，把苹果往佩拉格娅的手里一塞，急急忙忙地跑了出来。

墙

……专科学校的毕业生不是找不到工作，就是从事与他们的专业毫不相干的工作，因此，高等技术教育眼下在我国没什么成效……

摘自一篇社论

“大人，有个名叫马斯洛夫的人每天都来找您两次……”贴身仆人伊万边给主人布金刮胡子边说，“今天他又来了，说他想担任您的总管……说他今天一点钟还要来……真是个怪人！”

“怪在哪里？”

“坐在前厅不断地埋怨。他说：‘我不是奴仆，也不是来请求帮助的，不应在前厅里空坐两个钟头。我是受过教育的人……即使你的老爷是将军，也应当告诉他，让人在前厅里受罪是不礼貌的……’”

“他讲得很对！”布金皱起眉头说，“伙计，你有时候做事不知分寸！看到是那种体面的正派人，就应当把他请到一个地方……请到屋里坐……”

“又不是什么大人物！”伊万冷笑道，“又不是来当将军，就在前厅坐坐吧。比他更体面的人坐在那里也没有埋怨……既然想当总管，当老爷的仆人，就当他的总管好了，用不着在这儿胡诌，硬充什么受过教育的人……去他的吧，他也想到客厅里坐……也不撒泡尿照照自己的模样……如今可笑的人真是多极了，大人！”

“这个马斯洛夫今天要是再来，你就请他……”

马斯洛夫一点钟准时来了。伊万把他带到了书房里。

“是伯爵打发您来的吧？”布金迎接他说，“认识您很高兴！请坐！坐这里，年轻人，这里舒服一些……您已经来过多次……他们给我讲了，可是对不起，我总是不在，要不就很忙。请抽烟，亲爱的……是的，我确实需要一个总管……我同前任总管相处不太融洽……我不敬重他，他不称我的心，就吵起来了……哈哈……您过去在什么地方管理过田庄吗？”

“是的，我在基尔什马赫尔田庄当过一年管家……后来田庄卖掉了，我也只好离开了……当然，我几乎没有什么经验，但我是彼得罗夫农学院毕业的，学过农艺……我想，我的学识能稍稍弥补一点实际经验的不足……”

“老兄，这个工作用得了什么学识？就是监督监督雇工和守林人……卖卖粮食，一年造一次报表……不需要任何学识！这个工作需要的是锐利的目光、善谈的嘴、洪亮的嗓门儿……当然，有点知识也不碍事……”布金喘了口气，“喏，我的田庄在奥廖尔省。怎么干、干什么以及为什么这样干，您可以从这些图表和账目中了解到；我自己从来不到田庄去，也不过问田庄的事务，从我这里您什么也了解不到，我就同拉斯普柳耶夫①一样，只知道土地是黑的，树林是绿的。待遇嘛，我想，可以同前任一样，也就是年薪一千卢布，供给住房、伙食、马车，并享有行动的绝对自由！”

“他挺招人喜欢！”马斯洛夫想。

“只是有一点要讲清楚，老兄……请原谅，不过，事先说定了，总比将来吵架好。您在那里怎么干都行，但千万别采用什么新方法，别把庄稼汉弄得晕头转向，而最主要的是，每年捞外快别超过一千卢布……”

“对不起，您最后一句话我没听清……”马斯洛夫咕哝道。

---

① 拉斯普柳耶夫是苏霍沃-科贝林的喜剧《克列钦斯基的婚事》中的人物。

“每年捞外快别超过一千卢布……当然，不捞外快是不行的，可是亲爱的，要适度，适度！您的前任就是太热心了，单卖羊毛一项就捞了五千，于是……于是我们就分手了。当然，他认为自己没错……人总是想捞好处，自己的利益总是更重要嘛，但您得承认，对我来说这就太过分了。所以，请记住：可以捞一千……这样吧，两千，再多就不行了！”

“您就像在跟一个骗子谈话似的！”马斯洛夫气冲冲地站起来说，“对不起，我对这样的交谈不习惯……”

“是吗？那就随您吧……我无权留您……”

马斯洛夫拿起帽子，快步走了出去。

“怎么样，爸爸，雇到总管了吗？”马斯洛夫走后，布金的女儿问。

“没有……小伙子太……那个……太老实……”

“那不是正好么！你还需要什么呢？”

“不，上帝保佑，可别用老实人……老实，说明他没能耐，要不就是冒险家、空谈家……蠢货。千万别用这种人……老实人今天不偷，明天不偷，却突然大捞一把，让你目瞪口呆……不，亲爱的，上帝保佑，可别用这种老实人……”

布金想了想，接着说：

“已来过五个人，都同这个人一样……鬼知道是什么运气！看来只好把前任总管请回来了……”

福利演出场结束后

戏剧小品

悲剧演员乌内洛夫和他那崇高的父亲[①]季格罗夫坐在“威尼斯”旅馆第37号房间里，正在享用福利演出场[②]的果实。他们面前的桌子上放着伏特加酒、劣等红酒、半瓶白兰地和沙丁鱼罐头。脸上长着粉刺的小胖子季格罗夫无精打采地瞧着酒瓶，忧郁地沉默不语。乌内洛夫则容光焕发。他一只手拿着一沓钞票，另一只手握着铅笔，很不安稳地坐在椅子上，滔滔不绝地讲着自己的心里话。

“马克西姆，如果说我感到欣慰，受到鼓舞的话，”他说，“那是因为年轻人喜欢我。中学生、实科中学学生、那样的小不点儿，可是老兄，你可别小看他们！他们买的是三十戈比一张的顶楼票，坐得老远老远，可是整个剧院就听见这些小鬼的喝彩声。真是第一流的评论家和鉴赏家！有的人个子小得可以在桌子底下钻来钻去，可是看看那张脸，简直是杜勃罗留波夫[③]！他们昨天喊叫得多么热情！乌内洛夫！乌内洛夫！！老兄，我简直没有想到。竟谢幕十六次！‘收入’也不错——一百二十三卢布三十戈比！来，喝酒！”

“可是你，瓦谢奇卡，这个……”季格罗夫难为情地眨巴着眼睛咕哝道，“你今天就给我二十塔列尔[④]吧。我得去叶列茨一趟。我舅舅在那里去世了。他可能留下了一点遗产。你要不给我钱，我只好步行去了。你给吗？”

“唔……可你不会还我的，马克西姆！”

“不会还，瓦谢奇卡……”崇高的父亲叹了一口气，“我上哪儿找钱去？你就算……送给朋友吧。”

"慢着，可能我还不够用呢。我得买点东西，还得定做点衣服。咱们算一算吧。"

乌内洛夫把桌上一张包白兰地酒的纸拉到面前，用铅笔在上面计算起来。

"给你二十，给姐姐寄二十五……这个可怜的女人求我给她寄点钱已求了三年。一定得寄！她那样可爱……那样好。花三十卢布给自己缝一套新衣服。旅馆费和饭费缓一缓再付，不着急。三磅烟叶……一双鞋……还要什么？买一件燕尾服……一块表。给你买一顶新帽子，现在这顶你戴着难看死了……都不好意思同你一起上街。等一等，还有什么要买的？"

"瓦谢奇卡，为《鬼火》⑤这出戏买一支手枪吧。我们这支打不响了。"

"对，说得对。剧院老板这个混蛋怎么也不肯买。道具的事他不闻不问，该死的。那就花六七个卢布买枪。还有什么呢？"

"到澡堂去，用肥皂洗个澡。"

"去澡堂洗澡、买肥皂等等，就算一个卢布。"

"瓦谢奇卡，有个鞑靼人常来这里卖狐狸标本，做得很精致。你买一个吧！"

"我要狐狸干什么？"

"嘿，放在桌上。早晨醒来一看，桌上蹲着一个小野兽，你的心情就会很愉快！"

"太奢侈了！还不如买个新烟盒。其实，你知道，我该添置点服装了。应当买一件竖领衬衫。眼下竖领挺时兴。啊，对了！差一点忘了！得买一件凸纹布西服背心！"

---

① 指剧中的角色。

② 指将售票收入送给参加演出的某个演员的场次。

③ 杜勃罗留波夫（1836—1861），19 世纪俄国著名文学评论家和政论家。

④ 德国旧银币名，此处指卢布。

⑤ 俄国剧作家安特罗波夫 1873 年写的一个传奇剧。

“必须买。演克雷洛夫[①]的戏不能没有凸纹布背心。还得要一双带纽扣的半筒靴……一根手杖。洗衣女工的钱要付吗？”

“不，先拖一拖。需要买手套，白的、黑的、花的，都需要。还有什么？苏打和酸剂。够用三次的蓖麻油……纸张、信封。还有什么呢？”

乌内洛夫和季格罗夫望着天花板，皱起眉头继续想。

“还有灭臭虫药粉！”乌内洛夫想起来了，“这些红色爬虫弄得你没法睡觉。还有什么要买的？天哪，还有大衣！咱们把最主要的给忘了，马克西姆！冬天没有大衣怎么行？就算四十卢布吧。可是……我的钱不够了！你就别去管你的舅舅了，马克西姆！”

“不行，他是我惟一的亲人，怎么能不管！可能他还留下一点遗产呢。”

“什么遗产？一只海泡石烟斗，还有你舅母的照片？真的，你就别去管了！”

“我不明白，瓦谢奇卡，你怎么……怎么这样自私？”季格罗夫眨巴着眼睛说，“要是我有钱，难道我会吝惜吗？一百……三百……一千……你随便用！父母死后给我留下一万卢布。我全分给演员们了！……”

“得了，得了，你把你需要的二十拿去吧！”

“谢谢。我的口袋全是破的，钱没处放。不过，反正已经五点多钟了，我该去火车站了。”

季格罗夫吃力地站起来，开始把又瘦又小的大衣往自己那肥胖的身子上套。

“瓦谢奇卡，你别告诉剧院的人说我走了。”他说，“我们那个混蛋老板要是知道我没打个招呼就走了，准会闹翻了天。就让他以为我在灌酒呢。最好你把我送到火车站，瓦谢奇卡，不然的话，没准儿我在路上会拐进一家小酒馆，把你给我的塔列尔全喝光。你是

---

① 指俄国剧作家克雷洛夫（1838—1906）。

知道我这个弱点的！送送我吧，亲爱的！”

“好吧。”

两个演员穿好衣服，来到街上。

“该买点什么呢？”乌内洛夫一路上瞧着大小商店的橱窗，咕哝道，“瞧，马克西姆，那个火腿真不错！要是昨天能卖满座的话，我保准就买了。你知道为什么没有卖满座吗？因为富商楚达科夫家办喜事，阔佬们全到他家去了。该死的家伙，办喜事也不挑个时候。瞧，橱窗里那顶礼帽多漂亮！买不买？得了，去它的吧！”

来到火车站后，两个朋友在头等车候车室里坐下来，开始抽烟。

“见鬼，”乌内洛夫皱起眉头说，“我很想喝一点。咱们喝杯啤酒吧。跑堂的，啤酒！还没有打头遍铃呢，你不用着急。小胖子，你别去得太久。从死去的舅舅那儿捞一点点就回来。这样吧……跑堂的，不要啤酒了！来一瓶纽伊[1]吧！咱们喝一点红酒为你饯行……喝完你就走你的。”

半个钟头后，两个演员已喝完第二瓶了。乌内洛夫用拳头托着发热的脑袋，用一双深情的眼睛望着季格罗夫的胖脸蛋，舌头已不太灵便地说：

“我们这一行的主要祸害就是剧……剧院老板。办剧院只有遵……遵循集体经营原则，演员们才能自立……”

“实行股份制。”

“对，股份制。这酒不好喝。这样吧，咱们喝莱茵[2]酒！”

“瓦谢奇卡……已经打第二遍铃了。”

“没关系。你坐夜班车走吧，现在听我给你……给你讲讲心里话。跑堂的，来一瓶莱茵葡萄酒！剧……剧院老板把演员当成工具……当成炮灰。他是一个贪得无厌的人。他根本不了解演员。就

---

① 法国葡萄酒名。

② 同上。

拿你来说吧。你虽然不是一个有才华的人，却是一个……一个有用的演员。应当重视你。慢着，别凑过来吻我，不雅观！……我喜欢你什么呢？喜欢你的心灵……你那颗真正的演员的心灵。马克西姆，我明天就给你定做一身衣服。我什么都给你买。买只狐狸也行。让我握握你的手！”

一小时过去了。两个演员还坐在那儿谈个没完。

“只要上帝保佑能让我做主，”乌内洛夫说，“你瞧着吧……到时候我会让人们看到什么叫舞台艺术！我会给你开两百卢布的月薪……一开始我只需要一千卢布……能租下夏季剧场就行……我说，咱们是不是吃点东西？你想吃吗？你老实说……想吃吗？跑堂的，来两只烤山鹬！”

“现在没有山鹬。”跑堂的说。

“见鬼，你们这里总是什么也没有！既然这样，那就来点……蠢货，你们这里有什么野味？都拿来吧！你们这些混蛋习惯于让商人吃一些乱七八糟的东西，以为演员也会吃这些东西！全都拿来吧！再来瓶蜜酒！马克西姆，你想抽雪茄吗？那就再送点雪茄来。”

过不久，喜剧演员杜德金跑来缠住了两个朋友。

“你们竟然到这里来喝酒！”杜德金不解地说，“走，到‘贝利维’饭店去。剧院的人此刻全在那里……”

“算账！”乌内洛夫叫道。

“三十六卢布二十戈比……”

“给……不用找了！走，马克西姆！别管舅舅了！就让可怜的尤里克没有继承人吧①！把你那二十卢布拿出来！你明天再走吧！”

两个朋友在“贝利维”饭店要了牡蛎和莱茵葡萄酒。

“明天我还要给你买双靴子。”乌内洛夫一面给季格罗夫斟酒一面说，“喝吧！谁热爱艺术，谁就……为艺术干杯！”

他们谈艺术，谈集体性原则和股份制，谈志同道合和团结精

---

① 莎士比亚悲剧《哈姆雷特》中的一句台词。

神，谈演员的其他理想……至于叶列茨之行，买茶叶、烟草、衣服，赎回典当的东西以及其他各种开支，自然便被抛到一边，抛到九霄云外去了。“贝利维”饭店的账单吞噬了福利演出场的全部收入。

迎接结婚季节

摘自一个婚姻介绍人的笔记簿

库奇金，伊万·萨维奇——十二品文官，四十二岁，其貌不扬，麻脸，说话带鼻音，但很有气派。出入上流人家，有个姨妈是上校夫人。靠放债为生。是个骗子，但总的说还算是个正派人。欲寻十八至二十岁、出身上流人家、能讲法语的姑娘为伴。该姑娘须容貌秀丽，有一万五千至二万卢布的陪嫁。

菲什金——退役军官。嗜酒，患有风湿病。希望找一个能照顾他的女人为妻。寡妇也行，但年龄不大于二十五岁且有财产。

普鲁多诺夫——照片修版师，欲寻一位开设照相馆的女人为妻，该照相馆须未抵押出去且年入不少于二千卢布。喝酒，但不是经常喝，而是偶尔狂饮一次。黑发黑眼。

格努西娜——寡妇。有两所房子和十万卢布现金。欲寻一位将军，退役的也行。左眼有不太明显的白翳，讲话有时带哨音。一再声称她虽名为寡妇，实系处女，因已故丈夫于结婚当日便得了全身性颤抖症。

任斯基，季夫捷里特·阿列克谢伊奇——剧院演员，三十五岁，出身不详。自称其父有一酿酒厂，但无疑是谎言。他总是穿着燕尾服，系着白领结，因为别无衣服可穿。因嗓子嘶哑而离开剧院。希望找一个商人女儿为妻，外貌不论，只要有钱就行。

布图佐夫——原为副营长，因盗用公款和伪造文件被判流放托木斯克省。愿让一个孤女得到幸福，但该孤女得跟他一起去西伯利亚，还必须是贵族出身！

清单

省城俱乐部主任去故乡漫游良久后回来，发现俱乐部一片混乱，就拿阅览室来说吧，许多报纸和杂志都找不到了。于是他把女图书管理员（同时还兼任小卖部服务员）叫来训斥了一顿，命令她无论如何也要弄清楚丢失的报纸杂志在什么地方。一个礼拜后，女图书管理员交给主任这样一份清单：

“医生和技师在彼得·尼雷奇夫妇的床底下，小丑在床上，妇女之友也在他们卧室的衣柜里[①]。

“俄罗斯思想[②]在警察局长那里。

“俄国信使[③]在德国人的啤酒店里。

“朝圣者[④]要不在女商人维霍尔金娜家，就在小卖部里。

“在神甫尼坎德尔放酒的柜子里找到了开心[⑤]。

“哪里也没有生活、曙光和处女地，只有监视者和西伯利亚[⑥]。

“碎片[⑦]在库利科夫的餐具店里。

“俄国犹太人[⑧]被捆起来挂在阅览室墙角的绳子上。

“新事曲作家[⑨]在舞会上被小姐们弄脏后扔到了钢琴底下。

“是您自己吩咐把残疾人[⑩]用来当糊墙纸了。

“家庭和学校[⑪]被墨水弄脏了。

“食堂服务员卡尔普说，他看见蜜蜂[⑫]在他妻子身上什么地方。

“田地[⑬]在酒店老板家。

“有人在邮政局长的婚礼上见到过蜻蜓姑娘[⑭]，现在下落不明。

“花瓶[⑮]在您的床底下。

“副省长那里没有工作[16]，工作在他的秘书那儿。

“世界[17]卖给犹太人了。”

---

① 医生、技师、小丑、妇女之友均为杂志名称，但女图书管理员在清单上既未加引号，也未加书名号。下面列举的报纸或杂志名称也如此。《医生》系在彼得堡出版的一种医学周刊；《技师》系一份在莫斯科出版的科普画报；《小丑》系在彼得堡出版的漫画刊物；《妇女之友》系在莫斯科出版的妇女月刊。

② 《俄罗斯思想》，在莫斯科出版的文学和政治月刊。

③ 指在莫斯科出版的自由派报纸《俄国信使报》。

④ 《朝圣者》，在彼得堡出版的一种宗教刊物。

⑤ 《开心》，在莫斯科出版的一种幽默讽刺周刊。

⑥ 《生活》、《曙光》均为日报，前者在莫斯科出版，后者在基辅出版；《处女地》为在彼得堡出版的画报双周刊；“监视者”作为杂志名应译为《观察者》，系在彼得堡出版的文学政治月刊；《西伯利亚》系在伊尔库茨克出版的一份周报。

⑦ 作为杂志名应译为《花絮》，在彼得堡出版的一份幽默讽刺周刊。

⑧ 《俄国犹太人》，在彼得堡出版的一份周刊。

⑨ 《新事曲作家》，在彼得堡出版的一种音乐杂志。

⑩ 指俄军总参谋部在彼得堡出的报纸《俄国残疾人》。

⑪ 《家庭和学校》，在彼得堡出版的教育月刊。

⑫ 《蜜蜂》，在敖德萨出版的文学和政治周刊。

⑬ 《田地》，在彼得堡出版的文学、历史、政治月刊。

⑭ 《蜻蜓姑娘》，在彼得堡出版的一份带漫画的幽默讽刺周刊。

⑮ 《花瓶》，在彼得堡出版的一份妇女杂志。

⑯ 《工作》，在彼得堡出版的一份文学和政治刊物。

⑰ 《世界》，在彼得堡出版的一份政治、经济和文学报纸。

普通知识

牙医学的最新结论

“我干牙医这一行不走运，奥西普·弗兰采奇！”一个矮小、干瘦的人叹息道，他穿着褪了色的大衣和打了补丁的裤子，蓄着仿佛被人拔过似的稀稀拉拉的花白小胡子。他带着巴结的神情望着自己的同行——一个穿着贵重的新大衣、嘴上叼着古巴雪茄的肥胖的日耳曼人。“一点也不走运！谁也不知道这是为什么！是因为今天牙医太多，还是因为我没有真正的本事，鬼才知道！很难理解这是什么命。就拿您来说吧。我们一起从县立中专毕业，又一起在犹太人贝尔卡·什瓦赫尔那里干过活，可现在的差别多么大！您已经有两所房子和一个别墅，有私人马车，可我呢，您也看到了，家徒四壁，什么也没有。您说，这是为什么？”

日耳曼人奥西普·弗兰采奇是县立中专毕业，本来像驴那样蠢，可是富裕的生活、肥胖的身躯和私人的住所给他增添了自信心。现在他认为，用权威性的语气讲话、高谈阔论和教训别人已是他不可剥夺的权利。

“整个问题出在我们自己身上！”他用权威性的语气回答同行的抱怨，“这得怪你自己，彼得·伊里奇！你别生气，我以前就说过，现在还要说：我们这些专业人才吃亏就吃在缺乏普通知识。我们一个心思地去搞自己的专业，专业以外的东西就不闻不问了。这不好，老兄！唉，非常不好！你以为只要学会拔牙，就能给社会带来好处么？不对，老兄，带着这种狭隘的、片面的看法你是干不出什么名堂的……绝对干不出。得有点普通知识！”

“可什么叫普通知识呢？”彼得·伊里奇怯生生地问。

日耳曼人一时不知该怎样回答，便胡扯了一通，但后来，当喝过酒之后，却来了劲儿，让自己的俄罗斯人同行懂得了什么是他心目中的“普通知识”。他不是直接说明的，而是在讲别的事情时间接说明的。

“对于我们这一行的人来说，最重要的是应有一个体面的住处。”他阐述道，“公众只是根据住处的情况来评价你。如果你的大门口肮脏不堪，房间狭窄，家具寒酸，这就意味着你很穷；既然穷，就说明没人找你看病。是这样吧？既然谁都不找你看病，我干吗要去找你看病呢？我最好去找有丰富实际经验的医生。而如果你摆上蒙着天鹅绒的家具，到处都装着电铃，你便成了经验丰富的医生，来找你看病的人就多了。这一来，你不费吹灰之力就能购置宽敞的住宅和体面的家具。如今家具商生意不好，一筹莫展。随你赊购多少，即使赊购十万卢布的家具都行，特别是，如果你在账单上署名‘某某大夫’的话。衣着也得体面一些。公众是这样想的：如果你的衣着破旧，住处肮脏，那么，给你一个卢布的诊费也就够了；而如果你戴着金丝眼镜，挂着粗粗的金表链，屋里全是天鹅绒面的家具，他们就不好意思给你一卢布，而会给五卢布或十卢布。是这样吧？”

“是这个道理……”彼得·伊里奇表示同意，“说实话，起初我也布置过自己的住处。我什么都准备了：蒙着天鹅绒桌布，候诊室里放着各种杂志，镜子旁挂着贝多芬像，可是……鬼知道是怎么回事！我竟犯起傻来。我在自己那阔绰的住宅里踱步，不知为什么感到难为情！仿佛我是走进了别人的住宅，仿佛这一切是我偷来的……我受不了！我在天鹅绒圈椅里根本坐不住，算了吧！何况我妻子是……是个普通的村妇，一点也不懂得怎样保持环境整洁。忽而弄得满屋是菜汤味儿或烤鹅味儿，忽而用砖头去擦枝形吊灯，忽而当着病人的面去洗候诊室的地板……鬼才知道是怎么回事！您相信吗，当我把这些陈设全都卖掉之后，我好像得到了重生似的。”

“这说明，你还不习惯过体面的生活……那又怎么样呢？应当习惯！除了体面的住处，还需要招牌。越是小人物，越需要大招牌。是这样吧？招牌要做得很大很大，大到城外都能看见。当你乘车去彼得堡或是莫斯科的时候，总是还没有看见钟楼便先看见了牙医的招牌。而那些牙医，老兄，你我是不能比的。招牌上应当画上一些金色和银色的圆圈，让公众以为你得过奖章，从而更加尊敬你。除此之外，还需要做广告。哪怕卖掉最后一条裤子，也要在报上登广告。每天登，在所有的报上登。如果你觉得普通的广告还不够，那就玩点花样：让报社把你的广告上下颠倒过来排，并定制一块锌版，请公众不要把你和其他牙医搞混，宣称你是从国外回来的，并说你为穷人和学生治牙免费……还要把广告挂在火车站上，挂在小吃部里……办法多得很！”

“说得对！”彼得·伊里奇叹息道。

“也有许多人说，不管你怎样对待顾客，都一样……不，不一样！应当善于对待顾客……今天的顾客虽然都受过教育，却仍然愚昧无知。他们自己也不知道自己需要什么，所以要满足他们很困难。即使你是最卓越的教授，如果你不去迎合顾客的脾性，他们宁可去找庸医也不找你……比方说，一位太太来看牙。接待她时不玩点花招行吗？绝对不行！我会马上像个学者那样皱起眉头，一声不响地指指圈椅，那意思是说：学者是没工夫多说话的。我在圈椅上也搞了花样：椅子装在一根螺旋轴上。我转动着椅子，那位太太忽而升起来，忽而降下去。然后就开始治牙。治牙很简单，拔掉就是了，但要多摆弄一些时间，干干停停……把小镜子往她嘴里塞上十来次，因为太太们都喜欢医生给她们治病的时间长一些。如果那位太太尖叫起来，我就对她说：‘太太，减轻你那可怕的痛苦是我的责任，所以请您要信任我！’讲得很庄严，并带点悲剧的腔调……太太面前的桌子上则摆着下颌骨、颅骨、其他各种骨头、各种手术器械、画着骷髅头[①]的药罐——总之，摆着各种神秘和可怕的东西。我

① 剧毒标志。

自己则穿着宽松的黑色衣服，活像宗教法庭的法官。那张圈椅旁还放着一台制造‘笑气’的机器。那机器我倒从来没有用过，但摆在那儿也很可怕！我拔牙用的钳子很大。一般说，手术器械越大、越可怕便越好。我拔牙很快，从不拖泥带水。”

“我拔牙的技术也不错，奥西普·弗兰采奇，但鬼才知道我是怎么回事！刚一动手拔，就会突然冒出来一个想法：要是我拔不下来或是把牙弄碎了，怎么办？这一想，手就会发抖。常常是这样！”

“牙齿碎了又不是你的过错。”

“话是这样说，但我仍然害怕。缺乏自信心是很糟糕的！没有比自己不相信自己或是怀疑自己更糟糕的事了。还有过这样的情况：我用钳子把牙夹住，拔呀，拔呀……突然觉得已经拔了很久，应当已拔下来了，可是我还在拔。我吓得呆住了！本应停下来，重新开始，可我还在不停地拔……吓傻了！患者根据我的表情看出我是个草包，信心不足，就跳了起来，又痛又生气，便抓起一张凳子朝我砸来！有一次我也是吓傻了，把好牙当病牙拔了下来。”

“没什么了不起，牙医都出过这样的事。你把好牙拔光，也就拔到病牙了。不过你说得对，没有自信心是不行的。学者就应当有学者的气派。要知道，顾客并不知道我们没有上过大学。在他们眼里，医生都是医学博士。鲍特金[①]是博士，我是博士，你也是博士。为了显得有学问并制造舆论，你应当出一本小册子《论保护牙齿》。你自己写不出来，就请一个大学生帮你写。给他十卢布，他会帮你写一个序言，并从一些法文著作里给你摘录出需要的东西。我已经出了三本小册子。还有什么呢？要发明一种牙粉。去定做一些盖了印章的小盒子，在里面随便装些粉末，封严，写上：‘价格二卢布，谨防假冒’。还要发明一种酏剂[②]。往酒精里随便兑点有香味和带刺激性的东西，你的酏剂就做成了。价格不要定成整数，而要这样

① 鲍特金（1832—1889），俄国著名学者和内科医生。

② 一种牙科外用药。

定：1号酏剂——每瓶七十七戈比，2号酏剂——每瓶八十二戈比，等等。这会显得更神秘。还要出售带有自己印章的牙刷，每支一卢布。你见过我卖的牙刷吗？”

彼得·伊里奇不安地搔着后脑勺，在日耳曼人旁边激动地走来走去……

“你可真行！”他打着手势说，“原来是这样！但我不会，我做不到！并不是我认为这是招摇撞骗，而是我做不到，没这个本事！我试过一百次了，毫无成效。您是吃饱穿暖了，房子也有了，我却挨凳子打！是啊，没有普通知识的确很糟！这一点您讲得对，奥西普·弗兰采奇！非常糟！”

医生的建议

用“鸡毛蒜皮”泡水，每礼拜六空腹喝，能治**伤风**。

用下述办法治**头晕**有奇效：找两根线绳，把右耳拴在一面墙上，而把左耳拴在对面墙上，这样你的脑袋就不会**打转**了①。

尽可能让**服毒**自杀者呕吐，为达此目的，可让其闻一闻从猎人市场买回的食物。

患剧烈而顽固的**咳嗽**时，只要竭力坚持三四天不咳，你的病便会自然痊愈。

① 俄语“头晕”一词的直译是“脑袋打转”。

对帽子灾难的看法①

莫斯科河南岸区商人妻子皮亚季洛娃：如果现在还有人去剧院的话，那都是最放荡的女人……或是粗野的、毫无审美感的女人……有身份的女人是不去的，因为只能根据帽子才能把我们这些正派人同那些放荡女人区别开来……根据脸蛋无法知道我是一等商人的妻子啊！

出租马车夫：帽子怎么啦？帽子——呸！要下个命令不许戴盔形帽才好呢！一顶帽子不仅要占三个座位，帽子上的弹簧还会把坐垫弄坏……

副营长夫人佩日科娃：什么？看戏时不许戴帽子？要是这样，我定做那顶新帽子来干吗？我上哪儿戴去？好吧，我就将就点，光着脑袋去剧院吧！可光着脑袋我在那儿干什么呢？难道今天的男人喜欢光着脑袋的女人吗？我对男人怎么看倒不在乎，我已结了婚，可是毕竟……

穷贵族的女儿：太好了！至少我现在也可以到剧院去了。谁也不会发觉我没有帽子。

我的丈母娘：我是五品文官的遗孀。我坚决反对！不仅我的假发会遭到女婿的嘲笑，他们还想让别人看见我的"光头"！这绝对不行！

克莱门斯、布兰什、安热莉卡：有什么了不起！我们才不稀罕国家剧院呢！我们可以到私营剧院去……

伊万·伊万诺维奇·伊万诺夫：这项措施毫无用处，请相信我的话，先生……女人是很任性的！你禁止她们戴帽子，她们就故意同你捣乱，用头发在脑袋上修一座摩天大楼，让你不仅看不到台上的演员，连一点光线也看不到！请相信我的话，先生！

假仁假义者：嘻嘻……他们欺负可爱的妇女了！何必干这种强人所难的事呢？他们本可以不必禁止戴帽子，而是这样做：让男人坐池座，让妇女坐顶层楼座，这样帽子也不用摘了，大家也都能看见了……嘻嘻……

---

① 过去俄国人在剧院看演出时一般都不脱帽子。这一习惯在1885—1886年被正式取缔时，意见纷纭。

两个记者

不足信的故事

《往您脑袋上打喷嚏！》报的撰稿人雷布金，一个浮肿、虚胖、萎靡不振的人，站在自己的公寓房间中央，深情地望着天花板上一个挂灯用的钩子。一根绳子在他的手里晃荡。

“它经得住吗？”他想道，“万一脱落了，钩子就会掉下来砸在脑袋上……生活真可恶！连上吊也找不到地方！”

要不是门开了，他的朋友什列普金走了进来，还不知道这个疯子的自杀念头会怎样了结呢。什列普金是《叛徒犹大》报的撰稿人，红光满面，生气勃勃。

“你好，瓦夏！”他坐下来说，“我是来接你的……咱们走吧！维堡区发生了一桩杀人未遂事件，够写三十行……一个骗子用刀砍人没有砍死。这个混蛋，他要是把那个人砍死就好了，就够写整整一百行了！老兄，我常常想，甚至打算把这个想法写出来：但愿人们能发慈悲，知道我们多么嗜血，从而多多地吊死、烧死和被法庭判刑。啊！这是干什么？”他看见绳子，把两手一摊说，“难道你想上吊？”

“是的，老兄……”雷布金叹了一口气，“到此为止吧……永别了！生活使人厌倦透顶！是时候了……”

“咳，你这不是犯傻吗？生活的哪方面竟会使你感到厌倦？”

“各个方面……周围是一团迷雾，朦朦胧胧……模糊不清……没什么可写的。单是想到周围的人在互相吞噬、抢劫、诋毁，互相往脸上啐唾沫，却又没什么可写的——单是想到这一点，便能让人上吊十次！生活在沸腾，在咆哮，在嘶鸣，却又没什么可写的！该死的双重性……”

“怎么会没什么可写的？即使你有十只手，也会有十样工作叫你做呢。”

“不，没什么可写的！我这一辈子算完了！你说，让我写什么？出纳员事件有人写过了，药房事件有人写过了，东方问题也写过了……而且已写到把整个问题弄得乱七八糟的程度，谁也搞不清是怎么回事。无神论、丈母娘、纪念日、火灾、女人的帽子、道德堕落问题、楚姬①……都写过了。整个宇宙都被写遍了，什么也没有剩下。你刚才谈到一个凶杀案，说凶手用刀砍人……这有什么稀罕！我知道一个凶杀案，凶手先把人勒死，然后又用刀砍，再浇上煤油烧，这都是一下子干出来的，连这个案子我也没写。不值得写！这种事早就有过，没什么特别的。即使你贪污了二十万公款，或者涅瓦大街从两头起火，也不值得写！这都是司空见惯的事，同样已有人写过。永别了！”

“我真不明白！问题那么多……事件又是多种多样、千变万化！随便扔个石头打狗都会打中问题或是事件……”

“问题也好，事件也好，全都一钱不值……譬如我现在上吊死了……你认为这是个问题，是个事件；我则认为是用小号字排五行就行的简讯，仅此而已。没有写的必要。过去有人死，现在有人死，将来也有人要死——没什么新鲜的……老兄，生活的多种多样也好，沸腾也好，嘶鸣也好，全都千篇一律……自己写起来都作呕，何况应当同情同情读者：何必让可怜的读者患忧郁症呢？”

雷布金叹了口气，摇摇头，苦笑了一下。

“如果发生了什么特别的、骇人听闻的事，”他接着说，“一种极其卑鄙、极其恶劣的事，一种连魔鬼也会被吓死的事，那我就复活了！要是地球穿过了彗星尾巴，或是俾斯麦改信了伊斯兰教，或

---

① 楚姬，意大利著名芭蕾舞演员，1885—1892 年曾在俄国演出。

是土耳其人攻占了卡卢加①，或是诺托维奇②当上了三品文官……总之，要是发生了什么引起轰动的、让人震撼的事，嘿，那我就复活了！”

“你总是好高骛远，你不妨在浅滩上游一游试试。仔细看看一根草、一颗沙粒、一道裂缝……到处都有生活、喜剧和悲剧！每一块小木片上，每一头猪身上，都有一出戏！”

“这是因为你天性如此，你连鸡蛋壳也可以写，而我……我不行！”

“那又怎么样？”什列普金生气了，“你说鸡蛋壳有什么不好？有一大堆问题可以写呢！第一，当你看到面前放着一个鸡蛋壳时，你就会感到愤懑和生气！！鸡蛋，这本是大自然用以繁衍生命的个体……你明白吗，这是生命！……这个生命又会繁衍出整整一代生命，而这一代生命又会繁衍出未来的千万代生命，可是，这个鸡蛋突然被吃掉了，成了贪馋和任性的牺牲品！这个鸡蛋本来可以孵出一只母鸡，这只母鸡一生中可以生下成千枚鸡蛋……你瞧，事情一清二楚，这是破坏经济制度，葬送未来！第二，看着鸡蛋壳，你会感到高兴：既然鸡蛋被吃掉了，说明俄国人吃得很好……第三，你会想，鸡蛋壳可以肥田，于是你劝读者要珍惜废物。第四，鸡蛋壳会使你想到世上万物生死无常：活着的东西，一下子便没有了！第五……我何必一一列举呢？足够写一百篇文章！”

“不，我可不行！再说我对自己已失去信心，我灰心丧气了……去它的，让一切都见鬼去吧！”

雷布金踏上凳子，把绳子拴在了铁钩上。

“犯不着，真的犯不着！”什列普金劝说道，“你瞧，我们有二十家报纸，全都登得满满的！可见还是有东西可写！甚至外地的报纸也登得满满的！”

---

① 俄国一个省城。
② 彼得堡一家自由派报纸《新闻报》的发行人。

“不……那全是什么打瞌睡的议员啦，出纳员事件啦……”雷布金咕哝道，仿佛在寻找什么可以抓住的东西似的，“贵族银行啦，身份证制度啦……废除官阶啦，鲁梅利亚①啦……去它们的吧！”

“好吧，那就随你便吧……”

雷布金把绳子套在自己的脖子上，愉快地上吊死了。什列普金在书桌前坐下来，片刻工夫便写出一篇报道雷布金自杀的消息、一篇悼念文章、一篇谈频繁自杀现象的小品文、一篇建议对自杀者加重惩罚的社论，以及另外几篇谈论这个题目的文章。写完后，他把稿子装进口袋，便快活地往编辑部跑去——稿酬、荣誉和读者正等着他呢。

《靴子》——《两个记者》

裴家勤　译

① 指土耳其的自治省东鲁梅利亚 1885 年发生政变的事。